BASTEI
LÜBBE

Von Mary Jo Putney erschien bei BASTEI-LÜBBE:
12258 Wilder als Haß, süßer als Liebe

MARY JO PUTNEY

INDISCHE NÄCHTE

Aus dem Englischen
von Kerstin Winter

BASTEI
LÜBBE

BASTEI-LÜBBE-TASCHENBUCH
Band 12305

Deutsche Erstveröffentlichung
Titel der amerikanischen Originalausgabe:
Veils of Silk

Published by arrangement with Topaz, an Imprint of Dutton Signet,
a division of Penguin Books USA Inc.

Printed in Germany, April 1995
Einbandgestaltung: K.K.K.
Titelzeichnung: Pino Daeni
Satz: Fotosatz Manfred Schöning, Wiehl
Druck und Bindung: Elsnerdruck, Berlin
ISBN 3-404-12305-0

Für Mary Shea, der ich für ihre einzigartigen Beiträge zu meiner Schriftstellerkarriere danke. Und natürlich auch dafür, daß sie meine Freundin ist.

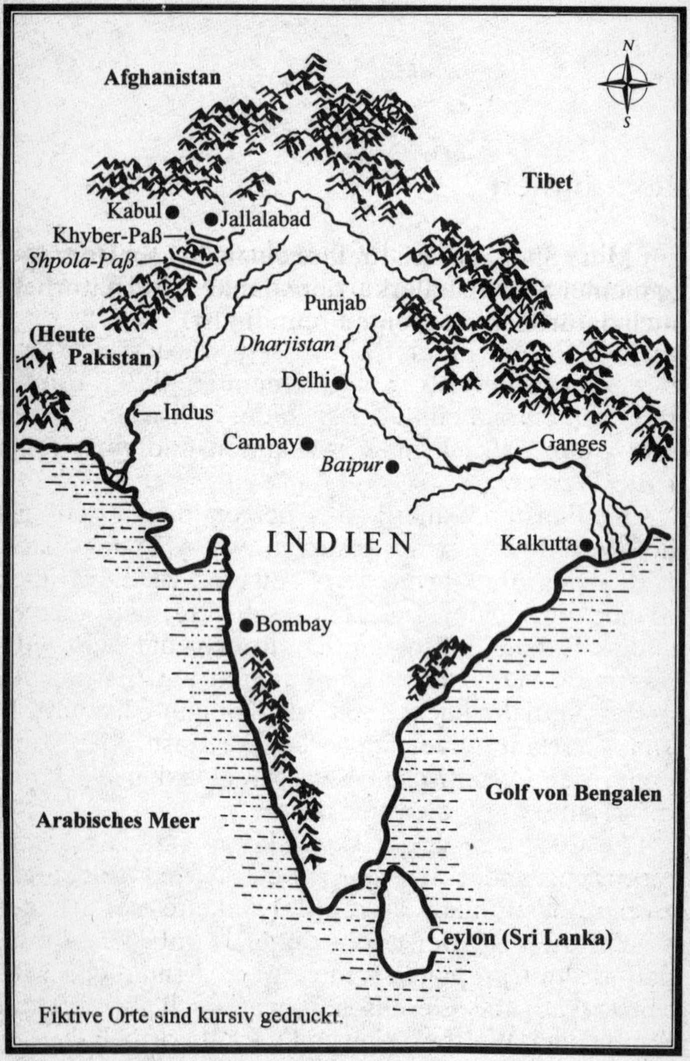
N
S
Afghanistan
Tibet
Kabul
Jallalabad
Khyber-Paß
Shpola-Paß
Punjab
(Heute Pakistan)
Dharjistan
Delhi
Indus
Cambay
Ganges
Baipur
INDIEN
Kalkutta
Bombay
Golf von Bengalen
Arabisches Meer
Ceylon (Sri Lanka)
Fiktive Orte sind kursiv gedruckt.

Über Indien

INDIEN besitzt eine der komplexesten und ältesten Gesellschaftsstrukturen der Welt, und allein der Gedanke an die Recherchen, die für den Hintergrund meiner Geschichte notwendig sein würden, schreckte mich zunächst ab. Aber da mein Held, Ian Cameron, nun einmal ein Offizier in der indischen Armee sein sollte, riß ich mich zusammen und sprang ins kalte Wasser.

Die meisten Amerikaner neigen dazu, sich das koloniale Indien so vorzustellen, wie es in der ersten Hälfte des 20. Jahrhunderts gewesen ist. Doch dies ist nur ein kleiner Teil der Geschichte, da die langandauernde Einmischung Britanniens auf dem Subkontinent viele Phasen durchlaufen hat. Es begann in der Neujahrsnacht 1600, als Königin Elizabeth I. eine Charta unterzeichnete, die der East India Company, der Ostindischen Kompanie, exklusive Handelsrechte mit Indien versprach.

Die Company war aus rein kommerziellen Interessen gegründet worden, doch in den folgenden zweihundertfünfzig Jahren entwickelte sie sich zur mächtigsten Körperschaft, die es je gab. Nicht nur, daß »John Company« seine eigene Armee und Marine besaß; die Gesellschaft war auch für fast ein Fünftel der Weltbevölkerung verantwortlich.

Nach 1833 kümmerte die Company sich nicht mehr um Handel. Statt dessen wurde sie zu einer Korporation, die im Namen Großbritanniens Indien verwaltete. Die Company und die Regierung Ihrer Majestät waren so ineinander verwoben, daß die königlichen Truppen Seite an Seite mit den Einheiten der weit größeren indischen Armee dienten. Übrigens wurde zu der Zeit die britische Obrigkeit noch mit »Sirkar« betitelt; der Begriff »Raj« kam erst sehr viel später in Gebrauch.

Ausgedehnte Gebiete des Subkontinents unterstanden niemals direkter britischer Kontrolle. Über fünfhundert Staaten, von winzig bis riesig, wurden von einheimischen Fürsten regiert – eine Situation, die bis 1947, als das Land die Unabhängigkeit erlangte, anhielt. Die Fürstenstaaten hatten unterschiedliche Unabhängigkeitsgrade, und im Jahr 1841 war der mächtigste unter ihnen für die britische Herrschaft eine echte Bedrohung.

Der Sirkar mußte aber nicht nur mit Argusaugen über die mächtigen Fürsten und die plündernden Grenzstämme, sondern auch auf Rußland aufpassen, denn die Zaren hätten Indien nur zu gerne ihrem expandierenden russischen Reich einverleibt. Der verschleierte Konflikt zwischen russischen und englischen Agenten in Zentralasien ging als das »Great Game«, das »Große Spiel«, in die Geschichte ein, und es legte bereits das Muster für den kalten Krieg im 20. Jahrhundert fest.

Bis etwa zum Ende des ersten Viertels des 19. Jahrhunderts hatten Regierende und Soldaten enge Bindungen zu den Einheimischen, und nur wenig von dem abscheulichen Rassismus war zu merken, der die spätere Kolonialperiode kennzeichnete. Die

Company ermutigte sogar ihre Angestellten, sich einheimische Frauen oder Geliebte zu nehmen, da es so wenig europäische Frauen in Indien gab. Gemischtes Blut war kein gewaltiges Stigma, und viele distinguierte Männer wie Premierminister Lord Liverpool oder Feldmarschall Lord Roberts hatten indische Vorfahren.

Ein Paradigma für die Rassensituation war die Eliteeinheit der indischen Kavallerie, die als »Skinner's Horse« bekannt war. Sie wurde von James Skinner gegründet, dem Sohn eines britischen Offiziers und einem Rajputen-Mädchen. Ende des 19. Jahrhunderts hätte Skinners gemischtes Blut dafür gesorgt, daß er in seinem eigenen Regiment nicht hätte dienen dürfen.

Als das Reisen einfacher wurde, kamen mehr Europäer nach Indien, und der Einfluß von Frauen, Missionaren und Moralisten veränderte die Atmosphäre. Britische Offiziere verbrachten weniger Zeit mit ihren Männern, die sozialen Grenzen verhärteten sich und trugen zum berüchtigten Sepoy-Aufstand im Jahre 1857 bei. Der Aufstand läutete das Ende von John Company ein, da das Parlament danach beschloß, Indien wäre zu wichtig, um es der Obhut einer privaten Gesellschaft zu überlassen. Die britische Regierung übernahm also die direkte Kontrolle, die Company-Institutionen wie die höchst geschätzte Zivilverwaltung und die indische Armee eingeschlossen.

Eine Bemerkung zur Sprache. Die meisten pakistanischen und nordindischen Sprachen sind sich sehr ähnlich und stammen vom Persischen früherer Invasoren ab. Eine Form des Urdu war die Verkehrssprache der Armee, Persisch wurde von der

Elite gesprochen. Heute sind Hindi und Urdu mehr oder weniger die gleiche Sprache, werden aber in verschiedenen Schriften geschrieben und gemeinhin als Hindustani bezeichnet.

Einheimische Fürsten, der erste afghanische Krieg und Ereignisse, die bereits die Rebellion sechzehn Jahre später erahnen ließen: Für einen Autor ist das Material fast schon allzu reichlich. Obwohl die Beziehung zwischen Ian und Laura der Kern der Geschichte ist, habe ich dennoch versucht, den faszinierenden geschichtlichen Fakten als Hintergrund gerecht zu werden. Ich hoffe, Sie werden Ihre imaginäre Reise nach Indien genauso genießen, wie ich es beim Schreiben getan habe.

Alles hat seine Zeit,

Ein jegliches hat seine Zeit, und alles Vorhaben unter dem Himmel hat seine Stunde: geboren werden hat seine Zeit, sterben hat seine Zeit;
pflanzen hat seine Zeit, ausreißen, was gepflanzt ist, hat seine Zeit;
töten hat seine Zeit, heilen hat seine Zeit;
abbrechen hat seine Zeit, bauen hat seine Zeit;
weinen hat seine Zeit, lachen hat seine Zeit, klagen hat seine Zeit, tanzen hat seine Zeit;
Steine wegwerfen hat seine Zeit, Steine sammeln hat seine Zeit; herzen hat seine Zeit; aufhören zu herzen hat seine Zeit;
suchen hat seine Zeit, verlieren hat seine Zeit;
behalten hat seine Zeit, wegwerfen hat seine Zeit;
zerreißen hat seine Zeit, zunähen hat seine Zeit;
schweigen hat seine Zeit, reden hat seine Zeit;
lieben hat seine Zeit, hassen hat seine Zeit; Streit hat seine Zeit, Friede hat seine Zeit.

Der Prediger Salomo, 3.1–3.8

Prolog

Bombay, Hafen
September 1841

Ian Cameron hätte sein einziges Auge nicht gebraucht, um Bombay wiederzuerkennen; allein der Geruch hätte ausgereicht, Indien zu identifizieren. Als der Schoner langsam in den Hafen glitt, wurde seine Nase von den Aromen der Gewürze, Blumen und dem schwachen, doch immer darunter lauernden Gestank des Verfalls attackiert. Die lebhaften Farben waren nicht minder intensiv. Die leuchtenden Rot- und Goldtöne waren nach den sanften Schattierungen der See fast ein Schock für das Auge.

Das Schiff krängte in ein Wellental, und Ian packte die Reling mit seiner linken Hand. Die lauten Geräusche und das lebendige Treiben auf den Docks weckten in ihm die Sehnsucht nach der Stille der zentralasiatischen Wüste, die er durchquert hatte, nachdem er aus Buchara hatte entkommen können. Er hatte sich so auf das nackte Überleben konzentrieren müssen, daß er die subtilen Laute der Wüste nicht hatte schätzen können, die ihn sanft auf seine Rückkehr ins Land der Lebenden hatten vorbereiten wollen.

In den nachfolgenden Wochen mit seiner Schwester Juliet und deren Ehemann Ross hatte es ihn immense Kraft gekostet, seine Beherrschung nicht zu verlieren, sich Scherze abzuringen und vorzugeben, er litte unter nichts, was sich nicht mit ein wenig Zeit und ein paar anständige Mahlzeiten kurieren ließe. Doch trotz all der Mühe hatte er starke Zweifel, daß er überzeugend gewesen war. Und er hatte sich fast unverschämt erleichtert gefühlt, als die Zeit kam, endlich allein nach Indien zu seinem Regiment zurückzukehren.

In Gedanken versunken rieb Ian sich die schwarze Klappe, die sein rechtes Auge verdeckte, dann fuhr er sich mit der Hand durch sein kastanienbraunes Haar. Sein Kopf schmerzte, aber nicht so stark wie sonst. Vielleicht lag es daran, daß er endlich wieder in dem Land war, das für ihn die meiste Zeit seines Erwachsenenlebens Zuhause bedeutet hatte. Die letzten zwei Jahre in der Hölle, hatte er sich nichts mehr gewünscht, als nach Indien und zu seiner Verlobten zurückkehren zu dürfen.

Georgina. Goldhaarige, anmutige Georgina, das begehrteste englische Mädchen in Nordindien. Ian bemerkte, daß sich sein Herzschlag beschleunigte, sowohl aus freudiger Erwartung als auch aus ängstlicher Spannung. Er zwang sich, tief und ruhig zu atmen, bis die Furcht abebbte. Mehr als Indien, mehr als seine Freunde brauchte er nun den Anblick Georginas, brauchte er sie in seinen Armen. Dann würde er wirklich gesund werden.

Seine Fingerknöchel wurden weiß, als seine Hand die Reling fester umklammerte. *Mit Gottes Hilfe würde er es schaffen.*

Kapitel 1

Baipur, Station
nördliches Zentralindien

Wieder Alpträume. Mit einem unterdrückten Aufschrei fuhr Laura in ihrem Bett hoch. Eine Hand schlug noch nach dem Moskitonetz, das sie umgab. Zitternd vergrub sie das Gesicht in ihren Händen.

Als die Furcht langsam nachließ, machte sie sich in bitterer Ironie selbst Vorwürfe, daß sie sich von den Alpträumen derart aus der Fassung bringen ließ, obwohl sie doch alle alte Freunde waren. Sie hatten begonnen, als sie sechs Jahre alt war und sie zum ersten Mal die schreckliche, zerstörerische Wildheit miterleben mußte, die es zwischen Mann und Frau geben konnte.

Mit der Zeit waren die Alpträume durch neue Szenen ergänzt worden. Die schlimmste handelte von der Katastrophe, die ihre Kindheit vernichtet hatte, obwohl die Bilder sich nicht auf ihre Jahre als Larissa Alexandrowna Karelian beschränkten. Nein, eigentlich hatte das demütigendste Ereignis stattgefunden, als sie bereits Laura Stephenson geworden war.

Seit einiger Zeit kamen die Alpträume seltener und gewöhnlich dann, wenn Veränderungen bevorstanden. Doch unglücklicherweise hatten die Bilder nichts von ihrer Intensität verloren. Angst, Abscheu und Scham. Leidenschaft, Katastrophe, Tod.

Erschöpft strich sich Laura das helle Haar aus der feuchten Stirn. Meistens war sie eine vernunftbegabte, fast schon zu ruhige und beherrschte junge Frau von vierundzwanzig Jahren. In ihren Träumen aber war sie stets ein verschrecktes, vor Angst halb wahnsinniges Kind, und kein Heranreifen und Erwachsenwerden hatten das zu ändern vermocht. Wahrscheinlich sollte sie dankbar sein, daß die entsetzlichen nächtlichen Bilder höchstens zwei- bis dreimal im Jahr kamen.

Zudem kam es ihr absurd vor, von Alpträumen heimgesucht zu werden, obwohl die nahende Veränderung ihr willkommen war. Morgen würden sie und ihr Stiefvater zu einer Rundreise durch den Distrikt aufbrechen, einem der angenehmsten Teile ihrer jährlichen Routine. Nichtsdestoweniger hatte die Aussicht darauf ihre schlafenden Dämonen zu einer ihrer regelmäßigen Attacken geweckt.

Die Luft hatte sich auf eine angenehme Temperatur abgekühlt, und auf der Veranda klingelten die Glöckchen leise in einer lauen Brise. Laura hob das Moskitonetz und schwang ihre Beine aus dem Bett. Barfüßig tappte sie zum Fenster hinüber, ohne auf mögliche Skorpione zu achten, und entdeckte das erste Licht des frühen Tages am östlichen Horizont. Um so besser – so mußte sie wenigstens nicht mehr ins Bett zurück.

Wie so viele Briten in Indien hatten sie und ihr Stiefvater die Angewohnheit, frühmorgens auszureiten, bevor die Hitze des Tages sich über das Land legte. Bald würde auch er aufstehen, und sie würden zusammen Tee und Toast zu sich nehmen. Nach dem Ausritt würde er sich seinen Pflichten als Inkassobeamter des Distrikts widmen, während sie sich um die tausend Einzelheiten kümmern würde, die nötig waren, um das Haus zu schließen und die morgige Abreise vorzubereiten. Es würde ein geschäftiger, vorhersehbarer Tag werden.

Laura blieb noch eine Weile am Fenster stehen, lauschte den zarten Klängen der Glöckchen und nahm die Geräusche und den schweren Duft der Nacht in sich auf. Die warme Brise liebkoste ihr Gesicht, und die wollüstige, samtige Finsternis schien sie zu rufen. Indiens innerstes Wesen war Leidenschaft, und manchmal – fast zu oft – sehnte sie sich danach, sich ihr zu unterwerfen. Ohne sich dessen bewußt zu sein, ließ sie eine Hand über ihren Körper gleiten, strich sich über Brüste und Hüften, als sie das warme Pulsieren unter dem dünnen Musselinhemd wahrnahm.

Dann bemerkte sie, was sie tat, spürte die Röte in ihre Wange steigen und wandte sich ab von der sinnlichen Gefahr der Nacht.

Laura suchte gerade Proviant im Küchenhaus zusammen, als der Bursche ihres Vaters hereinkam, um zu melden, daß der Schlichtungsbeamte einen Besuch abstatten wollte. Sie zog ihre Nase kraus, denn Gäste konnte sie im Augenblick gar nicht gebrauchen. »Danke, Padam. Sag Mr. Walford, daß ich sofort komme.«

Sie nahm den überdachten Weg vom Küchenhaus zum Bungalow und ging zuerst in ihr Zimmer, um ihr Aussehen zu überprüfen. Wie nach Stunden herumwirtschaften zu erwarten war, sah sie aus, als hätte man sie durch ein Dickicht geschleift: Aus dem Knoten an ihrem Hinterkopf hatten sich zahlreiche Strähnchen gelöst, die nun wild um ihren Kopf standen. Das kümmerte sie nicht besonders, ihr verschwitztes, am Körper klebendes Kleid jedoch sehr wohl, denn das letzte, was sie wollte, war, Emery Walford zu provozieren. Sie rief ihr Mädchen und zog ein formloses, weißes Musselinkleid an. Dann ging sie, um ihren Gast zu begrüßen.

Die Veranda, über die sich blühende Ranken spannten, war der schönste Teil des flachen Gebäudes. Als Laura erschien, erhob sich der Beamte, ein großer, schüchterner junger Mann, augenblicklich. »Guten Morgen, Laura«, sagte er. »Ich weiß, daß Sie viel zu tun haben müssen, aber ich wollte Ihnen noch auf Wiedersehen sagen, bevor Sie abreisen.« Er schluckte und setzte dann einfallslos hinzu: »Es ist ziemlich heiß heute.«

»Doch bald wird das kühle Wetter für sechs wundervolle Monate Einzug halten.« Laura bedeutete ihm, sich hinzusetzen, und suchte sich einen Korbsessel, der in sicherer Entfernung von dem seinen stand. Dennoch war sie sich sehr deutlich seines Verlangens bewußt. Seit sie vierzehn war, warfen Männer ihr lüsterne Blicke zu, und selbst mit geschlossenen Augen konnte sie das heiße, wortlose Drängen der männlichen Gier spüren.

Gott allein mochte wissen, warum so viele Männer sie begehrten, denn sie war keine Schönheit und tat ganz gewiß nichts, was Verehrer ermutigen könnte. Trotzdem war die verlangende Bewunderung stets vorhanden, bei den meisten Männern allerdings durch die Erziehung gezügelt und daher kein Problem. Emerys unverhohlenes Verlangen jedoch brachte sie immer wieder in Verlegenheit. Und das war schade, denn sie mochte seine Intelligenz und seine freundliche Ernsthaftigkeit. Sie hätten bessere

Freunde sein können, wenn er nicht so offensichtlich hinter ihr hergewesen wäre.

Als Tee und *Jelabi*-Kuchen serviert waren, sagte der junge Beamte: »Wäre es denn nicht günstiger, auf kühleres Wetter zu warten, bevor Sie die Reise antreten? Die Hitze ist so ermüdend!«

»Aber das Lagern im Freien ist sehr anregend«, antwortete sie mit einem Lächeln. »Wir freuen uns schon seit Wochen darauf. Vater meint, die Reise durch seinen Distrikt ist das Wichtigste überhaupt an seinem Amt.«

Mit niedergeschlagenen Lidern rührte Emery in seinem Tee. »Ich... wir werden Sie und Ihren Vater auf der Station vermissen.«

»Wir sind zurück, bevor Sie es bemerken«, sagte sie.

»Erst kurz vor Weihnachten.« Er zögerte, als müßte er sich sammeln, um etwas Wichtiges zu sagen.

»Die Wildschweinsaison kommt, und Sie werden sehr viel zu tun haben«, warf Laura ein und wechselte damit geschickt das Thema. »Vater sagt, Sie haben ein herrliches neues Pferd von einem afghanischen Händler erstanden?«

Emerys Miene hellte sich auf, und er begann sein Pferd zu beschreiben, was sie sicher durch den Nachmittagstee lavierte. Laura nickte an den richtigen Stellen, nippte an ihrem Tee, konnte aber das unangenehme Wissen einfach nicht verdrängen, daß sie Emery nicht dauernd auf Abstand halten konnte. Früher oder später würde er um ihre Hand anhalten. Dieser Antrag war noch nicht einmal besonders schmeichelhaft, denn mindestens die Hälfte aller britischen Junggesellen, die sie in Indien kennengelernt hatte, hatten dies getan. Europäische Mädchen waren so knapp gesät, daß selbst pferdegesichtige und spitzzüngige Damen haufenweise Anträge erhielten.

Dennoch – obwohl die Frage unvermeidlich kommen würde, wollte sie das Thema so lange wie möglich hinausschieben, denn ihre Ablehnung würde nur eine unbehagliche Atmosphäre schaffen. Die wenigen Briten in Baipur lebten auf sehr engem Raum miteinander, und alles, was Spannung erzeugte, war zu vermeiden.

Was wäre so falsch daran, sie ließe sich dazu verleiten, anzunehmen, denn Emery war liebenswert und sehr attraktiv. Mehr als einmal hatte sie sich bei dem Gedanken ertappt, daß er ganz und gar anders als Edward war, so daß eine Ehe mit ihm ihr Sicherheit bieten konnte. Es wäre sicher ein Vergnügen, seine starken Arme um sich zu spüren, seine Lippen auf ihrem, seine Hände...

Immer wenn ihre Gedanken diesen Punkt erreicht hatten, wurden die Tagträume in einer Woge von Panik ertränkt. Das Problem war nicht Emery, sondern sie, und eine Ehe stand außer Frage.

Sie trank ihren Tee, stand auf und streckte ihm ihre Hand entgegen. »Ich möchte nicht unhöflich sein, Emery, aber ich muß zu meiner Arbeit zurück. Ansonsten stellen wir demnächst tief im Landesinnern fest, daß uns Tee, Chinin oder sonst etwas Essentielles fehlt.«

»Wenn Sie etwas benötigen, dann lassen Sie mir eine Nachricht zukommen. Ich sorge dafür, daß es Ihnen augenblicklich geschickt wird.« Der junge Mann mochte ihre Hand nicht loslassen. »Laura... ich muß Ihnen noch etwas sagen.«

Bevor es jedoch dazu kam, nahte die Rettung in Gestalt von Lauras Stiefvater. Als Kenneth Stephenson die Treppe zur Veranda emporstieg, erfaßte er auf einen Blick die Situation, und in seinen hellblauen Augen erschien ein amüsiertes Funkeln. »Guten Tag, Emery. Sie wollten gerade gehen?«

Emery wurde rot und ließ Lauras Hand los. »Ja. Ich... ich bin nur vorbeigekommen, um Ihnen und Laura eine gute Reise zu wünschen.« Sein sehnsuchtsvoller Blick berührte Laura einen kurzen Augenblick, dann wandte er sich ab. »Ich freue mich auf Ihre Rückkehr.«

Als der junge Mann sich auf sein Pferd geschwungen und weggeritten war, bestellte Laura noch ein Tablett mit Erfrischungen. »Du bist im allerletzten Moment gekommen, Vater. Ich glaube, Emery wollte gerade zu einem Antrag ansetzen.«

Mit ernster Stimme antwortete Kenneth Stephenson: »Du könntest schlechter wählen. Er ist vielleicht ein wenig grün, aber für manche Mädchen bestimmt ein ganz ausgezeichneter Ehemann. Er stammt aus guter Familie, ist umgänglich und macht seine Arbeit sehr gut. Er wird es weit bringen.«

»Ich gönne es ihm«, sagte Laura leichthin. »Ich bleibe lieber bei dir – du bist eine weit bessere Gesellschaft.«

Ihr Stiefvater lächelte ein wenig traurig. »Du solltest wirklich eine eigene Familie gründen, Laura.«

Diese Diskussion war nicht neu. »Du bist meine Familie«, erwiderte sie. »Du brauchst mich. Jemand muß nach dir sehen und aufpassen, daß du vernünftig ißt!«

Er spielte mit einem knusprigen *Jelabi.* »Ich werde nicht immer bei dir sein, Liebes.«

Betroffen von seinem Tonfall, musterte Laura sein Gesicht. Es war leicht, die subtilen Anzeichen des Alters bei jemanden zu übersehen, mit dem man täglich zusammen war. Nun stellte sie plötzlich schockiert fest, wie dünn er geworden war, wie viele Falten seine sonnengebräunte Haut durchzogen und wie grau sein Haar schon war. Er war älter als die meisten Distrikt-Offiziere, und das Leben in Indien war auch für junge, kräftige Menschen mühselig. »Du arbeitest zuviel. Vielleicht solltest du langsam in den Ruhestand treten, damit wir nach England zurückkehren können.«

»Was denkst du eigentlich wirklich über Indien?« fragte er. »Ich wäre zufrieden, den Rest meines Lebens hier zu verbringen, aber für eine junge Frau ist das Leben nicht leicht. Manchmal überlege ich, ob du nicht einfach vorgibst, glücklich zu sein, nur damit ich kein schlechtes Gewissen haben muß, dich hierhergeschleppt zu haben.«

»Du hast mich nicht ›geschleppt‹ – ich habe darauf bestanden, mitzukommen, weißt du noch?« Laura blickte abwesend auf die saftig-grüne Landschaft, während sie überlegte, was sie sagen sollte. »Es tut mir nicht leid, hier zu leben. Das Land und die Leute sind faszinierend, und ich verstehe, warum du sie so liebst. Doch selbst nach fünf Jahren empfinde ich das Land noch als fremd. Ich werde es niemals begreifen.«

»Man braucht nicht zu begreifen, um zu lieben«, sagte er voller Zuneigung. »Du hast einen starken russischen Anteil in dir, den *ich* nie verstehen werde, aber deswegen liebe ich dich kein bißchen weniger.«

»Ich bin keine Russin – ich bin eine zivilisierte Engländerin.« Um es zu beweisen, schenkte sie sich

Tee nach und fügte eine große Menge Milch hinzu. »Ich bin nur zufällig in Rußland geboren.«

»Und hast da gelebt, bis du neun warst. Das können die Jahre in England auch nicht ändern.« Kenneth lächelte. »Wenn du mich mit deinen funkelnden, goldenen Augen so ansiehst, bist du ganz und gar das Abbild deiner Mutter, und keiner war russischer als Tatjana.«

»Aber ich bin ihr nur äußerlich ähnlich«, sagte Laura mit Unbehagen. »Sonst nicht!«

Er schüttelte den Kopf, verfolgte das Thema aber nicht weiter, sondern suchte ihren Blick und hielt ihn fest. »Wenn mir etwas zustößt, dann versprich mir, Liebes, daß du nicht zu lange trauerst und ernsthaft über die Ehe nachdenken wirst.«

Alarmiert stellte Laura ihre Tasse ab und starrte ihren Stiefvater an. »Das ist aber ein merkwürdiges Gespräch. Gibt es etwas, das du mir verschweigst? Geht es dir nicht gut?«

»Nein, nein, nichts dergleichen.« Er zuckte die Schultern. »Es ist nur die Sache mit dem Brahmanen, der einmal mein Horoskop erstellt hat. Er sagte, ich würde kurz nach meinem sechzigsten Geburtstag sterben.«

Und sein Geburtstag war eine Woche zuvor gewesen. Laura hatte das Gefühl, als streifte ein eisiger Windhauch ihren Nacken. »Das ist doch Unsinn, Vater! Wie kann ein abergläubischer Heide wissen, wann du stirbst?« rief sie.

»Vielleicht hat sich der Priester ja geirrt. Aber er könnte schließlich auch recht gehabt haben. Ich habe in Indien schon viele Dinge gesehen, die nach westlichen Maßstäben unerklärlich sind.« Kenneth sprach mit ruhiger Stimme. »Wahrscheinlich habe ich mir ein bißchen vom östlichen Fatalismus angeeignet, denn der Gedanke an den Tod schreckt mich nicht besonders. Ich habe eine Bestandsaufnahme meines Lebens gemacht und bin recht zufrieden mit dem, was ich erreicht habe.« Er seufzte. »Aber ich mache mir Sorgen, was mit dir geschehen wird. Ich hätte mich mehr um meine Geldangelegenheiten kümmern sollen, denn ich habe nicht viel, was ich dir hinterlassen kann.«

»Du hast mir alles gegeben, was man sich wünschen kann«, gab sie in behutsamem Tonfall zurück. »Du brauchst dir keine Gedanken zu machen. Ich kann sehr gut für mich selbst sorgen.«

»Das weiß ich, aber das Leben besteht aus mehr als nur aus Überleben«, sagte er weich. »Es bedeutet auch Kameradschaft, Freundschaft, Liebe. Ich habe Angst, daß du dich dafür entscheidest, den Rest deines Lebens allein zu verbringen, und dadurch viele schöne Dinge verpaßt.«

Laura biß sich auf die Lippe. Unglücklich erkannte sie, daß ihr Vater ihre generelle Abneigung gegen die Ehe erkannt hatte. Sie würde das Thema nicht näher besprechen, nicht einmal mit ihrem Stiefvater, da ohnehin nichts ihre Meinung ändern konnte. Aber wenn eine Unwahrheit seinen Seelenfrieden erhalten würde, dann wollte sie gerne ein bißchen lügen. »Das Leben ist ungewiß, besonders hier in Indien – du könntest glatte zwanzig Jahre länger leben als ich.« Sie schauderte übertrieben zusammen. »Aber ich verspreche dir, wenn dir etwas passiert, halte ich nach einem Ehemann Ausschau. Eine Frau braucht einen Mann, wenn auch nur, um das richtig fette Ungeziefer zu erschlagen. Du weißt, wie sehr ich Tausendfüßler hasse.«

Kenneth lachte in sich hinein, und seine Miene

wurde weicher. »Wenn du heiraten solltest, dann findest du bestimmt noch eine andere Verwendung für deinen Mann. Wenn du mich nicht mehr bemuttern mußt, wirst du feststellen, wie nett die Gesellschaft junger Männer sein kann.«

Vielleicht würde sie das ja tatsächlich, aber Heiraten käme trotzdem nicht in Frage. Niemals.

Kapitel 2

Cambay Station
Nordindien

In seinem Bestreben, endlich zu seinem Regiment zurückzukehren, verbrachte Ian Cameron nur zwei Tage in Bombay. Nachdem er seine Bank und einen Schneider aufgesucht hatte, kaufte er das beste Pferd, das er finden konnte, Gewehr und Revolver, und begab sich auf den langen Weg nach Cambay. Er machte sich nicht erst die Mühe, eine Nachricht vorauszuschicken – er würde genauso schnell ankommen wie der Brief.

Er ritt in nordöstliche Richtung durch die weiten, grünen Ebenen, die sich vom Arabischen Meer bis zum Golf von Bengalen erstreckten, doch er fand wenig Freude an den vertrauten Bildern von fröhlichen Menschen, farbenprächtigen Tempeln und geduldigen Wasserbüffeln. In den endlosen Monaten im Schwarzen Brunnen von Buchara war er sicher gewesen: wenn er jemals freikam, wenn er wieder im Sonnenlicht stehen konnte, dann würde sein Leben wieder normal werden.

Statt dessen schien die Finsternis des Kerkers in seine Seele gedrungen zu sein. Tag und Nacht – besonders des Nachts – plagte ihn die Angst, daß das Dunkel ihn ganz einhüllen könnte. Nur Georgina konnte die Schatten vertreiben, und der Wunsch, sie zu sehen, brachte ihn dazu, sein Pferd bis zum äußersten zu strapazieren. Er dachte kaum daran, zu rasten oder zu essen. Zudem zog er es vor, den Schlaf zu meiden, denn er fürchtete die entsetzlichen Träume. Gewöhnlich handelten sie vom Schwarzen Brunnen, und er wachte jedesmal mit dem Gefühl quälender Einsamkeit auf und meinte, ersticken zu müssen.

Manchmal jedoch hatte er einen geheimnisvollen, unerklärlichen Traum von einem Feuer – ein wütendes Inferno, das über das Land tobte. Daraus erwachte er stets vor Furcht zitternd und in dem Wissen, daß er etwas tun mußte, um den Brand aufzuhalten. Aber was, daran konnte er sich nie erinnern.

Im großen und ganzen war es also besser, gar nicht erst zu schlafen.

Die Straße zum Quartier des 46. Eingeborenen-Infanterieregiments führte über eine Brücke. Oben angelangt, hielt er an und starrte auf die Ebene vor sich. Nichts schien sich in den zwei Jahren, die er fortgewesen war, verändert zu haben. In der Ferne wurden Truppen auf dem *Maidan,* dem Paradeplatz, gedrillt, und die forschen Schritte und Kehrtwendungen wirbelten Staubwolken auf, die der Wind davonwehte. Etwas näher befanden sich die Baracken, die Vorratslager und Bungalows in militärischer Präzision an einem verzweigten, ausgedehnten Straßennetz.

Endlich erlaubte er sich, zu Colonel Whitmans geräumigem Bungalow hinüberzublicken. Es war später Nachmittag, also müßte Georgina zu Hause sein und sich zum Dinner ankleiden. Wenn nicht – nun, sie würde nicht weit fort sein. Innerhalb der nächsten zwei Stunden würde er sie in die Arme schließen können, und dann hätten seine Alpträume endlich ein Ende.

Ungeduldig trieb er sein Pferd hinunter in die geschäftigen Straßen, wo Soldaten und Zivilisten ihren üblichen Aufgaben nachgingen. Ungläubige Blicke folgten ihm, als er vorbeiritt, und ein- oder zweimal glaubte er, seinen Namen flüstern zu hören, aber er hielt nicht an. Später würde er noch genug Zeit zum Reden haben.

Als er sein Ziel erreicht hatte, stieg er ab und hastete, immer zwei Stufen auf einmal nehmend, die Treppe zum Bungalow hinauf. Wahrscheinlich wäre es klüger gewesen, sich zuerst eine Bleibe zu suchen, damit er sich waschen und umziehen und eine Nachricht an Georgina schicken konnte, die sie über seine Rückkehr informierte. Aber wie seine Mutter immer sagte, war noch niemand an guten Nachrichten gestorben, und er wollte nicht eine Minute länger auf das Wiedersehen mit seiner Verlobten warten.

Auf Ians Klopfen öffnete der Bursche des Colonels, der gleichzeitig die Funktion des Butlers innehatte. Unbeeindruckt von der verstaubten Erscheinung des Besuchers fragte er höflich: »Kann ich Ihnen helfen, Sahib?«

»Erkennst du mich nicht, Ahmed?« fragte Ian und nahm seinen *Topi*, den breitrandigen Tropenhelm ab, den alle Europäer trugen, um sich vor der gleißenden indischen Sonne zu schützen.

Die Kinnlade des Mannes fiel herab. »Major Cameron?«

»Höchstpersönlich. Ein wenig älter, wahrscheinlich nicht weiser, aber grundsätzlich gesund. Ist Miss Georgina da?«

»Sie ist im Gartenzimmer, Sahib, aber...«

Ian schnitt dem Burschen das Wort ab. »Melde mich nicht an – ich will sie überraschen!« Und schon eilte er durch den Hauptraum des Bungalows, und sein Herz hämmerte in dem Wissen, daß die Rettung nur noch ein paar Schritte entfernt war.

Das Gartenzimmer war ein hübscher, schattiger Teil der Veranda, der zu Mrs. Whitmans spektakulären Blumenbeeten hinausführte. Und dort – wie die Schale mit Gold am Ende eines Regenbogens – saß Georgina. Sie hatte Ians Schritte nicht gehört, und so blieb er in der Tür stehen, um ihren Anblick zu genießen, wie sie auf dem Korbsofa mit ihrer Stickerei beschäftigt war.

Die Monate der Gefangenschaft hatten ihr Bild in seiner Erinnerung verschwimmen lassen, doch nun fragte er sich, wie er je ihre zarten Gesichtszüge, die goldschimmernden Kringellöckchen und ihren wunderbar edlen Hals hatte vergessen können. In ihrem fließenden rosafarbenen Kleid wirkte sie so süß, so frisch und so ausgesprochen weiblich... all die Eigenschaften, nach denen er sich im Kerker so gesehnt hatte!

Sein Heilmittel war in greifbarer Nähe. Leise rief er: »Georgina!«

Sie schaute auf, dann stockte ihr der Atem, und sie ließ ihre Stickerei fallen. Ihre Miene zeigte mehr als Überraschung; es war Entsetzen!

Ihre Reaktion machte Ian schmerzlich bewußt,

welchen Anblick er bieten mußte: Klapperdürr, verstaubt, in einer zu weiten Uniform, eine schwarze Klappe über einem Auge. Was für ein Narr war er gewesen, gleich hierher zu kommen; möglich, daß sie ihn gar nicht erkannte. Bemüht, heiter zu wirken, sagte er: »Ich gebe zu, daß ich etwas nach Bandit aussehe, bis zur Unkenntlichkeit habe ich mich aber doch nicht verändert.«

»Ian!« Sie versuchte sich zu erheben, sank dann jedoch ohnmächtig aufs Sofa zurück.

Ian verfluchte sich heftig, während er zum Sofa ging und ihre zusammengesunkene Gestalt so plazierte, daß ihre Füße etwas höher als der Kopf gelagert waren. Sie duftete nach Parfüm und war weich und rund, wie eine Frau es sein sollte.

Dann flatterten ihre blaßgoldenen Wimpern auf, und sie starrte den Mann an, der neben ihr kniete. »Ian.« Sie legte ihm unsicher eine Hand auf die Wange. »Gütiger Himmel, du bist es wirklich.«

Er wollte etwas antworten, dann hielt er inne. Es war, als ob man ihm eine Faust in den Magen gerammt hatte. Die Hand, die Georgina erhoben hatte, war ihre linke, und am Ringfinger trug sie einen goldenen Reifen.

Er packte ihre Hand und starrte den Ring an. Es war ein Ehering, daran gab es keinen Zweifel, und sie trug ihn zusammen mit einem Diamantring, der nicht derselbe war, den er ihr zur Verlobung gegeben hatte.

Sein Blick verschleierte sich. Er ließ ihre Hand fallen und stand auf, ohne es recht glauben zu wollen. Dann entdeckte er den Grund für Georginas Rundlichkeit: Sie mußte im vierten oder fünften Monat schwanger sein. Mit heiserer Stimme, die er kaum als seine identifizieren konnte, sagte er: »Ich hatte gehofft, daß meine Abwesenheit die Gefühle vertiefen würde, aber offenbar bedeutet für dich: Aus den Augen, aus dem Sinn. Ist der Glückliche jemand, den ich kenne?«

»Gerry Phelps«, antwortete sie schwach und preßte sich eine Hand an die Kehle.

Natürlich. Der ehrenhafte Gerry Phelps, Ians Freund und Rivale, seit sie zusammen als Kadetten auf der Militärakademie von Addiscombe gewesen waren – und zudem hartnäckigster Verehrer Georginas neben ihm selbst. Ians Gesicht verzog sich. »Ich hätte es mir denken können. Gerry wollte dich schon immer haben. Warum hast du ihn nicht sofort genommen, statt erst so zu tun, als würdest du mich lieben?«

Ihre helle Stimme brach. »Ich habe nicht so getan, als ob, Ian, aber alle haben mir gesagt, du seist tot! Ich habe eine Woche geweint, als die Nachricht eintraf.«

»Und dann die Tränen getrocknet und Gerry geheiratet«, beendete Ian bitter den Satz. Er warf einen Blick auf ihre Mitte. »Du hast ja nicht viel Zeit mit Trauer verschwendet!«

Georgina begann zu weinen. Tränen taten ihrer Schönheit keinen Abbruch, denn sie hatte immer schon die Gabe gehabt, sehr hübsch zu schluchzen.

Während Ian auf seine ehemalige Verlobte starrte, spürte er, wie etwas in seinem Inneren zerriß und die Maske der Normalität mitnahm, die er seit seiner Rettung aus dem Kerker so mühselig aufrechterhalten hatte. Aus Furcht, er könnte vielleicht handgreiflich werden, machte er auf dem Absatz kehrt und ging steif hinaus. Sie flüsterte schluchzend seinen Namen, aber er blickte sich nicht um. Nachdem er sich von Ahmed seinen Helm hatte reichen lassen, riß er die Tür mit solcher Kraft auf, daß die Wände des Bungalows bebten, und sah sich Gerald Phelps gegenüber.

Gerry erstarrte mitten in der Bewegung, in seiner Miene eine Mischung aus Freude und Schuldbewußtsein. »Mein Gott, Ian. Du lebst ja wirklich! Jemand hat mir erzählt, daß du gerade gesichtet worden bist, aber ich konnte es nicht glauben. Es ist verdammt lange her.« Er hob die Hand, um sie ihm entgegenzustrecken, ließ sie dann jedoch wieder fallen. »Wir dachten alle, du wärest tot.«

»Das habe ich bereits festgestellt.« Ian überlegte, ob er seine Faust gegen Gerrys gutgeformtes Kinn rammen sollte; es hätte ihn in seinem hilflosen Zorn vielleicht ein wenig erleichtert. Aber wenn er seinem Drang nach Gewalt in seiner jetzigen Verfassung nachgeben würde, wäre er zu einem Mord fähig, und Gerry war im Kampf nie ein wirklicher Gegner gewesen. »Meine Glückwünsche zu deiner Hochzeit«, sagte er mit einem bösartigen Unterton. »Ich weiß nicht, ob der Beste gesiegt hat, aber Hauptsache ist doch der Sieg, nicht wahr?«

Ohne auf eine Antwort zu warten, schob er den anderen zur Seite und schwang sich auf sein Pferd. Dann stob er in der schnellsten Gangart davon, die er dem erschöpften Tier zumuten konnte.

Gerry Phelps sah ihm nach, ging schließlich hinein und fand seine Frau an den Türrahmen zum Gartenzimmer gelehnt. Ihr Gesicht war leichenblaß, ihre Hände waren krampfhaft ineinander verschränkt. Gerry wollte zu ihr gehen und sie trösten, und noch mehr wollte er sie sagen hören, wie froh sie war, ihn geheiratet zu haben, doch ihre verwirrte Miene ließ ihn innehalten.

Mann und Frau starrten sich an und spürten die Distanz zwischen sich, die nichts mit Metern zu tun hatte. Zwischen ihnen stand der Geist eines Mannes, der nicht tot war.

Ian war bereits eine Viertelmeile über die Straße galoppiert, als er begriff, daß er keine Ahnung hatte, wo er hinsollte. Nachdem er sein Pferd zum Stehen gebracht hatte, brach er über dessen Hals zusammen, weil er sich nicht länger aufrecht halten konnte. Die körperliche Erschöpfung, die er so lange einfach ignoriert hatte, überfiel ihn nun mit aller Macht, und sein Atem kam stoßweise und keuchend. Doch noch viel schlimmer als seine physische Qual war der Schmerz in seiner Seele und ein bitteres Stück Wahrheit, das er weder annehmen noch leugnen konnte.

Seit er gerettet worden war, hatte er sich an dem Gedanken festgeklammert, daß Georgina seine Erlösung bedeutete, doch statt dessen hatte er nur Asche vorgefunden. Die Dunkelheit in seiner Seele war nun endgültig hervorgebrochen, und nicht einmal die gleißende asiatische Sonne war stark genug, die schwarzen Nebel zu schlucken, die in Wellen erstickender Furcht in seinem Inneren aufwallten.

Ian konnte gerade noch erkennen, daß er zerfiel, und er hatte nicht die leiseste Ahnung, wie zum Teufel er diesen Vorgang aufhalten sollte. Wie ein verwundetes Tier wünschte er sich sehnlichst eine Höhle, in der er allein leiden konnte, aber der Club war zu öffentlich, Hotels gab es nicht, und er würde niemals das Haus eines Freundes finden, bevor er zusammenbrach.

Rascher Hufschlag erklang hinter ihm, und eine Stimme rief seinen Namen. Ian erstarrte und fragte sich, ob Gerry Phelps blöd genug war, ihm zu folgen. Das andere Pferd galoppierte an seine Seite und wurde heftig gezügelt. Dann berührte eine Männerhand Ians rechtes Handgelenk.

Die Tatsache, daß man sich seiner blinden Seite genähert hatte, ließ den letzten Faden von Ians Selbstbeherrschung zerreißen. Er drehte sich im Sattel um, holte mit seiner linken Faust aus und wollte nur noch schlagen, wehtun, sich wehren, wen immer er auch treffen würde.

Der Störenfried war nicht Gerald Phelps. Als seine Faust auf die Brust des anderen krachte, erkannte Ian, daß er seinen jüngeren Bruder David attakkierte.

David, in der Uniform eines Captains des 46. Eingeborenen-Infanterieregiments, schaffte es nur knapp, nicht aus dem Sattel zu fallen. Einen endlosen Augenblick starrten die beiden Männer sich an. Dann verzog ein schiefes Lächeln Davids sonnengebräuntes Gesicht. »Ich habe nicht vergessen, daß ich dir zehn Pfund schulde, Ian, aber du mußt das Geld nicht aus mir rausprügeln. Ich hätte es dir längst zurückgezahlt, wenn du nicht nach Turkestan gegangen wärst, um dich umbringen zu lassen.«

Hilflos erwiderte Ian: »Himmel, David, was tust du hier? Als ich Indien verließ, warst du bei den Bengalischen Pionieren!«

»Kalkutta war so langweilig, so daß ich drei Monate, nachdem du fort warst, zum 46. gewechselt bin. Ich dachte, das Leben im Norden würde aufregender sein.« Voller Gefühl, das seine lockeren Worte Lügen strafte, griff er nach Ians Hand. Als dritter der vier Cameron-Sprößlinge besaß David die ausgeglichenste Natur und den gesündesten Menschenverstand. Und er war einer der wenigen Menschen, deren Gesellschaft Ian im Augenblick ertragen konnte.

Dann ließ er Ians Hand wieder los und sagte: »Was zum Teufel ist mit dir in Buchara geschehen?«

Ian schüttelte nur den Kopf. Er konnte nicht antworten.

David runzelte die Stirn, als er das Gesicht seines älteren Bruders intensiv musterte. »Wo bist du untergekommen?«

»Nirgendwo. Ich bin einfach nur zurückgekehrt.« Ians Stimme brach, doch er faßte sich wieder. »Ich bin direkt zu Colonel Whitmans Haus geritten.«

Schweigen legte sich über sie, dann sagte David schlicht: »Ich verstehe. Komm mit mir. Mein Bungalow liegt in der Nähe. Der Mann, mit dem ich das Haus teile, ist für ein paar Monate fort, also habe ich genug Platz.«

Stumm wendete Ian sein Pferd und ritt hinter seinem Bruder her. Nur noch ein paar Minuten. Das konnte er schaffen. Nur noch ein paar Minuten.

Kapitel 3

Verwirrt rollte sich Ian herum und blinzelte benommen, als er erwachte. Dann erinnerte er sich. Cambay. Das katastrophale Wiedersehen mit Georgina. Schließlich, Gott sei's gedankt, David. Als sie beim

Bungalow angekommen waren, hatte sein Bruder vorgeschlagen, daß er sich ausruhen sollte, und ihn zu einem der Schlafzimmer gebracht. Ian hatte sich nicht einmal ausgezogen, bevor er sich, mit dem Gesicht nach unten, ausgestreckt aufs Bett fallen ließ. Innerhalb von Sekunden war er in einen todesähnlichen Schlaf gesunken.

Die rötlichen Strahlen der Nachmittagssonne drangen durch die Fensterläden, aber was für ein Tag war heute nun? Vielleicht hatte er volle vierundzwanzig Stunden geschlafen, so wie damals, als er nach der mörderischen Flucht durch die Karakum in der Festung bei Juliet angelangt war. Und auch damals war sein Schlaf eher ein Koma gewesen.

Er fühlte sich noch immer müde und zerschlagen, glaubte aber nicht, daß er noch würde weiterschlafen können, denn die schwarzen Nebel quälten ihn noch immer. Ernsthaft dachte er über seine bildhaften Gedanken nach. Der Begriff Nebel war noch zu sanft; die Schatten waren mehr wie knurrende schwarze Hunde, die ihn umkreisten, seinen Geist verdüsterten, nach ihm schnappten und geiferten, während sie darauf warteten, ihn zu töten. Wie Wölfe vielleicht.

Vielleicht wäre es klüger gewesen, bei den Nebeln zu bleiben, überlegte er, als er zittrig auf die Füße kam und zum Waschständer ging. Der Spiegel über dem Becken zeigte ein dreckiges, bärtiges Gesicht, das allein schon jeden erschrecken konnte. Georgina hatte es auf jeden Fall erschreckt. Mit zusammengepreßten Lippen wandte er sich ab und öffnete die Tür zum Hauptraum des Bungalows. David saß an einem Schreibtisch und schrieb einen Brief.

»Wie lange habe ich geschlafen?« fragte Ian.

Sein Bruder blickte auf. »Weniger als zwei Stunden. Ich hatte nicht erwartet, dich vor morgen früh zu sehen.«

Kein Wunder, daß er sich nicht ausgeruht fühlte.

David fuhr fort: »Wie wär's mit einem Bad? Danach können wir essen, und du kannst mir erzählen, was in den letzten zwei Jahren geschehen ist.«

Der Vorschlag war verdammt gut, denn nach einer Rasur und einem Bad und in frischen Kleidern fühlte Ian sich fast wieder wie ein Mensch. Im stummen Einverständnis stellte keiner der Brüder Fragen, bis sie mit dem Essen fertig waren. Oder besser, bis David mit dem Essen fertig war, denn Ian aß nur wenige Bissen und schob dann den Rest nur noch mit der Gabel über seinen Teller.

Als David fertig war, gab er ein Zeichen, den Tisch abzuräumen. »Hast du Lust auf einen Brandy?« fragte er.

Ian betrachtete die Karaffe. »Ich glaube schon, obwohl es wahrscheinlich ein Fehler ist... Nach zwei Jahren in islamischen Ländern, wo es keinen Alkohol gibt, haut mich ein Drink womöglich aus den Schuhen!«

David füllte zwei Gläser und schob eins über den Tisch. »Abgesehen von dem Wechsel zum 46., ist bei mir in den letzten zwei Jahren nicht viel passiert. Aber wie bist du aus Buchara entkommen? Es hieß, du wärest kurz nach deiner Ankunft in der Stadt eingekerkert und ein Jahr später exekutiert worden!«

Ian zuckte die Schultern. »Der Bericht stimmt nur zur Hälfte. Ich wurde gefangengenommen, aber nicht exekutiert – jedenfalls nicht richtig. Nach eineinhalb Jahren in dem dreckigsten, abstoßendsten Loch, das man sich vorstellen kann, tauchten Juliet und ihr verlorengeglaubter Mann auf, wir flohen nach Persien, und hier bin ich nun.«

Davids Brandyglas kam auf halber Strecke zum Mund zum Stillstand. Ungläubig starrte er seinen Bruder an. »Unsere Schwester Juliet? Und Ross Carlisle?«

Nachdem Ian in groben Zügen die Einzelheiten berichtet hatte, stieß David einen leisen Pfiff der Verwunderung aus. »Du hattest verdammtes Glück.«

»Allerdings.« Ian nahm eine Mango und begann, die Frucht mit dem rasiermesserscharfen persischen Dolch, den seine Schwester ihm gegeben hatte, in Scheiben zu schneiden. »Ich sage mir das auch immer wieder.«

»Also sind Juliet und Ross wieder vereint«, meinte David nachdenklich. »Warum zum Teufel ist sie denn überhaupt damals davongelaufen? Ich habe das nie begriffen. Ich weiß, daß Juliet mehr als den normalen Anteil der Cameronschen Impulsivität abbekommen hat, aber Ross nach weniger als sechs Monaten Ehe zu verlassen, ist mir immer wie Irrsinn erschienen.«

»Ich weiß nicht, warum sie es damals tat – sie hat sich mir nicht anvertraut. Aber Ross ist wohl mit ihrer Erklärung zufrieden, und das ist alles, was zählt.« Ian zögerte einen Moment, als er sich an die intensive Nähe erinnerte, die er zwischen seiner Schwester und ihrem Mann gespürt hatte. Er freute sich für sie, aber der Gedanke daran ließ seine eigene Situation nur noch trostloser erscheinen. Angewidert von seinem Selbstmitleid fuhr er fort: »Sie müßten bald wieder in England eintreffen. Juliet hat sich nicht nur in eine liebende und mehr oder weniger pflichtbewußte Ehefrau verwandelt, sie trägt auch bereits einen Stammhalter mit sich herum.«

David grinste. »Typisch Juliet. Nur keine Zeit verlieren!«

»Georgina denkt wohl auch so.«

Die Miene seines Bruders wurde ernst. »Urteile nicht zu hart, Ian. Als die Nachricht kam, daß du exekutiert worden wärest – und der Bericht war überzeugend, nicht nur eine vage Vermutung –, war Georgina am Boden zerstört. Sie kam oft zu mir, und wir redeten stundenlang über dich.«

»Und dann hat sie kurzerhand den nächsten auf der Warteliste genommen.«

»Sie ist die Art von Frau, die einen Mann braucht.«

Ian nahm seinen ersten Schluck Brandy. Wie erwartet, traf ihn die Wirkung des Alkohols wie ein Schlag. Aber er war froh über den Effekt – mit etwas Glück würde er in kürzester Zeit bewußtlos werden. »Sehr ritterlich, daß du sie verteidigst, aber bei allem gebotenen Respekt bin ich im Moment nicht in der Stimmung, besonders fair zu sein.«

Davids Stirn zog sich in Falten. Er mochte Georgina, und er machte ihr keinen Vorwurf daraus, daß sie geglaubt hatte, ihr Verlobter wäre tot. Aber sie hatte tatsächlich ziemlich rasch geheiratet, und ihre Eile hatte nun üble Konsequenzen für Ian. »Wenn es dich irgendwie tröstet«, sagte er schließlich, »du bist ausgiebig von ganz Cambay betrauert worden. Von Colonel Whitman bis zum niedrigsten Arbeiter.«

»Nein, es tröstet mich nicht besonders«, antwortete Ian trocken und schnitt weiter an der Mango herum.

David musterte sein Gegenüber mit Unbehagen. Er hatte seinen Bruder schon als Kind bewundert und war stets überzeugt gewesen, daß Ians Kraft und sein fester Charakter alles bewältigen konnten. Es war Ian gewesen, der ihm beigebracht hatte, auf Beduinenart zu reiten, sich gegen größere Jungen zu verteidigen und wie man nachts aus dem Haus schlich, wenn man eigentlich schlafen sollte.

Aber der Mann, der aus Buchara gekommen war, wirkte wie ein Fremder. Sein schmales Gesicht war ausgezehrt und eingefallen, und er sah weit älter aus als zweiunddreißig. Er hatte noch nicht einmal gelacht, und das seltene Lächeln war lediglich ein bedeutungsloses Verziehen der Lippen. Unsicher fragte David: »Wirst du das Regiment wechseln? Ich denke mir, Georgina und Gerry ständig zusammenzusehen, könnte sich als... schwierig herausstellen.«

»Das ist eine Untertreibung.« Ian spießte mit der Messerspitze ein Stück Mango auf und starrte das saftige Fruchtfleisch an, während er nachdachte. Plötzlich ließ er das Messer wieder sinken. »Ich werde meinen Dienst quittieren. Ich weiß zwar nicht, was ich statt dessen tun soll, aber ich habe genug davon, die Inder zu verteidigen und das große Spiel gegen die Russen zu spielen. Zur Hölle damit. Das verdammte Königreich Ihrer Majestät wird ohne mich auskommen müssen.«

Die Bitterkeit der Worte ließ David eine Weile schweigen. Plötzlich fiel ihm ein, daß es aus der Familie Neuigkeiten gab, die wichtig für Ians Zukunft waren. »Gut, daß du die Armee verlassen willst. Du wirst nämlich zu Hause in Schottland gebraucht.«

»Wozu in aller Welt?« fragte Ian unbeeindruckt.

Er schob den Teller mit den Mangostücken fort und trank von dem Brandy.

»Du bist nun Laird of Falkirk.«

Ians Gesichtszüge erstarrten. »Wie kann das sein?«

David seufzte. »Es hat etwa vor einem Jahr einen Unfall gegeben. Onkel Andrew und seine beiden Söhne sind im Loch ertrunken. Sie waren angeln, als eins der berüchtigten Unwetter aufkam.«

Ian stieß sich heftig vom Tisch ab. »Verflucht! Alle drei auf einmal umgekommen? Das kann doch nicht wahr sein!«

Während er durch den Raum schritt, spürte er zuerst nur Schock und Bedauern, und es dauerte eine Weile, bis er begriff, wie sich diese Sache für ihn persönlich auswirkte. Falkirk war der Familiensitz der Camerons, aber Ians Vater war Andrews jüngerer Bruder gewesen, und Ian hätte sich nicht im Traum vorgestellt, daß er das Anwesen und den Titel einmal erben könnte. Er war erzogen worden, sich seinen Platz in der Welt selbst zu suchen, und nun war er auf einmal Lord Falkirk.

Dann fiel ihm etwas anderes ein, und er blieb abrupt stehen und blickte seinen Bruder scharf an. »Mit der Meldung meines Todes warst du der nächste in der Reihe der Erben.«

»Ja und nein.« David lehnte sich in seinem Stuhl zurück. »Natürlich haben mich die Anwälte benannt, aber mit der gleichen Post kam ein Brief von Mutter, die mir befahl, ja nicht zu glauben, ich sei der neue Lord, da du nämlich am Leben seiest!«

Einen Augenblick lang wurde Ians Ausdruck weicher. »Habe ich schon erwähnt, daß es Mutter war, die Ross Carlisle in Konstantinopel aufstöberte und ihn förmlich dazu zwang, nach mir zu suchen?«

»Das überrascht mich ganz und gar nicht. Sie war wild entschlossen, die Anwälte die vollen sieben Jahre warten zu lassen, bevor sie deinen Tod für amtlich erklärten.« David grinste. »Sie ist in den letzten Jahren viel stärker geworden. Der Witwenstatus scheint ihr gut zu bekommen.«

Ian rieb sich seine schmerzende Schläfe. »Wie sehr trifft es dich, nicht Falkirk zu erben? Trotz Mutter mußt du es doch langsam als dein Eigentum betrachtet haben.«

»Oh, es hätte mir nichts ausgemacht, ein zugiges Schloß mit all dem Drumherum zu bekommen«, gab David ein wenig reuig zu. »Aber es gefällt mir besser, dich unter den Lebenden zu sehen. Im übrigen bin ich noch nicht bereit, Indien zu verlassen. Ich werde schon mein eigenes Stück Schottland abbekommen, wenn die Zeit dazu da ist.«

Also haßte sein Bruder ihn zumindest nicht dafür, daß er am Leben war. Ian nahm wieder seine Wanderung auf, blieb aber schließlich vor dem Fenster stehen. Während er in die samtige Dunkelheit der Nacht hinausblickte, erwog er den Gedanken, in das Land seiner Geburt zurückzukehren. Als Diplomat hatte Ians Vater den größten Teil seines Lebens im Ausland verbracht, und so war Falkirk sein britisches Kindheitszuhause gewesen. Ian hatte dort als kleiner Junge gelebt, in seinen Schulferien die wilden Hügel erforscht und war in der wunderschönen, tückischen Bucht geschwommen.

Schottland, das Land seiner Väter, kühl und grün, so vertraut wie seine Westentasche. In seinem momentanen Zustand schimmerte der Gedanke an Falkirk wie ein fernes Leuchtfeuer in einer stürmischen Nacht. Der Verlust Georginas hatte ein riesiges

Loch in seine Seele gerissen, aber Falkirk würde ein wenig die Leere ausfüllen können. Er hätte zumindest ein Ziel, eine Art Heim, und einen Grund sich aufzuraffen.

Er drehte sich um und lehnte sich an den Fensterrahmen, die Arme vor der Brust verschränkt. »Ich denke, ich sollte nach Schottland zurückgehen.«

»Ich hoffe, du bleibst aber noch ein paar Tage«, sagte David. »Gott weiß, wann ich dich wiedersehe. Es wird mindestens noch Jahre dauern, bis ich Schottland einen Besuch abstatten kann.«

Da er den Entschluß gefaßt hatte, Indien zu verlassen, hätte Ian nichts lieber getan, als sofort abzureisen. Aber das war unmöglich. »Bevor ich gehe, muß ich noch etwas in Baipur erledigen. Wenn ich fertig bin, komme ich auf dem Rückweg nach Bombay noch einmal bei dir vorbei.«

»Was hast du denn zu erledigen?«

Ian dachte an Finsternis und Kälte und Verzweiflung und an den Mann, der eigentlich ein Feind gewesen war, ihm jedoch so nah wie sein eigener Schatten. »Ein Jahr lang teilte ich meine Zelle mit einem russischen Colonel, bis er exekutiert wurde. Er hat in einer kleinen Bibel ein Tagebuch geführt, und ich habe versprochen, sie seinem nächsten Verwandten zu überbringen, wenn ich überleben sollte. Er sagte mir, daß seine Nichte vor drei oder vier Jahren in Beipur gelebt hat. Da ich schon in der Nähe bin, bringe ich das Tagebuch lieber persönlich hin, als es über offizielle Kanäle zu schikken.«

David zog eine Augenbraue hoch. »Was zum Teufel hat ein russisches Mädchen in einer indischen Distriktstation zu tun?«

Ian forschte in seiner Erinnerung nach dem, was Pjotr gesagt hatte. In den langen, eintönigen Monaten hatten sie sehr viel voneinander erfahren und preisgegeben. »Die Mutter des Kindes war Tatjana, die jüngere Schwester des Colonels, und ihr Vater ein russischer Kavallerie-Offizier. Als Tatjanas erster Mann starb, besuchte sie ein Schweizer Kurbad, um ihren Kummer zu vergessen. Dort traf sie einen Verwaltungsbeamten der Company mit Namen Kenneth Stephenson, der auf dem Nachhauseweg war, um an einem College der Company in Haileybury zu lehren. Sie heirateten und lebten in Haileybury, bis Tatjana vor fünf oder sechs Jahren starb.«

»Die Company muß ja entzückt gewesen sein, eine Russin in ihren Mauern zu haben«, bemerkte David amüsiert.

»Laut Pjotr hatte seine Schwester nicht das geringste Interesse an Politik, konnte dafür aber jeden Mann auf Erden bezaubern. Nun, jedenfalls bat man Stephenson nach ihrem Tod, wieder nach Indien zu gehen. Er wurde zum Inkassobeamten des Distrikts in Baipur ernannt, und seine Stieftochter ging mit ihm. Pjotr hatte seit langer Zeit keinen Kontakt mehr zu seiner Nichte gehabt, aber die Chancen stehen gut, daß sie sich noch in Baipur aufhält.«

»Der Agent in Cambay weiß sicher darüber Bescheid«, meinte David. »Wie heißt sie und wie alt ist sie?«

»Larissa Alexandrowna Karelian, aber Pjotr nannte sie immer nur seine ›kleine Lara‹«, antwortete Ian und rollte dabei das R auf der Zunge. »Er meinte, sie wäre zu früh geboren, und Larissa erschien ihm zu mächtig für ein so winziges Würmchen, also wurde sie zu Lara. Da Pjotr selbst keine Kinder hatte, hing er sehr an seiner Nichte.« Ian dachte einen Moment nach. »Ich weiß nicht, wie alt das Mädchen ist, aber so, wie Pjotr immer von ihr gesprochen hat, muß sie dreizehn oder vierzehn sein. Alt genug jedenfalls, um das Tagebuch in die Hände zu bekommen und zu erfahren, wie ihr Onkel gestorben ist.«

Dabei wäre es soviel einfacher, wenn das Mädchen nicht mehr in der Nähe war. Dann könnte er die Bibel einfach mit einem kurzen Erklärungsschreiben an eine russische Botschaft schicken. Aber er verdankte Pjotr zuviel, um den Weg des geringsten Widerstands zu nehmen. Er würde diese Nichte also persönlich aufsuchen.

Zögernd fragte David: »Hast du Kopfschmerzen? Du reibst dir schon die ganze Zeit die Stirn.«

Ian ließ die Hand sinken. »Ich habe Kopfschmerzen, seit ich mein Auge verloren habe, aber sie sind längst nicht mehr so stark. Vielleicht hören sie eines Tages ganz auf.« Plötzlich war Davids unausgesprochenes Mitgefühl mehr, als er ertragen konnte. »Wenn es dir nichts ausmacht – ich könnte jetzt ins Bett gehen!«

Er trat an den Tisch, trank den Brandy aus und zog sich dann schneller als höflich war in sein Zimmer zurück. Dort zog er seine Kleider bis auf die leichte Unterhose aus und legte sich aufs Bett. Doch trotz Brandy und Erschöpfung wollte der Schlaf nicht kommen.

Er hatte immer gedacht, er würde sein ganzes Leben in der Armee verbringen, und niemals in Erwägung gezogen, den Dienst zu quittieren, bis er sich diese Worte hatte sagen hören. Aber im gleichen

Moment hatte er erkannt, daß ihm keine Wahl blieb. Einst war das Leben beim Militär sein Element gewesen, doch nun nicht mehr.

Über seinem Kopf bewegte sich träge ein gewaltiger Fächer, den man *Punkah* nannte, und kühlte seinen glühenden Körper wenigstens etwas. Draußen auf der Veranda zog ein Diener, der *Punkah Wallah,* das Seil, mit dem der Fächer bewegt wurde. Schließlich entschied der Diener, daß es Zeit war, schlafen zu gehen, und die langen, mit Stoff bezogenen Blätter kamen quietschend zum Stehen. Über den Bungalow senkte sich Schweigen.

Da die Luft nicht mehr bewegt wurde, wurde die gelbe Flamme der Öllampe größer. Ian starrte wie gebannt auf das Licht. Er hatte die Lampe absichtlich nicht gelöscht, denn in Buchara hatte er eine Abneigung gegen die Dunkelheit entwickelt.

Seine Lippen preßten sich zu einem blutleeren Strich aufeinander. Es war an der Zeit, es war *längst* an der Zeit, ehrlich zu sein. Was er für die Dunkelheit empfand, war ganz sicher nicht mit einem Wort wie ›Abneigung‹ auszudrücken. Er fühlte überwältigendes, irrationales Entsetzen.

Und dies war auch nicht die einzige Angst, die er in seinem Gefängnis entwickelt hatte. Während seine Brust sich in aufkommender Panik heftig hob und senkte, zwang er sich, den häßlichen Tatsachen ins Auge zu sehen, die er seit seiner Rettung versucht hatte zu verleugnen.

Er fürchtete sich vor dem Alleinsein, hatte aber immense Schwierigkeiten, die Gesellschaft anderer zu ertragen.

Er hatte Angst vor dem Einschlafen, denn er fürchtete seine Träume.

Er war ein Feigling, ein Mann, der sich einem Ehrenkodex verschrieben und sich selbst viel gründlicher betrogen hatte, als jeder andere ihn hätte betrügen können.

Er war nicht mehr der Mann, der damals nach Buchara gereist war, sondern eine ausgetrocknete, gebrochene Hülle, die ihm nie wieder ähnlich sein konnte.

Er fürchtete den Tod. Und, unendlich viel schlimmer: Er fürchtete das Leben.

Punkt für Punkt hakte er im Geiste seine neuen Schwächen ab und erwog jede gründlich, bis sie sich in seiner Seele eingenistet hatte und sich vertraut anfühlte. Aber so bitter diese Wahrheiten auch schmeckten, so waren sie doch nicht so qualvoll wie der letzte, brutale Fakt, den zu akzeptieren er sich verzweifelt sträubte. Selbst in der Intimität seiner eigenen Gedanken war es ihm fast unmöglich, die Worte für sich selbst zu formulieren, doch endlich tat er es.

Er war impotent.

Ians Nägel gruben tiefe Rillen in seine Handflächen, als er die Worte im Geiste wieder und wieder aussprach. Impotent. Ein Eunuch. Kein Mann mehr. Niemals mehr würde er das menschliche Grundbedürfnis von Leidenschaft und körperlicher Nähe erfahren, niemals mehr eine Frau oder gar Kinder haben.

Das Wissen schnitt in seine Seele wie eine glühende Klinge. Es mochte Männer geben, die mit einer mönchischen Natur ausgestattet waren und den Verlust ihrer Sexualität gar nicht bemerkt hätten, aber er gehörte gewiß nicht zu ihnen.

Wenn er zurückblickte, wußte er genau, zu welchem Zeitpunkt der Schaden entstanden war. Einmal, als die Gefängniswärter sich einmal mehr den Spaß gemacht hatten, ihn zusammenzuschlagen, hatten sie ihn wiederholt und heftig in die Genitalien getreten. Nach diesem Tag hatte er niemals wieder irgend etwas wie Verlangen gespürt.

Zuerst hatte er es kaum bemerkt, denn Hunger und Verzweiflung hatten die Lust längst ausgelöscht. Die Frage, ob er seine Männlichkeit verloren hatte, war einfach müßig gewesen, da Frauen nur noch eine ferne Erinnerung waren und er ohnehin sicher gewesen war, in Buchara zu sterben.

Aber er hatte überlebt, und die Frage wurde wieder relevant. Nachdem die Freiheit und geregelte Mahlzeiten nichts bewirken konnten, hatte er sich geweigert, daran zu denken, daß er möglicherweise einen dauerhaften Schaden erlitten hatte. Statt dessen hatte er sich immer wieder eingeredet, daß das Wiedersehen mit seiner Verlobten ihn wieder zu einem vollständigen Mann machen würde. Georgina würde ihn schon erregen, denn ihre reifen Rundungen hatten sein Verlangen schon an dem Tag, an dem sie sich kennengelernt hatten, entfacht.

Als sie seinen Antrag angenommen hatte, war er begierig darauf gewesen, ihr die Vergnügungen der körperlichen Liebe beizubringen, denn in ihren heimlichen Augenblicken des Alleinseins hatte sie sich bereits als gelehrige Schülerin erwiesen. Aber da sie erst neunzehn gewesen war, hatten ihre Eltern auf einer langen Verlobungszeit bestanden. Das war ein Grund gewesen, warum er zugestimmt hatte, nach Buchara zu gehen, denn die Wartezeit war ihn hart angekommen.

Während der Jahre in Zentralasien hatte seine

Verlobte seine Gedanken beherrscht, selbst nachdem seine Lust nur noch ein schwaches gedankliches Abbild echten Verlangens war. Sie war zu einem Symbol geworden für alles, was er je geliebt und für verloren gehalten hatte.

Nach seiner Rettung war er auf der Suche nach Heilung zu Georgina zurückgekehrt. Doch bei ihrem Anblick hatte er nicht ein winziges Aufflackern von Begierde verspürt – selbst als er von ihrer Ehe noch nichts gewußt hatte. Obwohl sie attraktiv war wie eh und je, hätte er in sexueller Hinsicht ebensogut tot sein können.

Für einen verzweifelten Moment erwog er, das schöne indische Mädchen zu besuchen, das seine Geliebte gewesen war, bevor er sich in Georgina verliebt hatte. Leela war nicht behütet aufgewachsen wie die jungen englischen Mädchen, sie war eine erfahrene Kurtisane, und ihre Beziehung war leidenschaftlich und für beide befriedigend gewesen. Doch wenn er nun an sie dachte, reagierte sein Körper überhaupt nicht. Kein Ziehen, kein Erzittern, und es half auch nicht, sich detailliert in Erinnerung zu rufen, was sie miteinander gemacht hatten.

Eine kurze, entsetzliche Vision schoß ihm durch den Kopf: Er würde zu Leela gehen und kläglich versagen. Sie war eine gutherzige Frau und würde ihn nicht auslachen; sie würde ihn bemitleiden, und dies war weitaus schlimmer.

Er würde sich auch nicht mehr vormachen, daß sein Zustand ein vorübergehender war, der sich irgendwann von allein geben würde, denn er hatte genug von der Selbsttäuschung. Seine Flucht aus dem Kerker lag nun drei Monate zurück. Doch obwohl seine allgemeine körperliche Verfassung viel besser geworden war, hatte es keinen noch so winzigen Hinweis darauf gegeben, daß sich sein sexuelles Verlangen wieder normalisiert hatte. Die Zeit war gekommen, das Schlimmste zu akzeptieren: Ein vitaler Teil seines Selbst war für immer gestorben.

Nachdem er sich durch diese letzte vernichtende Wahrheit gearbeitet hatte, entrang sich seiner Brust ein tiefer Seufzer. Für diese Nacht war es genug mit der gnadenlosen Ehrlichkeit. Er brauchte dringend eine Pause. So schwang er sich mühsam auf die Füße, nahm die Lampe und trat hinaus in den dunklen Wohnraum, wo er die Brandy-Karaffe fand. Er füllte sein Glas fast bis zum Rand und ließ sich in den nächsten Korbsessel fallen.

Er trank bereits in tiefen Schlucken, als sich die Tür zu Davids Zimmer öffnete und sein Bruder halb angekleidet und schläfrig blinzelnd hereinkam. In den letzten drei Jahren hatte er beeindruckende Muskelpakete entwickelt, und Ian war recht froh darüber, daß David am Nachmittag nicht zurückgeschlagen hatte.

Ian kam in den Sinn, daß David schließlich doch eines Tages Falkirk erben würde, da er selbst keine Kinder haben konnte. Der Gedanke war in gewisser Hinsicht tröstend, und so hob Ian sein Glas seinem Bruder zu einem wenig formellen Toast entgegen. »Tut mir leid, daß ich dich geweckt habe, aber ich verspürte das Bedürfnis, mich ernsthaft zu betrinken.«

David hob eine Hand, um sein Gähnen zu verstekken. »Macht nichts. Ich habe einfach einen leichten Schlaf.«

Nicht so leicht wie Ian, der sich nicht erinnern konnte, wann er zuletzt eine normale Nacht verbracht hatte. Mehr zu sich selbst als zu seinem Bruder meinte er: »Ich kann mich glücklich schätzen. Ich wurde wundersamerweise vor dem Tod gerettet und habe einen Titel und ein annehmbares Vermögen geerbt.« Seine Stimme brach. »Und wieso fühle ich mich dann so elend?«

David musterte ihn mit ernsten blauen Augen. »Da du gerade die Frau verloren hast, die du liebst, hast du, denke ich, alles Recht der Welt, dich elend zu fühlen.«

Ian ließ den Kopf gegen die Rückenlehne fallen und dachte über die Worte seines Bruders nach. Liebte er Georgina? Zwei Jahre zuvor hatte er das gewiß geglaubt. Er und Georgina hatten wunderbar zusammengepaßt: Sie hatte ihn zum Lachen gebracht, und er hatte sie begehrt. Es hatte ihm auch gefallen, sie den ganzen anderen Verehrern wegzuschnappen. Sie war nicht besonders ernsthaft, aber das war er schließlich damals auch nicht. Vielleicht war es Liebe gewesen – nun jedoch wußte er nicht, was er für sie empfand. Da war nur das zehrende Gefühl des Verlustes.

Er nahm wieder einen großen Schluck Brandy. »Georgina hat klug gehandelt, Gerry zu heiraten«, sagte er leidenschaftslos. »Der Ian Cameron, den sie heiraten wollte, ist in Buchara gestorben.«

Wenn sie noch ledig gewesen wäre, hätte sie sich vielleicht moralisch gezwungen gefühlt, ihn doch noch zu heiraten, denn die Tochter eines Colonels kannte ihre Pflicht. Doch natürlich hätte er das bei seiner sich endlich eingestandenen Unfähigkeit nicht tun können. Er trank sein erstes Glas leer, beugte sich vor und schenkte sich ein zweites ein, wobei er einiges verschüttete, da es schwer war, mit nur einem Auge Entfernungen einzuschätzen.

David kam herüber und hob die Karaffe. »Stört es dich, wenn ich mich mit dir betrinke?«

Ians Finger krampften sich um sein Glas. »Eigentlich ja. Ich wäre lieber allein.«

Davids Miene wurde ausdruckslos. »Also gut.« Er wandte sich zum Gehen, machte aber noch einmal kehrt. »Ich weiß, daß du leidest, Ian, denn du strahlst Schmerz aus wie ein Ofen die Wärme. Aber es liegt in der Natur der Dinge, daß du dich irgendwann besser fühlen wirst – es gibt andere Frauen auf der Welt, und der Status des Laird of Falkirk wird dir sicher gefallen. Bis dahin...« Er suchte verzweifelt nach einem ungefährlichen Ausdruck für seine Furcht. »Tu nichts Dummes, ja?«

Erschüttert, daß David gespürt hatte, was er sich nicht einmal selbst eingestehen wollte, antwortete Ian: »Mach dir keine Sorgen. Ich bin ein Feigling, aber kein so großer.« Seine Lippen verzogen sich zu der Parodie eines Lächelns. »Im übrigen habe ich nicht das Recht, wegzuwerfen, wofür Juliet und Ross ihr Leben riskiert haben.«

David musterte eine Weile sein Gesicht, dann nickte er zufrieden, kehrte in sein Zimmer zurück und ließ Ian in der Einsamkeit, nach der er sich sehnte und die er gleichzeitig fürchtete, zurück. Müde schob sich Ian die Karaffe in seine Armbeuge, nahm sein Glas und die Lampe und ging in sein Zimmer. Dort machte er sich mit ernsthafter Präzision daran, sich so schnell wie möglich in Bewußtlosigkeit zu versetzen.

Doch bevor er sein Ziel erreichte, schwappte eine Woge heftiger Übelkeit durch seinen Körper. Auf der Suche nach frischer Luft torkelte er hinaus und schaffte es gerade noch über die Veranda in den

Garten, bis er in Krämpfen den Alkohol wieder erbrach. Mit pochenden Schläfen und revoltierenden Eingeweiden fiel er vor einem Oleanderstrauch auf die Knie und übergab sich, bis sein Magen leer war.

Zu schwach, um aufzustehen, vergrub er sein schweißbedecktes Gesicht in den Händen, zitterte und fror trotz der Wärme der Nacht. Er hatte nicht erwartet, daß der Brandy ihm auf lange Sicht helfen würde, aber er hatte doch auf ein paar Stunden Erlösung gehofft. Doch offenbar sollte sogar dies nicht sein. Sein ihn erstickendes Elend war das schlimmste, was er je durchlebt hatte, und die Qual seiner Seele schmerzte mehr, als sein Körper es je tun konnte.

Als sein rasender Herzschlag sich langsam wieder normalisierte, stellte er sich einer letzten Wahrheit: So konnte es nicht weitergehen. Er hatte David gesagt, er würde keine Dummheiten machen, und er meinte es auch so. Er hatte seiner Familie genug Kummer bereitet.

Aber die Welt war ein gefährlicher Ort für einen Mann, der das Leben unerträglich fand. Trotz bester Absichten war sein Untergang vorgezeichnet, wenn er nicht etwas – oder jemanden – fand, das oder der seine Gedanken von seiner Verzweiflung ablenken konnte.

Kapitel 4

Das britische Verwaltungsgebäude war das größte Haus in Baipur. Der Union Jack hing schlaff von der davorstehenden Fahnenstange herab, und auf der Veranda lungerte die unvermeidliche Menge von Bittstellern und Schaulustigen herum. Alle sahen interessiert zu, als Ian abstieg. Jemand trat heran, um sein Pferd zu nehmen, während ein anderer hineinhing, um zu melden, daß ein unbekannter Engländer angekommen war.

Als Ian die oberste Stufe der Treppe erreicht hatte, war bereits ein untersetzter Brite mittleren Alters herausgetreten, um ihn zu begrüßen. »Guten Tag. Ich bin George McKittrick, der Oberrichter.« Er streckte ihm die Hand entgegen und lächelte. »Was treibt Sie nach Baipur?«

Ian hatte seine Uniform abgelegt, nachdem er sein Offizierspatent zurückgegeben hatte und sich noch nicht daran gewöhnt, Lord Falkirk zu sein, also sagte er gepreßt: »Mein Name ist Ian Cameron und ich suche nach Kenneth Stephenson. Ist er noch in Baipur?«

McKittrick ging voran ins Innere des Gebäudes. »Tut mir leid, aber er ist gerade im östlichen Teil des Distrikts unterwegs. Er wird erst in einigen Wochen zurückkehren.«

Also war seine Reise noch nicht zu Ende. »Eigentlich betrifft es mehr seine Stieftochter Larissa, oder vielleicht heißt sie auch Lara«, sagte Ian. »Wissen Sie, ob sie bei ihm ist?«

McKittricks Brauen zogen sich zusammen. »Lara? Er hat eine Tochter – Laura. Ich nehme an, sie könnte auch seine Stieftochter sein, aber keiner von beiden hat es je erwähnt. Und ja, sie ist mit ihm unterwegs.«

Wahrscheinlich hat das Mädchen seinem Namen einen englischen Anstrich verpaßt, dachte Ian. »Könnten Sie mir eine Karte des Distrikts geben und mir Stephensons Route nennen?«

»Natürlich.« McKittrick gab einem einheimischen Beamten die Order, dann wandte er sich wieder zu Ian. »Es ist schon spät am Tag. Würden Sie meiner Frau und mir die Ehre erweisen, die Nacht bei uns zu verbringen?«

Indien wurde manchmal das Land der offenen Tür genannt, denn ein Brite stieß überall auf Gastfreundschaft. Ian hatte sich zwar inzwischen soweit in der Gewalt, daß er nach außen hin den Anschein erweckte, es sei alles in Ordnung, fühlte sich aber dennoch nicht in der richtigen Stimmung, um einem Tisch voller Fremder freundlich gegenüberzutreten. »Tut mir leid – ich kann nicht bleiben. Ich muß Stephenson so schnell wie möglich finden, und ein paar Stunden Tageslicht habe ich ja noch.«

Das Gesicht des Richters fiel in sich zusammen. »Wie schade. Meine Frau wird sehr enttäuscht sein. Wir sehen hier in Baipur nicht gerade häufig ein neues Gesicht.«

Ian hatte ein leicht schlechtes Gewissen. Eine kleine Station wie Baipur beherbergte höchstens vier oder fünf britische Beamte und ein paar wenige Familienmitglieder, und wenn er blieb, würde das den gesellschaftlichen Höhepunkt des Monats bedeuten. Doch sein Schuldgefühl war nicht stark genug, um seine Pläne zu ändern. Also sagte er nur: »Wenn ich auf diesem Weg zurückkehre, nehme ich gern Ihr Angebot an, aber heute muß ich wirklich weiter.«

McKittrick stellte keine Fragen mehr, und innerhalb von fünfzehn Minuten war Ian wieder auf dem Weg. In der Nacht lagerte er im Freien, wie er es schon seit Cambay getan hatte. Wenn Stephenson sich an seinen Zeitplan hielt, sollte Ian ihn in einem Tag eingeholt haben. Dann konnte er Lara die Bibel überreichen, ein paar Erklärungen abgeben und am folgenden Tag wieder davonreiten.

Er wußte, daß es keinen wirklichen Grund zur Eile gab, aber da er nun beschlossen hatte, nach Schottland zurückzukehren, hatte ihn eine fiebernde Ungeduld gepackt, sich endlich auf den Weg zu machen. Mit einer Einsicht, die er vor seiner Gefangenschaft nicht besessen hatte, erkannte er, daß er seine Obsession für Georgina durch die fixe Idee der Heimkehr ersetzt hatte. Nicht gerade der gesündeste Seelenzustand, dachte er mit einem Anflug schwarzen Humors, aber wenigstens verhinderte diese Besessenheit ein Abrutschen in den Wahnsinn.

Als sie die Gabelung der staubigen Straße erreicht hatten, zügelte Laura ihr Pferd. »Ich kehre hier um, Vater. Wenn ich mit dir ins Dorf reite, dann werde ich in die offizielle Begrüßung miteinbezogen, und es dauert Stunden, bevor ich fortkomme.«

Kenneth Stephenson hielt sein Pferd ebenfalls an. »Du mußt nicht wirklich dabei helfen, das Lager aufzuschlagen. Die Diener werden es allein bestens hinbekommen.«

»Ja«, gab sie zu. »Aber ihre Arbeit zu überwachen, ist eine gute Ausrede, den endlosen blumigen Reden zu entgehen, die unvermeidlich in Klagen und Jammerei münden werden darüber, welch schreckliche Dinge im letzten Jahr über das Dorf hereingebrochen sind.«

Er lächelte. »Es wird mindestens drei Tage dauern, um all die Fragen zu klären, wessen Büffel in wessen Feld gewandert ist, und wer nun den Kopf dafür hinhalten muß.«

»Aber du wirst die Probleme zu jedermanns Zufriedenheit lösen.« Auf Lauras Stirn erschien eine steile Falte, als sie das Gesicht ihres Stiefvaters eingehend betrachtete. Unter dem Rand seines Topi war seine Haut bleich, und seine Züge wirkten ausgezehrt. »Bleib nicht so lange. Du siehst müde aus.«

»Ein wenig«, gab er zu. »Ich komme schnell zurück und mache vor dem Abendessen noch ein Nikkerchen.« Dann schnalzte er seinem Pferd zu und lenkte es auf die rechte Abzweigung.

Laura nahm den linken Pfad, der zu ihrem Lagerplatz führte. Wenn ihr Vater in Nanda fertig war, würden sie nach Norden ziehen und sich anschließend weiter nach Westen vorarbeiten. Sie ließen sich Zeit, denn diese Reise war ein wichtiger Teil der Arbeit eines Distriktoffiziers. Während die Theorie besagt, daß ein Inkassobeamter sich hauptsächlich um die Landbesteuerung kümmern sollte, war Kenneth in der Praxis auch Richter, Mechaniker und sogar gelegentlich Arzt für die Leute seines Distrikts. Und mehr noch: Er war die Verkörperung des *Sikar,* der britischen Regierung.

Das Lager befand sich auf einer Lichtung, und die großen Bäume, die sie säumten, spendeten willkommenen Schatten. Wie erwartet war alles in Ordnung – die Karren entladen, ein Dutzend Zelte errichtet und ein Kochfeuer entzündet. An einem Ende der

Lichtung grasten die Packtiere friedlich auf der saftigen Wiese.

Laura stieg ab, reichte einem Stalljungen die Zügel ihres Pferdes und trat in ihr Zelt. Das Kampieren unterwegs war immer eine seltsame Mischung aus Unbequemlichkeit und Luxus, und sie mußte stets über die gerahmten Aquarelle britischer Landschaften grinsen, die an den Zeltwänden hingen, und wunderte sich immer aufs neue über die dicken Teppiche, in denen ihre Füße versanken.

Seufzend nahm sie ihren Topi ab und strich sich das verschwitzte Haar aus der Stirn. Nachdem sie den Staub von Gesicht und Hals gewaschen hatte, ging sie hinaus und in das Zelt ihres Stiefvaters. Drinnen mußte sie kichern. Nicht nur, daß seine Möbel korrekt an ihrem Platz standen, nein, auch das Buch, in dem er gestern abend gelesen hatte, war in exakt demselben Winkel auf dem Tisch plaziert worden. Er hatte nur allzu recht: Sie brauchte nichts zu überwachen.

Dennoch überprüfte Laura alles im Lager sorgfältig und plauderte mit dem Koch und den Dienern, um sicherzugehen, daß alles in Ordnung war. Ein gewisses Niveau aufrecht zu halten, war das erste, was man den Engländerinnen beibrachte, die nach Indien kamen, und dazu gehörte alles zwischen dem Ankleiden zum Dinner und der Zurschaustellung von Zähigkeit und Mut im Angesicht tödlicher Gefahren. Obwohl Laura bezweifelte, daß es sich auf das Prestige des Königreiches auswirkte, was sie anzog, so erfüllte sie doch pflichtbewußt ihren Teil.

Wie versprochen kehrte Kenneth Stephenson vor Sonnenuntergang zurück. »Ich gehe morgen auf die

Jagd«, sagte er, als er abstieg. »Man hat mir erzählt, daß ein menschenfressender Tiger in der Gegend herumläuft. Zwei Dorfbewohner sind bereits getötet worden.«

Alarmiert blickte Lara auf die dichten Bäume. »Vielleicht hätten wir unser Lager besser bei Nanda aufgeschlagen.«

Kenneth lachte leise. »Nicht einmal ein Menschenfresser würde ein Lager dieser Größe angreifen. Aber lauf nicht in den Wald, und sag auch den Dienern, sie sollen vorsichtig sein.«

Laura runzelte die Stirn, als sie ihren Stiefvater anblickte. »Hast du vergessen, dein Chinin zu nehmen? Du siehst aus, als hättest du Fieber.«

Er verzog das Gesicht. »Du hast wahrscheinlich recht. Ich nehme ein paar Tabletten und leg mich vor dem Essen noch etwas hin.«

Lauras Blick folgte ihm, als er zu seinem Zelt ging, aber sie war nicht übermäßig besorgt. Fieber war für Europäer in Indien nicht ungewöhnlich, aber die meisten Leute ignorierten es, bis sie eine besonders böse Attacke hatten.

Als sie ihr eigenes Zelt betrat, um zu baden und sich umzuziehen, hörte sie im Wald eine große Katze brüllen. War es ein Tiger oder ein Löwe? Ein Löwe, entschied sie.

Die Raubkatze brüllte wieder, und Laura erschauderte und empfand das vage Gefühl einer Vorahnung. In Indien war die Gefahr nie weit, und sie spürte, daß sie in dieser Nacht näherkam. Entschieden schüttelte sie dieses unangenehme Gefühl ab. Diese Nacht war nur eine Nacht wie alle anderen.

Laura hatte sich umgezogen und wollte sich soeben von ihrer Zofe das Haar aufstecken lassen, als Padam, der Bursche ihres Stiefvaters, nach ihr rief. Seine Stimme, die durch die Zeltwand drang, klang erregt. »Miss Laura, kommen Sie schnell. Stephenson Sahib ist krank.«

Die dumpfe Vorahnung kehrte zurück. Ohne sich noch um ihr offenes Haar zu kümmern, rannte Laura an ihrer Zofe vorbei und hinaus aus dem Zelt. Die Sonne war untergegangen, und es war stockdunkel, als sie dicht gefolgt von Padam über die Lichtung lief.

Im Zelt brannte eine Lampe und verbreitete ein weiches Licht, doch sobald Laura eintrat, traf sie der strenge Geruch von Siechtum wie ein Hammerschlag. Ihr Stiefvater lag ausgestreckt auf dem Bett, und Laura konnte sogar durch das Moskitonetz die grauweiße Farbe seines Gesichts erkennen. Sein Atem ging schnell und flach.

Lauras Herz schlug schneller vor Angst. In Indien gab es Krankheiten, die innerhalb weniger Stunden töten konnten. Man konnte mittags mit jemanden essen und später erfahren, derselbe sei vor dem Abendessen gestorben. Um Beherrschung kämpfend, trat sie rasch an das Bett ihres Vaters. Sie legte ihm eine Hand auf die Stirn, und er öffnete flatternd seine Lider. Er brauchte einen Augenblick, bis seine Augen sie wirklich sahen, doch dann murmelte er mit erschreckender Ruhe: »Du mußt jetzt stark sein, Laura. Meine Zeit... ist gekommen.«

»Papa, nein!« schrie sie und verfiel unbewußt in ihre Anrede der Kindheit. Alarmiert durch die eigene Hysterie, die sie aus ihrer Stimme hörte, schob sie das Moskitonetz zur Seite, kauerte sich auf den Rand des Bettes und packte sein Handgelenk. Sein Puls ging schnell und schwach, so fragil wie der eines kleinen Vogels.

Er brachte ein kleines Lächeln zustande. »Sei bitte nicht... nicht zu traurig, versuch es. Ich hab immer gesagt... ich will in Indien sterben...«

Sie nahm alle Kraft zusammen. »Du wirst eines Tages hier sterben, ja, aber jetzt noch nicht!«

Sein leichtes Beben der Hand zeigte ihr, wie unrecht sie hatte. »Ich glaube, ich habe... Cholera, meine Liebe. Denk daran... du hast versprochen... nicht einsam zu bleiben. Und trauere nicht zu lange.« Wieder schlossen sich seine Augen.

Cholera war eine vernichtende, unwürdige Krankheit, und die Art, die Kenneth sich zugezogen hatte, schritt mit unglaublicher Geschwindigkeit voran. Das einzige, was Laura tun konnte, war, ihm Laudanum gegen die Schmerzen zu geben, und mit Flüssigkeit dem Austrocknen des Körpers durch Erbrechen und Durchfall entgegenzuwirken. Padam und der Kammerdiener ihres Stiefvaters, Mahendar, halfen so gut es ging, doch ihre bedrückten Gesichter zeigten ihr, daß die beiden ihren Herrn schon aufgegeben hatten.

Trotz Lauras wütenden Versuchen, ihren Vater durch reine Willenskraft am Leben zu erhalten, siechte er in kurzer Zeit unvermeidlich dahin. Ihr Zeitempfinden verschob sich auf seltsame Art: Einerseits dehnten sich die Minuten mit quälender Langsamkeit, andererseits rasten sie wie Sand durch ein Stundenglas.

Kenneth sprach nur noch ein einziges Mal. Während seine Stieftochter gerade seine Stirn mit einem Schwamm abtupfte, flüsterte er: »Laura.«

»Ja, Papa?« Sie beugte sich dicht über ihn, um ihn verstehen zu können.

Ihr offenes Haar fiel über sein Handgelenk, und er berührte die hellen Locken mit zitternden Fingern. »Du und Tatjana... ihr wart das Beste, was mir je passiert ist.« Er holte mühsam Atem, dann erhellte sich seine Miene, und die Züge der Qual verschwanden. Noch einmal formten seine Lippen die Silben »Tatjana« wie zu einem Gruß, dann schlossen sich seine Augen.

Laura sank neben der Liege auf die Knie und umklammerte seine Hand. Dann weinte sie mit gesenktem Kopf um den Mann, der ihr liebender Vater, ihr freundlicher Lehrmeister und ein geliebter Freund gewesen war.

Als sie den Kopf wieder hob, war er tot.

Es war fast Mitternacht, als Ian endlich Nanda erreichte. Dort gab man ihm Auskunft, und ein Junge führte ihn zu Kenneth Stephensons Camp. Nachdem sie eine Reihe mondbeschienener Felder passiert hatten, kamen sie an den Rand eines dichten Waldes, der sich, so weit das Auge reichte, vor ihnen erstreckte.

Der junge Führer hielt an und zeigte auf den Wald. »Folgen Sie dem Pfad, dann kommen Sie zu Stephenson Sahibs Lager. Ich gehe nicht weiter, denn Panther jagen dort nachts.«

Ian konnte dem Jungen keinen Vorwurf machen; er selbst war auch nicht scharf darauf, mitten in der Nacht allein durch diesen Wald zu reiten, obwohl wilde Tiere ihm weniger Sorgen machten, als die Tatsache, die mondhelle Landschaft hinter sich zu lassen. Aber schließlich hatte er gelernt, daß die

Dunkelheit erträglich war, wenn er sich in frischer Luft befand, also dankte er dem Burschen, biß die Zähne zusammen und trieb sein Pferd in die Finsternis voran. Sehr bald schon würde er seine Mission erfüllt haben und konnte nach Hause zurückkehren.

Laura bekam keine Zeit zu trauern. Sie kniete noch neben dem Bett ihres Stiefvaters, als Padam sagte: »Miss Laura, der Tiger ist in der Nähe. Wir hören sein Gebrüll im Wald.«

Für Laura war die Vergangenheit mit der Gegenwart verschmolzen, und der Schmerz, den sie wegen Kenneths Tod fühlte, brachte ihr den Schmerz und den Kummer wieder nah, den sie beim Tod ihres ersten Vaters empfunden hatte. Sie war wieder neun Jahre alt, entsetzt und voller Furcht, und es dauerte eine Weile, bis Padams Stimme zu ihr durchdrang und sie in die Realität zurückholte. Sie wünschte, er würde sie alleinlassen. Was zählte ein Tiger, wenn die einzige Person, die sie auf der Welt geliebt hatte, tot war?

Doch Padam sprach eindringlich weiter. »Stephenson Sahibs Geist ist fort, Miss. Sie müssen sich um die Lebenden kümmern. Das ganze Camp ist in Gefahr. Etwas muß getan werden.«

Wie durch einen Nebel begriff Laura, daß der Tod ihres Vaters ihr die Verantwortung für mehr als zwei Dutzend Leute übertragen hatte. Die Erkenntnis half ihr, sich zu fassen. Dennoch rang sie um Worte, als hätte sie nicht seit einigen Tagen fast nur Urdu gesprochen. »Entzündet am Rand des Lagers zusätzliche Feuer. Das wird den Tiger fernhalten.«

»Wir haben nicht genug Brennstoff, Memsahib, und es ist zu gefährlich, welchen zu sammeln«, erklärte der Träger geduldig. »Ein Menschenfresser ist normalerweise ein altes Tier, vielleicht verwundet, aber immer unberechenbar. Sie müssen die Gewehre bereit haben, wenn er sich entschließt, das Camp anzugreifen.«

Gewehre? Laura öffnete den Mund, um zu beteuern, daß ihre Schießkünste praktisch gar nicht vorhanden waren. Kenneth hatte ihr zwar beigebracht, wie man schoß, und sie hatte auch gelernt, wie man verschiedene Waffen lud und abfeuerte, aber sie hatte es so ungern getan, daß ihr Stiefvater sie schließlich nicht mehr drängte.

Dennoch würde niemand anderer eine bessere Leistung erbringen können, denn ihre minimale Erfahrung war mehr, als die Diener besaßen. Es war ihre Pflicht, den Kummer ebenso beiseite zu schieben wie die Tatsache, daß sie Waffen haßte und fürchtete. Also schloß sie ihren Mund und stand auf.

Kenneth war kein begnadeter Jäger gewesen, aber Feuerwaffen waren ein notwendiger Teil des Lebens in Indien. Er hatte drei Waffen auf die Reise mitgenommen: eine Pistole, eine doppelläufige Flinte und ein Gewehr für große Tiere. Mahendar brachte sie heran, und mit tauben Fingern lud sie eine nach der anderen. Nachdem sie Mahendar und Padam gezeigt hatte, wie man zielte und feuerte, übergab sie ihnen die Pistole und das Gewehr. Die Flinte behielt sie selbst, da sie dachte, sie wäre am besten geeignet, einen Tiger zu verscheuchen.

Laura ging nach draußen und gab Befehl, ein zweites Feuer fünfzig Fuß entfernt von der Kochstelle zu entfachen. Für zwei war genug Brennstoff da, und die Diener würden sich besser fühlen, wenn sie zwischen den beiden schlafen konnten.

Obwohl sie pflichtbewußt die Einzelheiten zur Sicherung des Lagers durchging, bezweifelte sie, daß eine echte Gefahr bestand. Tiger griffen nur selten Personen an, und selbst ein Menschenfresser würde lieber einen einzelnen Arbeiter von einem Feld zerren, als in ein geschäftiges Lager einzudringen. Nichtsdestoweniger entfachten Tiger eine Panik, die weit über die wirkliche Gefahr hinausging, und sie schuldete es ihren Leuten, sich um ihre Furcht zu kümmern.

Sie schaffte es, ihre Stimme ruhig zu halten und mit festen Schritten zu gehen, aber in ihrem Inneren bebte alles vor Kummer und Angst. Sie hatte sich stets geweigert, darüber nachzudenken, was geschehen würde, wenn ihr Stiefvater einmal starb; in Indien, wo rasche und tödliche Krankheiten normal waren, hätte sie ebensogut vor ihm sterben können. Doch nun war er fort, und ihr Leben würde sich von Grund auf ändern. Sie hatte nicht nur ihre Familie verloren, sondern auch ihr Zuhause und ihre finanzielle Sicherheit. Am liebsten hätte sie sich auf den Boden fallen lassen und wie ein Kind geschrien und geweint.

Als auch das zweite Feuer brannte und die Diener sich wieder niederließen, sprach Laura die drei Stallburschen an. »Kommt, wir müssen die Tiere näher heranholen. Sie sind in größerer Gefahr als wir.«

Die drei tauschten unbehagliche Blicke aus. »Keine Sorge. Ich gehe voran.« Laura versuchte, gelassen und zuversichtlich zu klingen. »Padam, du bleibst mit der Pistole hier. Mahendar, hol das Gewehr und komm mit.«

Laura entsicherte das Gewehr und ging dann voran durch die Ansammlung der Zelte. Hinter ihr trug der jüngste Stallbursche eine Fackel. Ihre Schatten tanzten wild, als sie an den Rand der Lichtung kamen, wo die Pferde und die Ochsen angebunden waren. Die Tiere waren nervös, und die Männer hatten alle Hände voll zu tun, sie zu beruhigen, damit sie zu einem sicheren Platz näher an den Feuern geführt werden konnten.

Laura nahm das Gewehr von Mahendar, damit er den anderen helfen konnte. Dann nahm sie eine Position zwischen den Tieren und dem Waldrand ein und wartete mit der Flinte in der Hand und dem Gewehr zu ihren Füßen. Wieder rief sie sich in Erinnerung, daß das Tier kaum ein Lager angreifen würde, doch so nah am Wald war es nicht einfach, die Ruhe zu bewahren.

Die tropische Nacht war voller Leben, geheimnisvoll und gefährlich. Sich leicht bewegende Schatten wirkten wie geduckte Raubtiere, die verschwanden, sobald sie sie direkt ansah. In der Ferne heulten Schakale, und einmal war das typische Husten eines Panthers aus alarmierender Nähe zu hören. Sie zuckte zusammen und packte ihre Flinte fester, aber nichts war in den täuschenden Schatten auszumachen. Laura wischte sich die verschwitzten Handflächen an ihrem Rock ab, hob den Lauf ihrer Waffe wieder und richtete ihn auf den dunklen Wald.

Als das Unheil kam, geschah es schnell und unvermittelt. Eine Raubkatze brüllte zweimal und so nah, daß Laura fast schon erwartete, zu spüren, wie die Klauen ihre Haut zerfetzten. Ein schrilles Wiehern erklang hinter ihr, und sie warf einen Blick zurück. Ein Pony stieg und entriß einem Stalljungen, der versuchte, es zu beruhigen, die Zügel. Mit rollenden Augen bockte und stieg das Pferd erneut und löste damit verschrecktes Bellen, Blöken und Wiehern der anderen Tiere aus. Der jüngste Stallbursche brüllte: »Der Tiger kommt!« und wies auf den Wald hinter Laura.

Als Laura herumwirbelte, hörte sie das Rascheln im Dickicht. In plötzlicher Panik feuerte sie in die Richtung, aus der das Geräusch kam, einen Lauf der Flinte ab. Doch sie hatte vergessen, sich gegen den Rückstoß zu wappnen, und die Waffe schlug hoch, als der Schaft schmerzhaft gegen ihre Schulter stieß. Beißender Rauch brannte in ihren Augen, und ihre Ohren klingelten von dem Schuß, doch sie packte die Flinte erneut und feuerte die zweite Ladung ab, wobei sie diesmal tiefer zielte.

Überzeugt, daß ein rasender Tiger gleich aus dem Wald brechen würde, ließ sie dann die Flinte fallen und griff nach dem Gewehr zu ihren Füßen. Die Waffe hatte die Kraft, einen Elefanten zu fällen. Und als ihr Finger sich um den Hahn krümmte, hoffte sie nur, daß ihre Treffsicherheit ausreichte, um den Tiger zu erlegen.

Die Gefangenschaft hatte Ians Sinne geschärft, und er roch und hörte das Camp, lange bevor er es sah. Doch als er nun nahe genug heran war, um die einzelnen Laute und Gerüche identifizieren zu können, brachte er sein Pferd zum Stehen.

Irgend etwas stimmte nicht. Es war nach Mitternacht, und im Lager hätte es still sein sollen, doch statt dessen schien alles hellwach zu sein. Beunruhigender noch, er nahm den schwachen Hauch von Furcht wahr – ein Geruch, so unverwechselbar wie undefinierbar.

Ian runzelte die Stirn. Dies war ein sicherer, befriedeter Teil Indiens, und es war nicht wahrscheinlich, daß Überfälle zu befürchten waren. Dennoch war er zu lange Soldat gewesen, um sich kopfüber in eine unbekannte Situation zu stürzen. Er stieg also ab, führte sein Pferd vom Pfad herunter und bewegte sich leise über die dichte Blätterdecke.

Als er sich dem Lager weiter näherte, hörte er scharfe Rufe auf Urdu und das Grunzen und Wiehern verängstigter Tiere. Er band sein Pferd an und schlich sich dann, eine Hand am Revolver, vorsichtig auf das Camp zu.

Die Grenze des Waldes zur Lichtung war durch dichtes Unterholz markiert, das eine gute Deckung bot. Hinter einem großen Busch hielt er an und spähte auf die Lichtung. Eine erregte Gruppe von Männern und unruhigen Ochsen und Pferden versperrte ihm die Sicht auf die Zelte, aber die Anordnung bestätigte, daß es sich um das Lager eines britischen Beamten handelte.

Sein Blick glitt zu einer einzelnen Fackel, die einen Jungen beleuchtete, der versuchte, ein nervöses Pony in die Nähe der Zelte zu bringen. Weitere flakkernde Schatten von Menschen bewegten sich hin und her, aber bevor Ian sie näher betrachten konnte, brach die Hölle los. Aus dem Dickicht zu seiner Rechten ertönte das Gebrüll einer Raubkatze – zweimal. Der markerschütternde Laut zerriß die Nacht, ein Pony wieherte schrill und riß sich los, Ochsen brüllten, und jemand schrie, daß der Tiger komme.

Durch den Lärm verschreckt, stoben zwei Dschungelkatzen nur ein Dutzend Schritte von Ian entfernt davon. Einen Augenblick später krachte ein Schuß.

Schrot zerfetzte Blätter und flog in die umstehenden Baumstämme. Ian fluchte und ließ sich zu Boden fallen, um sich aus dem Gefahrenbereich zu rollen.

Wieder krachte die Flinte, und dieses Mal schlugen die Kugeln dichter ein. Ian kauerte sich hinter einen Baum und starrte konzentriert auf die Lichtung. Die Fackel brannte nicht mehr, und alles, was er ausmachen konnte, waren die massiven Umrisse von Ochsen und Ponys, die unruhig an ihren Strikken zerrten. Die einzige Person, die er erkennen konnte, stand weniger als zwanzig Fuß von ihm entfernt, und im Licht der züngelnden Feuer konnte er erkennen, daß dieser Idiot mit einem Gewehr direkt auf ihn zielte.

Offenbar versuchte der Schütze, das Lager vor irgendeiner imaginären Gefahr zu beschützen, und Ian war zufällig mitten hineingeraten. Unter diesen Umständen wäre ein Rückzug weiser gewesen, aber Ian hatte immer lieber die Offensive gewählt. Zudem konnte er es überhaupt nicht leiden, wenn man auf ihn schoß. Und da das gleich erneut geschehen würde, brach Ian plötzlich aus seiner Deckung und stürmte geduckt auf den Schützen zu. Nach zwei riesigen Schritten setzte er zum Sprung an und stürzte sich auf ihn. Seine Schulter erwischte den Mann voll, und beide fielen zu Boden. Während des Falles entrang Ian dem Kerl die Waffe, und ein ohrenbetäubender Krach zerriß erneut die Stille.

Das Handgemenge war praktisch vorbei, bevor es überhaupt begonnen hatte. Erst als Ian seinen Gegner mit einem Arm auf den weichen Boden drückte, erkannte er, daß die schlanke Gestalt unter ihm kein Schütze war, sondern eine *Schützin*.

»Verdammt!« fluchte er, als er sich hastig von ihr

rollte. Die Lichtung war zu dunkel, um Einzelheiten zu erkennen, aber die Frau war mit ihrer hellen Haut und der Flut von blondem Haar deutlich als Europäerin zu erkennen. Nach ihren üppigen Rundungen zu urteilen, war sie zu alt, um Pjotrs Nichte sein zu können. Vielleicht hatte Stephenson wieder geheiratet, und dies war seine zweite Frau. In Englisch sagte Ian also: »Tut mir leid, daß ich Sie zu Boden gerissen habe. Sind Sie in Ordnung?«

»Sie sind Engländer«, sagte sie ein wenig überflüssig, als sie sich in eine sitzende Position erhob.

»Eigentlich Schotte.« Er ließ sich auf seine Fersen nieder. »Ich hoffe doch, Sie wollen nicht die antike Angewohnheit wieder ins Leben rufen, Schotten als Ziel für Schießübungen zu benutzen.«

»Ich... ich dachte, Sie seien ein Tiger«, erwiderte sie schwach.

»Sie hätten besser genauer hingesehen«, gab er trocken zurück. »Mir fehlen zwei Beine, ein Schwanz und ziemlich viele Streifen.« Aufblickend sah er, daß eine Anzahl Inder sich genähert hatten, die jedoch beim Klang der englischen Sprache stehenblieben.

Ian stand auf, packte Lauras Hand und zog sie mühelos auf die Füße. »Gott sei Dank, daß Sie eine so miese Schützin sind.« Er ließ ihre eiskalten Finger los. »Warum ballern Sie mit Munition herum? Kein Tiger würde ein Lager dieser Größe angreifen.«

»E... ein Menschenfresser läuft in der Gegend herum«, erklärte sie mit heiserer, bebender Stimme. »Wir wollten die Tiere vom Waldrand wegholen, als einer der Männer glaubte, den Tiger gesehen zu haben. Ich hörte Raubkatzen grollen, und etwas bewegte sich im Unterholz, also habe ich geschossen.«

»Da ich einen Logenplatz hatte, tippe ich auf einen neugierigen Panther und einen Karakal, die ein bißchen am Lager herumschnüffeln wollten«, sagte Ian. »Ihre Pfade kreuzten sich, also haben sie sich ein bißchen angebrüllt. Als Sie schossen, haben die zwei sich klugerweise davongemacht.«

»Ein Karakal?« wiederholte sie.

Ian fragte sich langsam, ob die Frau betrunken oder geistig zurückgeblieben war. Ungeduldig antwortete er: »Sie haben doch sicher schon etwas von Karakals gehört. Sie sehen aus wie ein wenig zu große Hauskatzen und haben Büschel an den Ohren. Eine Art Luchs.« Er gab ihr die Waffe zurück. »Das nächste Mal, wenn Sie das Gewehr benutzen, denken Sie doch an die erste Jagdregel: Schieße niemals auf etwas, das du nicht genau sehen kannst. Sie haben es zwar nicht geschafft, jemanden umzulegen, aber das nächste Mal haben Sie vielleicht weniger Glück.«

»Es... es tut mir leid«, sagte sie, und er hörte, daß sie den Tränen nahe war.

Ian war peinlich berührt durch ihre Reaktion. »Es ist doch nichts passiert.« Er blickte sich um und sah, daß praktisch jeder Inder im Lager um sie herum stand und sie anstarrte, doch er konnte keinen anderen Europäer, keinen Distriktsbeamten, keine Lara entdecken. »Wo ist Kenneth Stephenson? Ich muß mit ihm sprechen.«

»Das... das geht nicht.« Ihre Stimme brach.

Ian versuchte, seine Verärgerung nicht zu zeigen. »Das ist doch sein Lager, oder?«

»M... mein Vater ist tot.« Sie senkte den Kopf und fuhr sich mit den Fingern durch ihr wild herabhängendes Haar. »Er... er ist an der Cholera gestorben. Vor ein paar Minuten. Vielleicht... vielleicht vor einer Stunde.«

»Lieber Gott«, sagte Ian leise und fühlte sich wie ein gefühlsarmer Idiot. Kein Wunder, daß die junge Frau durcheinander war. Es war erstaunlich, daß sie überhaupt einen zusammenhängenden Satz herausbrachte. Ja, sie hatte sogar versucht, das Lager gegen eine mögliche Gefahr zu verteidigen, und obwohl das Ergebnis mangelhaft gewesen war, gebührte ihr doch Achtung für ihre Bemühungen. »Sie sind Laura Stephenson?«

Sie nickte und schwankte leicht.

Ian trat zu ihr und nahm ihren Arm. »Sie müssen sich hinlegen.«

Mit gesenktem Kopf gab sie einen kleinen erstickten Laut von sich und sank gegen ihn. Er ließ einen Arm um ihre Taille gleiten, um sie zu stützen, und sagte: »Mein Name ist übrigens Ian Cameron.«

Ohne den Kopf zu heben, fragte sie: »Was... was wollen Sie hier?«

»Das kann bis morgen warten.« Er wechselte zu Urdu über und wandte sich an die Diener. »Wer ist die Zofe von Miss Stephenson?«

Eine zarte, hübsche Frau löste sich aus dem Kreis der anderen. »Das bin ich, Sahib.«

»Bring deine Herrin in ihr Zelt und ins Bett. Wenn Laudanum da ist, gib ihr etwas davon, damit sie schläft.«

Das Mädchen sah ängstlich zum Waldrand. Den Blick richtig interpretierend, sagte Ian: »Keine Sorge. Ich garantiere euch Sicherheit für den Rest der Nacht.«

Das Mädchen reagierte auf die Autorität in seiner Stimme und kam herbei, um ihre benommene Herrin fortzuführen. Ian hatte schon Soldaten in ausweglosen Situationen beruhigt, und so fiel es ihm nun nicht schwer, das Vertrauen entmutigter Diener wiederherzustellen.

Aber während er Befehle gab, Stephensons Waffen einsammelte, sie nachlud und sein müdes Pferd aus dem Wald holte, fragte er sich, was zum Teufel aus der kleinen Larissa Alexandrowna Karelian geworden war.

Kapitel 5

Das Laudanum brachte Laura keinen Schlaf, sondern verursachte eine Art Lähmung, die mit Alptraumbildern von ihrem Stiefvater durchzogen waren. Er stand mit seinem vertrauten Lächeln vor ihr, aber als sie versuchte, ihn zu berühren, wich er zurück und verschwand in der wirbelnden Dunkelheit, die schon ihre Mutter und ihren ersten Vater verschluckt hatte.

In fünfzehn Jahren Alpträumen war es Laura nie gelungen, ihre Eltern davon abzuhalten, sie zu verlassen, aber sie versuchte es immer wieder. Wenn sie nur die richtigen Worte finden, die richtigen Dinge tun würde, dann könnte sie Kenneth bestimmt zum Bleiben bewegen. Doch wieder und wieder scheiterte sie. Dann überlegte sie, ob sie ihm in die Dunkelheit folgen konnte. Mit einer immensen Anstrengung zwang sie ihre tauben Glieder, sich zu bewegen und rannte hinter seiner verschwindenden Gestalt hinterher. Verzweifelt schrie sie »Papa!«, während sie sich durch die Hindernisse mühte, die sich zwischen sie schoben.

Dann plötzlich, mit wundersamer Unmittelbarkeit, rannte sie gegen die kräftige Gestalt ihres Stiefvaters. Seine Arme schlangen sich um sie, und sie war endlich in Sicherheit. Vor Freude weinend klammerte sie sich an ihn. »Papa«, flüsterte sie und verkroch sich in seine Arme. »Papa, ich hatte einen schrecklichen Alptraum. Ich hab geträumt, daß du gestorben bist!«

Eine tiefe, unbekannte Stimme drang durch die Nebel, die sie umgaben. »Miss Stephenson... Laura! Wachen Sie auf!«

Benommen hob sie den Kopf und stellte fest, daß es nicht ihr Stiefvater war, der sie festhielt, sondern ein Fremder – ein schlanker, großer Mann mit hartem Gesicht und einer Klappe über einem Auge. Sie hätte sich gefürchtet, wenn da nicht die Freundlichkeit in seiner Stimme gewesen wäre. »Sie sind schlafgewandelt«, sagte er weich. »Sind Sie jetzt wach?«

Unsicher machte sie sich aus den Armen des Fremden los und blickte sich um. Das Hindernis, gegen das sie im Traum gekämpft hatte, war offenbar ihre Zeltklappe gewesen, denn sie befand sich nun draußen und stand barfuß nur ein paar Schritte von dem kleineren Feuer entfernt. Beim größeren Feuer sah sie die schlafenden Gestalten der Diener, zwischen denen dösend Ochsen und Pferde standen.

Stück für Stück kehrte ihre Erinnerung an die vergangenen Stunden wieder, an den Tod ihres Vaters bis zur Ankunft dieses Fremden, den sie fast erschossen hätte. Cameron hieß er, hatte er gesagt. Ian Cameron. Ihr Blick kehrte zu seinen harten Zügen zurück. »Also war es kein Alptraum – mein Vater ist wirklich tot.«

»Ich fürchte ja. Kommen Sie und trinken Sie einen Tee. Ich habe gerade noch eine Kanne voll aufgebrüht.« Er führte Laura zu einer gefalteten Dekke, die er ans Feuer gelegt hatte. Nachdem sie sich gesetzt hatte, schenkte er einen Becher ein, gab viel Zucker hinein und drückte ihn ihr in die Hand. Sie trank automatisch und bemerkte kaum die Hitze des Getränks. Im Osten war ein rosiger Schimmer am Horizont zu sehen. Bald würde diese furchtbare Nacht ein Ende haben.

Als sie den Becher geleert hatte, war ihre Benommenheit endlich verschwunden. Ihr schoß durch den Kopf, daß sie eigentlich hätte peinlich berührt sein müssen: Sie saß nur mit einem leichten Nachthemd bekleidet mit gekreuzten Beinen vor einem fremden Mann. Doch sie fühlte sich keinesfalls verlegen, vielleicht weil dieser Ian Cameron die Situation so unbekümmert hinnahm. Sie hielt ihm den Becher entgegen. »Tut mir leid, daß ich mich so unmöglich benommen habe.«

Er beugte sich vor und schenkte ihr Tee nach. »Ich finde, daß Sie sich bemerkenswert gut halten. Die meisten Frauen hätten in solchen Situationen heftige hysterische Anfälle.«

Als sie wieder an ihrem Tee nippte, musterte sie ihr Gegenüber. Ein paar Stunden zuvor, als er aus dem Unterholz brach und sie überwältigt hatte, hatte sie ihn erschreckend gefunden, und auch jetzt noch verlieh ihm die Augenklappe das verwegene Aussehen eines Piraten. Doch sein Gesicht war fein geschnitten, und im Feuerschein leuchtete sein Haar kastanienbraun – eine erstaunlich warme Farbe für jemanden, der die wachsame, geschärfte Wahrnehmung eines Raubvogels zu besitzen schien. Dann sah sie das Gewehr, das neben ihm lag. »Sind Sie die ganze Nacht aufgeblieben, um das Camp zu bewachen?«

Er nickte. »Ich glaube zwar nicht, daß es nötig war, aber ich denke, die Leute haben ruhiger geschlafen.«

Laura fand, daß er sich wie ein Soldat benahm. »Sind Sie in der Armee?«

Er warf ihr einen scharfen, kurzen Blick zu. »Ich war Major im 46. Eingeborenen-Infanterieregiment.«

Sein Gesichtsausdruck ermutigte nicht zu weiteren Fragen, also wandte sie sich wieder ihrem Teebecher zu. Er mochte durchaus seinen Dienst quittiert haben, aber sie begann, ihn im Geiste als Major Cameron zu betiteln. Mr. Cameron allein schien zu schwach für diesen Mann.

Inzwischen war es hell genug, um Farben zu erkennen, und der Wald verwandelte sich in einen Schauplatz wettstreitender Vogelchöre. Die Diener an dem anderen Feuer begannen sich zu regen, und bald war die Lichtung vom Duft frischer *Chapatis* erfüllt, einem ungesäuerten Brot, das in kleinen Fladen auf einem Blech über dem Feuer gebacken wurde.

Ian nutzte es aus, daß Laura davon abgelenkt war, um ihre Erscheinung genauer zu betrachten, denn in der Nacht war er nicht in der Lage gewesen, viel zu erkennen, außer, daß sie ein wenig überdurchschnittlich groß war. Nun enthüllte das Licht der Dämmerung, daß ihre Augen die ungewöhnliche Farbe hellen Bernsteins hatten und ihr langes glattes Haar denselben Farbton aufwies. Laura hatte nichts von Georginas lebhafter, gold- und cremefarbener Schönheit, ihre Gesichtszüge waren kräftig, und sie strahlte eine gewisse Zurückhaltung aus, die ihr etwas Geheimnisvolles gaben. Es war ein interessantes Gesicht, es würde noch in Erinnerung bleiben, wenn man andere hübsche Gesichter längst vergessen hatte.

Sein Blick glitt abwärts. Obwohl sie unter den gegebenen Umständen einen unweiblichen Mangel an panischer Reaktion vermissen ließ, zeigte ihr dünnes Nachtkleid nur allzu gut, *wie* weiblich sie war.

Er seufzte, während er dachte, daß es nur ein Beweis mehr für seine Impotenz war, daß er ein attraktives Mädchen mit objektivem Abstand mustern konnte. Er war nie ein Schürzenjäger gewesen, der versuchte, jede Frau, die er traf, ins Bett zu bekommen, doch er war sich stets mit männlichem Begehren der Frauen um ihn herum bewußt gewesen. Ein Begehren, das er gar nicht zu schätzen gewußt hatte, bis er feststellen mußte, daß er es nicht mehr besaß.

Nun wanderte sein Blick wieder zu ihrem Gesicht zurück. Sie hielt sich tatsächlich ausgesprochen gut, doch es war nicht zu übersehen, daß lähmender Kummer direkt unter der gefaßten Oberfläche lauerte. Er bedauerte, daß er ihr Elend nun noch steigern mußte. »Miss Stephenson«, sagte er. »Ich fürchte, es gibt da ein paar Entscheidungen, die nur Sie treffen können.«

Sie sah ihn an. »Was für Entscheidungen?«

Fasziniert entdeckte er, daß ihre Bernsteinaugen einen orientalischen Schwung besaßen, der ausgesprochen attraktiv wirkte. »Wollen Sie den Leichnam Ihres Vaters nach Baipur bringen?« Er zögerte einen Moment, bevor er hinzusetzte: »Es ist sehr heiß, und die Ochsenkarren werden tagelang unterwegs sein.«

Als sie begriff, was er damit andeutete, spannten sich ihre Züge. »Mein Vater kann hier begraben werden. Er liebte ganz Indien… es spielt keine Rolle, ob er in Nanda oder Baipur die letzte Ruhe findet.« Sie strich sich fahrig durchs Haar, was die Strähnen nur noch wirrer machte. »Ich muß jemanden nach Nanda schicken, der den Dorfvorsteher vom Tod meines Vaters informiert und nach einem Platz für das Begräbnis fragt.«

»Das habe ich schon getan«, sagte Ian. »Ich nehme an, der Vorsteher wird in Kürze persönlich erscheinen, um mit Ihnen zu reden.«

Der Koch kam lautlos heran und stellte ein Tablett mit frischen Chapatis und einer Schüssel *Dal,* einem Linsengericht, nieder. Als Laura nur mit leerem Blick auf das Tablett starrte, sagte Ian: »Sie sollten besser etwas essen. Es wird kein leichter Tag werden.«

Gehorsam nahm sie ein Chapati, riß sich ein Stück ab und tunkte das Brot in die Schüssel mit den Linsen. Sie kaute, schluckte und sagte dann ein wenig überrascht: »Ich habe wirklich Hunger. Ich glaube, ich habe seit gestern morgen nichts mehr gegessen.«

Schließlich aß Laura sogar doppelt soviel wie Ian, obwohl das bei seinem Appetit ohnehin keine Leistung war. Als sie fertig waren, fragte sie: »Die Angelegenheit, wegen der Sie mit meinem Vater sprechen wollten… kann ich Ihnen vielleicht irgendwie helfen? Ich… ich weiß, daß Sie gewiß so bald wie möglich wieder weiter möchten.«

»Ich bin eigentlich nicht in Eile«, sagte er sanft. »Wenn Sie möchten, kann ich Sie nach Baipur zurückbegleiten.«

Sie blinzelte und sah dann weg. »Ja, ich wäre froh darüber«, sagte sie langsam. »Wenn Sie sicher sind, daß es Ihnen nichts ausmacht.«

»Ich bin sicher.« Auch wenn sie ihn nicht darum gebeten hätte, so konnte Ian doch erkennen, daß sie dankbar für den Beistand eines Landsmannes war. Und zu seiner nicht geringen Überraschung mußte er sich eingestehen, daß er ihr auch gerne beistehen *wollte*. Er hätte natürlich jeder Frau geholfen, die in Schwierigkeiten steckte, aber Laura erweckte zusätzliche Beschützerinstinkte in ihm. Mehr noch: Er empfand eine Art Seelenverwandtschaft, wenn seine Art Schmerz auch ganz anders als der ihre war.

Sie hatte sich wieder ein wenig gefaßt. »Sie haben mir immer noch nicht gesagt, warum Sie bis Nanda gekommen sind, um meinen Vater zu sprechen.«

»Eigentlich ging es gar nicht um Ihren Vater«, erklärte Ian. »Ich suche ein russisches Mädchen namens Larissa Alexandrowna Karelian. Man hat mir gesagt, sie sei Stephensons Stieftochter. Haben Sie eine Halbschwester, die so heißt?«

Sie sah ihn erschüttert an. »Ich bin Larissa Alexandrowna. Oder ich war es einmal. Was wollen Sie von mir?«

Er starrte sie verdutzt an. »Sie sind Lara?«

Ihre dunklen Brauen zogen sich nach oben. »Ja. Warum überrascht Sie das?«

Ian schüttelte den Kopf und kam sich wie ein Narr vor, daß er das Offensichtliche übersehen hatte. »Tut mir leid. Irgendwie war Lara in meiner Vorstellung ein dreizehn- oder vierzehnjähriges Mädchen. Ich habe keine erwachsene Frau erwartet.« Wenn er sie nicht für eine Engländerin gehalten hätte, wäre es ihm sofort aufgefallen, daß sie Pjotrs hohe, ausgeprägte Wangenknochen besaß. Auch diese schrägen, bernsteinfarbenen Augen wiesen auf die Jahrhunderte hin, in denen Rußland von den Horden aus Zentralasien heimgesucht wurde. Die unvermeidliche Vermischung der Rassen, die daraus entstanden war, hatte ein russisches Sprichwort geformt, das Pjotr oft zitierte: »Kratz an einem Russen, und du findest einen Tataren.« Seine Nichte war der lebende Beweis seiner Worte, denn ihre Vorfahren schlossen deutlich mongolische Krieger ein; der Ausdruck ihres Gesichts hätte einem mißtrauischen Dschingis-Khan alle Ehre gemacht.

Mit mehr als einem Hauch von Feindseligkeit sagte sie nun: »Ich bin Laura Stephenson, seit ich zehn Jahre alt wurde. Niemand nennt mich mehr Lara.«

»Ihr Onkel schon.«

»Mein Onkel?« Die feindselige Miene verschwand, und sie wurde plötzlich blaß. »Sie kennen Onkel Pjotr?«

»Ich fürchte, ich habe eine weitere schlechte Nachricht für Sie«, sagte Ian ernst. »Colonel Kuschutkin starb letztes Jahr in Buchara.«

Sie schloß die Augen, und in ihrem Gesicht zuckte es. »Ich hatte schon lange befürchtet, daß ihm etwas passiert ist«, sagte sie traurig. »Es war so lange her, seit ich seinen letzten Brief bekommen habe, und ewig, seit ich ihn persönlich gesehen habe. Ich war erst dreizehn, als er uns das letzte Mal in England besuchte.«

Ian nickte verstehend. »Das muß der Grund sein, warum er von Ihnen immer als kleines Mädchen gesprochen hat. Es war das Bild, das er in seiner Erinnerung von Ihnen mit sich trug.«

Sie rang die Hände, ohne es zu bemerken. »Meine Mutter hat immer gesagt, Pjotrs Hang zum Abenteuer würde ihn eines Tages an einem fernen, wilden Ort den Tod bringen.«

»So ist es geschehen«, sagte Ian, »aber erst nachdem er Dinge getan und gesehen hatte, von denen die meisten Männer nur träumen können. Er meinte einmal zu mir, nur der dümmste Feigling könne ernsthaft in seinem Bett sterben wollen.«

»Wie haben Sie ihn kennengelernt?«

»Wir waren zusammen im Schwarzen Brunnen in Buchara gefangen.« Ians Kehle zog sich zusammen. Er haßte es, über das, was geschehen war, zu sprechen, aber Lara hatte das Recht, es zu erfahren. »Es gibt in Buchara viele russische Sklaven, und unsere Regierung hatte Angst, daß der Zar dies als Anlaß nehmen würde, das Khanat zu annektieren. Ich wurde nach Buchara geschickt, um beim Emir die Freilassung der Sklaven zu erbitten, damit eine Quelle der Provokation beseitigt wäre. Dummerweise machte ich den Fehler, zuerst nach Kokand zu gehen, wodurch der Emir zu dem Schluß kam, ich sei ein Spion. Er ließ mich in den Schwarzen Brunnen werfen, wo Pjotr bereits sechs Monate saß. Wir teilten die Zelle ein Jahr lang. Und schließlich hat er mein Leben gerettet.«

Laura blickte Ian verwirrt an. »Wie das?«

»Der Emir beschloß, mich zu exekutieren. Als die Wachen kamen, fieberte ich, bekam kaum noch etwas mit. Pjotr Andrejewitsch bestand darauf, an meiner Stelle zu gehen.« Ian starrte ins Feuer. Im letzten Augenblick, bevor man ihn fortbrachte, hatte Pjotr versucht, ihm etwas zu sagen, und seine Stimme hatte einen dringlichen Unterton gehabt, aber Ians Delirium war zu heftig gewesen, um etwas anderes als die Tatsache durchzulassen, daß sein Freund sterben wollte. Er konnte sich an nichts anderes mehr erinnern. Seit diesem Augenblick wurde er das enervierende Gefühl nicht los, daß er etwas eminent Wichtiges überhört hatte, aber es half alles nichts: Er konnte sich nicht erinnern. »Pjotr sagte mir, eine schnelle Exekution wäre besser für ihn, als bei dem Zustand seiner Lungen langsam im Schwarzen Brunnen dahinzusiechen.«

Ihre Brauen zogen sich zusammen. »Und wieso haben die Wachen ihn als Ersatz für Sie akzeptiert?«

»Wahrscheinlich wäre es ihnen niemals in den Sinn gekommen, daß sich jemand freiwillig dazu entscheiden könnte, vor seiner Zeit exekutiert zu werden«, antwortete Ian. »Es war hilfreich, daß Pjotr und ich etwa dieselbe Größe hatten, beide dürr wie Vogelscheuchen waren und ziemlich wilde Bärte das meiste unserer Gesichter verbargen. Sein Haar war zwar dunkler als meines, aber wir waren beide so verdreckt, daß das kaum auffallen konnte. Schon gar nicht Männern, die der Meinung sind, daß alle *Ferengis,* alle Europäer, gleich aussehen.«

Tränen glitzerten in Lauras Augen. »Weil Sie also jünger und Ihre Überlebenschancen größer waren, hat Pjotr sich für den Tod entschieden.«

Ja, und es war außerordentlich schwer gewesen, dieses Geschenk anzunehmen. Aber das brauchte Pjotrs Nichte nicht zu wissen. »Später habe ich gehört, daß Ihr Onkel sehr tapfer in den Tod gegangen ist. Er stand aufrecht, bekreuzigte sich und rief, er würde als Christ sterben. Dann empfahl er Gott seine Seele.«

»Seltsam«, murmelte sie. »Ich wußte nicht, daß er so religiös war.«

»Früher vielleicht nicht, aber die Gefangenschaft reduziert das Leben auf das Wesentliche.« Ian hatte Pjotr um seinen Glauben beneidet, der in diesen Monaten gewachsen war, bis er sich zu einem Leuchtfeuer entwickelte, das sie beide gewärmt hatte. Dann war Pjotr gestorben und hatte das Licht mit sich genommen.

Laura wappnete sich sichtbar für die Antwort, die sie haben wollte. »Wie ist er exekutiert worden?«

Ian bewunderte sie immer mehr. Indien ließ in europäischen Frauen Extreme hervortreten – sie wurden entweder sehr stark oder zerbrachen. Laura tat letzteres gewiß nicht. »Pjotr wurde geköpft«, erklärte Ian. »Es ist nicht angenehm, sich das vorzustellen, aber es ist schnell und relativ schmerzlos. Der Emir hat sich für sehr menschlich gehalten, als er das Urteil von Hängen zu Köpfen änderte.«

»Verzeihen Sie mir, wenn mich die Freundlichkeit des Emir nicht beeindruckt«, sagte sie trocken. »Aber zumindest haben Sie es geschafft, zu überleben. Hat die britische Regierung Ihre Befreiung bewirkt?«

»Schwerlich. Sie war nur zu gern bereit, meinen Tod hinzunehmen«, erwiderte Ian, ohne seine Bitterkeit ganz verbergen zu können. »Meine Schwester und ihr Mann kamen nach Buchara und retteten mich aus diesem verdammten Loch durch einen gewaltigen Bluff!«

Lauras Augen wurden groß. »Ihre *Schwester?*«

»Juliet ist eine ziemlich bemerkenswerte Frau. Wenn Sie mögen, erzähle ich Ihnen später die ganze Geschichte, aber jetzt möchte ich Pjotrs letzte Bitte erfüllen.« Ian beugte sich zu seinem Gepäck und holte ein kleines, eckiges Paket heraus, das er Laura reichte. »Er wollte, daß ich Ihnen das gebe, wenn ich je die Möglichkeit dazu haben sollte. Da ich wußte, wo Ihr Stiefvater stationiert war, beschloß ich, es Ihnen persönlich auszuhändigen.«

Sie wickelte die wasserabweisende Hülle auf und fand eine kleine russische Bibel. Der Band war ein Kunstwerk: Er war in geprägtes Leder gebunden und hatte ein handgemaltes Frontispiz, das im Stil der orthodoxen Kirche das Bild der Jungfrau mit dem Kind zeigte. Aber der größte Wert des Buches bestand darin, daß jedes Stückchen freies Papier mit russischer Handschrift bedeckt war.

»Es ist Pjotrs Gefängnistagebuch«, sagte Ian. »Er wollte, daß Sie es bekommen.«

Sie blätterte flüchtig durch die Seiten, während ihr schmerzlich bewußt wurde, daß ihr einziger Onkel diese Worte geschrieben hatte – und nun war er tot. »Haben Sie es gelesen?«

Cameron schüttelte den Kopf. »Ich habe ein paar Worte Russisch von Pjotr gelernt, aber praktisch nur Flüche, und ich kann die Sprache weder lesen noch schreiben. Können Sie die Schrift entziffern?«

Sie hielt auf einer der mittleren Seiten an und studierte die kyrillischen Buchstaben, die so klein geschrieben waren, daß sie sie fast nicht lesen konnte. »Ich kann zwar fließend Russisch und ich kenne Onkel Pjotrs Schrift, da er mir regelmäßig Briefe geschickt hat, aber das hier kommt mir fast vor wie ein Code. Er hat offenbar abgekürzt und Worte ausgelassen, um Platz zu sparen.« Mit einer steilen Falte zwischen den Augen begann sie langsam zu übersetzen. »›Gott sei's gedankt, ich habe Gesellschaft. Ein Engländer leider, aber besser als nichts.‹« Sie lächelte, biß sich dann aber auf die Unterlippe. »Tut mir leid. Er hat es sicher nicht als Beleidigung gemeint.«

»Sie brauchen sich nicht für ihn zu entschuldigen. Ich war ebensowenig entzückt, meine Unterkunft mit einem russischen Offizier zu teilen. Doch mit der Zeit erkannte ich, daß ich mir keinen besseren Gefährten hätte wünschen können.«

Sie seufzte. »Sie haben ihn gewiß weit besser kennengelernt, als ich es je konnte. Für mich war Pjotr eine Art Märchenfigur. Alle paar Jahre schneite er bei uns herein, brachte Geschenke mit und erzählte Geschichten. Ich kann mich noch an eine erinnern, in der es um einen gewaltigen Bär ging, der über die Eisgebiete im Norden wanderte und den Polarstern suchte. Statt dessen fand er eine Prinzessin namens Lara. Am nächsten Tag war Pjotr wieder fort.« Gedankenverloren strich sie über das geprägte Leder. »Vielen Dank, daß Sie es mir gebracht haben. Es hilft mir ein wenig, etwas von ihm zu besitzen.«

Der schottische Akzent in seiner Stimme wurde einen Hauch deutlicher. »Es tut mir leid, daß er nicht selbst kommen konnte. Wenn er sich nicht geopfert hätte, dann wäre er jetzt vielleicht hier. Juliet und Ross hätten Pjotr nicht im Gefängnis sitzenlassen, wenn sie ihn an meiner Stelle gefunden hätten.«

Die Schuld und der Kummer in seiner Stimme waren offensichtlich. »Aber Sie haben doch gesagt, er sei sehr krank gewesen. Pjotr hatte immer schwache Lungen. Wahrscheinlich hätte er die restliche Zeit im Kerker nicht überstanden.«

»Wir konnten aber nicht sicher sein«, sagte Ian mit angespannter Stimme. »Weder er noch ich waren Ärzte. Möglicherweise hätte er noch weitere sechs Monate durchgehalten.«

Die Qual in der Stimme des Majors brachte ihn ihr in gewisser Weise nah. Pjotr und Kenneth mochten keinen Kummer mehr verspüren können, aber die Hinterbliebenen würden noch eine lange Zeit unter dem Verlust leiden. »Sie dürfen sich nicht dafür bestrafen, am Leben zu sein«, sagte sie weich. »Wenn Sie gestorben wären, hätte ich vielleicht nie erfahren, was mit meinem Onkel geschehen ist, noch hätte ich dieses Buch, um mich an ihn zu erinnern.« Ihre Worte erreichten ihn nur oberflächlich, aber sie war zu erschöpft, um weiterzusprechen. »Ich ziehe mich jetzt besser an. Wie Sie schon sagten – es wird kein leichter Tag werden.«

Für Laura verstrichen die Stunden in der verzerrten, gesteigerten Realität eines Traumes. Während sie ihr einziges dunkles Kleid angezogen hatte, war der Dorfvorsteher von Nanda bereits angekommen. Nachdem er Kenneths Gerechtigkeit und seine Weisheit gepriesen hatte, bot er ihr einen Begräbnisplatz auf einem Hügel an, der den kleinen Fluß überblickte. Zwei »unberührbare« Frauen kamen vom Dorf herüber, um Laura zu helfen, den Leichnam ihres Stiefvaters für die Beerdigung vorzubereiten. Sie war dankbar für das Mitgefühl der Frauen und ihren erfahrenen Beistand, und es überraschte sie nicht, als sie hörte, daß sie auf Major Camerons Bitte gekommen waren. Er dachte offenbar an alles.

In diesem heißen Klima fanden Beerdigungen so schnell wie möglich statt, und nur allzu bald war es Zeit, Kenneth Stephenson zu seiner letzten Ruhestätte zu geleiten. Sein eingewickelter toter Körper wurde auf einem Bambusbett von acht Männern getragen. In einer Hindufamilie würden diese aus seinen engsten Verwandten bestehen, aber nun waren es seine ältesten Diener und ein paar Freiwillige aus dem Dorf.

Laura ging hinter der Trage her, an ihrer Seite ein schweigender Major Cameron, der jedoch stets zur Stelle war, wenn ihr die Knie zu versagen drohten. Ihnen folgten die Bewohner des Dorfes, und die Frauen jammerten und klagten über den Verlust eines Mannes, der nicht nur die Verkörperung des britischen Sirkar, sondern auch ein Freund gewesen war.

Das Grab war bereits ausgehoben und ein stabiles, hölzernes Kreuz am Kopfende errichtet worden. Es war eine friedliche Stelle, die von Jacaranda-Bäumen beschattet und von einer Brise vom Fluß gekühlt wurde. Im Frühling würde die Luft vom Duft der Blüten erfüllt sein. Laura sah wie betäubt zu und konzentrierte sich nur darauf, diese Sache durchzustehen, ohne in der Öffentlichkeit zusammenzubrechen. Dies war eine der Gelegenheiten, bei denen sie am liebsten die britische Ruhe und Zurückhaltung zugunsten des russischen Temperaments verworfen hätte, aber mit den Jahren war Selbstkontrolle ihr zur zweiten Natur geworden.

Ohne Geistlichen oder die vorbereiteten Sakramente entstand eine unangenehme Stille, nachdem der Tote in die Erde gelassen worden war. Bevor sich das Schweigen ausdehnte, begann Major Cameron auf Englisch zu rezitieren: »Der Herr ist mein Hirte...«

Laura versuchte, die brennenden Tränen zurückzuhalten und war dankbar, daß Cameron einen Psalm gewählt hatte, den Kenneth sicher dem düsteren Begräbniszeremoniell vorgezogen hätte.

Als Cameron schließlich endete, fügte er hinzu: »Die Arbeit eines Mannes zeichnet ihn aus. Obwohl ich nicht die Ehre hatte, Kenneth Stephenson kennenzulernen, ist die Liebe und die Verehrung, die ihm heute hier bezeugt wurden, das höchste Lob, das ein Mensch entgegennehmen kann. Möge er in Frieden ruhen.«

Dann wiederholte der Major alles in Urdu, und die Dorfbewohner nickten zustimmend. Nachdem das Grab zugeschüttet worden war, drängten sich die Leute vor, um Blumengirlanden auf die frische Erde zu legen. Viele Frauen weinten unverhohlen. Wie der Major bemerkt hatte, war Kenneth Stephenson geliebt worden.

Doch niemand würde ihn so sehr vermissen wie Laura. Als sie wie erstarrt ins Camp zurückkehrte, hatte sie sich noch niemals in ihrem Leben so einsam gefühlt.

Kapitel 6

Laura ging direkt in ihr Zelt, um endlich in Ruhe weinen zu können. Ihre Tränen flossen noch immer, als der Nachmittag schon verstrichen war und die Nacht hereinbrach. Sie schämte sich, als sie erkannte, daß sie nicht nur ihren Stiefvater beweinte, sondern auch das leere Leben, das vor ihr lag, beklagte. Sie konnte sich nicht vorstellen, daß sie jemals wieder einer Person so nahestehen würde.

Endlich versiegten die Tränen aus reiner Erschöpfung. Sie schlief sogar ein paar Stunden, nur um in der stillen Zeit vor der Dämmerung wieder zu erwachen. Diesmal hatte sie keine Orientierungsschwierigkeiten – sie wußte genau, wo sie war und was geschehen war. Nichts würde ihren Stiefvater zurückbringen. Es war an der Zeit, ihrem Leben entgegenzusehen. Sie kam auf die Füße und tastete nach dem Morgenmantel und den Slippern, die ihre Zofe stets bereitlegte.

Draußen war die Luft angenehm kühl. Der Wald schlief niemals, und sie blieb im Eingang ihres Zelts stehen, um sich umzublicken. Die Szene ähnelte der des vergangenen Morgens, auch jetzt schliefen die Diener rund um das größere Feuer. In der Ferne heulte eine Hyäne.

Viel näher zu ihrem Zelt saß Major Cameron, der im Schein des kleineren Feuers eine Schrotflinte reinigte. Das Licht verlieh seiner Gestalt eine Aura finsterer, mühsam zurückgehaltener Kraft. Sie hätte wachsam sein sollen, doch statt dessen fühlte sie sich zu ihm hingezogen. Etwas an dem Mann gab ihr ein Gefühl der Sicherheit, obwohl er eher Bedrohung ausstrahlte.

Eine Bewegung hörend, hob er angespannt den Kopf. Laura blieb stehen, bis er sie erkannt hatte. »Schlafen Sie eigentlich nie, Major?« fragte sie, als sie sich dem Feuer näherte und in einen Klappstuhl setzte.

»Selten. Und da ich schon unter Schlaflosigkeit leide, kann ich sie ebensogut nutzen.« Er befestigte einen Lumpen an dem gespaltenen Ende eines Putzstabs. »Die Waffe hätte sofort nach dem Abfeuern gestern nacht gereinigt werden sollen, aber in dem allgemeinen Tumult ist es übersehen worden.« Als er den Lauf der zerlegten Flinte hob, setzte er hinzu: »Und nennen Sie mich Ian. Ich bin kein Major mehr.«

»Ich dachte, daß militärische Titel einen Mann den Rest des Lebens verfolgen.« Laura erkannte, daß es sich um Kenneths Flinte handelte. Sie freute sich, daß der Major daran gedacht hatte, denn Kenneth war immer besonders akribisch bei der Pflege seiner Ausrüstung vorgegangen.

»Die Armee liegt hinter mir«, sagte Ian knapp. »Ich habe keinerlei Bedürfnis, den Rest meines Lebens dadurch gekennzeichnet zu sein.«

Laura mußte noch nicht richtig wach gewesen sein, sonst hätte sie niemals gefragt: »Warum sind Sie ausgeschieden?«

Er hob den Kopf und warf ihr einen Blick zu, der sie ihre Frage sofort bereuen ließ, doch bevor sie sich entschuldigen konnte, antwortete er: »Ich hatte genug.«

Laura wollte dem Moment die Spannung nehmen. »Vielen Dank, daß Sie sich um so vieles kümmern... das Begräbnis, die Waffen, alles. Ich weiß nicht, was ich ohne Sie getan hätte.«

Er begann, die einzelnen Metallteile der Waffe mit einem öligen Lappen abzureiben. »Sie hätten es schon irgendwie geschafft.«

»Wahrscheinlich. Aber Sie haben alles viel leichter gemacht.« Sie starrte ins Feuer. »Seltsam, wie schnell sich die Dinge ändern können. Vor eineinhalb Tagen hatte ich eine Zukunft und eine Familie. Nun ist mir beides genommen worden. Ich finde bestimmt etwas, um die Leere auszufüllen, aber ich habe keine Vorstellung, was es sein könnte. Der Gedanke daran ist ein wenig beängstigend.«

Ian runzelte die Stirn, als er den Lauf auf das Feuer richtete und prüfend hindurchblickte. »Haben Sie sonst überhaupt keine Familie?«

»Pjotr Andrejewitsch war der letzte Verwandte. Ich nehme an, es gibt entfernte Vettern in Rußland, aber ich kann mich an keinen erinnern. Mein richtiger Vater war ein Einzelkind, also gibt es von dieser Seite auch keine Verwandten. Meine Mutter hatte zwei Brüder, aber der eine, Sergej, starb im Kampf gegen Napoleon, bevor ich geboren wurde, und Onkel Pjotr hat nie geheiratet. Also bin jetzt nur noch ich da.«

»Und was ist mit Stephensons Familie? Sie mögen ja nicht blutsverwandt sein, aber Sie gehören doch schon so lange dazu.«

Lauras Mund verhärtete sich. »Sie haben seine Ehe mit einer gefährlichen Russin nie wirklich gebilligt. Meine Mutter war zu theatralisch und unkonventionell für ihren Geschmack – wie ein Pfau unter Tauben. Also wurden wir zwei zwar um meines Stiefvaters willen toleriert, aber niemals willkommen geheißen.«

Ian begann, die Waffe wieder zusammenzusetzen. »Ich kann mir kaum vorstellen, keine Verwandten zu haben. Ich sehe die meinen zwar nicht oft, aber das Wissen, daß sie existieren, ist wie ein Rettungsanker in der Welt.«

»Seien Sie froh, daß sie Anker sind und kein Mühlstein.«

»Ich habe von beiden Sorten welche.« Er lächelte ein wenig, was seine harten Züge milderte. »Und was sind Ihre Pläne für die Zukunft, Miss Stephenson? Oder haben Sie noch nicht darüber nachdenken können?«

»Wenn ich Sie Ian nennen soll, dann sagen Sie Laura.« Sie lächelte schmerzlich. »Ich kenne Sie erst einen Tag, aber es kommt mir viel länger vor.«

»Mögen Sie den Namen Lara nicht? Pjotr hat Sie immer so genannt, und er paßt zu Ihnen. Er ist ungewöhnlich.«

»Ich ziehe Laura vor. Ich bin daran gewöhnt, und außerdem ist an mir nichts Ungewöhnliches«, sagte sie mit leichtem Unbehagen. »Ich bin eine absolut unbemerkenswerte Frau. Was die Zukunft angeht… ich weiß es wirklich noch nicht. Mein Vater hat mir ein kleines Einkommen hinterlassen. Es reicht zum Überleben, aber viel ist es nicht. Also werde ich wahrscheinlich in eine Stadt gehen und nach einer Anstellung suchen. Ich wäre eine ganz brauchbare Lehrerin oder Gouvernante, und die Arbeit würde mich ebenfalls vor der Langeweile bewahren. Ich habe den Haushalt meines Vaters jahrelang geführt und bin daran gewöhnt, zu arbeiten.«

»Diese Art von Dienstleistung wäre für eine so unabhängige Frau, wie Sie es sind, eine ziemliche Belastung.« Er zögerte einen Moment. »Ich weiß, daß es mich eigentlich nichts angeht, aber Ehe und Familie ist gewöhnlich das, was die meisten Frauen erstreben. Man muß es Ihnen hoch anrechnen, daß Sie sich bisher um Ihren Vater gekümmert haben, aber nun ist er nicht mehr da. Indien muß voll von Männern sein, die geehrt wären, wenn Sie sie heiraten würden. Im Gegenzug hätten Sie ein Heim, eine Familie und die Sicherheit, geliebt zu werden.«

Er hörte sich genauso an wie ihr Stiefvater. Laura fiel ein, daß sie Kenneth versprochen hatte, nach einem Mann Ausschau zu halten, wenn er sterben sollte. Aber sie mußte das Versprechen nicht halten, sie hatte es ihm nur zu seiner Beruhigung gegeben. Auch jetzt hatte sie keine Lust, über das Thema zu sprechen, und so sagte sie: »Ich weiß nicht, ob ich in

Indien bleiben will. Vielleicht kehre ich nach England zurück.«

Er war nun fertig mit der Waffe, und der Gewehrlauf rutschte mit einem nachdrücklichen Klicken an seinen Platz. »Dann wollen Sie also keinen Mann, dessen Karriere ihn in diesem Land hält. Aber eine so attraktive Frau wie Sie wird überall viele Verehrer finden.«

Obwohl seine Worte ein Kompliment sein sollten, war sein Verhalten so desinteressiert, daß es schon fast beleidigend wirkte. Er gab sich nicht den Anschein, als würde er seine Worte selbst glauben. Ein wenig eingeschnappt sagte sie: »Um ehrlich zu sein, ich will mich wirklich nicht an einen Mann binden. Ich bin vierundzwanzig Jahre lang bestens zurechtgekommen, und ich sehe auch jetzt keinen Grund zu heiraten. Ich bin durchaus in der Lage, mich um mich selbst zu kümmern.«

Er warf ihr einen abschätzenden Blick zu. »Sie klingen wie eine Frau, die schon oft mit diesem Thema konfrontiert wurde. Ich bitte um Verzeihung.«

Er sah mehr mit einem Auge als die meisten Menschen mit beiden. Hastig sagte Laura: »Werden wir uns morgen früh nach Baipur auf den Weg machen? Ich war gestern so aufgewühlt, daß ich keinerlei Vorbereitungen getroffen habe. Aber es gibt ja keinen Grund, länger hierzubleiben.«

Er nahm nun das Gewehr ihres Vaters und klappte den Lauf herunter. »Unglücklicherweise gibt es immer noch den Menschenfresser. Da Ihr Vater tot ist, hat sich die Aufgabe, ihn zu töten, auf mich übertragen. Der Dorfvorsteher hat mich gestern nachmittag darauf angesprochen.«

»Oh. Den Tiger habe ich ganz vergessen«, gab sie

zu. »Ihn aufzuspüren könnte Tage oder Wochen dauern.«

»Ich fürchte ja«, sagte er entschuldigend. »Vielleicht ziehen Sie es vor, mit Ihren Dienern nach Baipur zurückzukehren, ohne auf mich zu warten. Ich will zwar nicht bis in alle Ewigkeit hier ausharren, aber vierzehn Tage wollte ich mir schon geben.«

Laura zögerte. Sie spürte, daß sie keine Entscheidung treffen konnte. »Ich werde abwarten. Vielleicht erwischen Sie das Tier ja schon beim ersten Versuch.«

»Auch das könnte sein. Die Dorfbewohner haben bereits sorgfältige Vorbereitungen getroffen, damit alles bereit war, wenn Ihr Vater kam. Sie haben am Wasserloch, zu dem der Tiger oft kommt, einen *Machan* gebaut, eine Plattform.« Er benutzte den Putzstab, um einen geölten Lappen durch den Lauf zu schieben, damit sich das restliche Schwarzpulver löste. »In dieser Nacht steht der Mond fast voll am Himmel, also wird eine Ziege als Köder ausgelegt werden. Wenn der Tiger mitmacht, ist morgen früh vielleicht alles vorbei.«

»Ich nehme an, Sie haben schon einmal einen Tiger gejagt?«

»Ja, obwohl es fünf Jahre her ist.« Seine Miene wirkte abwesend, als er weitersprach. »Es war, als mein Schwager mich das letzte Mal besuchte. Wir jagten im Bergland nördlich von Cambay. Ein paar Tage lang verfolgten wir den Tiger und trieben ihn vor uns her, bis wir ihn endlich in einer Felsschlucht erwischten. Ross war in der besseren Schußposition, also wartete ich, daß er ihn erledigte. Aber er schoß nicht, selbst dann nicht, als der Tiger die Richtung änderte und direkt auf ihn zustürzte. Ross wurde zu

Boden gerissen, und ich war sicher, daß es aus mit ihm war – und war zu Tode erschrocken. Ich feuerte wild auf den Tiger, verfehlte ihn aber. Dann lief ich zu Ross, befürchtend, ihn zerfleischt vorzufinden. Nichts dergleichen – es ging ihm hervorragend. Er hatte sich absichtlich zu Boden fallen lassen, damit der Tiger über ihn hinwegsetzen und entkommen konnte.«

Ians Stimme bekam einen Hauch von spöttischer Selbstkritik. »Ich war so erleichtert, ihn gesund und munter zu sehen, daß ich meine Beherrschung verlor. Ich brüllte ihn an, was für ein Vollidiot er doch sei, und Ross wartete meinen Ausbruch geduldig ab; er selbst ist sein einziger Fehler, der vernünftigste Mensch der Welt. Dann sagte er, daß er zu dem Schluß gekommen sei, das Tigerfell sähe an seinem ursprünglichen Besitzer besser aus als an einer Wand. Und außerdem, was für eine Art sportlicher Wettbewerb wäre das denn, wenn wir Gewehre hätten, der Tiger aber nicht?«

Laura lachte. »Das ist ein Argument.«

»Das stellte ich auch fest, als ich mich wieder beruhigt hatte. Ein Tiger ist ein herrliches Tier – vielleicht ist es der pure Neid, der den Menschen dazu bringt, ihn zu jagen. Aber wie Ross sagte, stehen die Chancen für einen Menschen weit besser, was wirklich nicht gerade besonders fair für den Tiger ist. Nach seinem Besuch hatte ich das Interesse an Jagdtrophäen verloren. Seitdem habe ich mich auf Tiere konzentriert, die man essen kann.«

»Da wir gerade von essen reden: Wenn Tiger Geschmack an Menschenfleisch entwickeln, haben sie ganz entschieden die besseren Chancen als unbewaffnete, harmlose Bauern«, bemerkte Laura.

»Das ist nur zu wahr. Und deswegen will ich den hier auch erwischen. Er hat in Nanda und den Nachbardörfern bereits gut ein Dutzend Leute umgebracht. Ich werde heute morgen das Wasserloch absuchen. Am Nachmittag werde ich dann auf dem Machan die Dämmerung erwarten.« Fast beiläufig fragte er: »Hätten Sie Lust, mir Gesellschaft zu leisten?«

»Auf dem Machan?« fragte sie verdutzt.

Er nickte. »Um das Wild nicht zu stören, werden wir gehen müssen, aber das Wasserloch ist nur knapp drei Meilen entfernt.«

Laura überlegte einen Moment. Heute mußte Kenneths Habe durchsucht, das Bettzeug zum Schutz vor möglicher Ansteckung verbrannt, einige seiner Besitztümer an die Diener und andere für den Rückweg nach Baipur mußten eingepackt werden. Aber nichts davon würde viel Zeit kosten, und wenn sie damit fertig war, würde das Nichtstun schwer auf ihr lasten. »Gerne. Ich war noch nie auf Tigerjagd.«

»Es wird keine von diesen farbenprächtigen Jagden mit Elefanten und Treibern werden«, warnte er, »aber dafür ziemlich ungefährlich und wahrscheinlich sehr interessant. Natürlich kann es auch schrecklich langweilig werden, wenn der Tiger sich nicht blicken läßt.«

Sie sah aufmerksam zu, als er das Gewehr wieder zusammensetzte. Es lag eine Anmut in seinen Bewegungen, eine Fähigkeit, seinen Körper absolut unter Kontrolle zu haben, die sie faszinierte. Wie würde es sein, von solch geschickten Händen berührt zu werden?

Ihre Wangen röteten sich, als sie die Richtung ihrer Gedanken bemerkte. Eine sittsame englische junge Dame würde niemals solche Phantasien haben. Allerdings war sie weder englisch noch sittsam. Was für ein Glück, daß Ian Cameron an ihr nicht interessiert war, denn er stellte genau den Typus Mann dar, der weibliche Vernunft rückhaltlos in sich zusammenfallen lassen konnte. Wie als Beweis hörte Laura sich sagen: »Bitte verzeihen Sie mir die Aufdringlichkeit der Frage, aber ist Schießen schwerer, wenn man ein Auge verloren hat?«

Seine dichten Brauen hoben sich sardonisch. »Haben Sie Zweifel, daß ich Sie davor beschützen kann, gefressen zu werden?«

»Natürlich nicht.« Sie wurde wieder rot. »Sie haben ja gesagt, daß es auf dem Machan sicher ist. Und wahrscheinlich ist eine zarte Ziege appetitlicher als eine alte Jungfer.«

»Ich bin nicht dumm genug, um so eine Bemerkung zu kommentieren.« Wieder zeigte er ein flüchtiges Lächeln, das viel zu schnell verflog. »Tatsächlich ist meine Zielsicherheit sogar noch besser geworden. Ich habe darüber nachgedacht und es schließlich begriffen, denn ein Schütze schließt ja meist ein Auge beim Zielen. Nur noch eines zu haben, vereinfacht den Prozeß und scheint meine Konzentration zu erhöhen. Dazu kommt, daß ich zum Glück Linkshänder bin. Als Rechtshänder hätte der Verlust des rechten Auges bedeuten können, daß ich nichts mehr treffe.«

»Interessant, daß es wenigstens eine positive Seite gibt«, sagte sie fasziniert. »Und welche Auswirkungen hat die Sache noch?«

»Na ja, die Leute starren einen mehr an.« Er berührte die Augenklappe. »Asiaten haben einen fast mystischen Respekt vor dem Augenlicht. Ein Auge zu verlieren, heißt, unvollständig und wahrscheinlich böse zu sein. Manche der Einheimischen machen hinter meinem Rücken Zeichen gegen das Böse.«

»Das wußte ich nicht«, sagte sie mit leiser Stimme. »Entschuldigung. Die Frage war sehr unhöflich.«

»Es ist mir lieber, offen gefragt zu werden, als zu merken, wie die Leute versuchen, mich *nicht* anzusehen«, sagte er. »Der Verlust des Auges ist die Folge von Prügeln, die ich im Gefängnis erhielt. Es tat sehr weh und war, gelinde gesagt, unangenehm. Dennoch: Ich war so glücklich, daß ich das andere behalten hatte, daß ich nicht viel Zeit damit verbrachte, mein Schicksal zu verfluchen.«

Wieder betastete er die schwarze Klappe. »Ich bin immer noch dabei, mich daran zu gewöhnen. Komisch eigentlich, aber obwohl ich natürlich kein besonders großes Gesichtsfeld mehr besitze, ist es doch viel besser und weiter geworden, als es am Anfang gewesen war.« Er dachte eine kurze Weile nach. »Anfangs hatte ich auch permanent Kopfschmerzen, aber sie lassen bereits nach. Es ist schwer, Tiefe und Entfernungen einzuschätzen. Manchmal stelle ich fest, daß ich wie ein Pony mit dem Fuß auf dem Boden scharre, weil ich nicht erkennen kann, ob vor mir eine Stufe ist. Und bitten Sie mich bloß nicht, Ihnen einen Drink einzuschenken, es sei denn, Sie sind an abenteuerlichen Resultaten interessiert. Aber trotzdem wird es immer besser.«

»Aber da wäre noch ein positiver Aspekt, der Sie vielleicht freuen wird«, sagte Laura fröhlich. »Sie sehen wirklich *umwerfend* mit der Augenklappe aus.

Wenn Sie sich in Gesellschaft begeben, werden Sie sich gewiß mit Händen und Füßen gegen verliebte Mädchen wehren müssen.«

Seine Laune verschlechterte sich augenblicklich. »Ich hoffe nicht.« Er kam auf die Füße und nahm die Waffen auf. »Wohin soll ich die beiden bringen? Da sie nun Ihnen gehören, sollten Sie sie vielleicht in Ihrem Zelt lassen.«

Laura akzeptierte den abrupten Themenwechsel, aber sie blieb dennoch bei ihrer Meinung: Ob er es mochte oder nicht – er würde dazu verdammt sein, weibliche Aufmerksamkeit auf sich zu ziehen. Was für ein Glück, daß die Ehe nichts für sie war. Ansonsten wäre sie durchaus versucht gewesen, ein paar Köder auszuwerfen.

Ian verbrachte den Tag höchst produktiv, indem er sich unter der Führung von Punwa, einem wortkargen Jäger, der zum Dorf gehörte, mit dem Wasserloch und der Umgebung vertraut machte. Als er schließlich den Inder verließ und zu Fuß von Nanda zum Camp zurückkehrte, stellte er plötzlich fest, daß er sich besser fühlte, als er das eine lange Zeit getan hatte. Die Ereignisse der letzten Tage hatten seine ganze Aufmerksamkeit gefordert und ihn wenigstens vorübergehend von seinem eigenen Elend abgelenkt. Er war immer noch nicht wieder wie früher, denn die Schatten der Melancholie hatten sich nur ein wenig zurückgezogen, waren nicht ganz verschwunden. Dennoch konnte er nun zum ersten Mal daran glauben, daß das Leben eines Tages für ihn mehr Freude als Leid bedeuten würde.

Auch die Stunden, die er im Wald verbracht hatte, waren Balsam gewesen. Er hatte die Natur immer schon geliebt, ob es sich um den Dschungel, die Wüste oder die wunderbaren Hügel und Küsten von Schottland handelte. Obwohl er nicht gerade die Geduld in Person war, konnte er Stunden damit verbringen, auf das Erscheinen von Vögeln oder wilden Tieren zu warten. Doch seit seiner Flucht aus Buchara hatte er nur wenig Gelegenheit gehabt, die Natur zu genießen. Er hatte die letzten Monate damit verbracht, gesund zu werden und zu reisen, um einfach nur zu verweilen, war keine Gelegenheit gewesen.

Nein, das stimmte nicht. Es hatte Gelegenheiten gegeben, aber er war nicht fähig gewesen, sich an irgend etwas zu erfreuen.

Ian umrundete gerade einen Tümpel außerhalb von Nanda, als ein Dutzend wilder Pfauen aufflogen. Das metallische Blau und Grün der männlichen Tiere schimmerte in unfaßbarer Schönheit. Es war kein Wunder, daß sie in hinduistischen Mythen und Legenden einen besonderen Platz einnahmen; wenn Indien ein Lieblingstier hatte, dann den Pfau.

Aber ihre Erhabenheit verschwand, als die Tiere zu trinken begannen. Die Schwanzfedern ragten drollig in die Luft, wenn sie sich vornüberfallen ließen, um die Schnäbel ins Wasser zu tauchen, und fielen dann schlaff wieder zurück, wenn die Tiere sich aufrichteten, um zu schlucken. Die Pfauen wippten vor und zurück wie eine Ansammlung gefiederter Schaukeln. Und als Ian seinen Weg fortsetzte, stellte er fest, daß er lächelte. Das war in der letzten Zeit nicht häufig vorgekommen.

Laura brachte ihn zum Lächeln. Während er weiterging, begriff er, daß sie der Grund für seine bessere Stimmung war. Er hatte mit ihr offener reden können, als mit jedem anderen seit Pjotrs Tod. Vielleicht lag es daran, daß sie dessen Nichte war. Fasziniert entdeckte Ian immer wieder Gesten oder Redewendungen, die ihn an ihren Onkel erinnerten. Sie besaß auch einige von Pjotrs Charakterzügen, denn selbst in ihrem unendlichen Kummer hatte sie sich ihren Humor bewahrt.

Doch er vermutete, daß er sich deswegen in ihrer Nähe wohl fühlte, weil auch sie litt. Seit seiner Flucht aus Buchara hatte Ian gelernt, wie wahr das Sprichwort war, daß Elend Gesellschaft liebt. Der einzige Augenblick, in dem er sich einer Person nahegefühlt hatte, war die Nacht gewesen, in der seine Schwester an seiner Schulter geweint hatte, weil sie dachte, ihre Ehe sei gescheitert. Juliets Schmerz hatte ihn aus dem seinen herausgezogen, weil er sie trösten wollte. Er hatte ihr sogar einen Rat gegeben, der, wie sie ihm später berichtete, es ihr möglich gemacht hatte, den Abgrund zwischen sich und ihrem Mann zu überbrücken.

Es war ihm soviel schwerer gefallen, mit Juliet und Ross zusammen zu sein, als sie vor Glück strahlten. Eigentlich konnte er niemanden um sich herum ertragen, der glücklich und zufrieden war. Aber Lauras Gegenwart war tröstend, denn ihr Schmerz und ihre Verletzlichkeit waren seinen Gefühlen sehr ähnlich.

Er hoffte, daß sie sich dafür entscheiden würde, auf ihn zu warten, um nach Baipur zurückzukehren. Die Reise würde seine Rückkehr nach Schottland um einige Wochen verzögern, aber das war nicht wirklich wichtig. Er wollte sicherstellen, daß sie bei Freunden war, wenn er sich von ihr verabschiedete.

Ohne Erfolg dachte er darüber nach, wieso sie so

gegen die Ehe war. Sie machte nicht den Eindruck, als hätte sie grundsätzlich etwas gegen Männer. Die logischste Erklärung war, daß ihr jemand einmal das Herz gebrochen hatte. Wenn es so war, würde sie eines Tages einen Ehemann akzeptieren – dann, wenn sie es überwunden hatte. Er hoffte es zumindest für sie, denn er fand es schändlich, solch feminine Wärme und solchen Charme zu vergeuden. Abgesehen davon fühlte er sich für Pjotrs Nichte verantwortlich. Ihm gefiel der Gedanke gar nicht, daß sie die langweilige Existenz einer Gouvernante in einem fremden Haus führen wollte.

Aber dazu würde es nicht kommen. Ian war vielleicht körperlich kein Mann mehr, aber seine Menschenkenntnis hatte nicht gelitten. Laura war eine Frau, die immer Männer anziehen würde, die sie gerne lieben und beschützen wollten. *Sie* würde jedenfalls nicht den Rest ihres Lebens einsam verbringen müssen.

Kapitel 7

Laura hatte sich für den Machan ihr maßgeschneidertes Reitkleid angezogen. Nachdem der Major ihren braunen Hosenrock und die hohen Stiefel gemustert hatte, nickte er anerkennend. »Praktische Kleidung. Schade, daß sich nicht mehr Engländerinnen so anziehen.«

»Der Rock war Vaters Vorschlag«, erklärte sie, als sie eine Feldflasche an ihren Gürtel hakte und ihren Helm aufsetzte. »In Indien verbringt man soviel Zeit zu Pferd, daß wir es besser fanden, wenn ich im

Herrensitz reite, außer zu den ganz formellen Anlässen, was praktisch nie bedeutet. Und er hat mir schlichtweg verboten, bei dieser Hitze ein Korsett zu tragen. Er behauptete, daß Korsetts dafür verantwortlich seien, warum so viele anglo-indische Frauen eine zerbrechliche Gesundheit haben: Sie können nicht atmen!«

»Das hört sich nach einem Mann mit seltenem gesunden Menschenverstand an. Es tut mir sehr leid, daß ich ihn nicht kennenlernen konnte.«

Laura tat es auch leid. Der Gedanke schickte eine lähmende Woge von Kummer durch ihren Körper, was ihr bereits mehrmals am Tag passiert war. Sie paßte sich seinem Schritt an, als sie sich auf ihren Weg zum Wasserloch machten. Der Pfad wand sich durch die Felder, dann durch lichten Wald, der von saftigen Wiesen unterbrochen wurde. Die Sonne und die Landschaft hoben ihre Stimmung ein wenig. Sie würde nicht zulassen, daß die Verzweiflung sie übermannte.

Wie sie schon zuvor erkannt hatte, konnte Ian mit einem Auge besser sehen, als manche mit beiden. Während sie nebeneinander her gingen, lenkte er wortlos ihre Aufmerksamkeit auf Dinge, die sie ohne ihn gar nicht bemerkt hätte. Er sah nicht nur mit den Augen, sondern mit all seinen Sinnen. Er war es, der das fast unhörbare Flügelschlagen eines leuchtendbunten Vogels ausmachte, der wie ein Kolibri vor einem blühenden Strauch schwebte. Etwas später schob er ein paar Gräser beiseite, um ein paar weiße Blumen freizulegen. Sie sahen nicht besonders bemerkenswert aus, aber als er eine pflückte und sie Laura gab, stellte sie fest, daß sie einen süßen, seltsamen Duft verströmte.

Nicht alle seine Entdeckungen waren so harmlos. Nach zwanzig Minuten Wanderung blieb er stehen und streckte die Hand aus, um Laura zu veranlassen, stehen zu bleiben, während er den Wald zu ihrer Linken scharf musterte. Dann zog er sie in den Schutz der Luftwurzeln eines Banyanbaums und lenkte ihren Blick auf einen Fleck im Geäst, ein paar hundert Schritte entfernt. Gehorsam schirmte sie ihre Augen mit einer Hand ab und schaute nach oben, wobei sie sich fragte, was sie wohl entdecken sollte.

Ihr Unterkiefer fiel herab, als sie erkannte, was sich in den schattigen Ästen verbarg: Es war ein Leopard. Die Flecken der Raubkatze boten eine fast perfekte Tarnung für das Tier, das sich müßig auf einem Ast räkelte und die Pfoten und den Schwanz hängen ließ, als sei es ein kuschelweiches Kinderspielzeug.

Als der Schrei eines Leoparden direkt neben ihr ertönte, fuhr Laura heftig zusammen. Ihrer Kehle entrang sich ein erstickter Laut, und sie wirbelte herum. Halb erwartete sie, daß sich das Tier auf ihren Begleiter hatte fallen lassen, bemerkte aber verblüfft, daß es Ian gewesen war, der den Ruf der großen Katze nachgeahmt hatte. Wie betäubt wandte sie sich zu dem echten Leoparden um. Wie würde er reagieren?

Aus dem Schlummer gerissen, schnellte der Kopf der Katze ruckartig hoch, und die Ohren drehten sich aufmerksam nach vorne. Nach einer Weile konzentrierten Lauschens ließ sich der Leopard lautlos von seinem Ast gleiten und verschwand im Gras.

Nervös beobachtete Laura die schwankenden Halme, die darauf hinwiesen, daß das Tier kam, um zu sehen, was für ein Rivale in sein Revier eingedrungen war. Sie glaubte zwar nicht, daß Ian ein Risiko einging, aber sie fand ihn doch erstaunlich unberührt von der Tatsache, daß sich ein gefährliches Raubtier an sie heranpirschte.

Nach einigen nervenzehrenden Minuten tauchte der Leopard nur wenige Schritte von ihnen entfernt aus dem hohen Gras auf. Mit bebenden Schnurrhaaren und geducktem Körper drehte er den Kopf langsam hin und her, während er versuchte, die Witterung seines vermeintlichen Artgenossen ausfindig zu machen.

Als sein Blick Ian und Laura erhaschte, nahm sein pelziges Gesicht einen Ausdruck an, der fast wie Schock aussah. Die Reaktion des Tieres war so komisch, daß Laura fast laut gelacht hätte. Der Leopard wirkte wie ein Vikar, der empört die Anwesenheit einer Kröte im Taufbecken entdeckte.

Mit aufgestellten Nackenhaaren fauchte das Tier wütend die Gestalt an, die es gewagt hatte, wie ein Leopard zu sprechen. Dann wirbelte er herum und setzte mit flüssigen, anmutigen Bewegungen davon. Im Bruchteil einer Sekunde war er fort.

Laura bemerkte, daß sie den Atem angehalten hatte, und so stieß sie nun bebend die Luft aus. »Warum haben Sie das getan?«

Ian schenkte ihr etwas, das einem echten Lächeln schon verdammt nahekam. »Ich dachte, Sie hätten vielleicht gerne mal einen Leoparden gesehen. Ein herrliches Wesen, nicht wahr?«

»Ja, aber ich ziehe Katzen vor, die nicht groß genug sind, um mich zu fressen«, sagte sie ein wenig heiser.

»Wir waren absolut nicht in Gefahr. Sie haben

doch gesehen, wie er davonlief, als er bemerkte, daß wir Menschen sind.«

Laura zog die Brauen hoch. »Wollen Sie mich davon überzeugen, daß Leoparden niemals Menschen angreifen?«

»Nein«, sagte er, als sie sich wieder auf den Weg machten. »Aber Menschen zu fressen, ist ein abnormes Verhalten. Man redet vom Gesetz des Dschungels, aber Tiere töten nur auf Nahrungssuche.« Ein harter Unterton schlich sich in seine Stimme. »Die Menschheit könnte viel von ihnen lernen.«

Vor ihnen flog ein Schwarm Vögel auf, der sich durch die Ankunft der Menschen gestört fühlte. Laura aber sah ihren Begleiter an und entdeckte den Hauch eines Lächelns in seinem Gesicht, als sein Blick den Vögeln folgte.

»Wußten Sie, daß man hundert verschiedene Arten von Vögeln entdecken kann, wenn man sich irgendwo in Indien einfach ruhig hinsetzt und nur eine Stunde den Mund hält?« fragte er. »Ich habe mir früher immer ein Spiel daraus gemacht. Einmal habe ich einhundertdreiundsiebzig verschiedene entdeckt.«

Laura empfand einen plötzlichen Anflug heftigen Mitgefühls für Ian. Was mußte es für einen Mann, der sich so gerne in der Natur bewegte, bedeuten, in einem finsteren, dreckigen Loch eingesperrt zu sein, wo es keine Blumen, kein Vogelgezwitscher, keine Sonne gab? Für ihn mußte es im wahrsten Sinne des Wortes die Hölle gewesen sein. Sie schluckte den Kloß in ihrer Kehle herunter und sagte: »Warum sind Sie eigentlich nicht Waldhüter geworden, anstatt in die Armee einzutreten? Sie wissen mehr über die indische Landschaft als jeder, den ich kenne.«

»Wahrscheinlich wäre es klüger gewesen, aber für einen energiegeladenen Achtzehnjährigen klingt so ein Zivildienst furchtbar langweilig.« Er warf ihr einen selbstironischen Blick zu. »Ich bin scharf darauf gemacht worden, zur Armee zu gehen und das Empire vor den Heiden zu retten. Den jungen Leuten fehlt noch der richtige Respekt vor dem Leben.« Er sah nach dem Stand der Sonne. »Wir sollten jetzt nicht mehr trödeln. Punwa wartet sicher schon auf uns.«

Weitere zehn Minuten Wanderung brachte sie an ihr Ziel. Der Machan war eine rohgezimmerte, in einen Baum hineingebaute Plattform, ein Dutzend Fuß über dem Boden, von der man einen guten Blick auf das Wasserloch hatte. Der Standort war so gewählt, daß der Menschengeruch die Tiere nicht stören würde, wenn sie zur Tränke kamen.

Ian verschränkte seine Hände, um eine Stufe zu formen, und Laura kletterte auf die Plattform. Er selbst wartete unten, bis Punwa mit der Ziege ankam, die als Köder gedacht war. Nachdem das kleine Tier angebunden und der Jäger fort war, schwang sich auch Ian auf die Plattform. »Der Menschenfresser ist ein alter Herr mit einer wehen Pfote und einem leicht erkennbaren Hinken. Punwa sagte, manchmal kommt auch eine junge Tigerin zum Trinken hierher, aber sie hätte noch nie Menschen angegriffen. Wenn sich also ein Tiger zeigt und ich nicht schieße, dann liegt es daran, daß es der falsche ist.«

»Aber wird sie nicht die Ziege fressen?«

»Wahrscheinlich. Wir müssen darauf hoffen, daß der richtige Tiger auftaucht. Aber selbst, wenn er nicht kommt, werden wir jede Menge Gesellschaft bekommen.« Er ließ sich nieder und lehnte sich gegen den Baumstamm, Gewehr und Munition in der Nähe seiner linken Hand. »Da alle Tiere Wasser brauchen, wird gewöhnlich eine Art Waffenstillstand am Wasserloch eingehalten. Tiere, die sonst Feinde sind, ignorieren einander, wenn sie trinken.«

Nach diesen Worten schwiegen beide. Obwohl es Laura niemals in den Sinn gekommen wäre, eine Nacht mit dem Beobachten eines Wasserlochs zu verbringen, fand sie die ständig wechselnde Szene doch höchst interessant. Ein mißtrauischer Schakal, der sich ständig umschaute, erschien an einer Uferseite und schlappte Wasser, während gleichzeitig anmutig getupfte Hirsche, die man *Chital* nannte, in der Nähe der Köderziege zu trinken begannen. Nach dem Schakal kam eine Gruppe lärmender Rhesusäffchen an den Teich, die sich wie eine Familie benahm, die im Wald picknickt. Sie wurde gefolgt von einem Schwarm Sittiche, die am meisten Krach machten. Einige der Besucher musterten neugierig die Ziege, aber keiner schien wirklich interessiert zu sein.

Doch so faszinierend der Aufmarsch auch war, stellte Laura doch fest, daß Ians Nähe sie ablenkte und verwirrte. Die Plattform hatte Platz für zwei, aber nur gerade eben, und ihre Schultern berührten sich fast. Ihre Sinne schärften sich, bis sie sich fast jeder seiner noch so leichten Bewegungen bewußt war. Während ihr Blick an einem Eisvogel hängenblieb, prickelte ihre Haut in der Wärme seines Körpers und dem Hauch seiner Atmung.

Seit acht Jahren versuchte sie zu vergessen, wie magisch die Berührung eines Mannes sein konnte. Aber Ian erschütterte ihren Entschluß. Sie wollte ihn berühren, ihr Gesicht an seinem Hals vergraben und den Geschmack seiner salzigen Haut aufnehmen.

Ihre Reaktion auf ihn nährte ihre übelsten Ahnungen, was ihr eigenes Wesen betraf. Wenn ihr Begleiter auch nur das geringste Anzeichen von Interesse an ihr gezeigt hätte, wenn nur seine Finger wie beiläufig über ihre Hand gestrichen wären, wenn er sie direkt angelächelt hätte: Sie wäre wie Wachs in der indischen Sonne dahingeschmolzen.

Sie war dem Himmel dankbar, daß Ian von ihrer übersteigerten Phantasie offenbar nichts bemerkte. Sie unterdrückte also mit aller Kraft ihre dumme Sehnsucht und schwor sich, solche Situationen in Zukunft zu vermeiden. Wenn der Major auch ihren bescheidenen Reizen indifferent gegenüberstand, so hätte ein anderer Mann vielleicht anders reagiert.

Die Dämmerung legte sich rasch über das Land, und die Nacht war hereingebrochen, als ein Tiger langsam aus dem Unterholz trat. Im blassen Mondlicht leuchteten seine Streifen blaßgolden. Laura hatte noch nie einen Tiger in freier Natur gesehen, und sie hielt in ehrfürchtigem Staunen vor seiner gefährlichen Schönheit die Luft an.

Doch selbst dieses fast unhörbare Geräusch brachte den massiven Kopf dazu, sich in Richtung des Machan zu drehen. Sie verhielt sich absolut lautlos, bis der Tiger langsam weiterwanderte. Ian hob das Gewehr, schoß aber nicht. Laura fragte sich, wie er bei Nacht den richtigen Tiger herausfinden wollte, erinnerte sich dann aber an seine Auskunft, daß der Menschenfresser eine verletzte Pfote hatte. Dieses Tier hinkte nicht, also mußte es die unschuldige Tigerin sein.

Das Zicklein hatte die Witterung des Raubtiers

aufgenommen und stieß einen dünnen Angstschrei aus. Augenblicklich änderte sich der Gang des Tieres, und es pirschte sich vorsichtig heran, wobei der Schwanz zuckte und die Hinterflanken vor gespannter Erregung zu beben begannen. Laura biß sich auf die Lippen, damit sie Ian nicht bat, in die Luft zu schießen, um die Tigerin zu verjagen. Vielleicht hätte sie damit die Ziege gerettet, aber auch den Menschenfresser gewarnt, falls er in der Nähe sein sollte.

Die Ziege wich zurück, so weit der Strick es zuließ, und blökte wieder, und der entsetzte Schrei sandte Laura einen Schauder über den Rücken. Der Laut hatte auch seine Wirkung auf die Tigerin, die augenblicklich ihre Pirschhaltung aufgab. Majestätisch wie eine Königin ging sie zu der Ziege, senkte den Kopf und schnupperte. Einen Moment standen das gewaltige Raubtier und die kleine Ziege sich Nase an Nase gegenüber. Dann schlappte die Tigerin dem Tierchen freundlich mit der riesigen Zunge über den Kopf, was die Ziege zum Taumeln brachte.

Nachdem sie Frieden geschlossen hatten, spazierte die Raubkatze zum Tümpel, trank in aller Ruhe und verschwand im Wald. Der Waffenstillstand schien tatsächlich zu funktionieren. Vielleicht hatte die Hilflosigkeit der kleinen Ziege aber auch die Mutterinstinkte der Tigerin geweckt.

Laura warf Ian einen Blick zu, der in diesem Augenblick seinen Kopf zu ihr drehte. Sie sprachen nicht, und sie konnte seine Miene in der Dunkelheit nicht richtig erkennen. Aber Worte waren auch nicht nötig, um zu wissen, daß sie beide das Erstaunen über das, was sie gerade miterlebt hatten, teilten. Und einen kurzen Moment fühlte sie sich ihm emotional genauso nah wie körperlich.

Nachdem die Tigerin fort war, wurde das Wasserloch nicht mehr so frequentiert wie zuvor, und Laura wurde langsam müde. Sie versuchte gerade ein Gähnen zu unterdrücken, als er seine Jacke auszog, sie zu einem provisorischen Kissen zusammenrollte und ihr bedeutete, sich niederzulegen. Er rutschte ein winziges Stück zur Seite, wodurch genug Platz entstand, daß sie sich ausstrecken konnte.

Dankbar nahm sie seinen Vorschlag an. Sie zog die Nadeln aus ihrem Haar und rollte sich, den Kopf auf das Kissen gelegt, auf der Seite zusammen. Laura hatte immer den subtilen Eigengeruch einer Person wahrnehmen können, und Ians Jacke strahlte den seinen aus. Es war ein Duft, der ihr Sicherheit gab, Zufriedenheit...

Sie schwebte in dem dämmrigen Zustand zwischen Wachen und Schlafen, als ihr die Erkenntnis kam: Der Grund, warum sie sich bei Ian so sicher fühlte, war die Tatsache, daß er sie nicht begehrte. Die meisten Männer taten es, und das Wissen ihrer Begierde bereitete ihr Unbehagen. Die Botschaft aber, die der Major ihr vermittelte, hatte viel von dem, was auch ihr Stiefvater ihr gegeben hatte: Freundlichkeit und Schutz.

Da sie so daran gewöhnt war, männliches Verlangen zu erzeugen, war sie zuerst verwirrt gewesen, daß Ian sich nicht für sie interessierte. Aber die Situation war so viel besser: Wenn er sie nicht begehrte, konnten sie ohne Gefahr Freunde sein.

Dieser köstliche Gedanke wiegte sie sanft in den Schlaf.

Ian hielt die ganze Nacht Wache, aber der Menschenfresser kam nicht. Dennoch war das Warten nicht unangenehm. Die Gräser am anderen Ufer des Tümpels wogten sanft wie blasse Seide im Mondlicht, und das leise Geräusch von Lauras Atmung war so entspannend wie Musik. Es gefiel ihm, sie so nah bei sich zu spüren. Er versuchte sich vorzustellen, daß es Georgina war, die dort mit offenem Haar an seinen Oberschenkel gekuschelt lag, aber er konnte ihr Bild in seinem Kopf nicht wirklich klar hervorrufen. Georgina mochte eine ganze Nacht durchtanzen, aber sie würde niemals still und ruhig im Wald ausharren.

In der Dämmerung erwachte Laura und setzte sich auf, wobei sie sich vorsichtig bewegte, um nicht vom Machan zu plumpsen. Ein Sonnenstrahl drang durch die Baumwipfel und traf auf ihr Haar, das in verschwenderischer Pracht über ihre Schultern fiel und einen Bronzeschimmer annahm. Ihre schrägen Augen besaßen die gleiche Farbe, und Ian war einmal mehr an eine Katze erinnert – eine geschmeidige, hübsche Mieze, die Sahne schleckte und auf Seide schlief.

»Ich habe ein interessantes Sortiment schmerzender Muskeln.« Sie gähnte und streckte sich. »Aber ich nehme an, daß der Menschenfresser uns nicht gefordert hat.«

»Leider nein«, antwortete er. »Ich habe Sie ja gewarnt, daß es langweilig werden könnte.«

Zu seinem Bedauern wand sie ein Band um ihr Haar, um es aus dem Gesicht zu halten. »Ich bin trotzdem froh, daß ich mitgegangen bin«, sagte sie. »Es war sehr lehrreich. Und die Ziege muß glücklich sein, daß es nicht noch mehr Aufregung gab. Ein zweiter Tiger wäre sicher nicht so nett mit ihr umgegangen.«

Ian reichte ihr ein Stück des Chapatis, das er eingepackt hatte. Nachdem beide aus Lauras Feldflasche getrunken hatten, kletterte er von der Plattform und half ihr dann herunter. Ihre Taille war schmal und weich, und er genoß die Berührung, auch wenn der begehrliche Aspekt dabei fehlte, der vor Buchara sicher sofort eingetreten wäre. Wenn er nur…

Er verfluchte sich innerlich. Daran zu denken, was hätte sein können, war der sicherste Weg zur tiefsten Verzweiflung. Er band die Ziege los, und sie begannen ihren Weg zurück nach Nanda. Als sie die Felder vor dem Dorf erreichten, hatte die Morgensonne die steifen Muskeln einer Nacht auf der engen Plattform wieder gelockert.

Sie wanderten auf einem breiten, grasbewachsenen Pfad, der die Felder vom Waldrand trennte, als Ian sein Auge mit einer Hand abschirmte und in die Ferne blinzelte. »Da kommt Punwa und will wissen, ob wir Glück gehabt haben. Könnten Sie einen Augenblick hier warten? Ich muß ihm die Ziege zurückgeben und mit ihm abmachen, später auf Jagd zu gehen. Wenn der Tiger nicht zu uns kommt, müssen wir zu ihm gehen.«

Laura warf ihm einen amüsierten Blick zu. »Ich weiß zwar, daß Sie angeblich nicht viel schlafen, aber manchmal müssen doch selbst Sie es tun, nicht wahr?«

»Nicht, wenn ich es vermeiden kann«, gab er mit plötzlich harter Stimme zurück. Das Zicklein im Schlepptau, marschierte er auf Punwa zu. Laura zog die Brauen zusammen, während sie ihm nachsah. Selbst wenn er gelöster war, machte der Major immer noch den Eindruck einer fest gespannten Bogensehne. Wenn er nicht lernte, sich auszuruhen, dann würde er eines Tages einfach zerreißen.

Sie wandte sich dem nahen Feld zu, auf dem bereits Frauen und Kinder arbeiteten. Laura winkte, denn sie erkannte einige von ihnen von früheren Reisen nach Nanda. Ganz in der Nähe stand eine junge Frau namens Kunthi. Laura rief ihr einen Gruß zu und bekam ein schüchternes Lächeln als Antwort. Die Frau deutete auf ein Kind, das am Rand des Feldes Blumen pflückte. »Erinnerst du dich noch an meinen Narwa, Memsahib? Damals war er noch ganz klein.«

»Was für ein großer Junge er geworden ist«, rief Laura zurück. »Ich hätte ihn gar nicht erkannt.«

Die laute Unterhaltung lenkte Narwa ab. Er schenkte Laura ein sonniges Lächeln, während er auf sie zu tappte und die Blumen mit beiden Patschhändchen umklammerte. Da er erst knapp über zwei Jahre war, war sein Gang noch wackelig und unsicher. Lächelnd hockte sich Laura auf einen gefällten Baumstamm und sah ihm entgegen, denn gewiß wollte er sie aus eigener Kraft erreichen.

Innerhalb eines Sekundenbruchteils veränderte sich die Szene von friedlicher Idylle in reinen Schrecken. Laura erhaschte aus dem Augenwinkel eine Bewegung, blickte müßig zur Seite – und erstarrte voll Entsetzen, als sie einen Tiger aus dem Wald brechen sah, dessen Bauch in seiner geduckten Haltung fast auf dem Boden schleifte. Dies war kein verdutzter Leopard und keine Tigerin mit Muttergefühlen. Dies war der Menschenfresser, über zweihundert Kilo Muskeln, Zähne und Klauen. Und das Ziel seiner Pirsch war Narwa, der nichtsahnend Laura Blumen bringen wollte.

In der Hoffnung, ihre Stimme könnte den Tiger verscheuchen, sprang Laura auf und schrie: *»Ian!«*

Doch statt zu fliehen, richtete der Tiger sich auf, beschleunigte und setzte mit weiten Sprüngen auf sie zu, ohne sich von dem Hinken auf der linken Vordertatze beeinträchtigen zu lassen.

Nun konnten ihn auch die Feldarbeiter sehen, die sofort zu schreien begannen. Kunthi stand am nächsten. Mit einem entsetzten Kreischen begann sie, auf ihren Sohn zuzulaufen, doch sie war zu weit entfernt, um ihn vor dem Tiger zu erreichen.

Beim Klang der Stimme seiner Mutter drehte Narwa sich um und sah die goldschwarze Bedrohung auf sich zustürmen. Er wimmerte, versuchte jedoch nicht, zu fliehen.

Durch reinen Instinkt getrieben rannte Laura über die freie Fläche, und ihr Magen schien sich umdrehen zu wollen, während sie hastig Entfernung und Winkel abschätzte. Narwa war gut zwanzig Yards von Laura entfernt, der Tiger etwa sechzig, und er gewann rasch an Boden. Ian stand so weit weg, daß ein gezielter Schuß schwierig sein würde, selbst wenn er die Schreie gehört hatte. Schlimmer noch: Wenn er aus seiner gegenwärtigen Position schießen mußte, würde er riskieren, das Kind oder Laura zu treffen. Einzig Laura hatte die Chance, noch etwas zu retten.

Als sie Narwa erreichte, war der Tiger schon so nahe, daß sie das goldene Funkeln seiner Augen erkennen konnte. Er sammelte seine Muskeln zum letzten Sprung, als sie ihren Topi vom Kopf riß und ihn mit aller Kraft auf das Tier zuschleuderte.

Durch pures Glück traf der harte Rand des Helms das linke Auge des Tigers. Fauchend vor Wut zuckte er ein wenig zusammen, während Laura, ohne innezuhalten, das Kind in ihre Arme riß.

Die Zeit schien sich plötzlich zu verlangsamen. Narwa war ein kompaktes, zappelndes Gewicht in ihren Armen, und die Blumen kitzelten ihren Hals. In der Ferne hörte sie das Jammern der Frauen auf dem Feld.

Laura packte Narwa fester und machte einen Ausfall nach rechts, denn sie hoffte, der Tiger würde durch die Richtungsänderung langsamer werden. Dann stürmte sie auf den Baumstamm zu, der ihr wenigstens etwas Schutz bieten konnte, falls sie ihn noch erreichte. Sie hatte einmal von einem erfahrenen Jäger gehört, daß ein Tiger, wenn er den ersten Sprung verpatzt hatte, sich nur langsam wieder erholte, um es ein zweites Mal zu versuchen. Seine Beute konnte dann erstaunlich oft entkommen. Doch der Jäger hatte von Tigern gesprochen, die leichtfüßige Rehe jagten, nicht von einer Frau, die ein ängstliches, strampelndes Kind schleppen mußte.

Hinter ihr schwoll das Knurren des Tigers zu einem bösartigen Grollen an, aber sie wagte nicht, einen Blick zurück zu werfen. Der Baumstamm war nur noch zwei lange Sätze entfernt. Wenn sie ihn erreichen konnte...

Bevor sie den Gedanken zu Ende denken konnte, traf sie ein gewaltiger Schlag, der sie zu Boden stieß. Sie landete hart auf ihrem Rücken, Narwa immer noch fest in den Armen, und starrte in das entsetzliche Antlitz des Tigers. Sein Brüllen ließ ihr das Blut gefrieren, und er enthüllte direkt vor ihrem Gesicht seine dolchlangen Zähne, die einen Büffel reißen konnten.

Tiger rissen gewöhnlich mit den Fängen, statt mit den Klauen, doch die gewaltige Pranke, die nun auf Laura zuschwang, wirkte tödlich genug, um mit einem Schlag sie und das Kind zu zermalmen. Sie rollte sich mit Narwa herum. Wenn sie oben lag, wenn der Tiger zuschlug, konnte sie vielleicht wenigstens den Jungen schützen. Laura wurde bewußt, daß sie in einer Minute tot sein würde. Es war bizarr. So hatte sie sich ihr Ende nicht vorgestellt. Vielleicht sollte sie sich über den Zustand ihrer Seele Gedanken machen, aber ihr letzter Gedanke war die Hoffnung, daß Papa auf sie wartete, und Tatjana...

Das Krachen eines Gewehrs zerriß die Luft, Sekunden später ein zweiter Schuß. Der Tiger brüllte wieder, doch dieses Mal vor Schmerz. Laura blickte sich um und sah den Tiger sich in die Luft erheben. Einen Augenblick verdunkelte die gewaltige Masse die Sonne. Der Tiger wand sich und schlug hilflos mit den Vorderpfoten ins Leere. Dann brach er mit einem markerschütternden letzten Aufbrüllen zusammen.

Bevor eine der zuckenden, tödlichen Tatzen Laura oder das Kind treffen konnte, hatte Kunthi sie erreicht. Sie war eine kleine Frau, aber mit übermenschlichen Kräften packte sie Laura unter den Armen und zerrte sie aus der Reichweite des Tigers. Dann zog sie Narwa in ihre Arme und wiegte ihn weinend hin und her, während das Kind empört zappelte.

Zu betäubt und atemlos, um sich zu bewegen, lag Laura immer noch auf dem Boden zwischen Narwas zerdrückten Blumen, als Ian heraneilte. Er fiel neben ihr auf die Knie. »Laura, sind Sie verletzt?« Seine Stimme klang fast panisch. Er legte das Gewehr ab, dann zog er sie sanft in eine sitzende Position und legte ihr einen Arm um die Schultern.

»Ich weiß nicht«, flüsterte sie. Es fiel ihr schwer, genug Atem zu finden, um zu sprechen. »Eine Pranke hat mich in der Seite getroffen.«

Nachdem er sie untersucht hatte, sagte er leise: »Sie hatten unglaubliches Glück. Die Feldflasche hat das meiste des Schlags abgefangen. Sie ist abgerissen und liegt dort beim Tiger. Guter Gott, die Krallen haben Ihr Kleid zerfetzt. Ich sehe aber kein Blut. Tut Ihnen irgend etwas weh?«

Laura machte versuchsweise Inventur. Ihre Rippen schmerzten, aber die Feldflasche hatte sie wohl wirklich vor dem Schlimmsten bewahrt. »Nur Prellungen glaube ich.« Sie lächelte unsicher. »Papa hat mir die Flasche geschenkt. Er sagte damals, sie könnte mir das Leben retten, aber ich glaube nicht, daß er sich das so vorgestellt hatte.«

»Vielleicht hat er heute morgen über Sie gewacht.« Ian schüttelte den Kopf. »Als der Tiger Sie von den Füßen riß, dachte ich, es wäre aus mit Ihnen. Wenn er richtig getroffen hätte...«

Inzwischen war das halbe Dorf herangekommen, und alle redeten aufgeregt durcheinander. Einer der letzten, der heraneilte, war Narwas Vater. Totenbleich drängelte er sich durch die Menge und umarmte seine Frau und sein Kind. Etwas ruhiger untersuchte Punwa den toten Tiger. Mit einem Aufblicken sagte er: »Guter Schuß, Cameron Sahib. Beide Kugeln durch das Herz.«

Mit Ians Hilfe schaffte es Laura, auf die Füße zu kommen. Sie starrte auf den Tiger und schauderte. Das Tier war gewaltig, von der Nase bis zur Schwanzspitze gut zehn Fuß lang. Wenn er nur einen Hauch schneller gewesen wäre, gäbe es sie nicht mehr. Und Narwa wohl auch nicht.

Sie begann zu zittern, und Ians Arm legte sich um ihre Taille. Trotz der Hitze der Sonne war ihr kalt, und sie war dankbar für die Wärme seines geschmeidigen Körpers. »Wie haben Sie es geschafft, zweimal so schnell zu schießen?« fragte sie. »Die Schüsse kamen direkt nacheinander.«

»Mein Gewehr ist ein Hinterlader«, erklärte er. »Es läßt sich viel schneller abfeuern als ein konventioneller Vorderlader, besonders, wenn man voller Panik ist!«

»Auf jeden Fall eine effektivere Waffe als mein Topi.«

»Vielleicht, aber den Helm zu werfen hat den Unterschied zwischen Entkommen und Tod ausgemacht. Sie haben rasch geschaltet.« Sein Arm zog sie fester an sich, und als er weitersprach, hörte sie kalten Zorn in seiner Stimme. »Sehen Sie sich die linke Vordertatze an. Die verkrüppelte. Das ist eine Schußwunde gewesen. Ein Jäger hat das Tier verwundet und sich dann nicht darum gekümmert, seine Arbeit richtig zu erledigen. Der Idiot war vermutlich schuld daran, daß der Tiger zu einem Menschenfresser wurde.«

»Wenn die Hindus recht haben, wird ihn die Gerechtigkeit im nächsten Leben ereilen«, sagte Laura mit zittrigem Humor. »Vielleicht wird er als Maus wiedergeboren, die von einer Katze gefressen wird.«

Ians Miene entspannte sich. »Das hoffe ich zutiefst.«

Der Dorfvorsteher kam nun heran. »Du bist sicher schwach, Memsahib. Möchtest du in einem Ochsenkarren zum Camp zurück?«

In dem Wissen, wie man auf einem Ochsenkarren herumgeschleudert wurde, schüttelte Laura den Kopf. »Ich möchte lieber gehen. Das wird mich ein wenig entspannen.«

Da Ian meinte, er bräuchte kein Tigerfell, versprach der Vorsteher, es nach Baipur zu senden, nachdem es gegerbt worden war. Von dort aus könnte es weitergeschickt werden, wenn Laura sich entschloß, Baipur zu verlassen. Ihr kam der Gedanke, daß es ihr Spaß machen würde, auf diesem besonderen Tigerfell herumtrampeln zu können.

Endlich nahmen sie ihre unterbrochene Wanderung zum Lager wieder auf. Bald fühlte sich Laura nicht mehr zu zittrig, war aber froh über Ians stützenden Arm.

Als sie außer Sicht der Dorfbewohner waren, sagte er: »Wenn Sie jemals wieder nach Nanda zurückkommen, könnten Sie feststellen, daß die Dorfbewohner einen kleinen Schrein für die Tigerlady aufgebaut haben.«

»Sie werden mich sozusagen zu einer Art Gottheit hochstilisieren?« fragte sie verblüfft.

»Das ist schon vorgekommen – ein paar Punjabis haben einen Kult zu Ehren eines britischen Offiziers ins Leben gerufen.« Ein amüsiertes Funkeln in den Augen, fügte er hinzu: »Ich finde, Sie würden eine annehmbare Göttin abgeben. Wie viele Frauen nehmen es vor dem Frühstück schon mit einem Tiger auf?«

Sie schauderte zusammen, als sie an die Fänge des Tigers dachte, die ihr so nahe gewesen waren. »Ich kann immer noch nicht glauben, was ich da getan habe.«

»Sich in den Weg eines Menschenfressers zu werfen, ist kaum eine vernunftgetriebene Tat, aber in einer Um-Leben-und-Tod-Entscheidung übernimmt oft der pure Instinkt das Denken. Es ist wie in einer Schlacht.«

»Dann danke ich Gott, daß ich kein Soldat bin.«

Mit einem warmen Blick sah er in ihre Augen. Dann beugte er sich zu ihrer Überraschung vor und küßte sie flüchtig auf die Stirn. »Es ist mir eine Ehre, Sie kennen zu dürfen, Larissa Alexandrowna.«

Die Berührung seiner Lippen war leicht, aber aus irgendeinem Grunde wurden Lauras Knie wieder weich. Vielleicht war die Nennung ihres russischen Namens der Grund, der den Augenblick so besonders machte. Aber als sie ihre Wanderung wieder aufnahmen, erkannte sie selbstkritisch, daß sie es durchaus mit einem zweiten Tiger aufnehmen würde, wenn er sie dafür noch einmal so anschauen würde.

Kapitel 8

Ich weiß nicht, wie lan es schafft, seine gute Laune zu behalten, aber ich danke Gott für sein Lachen und sein freundliches Wesen. Wir reden praktisch über alles außer Politik, und wir erfahren viel voneinander. Ich denke jetzt auch daran, ihn als Schotte zu bezeichnen, nicht als Engländer, und er nennt mich bei meinem Vaternamen, wie ein höflicher Russe es täte. Kann da der Frieden zwischen unseren beiden verfeindeten, mißtrauischen Ländern noch weit entfernt sein?

Laura mußte über Pjotrs ironische Anmerkung lächeln. Jede Nacht las sie ein paar Zeilen seines Tagebuchs, bevor sie zu Bett ging. Sie kam jedoch nur langsam voran, zum einen, weil es Zeit kostete, Pjotrs winzige, abgekürzte Worte zu übersetzen, mehr jedoch, weil die Arbeit sie mindestens ebenso emotional erschöpfte wie sie lehrreich war. Sie hatte ihren Onkel zum letzten Mal gesehen, als sie kaum mehr als ein Kind gewesen war, und seine Briefe waren eher scharfsinnige, lustige Berichte über seine Reisen gewesen. Doch durch das Tagebuch lernte sie den Mann kennen, der er wirklich gewesen war, und das ließ sie seinen Tod noch mehr beklagen.

Am Anfang, als ihr Onkel von seiner Gefangennahme und dem schrittweisen Verlust seiner Hoffnungen berichtete, waren seine Eintragungen nur sporadisch und sehr knapp erfolgt. Dann, nachdem Ian zu ihm in den Schwarzen Brunnen geworfen wurde, wurden die Abstände kürzer und der Tonfall wurde lockerer. Es war deutlich, daß die Kameradschaft für beide Männer ein lebenswichtiger Faktor war.

Sie erfuhr über den Major genauso viel wie über Pjotr. Als Ian kam, halfen seine Fähigkeit, trotz aller Widrigkeiten zu lachen, und seine körperliche und emotionale Kraft ihrem Onkel, am Leben zu bleiben. Doch in den langen Monaten, die Ian allein gewesen war, hatte er offenbar das Lachen verloren. Sie hoffte, daß er es eines Tages wiederfinden konnte.

Aber sie würde es ja niemals erfahren, denn morgen würden sie Baipur erreichen. Einen Tag später wäre er aus ihrem Leben verschwunden.

Sie seufzte und beschloß, daß es besser sei, zu schlafen. Sie blätterte eine Seite weiter und wollte gerade ein Lesezeichen in das Buch legen, als sie plötzlich innehielt und mit konzentriert zusammengezogenen Brauen auf die Seite blickte. Die meisten Eintragungen waren am Rand in winziger, gestochener Schrift gemacht worden, doch auf dieser Seite waren Wörter quer über den gedruckten Text geschrieben worden. Irgend etwas an den Buchstaben schien hektisch, zwanghaft. Darüber hinaus war die Schrift krakelig und unsauber wie am Ende des Tagebuchs, als es um Pjotrs Gesundheit schlecht bestellt gewesen war.

Es kostete sie eine Weile, bis sie die Wörter entziffert hatte, und dann war sie immer noch nicht sicher, ob sie es richtig übersetzt hatte. Sie las:

»Möge Gott sich meiner Seele erbarmen, denn in meiner entsetzlichen Überheblichkeit legte ich ein Feuer, das ganz Indien vernichten kann. Ich bete, daß der Herr in Seiner unendlichen Weisheit den Regen schickt, der es löscht.«

Sie überlegte, ob sie Ian fragen sollte, was diese geheimnisvollen Worte bedeuten mochten. Dann zuckte sie mit den Schultern und legte die Bibel weg. Was machte es für einen Sinn, Ian mit etwas zu belästigen, das wahrscheinlich das Produkt von Fieber und Depressionen war. Sie drehte die Lampe herunter, legte sich in ihr Kissen zurück und zog sich das Laken über die Schulter.

Die Reise, die eine Woche gedauert hatte, war erfreulich ereignislos vonstatten gegangen, wenn man sie mit den turbulenten Tagen in Nanda verglich. Die Ochsenkarren erlaubten nur ein mäßiges Tempo, und während sie langsam durch die Landschaft zuckelten, erwies sich Ian als angenehmer Reisegefährte. Obwohl er an Laura als Frau nicht interessiert war, schien er ihre Gesellschaft dennoch zu genießen. Die meiste Zeit ritten sie nebeneinander her. Ian sprach wenig, aber wenn er es tat, waren seine Kommentare immer sehr treffend und oft in einer trockenen, fast beißenden Art amüsant.

Er war aber auch in der Lage, sie mit schweigendem Mitgefühl zu trösten, wenn sie es brauchte. Eines Nachts, als sie das Lager aufgeschlagen hatten, war sie allein auf einen Hügel geklettert, um den spektakulären Sonnenuntergang genießen zu können. Als die Sonne am Horizont in blutroten und goldenen Flammen unterging, lähmte sie eine Woge überwältigender Trauer.

Niemals wieder würde sie einen so herrlichen Anblick mit ihrem Stiefvater teilen können. Für Laura verblaßte die Schönheit, wenn sie sie nicht mit jemanden teilen konnte, und der Schmerz über ihren Verlust ließ ihr die Tränen über die Wangen rollen. Sie weinte nicht nur um Kenneth, sondern auch um Onkel Pjotr, um ihre wunderbare, unkonventionelle Mutter und um ihren richtigen Vater, dessen Tod für sie so schmerzlich gewesen war, daß ihr Geist sich selbst jetzt noch weigerte, darüber nachzudenken.

Plötzlich legte sich eine große Hand fest um die ihre und riß sie aus ihrer Verzweiflung heraus. Sie wußte, ohne hinzusehen, daß es Ian war, und sie war zutiefst dankbar, sowohl für seine Anwesenheit als auch für sein Schweigen. Als die Farben am Himmel verblaßten, reichte er ihr ein Taschentuch und begleitete sie ins Camp zurück. Keiner von ihnen sprach – es war nicht nötig.

So wie Ian ein fast unheimliches Talent hatte, ihre Stimmung zu spüren, nahm sie die seine ebenso wahr. Hinter seiner kontrollierten Fassade war er voll Düsternis und zog sich oft in ein unerreichbares mentales Gebiet zurück. Sie machte sich Sorgen darüber, wie wenig er aß und schlief. Abends unterhielten sie sich, bis Laura die Müdigkeit überkam, aber er war stets noch wach, wenn sie zu Bett ging und immer schon auf, wenn sie erwachte. Es war schwer zu verstehen, wie er Leib und Seele zusammenhielt.

Vielleicht war seine Schlaflosigkeit ansteckend, denn sie hatte inzwischen auch Schwierigkeiten mit dem Schlaf. Sie rollte sich im Bett umher und knuffte verwirrt und verärgert ihr Kissen. Obwohl Ian sie nicht attraktiv fand, war es umgekehrt absolut nicht der Fall. Als die Tage verstrichen, wurde ihr Interesse an ihm fast zu einer Verliebtheit. Sie sehnte sich nicht nur nach seiner Gegenwart, die leichteste Berührung von ihm ließ sie auch noch Sehnsucht nach mehr bekommen.

Sie verachtete sich für ihre Schwäche. In dem Wissen, daß sie etwas anstellen konnte, was für beide entsetzlich peinlich werden könnte, hielt sie Distanz zu ihm. Sie bestieg ihr Pferd und saß ab, ohne sich von ihm helfen zu lassen, und sie wurde zum Experten, wenn es darum ging, ihm einen Becher zu reichen, ohne seine Finger zu berühren. Sie nahm auch nicht mehr seinen Arm, wenn sie zu Fuß die Gegend erforschten. Zum Glück bemerkte Ian nicht, daß sich ihr Verhalten geändert hatte. Sie hätte sich gedemütigt gefühlt, wenn er geahnt hätte, wie sehr sie sich zu ihm hingezogen fühlte.

Laura wußte durchaus, daß ihr Interesse zum Teil

aus der Nähe zu ihm resultierte, denn ihre Sinnlichkeit ließ sie Männer immer sehr intensiv wahrnehmen. Doch Ian selbst war das wirkliche Problem; diese Kombination von Freundlichkeit und Geheimnis zog sie an wie Baldrian die Katze. Sie wollte ihm helfen, wieder zu dem Mann zu werden, der er war, bevor er eine Hölle durchschritten hatte, die sie nur in Ansätzen begreifen konnte. Sie wollte ihn lachen sehen, wie Pjotr ihn hatte lachen sehen.

Und in einem Anfall von Ehrlichkeit sah sie den Tatsachen ins Gesicht: Sie wollte mit ihm schlafen.

Sie beschwor sein Abbild vor ihrem inneren Auge herauf. Er war nicht gerade das, was man gutaussehend bezeichnen würde, denn diese Bezeichnung paßte besser zu den langweiligen Männern, die in einen Salon gehörten. Obwohl sie sicher war, daß Ian in der konventionellen Gesellschaft seinen Platz behaupten konnte, hatte er etwas an sich, das mehr in die Welt heldenhafter Abenteuer gehörte. Wenn eine Prinzessin gerettet oder ein Drache getötet werden mußte, hätte sie sich für die Aufgabe niemand geeigneteren vorstellen können. Obwohl sie keine Prinzessin war, hatte er, was den Tiger betraf, bewundernswerte Arbeit geleistet. Sie beobachtete ihn, wann immer sie konnte, studierte seine Kraft, seine kontrollierten, geschmeidigen Bewegungen...

Sie spürte, daß sie rot wurde. Sie hatte wirklich zuviel von ihrer Mutter in sich. Seufzend rollte sie sich einmal mehr herum und versuchte sich davon zu überzeugen, daß sie froh sein konnte, Ian bald nicht mehr um sich zu haben. Wenn er fort war, würde sie wieder zu einer wohlerzogenen englischen Lady werden. Wenn sie sich bemühte, ihre Sinnlichkeit in Grenzen zu halten, dann würde es ihr vielleicht sogar gelingen, auch in den kommenden Jahren keine Närrin aus sich zu machen.

Der Gedanke war allerdings kein großer Trost.

Endlich schlief sie, müde von dem langen Tag zu Pferd, ein, wurde jedoch bald wieder von einem würgenden Geräusch außerhalb ihres Zeltes gestört. Sie wurde mit einem Schlag hellwach, und als sich das Geräusch wiederholte, erkannte sie, daß es aus einer menschlichen Kehle kam. Rasch zog sie sich Morgenmantel und Slipper über und ging hinaus.

Der Laut kam, wie sie feststellte, aus dem Zelt neben ihrem. Ian benutzte es, seit der Regen ihn von seinem Lieblingsplatz unter offenem Himmel vertrieben hatte. Laura kratzte an die Türklappe des Zeltes. »Ian, ist alles in Ordnung?«

Als keine Antwort kam, schob sie ihr damenhaftes Schamgefühl beiseite, öffnete die Klappe und duckte sich hindurch. Im schummrigen Licht sah sie Ian ausgestreckt auf seinem Feldbett liegen, sein nackter Oberkörper glänzte vor Schweiß. Sie war erstaunt, daß er auch im Schlaf seine Augenklappe trug.

Sein Zustand erinnerte sie erschreckend an die letzten Stunden ihres kranken Stiefvaters. Rasch eilte sie zu ihm und legte ihm die Hand auf die Stirn, aber seine Temperatur war normal. Ian zuckte unter ihrer Berührung zusammen und öffnete das Auge. Einen Sekundenbruchteil entdeckte sie ein wildes, panisches Funkeln in den blauen Tiefen, dann erkannte er sie und schottete sich augenblicklich nach außen hin ab.

»Ich habe merkwürdige Geräusche gehört und dachte, Sie wären vielleicht krank. Die Lampe brannte«, erklärte Laura, um ihn zu beruhigen. Sie zog ihre Hand weg und fügte hinzu: »Aber Sie scheinen kein Fieber zu haben.«

Die Haut über seinen Wangenknochen spannte sich. »Ich bin nicht krank. Ich habe nur schlecht geträumt. Endlose Finsternis, Ersticken, Furcht, Schmerz, Feigheit. Und Feuer. Das Feuer nicht zu vergessen.« Er schauderte. »Das übliche.« Sein Blick wanderte zu der Öllampe auf dem Tisch. »Einige Monate in absoluter Dunkelheit zu verbringen, hat meine Vorliebe für Licht erhöht. Deswegen schlafe ich mit einer Kerze oder Lampe, wenn ich mich unter einem Dach befinde.«

Laura vermutete, daß Ian durch seinen Traum noch verwirrt war, ansonsten hätte er niemals so viel verraten. Einen kurzen Augenblick wunderte sie sich über die Erwähnung eines Feuers, da sie doch eben erst die Eintragung in Pjotrs Tagebuch über ein mysteriöses Feuer gelesen hatte. Vielleicht würde sie später Ian darauf ansprechen, jetzt schob sie den Gedanken beiseite. Es war wichtiger, wie Ian sich in diesem Moment fühlte.

Sie setzte sich auf die Kante des Feldbetts und nahm sein Handgelenk. Sein ganzer Körper vibrierte angespannt, und wie sie erwartet hatte, hämmerte sein Puls wild. »Wollen Sie mir mehr erzählen? Ich bin eine Art Experte, was schlechte Träume betrifft.«

Er atmete bebend aus. »Im Gefängnis habe ich den Schlaf willkommen geheißen, denn er war die einzige Möglichkeit zur Flucht. Ich träumte von meiner Kindheit in Schottland und Persien, von meiner Familie, meinen Freunden. Schwierig war nur, wieder aufzuwachen, denn die Realität war scheußlicher als jeder Alptraum, besonders nachdem Pjotr Andrejewitsch fort war.« Er fuhr sich mit zittrigen Fingern durchs schweißnasse Haar. »Ironie des Schicksals. Nun, da ich frei bin, träume ich von der Gefangenschaft. Von Tod und Verfall und Verrat...« Seine Stimme verebbte.

»Ich verstehe jetzt, warum Sie es vorziehen, nicht zu schlafen«, sagte Laura knapp. »Aber auch die Träume werden mit der Zeit schwächer werden.«

Er warf ihr einen sardonischen Blick zu. »Ist es Ihnen so ergangen? Sie meinten doch, Sie wären eine Expertin für schleche Träume.«

Sie zögerte, denn sie konnte ihm das nicht direkt bestätigen. »Ich habe jedenfalls nicht mehr so oft welche.«

»Ich nehme an, darauf kann ich mich freuen«, murmelte er unbeeindruckt. Dann runzelte er die Stirn. »Was verfolgt denn Sie des Nachts, Larissa Alexandrowna?«

Sie sog scharf die Luft ein, denn die Tatsache, daß er ihren Vaternamen benutzte, paßte bestens zu der russischen Szenerie ihrer Alpträume. »Nichts, was interessant ist«, sagte sie ausweichend. »Nur ein paar von weniger angenehmen Kindheitserinnerungen.«

Ian akzeptierte die Antwort. Sie waren Freunde, ja, aber einander noch nicht nah genug, um ihre Alpträume zu teilen.

Um das Thema zu wechseln, sagte er: »Es kommt mir etwas zu spät in den Sinn, daß eine unverheiratete Frau nicht auf dem Bett eines Mannes sitzen sollte. Es sei denn, in den letzten beiden Jahren hätten sich die gesellschaftlichen Gepflogenheiten grundlegend geändert.«

Erst jetzt bemerkte Laura, wie unschicklich die

Situation tatsächlich war. Ihr Blick fiel auf Ians nackte Brust mit den dichten schwarzen Haaren und den sichtbaren Muskelsträngen darunter, dann sah sie hastig weg. Von seiner Seite aus war nichts von begehrlichen Gedanken zu spüren, aber ihre eigenen Gefühle waren sicher nicht mehr zu übersehen. Mit fest ineinander verschlungenen Fingern sprang sie auf die Füße. »Ich schätze, in London ist alles züchtig und streng wie immer, aber einer der wundervollen Aspekte, hier in Indien zu leben, ist der, daß die Regeln nicht ganz so hart sind. Soll die Schicklichkeit sich doch hinter der Vernunft einordnen. Sie werden mich nicht vergewaltigen, nur weil wir allein sind, und ich werde nicht in Ohnmacht fallen, weil Sie kein Hemd tragen.«

»Wie wahr.« Sein Mund verzog sich mit überraschender Bitterkeit. »Sie sind bei mir absolut sicher.«

Sie wußte es – und sie bedauerte diese Tatsache genauso sehr, wie sie froh darüber war. Mit absichtlich sanfter Stimme sagte sie: »Versuchen Sie, ein wenig zu schlafen. Sie sehen müde aus.«

Er schüttelte den Kopf. »Ich stehe lieber auf. Für heute habe ich genug geträumt.«

Sie nickte und ging durchs Zelt, doch bevor sie noch die Klappe angehoben hatte, sagte er: »Morgen erreichen wir Baipur. Ich wollte nur noch sagen... vielen Dank, daß Sie jemand sind, dessen Gegenwart ich ertragen kann.«

Laura versuchte ein Lächeln. »Ich muß Ihnen auch danken, daß Sie für eine Fremde soviel getan haben. Es war wie ein Gottesgeschenk, als Sie letzte Woche auftauchten.« Ihr Lächeln vertiefte sich ein wenig. »Ganz zu schweigen davon, daß Sie mich davor bewahrt haben, das Frühstück für einen Tiger zu werden.«

Sie wandte sich um und wollte gehen, aber seine Stimme hielt sie erneut auf. »Wenn ich Ihnen schreibe, würden Sie mir dann antworten?« fragte er unsicher. »Ich… ich möchte wissen, ob es Ihnen gutgeht.«

Ihre Finger krampften sich um die Falten der Zeltleinwand. »Natürlich werde ich das. Ich freue mich, wenn Sie von sich hören lassen.« Dann war sie in die Nacht hinaus verschwunden.

Sie hatten eine Nachricht von Kenneths Tod mit einem Boten vorausgeschickt, und als sie nun Baipur erreichten, zog die kleine britische Gemeinde Laura augenblicklich in ihre herzliche Umarmung – buchstäblich im Fall von Emily McKittrick, der Frau des Richters. Dann schlug Emily ihr vor, bei ihrem Mann und ihr zu bleiben, statt allein in Stephensons Bungalow zu wohnen, aber Laura lehnte dankend ab. Wie sie Emily erklärte, hatte sie ziemlich viel zu packen und zu entscheiden, also könnte sie am besten auch direkt damit anfangen.

Ein zweiter, nicht erwähnter Grund war der, daß Ian die Nacht bei den McKittricks verbringen würde, bevor er sich auf den Weg nach Bombay machte. Mit ihm unter einem Dach zu schlafen, würde ihre Qual nur verlängern und das Risiko erhöhen, daß sie etwas absolut Dummes tat. Es war besser, eine sofortige Trennung herbeizuführen.

Also sagte sie Ian nur kurz und formell Lebewohl, denn ihr Abschied hatte bereits in der Nacht zuvor stattgefunden. Dann ging sie zu dem Bungalow, den sie mit ihrem Stiefvater geteilt hatte. Für den Rest des Tages war sie damit beschäftigt, die Diener, die daheim geblieben waren, zu begrüßen und das Auspacken zu überwachen.

Es war ein sehr gefühlsbetonter Nachmittag, denn jedes Stück im Bungalow erinnerte sie an ihren Stiefvater: das indische Schachspiel, sein Lieblingssessel, in den sich die Umrisse seines Körpers eingedrückt hatten, der Rosenbusch, den sie in diesem ungünstigen Klima so sorgsam herangezogen hatte, weil er die Blumen über alles liebte, die Bücher, über die sie diskutiert hatten... Die Erinnerungen überfielen sie immer wieder. Bald gab Laura den Versuch auf, ihre Tränen unterdrücken zu wollen, ließ sie einfach laufen und wechselte nur gelegentlich die Taschentücher. Je mehr sie weinte, desto schneller würde der Schmerz vorübergehen.

Das einzige Mitglied der britischen Gemeinde, dem es bisher nicht möglich gewesen war, zu kondolieren, war Emery Walford, der ein entferntes Dorf besucht hatte. Er holte das Versäumnis jedoch sofort nach, als er kurz darauf in Baipur eintraf.

Laura war froh über die Unterbrechung und begrüßte ihn herzlich im Salon.

Er nahm ihre Hand in seine beiden und hielt sie fest. »Sie haben mein tiefstes Mitgefühl, Laura. Wir alle werden Ihren Vater sehr vermissen.«

Seine aufrichtige Anteilnahme trieb ihr fast wieder die Tränen in die Augen, doch sie zwang sich zu einem Lächeln. »Er hat mir einmal gesagt, daß es vielleicht raffiniertere Männer auf der Welt gäbe, aber keine ehrenhafteren als seine Kollegen in der Zivilverwaltung. Er wußte, daß die Zukunft in Händen wie den Ihren gesichert war. Er hat Sie sehr geschätzt, wissen Sie das?«

»Ich fühle mich geehrt. Ihr Vater war für mich ein Vorbild – klug, freundlich und aufrichtig bis auf die Knochen.« Als Emerys Augen sich endlich an das künstliche Licht im Zimmer gewöhnt hatten, sagte er besorgt: »Sie haben geweint. Kann ich irgend etwas für Sie tun?«

Sie schüttelte den Kopf. »Vielen Dank, Emery, aber ich fürchte, ich werde in nächster Zeit noch öfter Tränen vergießen. Alles, was ich ansehe, erinnert mich an ihn.« Um ihn von seiner Besorgnis ein wenig abzubringen, sagte sie leichthin: »Ich muß furchtbar aussehen. Mit Eleganz zu weinen ist eine der damenhaften Tugenden, die ich nie erlernen werde.«

»Sie sehen wunderschön aus«, sagte er eindringlich. »Wie immer.«

»Sie schmeicheln mir«, gab sie gerührt zurück. Da sie wußte, daß er ihr unbedingt würde helfen wollen, fügte sie hinzu: »Wenn ich später entschieden habe, was ich tun werde, könnten Sie mir dann ein wenig beim Verschiffen der Sachen, die ich behalten möchte, behilflich sein?«

»Selbstverständlich.« Nach einer langen Pause sagte er schließlich: »Laura, ich weiß, daß der Augenblick schlecht gewählt ist, nachdem Ihr Vater gerade erst verstorben ist, aber ich sorge mich um Ihre Zukunft.« Er schluckte hart. »Ich muß Ihnen sagen, was ich für Sie empfinde. Ich hatte vor zu warten, bis ich befördert wäre, aber nun hat der Tod Ihres Vaters Sie ganz allein auf der Welt zurückgelassen.« Er trat einen Schritt näher. »Geben Sie mir die Erlaubnis, Sie zu unterstützen, Laura. Ich liebe Sie. Bitte werden Sie meine Frau.«

Ihr Magen verkrampfte sich vor Angst, als sie das

heiße Verlangen spürte, das von Emery ausging. Sie hätte es kommen sehen müssen, aber sie war mit ihren Gedanken so sehr bei den Erinnerungen an ihren Stiefvater gewesen, daß sie auf seinen Antrag nicht vorbereitet war. Während sie noch nach Worten suchte, um ihn freundlich abzuweisen, machte er einen Schritt auf sie zu, legte ihr die Hände auf die Schultern, beugte sich vor und gab ihr einen unsicheren Kuß.

Für einen kurzen Augenblick reagierte Laura, und ihre Lippen bewegten sich unter den seinen. Er war jung und kräftig, und sein Verlangen hüllte sie ein wie eine Daunendecke. Wie herrlich wäre es doch, die Ehe zu wagen, wenn sie einen Mann hätte, der sie so festhalten würde, der sich um sie sorgen würde, wie sie sich um ihn sorgen würde...

Emery spürte, wie sie vorübergehend schwach wurde, und das war alles, was er brauchte. Seine Arme legten sich fest um sie. Und als sein Kuß fordernder wurde, kehrte Laura schlagartig in die Gegenwart zurück. Sie konnte niemals heiraten, nicht diesen attraktiven, jungen Mann, niemanden. Sie versuchte, sich loszumachen, aber Emery war zu sehr in seinen Gefühlen gefangen, um zu bemerken, daß ihre Reaktion sich verändert hatte. Ruckartig drehte sie ihr Gesicht zur Seite. »Bitte, Emery. Lassen Sie mich los.«

Statt zu gehorchen, zog er sie noch fester an sich. »Ich habe dich vom ersten Augenblick an geliebt, als ich dich sah, Laura«, flüsterte er. »Du bist alles, was ich je erträumt habe. Du bist schön, zart, verständnisvoll...«

Laura begann gegen seine Umarmung zu kämpfen, aber Emerys sportliche Übungen hatten ihm

Muskeln verliehen, gegen die sie nichts ausrichten konnte. Sie keuchte auf. »Emery, hören Sie auf!«

Sie stemmte ihre Hände gegen seine Brust und holte tief Luft, um die Diener herbeizurufen. Aber bevor sie es tun konnte, öffnete sich die Vordertür, und eine vertraute Stimme fluchte: »Verdammt!«

Einen Augenblick später hatte Ian Laura von Emery befreit. Mit wütender Miene zerrte er den jungen Mann zu sich herum und rammte ihm die Faust erst gegen das Kinn, dann in den Magen. Emery gab einen erstickten Laut von sich, als er krachend in den Korbsessel fiel und von dort auf den Boden rutschte.

Ian riß den Beamten auf die Füße und holte aus, um ihn erneut zu schlagen, als Laura aufschrie: »Ian, nein! Tun Sie ihm nichts!«

Eine Sekunde fürchtete sie, er habe sie nicht gehört, er würde Emery in seinem Zorn umbringen. Doch er konnte sich gerade noch beherrschen. Statt ihn zu schlagen, stieß er den jungen Mann nur vor die Brust, daß dieser ausgestreckt auf das Sofa zurückfiel. »Du widerliches, kleines Schwein!« fauchte er. »Wie kannst du es wagen, Miss Stephenson zu belästigen! Ich sollte dich als Tigerköder in den Dschungel werfen.«

»Es war eher ein Mißverständnis, Ian«, sagte Laura ein wenig bebend. »Emery hat mir einen Antrag gemacht, und ich habe nicht deutlich genug gesagt, daß ich nicht interessiert bin.«

Emery setzte sich auf, preßte die gekreuzten Arme auf seinen Unterleib und hob sein aschfahles Gesicht. »Es tut mir leid, Laura«, preßte er hervor. »Ich wollte Ihnen keine Angst machen, aber meine Gefühle haben mich plötzlich überwältigt.« Dann wandte er seinen Blick zu Ian. »Sie haben jedes Recht, mich zu schlagen, denn mein Verhalten war unverzeihlich.«

»Stimmt«, sagte Ian beißend. »Verliebtheit ist kaum eine Entschuldigung für eine Vergewaltigung.«

Wieder mußte Laura eingreifen. Emery hatte ihr einen unangenehmen Augenblick verschafft, aber seine Gefühle waren echt und seine Absichten ehrenhaft. Sie kniete sich neben das Sofa. »Sie haben mir ein großes Kompliment gemacht, Emery, aber ich kann Sie nicht heiraten. Ich hätte es eher sagen müssen, aber ich wollte unsere Freundschaft nicht aufs Spiel setzen.«

»Können Sie mir die Beleidigung vergeben?« fragte er mit kläglicher Miene.

»Es war ja nicht als solche gemeint, also gibt es nichts zu vergeben.« Sie stand auf und bedauerte, daß er verletzt sein mußte. Obwohl seine Liebe zu ihr durchaus auf der Tatsache beruhen konnte, daß sie die einzige heiratsfähige Europäerin im ganzen Distrikt war, wollte sie seine Gefühle nicht dadurch herabsetzen, daß sie es aussprach. »Wir vergessen einfach, was heute geschehen ist. Ich werde nicht mehr darüber sprechen, und Major Cameron auch nicht.«

Mit einem schwachen Versuch, humorvoll zu sein, sagte Emery: »Mein Magen wird es nicht so schnell vergessen. Sie haben einen Schlag wie ein Maultier, Major Cameron.« Nach einer Pause fügte er stotternd hinzu: »Danke, daß Sie mich aufgehalten haben. Denn solange ich lebe, werde ich es mir niemals verzeihen, Miss Stephenson einen Schrecken eingejagt zu haben.«

»Lassen Sie uns keine Orgie der Schuldbekenntnisse abhalten«, sagte Ian trocken. »Tun Sie es einfach bei keinem anderen Mädchen wieder.«

So würdevoll es ihm möglich war, verließ Emery den Bungalow.

Sobald er fort war, kam Ian auf Laura zu und sah sie besorgt an. »Alles in Ordnung?«

»Mir geht es gut.« Obwohl sie sich danach sehnte, in seinen Armen Trost zu suchen, hatte sie in ihrem momentanen Zustand nicht den Mut dazu. Statt dessen ließ sie sich aufs Sofa sinken und vergrub ihr Gesicht in den Händen. Lieber Gott, wie konnte sie die Umarmung eines Mannes, den sie nicht liebte, genießen, wenn sie die ganze letzte Woche von Ian Cameron geträumt hatte? Sie war wirklich schamlos.

Als sie ihre Selbstbeherrschung wiedererlangt hatte, hob sie ihr Gesicht und sah ihn an. »Es war mein Fehler. Ich habe Emery bisher immer in seinen Schranken halten können, aber heute habe ich nicht aufgepaßt.«

Seine Brauen hoben sich. »Sie haben sich nichts vorzuwerfen. Dieser junge Narr war derjenige, der aus der Reihe getanzt ist.«

Sie lächelte freudlos. »Ja, aber man sagt, daß Männer eher Opfer ihrer Leidenschaft sind. Es liegt in der weiblichen Verantwortung, nichts zu tun oder zu sagen, was falsch interpretiert werden könnte.«

»Sie gehen mit Ihrem Geschlecht ziemlich hart ins Gericht, aber das steht nun nicht zur Debatte.« Er schaute in ihre Augen und runzelte die Stirn. »Ich wollte mich verabschieden, aber vielleicht sollte ich morgen noch einmal wiederkommen, wenn Sie genug Zeit gehabt haben, sich von diesem Vorfall zu erholen. Falls Sie morgen früh ausreiten sollten, dürfte ich Sie begleiten?«

Überrascht sah sie auf. »Sie reisen noch nicht in der Frühe?«

»Das ist nicht nötig.« Er musterte sie mit einer seltsamen Eindringlichkeit, die sie ein wenig nervös machte. Laura sah zur Seite. Bestimmt wollte er einfach nur sichergehen, daß sie sich wirklich von Emerys Antrag erholt hatte.

Nachdem sie eine Zeit vereinbart hatten, nahm Laura ihre Arbeit mit einem innerlichen Seufzer wieder auf. Vor ein paar Stunden noch hatte sie weise entschieden, ihren Abschied nicht hinauszuzögern. Doch nun hatte sie genau das schon wieder getan. Wenn Männer im Spiel waren, hatte sie offenbar keine Willenskraft.

Kapitel 9

Ian war aufgewühlt, als er Laura verließ und davonritt. Absichtlich wählte er eine Straße, die von der Stadt wegführte, denn er wollte noch nicht zu den McKittricks zurückkehren. Er brauchte Zeit, um nachzudenken.

Ein Teil des Aufruhrs seiner Gefühle lag einfach in dem Zorn begründet, daß Laura von ihrem übereifrigen Verehrer belästigt worden war. Er konnte sich nicht erinnern, wann er das letzte Mal so wütend gewesen war – ein Glück, daß Laura ihn aufgehalten hatte, sonst hätte er dem Idioten das Genick gebrochen.

Noch beunruhigender als seine Wut aber war der

Gedanke, der ihm durch den Kopf geschossen war, *nachdem* Emery sie verlassen hatte. Es war so verrückt, so empörend, daß er sich dafür schämte, andererseits war es auf bizarre Art und Weise sinnvoll und klug.

Laura hatte ihm deutlichgemacht, daß sie nicht heiraten wollte. Begründet auf das, was er gesehen hatte, konnte er mit ziemlicher Sicherheit behaupten, daß es an ihrem Abscheu vor körperlichem Kontakt lag. Er hatte es anfangs nicht bemerkt, weil sie sich ihm gegenüber so entspannt und freundlich gegeben hatte. Allerdings hatte sie sich durch den Tod ihres Vaters in einem Schockzustand befunden, so daß ihr normales Verhalten beeinträchtigt gewesen sein mußte. Jedenfalls schloß er es aus der Tatsache, daß sie sich von ihm zurückgezogen hatte, sobald ihr inneres Gleichgewicht wiederhergestellt war.

Geistig jedoch hatte sie sich nicht zurückgezogen. Auf der Reise nach Baipur war sie eine wunderbare Gefährtin gewesen, die gerne sprach, wenn er es wollte, aber auch völlig zufrieden mit langen Schweigeperioden war. Doch sie wollte nicht mehr berührt werden, denn sie hatte auch den kleinsten Kontakt mit ihm gemieden. Zudem hatte sie versucht, es unauffällig zu tun, aber es war ihm nicht entgangen.

Ian bemerkte alles, was sie betraf.

Der Abscheu, den sie gezeigt hatte, als sie versuchte, Emery zu entkommen, unterstützte Ians Theorie. Laura hatte vor ihrem Verehrer keine Angst gehabt. Sie mußte ihn mögen, sonst hätte sie seine Entschuldigung nicht so großzügig angenommen. Dennoch hatte sie seine Umarmung gehaßt, obwohl er ein gutaussehender und anständiger junger Mann war.

Vielleicht rührte ihr Widerwille von einem traumatischen Kindheitserlebnis mit Männern her, vielleicht war sie auch einfach so geboren – es gab ja solche Frauen. Aber was immer auch der Grund sein mochte, offensichtlich wollte sie keine sexuelle Beziehung.

Laura wollte keine Ehefrau, und er konnte kein Ehemann mehr sein. Er grinste freudlos vor sich hin. Sie waren ganz und gar füreinander geschaffen.

Seit er sich der Tatsache gestellt hatte, daß er ein Eunuch war, hatte er sich immer als fehlerhaft und unzulänglich gefühlt. Doch die Manneskraft war nur ein kleiner Teil, der ein Geschlecht ausmachte. Viele Männer entsagten der körperlichen Liebe, manche aus religiösen Gründen, andere aus Mangel an Gelegenheit, wieder andere einfach nur so.

Was machte einen Mann aus?

Ian hatte immer die Gesellschaft von Frauen genossen, und das hatte nichts mit eventuellen sexuellen Qualitäten zu tun. Der Lieblingsspielkamerad seiner Kindheit war seine Schwester gewesen. Er war immer davon ausgegangen, daß er eines Tages heiraten würde, denn er wollte Kinder und eine Frau, die ebenso Freund wie Bettgefährtin war. Sobald sein Einkommen eine Höhe erreicht hatte, die eine Heirat möglich machte, hatte er sich umgeschaut. Und keine Zeit verschwendet, als er das richtige Mädchen kennengelernt hatte.

Nun war ein Leben, wie er es sich vorgestellt hatte, für immer außer seiner Reichweite. Doch eine Ehe war mehr als Sex – sie bedeutete auch Kameradschaft und eine wirtschaftliche Partnerschaft. Er war noch immer recht gut in der Lage, für eine Frau zu sorgen, sie zu beschützen oder ihr das Gefühl von Wärme zu geben. Und die Liebe selbst existierte in vielen Formen, von denen die meisten nichts mit Leidenschaft oder Körperlichkeit zu tun hatten.

Durch puren Zufall hatte er eine Frau kennengelernt, die sich über einen Mann freuen würde, der keine sexuellen Forderungen stellte, ihr aber einen Lebensunterhalt, Freundschaft und die Aussicht auf Liebe bieten konnte.

Seine Lippen preßten sich zu einem schmalen Strich zusammen. Es würde leicht sein, herauszufinden, ob Laura bereit war, über sein Angebot nachzudenken.

Alles, was er zu tun hatte, war, seine Seele offenzulegen.

Am nächsten Morgen frisierte Laura ihr Haar mit besonderer Sorgfalt, zog ihr hübschestes Reitkleid an und ließ den Koch einen Korb mit Kuchen und einem Krug heißen Tees packen. Sie war fertig und wartete, als Ian sie abholen kam.

Er begrüßte sie herzlich, schien jedoch in Gedanken. So sprachen sie nicht viel, während sie auf die Hügel zuritten. Laura störte das nicht, es reichte ihr, bei ihm zu sein. Die Morgenluft schien etwas Besonderes in sich zu haben, und sie versuchte, dies in ihrer Erinnerung zu speichern – dies und all die anderen Einzelheiten ihres Rittes. In Zukunft würde sie nur noch in ihren Gedanken in diese Gegend und diese Zeit ihres Lebens zurückkehren können. Und selbst alte, zickige Jungfrauen durften schließlich träumen.

Nach einer halben Stunde Ritt erreichten sie einen winzigen, verlassenen Schrein. Es war ein friedlicher Ort – Schlingpflanzen rankten sich über die alten Steine, und fröhliche Affen schwangen sich durch die Bäume am Rand der blütenübersäten Lichtung. Der Schrein selbst bestand lediglich aus einer einzigen, freistehenden Mauer, auf der verwitterte Reliefskulpturen zu sehen waren. Die Hauptfigur in der Mitte war ein elefantenköpfiges Wesen, das auf einer Ratte ritt.

Laura ließ sich vom Pferderücken gleiten und band das Tier an. »Ich dachte, dies wäre ein schöner Platz, um sich zu erfrischen. Menschen habe ich hier noch nie gesehen, aber manchmal kann man hier Opfergaben finden.«

Ian stieg ab und machte sein Pferd ebenfalls fest, dann nickte er in Richtung des Reliefs. »Das liegt daran, daß dies ein Schrein Ganeshas, dem Glücksgott, ist, der den Sterblichen die Hindernisse aus dem Weg räumt. Wer möchte nicht Wohlstand und Glück forcieren?«

Laura betrachtete die Mauer nachdenklich. Der Elefantenkopf hatte weise, menschliche Augen. Obwohl sie schon oft hier gewesen war, hatte sie nichts über die Anwesenheit der Gottheit gewußt. Sie nahm einen der kleinen Kuchen aus dem Korb und legte ihn vor Ganesha. »Tja, wer nicht?«

Ian schenkte ihr ein schwaches Lächeln, bevor er begann, über die Lichtung zu schlendern. »Haben Sie schon entschieden, was Sie tun wollen?«

»Ich denke, ich werde nach England zurückkehren.« Sie ließ sich auf einem dicken Stein nieder. »Es gibt soviel, was ich an Indien liebe, aber ich habe die Hitze, die Krankheiten satt, ich habe es satt, von einer fremden Kultur umgeben zu sein, die ich niemals richtig verstehen werde. Mein Einkommen würde hier zwar länger reichen, aber ich möchte nach Hause.«

»Ich mache mir Sorgen um Sie, Laura.« Ian hörte auf, rastlos herumzulaufen und drehte sich zu ihr um. »Ich verdanke Ihrem Onkel mein Leben. Da er tot ist und Sie nun gar keine Familie mehr haben, kann ich nun vielleicht meiner Schuld ihm gegenüber nachkommen und sicherstellen, daß für Sie gesorgt ist.«

Sie sah ihn überrascht an. »Sie schulden mir nichts, Ian. Sie haben mir Pjotrs Tagebuch gebracht und durch eine sehr schwere Zeit geholfen. Ich denke, wir sind quitt.« Sie schenkte Tee ein. »Ich werde bestens zurechtkommen. Im übrigen wäre es wohl kaum schicklich, wenn Sie für mich sorgen würden.«

»Unter gewissen Bedingungen sehr wohl.« Er holte tief Luft. »Bevor ich mehr darüber sage, muß ich Sie etwas fragen.«

Verwirrt durch seine Ernsthaftigkeit sagte sie: »Bitte.«

»Sie haben mir klargemacht, daß Sie niemals heiraten wollen. Bitte verzeihen Sie mir, wenn ich so indiskret bin, aber ist es wegen...« Er hielt inne, um die richtigen, behutsamen Worte zu finden. »...weil Sie um jeden Preis die körperlichen Aspekte der Ehe vermeiden wollen?«

Laura spürte, wie ihr das Blut aus den Wangen wich. Lieber Gott, sie wußte, daß er sehr sensibel war, aber wie hatte er das ahnen können? Sie versteifte sich innerlich. »Das geht Sie wirklich nichts an, Major Cameron.«

Er hob abwehrend die Hand. »Bitte, hören Sie mir zu. Ich weiß, daß meine Frage von unverzeihlicher Impertinenz ist, aber ich habe einen guten Grund, daß ich sie gestellt habe. Ich habe dummerweise mit dem Gerede über finanzielle Unterstützung angefangen. Ich hätte erst erklären sollen, warum Ihre Einstellung zur Ehe für mich bedeutend ist. Ich hole es sofort nach.« Er brach ab, und es stand ihm ins Gesicht geschrieben, wieviel ihn seine Worte kosteten. »Sie müssen mir Ihr Wort geben, daß Sie niemandem erzählen, was ich Ihnen jetzt eröffnen werde.«

Laura starrte ihn an, ohne sich denken zu können, worauf er hinauswollte. »Wenn Sie mir nicht gerade ein Verbrechen gestehen wollen, kann ich es versprechen.«

Er wandte sich ab, und in seiner dunklen Jacke wirkten seine Schultern nur noch angespannter. »Als ich im Gefängnis war, wurde ich öfter geschlagen und ernsthaft verletzt. Ich bin nicht länger... zu ehelichem Vollzug fähig.«

Sie keuchte vor Entsetzen auf. Was mußte es ihn gekostet haben, ihr dies zu beichten? »Sind Sie sicher?«

»Monate sind seit meiner Flucht vergangen, und ich habe keine Besserung verspürt«, sagte er ohne Umschweife. »Ich bin nicht mehr der Mann, der ich war, und ich habe akzeptiert, daß ich es nie mehr sein werde.«

Tränen brannten in ihren Augen. Kein Wunder, daß sie niemals das geringste Anzeichen von Begierde in ihm gespürt hatte. Die ganze Zeit, die sie nach ihm gegiert hatte, war er in seiner ganz persönlichen Hölle gefangen gewesen. »Es tut mir so leid für Sie«, flüsterte sie.

Er wirbelte zu ihr herum. »Ich habe es Ihnen nicht

erzählt, weil ich Ihr Mitgefühl haben wollte«, sagte er barsch. »Ich habe es Ihnen deshalb gesagt, weil ich Sie heiraten will. Und damit Sie wissen, worauf Sie sich einlassen, mußten Sie die Wahrheit wissen.«

Wenn Laura zu Ohnmachten geneigt hätte, dann wäre sie jetzt in eine gefallen. So aber hob sie die Tasse, die sie immer noch hielt, und nahm einen tiefen Schluck. Dann noch einen. »Sie wollen mich heiraten?« sagte sie schwach.

»Ja. Habe ich recht, daß Sie ablehnen würden, wenn ich zu... normalen ehelichen Beziehungen fähig wäre?«

»Sie haben recht. Ich würde bestimmt nicht zustimmen.« Ihre Brauen zogen sich zusammen. »Schlagen Sie mir eine Zweckehe vor? Wir beide gehen unsere eigenen Wege, aber ich hätte den Schutz Ihres Namens?«

»Nein. Ich meine eine echte Ehe in jeder Hinsicht, mit dieser einen Ausnahme.« Sein Lächeln zeigte einen Hauch von Bitterkeit. »Manche Leute meinen, die körperliche Liebe ist Zweck und Grundstein einer Ehe, und vielleicht haben sie recht damit. Aber eine Ehe ist mehr als nur das Produzieren von Kindern – es bedeutet auch Kameradschaft, Hilfe und Schutz gegen die Außenwelt. Es gibt so viele Beziehungen, wo Mann und Frau längst nicht mehr das Bett teilen, doch das Band der Ehe hält weiter. Ich empfinde viel für Sie, Laura, und Ihnen scheint meine Gesellschaft zu gefallen. Ich hoffe – ich bete darum –, daß dies eine solide Basis für eine Ehe ist.«

Sie schluckte hart, zu verwirrt, um zu ergründen, was sie wirklich fühlte. »Was Sie vorschlagen – ist das legal?«

»Der Nichtvollzug der Ehe ist ein Grund zur Annullierung«, gab er zu, »aber wen geht es denn etwas an, was wir in der Privatsphäre unseres Schlafzimmers tun oder nicht tun?«

»Vielleicht hat es niemanden anzugehen.« Sie setzte vorsichtig ihre Tasse ab. »Aber es kommt mir irgendwie nicht richtig vor.«

»Es würde anders sein als die meisten Verbindungen«, stimmte er zu. »Aber Andersartigkeit bedeutet nicht zwingend etwas Falsches.«

»Das ist wahr.« Sie überlegte einen Moment konzentriert. »Das, was Sie vorschlagen, könnte... funktionieren.«

Seine Miene entspannte sich. »Ich bin froh, daß Sie nicht sofort ablehnen. Gleichzeitig möchte ich aber nicht, daß Sie meinen Antrag annehmen, bevor Sie sich nicht wirklich klar darüber sind, was Sie aufgeben. Die körperliche Liebe ist für Sterbliche vielleicht der beste Weg in den Himmel.«

Laura verzog ihr Gesicht, als ihr die unauslöschliche Erinnerung an die Gewalttätigkeit ihrer Eltern durch den Kopf schoß. »Davon weiß ich nichts, wohl aber, daß Leidenschaft ebenfalls zerstörerisch und grausam sein kann. Ich will nichts davon.«

»Sie müssen sich aber sehr sicher sein«, warnte er. »Denn wenn Sie mich heiraten, verlieren Sie die Chance, Ihre Meinung zu ändern. Vielleicht ist es unfair von mir, aber ich glaube nicht, daß ich einen Liebhaber akzeptieren könnte.«

»Offene Worte, Major«, antwortete sie kühl. »Geben Sie mir Zeit, mir über meine Gefühle klar zu werden. Oder versuchen Sie, sich Möglichkeiten offenzuhalten?«

»Ich versuche, ehrlich zu sein, denn unsere Ehe

würde ohne Ehrlichkeit keine Chance haben.« Er kam über die Lichtung und ließ sich vor ihr auf ein Knie nieder. »Es ist zu früh, um von Liebe zu sprechen, Laura, aber ich hoffe, Sie denken über mein Angebot ernsthaft nach. Wir sind in einzigartiger Hinsicht füreinander gemacht, denn Sie wollen keine Intimität, und ich kann sie Ihnen nicht geben. Wenn wir genug für den anderen empfinden, um eine Ehe einzugehen, dann können wir miteinander vielleicht etwas zutiefst Befriedigendes aufbauen.«

Sie konnte in seinen Augen lesen, wieviel ihm daran lag. Aus Angst, was in den ihren zu lesen sein mochte, stand sie auf und entfernte sich von ihm.

Was für eine Ironie, daß Ian glaubte, sie würde körperliche Nähe nicht mögen, wo sie doch befürchtete, sie fände zuviel Gefallen daran! Das Zerfallen ihrer Familie hatte ihr die schrecklichen Gefahren der Leidenschaft verdeutlicht. Später hatte ihr die eine kurze Erfahrung mit der Fleischeslust gezeigt, daß auch sie die zerstörerische Saat in sich trug. Nur indem sie vermied, sich in den Sog der Leidenschaft ziehen zu lassen, konnte sie eine Katastrophe verhindern.

Aber es war nicht wichtig, daß Ian sich irrte, was ihre Ablehnung der Ehe betraf. Was zählte, war, daß er ihr eine Verbindung anbot, die das Element, das sie fürchtete, nicht enthielt. Hier war die Chance, Kameradschaft, Sicherheit und Liebe zu finden – Dinge, die sie bisher für unerreichbar gehalten hatte. Wenn sie annahm, konnte sie ihr Versprechen ihrem Stiefvater gegenüber erfüllen, sich einen Mann zu suchen, und gleichzeitig ihrem Schwur treu bleiben, sich nicht in Lust zu verlieren. Ihr Stiefvater wäre froh über Ian gewesen, denn die beiden waren sich in vieler Hinsicht sehr ähnlich. Sie waren in sich gefestigt. Freundlich. Zuverlässig.

Doch die Tatsache, daß solch eine Ehe funktionieren konnte, schloß mögliche Schwierigkeiten nicht aus. Lauras Hin-und-her-Wandern hatte sie bis vor den Schrein geführt, und nun drehte sie sich um und betrachtete Ian schweigend. Er hatte sich nicht bewegt und musterte sie mit der gleichen Reglosigkeit, mit der er ein Tier ansehen würde, das er zu sich locken wollte.

Selbstkritisch erkannte sie, daß die Analogie gar nicht so unpassend war. Sie begehrte Ian schon jetzt, und dieses Begehren würde bestimmt wachsen, wenn sie ihm noch näher kam. Sie konnte es vielleicht aushalten, da sie seine Gegenwart auch so genoß, dennoch blieb es ein Sprung ins Unbekannte, wenn sie ihn heiratete.

Doch wie sollte sie einen Mann ablehnen, in den sie schon fast verliebt war? Wie er bemerkt hatte, waren sie auf einzigartige Weise füreinander geschaffen. Und sie wollte ihn, lieber Gott, und wie sie ihn wollte!

Mit einer gewaltigen Anstrengung zügelte sie ihre aufkommenden Emotionen. Der vernünftige Teil in ihr wollte mehr Informationen, bevor sie eine spontane Entscheidung traf. Oder vielleicht brauchte ihr Kopf auch Gründe für das, was ihr Herz herauszuschreien schien? »Ich weiß sogar noch weniger von Ihren Zukunftsplänen, als Sie von meinen, Ian. Wo werden wir leben? Und was werden Sie tun, wo Sie nicht mehr bei der Armee sind?«

»Während ich in Buchara war, habe ich das Anwesen meines Onkels an der schottischen Küste, nicht weit von Edinburgh, geerbt. Die Verwaltung wird mich gut beschäftigt halten und uns ein ansehnliches Einkommen verschaffen. Es wird Ihnen an nichts fehlen, und Sie hätten eine gesellschaftliche Stellung.« Er dachte einen Augenblick nach, dann fügte er hinzu: »Was auch immer es wert ist, ich habe einen Titel. Ich bin der vierzehnte Baron Falkirk.«

»Sie sind also ein Lord und nicht glücklich darüber«, sagte sie nachdenklich. »Warum nicht?«

Seine Gesichtszüge wurden härter. »Ich habe geerbt, weil drei Männer gestorben sind. Darüber kann ich mich nicht freuen, obwohl ich vom Militär die Nase voll und Falkirk immer sehr geliebt habe. Es zu erben, ist wie ein vergifteter Apfel – hübsch zu betrachten, aber im Inneren bitter. Deswegen habe ich noch nicht damit angefangen, den Titel zu benutzen. Ich bin mir noch nicht darüber im klaren, was es bedeutet.«

»Die Todesfälle sind gewiß sehr tragisch, aber Sie tragen keine Schuld daran«, bemerkte sie vernünftig. »Da jemand das Anwesen erben muß, was ist daran falsch, wenn Sie es tun? Ich bin sicher, daß Ihr Onkel, wo auch immer er nun sein mag, sich freut, daß der Familienbesitz an jemanden geht, der ihn zu schätzen weiß.«

Nach einer Pause sagte er: »Sie haben natürlich recht. Einer der Aspekte, die mir an Ihnen so gefallen, ist Ihr bewundernswerter gesunder Menschenverstand.«

»Wenn ich etwas davon hätte«, erwiderte sie ein wenig bitter, »dann würde ich Ihr Angebot nicht in Betracht ziehen.«

»Dann kann ich nur hoffen, daß Sie manchmal vernünftig sind und manchmal überhaupt nicht.« Er seufzte. »Wie ich eben schon gesagt habe, möchte ich ganz offen mit Ihnen sein, Laura. Ich kann finanziell für Sie sorgen, aber ich habe mich in mehr als einer Hinsicht zum Schlechteren verändert. Früher besaß ich eine ziemlich liebenswerte Natur, doch ich habe seit Monaten in etwas gelebt, was ich schwarze Nebel nenne. An einem schlechten Tag kostet es mich jeden Fetzen Willenskraft, überhaupt aus dem Bett zu steigen, und die guten Tage sind nicht wesentlich besser. Manchmal fühle ich mich wie ein vertrockneter Ast, der beim nächsten kräftigen Windstoß weggefegt wird.«

Er hielt kurz inne, dann schüttelte er den Kopf. »Kein besonders guter Vergleich, aber mir fällt kein besserer ein. Seit kurzem – seit ich Sie getroffen habe – habe ich häufiger gute Tage als schlechte, aber wahrscheinlich werde ich immer noch ein launischer und schwieriger Ehemann bleiben.«

Sie dachte über seine Worte nach, und ihre schrägen goldenen Augen blickten ernst. »Depressionen«, sagte sie schließlich einfach.

Verdutzt erwiderte er: »Ich war noch nie depressiv.«

»Sie sind auch noch nie eingekerkert und gefoltert worden«, hielt sie dagegen. »Depressionen, Schwermut... das ist nicht gerade selten, wissen Sie. Der Vater meines Vaters hat schwer darunter gelitten. Er konnte tagelang im Bett bleiben. Und wenn er dann doch einmal aufstand, wandelte er umher wie ein leerer Körper, der seine Seele sucht. Doch die Finsternis ging stets vorüber, und dann konnte ihn niemand in seiner guten Laune übertreffen. In Ihrem Fall rührt die Schwermut gewiß von Ihren schrecklichen Erfahrungen her.

Wenn sie geht, kommt sie wahrscheinlich niemals wieder.«

Sie zupfte nachdenklich mit den Zähnen an ihrer Unterlippe. »Wenn Sie in Ihrer Vergangenheit niemals trübsinnig gewesen sind, dann trifft eine Depression Sie nur um so härter, weil der Zustand Ihnen nicht vertraut ist. Mein Großvater erzählte mir, der erste böse Anfall sei der allerschlimmste gewesen, denn er fürchtete, es würde niemals aufhören. Mit der Zeit fiel es ihm immer leichter, seine Stimmung ein wenig zu kontrollieren.«

Ian ließ ihre Worte in sich einsinken. Sowohl Juliet als auch David hatten zu Geduld geraten und gesagt, daß sich alles bessern würde. Laura ging einen Schritt weiter – sie nannte seinen Zustand beim Namen und machte ihn dadurch begreifbarer. Vielleicht war er doch nicht auf ewig verdammt.

Schwermut. Bevor er nach Buchara reiste, hatte er niemals wirklich glauben können, daß man unter so etwas leiden konnte, denn er war von Natur aus unbeschwert und fröhlich gewesen. Er hatte stets den Verdacht, daß Menschen, die behaupteten, sie würden unter Depressionen leiden, nur weinerlich und voller Selbstmitleid waren. Aber wenn es stimmte, daß nun auch er darunter litt, dann würde er in Zukunft mit solchen Personen weit mehr Mitgefühl empfinden. »Ich hoffe, Sie haben recht. Aber *wenn* Sie recht haben und meine Stimmung sich mit der Zeit hebt, dann könnte ich ein ganz anderer Mann werden als der, den zu heiraten Sie nun erwägen.«

»Jeder Mensch verändert sich, Ian. Ich mag Sie sehr, so wie Sie sind – wenn Sie wieder lernen, wie man lacht, dann werde ich Sie bestimmt nur noch mehr mögen. Soweit zum Thema Schwermut.« Sie machte eine wegwerfende Geste, um das Thema zu beenden. »Sind Sie ein umgänglicher Mensch?«

Verdutzt durch ihren abrupten Themenwechsel, antwortete er vorsichtig: »Ich denke nicht. Wie definieren Sie umgänglich?«

»Im klassischen Sinn des Wortes. Die Fähigkeit, die Wünsche anderer zu akzeptieren«, erklärte sie. »Meine Mutter meinte einmal zu mir, daß die beste Ehe die von zwei Menschen ist, die beide nicht immer darauf bestehen, ihren Kopf durchzusetzen. Wenn zwei sich über eine Sache uneins sind, dann sollte der, dem am Ergebnis am meisten liegt, seinen Willen bekommen, und der andere sollte dies ohne Streit zugestehen können.«

Fasziniert sah er sie an. »Ihre Mutter scheint eine kluge Frau gewesen zu sein«, sagte er. »Aber was ist, wenn beide Partner *sehr* viel Wert auf die zu entscheidende Sache legen?«

»Dann zanken sie sich«, erwiderte sie augenzwinkernd. »Aber ich bin ein umgänglicher Mensch – meistens jedenfalls, und Sie scheinen mir ähnlich zu sein. Ich glaube nicht, daß wir uns oft streiten müssen.«

Ian dachte an seine eigenen Eltern. Sein Vater hatte immer seinen Kopf durchsetzen müssen, egal wie wichtig oder unwichtig die Sache war, und seine Mutter hatte stets klein beigegeben. Es hatte Ian nicht gewundert, daß seine Schwester Juliet die Unterwürfigkeit ihrer Mutter so verabscheute, daß sie sich zur Rebellion entschloß. »Ich nehme an, ich bin in diesem Sinne sehr umgänglich, wenn auch nicht immer in anderer Hinsicht.«

»Sehr schön.« Sie legte den Kopf schief. »Haben

Sie noch andere finstere Geheimnisse zu enthüllen?«

»Noch eines, und das könnte das übelste sein«, antwortete er mit etwas bitterem Humor. »Die Lords of Falkirk waren jahrhundertelang Strandpiraten, daher ist der Familiensitz auf Verteidigung, nicht auf Bequemlichkeit hin gebaut worden. Das Anwesen ist eines von diesen düsteren mittelalterlichen Burgen mit meterdicken Mauern, geschwärzten Kaminen und alten Rüstungen, die in dunklen Ecken lauern.«

»Geister?« fragte sie hoffnungsvoll.

»Drei oder vier, aber ein harmloser Haufen. Viel schlimmer ist die Zugluft. Wenn der Wind aus dem Norden bläst, könnten einem Steinelefanten die Ohren abfrieren.«

»Sie sollten solche Dinge nicht vor unserem Freund Ganesha aussprechen«, sagte sie gespielt vorwurfsvoll. »Und glauben Sie ja nicht, Sie könnten einer Russin mit Kälte Angst einjagen. Verglichen mit Sankt Petersburg wird Ihr Falkirk wie Kalkutta wirken. Wir Russkis sind ziemlich gut darin, in frostigen Gegenden Wärme zu schaffen.«

Obwohl ihre Worte scherzhaft gemeint waren, trafen sie doch absolut zu, denn Laura hatte bereits begonnen, in Ians kaltem Herzen Wärme zu verbreiten. »Ich glaube, ich habe das Schlimmste soweit gebeichtet. Hätten Sie noch etwas zu gestehen?« fragte er.

Ihre fröhliche Laune schwand augenblicklich, und sie blickte abwesend auf das Relief neben ihr. »Ich besitze leider nicht Ihre Fähigkeit, schmerzliche Dinge offenzulegen, Ian. Das ist zwar kein dunkles Geheimnis, aber ganz sicher ein Fehler in meinem Wesen.«

»Wenn das Ihr schlimmster Charakterfehler ist, dann werde ich ein glücklicher Mann sein.« Er lächelte leicht. »Ich glaube, das einzige, mit dem Sie mich dazu bringen könnten, meinen Antrag zurückzunehmen, wäre die Tatsache, daß Sie noch irgendwo einen Ehemann versteckt haben. Ist es so?«

Sie schüttelte den Kopf. »Nein, keinen einzigen.«

In dem Wissen, daß er sie nicht drängen sollte, aber doch unfähig, die Spannung länger zu ertragen, fragte er: »Können Sie eine Entscheidung treffen, oder brauchen Sie mehr Zeit?«

Laura streckte die Hand aus und rieb Ganeshas runden Bauch mit der Innenfläche. Ganesha, der Gott des Glücks, der den Sterblichen die Hindernisse aus dem Weg räumte. »Laura Stephenson ist eine ruhige, vernünftige Engländerin, die Ihren Antrag für absolut verrückt hält«, sagte sie schließlich langsam. »Aber Larissa Alexandrowna ist eine überdrehte Russin, und sie meint, ich solle diese Chance mit beiden Händen packen, da ich nie wieder eine solche bekommen werde.«

Hoffnung quoll in seinem Herzen, und er stand auf und kam zu ihr. »Dann, bitte, erinnern Sie sich doch daran, daß Sie russischen Ursprungs sind.«

Laura drehte sich zu ihm um. »Wie war der Vorname Ihres Vaters?«

»Derselbe wie der Ihres Vaters – Alexander.« Er blieb direkt vor ihr stehen, unterdrückte jedoch den Impuls, sie zu berühren. Das letzte, was er wollte, war, sie nun zu erschrecken.

Sie holte tief Luft. »Also gut, Iwan Alexandrowitch, ich nehme an.« Sie streckte die Arme aus und nahm seine Hände in die ihren. »Und ich hoffe bei Gott, daß wir beide dies niemals bereuen werden.«

»Nie«, sagte er mit absoluter Gewißheit. »Und ich schwöre, ich werde alles geben, daß Sie es auch nie müssen.«

»Ach, wer nicht wagt, der nicht gewinnt«, bemerkte sie grinsend. »Und was habe ich außer meinem Seelenfrieden und meiner geistigen Gesundheit schon zu verlieren?« Ihre eiskalten Hände packten seine fester. »Ich habe furchtbare Angst, Ian, aber ich bin auch sehr froh.«

Mit einer Dankbarkeit, die zu tief für Worte war, hob Ian ihre Hände an die Lippen und küßte sie sanft, erst die linke, dann die rechte. In Cambay hatte er erkannt, daß er etwas finden mußte, was ihm wichtig war. Und nun hatte er in dem goldäugigen Mädchen einen Grund gefunden, weiterzuleben.

Kapitel 10

Als sie nach Baipur zurückritten, sagte Ian: »Wenn du nichts dagegen hast, möchte ich so schnell wie möglich heiraten. Am besten innerhalb von zwei Wochen, wenn alle Formalitäten erledigt werden können und ein Geistlicher zur Verfügung steht.«

Laura sog scharf die Luft ein. »Es kommt mir so schnell vor. Noch vor einer Stunde hielt ich mich für eine zukünftige vertrocknete Jungfer, und nun plane ich meine Hochzeit.« Eine steile Falte bildete sich auf ihrer Stirn, während sie darüber nachdachte. »Aber es ist wohl sinnvoll, schnell zu heiraten. Es gibt einen englischen Missionar, der Baipur immer besucht, und er müßte in der nächsten Woche kommen. Bis dahin habe ich hier auch alles geregelt, und wir können einen Tag nach der Zeremonie verschwinden.«

Sein Blick traf sie. Zum ersten Mal bemerkte sie, daß er immer so ritt, daß sie an seiner Linken war, damit er sie mit seinem gesunden Auge leicht sehen konnte. »Möchtest du lieber schnell und mit leichtem Gepäck reisen oder langsam und bequem?« fragte er.

Sie grinste. »Was, wenn ich dir sage, ich kann nicht ohne zwanzig Ochsenkarren und vierzig Diener auskommen?«

»Wenn Lady Falkirk es wünscht«, erwiderte er stoisch.

»Lieber Himmel, du bist wirklich umgänglich«, bemerkte sie beeindruckt. »Aber ich reise lieber zu Pferd mit wenigen oder gar keinen Dienern. Es macht mich ungeduldig, mit großem Staat zu reisen, obwohl Papa und ich es seiner Stellung schuldig waren. Meine Zofe stammt aus Baipur und wird ebenfalls bald heiraten, also wird sie nicht mitkommen wollen. Ich schaffe es aber durchaus allein bis Bombay.«

Er warf ihr einen rätselhaften Blick zu. »Du wirst deine Armee von Dienern wirklich nicht vermissen?«

»Nicht im geringsten.« Sie rümpfte die Nase. »Ich weiß, daß wir wohl einen großen Haushalt müssen haben werden, um dem britischen Prestigedenken zu entsprechen, aber ich finde, viele Diener bedeuten genauso viel Ärger wie Luxus. Oft denke ich, es wäre einfacher, die Arbeit selbst schnell zu erledigen, als auf jemanden aus der richtigen Kaste zu warten, der es dann tut. Einmal lag ein toter Vogel einen halben Tag im Garten, bevor man den richtigen Unberührbaren gefunden hatte, der das Tier fortbringen konnte. Ich war gerade erst in Indien angekommen, und mir kam es absolut seltsam vor. Erst später erfuhr ich, daß kein Hindu aus einer höheren Kaste einen toten Körper berühren kann, ohne herabgestuft zu werden.«

Er nickte verstehend. »Als junger Offizier fand ich es höchst merkwürdig, daß ein Soldat, der ohne nachzudenken sein Leben für mich riskieren würde, es ablehnte, aus meiner Feldflasche einen Schluck Wasser zu nehmen. Aber die Hindu-Regeln über Reinheit sind recht gesund.«

»Mein Vater meinte immer, daß alle Sitten, die einem Europäer unbegreiflich sind, aus gesellschaftlichen Bedürfnissen entstanden sind«, sagte Laura. »Wie auch immer – um zum Thema Reise zurückzukehren: Ich fände es einfacher, wenn wir ohne Begleitung reiten könnten.«

»Dann tun wir das«, stimmte Ian zu. »Übrigens müssen wir durch Cambay, obwohl es ein Umweg ist. Ich habe meinem Bruder versprochen, daß ich ein paar Tage bei ihm bleibe, bevor ich nach Hause fahre.«

»Du hast einen Bruder in Indien?«

»Ja. David ist Offizier in meinem alten Regiment.« Ian verzog das Gesicht. »Als ich neulich durch Cambay kam, war mein Aufenthalt so kurz, daß ich niemanden von meinen alten Freunden besucht habe. Ehrlich gesagt, möchte ich es auch jetzt am liebsten nicht, weil ich immer wieder die gleichen Fragen beantworten muß, aber ich habe es nun einmal meinem Bruder versprochen.«

»Dann gehen wir natürlich nach Cambay«, sagte

sie herzlich. »Erzähl mir von David und deiner restlichen Familie.«

Er lächelte ein wenig. »Du willst die Wahrheit über uns erfahren, solange du noch Zeit hast, deine Meinung zu ändern?«

Sie kicherte. »Eigentlich finde ich den Gedanken, ein paar Verwandte zu heiraten, reizvoll. Ich selbst habe so wenig.«

Durch ihre Worte ermutigt, sprach Ian den ganzen restlichen Rückweg von seiner Familie und seiner Kindheit. Laura hatte ihn bisher noch nie so lange an einem Stück reden hören. Seine Stimmung war besser und entspannter, seit sie eingewilligt hatte, ihn zu heiraten. Es tat ihr gut, daß sie seine Laune hob.

Während sie zuhörte, begann sie sich ein Bild von Ians früherem Leben zu machen. Sein Vater, für seine diplomatischen Dienste zum Ritter geschlagen, war offenbar ein brillanter und schwieriger Mensch gewesen, während seine Mutter eine wunderbare Frau gewesen sein mußte, die jedoch durch all die starken Persönlichkeiten ihrer Familie in den Hintergrund gedrängt worden war. Als Ältester hatte Ian schon früh gelernt, auf andere aufzupassen; Offizier zu werden, war nur die natürliche Folge daraus.

Laura glaubte, daß sie seine beiden Brüder mögen würde, aber die Beschreibung seiner Schwester war alarmierend. Sie hatten die Ställe hinter dem Stephenson-Bungalow erreicht und stiegen ab, als Ian seinen Familienbericht beendete. »Ich weiß nicht, ob ich es richtig verstanden habe«, sagte Laura. »Deine Schwester ist also eine rothaarige Amazone, die wie der Teufel reitet, einer Bergziege die

Barthaare abschießen kann und dann in ein Abendkleid schlüpft, wodurch sie allen Männern in der Umgebung sehnsuchtsvolle Seufzer entlockt?«

Er lächelte. »Ich habe es nicht ganz so ausgedrückt.«

»Es hörte sich aber furchterregend an«, erwiderte Laura düster, als sie dem Stallburschen die Zügel reichte.

»Eigentlich denke ich, du würdest sehr gut mit ihr auskommen. Besser als...« Er brach abrupt ab.

»Besser als wer?« Sie nahm seinen Arm. Nun brauchte sie keinen Abstand mehr zu halten – Gott sei Dank.

Nach einer kleinen Pause sagte Ian: »Besser als die meisten Frauen. Ihr beide habt sehr unkonventionelle Charakterzüge. Obwohl diese bei ihr stärker zutage treten, glaube ich, daß ihr euch bestens verstehen würdet.«

»Ich bin überhaupt nicht unkonventionell«, protestierte Laura. »Ich bin eine ausgesprochen unbemerkenswerte Frau.«

Als sie den Bungalow betraten, richtete er seinen aufmerksamen Blick auf sie. »Das stimmt nicht. Du bist wirklich eine Art Original. Ich würde gerne wissen, warum du dich so sträubst, das zuzugeben.«

Er war offen zu ihr gewesen, und sie schuldete ihm daher die gleiche Ehrlichkeit. Mit einiger Mühe begann sie schließlich: »Als ich nach England kam, konnte ich es absolut nicht genießen, eine kleine, seltsame Russin zu sein. In der Schule haben ein paar Mädchen über meinen Akzent und meine schrägen Augen gelacht. Die Augen konnte ich nicht ändern, aber ich habe getan, was ich konnte, um so zu werden wie die anderen. Und ich war viel glücklicher, als ich kein Außenseiter mehr war.«

»Bei mir darfst du die kleine, seltsame Russin sein«, sagte Ian. »Mir gefällt das. Und deine Augen sind wunderschön.«

Als ihre Blicke sich trafen, spürte Laura ein warmes Glühen, das in ihrem Herzen begann und sich mehr und mehr ausbreitete, bis es ihr ganzes Wesen einhüllte. Ihr Stiefvater hatte sie geliebt, aber Ian war der erste Mensch, der sagte, daß er gerade die russische Seite an ihr liebte. Vielleicht deshalb, weil Larissa Alexandrowna, die immer noch in Laura steckte, ihn sofort akzeptiert hatte.

Über seinen Defekt dankbar zu sein, kam für sie nicht in Frage. Wenn sie seine Männlichkeit hätte wiederherstellen können, dann hätte sie es getan, auch wenn es bedeuten würde, daß sie nicht heiraten würden. Aber sie konnte Ian so wenig helfen, wie er den letzten Lord Falkirk wieder ins Leben zurückholen konnte. Und da es so war, beschloß sie, einfach dem Schicksal dankbar zu sein, das sie beide zusammengeführt hatte.

Die nächste Woche hatte Laura soviel zu tun, daß sie kaum Zeit zur Trauer um ihren Stiefvater hatte. Die anderen Briten in Baipur nahmen von ihrer Verlobung erfreut Kenntnis. Emily McKittrick bemerkte, daß Ian vielleicht ein wenig zu ernst war, hatte aber keine Zweifel, daß er ein hervorragender Ehemann sein würde. Selbst Emery Walford schickte ihr einen kurzen, linkischen Glückwunsch. Dann machte er sich auf eine Reise durch den Distrikt, so daß er bei der Hochzeit nicht anwesend zu sein brauchte.

Reverend James wurde benachrichtigt und die Hochzeit auf die folgende Woche gelegt. Mit der Hilfe zweier Engländerinnen von der Station machte sich Laura daran, den Haushalt aufzulösen und sich von dem Leben zu trennen, das sie bisher in Baipur geführt hatte. Ian kümmerte sich um den Transport der Gegenstände, die Laura gerne behalten wollte. Ihr Gepäck würde mit Wagen bis nach Benares befördert, von dort mit einem Boot den Ganges hinunter gebracht und schließlich in Kalkutta nach Edinburgh eingeschifft werden. Sogar das Tigerfell würde vorausgeschickt werden, wenn es aus Nanda eintraf.

Bevor Laura mit allem fertig war, kam ihr Hochzeitstag heran. Emily McKittrick, die nur Söhne besaß, hatte sich mit Begeisterung in die Vorbereitungen gestürzt und fungierte als inoffizielle Brautmutter. Sie organisierte, machte und tat und äußerte immer wieder ihr Bedauern darüber, daß die Hochzeit in einem so kleinen Rahmen stattfinden würde.

Mit Unterstützung ihrer Zofe und Emily zog Laura ihr schönstes Kleid an, ein hochgeschlossenes, elfenbeinfarbenes Gewand mit einem spitzenbesetzten Saum und glockigen Ärmeln. Kleine weiße Rosenknospen waren in ihr Haar geflochten worden, und sie hielt einen Strauß leuchtender Blüten in der Hand. Beide Frauen versicherten Laura, daß sie so schön war, wie eine Braut nur sein konnte, ein Kompliment, das Laura wie einen Wermutsbecher entgegennahm. Das einzige, was sie sicher wußte, war, daß sie so nervös war, wie eine Braut es sein sollte.

Richter McKittrick hatte sich erboten, die Rolle des Brautführers zu übernehmen. Während er sie den Gang der kleinen Kapelle hinunterführte, hämmerte ihr Herz so heftig, daß sie sicher war, die Gäste müßten es hören. Und als die Panik sie zu überwältigen drohte, rief sie sich fast gewaltsam in Erinnerung, daß diese Ehe ganz und gar verschieden von der sein würde, die ihre Eltern geführt hatten. Sie war weder wie ihre Mutter, noch hatte Ian etwas von ihrem Vater an sich. Sie und Ian waren vernünftige Erwachsene, und gemeinsam würden sie eine gefestigte, gesunde Beziehung aufbauen.

Doch ihr nicht richtig überzeugtes Herz schlug nur noch heftiger, als sie Ian vor dem Altar warten sah, groß, im dunklen Gehrock, und ernst. Was zum Teufel tat sie da nur? Er war eigentlich doch noch ein Fremder. Tatsächlich hatte sie nichts als sein Wort, daß er zu ehelichen Pflichten nicht mehr in der Lage war. Was, wenn sie das Opfer eines teuflischen Planes war, sie für eine Ehe zu ködern?

Einen Augenblick lang war Laura fast entschlossen, Hals über Kopf zu fliehen. Ihre Finger gruben sich in den Arm des Richters, und McKittrick beugte sich zu ihr und sagte leicht amüsiert: »Kopf hoch, Mädchen. Jede Braut gerät an ihrem Hochzeitstag in Panik. Meine liebe Emily ist vor dem Altar ohnmächtig geworden, obwohl sie behauptet, die Hitze wäre schuld daran gewesen. Machen Sie sich keine Sorgen, Sie haben einen guten Mann gewählt.«

Als Laura erkannte, daß sie unter Hochzeitshysterie litt, schwang ihre Stimmung von Entsetzen um zum fast unbezähmbaren Wunsch, zu kichern. Wie absurd, anzunehmen, Ian wollte sie ködern. Sie war nicht interessant genug, um solch komplizierte Vorgehensweise zu rechtfertigen. Im übrigen hatte sie ja selbst spüren können, was er ihr als wahr offenbart hatte.

Sie bemühte sich, teilnahmslos auszusehen, als der Richter sie in die Obhut ihres zukünftigen Ehemanns übergab. Als sie aufblickte, sah sie, daß Ian sich nur mühsam zu beherrschen schien. Er mußte genauso nervös sein wie sie! Und das war völlig normal, schließlich war eine Heirat einer der wichtigsten Schritte im Leben. Ian war ihr Verbündeter, nicht ihr Feind – sie wollte bei ihm sein. Sie nahm seine Hand fest in ihre, und gemeinsam wandten sie sich dem Geistlichen zu.

»Ihr seid heute hier erschienen...«

Während Reverend James die bekannten Worte intonierte, begann Laura, sich zu entspannen. Erst als der Priester zu der Stelle kam, wo von der Pflicht der Kinderzeugung die Rede war, zuckte sie unwillkürlich zusammen. Sie war schon auf einigen Hochzeiten gewesen, hatte diesen Satz aber nie bewußt zur Kenntnis genommen. Fast hätte sie Ian angesehen, und nur das Wissen, daß dies unverzeihlich grausam gewesen wäre, gab ihr die Kraft, diese Regung zu unterdrücken. Vielleicht waren Ian und sie nicht fähig, Kinder zu bekommen, aber es war auch die Rede davon, daß die Ehe heilig und nicht nur dazu da war, die fleischliche Lust der Männer zu befriedigen. Wenigstens einen Teil davon würden sie also einhalten.

Dann wurden die Gelübde abgelegt. »Ich, Larissa Alexandrowna...« Nicht nur, daß es ihr richtiger Name war. Ians Akzeptanz ihres russischen Erbes hatte in ihr den Wunsch geweckt, unter dem Namen getraut zu werden, auf den sie getauft worden war.

Dann war Ian an der Reihe, und sein schwacher schottischer Akzent trat stärker denn je hervor. Anschließend schob er ihr den Ring über den Finger.

Er war genau so, wie Laura ihn sich gewünscht hatte: ein schmales, schlichtes goldenes Band, in das nur ihre Initialen und das Datum eingraviert waren.

Ians tiefe Stimme schwankte nicht, als er sagte: »...und mit meinem Körper will ich dich verehren...«, doch seine Finger schlossen sich fester um ihre Hand. Laura empfand wieder ein schlechtes Gewissen. Sie hatte nie bemerkt, wie erdgebunden eine Hochzeitszeremonie war.

»Das, was Gott zusammengeführt, soll der Mensch nicht trennen.« Schaudernd lauschte Laura dieser Ermahnung. Sie wäre diese Ehe nicht eingegangen, wenn sie nicht sicher gewesen wäre, daß sie gehen konnte, wenn sie es wollte. Aber so ein Gedanke war schrecklich fehl am Platz an einem Tag wie diesem.

Dann war es an der Zeit, daß der frischgebackene Ehemann seine Braut küssen sollte. Ians Lippen waren fest und angenehm. Als sie sich auf die ihren legten, schoß es Laura durch den Kopf, daß sie sich zuvor noch nicht einmal geküßt hatten. Wärmeströmungen flossen plötzlich zwischen ihnen und beschwichtigten ihre Zweifel. Dies mochte keine gewöhnliche Verbindung sein, aber bei Gott, sie würde funktionieren. Sie würde ganz sicher dafür sorgen.

Mit einem Seufzer streckte sich Ian in dem tiefen Bottich mit heißem Wasser aus. Nach zwei Jahren Leben im Dreck wurde er des Badens niemals müde. Und die Entspannung, die das Wasser ihm bot, kam keinen Moment zu früh. Wenn die Woche zwischen Verlobung und Hochzeit schon anstrengend gewesen war, so hatte sich der Hochzeitstag selbst als noch schlimmer erwiesen. Viel zu viele fröhliche Gratulationen, zu viele gutgemeinte Wünsche, zu viele wissende, lächelnde Gesichter. Schlichtweg zu viele Menschen; die Last ihres Interesses und ihrer Freundlichkeit war überwältigend gewesen. Der Frieden, den Ian auf seiner Reise von Nanda nach Baipur in Lauras Begleitung gefunden hatte, war praktisch in dem Augenblick verflogen, als sie sich verlobt hatten. Mehr als einmal war er versucht gewesen, ihr vorzuschlagen, sie sollten nach dem alten schottischen Brauch einfach über ein Schwert springen, um zu heiraten. Dann hätten sie sich sofort nach Bombay auf den Weg machen können.

Doch obwohl seine Nerven fast zum Zerreißen strapaziert worden waren, hatte er es um Lauras willen ertragen. Jede Frau verdiente einen Hochzeitstag, bei dem sie im Mittelpunkt der Aufmerksamkeit stand, und er würde ihr dies gewiß nicht nehmen. Und es war es wert gewesen, denn sie war eine wunderschöne Braut gewesen, deren Augen leuchteten, deren Stimme fest war, wenn auch die Hände ein wenig gezittert hatten.

Sie waren den ganzen Tag nah beieinander geblieben, und ihre Gegenwart hatte ihn dazu befähigt, das Hochzeitsfrühstück durchzustehen, obwohl er unter den stärksten Kopfschmerzen seit Wochen gelitten hatte. Endlich waren die Feierlichkeiten vorüber, und man hatte sie standesgemäß zu diesem luxuriösen Pavillon gefahren, in dem sie ihre Hochzeitsnacht verbringen sollten. Der Pavillon gehörte dem reichsten Kaufmann Baipurs, der ihn Laura zum Gedenken an seinen Freund Kenneth Stephenson zur Verfügung gestellt hatte.

Ian und Laura waren in dem Augenblick dort angekommen, als die Sonne in herrlichen, glühenden Farben unterging. Am Rand eines spiegelglatten kleinen Sees gelegen, war dies ein unglaublich romantischer Ort, um eine Hochzeitsnacht zu verbringen. Leise umherhuschende Diener hatten ihnen das Dinner serviert, von dem Ian nichts gegessen hatte. Danach waren die Frischverheirateten zu zwei verschiedenen Bädern geführt worden. Ians hätte mit der gigantischen Marmorwanne, die im Boden eingelassen war, und dem endlosen Reservoir an heißem Wasser einem Maharadscha genügt. Lauras Bad würde ähnlich luxuriös sein.

Da er nichts als allein sein wollte, hatte Ian augenblicklich sämtliche Diener entlassen. Dann hatte er seine Kleider abgestreift und sich in die Wanne gleiten lassen. Von den duftenden Ölen nahm er nichts – er war zu sehr Schotte, um wie ein Dandy riechen zu wollen –, aber das heiße Wasser tat ihm gut. Als das Wasser kühl wurde, waren auch seine Kopfschmerzen verschwunden.

Nachdem er sich abgetrocknet hatte, zog er die blaue, bestickte Robe an, die man für ihn bereitgelegt hatte. Sanft wie ein Flüstern umschmeichelten die Falten seinen Körper... Indern konnte man in puncto Sinnlichkeit wirklich nichts mehr beibringen.

Er kehrte ins Schlafzimmer zurück, um auf seine Braut zu warten, versicherte sich, daß die Lampe genug Öl enthielt, um bis zum Morgen zu brennen, dann trat er ans Fenster und blickte auf den See hinaus. Lotosblumen schwebten auf dem dunklen Wasser und hatten ihre blassen Blüten zur Nacht geschlossen. Er fühlte sich selbst wie eine dieser Blumen, schwebend zwischen Zukunft und Vergangenheit, zwischen Dunkel und Licht, Verzweiflung und

Hoffnung. Und der Schlüssel zu Licht, Hoffnung und Zukunft war Laura.

Er hatte geglaubt, daß sie eine lange Zeit im Bad verbringen würde, aber sie kam schneller als erwartet. Er wandte sich um, als er ihre Schritte hörte, und sein Herz machte einen seltsamen Sprung, als sie stehenblieb. Ihr lohfarbenes Haar ergoß sich wie ein Wasserfall aus polierter Bronze den halben Rükken hinunter, und sie sah so weich und unglaublich schön aus. Sie trug ein langes europäisches Nachthemd aus mehreren Schichten durchscheinender Seide, die wie eine Wolke um sie herumschwebte und deutlich machte, daß ihre Figur noch reizvoller war, als er angenommen hatte.

Es war genau die Art Kleidung, die ein Mädchen in seiner Hochzeitsnacht tragen sollte, denn sie weckte gleichzeitig Begierde und Zärtlichkeit. Wohl zum tausendsten Mal dachte er daran, was er ihr versagen mußte. Doch es war zu spät für Reue. Er konnte nur hoffen, daß sie die Wahrheit gesagt hatte, als sie meinte, sie wüßte, was sie wollte.

Sie lächelte ihn schüchtern an. »Und was passiert jetzt?«

Er wollte sprechen, aber ihm versagte die Stimme. Nach einem Räuspern versuchte er es erneut. »Ich würde dich gern in den Arm nehmen. Nur das. Wenn du nichts dagegen hast. Oder wir können reden.«

Er wäre nicht überrascht gewesen, wenn sie sich geweigert hätte, denn er wußte nicht, wie stark ihre Abscheu vor einer Berührung war. Mit Unbehagen wurde ihm plötzlich klar, daß sie nicht einmal darüber gesprochen hatten, ob sie ein Bett teilen wollten oder sich eine andere Schlafstatt suchen sollte.

Laura beantwortete seine Frage ohne ein Wort: Sie ging einfach durch das Zimmer auf ihn zu und direkt in seine Arme. Sie duftete nach Jasmin und war so weich, so unglaublich weich. Ian zog sie mit ausgesprochener Behutsamkeit fester an sich, legte sein Kinn auf ihren Scheitel und ließ seine Hände langsam über ihre vollen Rundungen gleiten. »Ich dachte, ich würde nie wieder eine Frau so halten«, flüsterte er.

Sie kuschelte sich an ihn. »Du kannst mich festhalten, wann immer du willst.«

Ians Anspannung löste sich wie Nebel in der Morgensonne. Er war sich ihres Körpers stärker bewußt, als er es bei jeder Geliebten gewesen war, denn damals hatte die Lust seine Aufnahmefähigkeit eingeschränkt. Frei von der rohen Begierde nach Sex, konnte er nun das Gefühl ihres Haars unter seiner streichelnden Hand genießen, die samtige Haut ihres Nackens, die Wärme ihrer Brüste, die sich gegen ihn preßten, noch mehr Wärme an ihren Schenkeln, den Druck ihrer Rippen und die leichte Wölbung ihres Rückgrats, den sanften Schwung ihrer Hüften. Er küßte ihr Haar und in sehnsüchtigem Staunen, daß er wiederentdecken durfte, was für ein wunderbares Wesen seine Frau war.

Sein Bedürfnis, sie zu beschützen, war plötzlich nicht mehr zu bezähmen, und er hob sie auf seine Arme. »Zeit, dich ins Bett zu bringen. Du mußt müde sein.«

Nach einem kurzen, scharfen Luftholen entspannte sie sich in seiner Umarmung. »Nicht so sehr, daß ich nicht gehen könnte, aber das ist eine nette Art, zu reisen.«

Er trug sie zu dem gewaltigen Himmelbett und

schob das Moskitonetz beiseite, dann legte er sie auf die dicke Matratze. Sanft strich er ihr das Haar aus dem Gesicht. »Soll ich zu dir kommen, oder willst du, daß ich mir woanders mein Bett mache?«

»Ich fände es sehr schön, wenn du zu mir kämst.« Sie griff nach seiner Hand und zog ihn neben sich. »Du hast gesagt, wir sollten in jeder Hinsicht, bis auf das eine, eine richtige Ehe führen, und ich denke, das schließt ein einziges Bett für uns beide ein.«

»Ja, aber Personen, die unter Schlaflosigkeit leiden, sind nicht gerade ruhige Bettgenossen.« Er zog eine leichte Decke über sie beide. »Du darfst deine Meinung ändern, wenn ich mich so sehr herumwerfe, daß ich deinen Schlaf störe.«

»Darüber mache ich mir dann Gedanken, wenn es soweit ist.« Sie rollte sich auf die Seite und preßte ihren weichen Körper gegen seinen, während ein Arm sich so natürlich um ihn schlang, als hätten sie schon mindestens hundertmal so zusammengelegen.

Er war gerührt, wie willig sie die Situation hinnahm. Er hatte erwartet, daß sie, was die körperliche Nähe betraf, viel zurückhaltender sein würde. »Pjotr Andrejewitsch hat behauptet, daß Russen, trotz des allgemeinen Vorurteils, sie hätten ein ziemlich stürmisches Temperament, als Charaktereigenschaft eine schier endlose Geduld und den Willen besitzen, sich in ihr Schicksal zu fügen. Du hast sie bestimmt.«

»Möglich.« Sie gähnte und bedeckte den Mund zierlich mit einer Hand. »Vielleicht ist es auch die britische Gelassenheit. Eigentlich glaube ich nicht daran, daß ein Volk einen allgemeinen Charakterzug hat.«

»Vielleicht nicht.« Er lächelte, als sie einschlummerte und sich vertrauensvoll wie ein Kätzchen an ihn drückte. Obwohl es nicht so war, wie er sich einst seine Hochzeitsnacht vorgestellt hatte, war es doch mehr, als er noch vor vierzehn Tagen für möglich gehalten hätte.

Aber es reichte nicht. Lieber Gott, es war nicht genug. Seine Zufriedenheit verschwand, als er das schöne Profil seiner Frau musterte. Zum ersten Mal begriff er, wie sehr Leidenschaft und Lust mental bedingt waren. Obwohl er es körperlich nicht konnte, sehnte sich sein Geist, sein ganzes Gefühlsleben danach, sie zu besitzen, in sie einzudringen, Körper und Seele zu vereinnahmen und sie im ursprünglichsten Sinne zu seiner Frau zu machen. Dadurch würde er sich ebenfalls öffnen können, so daß ihre heilende Wärme bis in die tiefsten, finstersten Winkel seiner Seele dringen konnte.

Aber die Grenzen seines Körpers hielten ihn gefangen. Er konnte auch keinen Trost darin finden, daß Laura und er gar nicht zusammen sein würden, wenn er gesund und normal wäre. Der bittere Zorn, der ihn überschwemmte, hatte nichts mit Vernunft zu tun.

Im Fahrwasser des Zorns kam schwarze, erstikkende Verzweiflung, eine Schwermut, so durchdringend, daß er Angst hatte, sie würde auf die Frau in seinen Armen übergehen. Er löste sich mit zitternden Händen aus ihrer Umarmung und betete, daß sie nicht aufwachen würde.

Dann, in dem unbezwingbaren Bedürfnis nach frischer Luft, trat er wieder ans Fenster. Sein ganzes Wesen schmerzte in einer Qual, die so ganz anders als die körperliche Folter war. Er wußte nicht, wie er sie in Worte hätte fassen sollen. Draußen lockte und rief ihn der See – ein Ort voller Frieden und Vergessen. Und dennoch, dachte er mit einem Hauch bitteren Humors, selbst wenn ich die Kraft hätte, mich der Selbstzerstörung hinzugeben, bin ich immer noch ein viel zu guter Schwimmer, um in diesem Tümpel zu ertrinken. Er würde scheitern, so wie er bei allem gescheitert war, das dem Leben einen Sinn gab.

Zitternd vor Furcht schlang er die Arme um seine Körpermitte und lehnte sich an den Fensterrahmen, zu ausgelaugt, um sich aus eigener Kraft aufrecht zu halten. Er hatte in Laura seine Rettung gesehen. Statt dessen würde er sie in seiner Selbstsüchtigkeit in die furchtbaren Tiefen seiner Verzweiflung ziehen.

Und das war der quälendste Gedanke von allen anderen.

Laura erwachte und griff schläfrig über die weichen Laken, um ihren Ehemann zu berühren, doch Ian war nicht mehr neben ihr. Plötzlich hellwach, setzte sie sich auf und sah sich um. Im Licht der Nachttischlampe sah sie ihn am Fenster stehen. Vielleicht wollte er nur frische Luft schnappen, aber sie konnte nicht daran glauben, denn seine gekrümmte Gestalt strahlte verzweifelte Pein aus.

Er hatte sie vor seinen Stimmungstiefs gewarnt, und sie spürte, daß er nun an einem verlasseneren, schrecklicheren Ort war, den sie sich jemals vorstellen konnte. Hilflos starrte sie seinen Rücken an, unsicher, ob sie zu ihm gehen oder ihn lieber in Ruhe lassen sollte. Wenn er ihren Trost zurückwies, würde es nicht nur schrecklich weh tun, es würde ihr auch sehr viel schwerer fallen, es in Zukunft wieder zu versuchen.

Ihre Unentschlossenheit währte nicht lange. Laura konnte einfach nicht jemanden leiden sehen, ohne zu versuchen, zu helfen. Lautlos glitt sie aus dem Bett und ging über den kühlen Boden des Schlafzimmers. Ian hörte ihre Schritte nicht, und als sie näherkam, sah sie, daß er sich in einem tranceartigen Zustand befand und seinen Blick starr in die Ferne gerichtet hielt, ohne etwas zu sehen.

Sie schlang sanft ihre Arme um seine Taille und lehnte sich gegen ihn. Zuerst war sein kalter Körper noch steif wie eine Statue. Dann bewegten sich seine angespannten Muskeln. Für einen kurzen, schrecklichen Augenblick glaubte Laura, er würde sie von sich stoßen.

Statt dessen jedoch drehte er sich um und zog sie so fest in seine Arme, daß ihre Rippen schmerzten, und vergrub sein Gesicht in ihrem Haar. Er bebte wie ein Mann, der um sein Leben gerannt war und endlich das Ende seiner Qual erreicht hatte.

Aus ihrem Instinkt heraus streichelte sie ihn, strich ihm über das weiche Haar und rieb sanft seinen Rücken. »Ah, *Duschenka,* meine Seele«, murmelte sie das zärtlichste aller russischen Koseworte. »Vor der Dämmerung ist es immer am dunkelsten, nicht wahr? Die Dämonen der Verzweiflung wollen dich nicht an das Licht verlieren, deswegen kämpfen sie wild um deine Seele. Aber sie werden dich nicht bekommen, denn ich will dich noch viel mehr.«

Ihre Worte zerstörten den letzten Rest seiner Selbstbeherrschung und tiefe, rauhe Schluchzer erschütterten den Mann, der niemals zu weinen gelernt hatte. Selbst gefährlich den Tränen nahe, wiegte Laura ihn in ihren Armen und betete, daß seine Tränen heilen konnten, wie das Eitern eine entzündete Wunde.

Nachdem der Sturm der Gefühle sich gelegt hatte und er wieder reglos dastand, flüsterte sie: »Komm, mein Liebling, du brauchst Ruhe.« Dann führte sie ihn zum Bett zurück. Seine Bewegungen waren zittrig und unstet, aber er folgte ihr ohne Protest.

Als sie wieder unter den Laken lagen, zog sie ihn an sich, bis sein Kopf an ihrer Brust lag. Zuerst klammerte er sich an sie wie ein Ertrinkender, der sich an einem Stamm festhielt, doch allmählich löste sich die Verkrampfung, und sein Körper begann sich zu entspannen.

Für Laura genügte es schon, zu spüren, daß die schlimmste Phase seines Elends vorbei war, doch zu ihrer Überraschung merkte sie am regelmäßigen Rhythmus seines Atems, daß er eingeschlafen war. Vielleicht konnte sein gequälter Geist doch lernen, Ruhe zu finden. Und morgen, so Gott wollte, würde der Tag ein besserer sein.

Kapitel 11

Am nächsten Morgen wachte Laura auf, als Ian sich bewegte. Sie öffnete die Augen. Die ersten Sonnenstrahlen fielen in den Raum und tauchten ihn in ein goldenes Licht. Sie und Ian lagen einander zugewandt, und ihre rechte Hand war mit seiner Linken verschränkt. Zu ihrer Erleichterung machte ihr Mann einen ruhigen Eindruck – die Dämonen hatten sich in die Schatten zurückgezogen.

»Es tut mir leid wegen gestern nacht«, sagte er ruhig. »Ich dachte, ich hätte eine Art Frieden mit meinem jetzigen Selbst geschlossen, aber offenbar muß man so etwas mehr als einmal tun.«

»Das fürchte ich auch«, gab sie selbstkritisch zurück. »Obwohl ich weiß, daß mein Stiefvater tot ist, denke ich bestimmt ein dutzendmal pro Tag ›Das muß ich Papa erzählen‹, bevor mir einfällt, daß er nicht mehr da ist. Jedesmal tut es weh – aber jedesmal ein bißchen weniger.« Ihre Finger schlossen sich fester um die seinen. »Auch du hast einen großen Verlust erfahren. Es ist kein Wunder, daß es noch sehr weh tut.«

»Ich hoffe von Herzen, daß es das nächste Mal weniger schmerzt«, sagte er trocken. »Es gibt bessere Möglichkeiten, eine Hochzeitsnacht zu verbringen, als die Bruchstücke eines alten Wracks zusammenzusuchen.«

Sie lächelte ihn langsam und neckend an, froh, daß er darüber scherzen konnte. »So alt bist du gar nicht.«

»Aber ein Wrack, hm?« Er grinste wirklich amüsiert und stützte den Kopf auf eine Hand. »Du bist ein gemeines Luder.«

Die Intimität, im gleichen Bett zu liegen, machte sie wagemutiger. »Und du«, erwiderte sie weich, »bist ein Mann, der zuviel von sich selbst verlangt. Onkel Pjotr sagt in seinem Tagebuch, daß du zum Helden geboren bist... ›der Typ von Mann, der andere mitreißt, der sein Leben in einer Schlacht mit Mut und Instinkt riskieren kann‹. Du wärst dem Tod tapfer entgegengetreten, aber deine endlosen Qualen erfordern eine andere Art von Stärke. Vielleicht kannst du dir einfach nicht verzeihen, daß du im Erdulden nicht ganz so gut warst wie im Riskieren des eigenen Lebens.«

Ians Miene wurde plötzlich undefinierbar, aber er

zog seine Hand nicht zurück. »Hat Pjotr das alles geschrieben?«

»Im wesentlichen, ja. Ich interpretiere nur.«

»Er war ein guter Menschenkenner.« Ian hob ihre verschränkten Hände und küßte sanft ihre Fingerknöchel. »Wenn du das begriffen hast und mir immer noch ins Gesicht sehen kannst, darf ich mich sehr glücklich schätzen.«

Seine Worte brachten sie auf eine Idee, und forsch, aber behutsam griff sie nach dem Band seiner Augenklappe. »Ich würde dir wirklich gern ins Gesicht sehen, Ian.«

Er erstarrte plötzlich, hielt sie jedoch nicht zurück. Laura wußte nicht recht, was sie zu erwarten hatte, und was sie dann sah, war weit weniger schlimm, als sie erwartet hatte: ein geschlossenes Lid, ein wenig mehr eingesunken, als es ein gesundes wäre. »Ich bin ziemlich enttäuscht«, sagte sie leichthin. »Ich hatte mir die Augenklappe schon wie eine Art Blaubarts Kammer vorgestellt.«

»Nicht ganz das, aber ein Kainsmal«, erwiderte er rauh.

Als Laura ihn alarmiert ansah, wurde sein Ausdruck wieder sanfter. »Ich habe nur einen leichten Hang zur Dramatik. Das ist ein nationaler Wesenszug der Schotten, wenn man an solche Dinge glaubt.« Bevor sie noch eine Frage stellen konnte, setzte er sich auf und stopfte sich ein paar Kissen in den Rücken, dann legte er die Augenklappe wieder an. »Wie war dein richtiger Vater eigentlich? Du hast nie von ihm gesprochen.«

Abgelenkt und verwirrt rollte Laura sich auf den Rücken und starrte den Betthimmel über sich an. Ian legte seine Hand auf ihren Arm. »Tut mir leid – darüber willst du offenbar nicht unbedingt sprechen.«

»Nein, schon gut«, sagte sie sanft. Obwohl sie in der Tat stets vermieden hatte, über ihren russischen Vater zu sprechen, da die Erinnerungen zu schmerzhaft waren, entdeckte sie nun, daß an diesem sonnigen, ersten Morgen ihrer Ehe ein wenig von der Pein verschwunden war. »Er war das Paradebeispiel eines umwerfenden, romantisch verklärten Kavallerieoffiziers – groß, gutaussehend und ungestüm. Er war für mich eine Art Halbgott, obwohl ich denke, daß die meisten Kinder ihre Väter so sehen.

Er hatte auch ein wenig von dem schwermütigen Temperament seines eigenen Vaters. Wenn er gute Laune hatte, war er der liebste, aufregendste Vater der Welt. Dann wieder war er launisch und etwas beängstigend, und ich sah zu, daß ich ihm aus dem Weg ging.« Sie dachte einen Augenblick nach. »Seltsam. Als mein Vater starb, war er etwa so alt wie du jetzt bist. Viel zu jung, um sein Leben zu verlieren.«

»Niemand ist zu jung zum Sterben«, warf Ian ein. »Was ist passiert?«

Laura ignorierte die Frage, als sei sie nicht gestellt worden. »Ich erinnere mich an einen Winter, als er mit mir ausritt. Er hielt mich vor sich auf dem Sattel fest, und wir flogen über den Schnee, setzten über Zäune und Hecken. Es war herrlich, so als ob man den Nordwind ritt. Ich fühlte mich absolut sicher, denn ich war ja im Arm meines Vaters, aber meine Mutter wurde furchtbar wütend, weil er mein Leben aufs Spiel gesetzt hatte. Dabei war sie eine genauso draufgängerische Reiterin. Und so ist sie auch gestorben: Sie versuchte, über einen Zaun zu springen, den jeder vernünftige Mensch gemieden hätte.«

»Es ist ein Jammer, daß sie nicht vorsichtiger war.«

Laura seufzte. »Ja, aber wenn sie die Wahl gehabt hätte, dann hätte sie genauso sterben wollen. Sie war noch so schön, konnte noch jeden Mann bezaubern, der sie ansah. Sie hätte es verabscheut, vom Alter besiegt zu werden. Ja – vernünftig und vorsichtig zu reiten, wäre ihr wie eine kleingeistige Unterwerfung unter das Unvermeidliche erschienen.«

»Das hört sich an, als wäre deine Mutter wie meine Schwester gewesen: ein wenig zu energiegeladen.«

»Du hättest sie vergöttert«, sagte Laura mit Überzeugung. »Jeder tat es, selbst die Frauen, die eigentlich gegen sie waren. Abgesehen davon, daß meine Mutter bestimmt nicht schwermütig war, ähnelten meine Eltern sich sehr. Sie waren beide schön und stur und leidenschaftlich. Sie trugen wilde Kämpfe aus und versöhnten sich anschließend ebenso wild.

Einmal wollte sich mein Vater für irgend etwas entschuldigen und füllte Salon und Schlafzimmer mit Blumen. Es war Winter, und es muß ein Vermögen gekostet haben. Ein anderes Mal geriet meine Mutter in Wut und warf jeden Kosmetikartikel und jedes Parfümfläschchen, das sie besaß, nach ihm. Er lachte nur, wehrte die Geschosse ab und sagte, sie wäre eine schlechte Schützin und daß das Schlafzimmer nachher wie ein Hurenhaus stinken würde. Ich kauerte in einer Ecke und machte den Fehler zu fragen, was ein Hurenhaus ist. Tatjana klingelte sofort nach meiner Amme, die mich fortbrachte, so daß ich erst Jahre später herausbekam, was mein Vater gemeint hatte.« Lauras Lippen preßten sich aufeinander, als sie an die purpurroten Flecken auf der Wand dachte, die sie augenblicklich zu einer weitaus häßlicheren Erinnerung brachten.

Ian berührte leicht ihre Hand. »Solche Eltern sorgen zwar für farbenprächtige Geschichten, aber für ein Kind muß es gelegentlich ziemlich beängstigend sein.«

»Das war es.« Laura lächelte schief. »Es ist schwer zu glauben, daß zwei Pfaue wie meine Eltern ein Hühnchen wie mich produziert haben.«

»Du bist kein Hühnchen«, protestierte Ian liebevoll. »Du bist ein Schwan, der sich zu Unrecht für eine Gans hält.«

Sein Tonfall wärmte Laura. »Eher eine Eule. Kenneth hat mich sogar manchmal seine kleine Eule genannt. Es ist schon komisch, aber vom Temperament her bin ich viel eher seine Tochter als die meiner echten Eltern.«

»Dein erster Vater scheint sich von deinem zweiten grundsätzlich unterschieden zu haben.«

Laura grinste. »Das liegt daran, daß meine Mutter mir die Wahl überließ.«

Er zog die Brauen hoch. »Ehrlich?«

Laura stapelte sich ebenfalls Kissen in den Rücken, so daß sie sich wie Ian bequem anlehnen konnte. »Nun ja, Tatjana fragte mich, wen ich vorziehen würde, und ich wählte Kenneth.« Sie warf ihrem Mann einen Blick zu und sah, daß sein Hemd sich über der Brust geöffnet hatte. Sie hatte das starke Bedürfnis, ihn zu berühren, mit ihren Fingern über sein Brusthaar zu streichen, das Hemd aufzumachen und ihn weiter zu erforschen...

Hastig riß sie ihren Blick los. »Nachdem... als mein erster Vater nicht mehr da war, beschloß meine Mutter, Sankt Petersburg zu verlassen. Also reisten wir in ein Kurbad in der Schweiz. Wahrscheinlich glaubte sie, daß ihre Chancen, einen neuen Ehemann zu finden, dort am größten waren. Sie war nicht nur knapp bei Kasse, sondern auch der Typ Frau, die dringend einen Mann in ihrem Leben brauchte.«

»So wie du es sagst, scheinst du ihre schnelle Wiederverheiratung nicht zu billigen«, bemerkte Ian sehr richtig. »Aber für die meisten Frauen ist dies die bessere Alternative. Nur wenig haben den Mut, freiwillig der Welt allein gegenüberzutreten, wie du es tun wolltest.«

»Es bestand nicht die Gefahr, daß sie lange allein bleiben würde. Männer umschwärmten sie immer wie Bienen einen Marmeladentopf, und der Ort in der Schweiz war da keine Ausnahme. Einige wollten nur eine Affäre, aber diese zog sie erst gar nicht in Betracht. Aber es kostete sie nicht viel Zeit, ein paar seriöse Verehrer an Land zu ziehen.«

»Wie hat Kenneth Stephenson es geschafft, sich für das Rennen zu qualifizieren? Er kam mir nicht so vor wie der Typ, der seine Zeit in schicken Badeorten verbringt.«

»Es war ein reiner Zufall, der ihn dorthin brachte«, antwortete Laura. »Er war auf der Rückreise nach England, um im College der Company in Haileybury zu lehren. Der Freund, der mit ihm reiste, hatte sich in Indien ein paar gesundheitliche Probleme zugezogen und wollte eine Kur machen. Also taten sie es beide. Kenneth hat mir einmal erzählt, daß er Tatjana sofort heiraten wollte, als er sie zum ersten Mal sah. Er war fünfzehn Jahre älter als sie und überhaupt kein Draufgänger, aber er konnte ziemlich resolut sein, wenn er etwas erreichen wollte.«

»Und wann hat deine Mutter dich nach deiner Meinung gefragt?«

»Eines Tages beim Eisessen fragte sie mich, ob es

einen unter den Verehrern gäbe, den ich gern als Vater hätte.« Laura lächelte bei der Erinnerung. »Einer von ihnen war ein enorm reicher italienischer Graf, ein anderer ein ebenso vermögender Schweizer Bankier. Wir hatten auch noch einen französischen Seidenhändler und einen preußischen General. Wenn ich zurückdenke, hatte Kenneth das wenigste Geld von allen.«

Sie kicherte. »Es war gar nicht leicht, jemanden auszuwählen, denn einige versuchten, meine Gunst zu erkaufen. Der Italiener schenkte mir eine wundervolle Puppe und schlug dann vor, ich sollte irgendwo damit spielen gehen. Der Bankier hatte immer die leckersten Süßigkeiten, der Franzose versorgte mich mit Bändern und Schleifen, der General sorgte dafür, daß ich auf einem Pony reiten konnte, und so weiter. Kenneth war der einzige, der mit mir sprach. Als Tatjana uns einander vorstellte, ließ er sich auf ein Knie nieder, so daß unsere Augen auf einer Höhe waren, und sagte, er wäre sehr erfreut, mich, Larissa Alexandrowna, kennenzulernen. Und er sagte es so, als ob es ihn wirklich freute. Zudem redete er nicht nur – er hörte mir auch zu. Als meine Mutter mich nach meinem Favoriten fragte, zögerte ich nicht. Am nächsten Tag sagte sie mir, sie würde Mr. Kenneth Stephenson heiraten, und wir würden nach England ziehen.«

»Waren sie denn glücklich miteinander, der Pfau und die Eule?«

Laura nickte. »Seltsam genug, sie waren glücklich. Ich glaube, meine Mutter hatte schließlich genug von Romanzen und Melodramatik. Einmal sagte sie mir, eine Frau sollte heiraten, um Freundschaft und Beständigkeit zu erfahren.« Und Tatjana hatte mit einem Hauch von Bitterkeit hinzugefügt, daß Leidenschaft trügerisch wie Treibsand sei.

»Sehr klug von ihr, dich nach deiner Meinung zu fragen«, kommentierte Ian nachdenklich. »Ein Kind kann viel eher hinter hübsche Fassaden auf das Wesen eines Mannes blicken. Kenneth Stephenson war vielleicht in materieller Hinsicht nicht die erste Wahl, aber ganz sicher konnte er der beste Stiefvater für dich sein.«

Laura unterdrückte ein Schaudern. »Allein der Gedanke, einen anderen Stiefvater zu haben, macht mir eine Gänsehaut. Aber nicht nur ich hatte einen Nutzen davon. Vielleicht hat Tatjana ihn anfangs nicht geliebt, später tat sie es auf jeden Fall. So sehr sie das Flirten genoß, hat sie sich nie mehr für einen anderen Mann interessiert.«

Sie blickte Ian an. »Nun weißt du alles Interessante über mich, Lord Falkirk.«

»Das bezweifle ich, Larissa Alexandrowna Karelian Stephenson Cameron, Baroneß Falkirk«, sagte er lächelnd. »Aber ich denke, wir haben für heute genug im Bett geplaudert. Wir sollten aufstehen, frühstücken und uns auf den Weg machen.«

Laura nickte und kletterte aus dem Bett, dann streckte sie genüßlich die Arme über den Kopf und bog ihren Rücken durch wie eine Katze. Sie fühlte sich wunderbar; die emotionalen Höhen und Tiefen des vergangenen Tages hatten ihr anscheinend gut getan.

Plötzlich bemerkte sie Ians seltsamen, angestrengten Blick. Verwirrt sah sie ihn an, und er zog sie in seine Arme. »Danke, daß du mich geheiratet hast, Laura.« Dann küßte er sie.

Sie liebte das Gefühl seiner Lippen auf den ihren

und die warme, kribbelnde Woge, die durch ihren Körper rollte. Was waren Münder doch für wunderbare, sensitive Dinger. Als er seinen Kopf wieder hob, sagte sie ein wenig atemlos: »Danke, daß du die Idee gehabt und mich dazu überredet hast.«

Er lächelte. »Ich ziehe mich im Bad an.«

Ihr Blick folgte ihm, als er seine Sachen aufsammelte und das Schlafzimmer verließ. Wie aufmerksam von ihm, sie allein zu lassen. Es war schön gewesen, mit ihm das Bett zu teilen, aber sie war noch zu scheu, um sich vor ihm auszuziehen. Vielleicht würde sie mit der Zeit etwas von dieser Scheu verlieren.

Als sie die junge Zofe zu sich rief, die ihr zugewiesen worden war, dachte Laura darüber nach, wie gut sich die Dinge doch entwickelten. Obwohl Ians Verzweiflung in der Nacht sie erschreckt hatte, waren sie sich dadurch nur näher gekommen. Wie Ian schon gesagt hatte, war es keine typische Hochzeitsnacht gewesen – aber es war nicht der schlechteste Anfang für eine Ehe, die auf Freundschaft basieren sollte.

12. Januar 1840. Wir haben den Fehler gemacht, über Politik zu sprechen, und seitdem ist die Atmosphäre gespannt. Ian und ich sind beide tödlich höflich, obwohl wir beide unsere unsterbliche Seele dafür hergeben würden, einmal eine Stunde von der Gesellschaft des anderen befreit zu sein. Verdammter englischer Kriegstreiber.

Laura lächelte ein wenig traurig und legte das Tagebuch auf ihre Knie. Onkel Pjotr nannte Ian immer dann einen Engländer, wenn die beiden sich zankten. Sie versuchte sich vorzustellen, wie es sein mochte, Tag und Nacht mit einer anderen Person zusammenzusein, ohne nur einen einzigen Augenblick eine Privatsphäre haben zu können. Selbst sie und ihr Stiefvater wären wahrscheinlich der Gesellschaft des anderen überdrüssig geworden. Für zwei willensstarke Offiziere aus verfeindeten Nationen mußte es ungleich schwerer zu ertragen gewesen sein.

Sie blickte auf und sah, daß Ian die drei Pferde zum Tränken zum Fluß führte. Es war ihr vierter Tag unterwegs, und sie machten Mittagspause. Zumindest Laura hatte etwas gegessen. Wie gewöhnlich hatte Ian gerade soviel verzehrt, wie eines der kleinen gestreiften Flughörnchen brauchte, um am Leben zu bleiben.

Sie hatten eine gewisse Routine erlangt und bewegten sich mit einer Geschwindigkeit vorwärts, die es ihnen, ohne ermüdend zu sein, erlaubte, täglich eine gute Strecke zurückzulegen. Laura wußte, daß Ian allein viel schneller reiten würde, aber er war stets auf ihre Bequemlichkeit bedacht. Seine unaufdringliche Fürsorge gab ihr das Gefühl, etwas Wertvolles zu sein, und als Gegenleistung verwöhnte sie ihn mit kleinen Dingen, was er zu genießen schien.

Bisher hatten sie jede Nacht in den von der Regierung unterhaltenen *Dak*-Bungalows verbracht, die zwar spartanisch eingerichtet, aber praktisch waren. Vielleicht eine etwas merkwürdige Art von Flitterwochen, aber sie war sehr zufrieden damit. Das Vergnügen, in Ians Gesellschaft zu sein, machte die leichte Unbequemlichkeit, in einem beleuchteten Zimmer zu schlafen, mehr als wett. Unglücklicherweise schlief er immer noch keine Nacht durch. Oft erhob er sich leise und ging hinaus, um frische Luft zu schnappen. Aber er kam immer zurück, und der Zusammenbruch, den er in der ersten Nacht erlitten hatte, wiederholte sich nicht.

Während Ian seine Beine streckte und sich um die Pferde kümmerte, las Laura weiter in Pjotrs Tagebuch.

15. Januar 1840. Ian und ich hätten uns heute morgen fast geprügelt. Wegen einer absolut lächerlichen Sache. Ich sagte, er gäbe mir zuviel von dem Essen, er meinte, ich würde halluzinieren, und wir hatten einen heftigen Streit und warfen uns Beleidigungen in mindestens fünf Sprachen an den Kopf. Ein dummer Grund zum Streiten – Gefangene sollten sich gegenseitig beschuldigen, dem anderen zu wenig Essen zu geben. Aber ich weiß genau, daß Ian mir die größere Portion gegeben hat. Ich nehme an, er befürchtet, ich könnte ihm vor der Nase wegsterben, wenn er mich nicht ordentlich füttert. Aufdringlicher Bengel. Aber wahrscheinlich hat er recht.

17. Januar 1840. Wir stritten gerade über das Frühstück – oder besser, ich wollte Streit anfangen und Ian hat mich einfach ignoriert – als die Welt um uns herum verrückt spielte. Nirgendwo mehr gab es Halt, Staub und Kiesel regneten auf uns herab. Heilige Mutter Gottes, wenn man der Erde nicht trauen kann, wem dann noch? Ich war sicher, die Mauern würden einstürzen und uns unter sich begraben – einer der schlimmsten Momente in meinem sündigen Leben.

Weiß nicht recht, wie es geschah, aber als das Beben aufhörte, knieten Ian und ich in der Mitte unserer Zelle und hatten die Arme umeinander geschlungen – ich schrie Gebete in Russisch, und Ian fluchte auf englisch. Was sind wir doch für tapfere Offiziere! Ich kam mir wie ein Narr vor, aber Ian setzte sich auf seine Fersen zurück und begann zu lachen, daß ich einfach mitlachen mußte. Nach so etwas kann man schlecht noch aufeinander böse sein.

Laura mußte wieder lächeln. Der trockene Humor ihres Onkels konnte nicht über den Schrecken hinwegtäuschen, den das Erdbeben den beiden Männern eingejagt hatte, oder das komplizierte Band zwischen ihnen verschleiern, das sich immer mehr festigte.

Sie blickte auf und sah Ian herankommen. »Wir sollten weiter, Lady Falkirk.« Als sie aufstand, setzte er hinzu: »Worüber lächelst du?«

»Ich habe gerade von einem Erdbeben gelesen, als ihr beide glaubtet, der Kerker würde einstürzen«, erklärte sie, als sie die Bibel in ihre Satteltasche steckte. »Pjotr beschreibt, wie es eine angespannte Phase zwischen euch beendete.«

»Ich kann mich nicht erinnern, daß dieses Ereignis ihm oder mir irgendwelche Vorteile brachte«, erwiderte er trocken. »Aber es stimmt – danach hatten wir keine Probleme mehr, miteinander auszukommen.«

»Eigentlich fand ich die Geschichte besonders nett.« Mit Ians Hilfe stieg sie auf und lächelte dann zu ihm hinunter. »Aber weißt du, was Pjotr gänzlich von deinem edlen Charakter überzeugte?«

Ian schwang sich in den Sattel. »Nein. Was denn?«

»Du hast ihm den Tabaksbeutel und die Pfeife, die du bei dir hattest, als du gefangengenommen wurdest, geschenkt, und Pjotr konnte gar nicht aufhören, deine Großzügigkeit zu preisen.«

Ian zuckte die Schultern. »Ich rauche selten, und es war klar, daß er von dem Tabak mehr haben würde als ich. Er streckte ihn über Monate. Allerdings konnte er nur rauchen, wenn eine freundliche Wache die Pfeife für ihn anzündete.«

»Für dich hat es vielleicht nicht viel bedeutet, für ihn aber sehr wohl«, meinte sie, als sie ihre Tiere antrieben. Das Packpferd trottete hinter Ian her.

Ian wollte das Thema wechseln. »Du brauchst ein wenig Übung beim Schießen – heute abend, wenn es nicht zu spät wird. Wahrscheinlich wirst du kein zweites Mal von einem Tiger angegriffen, aber du könntest besser auf Situationen wie diese vorbereitet sein.«

Laura zog ein Gesicht. »Ich mag keine Waffen.«

»Das hat nichts damit zu tun, ob man sie mag – es ist einfach eine Sicherheitsmaßnahme.«

»Aber es ist doch wirklich nicht nötig«, warf sie ein. »In wenigen Wochen sind wir auf dem Weg nach England.«

»Was bedeutet, wir sind noch ein paar Wochen hier in Indien«, erwiderte er geduldig. »Ich nehme zwar auch nicht an, daß wir in irgendeinen Ärger hineingeraten, aber man kann nie sagen, ob man nicht doch einmal eine Waffe braucht. Wenn etwas passiert und du dich verteidigen mußt, solltest du es wirksam tun können.«

Sie warf ihm einen wenig begeisterten Blick zu. »Wenn ich besser schießen könnte, würde dein Kopf wahrscheinlich als Jagdtrophäe an irgendeiner Wand hängen.«

Er grinste. »Deine erste Lektion wird darin bestehen, zu lernen, wie man das richtige Ziel ausmacht.«

Sie seufzte. Ihr Mann hatte genau den Gesichtsausdruck, den Männer oft haben, wenn sie behaupten, sie handelten nur zum Besten des anderen. Wie auch immer – sie war gut darin, jemanden von einem Vorhaben abzubringen. Bestimmt konnte sie die Schießübungen umgehen, bis sie Bombay erreicht hatten. Sie sah sich suchend nach etwas um, das interessant genug war, um einen Themawechsel zu rechtfertigen.

Ian hatte diese abgelegene, wenig frequentierte Straße gewählt, weil sie durch eine eindrucksvolle Landschaft führte. Im Augenblick ritten sie durch ein schmales, waldiges Tal, das von aufragenden Felsen flankiert wurde. Lauras müßiger Blick folgte dem Flug eines Falken. Als der Raubvogel einen der Felsen erreichte, erwartete sie, daß er abdrehen würde, aber plötzlich war er verschwunden. »Das ist merkwürdig«, sagte sie. »Ein Falke ist direkt in den Felsen geflogen.«

Ians Blick folgte ihrem ausgestreckten Finger. »Vielleicht gibt es dort oben eine Höhle.«

»Könnten wir anhalten und nachschauen?« sagte sie hoffnungsvoll.

Nach einer kurzen Pause meinte er: »Wenn du möchtest. Es dürfte nicht allzu schwer sein, dort hinaufzuklettern.« Er lenkte sein Pferd von der Straße und durch das lichte Unterholz. Das Packpferd und Laura folgten ihm.

Ein paar Minuten später hatten sie den Fuß des Felsens erreicht. Laura suchte die glatte Fläche über ihr ab und streckte dann den Finger aus. »Der Falke ist dort oben verschwunden, da, bei der Ansammlung dicker Steine unter dem dunkleren Felsen.«

Sie ritten noch ein paar Meter, bis Ian abstieg und sein Pferd anband. »Wenn du ein Auge auf die Pferde hältst, sehe ich mal nach.«

Laura biß sich auf die Lippe, als ihr etwas einfiel. »Wir können das auch lassen, Ian. Nach ein paar Jahren Gefängnis teilst du wahrscheinlich meine Vorliebe für Höhlen nicht.«

»Um Himmels willen, Laura, ich bin nicht ganz so geschädigt, daß ich nicht allein in eine Höhle gehen kann!« fauchte er.

Es war das erste Mal, daß Ian ihr gegenüber Unmut zeigte, und Laura nahm an, daß es deswegen war, weil sie den Nagel auf den Kopf getroffen hatte. Doch obwohl sie es verstehen konnte, taten ihr seine Worte weh.

Es war ihr wohl deutlich anzusehen, denn Ians Miene wurde weicher. »Tut mir leid – ich hätte dich nicht anschreien dürfen. Du hast absolut recht: Ich fand Höhlen früher interessant, aber nun verabscheue ich sie. Aber es ist besser, sich seinen Ängsten zu stellen, als immer davor davonzulaufen.«

»Du bist ganz schön hart mit dir selbst, nicht wahr?«

»Das sind schottische Calvinisten nun mal.« Angespannt starrte er einen Augenblick auf die Ansammlung von Steinen. Er schien sich zu sammeln, alle Kraft aufzubieten. Sie nahm an, daß es genau die Fähigkeit war, die ihn am Leben gehalten hatte: Er tat, was er tun mußte.

Er machte sich also auf seinen Weg und war kurz darauf verschwunden. Ein paar Minuten später schwang sich der Falke mit einem empörten Kreischen in die Lüfte, in seinen Krallen den schlaffen Körper eines kleinen Tieres. Dann hörte sie Ian rufen: »Der Falke hat mir den Weg gezeigt. Hier ist eine Höhle, und sie scheint ziemlich groß zu sein. Zumindest ist der Eingang groß genug, daß man hinein kann.« Dann kam er zwischen den Felsen wieder zum Vorschein. »Wenn allerdings ein Mensch hineinkommt, können es auch Fledermäuse, Leoparden, Hyänen, Schlangen und so weiter«, meinte er, als er wieder bei ihr war.

Laura zog ein Gesicht. »Würde man dann nicht irgendwelche Anzeichen dafür finden?«

»Ich sehe jedenfalls nichts, was auf größere Tiere hinweist, für Schlangen und Fledermäuse möchte ich nicht garantieren. Warte einen Augenblick. Ich hole zwei Laternen.« Er ging zum Packpferd und durchwühlte ihre Ausrüstung. Wegen Ians Abneigung gegen dunkle Nächte waren sie mit Lampen und Öl ausreichend versorgt.

Laura wurde ein wenig nervös, als er seinen Revolver aus dem Halfter zog und ihr ihn reichte. »Weißt du noch, was ich eben gesagt habe? Man weiß nie, wann man eine Waffe braucht. Es ist klüger, sich zu bewaffnen, wenn man eine unbekannte Höhle betritt, die vielleicht von hungrigen oder wütenden Raubtieren bevölkert ist.«

»Auch wenn du nur ein paar Schritte entfernt bist?«

»Auch wenn ich nur ein paar Schritte entfernt bin«, wiederholte er. »Gefahr kann im nächsten Moment aus dem Nichts kommen, und man kann nie genug darauf vorbereitet sein.«

Sie verschränkte die Hände auf dem Rücken und starrte den Revolver ablehnend an. »Wenn du darauf bestehst, dann gib mir eine Flinte. Dabei brauche ich kein guter Schütze zu sein, und ein Gesicht voll Schrot sollte auch die zornigste Hyäne entmutigen.«

»Also gut, wenn es dir nichts ausmacht, das Gewicht zu schleppen.« Er lud die Flinte und reichte sie Laura.

Die Waffe behutsam in der Linken haltend, folgte

sie Ian an den Steinen vorbei zum Höhleneingang. Ein kleiner freier Platz befand sich vor der düsteren Öffnung, aber ansonsten waren sie von Steinen und Felsen umgeben. »Interessant, wie gut versteckt der Eingang liegt«, sagte sie. »Wenn man nicht genau hier steht, kann man nichts sehen. Wenn ich den Falken nicht bemerkt hätte, wären wir niemals hier.«

»Ja, wirklich interessant«, murmelte Ian nachdenklich. »Ich frage mich, ob es wirklich reiner Zufall ist.« Ohne weiter zu erklären, was er meinte, verschwand er mit eingezogenem Kopf im Eingang. Einen Augenblick später stieß er einen leisen überraschten Pfiff aus, der laut zurückgeworfen wurde, wie von den Wänden eines gewaltigen Raumes.

Laura folgte ihm mit der Lampe in der Rechten, dem Gewehr in der Linken. Der Eingang war ein Dutzend Schritte lang und führte in einem überraschend gleichmäßigen Bogen nach links. Durch die Krümmung wurde das natürliche Licht ausgeschlossen, so daß ihre Laternen die einzige Beleuchtung waren, als sie den Raum betrat. Aber dieses reichte aus, um ihr einen Anblick zu gewähren, der ihr vor Überraschung den Atem stocken ließ.

Es war keine Höhle, die sie entdeckt hatten. Es war ein Tempel.

Kapitel 12

Begeistert und staunend ging Laura langsam im Kreis herum. Der Raum war gut zwanzig Fuß breit und doppelt so lang, und die Decke wölbte sich ein gutes Stück über ihren Köpfen. Eine Doppelreihe kunstvoll filigran gemeißelter Säulen lief die ganze Länge des Tempels entlang. Das entfernte Ende lag im Dunkeln, aber man konnte die Konturen einer Statue erkennen, die überlebensgroß war. Jeder Zentimeter der Wände war mit Bildern bedeckt, die selbst im Lampenlicht in lebhaften Farben leuchteten. »Wundervoll«, hauchte sie. »Wie alt das hier wohl ist?«

»Tausend Jahre? Zweitausend? Wer weiß. Wahrscheinlich ist der Tempel seit Jahrhunderten nicht mehr benutzt worden, aber trotz allem hervorragend erhalten.« Mit hocherhobener Lampe begann Ian langsam den ganzen Raum abzugehen. »Es könnte zuerst eine natürliche Höhle gewesen sein, aber dann ist gewaltig viel Arbeit aufgewendet worden, um die Wände zu glätten und den Raum nutzbar zu machen.«

»Meinst du, wir finden einen sagenumwobenen Rubin im Nabel einer massiven Goldstatue?«

»Das bezweifle ich. Die wirklich reichen Tempel sind berühmte Pilgerstätten, während dieser Schrein hier wohl nur von einer kleinen Gruppe Menschen aufgesucht worden ist. Benutzt, dann verlassen, aber nicht, bevor die Gläubigen den Eingang versiegelt haben. Zumindest vermute ich das.« Ian musterte die Abbildung eines Mannes, der mit einer Schlange rang. »Selbst wenn es hier Reichtümer gäbe, würde ich sie nicht anrühren. Es bringt Unglück, etwas aus einem Tempel zu stehlen, selbst wenn er verlassen wurde.«

»Du hast natürlich recht«, sagte sie reumütig. »Aber es kommt mir dennoch wie ein herrliches Abenteuer vor. Kannst du erkennen, wem der Tempel gewidmet ist?«

Ian hob die Lampe und deutete auf die Statue, die

eine Gottheit zeigte, die in einem Ring aus Feuer tanzte. »Shiva in seiner Erscheinung als Nataraja, Herr des Tanzes. Er symbolisiert den endlosen Kreis des Lebens – Erschaffung, Bewahrung, Zerstörung, dann Wiedergeburt.«

Laura starrte fasziniert auf das Abbild des Gottes. Mit geschmeidigen Gliedern und feierlicher Miene stand der vierarmige Gott perfekt ausbalanciert auf einem Bein, das andere für immer und ewig für den nächsten Schritt seines Tanzes angehoben. Auch ohne Ians Erklärung hätte der Anblick sie zutiefst berührt. Der Tempel und die Statue waren mehr als nur schön – sie verursachten im Betrachter auch die ehrfurchtsvolle Sehnsucht, die Laura von christlichen Kirchen kannte.

Als sie auf die Figur zuzugehen begann, entdeckte sie eine Türöffnung hinter einer Säule zu ihrer Rechten. Neugierig trat sie hindurch und fand sich in einer viel kleineren Kapelle wieder. Statt Malereien waren die Wände komplett mit Schnitzereien bedeckt. Menschengruppen und abstrakte Muster und Ornamente verbanden sich zu einem Bild von verwirrender Fülle.

Laura brauchte einen Moment, um von der Gesamtheit zu den Einzelheiten durchzudringen. Und als sie diese erkannte, durchdrang der Schock sie wie ein glühender Blitz. Die Flinte rutschte ihr aus den gefühllosen Fingern und fiel mit einem metallischen Klappern auf den Steinboden. Sie konnte gerade noch die Lampe festhalten und rang nach Luft. »Gütiger Himmel!«

Die exquisit geschnitzten Gestalten waren in etwas verwoben, das man gemeinhin als obszöne Stellungen bezeichnen würde. In dem flackernden Lampenlicht schienen sie biegsam und lebendig, und ihre Aktivitäten überließen nichts – absolut gar nichts – der Phantasie.

Beim Geräusch der fallenden Flinte rief Ian scharf: »Laura! Ist alles in Ordnung?«

Sie wollte antworten, bekam aber keinen Laut heraus. Einen Augenblick später tauchte Ian schon mit dem Revolver in der Hand im Eingang auf. Dann erstarrte er, als sein Blick von Laura zu den Wänden und dann wieder zu Laura zurück glitt. »Verdammt!«

Laura schluckte hart und wandte sich zu ihm. »G... glaubst du, daß man so... so etwas wirklich tut?« Sie deutete schwach auf eine Gruppe ineinander verschränkter Gestalten.

»Ich habe noch nie von einem lebenden Mann gehört, der auf dem Kopf steht, während er drei Frauen gleichzeitig liebt«, sagte Ian trocken. Er sicherte seinen Revolver und schob ihn wieder in das Halfter, dann kam er zu ihr und legte ihr einen Arm um die Schulter.

»Wirst du ohnmächtig? Du bist weiß wie ein Laken.«

Sie verbarg ihr Gesicht an seiner Brust. Sie fühlte sich erhitzt, gedemütigt und ein wenig betäubt. Doch die Figuren zogen ihren Blick wieder magisch an. »Sind... männliche Organe wirklich so groß?«

Er folgte ihm Blick. »Das ist definitiv übertrieben«, erwiderte er noch trockener als zuvor. »Komm, ich bringe dich besser raus, bevor du wirklich in Ohnmacht fällst.«

Mit Ians fester Hand auf ihrem Arm schaffte Laura den Weg hinaus auf den freien Platz vor der Höhle. Die gleißende Sonne blendete sie, und sie schwankte ein wenig.

Ian fing sie auf und zog sie in den Schatten eines Felsens. »Nimm den Kopf herunter«, sagte er und kniete sich an ihre Seite.

Laura beugte sich vor und vergrub ihr Gesicht in ihren Händen. Das schummrige Gefühl verschwand, doch die Augen zu schließen, löschte die lebhaften Bilder in ihrem Gedächtnis nicht aus. Ein Paar hatte ihre Aufmerksamkeit besonders erregt: Mann und Frau standen sich gegenüber, die Frau hatte ihre Beine um die seinen geschlungen, und der Mann hielt zur Unterstützung ihre Pobacken mit beiden Händen fest. Natürlich war das scheußlich obszön – aber ihre Gesichter hatten Freude ausgedrückt.

Laura empfand alles andere als Freude. Wieder zeigte sich, wie verdorben sie selbst war, denn intime Stellen, für die sie keine Bezeichnung hatte, begannen heiß zu pulsieren. Grimmig bekämpfte sie diese schändliche, angenehme Empfindung, bis sie endlich wieder aufsehen und mit lobenswerter Ruhe sagen konnte: »Alles in Ordnung. Tut mir leid, daß ich mich wie ein Jammerlappen benehme.«

»Du mußt zwangsläufig schockiert sein«, sagte er mit einem schwachen Lächeln. »Man kann etwas Derartiges kaum in einer anglikanischen Kirche eines Dorfes in Upper Surrey finden.«

Sie kicherte unsicher. »An keiner christlichen Stätte. Wieso schmücken die Inder ihre heiligen Orte mit solchen Sachen?«

»Ich bin kein Theologe, aber man kann wohl auch so behaupten, daß die westliche Kultur versucht, sich über die Grenzen der fleischlichen Bedürfnisse zu erheben, um so nah an den reinen Geist zu kommen, wie möglich«, erklärte Ian. »Viele Hindus aber verehren das Körperliche, weil sie glauben, Erotik ist ein

Weg, das Göttliche zu finden – die Vereinigung von Mann und Frau ist ein Symbol für die Verbindung von Mensch zu Gott. Es ist zwar sehr anders als westliches Denken, aber ich finde, es ergibt Sinn, wenn man es so betrachtet.«

Laura nickte nachdenklich. »Die Schnitzereien sind sehr schön, und sie strahlen eine ... Sanftheit aus. Ein Gefühl des Friedens. Obwohl ich sie mir in Surrey immer noch nicht vorstellen kann.« Ihre Brauen zogen sich zusammen. »Aber ich finde verschiedene Hindu-Bräuche, zum Beispiel die Witwenverbrennung, ausgesprochen bizarr. Wo liegt denn da der Sinn?«

Ian zuckte die Schultern. »Ich will nicht so tun, als ob ich alle Hindu-Sitten verstehen kann. Aber ich habe in Indien bisher mehr Spiritualität beobachtet als irgendwo in Europa.«

»Wie kommt es, daß du soviel über indische Religion weißt?«

»Ich habe mich bewußt damit befaßt. Als Offizier mußte ich Soldaten aus fast allen indischen Religionsgruppen befehligen, und ich glaube nicht, daß man Männer anführen kann, ohne zu wissen, woran sie glauben und was sie verehren.«

»Sind alle britischen Offiziere wie du?«

»Die guten sicher. Leider gibt es ein paar, die die Einheimischen bloß als dumme Barbaren betrachten.« Ian runzelte die Stirn. »Als ich gerade frisch mit dem Schiff in Indien eintraf, erzählte mir ein alter Major, daß es früher besser gewesen war. Offiziere verbrachten mehr Zeit mit den Männern zusammen, was zu einem besseren Verständnis untereinander führte. Doch die Briten ziehen sich immer mehr in ihre privaten Enklaven zurück. Der Major sagte voraus, daß der Sirkar es bereuen würde, wenn man diese Entwicklung nicht aufhielte. Dic Inder dienen treu den Männern, die sie respektieren, aber sie sind zu stolz, um Narren zu erlauben, sie wie Minderwertige zu behandeln.«

»Damit hat der Major wahrscheinlich recht«, stimmte Laura zu. »Aber alte Männer denken schließlich immer, daß die Dinge früher besser waren. Die Company gibt sich sehr viel Mühe, ihre Verwalter auszubilden – sie müssen die Sprachen sprechen, Gesetze und Sitten kennen. Zu diesem Zweck hat mein Vater einige Jahre in Haileybury gelehrt. Müssen Armeeoffiziere denn keine Sprachprüfungen bestehen, bevor sie Einheimischen-Truppen befehligen?«

»Doch, aber die Sprache ist bloß ein Teil des Verstehens.« Ian lächelte bei der Erinnerung. »Als ich mein Persisch-Examen machte, dachte man, ich hätte gemogelt, weil ich keinen Fehler gemacht habe. Ich wäre fast hinausgeworfen worden, bevor ich erklären konnte, daß ich als Kind in Persien gelebt habe.« Er stand auf und nahm eine der Laternen. »Ich gehe deine Flinte holen. Willst du mitkommen, um noch mehr von dem Tempel zu sehen?«

Sie schüttelte den Kopf. »Ich glaube, ich hatte für heute genug Abenteuer.« Und der tanzende Gott war ein Bild, das sie nie vergessen würde – sie brauchte es nicht noch einmal zu sehen.

Sie lehnte sich gegen den Felsen und fächelte sich mit ihrem Topi Luft zu, während ihr Mann sich auf den Weg machte. Allein der Gedanke an ihre Reaktion auf die erotischen Bildwerke ließ ihre Wangen glühen. Wenn sie wirklich einen edlen Charakter hätte, wäre sie ohnmächtig geworden, anstatt hinzustarren. Und wie konnte sie so absolut verdorben reagieren und Ian noch nach der Größe männlicher... Organe fragen?

Sie hätte wissen sollen, daß die Größe übertrieben dargestellt war, denn sie hatte sowohl in Italien als auch in Indien andere Statuen nackter Männer gesehen. Und da war... alles immer viel kleiner gewesen. Wie froh sie war, daß ihr Stiefvater ihr den Zugang zur Kunst ermöglicht hatte, statt stets nur auf die Schicklichkeit zu achten. Es war eine Schande, daß sie so verwirrt gewesen und mit ihrer peinlichen Frage herausgeplatzt war.

Bevor sie sich weiter schelten konnte, kam Ian schon zurück. Er half Laura auf die Füße und sagte: »Sollen wir den Behörden den Ort des Tempels melden?«

Sie sah ihn nachdenklich an. »Du würdest nicht fragen, wenn du es wolltest.«

»Der Tempel hat seit Jahrhunderten sein Geheimnis bewahrt«, erwiderte er. »Ich fände es schade, ihn der modernen Welt preiszugeben. Aber du hast ihn gefunden, daher mußt du entscheiden.«

Laura biß sich auf die Lippe und blickte zum Tempel zurück. Obwohl sie sich nicht weit entfernt hatten, war der Zugang nicht zu sehen. In der Erinnerung an das Gefühl der Heiligkeit, das sie im Inneren verspürt hatte, antwortete sie: »Ohne Priester und Gläubige wird der Tempel vielleicht bloß zu einer Sehenswürdigkeit für Neugierige. Lassen wir ihn in Ruhe. Wenn der Gott des Tanzes möchte, daß man ihn entdeckt, wird er jemand anderen hierherlocken.«

Als sie den Weg zu ihren Pferden zurückgingen, lächelte Laura ein wenig in sich hinein. Sie konnte zwar akzeptieren, daß die erotischen Bilder spirituelle

Symbole waren, ihre Reaktion darauf war aber ganz und gar nicht spirituell. Dennoch war der Anblick sehr... lehrreich gewesen, auch wenn der Bildhauer, was die Größen betraf, übertrieben hatte.

Wegen des Schocks, den Laura im Tempel erlitten hatte, ließ Ian das Thema Schießübungen für den Rest des Tages ruhen. Am nächsten Morgen schien sie absolut erholt, also setzte er erneut an, als sie das Mittagessen beendet hatten. »Ein guter Augenblick, um Zielschießen zu üben«, sagte er und bot seiner Frau die Hand zum Aufstehen. »Täglich eine halbe Stunde, und du bist im Handumdrehen eine Scharfschützin.«

Seine Hand ignorierend, zog Laura die Knie an und schlang die Arme darum. Ihre Augen wurden schmal wie die einer mißtrauischen Katze. »Deine instinktive Vorsicht beeindruckt mich, aber ich kann immer noch nicht begreifen, warum ich schießen lernen muß.«

»Ich bin nicht instinktiv vorsichtig, und dieser Mangel hat mich mehr als einmal fast umgebracht, als ich mein erstes Jahr in Indien verbrachte«, erwiderte er ironisch. »Denk daran – wir sind hier wirklich nicht in Surrey. Als dein Ehemann bin ich für deine Sicherheit verantwortlich. Obwohl ich mein Bestes gebe, um dich zu schützen, kann das nicht die eigene Fähigkeit zur Verteidigung ersetzen.«

Ihre Augen verengten sich nur noch mehr, und in ihren Tiefen zeigte sich Berechnung. Endlich sagte sie: »Wenn du für meine Sicherheit verantwortlich bist, dann bin ich es als deine Frau für deine Gesundheit. Ich versuche es mit dem Gewehr, wenn du mir versprichst, mehr zu essen.«

Verwirrt erwiderte Ian: »Ich esse soviel, wie ich mag. Warum soll ich mich zwangsernähren?«

Mit katzenhafter Geschmeidigkeit kam Laura auf die Füße. »Weil du zu dünn bist und nicht genug zu dir nimmst. Ein Murmeltier könnte damit nicht am Leben bleiben.« Sie piekte ihm einen Finger in die Rippen. »Aus dem lockeren Sitz deiner Kleidung kann man schließen, daß du mal etwas mehr Fleisch auf deinen Knochen gehabt hast, bevor du zu einer Vogelscheuche abgemagert bist. Dein Erscheinungsbild zollt mir nicht gerade Lob. Die Leute müssen ja denken, daß ich entweder eine ganz üble Hausfrau bin, oder daß unsere Ehe dich durch pures Elend dahinsiechen läßt.«

»Wenn du mich jetzt für dünn hältst, hättest du mich mal sehen sollen, als ich gerade aus dem Gefängnis kam«, erwiderte er etwas verärgert. »Ich bin kerngesund.«

Laura gab ihre Neckerei auf und wurde ernst. »Ian, wenn mein Großvater in dieser Hinsicht ein Vorbild war, dann ist Appetitlosigkeit auch ein Anzeichen von Depressionen. Wenn er einen Anfall hatte, hörte er zuerst einmal auf zu essen, und ich bin überzeugt davon, daß seine Stimmung sich verschlechterte, wenn er halb verhungert war. Wenn du dich anständig ernährst, wird dein Körper es dir danken, was durchaus helfen könnte, deine finsteren Stimmungen zu vertreiben.«

Ian unterdrückte seinen Ärger und gab sich Mühe, über Lauras Theorie nachzudenken. Es stimmte schon, daß er viel weniger aß als früher, denn auch Essen gehörte zu den Dingen, die er nicht mehr genießen konnte. Vielleicht hatte seine Frau recht, und bessere Ernährung trug tatsächlich zu einer besseren

Stimmung bei. »Also gut, wir machen den Handel. Ich esse mehr, und du arbeitest daran, deine Schießkünste zu trainieren.«

Laura kniete sich hin, nahm ein Chapati, tat den Rest des Currys, das sie zum Mittag gegessen hatten, darauf und rollte es zusammen. »Hier ist noch ein Happen für dich. Und wo soll ich meine erste Lektion erhalten?«

»Ein Stück abseits von der Straße habe ich einen guten Platz entdeckt. Da ist Schatten gegen die Sonne und ein Erdwall, um verirrte Kugeln aufzufangen.« Er biß mit wenig Begeisterung in sein Chapati. »Willst du die Flinte nehmen oder den Vorderlader deines Vaters?«

»Letzteres. Damit bin ich einigermaßen vertraut.«

Ian nahm beide Waffen und Munition und ging zu dem Platz voraus, den er ausgesucht hatte, während er noch an seinem Chapati herumkaute. Stroh hätte genauso aufregend geschmeckt, aber schließlich würde es ihm nicht schaden, mehr zu essen. Nachdem er den letzten Bissen hinuntergewürgt hatte, fragte er: »Sehe ich wirklich so furchtbar aus?«

Ein amüsiertes Funkeln zeigte sich in den Augen seiner Frau. »Für eine Vogelscheuche bist du recht attraktiv.« Sie schob eine Hand durch seine Armbeuge. »Leg ein paar Pfund zu, und du wirst umwerfend sein.«

Er grinste, dann zog er ein Stück Papier aus seiner Tasche, denn sie hatten nun ihren improvisierten Schießstand erreicht. Er steckte das Papier auf einen trockenen Ast, der aus einem toten Baum ragte, dann ging er zwanzig Schritt zurück. »Wenn du den Zettel beim ersten Mal triffst, ist die Lektion vorbei, bevor sie begonnen hat.«

Mit zusammengepreßten Lippen wischte sie ihre Handflächen an ihrem Rock ab. Sie nahm ihm die Flinte aus der Hand, lud sie ungeschickt und entsicherte sie. Unter seinem ermutigenden Blick hob sie die Waffe und schoß. Das Krachen des Schusses scheuchte einen Schwarm erschreckter Vögel auf.

Ian sah, wie der Schuß gründlich danebenging, und war froh, daß der Erdwall breit genug war, um irgendwelchen Schaden zu verhindern. Bei diesen Schießkünsten wunderte es ihn überhaupt nicht, daß sie nichts treffen konnte, aber er ließ sich nicht beirren. Was zählte, war, daß sie begonnen hatte, es ernsthaft zu versuchen. »Sehr gut. Jetzt lad nach und nimm wieder die richtige Position ein, aber feure noch nicht. Ich will dir ein paar Tricks zeigen.«

Sie gehorchte mit totenbleichem Gesicht, doch grimmig entschlossen, diese Sache durchzuziehen. Sie lud nach, dann hob sie das Gewehr und stellte sich in Position. Der Lauf schwankte hin und her.

Ian trat hinter sie und legte seine Arme um sie herum, so daß seine Hände über ihren lagen. Er richtete die Flinte aus. »Ruhig. Bleib locker. Du bist gespannt wie ein Bogen, deswegen kannst du den Lauf nicht ruhig halten.«

Ihr krampfartiger Griff um die Waffe lockerte sich tatsächlich ein wenig, doch Ian runzelte die Stirn, als er bemerkte, daß ihr ganzer Körper bebte. Mit beruhigender, tiefer Stimme fuhr er fort: »Wir haben keine Eile. Laß dir mit dem Zielen ruhig Zeit.« Er ließ sie los und trat einen Schritt zurück. »Du hast eben beide Augen geschlossen, als du geschossen hast. Versuch einmal, sie offen zu halten. Hast du das Papier im Visier?«

Als sie nickte, schwang der Lauf ein Stück zur Seite. »Schieß erst, wenn du soweit bist. Du drückst ganz langsam ab, nicht am Hahn reißen. Dann bleibt der Lauf ruhig, und du kannst dein Ziel treffen.«

Der Rat war vergeblich. Ihr ganzer Körper krampfte sich zusammen, als sie feuerte, und wieder bohrte sich die Kugel in den Erdwall. Ohne Ian anzusehen, rammte Laura neue Munition hinein und versuchte es erneut, doch das Ergebnis war nicht besser – im Gegenteil. Nach einem weiteren sinnlosen Versuch sagte Ian: »Vielleicht ist das Gewehr zu schwer.« Er zog den Revolver aus dem Halfter. »Versuch's mal hiermit – das Gewicht ist viel einfacher zu handhaben. Wenn du mit einer kleinen Waffe umgehen kannst, versuchen wir es noch einmal mit dem Gewehr.«

Laura wirbelte mit einem solchen Zorn in ihren Augen herum, daß es ihn nicht gewundert hätte, wenn sie auf ihn geschossen hätte. Doch zum Glück war das Gewehr nicht geladen. So schleuderte sie nur die Waffe zu Boden. »Ich werde das dreckige Ding nicht anrühren«, fauchte sie. »Du kannst mich dazu zwingen, ein Gewehr zu benutzen, aber du wirst mich niemals dazu verleiten, eine Pistole auch nur anzufassen.«

Ihre Reaktion war so gewaltig, daß Ian einen Schritt zurücktaumelte. »Laura, was ist denn?« Er bemühte sich, seine Stimme ruhig und gleichmäßig zu halten, um ihr nicht zu zeigen, wie verstört er war. »Das ist doch nicht bloß eine normale Abneigung gegen Waffen. Warum sträubst du dich so sehr dagegen?«

Als sie sprach, klang es eher wie das Zischen einer wütenden Katze. »Wenn du sehen würdest, wie das Hirn deines Vaters an die Wand spritzt, dann würdest du auch Pistolen hassen.«

»Lieber Gott!« Plötzlich begriff er. »Hat dein Vater Selbstmord begangen?«

»Ja«, antwortete sie steif. Ihre Wut ebbte ab, und ihr Gesicht wurde aschfahl. »Und ich war diejenige, die ihn gefunden hat.«

Der Schock, den sie im Tempel gezeigt hatte, war nichts verglichen mit dem, was nun in ihrem Gesicht zu lesen war. Ian schob hastig seinen Revolver in das Halfter und schlang dann die Arme um seine Frau, um sie wenigstens körperlich vor den Ängsten aus ihrer Vergangenheit abzuschirmen. Er wiegte sie leicht in seinen Armen, und bald liefen ihr die Tränen über die Wangen, als könnte sie nie mehr aufhören. Sie fühlte sich so winzig und zerbrechlich wie ein Strohhalm.

»Verdammt noch mal, wie hat er so etwas tun können? Wie kann sich jemand bloß erschießen, wenn er weiß, daß sein eigenes Kind in der Nähe ist und ihn finden könnte? Wie konnte er das nur tun?« Hätte Lauras Vater sich nicht der irdischen Gerechtigkeit entzogen, hätte Ian ihm liebend gern den Hals umgedreht. Zum Teufel mit romantischen Helden – kein Wunder, daß Tatjana und Laura gerade Kenneth wegen seines sanften, beständigen Temperaments geliebt hatten.

Obwohl seine Worte nicht an Laura gerichtet waren, reagierte sie, indem sie den Kopf hob und ihn verwirrt ansah. »Du bist wütend auf meinen Vater, daß er sich umgebracht hat?«

»Da hast du verdammt recht.« Hilflos wischte er ihr die Tränen von den Wangen und wünschte sich, er könnte mehr tun. »Und das solltest du auch sein. Es ist mir egal, wie verrückt oder traurig oder schwermütig dein Vater war – seiner Familie so etwas anzutun, ist unverzeihlich. Besonders einem Kind gegenüber. Wenn ich das Leben unerträglich finde, dann suche ich mir eine bessere Möglichkeit, mich selbst zu töten – eine, die nicht als solche zu erkennen ist.«

Lauras Augen verengten sich. »Das hört sich an, als hättest du dir selbst schon Gedanken über die Regeln des Selbstmords gemacht.«

»Ja«, sagte er gepreßt. »Und das gibt mir das Recht, jemanden zu verurteilen, der diejenigen, die er liebt, einem solchen Anblick und einem solchen Leiden aussetzt.«

Laura schwieg, doch ihr Gesicht verriet die verschiedenen Emotionen. Endlich sagte sie leicht erstaunt: »Ich bin tatsächlich wütend auf meinen Vater.« Sie ballte die Faust und schlug sie gegen Ians Schulter. »Was er Mama und mir angetan hat, war widerlich!« Sie schlug wieder auf ihn ein und schrie plötzlich: »Es war doch nicht meine Schuld. *Es war nicht meine Schuld!*«

Sie hatte einen anständigen rechten Haken. Ian fing ihre Faust ein, bevor sie noch einmal zuschlagen konnte. »Natürlich war es nicht deine Schuld«, antwortete er ruhig. »Um Himmels willen, warum hast du mir nur noch nichts davon erzählt? Ich hätte dich niemals zu den Schießübungen gedrängt, wenn ich das gewußt hätte.«

»Ich habe es noch nie jemandem gesagt, nicht einmal Kenneth, obwohl Mama es wohl getan hat.« Sie schloß die Augen, und ihr Gesicht verriet die Anstrengung, ihre Gefühle wieder unter Kontrolle zu zwingen. Dann fuhr sie etwas ruhiger fort: »Es war Nachmittag, an einem Samstag kurz vor Ostern. Meine Eltern hatten einen schrecklichen Streit, und Mama stürmte aus dem Zimmer.« Sie wischte sich mit dem Handrücken über die Augen. »Später hörte ich einen Schuß aus dem Arbeitszimmer meines Vaters und rannte hinunter. Zuerst hatte ich Angst, die Tür zu öffnen, aber als ich es dann tat...« Ihre Stimme brach. »Er... er sah so gut aus. Doch seit diesem Tag kann ich sein Bild nicht mehr heraufbeschwören, ohne auch daran zu denken, wie er da ausgesehen hat. Ich schrie. Und ich hörte zwei Tage nicht mehr auf.«

»Hat deine Mutter deswegen beschlossen, Sankt Petersburg zu verlassen?«

Laura nickte. »Sie wollte uns beide aus diesen vielen Erinnerungen herausholen. Und sie hat gut daran getan. Die Reise in ein anderes Land konfrontierte uns mit vielen Dingen, über die wir uns den Kopf zerbrechen konnten.« Erst jetzt bemerkte sie, daß Ian ihre Faust festhielt. »O Himmel, Ian, es tut mir leid«, sagte sie reumütig. »Hab' ich dich geschlagen?«

»Das hat nichts zu bedeuten.« Er ließ ihre Hand los. »Sollen wir weiterreiten? Von nun an passe ich darauf auf, daß ich nie mehr als ein paar Schritte von dir entfernt bin, bis wir auf dem Schiff nach England sind. Dann wirst du dich nie verteidigen müssen.«

Ihre Augen funkelten. »Nein. Die Lektion ist noch nicht vorbei.« Sie nahm das Gewehr auf und lud wieder nach.

Ian konnte nicht recht glauben, was sie da tat. »Willst du das wirklich?«

Mit entschlossener Miene sagte sie: »Ich werde dieses verdammte Papier treffen, und wenn ich die ganze Nacht dafür brauche.« Sie hob den Lauf und feuerte. Sie traf zwar nicht das Ziel, aber diesmal hielt sie die Augen offen und zog den Hahn weicher und langsamer.

Sie lud erneut und legte an. Mit vorwärts gerichtetem Blick sagte sie: »Wenn ich ihn nicht so geliebt hätte, dann würde ich ihn dafür hassen, was er getan hat.« Das Gewehr krachte. Dieses Mal splitterte Rinde nur wenige Zentimeter vom Ziel entfernt von dem toten Baumstamm ab.

Ian stand neben ihr und sagte nichts bis auf ein paar knappe Anweisungen. Laura handhabte die Waffe mit einer wilden Entschlossenheit, die ihm genauso viel über die Frau, die er geheiratet hatte, verriet, wie ihre peinvollen Tränen kurz zuvor.

Es schien eine Ewigkeit zu dauern, bis Laura endlich das Papier traf. Der Zettel wurde in die Luft gerissen und segelte dann still herab, wobei das Loch in der Mitte deutlich zu sehen war. Erschöpft, aber zufrieden schulterte Laura das Gewehr und wandte sich zu Ian um. Sie stemmte die Hände in die Hüften und blickte ihn an, als sie sagte: »Morgen ist der Revolver dran.«

Er lächelte sie an. »Hat dir schon einmal jemand gesagt, was für eine unglaubliche Frau du bist?«

»Ich bin Russin«, sagte sie scherzend, als wäre diese Tatsache Erklärung genug.

Und vielleicht war es das.

Als sie den Dak am Abend erreichten, ging Laura zu Bett, sobald sie gegessen hatten. Sie war wie ausgelaugt, doch sie bemerkte dennoch, daß Ian seinen Teil der Abmachung einhielt und mehr aß als üblich.

Zuerst schlief sie tief und fest, doch später kehrte der Alptraum wieder. Der Anfang war derselbe wie immer: Sie war Lara, sechs Jahre alt und entsetzt über die unverständliche Wildheit im Benehmen ihrer Eltern. Als sich die Hysterie steigerte, verschob sich der Traum plötzlich um drei Jahre. Sie stand wieder vor dem Arbeitszimmer, voller Angst einzutreten und doch wissend, daß sie keine Wahl hatte. Ihre kleine Hand streckte sich nach dem kalten Messingknopf aus und drehte ihn. Die schwere Tür schwang mit einem Quietschen auf und gab den Blick frei auf den leblosen Körper ihres Vaters, der über dem blutgetränkten Schreibtisch lag.

Doch nun nahm der Traum eine neue Richtung an. Zum ersten Mal verglühte das Entsetzen in einem Aufflammen von Zorn, der sie wie ein Flächenbrand verzehrte. Die nur allzu vertraute Szene flackerte und veränderte sich. Zu ihrer Überraschung setzte ihr Vater sich auf, sein Körper war wundersamerweise ganz und unbeschädigt. Er sah sie an, dann erhob er sich, kam zu ihr und kniete sich neben sie. Er nahm ihre Hände. »Es tut mir leid, Larischka«, flüsterte er gequält. »Verzeih mir.«

Laura begann zu weinen, und sie wachte auf, als die Tränen ihre Wangen herunterliefen. Dann legten sich Ians Arme um sie, und sie empfand Trost und Sicherheit. Sie klammerte sich an ihn und weinte an seiner Brust.

Als die Tränen versiegten, fragte Ian ruhig: »Der alte russische Alptraum, den du einmal erwähnt hast?«

»Ja, aber diesmal war es anders.« Und nun erzählte sie ihm, was sie in ihrem Unterbewußtsein gespeichert hatte, wie die Szene vorher gewesen war und wie sie sich nun verändert hatte.

Als sie endete, sah Ian sie nachdenklich an. »Seit fünfzehn Jahren bist du in diesem entsetzlichen Augenblick gefangen gewesen. Vielleicht hat dein Zorn dich befreit, so daß du dich nun auch wieder an die guten Seiten deines Vaters erinnern kannst.« Seine

Hand strich über ihren Rücken und löste ihre Verspannung. »Es würde mich nicht überraschen, wenn du den Traum nie wieder hast.«

»Wenn es so ist, beschwere ich mich bestimmt nicht!« rief sie leidenschaftlich. Dann fügte sie reumütig zu: »Ich glaube, ich habe die letzten zwei Tage damit verbracht, an deiner Schulter zu heulen. Wenn ich nicht aufpasse, löst du dich noch auf.«

»Es ist schwer, eine Vogelscheuche aufzulösen«, erwiderte er amüsiert. »Im übrigen haben wir ja in etwa den gleichen Punktestand. Überleg mal, wie mühsam es wäre, wenn einer von uns gesund und normal wäre, der andere aber nicht. Noch einmal: Wir sind wirklich füreinander gemacht.«

Obwohl er es so leicht dahingesagt hatte, erkannte Laura, wie recht er hatte. Gleich und gleich gesellt sich gern. Sie lachte ein bißchen unsicher. »Es gibt ja immer ein Licht am Ende des Tunnels, aber du mußt verflucht angestrengt danach Ausschau gehalten haben.«

»Ich mußte ein wenig graben.« Er massierte ihre Schläfen mit seinen gefühlvollen Fingern. »Meinst du, du kannst jetzt wieder einschlafen?«

»Ich glaube ja. Ich fühle mich, als wäre ein Fels von mir abgefallen, den ich seit Jahren mit mir herumschleppe.« Doch obwohl Laura entspannter war und sogar Zufriedenheit empfand, brauchte sie lange, um wieder einzuschlafen.

Die Wut und der Haß, die sie seit Jahren verleugnet hatte, hatten einen Teil ihrer Wucht verloren, und nun, da sie sich diesen Gefühlen gestellt hatte, konnte sie an ihren Vater wieder mit Zärtlichkeit denken, und mehr noch – mit Liebe. Ja, es war schlimm gewesen, daß er sich selbst umgebracht hatte, aber er und

Tatjana waren Opfer ihrer Leidenschaft gewesen und hatten mit Kräften kämpfen müssen, die kaum kontrolliert werden konnten. Schließlich hatte sie doch auch diese gefährliche Neigung zur Unbeherrschtheit geerbt. Zumindest hatte das niederschmetternde Beispiel ihres Vaters ihr deutlich gemacht, wie gefährlich eine solche Leidenschaft sein konnte. Und dafür, fand sie, konnte sie zumindest dankbar sein.

Als sie endlich wieder in den Schlaf sank, hatte sie einen anderen Traum. Und dieser war in gewisser Hinsicht genauso alarmierend wie der alte, wenn auch weitaus angenehmer. Sie war in der kleinen Kapelle des verborgenen Tempels, wo die Männer und Frauen in vielen Spielarten die Vereinigung vollzogen.

Doch dieses Mal war Laura selbst eine der geschmeidigen Frauen, die sich rückhaltlos hingaben, und der Mann, dessen starker Körper zu ihr kam, war Ian. Die sinnlichen Empfindungen, die sie so fürchtete und herbeisehnte, wallten in ihr auf. Es war ein unwiderstehliches Wüten von Emotionen, sowohl schrecklich als auch herrlich, und es band sie an den Geist und den Körper des Mannes in ihren Armen.

Wieder erwachte sie mit Tränen in den Augen, und diesmal konnte sie nicht mehr einschlafen.

Kapitel 13

Als ihre Pferde den Abstieg nach Cambay begannen, glitt Lauras Blick über die Straßen und Gebäude, die sich in der Ferne erstreckten. »Die Menge der Unterkünfte ist ja gewaltig. Allerdings ist aber auch jedes Armeelager riesig, verglichen mit einer normalen Zivilstation. Warst du immer hier stationiert?«

»Nein. Die ersten neun Jahre beim 46. war ich in Ferozepore, am Rand des Punjab. Natürlich war ich begeistert.« Ians Lächeln war sardonisch. »Es gab jede Menge Gelegenheiten zum Kampf, und mit neunzehn war ich darauf gedrillt, dem Ruhm hinterherzujagen.«

»Ich nehme an, der Krieg entsprach nicht deinen Erwartungen?«

Ian schwieg so lange, daß Laura schon glaubte, er würde gar nicht antworten. Je näher sie Cambay kamen, desto stiller war er geworden.

Doch als sie die Ebene erreicht hatten, sprach er wieder. »Krieg ist unglaublich scheußlich und so oft unsinnig, und er bringt sowohl das Beste als auch das Schlechteste des Menschen ans Tageslicht. Mit dem Einsatz von Leben und Tod ist der Krieg das ultimative Spiel, die schwerste Prüfung von Mut und Ehre. Deswegen kommt er nie außer Mode. Als meine Illusionen erst einmal vernichtet waren, konnte ich keinen Spaß mehr an Schlachten finden – dennoch bereue ich auch nicht, diese Erfahrung gemacht zu haben.«

Dies war ein kurzer, scharfer Blick in eine Welt gewesen, in der sich nicht nur Ian, sondern auch Lauras Vater und Onkel bewegt hatten. Nicht sicher, was sie als Antwort erwarten sollte, fragte sie ihn: »Hättest du vor drei Jahren dieselbe Antwort gegeben?«

»Vor drei Jahren wurde mein simpler Verstand nicht durch tiefsinnige Gedanken oder Ambivalenzen verwirrt«, erwiderte er. Er wies auf eine Straße zur Linken und setzte hinzu: »Wir müssen hier abbiegen. Da hinten, unter den Bäumen, liegt der Bungalow meines Bruders.«

Es war ein offener, einladend wirkender Ort. »Werden wir lange bleiben?« fragte sie. »Ich hätte nichts dagegen, ein paar Tage hintereinander im gleichen Bett zu schlafen.«

»Drei Tage sollten ausreichen, um den wichtigsten gesellschaftlichen Verpflichtungen zu genügen«, sagte Ian knapp.

Laura fühlte sich ein wenig unbehaglich, da sie nun ein Mitglied seiner Familie kennenlernen würde. Obwohl Ian ihr versicherte, daß die Camerons sie lieben würden, war sich Laura nur allzu bewußt, daß ein Mitglied des Oberhauses eine bessere Partie hätte machen können, als sich eine verwaiste, unvermögende Anglo-Russin mit einem unauffälligen Äußeren zur Frau zu nehmen. Natürlich machte Ians Verletzung es ihm unmöglich, eine normale Ehe einzugehen, aber davon wußte ja niemand. Seine Freunde und seine Familie mußten denken, daß er eine merkwürdige Wahl getroffen hatte, vielleicht glaubten sie sogar, sie hätte ihn irgendwie mit einer List in die Ehe gelockt.

Heftig befahl sie sich, damit aufzuhören, sich Sorgen darüber zu machen, was andere Leute über sie dachten. Sie waren verheiratet, und sie bereute es nicht. Und Ian wohl auch nicht.

Sie zügelten ihre Pferde vor dem flachen Gebäude. Ian stieg ab und kam zu Laura herüber, um ihr herabzuhelfen. Doch bevor er sie erreicht hatte, schwang die Tür des Hauses auf und ein junger Mann in Uniform sprang die Treppen herab. »Ian! Ich bin froh, daß du endlich zurück bist. Hast du Erfolg gehabt?«

Obwohl der Mann dunkleres Haar und einen kräftigeren Körperbau besaß, konnte Laura ihn leicht als Ians Bruder identifizieren, denn sie sahen sich sehr ähnlich. David wirkte mit seinem Grinsen jedoch unkompliziert und ganz anders als Ian.

»Und wie ich Erfolg gehabt habe, David«, sagte Ian und schüttelte mit deutlicher Freude Davids Hand. »Ich habe nicht nur Pjotrs Nichte gefunden, ich habe sie auch gleich geheiratet. Komm, ich möchte dir meine Frau Laura vorstellen.«

Von der erhöhten Position ihres Pferdes aus konnte Laura erkennen, daß David ernstlich schockiert war. »Aber...« Was auch immer er hatte sagen wollen, er schluckte es hinunter. Mit einem herzlichen Lächeln kam er zu Laura und bot ihr seine Hand, um ihr beim Absteigen zu helfen. »Ich freue mich, Sie kennenzulernen, Laura. Willkommen im Cameron-Clan.«

Als sie abgestiegen war, sagte sie verlegen: »Ich weiß, es kommt etwas plötzlich.«

»Da die attraktiven Frauen in Indien knapp gesät sind, kommt die Liebe oft sehr plötzlich.« David musterte sie mit unverhohlenem Vergnügen. »Wenn es darum geht, schnell zu handeln, kann man sich auf den erfahrenen Veteran Ian verlassen.« Er nickte dem Stallburschen zu, der die Pferde nehmen wollte, dann drängte er seine Gäste ins Haus. »Kommt rein und trinkt etwas Kaltes. Ihr müßt ja nach dem langen Ritt in der Hitze wie ausgetrocknet sein.«

Dann, als alle drei die Stufen zum Bungalow hinaufstiegen, fügte er hinzu: »Ich warne dich besser gleich, Ian. Jeder im Regiment hier hat schrecklich bedauert, dich bei deinem vorigen Besuch nicht getroffen zu haben. So hat das ganze Offizierskorps beschlossen, einen großen Ball dir zu Ehren zu geben, wenn du wiederkommst, damit jeder dir Hallo sagen kann.«

Ian schnitt eine Grimasse. »Ich weiß ja, daß das Regiment jede Chance zum Feiern aufgreift, aber muß es denn gleich ein Ball sein?«

»Ja«, antwortete David und hörte sich eher wie ein älterer Bruder an. »Und da du nun eine Frau hast, ist es doppelt notwendig.«

Sie betraten den Hauptraum des Bungalows, und David wies seinen Diener an, Limonade zu bringen. Ian wandte sich zu Laura. »Wird es sehr schlimm für dich sein, einer Menge Fremder gegenüberzutreten?«

Seine angespannte Miene sagte ihr deutlich, wie wenig er es liebte, Ehrengast einer großen Veranstaltung zu sein. In dem Wunsch, ihn etwas aufzuheitern, sagte sie fröhlich: »Ich würde mich freuen, deine Freunde kennenzulernen.« Doch dann schoß ihr ein Gedanke durch den Kopf, und sie runzelte die Stirn. »Aber ich habe wirklich überhaupt nichts Passendes anzuziehen.«

»Einer der ansässigen Schneider ist ein wahrer Magier, was Damenbekleidung betrifft. Er kann in ein paar Tagen ein wunderbares Ballkleid für Sie schneidern«, sagte David. »Ich bitte ihn, morgen herzukommen.«

»Tja, dann sollten wir es wohl schaffen.« Ians Stimme klang neutral, aber er wirkte immer noch angespannt. Laura hoffte nur, daß die folgenden Tage nicht alle Fortschritte zunichte machen würde, die sie bisher erreicht hatten.

15. März. Die Iden des März, wahrlich. Die letzten zwei Wochen war ich durch das Fieber vollkommen ausgeschaltet. Es ist so kalt und feucht in diesem dreckigen Kerker. Wäre wohl gestorben, wenn Ian mich nicht im Arm gehalten hätte, wenn ich Schüttelfrost hatte, meine Hände und Füße gerieben und sich überhaupt als Decke verdient gemacht hätte. Wir können uns nur noch wie Welpen in einem Bau aneinanderkuscheln und wärmen.

Laura brauchte einige Zeit, um den ersten Absatz zu entziffern, denn Pjotrs Handschrift war inzwischen so undeutlich, daß sie kaum noch zu lesen war. Es war ihr erster Tag in Cambay, und David hatte Ian irgendwo hingeschleppt. Ian hatte bei ihr bleiben wollen, damit sie den unvermeidlichen Besuchern nicht allein gegenübertreten mußte, und obwohl sie ihn gerne bei sich gehabt hätte, fand sie, die Brüder hätten einige Stunden zu zweit nötig. So hatte sie also ihren Mann fortgescheucht und nutzte jetzt die friedliche Einsamkeit, die Worte ihres Onkels ins Englische zu übertragen.

22. März. Es ist bittere Ironie, daß ich, der ich den endlosen russischen Himmel gewohnt bin, in dieser ekelhaften winzigen Zelle sitze, in der nicht einmal ein Affe Platz genug hätte. Früher hätte ich gesagt, so eine Umgebung würde mich in den Wahnsinn treiben. Vielleicht ist es schon geschehen – vielleicht habe ich hier aber auch zur Weisheit gefunden.

Das Große Spiel – so nennt Ian das stille Tauziehen, das Rußland und Britannien auf den weiten zentralasiatischen Ebenen austragen, und das wir als Turnier der Schatten bezeichnen. Ich habe mir immer eingeredet, daß ich mein Leben der Bewahrung der Grenzen meines Vaterlandes widme, aber vielleicht hat mein junger Freund ja recht, und ich habe meine Zeit mit einem Spiel von zwei Reichen verbracht, die sich wie Kinder zanken – eine gesteigerte Form von Schach für Blutdürstige und Machtbesessene. Ich liebte die Aufregung, die Gefahr, das Wissen, daß ich eine verborgene Macht war, deren Pläne Imperien stören und vielleicht sogar den Lauf der Geschichte ändern konnte.

Doch nun kommt es mir vor, als wäre der wahre Sinn meines Lebens gewesen, hier im Schwarzen Brunnen zu landen, wo es keine Spiele mehr gibt, mit denen ich mein kindliches Gemüt beschäftigen könnte. Zum ersten Mal bin ich gezwungen, meine eigene Seele zu betrachten. Nicht umsonst werden Gefängnisse mit wachsender Größe des Geistes in Verbindung gebracht, denn die Trennung zwischen Körper und Geist wird immer unklarer. Ich hasse diesen Ort, und wenn der Tod mich holen kommt, werde ich bereit sein. Dennoch habe ich einen Freund gefunden, der mir näher ist als jeder andere, seit mein Bruder im Kampf gegen Napoleon gefallen ist. Sergej starb vor dreißig Jahren. Dreißig Jahre! In den berauschenden Freuden des Spiels hatte ich tatsächlich vergessen, wie es ist, einen Freund zu haben.

Laura ließ die Feder sinken und starrte auf die Worte, die sie sorgfältig in das leere Tagebuch übertrug, das David ihr besorgt hatte. Tränen brannten in ihren Augen, und ihr tat das Herz weh um ihren Onkel und um ihren Mann. Doch sie empfand auch Freude, denn inmitten der feindseligen Umgebung hatte Pjotr etwas unendlich Kostbares gefunden.

Sie wollte gerade die nächste Eintragung abschreiben, als Bhawar, Davids Bursche, den Salon betrat und sich verbeugte. »Lady Falkirk. Mrs. Colonel Baskin ist hier. Möchten Sie sie empfangen?«

»Natürlich. Führ sie bitte herein.« Laura schloß die Bibel. Obwohl Ian sie gewarnt hatte, daß die Frauen der Regimentsoffiziere sie würden kennenlernen wollen, hatte sie nicht so bald damit gerechnet. Wahrscheinlich war es zwangsläufig, daß die erste Besucherin die Gattin eines Colonels war. Der Status der Frauen von Armeeangehörigen war an den ihrer Männer gebunden, und die höchstrangige einer Station würde es für ihre Pflicht halten, jede neueingetroffene Frau zu begutachten.

Während Laura auf die Füße kam, rauschte auch schon eine hübsche, braunhaarige Lady Ende Dreißig herein. »Guten Tag, liebe Lady Falkirk. Ich bin Blanche Baskin. Ich möchte Sie als erste in Cambay willkommen heißen.«

»Bring uns doch bitte Tee, Bhawar«, sagte Laura freundlich.

Mrs. Baskin setzte sich und bemerkte bewundernd: »Sie sprechen aber gut Urdu. Sehr ungewöhnlich für eine weiße Frau.«

»In den Familien der Verwaltungsbeamten ist es eine Frage des Stolzes, mit Einheimischen in ihrer Sprache zu sprechen.« Laura nahm neben ihrem Gast Platz. »Zudem gab es wenig Europäer dort, wo ich lebte, so daß ich ein recht stilles Leben geführt hätte, wenn ich kein Urdu könnte.«

Die andere Frau schauderte pikiert zusammen. »Gott sei Dank sind Armeestandorte groß genug, so daß man wenigstens eine Art gesellschaftliches Leben führen kann. Eine Frau hier braucht überhaupt kein

Urdu zu sprechen, obwohl ein paar Sätze durchaus nützlich sein könnten.« Ihr Blick glitt offenbar zufrieden über Laura. »Ich habe gehört, Sie seien Russin, aber Sie sprechen wie eine Engländerin.«

Einen Augenblick überlegte Laura, ob sie die Neugier der Frau abwehren sollte, aber sie wollte nicht, daß Ians Freunde ihn bemitleiden würden, weil er eine Schreckschraube geheiratet hatte. »Ich bin in Rußland geboren, kam aber etwa mit zehn nach England«, erklärte sie also wahrheitsgemäß. »Mein Stiefvater war bei der Company. Nachdem er ein paar Jahre in Haileybury gelehrt hatte, nahm er wieder einen Posten in Indien an. Dort haben Ian und ich uns kennengelernt.«

Nach einem weiteren prüfenden Blick nickte Mrs. Baskin zufrieden. »Sie passen sehr gut zu Ian.«

»Schön, daß Sie der Meinung sind. Ich werde es meinem Mann berichten«, antwortete Laura, ohne den säuerlichen Ton in ihrer Stimme unterdrücken zu können. Dann kam der Tee, und sie schenkte zwei Tassen ein.

Die Frau des Colonels nahm die Tasse und lächelte gewinnend. »Sie wünschen mich zum Teufel, nicht wahr, Lady Falkirk? Aber es wird noch schlimmer kommen, denn jede Frau im Regiment will Sie unbedingt sehen. Ian ist immer schon als glänzende Partie betrachtet worden, sogar noch bevor er den Titel erbte, und seine Wiederauferstehung von den Toten macht ihn nur noch faszinierender. Jetzt wird lautstark gejammert, daß Sie ihn sich geschnappt haben, bevor noch eine von Cambays Schönen eine Chance gehabt hat. Ach, übrigens, wenn Sie es noch nicht gehört haben: Der Ball wird heute in zwei Tagen im Club stattfinden.«

Verärgert, daß jeder mehr wußte als sie, murmelte sie: »Sie sind gut informiert.«

»Längst nicht so gut, wie ich es gerne wäre.« Mrs. Baskin beugte sich mit schiefgelegtem Kopf nach vorn. »Sagen Sie mir bitte, Lady Falkirk – wie ist Ian im Bett? Ich gebe offen zu, daß ich alles versucht habe, um ihn da hineinzukriegen, aber er hielt beharrlich an seiner Angewohnheit fest, nicht mit den Frauen anderer Offiziere zu schlafen.«

Laura schnappte nach Luft und war sprachlos. Sie spürte, wie glühende Röte in ihre Wangen kroch, und wäre am liebsten im Erdboden versunken.

Mrs. Baskin lehnte sich im Stuhl zurück. »Jetzt habe ich Sie in Verlegenheit gebracht«, sagte sie zerknirscht. »Sie wirken wie eine verständige, realistische Frau, so daß ich ganz vergessen habe, daß Sie ja gerade erst geheiratet haben.«

»Ich bin bestimmt nicht realistisch genug, um bei einer Diskussion solch intimer Details nicht schokkiert zu reagieren«, erwiderte Laura steif.

Eine Augenbraue Mrs. Baskins zog sich nach oben. »Sie mißbilligen das? Aber warum sollte ich vorgeben, ein Paradebeispiel weiblicher Tugend zu sein, wenn mein Mann sich eine kleine schwarze Geliebte in einem Haus, keine Meile von hier entfernt, hält?« Bitterkeit schlich sich in ihre Stimme. »Er hat mich in dieses scheußliche Land gebracht, wo drei meiner Kinder starben, bevor sie ein Jahr alt werden konnten. Die zwei Überlebenden sind nach England in die Schule geschickt worden, kaum daß sie aus dem Stillalter heraus waren. Ich denke, ich habe ein Recht auf jeden Trost, den ich kriegen kann.«

Mit wenigen Worten hatte Mrs. Baskin ihr ganzes

Leben offenbart, und Laura empfand ungewolltes Mitgefühl. »Das tut mir leid.«

»Sie brauchen keine Zeit damit zu verschwenden, mich zu bemitleiden. Seien Sie nur froh, daß Sie auf dem Nachhauseweg sind.« Mrs. Baskin stand auf, denn für sie gab es nichts mehr zu sagen. »Wenn Sie mich überlebt haben, dann haben Sie bei dem Rest der Hühner keine Schwierigkeiten. Ich wünsche Ian und Ihnen wirklich alles Gute. Er ist einer der anständigsten Männer, die ich kenne, und Ihr Erröten hat meine Frage nach seinen Liebeskünsten schon beantwortet.« Sie neigte den Kopf. »Wir sehen uns auf dem Ball.« Dann rauschte sie mit hocherhobenem Kopf aus dem Zimmer.

Laura war wie betäubt. Wenn Mrs. Baskin ein Beispiel für die Gesellschaft Cambays war, dann wunderte es sie nicht, daß Ian nur widerwillig an diesem Leben teilgenommen hatte. Doch im Laufe des Tages besuchten sie noch andere Frauen, und sie schienen normal genug, obwohl sie alle mit unverhohlener Neugier Ians Frau musterten.

Am späten Nachmittag kam der *Derzi,* den David bestellt hatte, und nahm Lauras Maße für ein Ballkleid. Danach begutachtete sie sein farbenprächtiges Sortiment von Modeblättern. Da sie wollte, daß Ian stolz auf sie war, wählte sie ein Kleid, das viel modischer war als ihre normalerweise konservative Kleidung. Besonders schwer fiel es ihr, bei der Vielfalt der Stoffmuster die richtige Wahl zu treffen, denn der Derzi hatte einige wundervolle Materialien anzubieten. Schließlich entschied sie sich für ein Kleid aus funkelnder blauer Seide, die changierte wie das Federkleid eines Pfaus.

Der Tag war geschäftig gewesen, aber immer noch

wartete ein Besucher. Bhawar kam und verkündete: »Eine Frau möchte Falkirk Sahib sprechen. Als ich ihr sagte, er wäre nicht da, bat sie, von der Frau des Sahibs empfangen zu werden.«

»Schick sie herein.« Zu Lauras Überraschung handelte es sich um eine junge Inderin, die ein Kind auf dem Arm trug. In einen fadenscheinigen, aber sauberen roten Sari gekleidet, wirkte sie sehr zart und schön.

Die junge Frau setzte ihr Kind ab, dann legte sie die Hände zusammen und senkte den Kopf darüber, wie die traditionelle indische Begrüßung es verlangte. »*Namaste.* Ich bin Leela. Sie sind die Frau von Major Cameron Sahib?« Sie sprach englisch, und das ziemlich gut.

Laura gab den Gruß zurück. »Namaste, Leela. Ich bin Mrs. Cameron. Kann ich etwas für Sie tun? Wenn Sie lieber mit meinem Mann sprechen wollen – er wird bald zurück sein. Wenn Sie wollen, können Sie warten oder nach dem Dinner wiederkommen.«

Leela überlegte einen Augenblick, dann schüttelte sie den Kopf und deutete auf den kleinen Jungen, der am Rock ihres Saris zog. »Mein Sohn würde nicht gerne warten. Bitte, Lady, würden Sie Cameron Sahib bitten, mich zu besuchen? Es ist sehr wichtig, daß ich mit ihm spreche.«

Laura warf dem Jungen einen Blick zu, erstarrte und spürte, wie sich ihr Magen zusammenzog. Das Kind war vielleicht eineinhalb Jahre alt und deutlich ein Mischling, dessen Teint um einiges heller war als der seiner Mutter. Laura starrte ihn an und suchte nach Ähnlichkeiten mit Ian. Gutgeschnittene Züge, ein kräftiges Kinn – es war durchaus möglich, daß der Junge einen schottischen Vater besaß.

Mit zusammengepreßten Lippen sagte Laura: »Ich werde meinem Mann Ihre Nachricht übermitteln. Weiß er, wo Sie wohnen?«

»Sagen Sie ihm, daß ich am gleichen Ort bin. Er wird wissen, wo es ist. Vielen Dank, Lady. Bitte vergessen Sie es nicht. Es ist sehr wichtig.« Dann verbeugte Leela sich erneut, hob den Jungen auf den Arm und ging.

Laura saß im schattigen Wohnzimmer in einen Sessel gekuschelt mit verschränkten Armen, als ihr Mann kurz darauf eintraf.

»Hier ist es aber dunkel.« Ian zündete ein Streichholz an, und eine Lampe flackerte auf. »Wir essen erst in ein paar Stunden. David ist zu seiner Kompanie gegangen. Er ist zwar für heute und morgen freigestellt, möchte aber seine Männer nicht vernachlässigen.«

Nachdem er seinen Topi neben der Tür aufgehängt hatte, kam er zu ihr und küßte sie auf die Stirn. »Du siehst müde aus. Haben die Frauen dich erschöpft? Ich hätte nicht auf David hören und bei dir bleiben sollen.«

Laura musterte ihren Mann. Die Zeit mit seinem Bruder mußte ihm gutgetan haben, denn er wirkte wieder viel entspannter. »Die Parade der Besucher begann mit Mrs. Baskin«, sagte sie, »die vor allem wissen wollte, wie du im Bett bist.«

Ian wich zurück, als hätte sie ihn geohrfeigt. »Tut mir leid, daß du dich damit auseinandersetzen mußtest«, gab er zurück, als er seine Fassung wiedererrungen hatte. »Sogar für Blanche Baskin ist das eine ziemlich dreiste Bemerkung. Blanche ist wirklich keine üble Person, aber Leute zu schockieren, ist eine ihrer Lieblingsbeschäftigungen. Nach ihr müssen dir die anderen Gäste ja wie die Tugend in Person erschienen sein.«

»So in etwa. Besonders die Inderin, die vor ein paar Minuten erst hier war. Leela hieß sie. Ich vermute, sie ist eine alte Freundin von dir.« Lauras Brauen zogen sich zusammen. »Sie hatte einen kleinen Jungen bei sich, vielleicht achtzehn Monate alt, und nach meiner Meinung halb europäisch. Leela bittet dich, sie zu besuchen. Ich denke, es ist dringend. Sie sagte, daß sie immer noch am selben Ort lebt. Du wüßtest Bescheid.«

Während Laura sprach, verdichtete sich die Atmosphäre zwischen ihnen. »Ich verstehe.« Ians Miene war undefinierbar, wie aus Stein gehauen. »Ich gehe sofort zu ihr. Die Hütte ist nicht weit entfernt.«

»Sehr freundlich von dir«, erwiderte Laura, ohne den Versuch zu machen, den beißenden Tonfall zu mildern.

Ian nahm seinen Topi vom Haken. »Laura...«, sagte er zögernd, brach dann aber ab, als wüßte er nicht, wie er fortfahren sollte.

»Geh schon. Ich bin sicher, daß Leela bereits ungeduldig auf deinen Besuch wartet.« Laura stand auf und ging steif in ihr Schlafzimmer, wo sie die Tür behutsam, aber nachdrücklich schloß.

Dort riß Laura ein Kissen von einem Stuhl und schleuderte es quer durchs Zimmer gegen die gegenüberliegende Wand, wo es eine verdatterte Eidechse von der Mauer fegte. Ian mochte sich ja hartnäckig verheirateten Regimentsfrauen verweigern, doch Leela war ein Beweis, daß er ein Mann mit männlichen Bedürfnissen war. Zumindest *gewesen* war, dachte Laura biestig. Wenigstens mußte sie nach dem, was ihm im Gefängnis passiert war, nicht befürchten, daß sein abendlicher Besuch bei seiner ehemaligen Geliebten im Bett endete.

Der Schock über die Gehässigkeit ihrer Gedanken löschte Lauras Zorn und ließ nur noch die Demütigung zurück. Sie schob das Moskitonetz beiseite, rollte sich auf dem Bett zusammen und rief sich in Erinnerung, daß die Sache lange zurücklag, selbst wenn Leela seine Mätresse gewesen sein sollte. Doch Vernunft reichte nicht aus, um das Gefühl, betrogen worden zu sein, zu verscheuchen.

Als sie eingewilligt hatte, Ian zu heiraten, war sie sich darüber im klaren gewesen, daß es Probleme mit sich bringen würde, die nicht vorhersehbar waren. Nun war ein solches Problem aufgetaucht. Bebend umschlang sie eines der dicken Kissen. Es war zutiefst beunruhigend, erkennen zu müssen, daß sie auch in dieser seltsamen Ehe nicht vor Eifersucht gefeit war.

Als Ian aus Leelas Haus zurückkehrte, war er auf Lauras Zorn vorbereitet, aber sie saß ruhig am Schreibtisch ihres Schlafzimmers und schrieb Pjotrs Tagebuch ab. Sie hatte gebadet und sich umgezogen und wirkte im Lampenlicht gelassen und schön. Er fragte sich, wie lange diese Haltung dauern würde. Als er gegangen war, hatte sie gewirkt, als wollte sie ihn zu Krokodilsfutter zerfetzen.

Sie blickte auf, als er eintrat, und ihre Miene verriet nichts. »Ist... ist alles unter Kontrolle?«

»Ja.« Er zog seinen Rock aus und band die Krawatte ab. »Falls du dich das gefragt hast: Der Junge ist nicht von mir.«

Nach einer langen Pause sagte Laura: »Ich könnte

mir vorstellen, daß du fast ein wenig traurig bist, daß es so ist.«

Ians Magen zog sich zusammen, als sie so treffend das aussprach, was er fühlte. Er war besorgt gewesen, als er von Leelas Besuch gehört hatte, aber dennoch war plötzlich die Hoffnung in ihm aufgekeimt, daß sie vielleicht ein ungeplantes Kind von ihm hätte, das ihn über die hinwegtrösten könnte, die er niemals mehr haben konnte. »Ein bißchen«, gab er zu, »obwohl es reichlich kompliziert geworden wäre.«

Seine Frau begann hin und her zu laufen. »Aber Leela *war* deine Geliebte, richtig? Oder bilde ich mir das nur ein?«

Ian seufzte, nahm sich einen Stuhl und setzte sich verkehrt herum darauf, so daß er die Arme auf die Rückenlehne legen konnte. »Ja, war sie. Vor zwei Jahren. Wir beendeten die Beziehung freundschaftlich ein paar Monate, bevor ich nach Buchara ging. Es bestand die vage Möglichkeit, daß sie von mir ein Kind trug, aber sie wußte es noch nicht, als ich Cambay verließ. Als ich eben bei ihr war, war sie dagegen sehr sicher, daß das Kind nicht von mir ist. Der Junge ist erst fünfzehn Monate – nicht alt genug.«

»Und wer ist dann der Vater?«

»Ein guter Freund von mir, ein Offizier namens Jock Coburn. Nachdem ich meine Affäre mit ihr beendete, hat er mit ihr eine Vereinbarung getroffen.«

»Ist sie nun in Schwierigkeiten, weil er sie sitzengelassen hat?«

»Jock hätte nie sein Kind und die Mutter vernachlässigt.« Ian fuhr sich mit den Fingern durchs Haar. »Unglücklicherweise ist er tot. Ich wußte es nicht, bis Leela es mir eben sagte. Er ertrank, als er seine Kompanie während des Monsuns durch einen Fluß führte.

Und zwar, noch bevor das Baby geboren wurde, so daß er keine Zeit hatte, für Leela Vorkehrungen zu treffen. Nach seinem Tod lebte sie von ihren Ersparnissen. Sie hatte von mir ein wenig, und Jock war sehr großzügig. Aber nun ist alles aufgebraucht, und sie will keine bezahlte Mätresse mehr sein.«

Laura nickte. »Ich kann mir vorstellen, daß das eine ziemlich unsichere Existenz ist. Ist Leela zu dir gekommen, um dich um finanzielle Unterstützung zu bitten?«

»Ja. Sie weiß nicht, an wen sie sich sonst wenden soll. Sie ist nicht aus Cambay, hat also keine Familie in der Nähe, und die, die sie hat, ist ohnehin arm. Deswegen ist sie ja auch verkauft worden.«

»Verkauft?« fragte Laura.

Er schnitt eine Grimasse. »Leider, ja. Zumindest hat sie mit ihrem ersten Herrn Glück gehabt, einem älteren Händler, der sie gut behandelte. Nachdem er gestorben war, stieg sie selbst ins Geschäft ein. Aber nun, da sie ein Kind hat, möchte sie ein anderes Leben führen.«

Lauras Augen wurden schmal, und Ian fragte sich, ob sich hinter ihrer Stirn ein Sturm zusammenbraute. Aber sie fragte nur: »Was wirst du für sie tun?«

»Wie kommst du darauf, daß ich ihrer Bitte entsprechen werde?«

»Du würdest niemandem Unterstützung verweigern, für den du dich verantwortlich fühlst«, erwiderte Laura ausdruckslos. »Noch würde es mir gefallen, wenn du es tätest.«

Einmal mehr hatte seine Frau ihn durchschaut. »Ich will für Leela eine Art Jahresrente arrangieren. Es wird nicht viel kosten, ihr ein einigermaßen gutes Leben zu verschaffen. Ich werde auch Schuldgeld für den Jungen bezahlen. Mit einer guten Ausbildung sollte er eines Tages eine Stelle bei der Regierung finden.«

»Das hört sich fair an.«

Ein angespanntes Schweigen machte sich zwischen ihnen breit, bis eine Glocke in der Ferne ertönte. »Heißt das, das Essen ist fertig?« fragte Laura.

»In etwa zehn Minuten. Ich ziehe mich besser um.«

Laura stand auf und ging zur Tür, um ihm das Schlafzimmer zu überlassen. Sie drehte sich noch einmal um. »Warum wollte Leela mich sprechen? Die Sache hätte ohne mein Wissen über die Bühne gehen können. Wollte sie Ärger machen?«

»Nein, so ein Typ ist sie nicht. Ich denke, sie war einfach neugierig auf dich.« Ian lächelte schief. »Leela hat mir zu meinem guten Geschmack übrigens Komplimente gemacht – meinte, du wärst eine feine Lady. Da sie wußte, daß Jock der Vater des Kindes ist, hat sie wahrscheinlich gar nicht darüber nachgedacht, daß du andere Schlüsse ziehen würdest.«

Lauras Blick war voller Ironie, aber sie sagte nichts. Ihre Hand lag auf dem Türknopf, als Ian entschied, ihre verbesserte Laune auszunutzen. »Warum warst du vorhin denn so wütend? Ich habe nie behauptet, früher besonders tugendsam gelebt zu haben.«

»Es ist ein Unterschied, etwas theoretisch zu wissen und dann praktisch damit konfrontiert zu werden, besonders wenn ›praktisch‹ bedeutet, daß sie jung und schön ist und ein Baby im Schlepptau hat«, erwiderte Laura trocken. »Vielleicht hat mir das klargemacht, wie wenig ich über dein früheres Leben weiß. Tut mir leid, wenn ich mich so unvernünftig benommen habe, aber ich bin wirklich kein besonderer Vernunftsmensch. Ich kann nur gut so tun, als ob.« Sie schenkte ihm ein flüchtiges Lächeln und huschte aus dem Zimmer.

Ian sah ihr mit einem Stirnrunzeln nach. Im großen und ganzen war er gut davongekommen. Die meisten Frauen würden hysterisch jammern, wenn sie mit der früheren Geliebten ihres Mannes konfrontiert würden. Dennoch hatte die Sache eine Barriere zwischen ihnen errichtet. Er hatte das dumpfe Gefühl, daß das letzte Wort in dieser Sache noch nicht gesprochen war.

Nach einem zwanglosen Essen mit David zogen sich Ian und Laura zurück und gingen zu Bett. Laura legte sich ganz ans äußere Ende des Bettes, und Ian nahm an, daß sie immer noch wegen Leela schmollte. Er hoffte, daß sie das nicht zur Angewohnheit werden ließ – er konnte viel besser schlafen, wenn seine Frau in seinen Armen lag.

Zum Glück radierte die Nacht die Barrieren zwischen ihnen wieder aus. Ian wachte etwas später auf, um festzustellen, daß Laura zu ihm gerutscht war und sich wie eine Ranke um ihn geschlungen hatte. Amüsiert stellte er fest, daß dies ganz und gar nicht eine der liebevollen, aber nicht sexuellen Umarmungen war, die sie gewöhnlich teilten, denn eine Hand Lauras lag auf seinen Genitalien. Die Wärme ihrer Hand, die durch das dünne Laken drang, war sehr angenehm, obwohl es nicht mit dem Gefühl vergleichbar war, das er ohne seinen Eunuchenstatus empfunden hätte.

Bitterkeit über die Ungerechtigkeit des Schicksals durchzuckte ihn plötzlich, aber er brachte sein Gefühl schnell wieder unter Kontrolle. Bitterkeit war nichts Neues. Behutsam zog er ihre Hand auf seine Brust.

Es war doch wirklich schon zum Lachen: Im Wachzustand war Laura Jungfrau und verabscheute körperliche Leidenschaft, aber in ihrem Schlaf ergriff sie von ihm Besitz, wie jede Ehefrau es wohl tun würde. In gewisser Hinsicht war ihr unbewußtes Verhalten bezaubernd. Er gehörte ihr, und nur ihr allein. Abgesehen davon, daß sie sich Treue gelobt hatten, konnte er anderen Frauen ohnehin nichts bieten.

Wieder Bitterkeit. Diese verschwand jedoch, als ihm ein viel erfreulicher Gedanke kam. Da Laura diejenige war, die die einmal gesteckten Grenzen der Körperlichkeit soeben überbrückt hatte, konnte man es ihm doch nicht verübeln, wenn er ihr ein wenig entgegenkam. Sanft legte er ihr eine Hand auf die Brust. Sie fühlte sich köstlich weich und voll an, viel schöner noch, als er vermutet hätte. Sie hatte das vornehme Seidenhemd ihrer Hochzeitsnacht eingepackt und trug nun ein schlichtes Musselinnachthemd. Er konnte die Brustspitze durch den Stoff spüren, als er sanft seinen Daumen darüber rieb.

Die Brustwarze versteifte sich, und er seufzte und zog seine Hand weg, um sie nicht zu wecken. Ohne Worte hatte Laura ihm klargemacht, daß Berührungen mit sexueller Absicht nicht in Frage kamen. Er fragte sich, ob sie beide jemals so unbeschwert mit ihren Körpern umgehen konnten, wie Liebhaber es gewöhnlich taten – Hände zum Beispiel plazieren zu können, ohne sich Sorgen zu machen, wie es aufgefaßt wurde. Oder sich voreinander auszuziehen. Er hätte sie gerne nackt betrachtet, auch wenn er nicht in der Lage war, dies dann wirklich zu schätzen und auszunutzen. Doch er wollte Laura nicht zu etwas drängen, das ihr nicht gefiel, und so würden sie vielleicht in dieser Hinsicht niemals ein entkrampftes Verhältnis haben. Manche Frauen heirateten und bekamen Kinder, ohne ihrem Mann jemals einen kurzen Blick auf bloße Haut zu gewähren.

Trotz allem konnte Ian nicht umhin, noch die andere Brust zu liebkosen. Er empfand ein bittersüßes Vergnügen, ihre schönen Rundungen zu ertasten.

Wenigstens war bittersüß schon besser als bitter.

Kapitel 14

Die junge Dienerin ordnete noch eine von Lauras Locken. »So, Memsahib«, sagte sie fröhlich. »Sie sehen sehr schön aus.«

In seiner Junggesellenausstattung war Davids Bungalow nicht gerade verschwenderisch mit Spiegeln versehen, daher mußte Laura erst durch den ganzen Raum gehen, um in einen kleinen Spiegel zu blicken, der besser zum Rasieren geeignet war als für die Toilette einer Frau. Premula, das Mädchen, hatte ihr Haar sehr hübsch frisiert. Laura machte ihr ein Kompliment und stellte sich dann auf die Zehenspitzen, um ihr Kleid zu betrachten.

Wann immer sie ihr Spiegelbild sah, hielt sie voller Staunen die Luft an. Sie hatte niemals ein so elegantes Kleid besessen, und die schimmernde blaue Seide war wirklich umwerfend. Vielleicht ein wenig zu umwerfend – sie hatte sich nicht klargemacht, daß der spitzenbesetzte Ausschnitt so tief sein würde.

Mit Unbehagen blickte sie an sich herunter. Ein fast peinlicher Anteil an nackter Haut war zu sehen, aber das Grundproblem war weniger der Schnitt des Kleides, als ihr Körperbau. Etwas spät fiel ihr ein, warum sie stets viel biedere Schnitte vorgezogen hatte: Ihre Figur tendierte zu der Stundenglasform, die Männer am liebsten mochten, und ihr enggeschnürtes Korsett und der Stil des Kleides betonten ihre Formen in fast absurdem Maß.

Nervös berührte Laura die kunstvollen Locken. »Findest du wirklich, daß ich gut aussehe?«

»Sie werden die Krönung des Balls sein, Memsahib«, versicherte ihr Premula. »Wenn Sie mich jetzt nicht mehr brauchen, dann würde ich gerne zu meiner eigenen Lady gehen.« Das Mädchen verbeugte sich und ging. Sie war von Blanche Baskin geschickt worden, mitsamt der Nachricht, daß es im Haushalt eines Gentlemans wohl kaum eine Zofe geben würde. Das war eine großzügige Geste. Vielleicht hatte Ian ja recht damit, daß die Witwe des Colonels kein übler Mensch war, auch wenn sie eine erschreckende Offenheit an den Tag legte.

Laura runzelte die Stirn, als sie an ihren Mann dachte. Sie waren seit drei Tagen in Cambay, und sie hatte ihn selten allein gesehen. Obwohl die Sache mit Leela geklärt war, herrschte zwischen ihnen immer noch eine gewisse Spannung. Vielleicht lag das Problem auch nur darin, daß sie ständig von Leuten umgeben waren und es Ians ganze Kraft kostete, diese Belastung zu kompensieren. Sie würde froh sein, wenn sie ihre Reise in eineinhalb Tagen wiederaufnehmen würden.

Die Schlafzimmertür ging auf, und Laura drehte sich um, als Ian eintrat. Sie riß die Augen auf. »Oh, Himmel«, hauchte sie. »Ein Mann in Uniform hat wirklich etwas.«

Ian lächelte ein wenig. »Verändert eine Uniform eine Vogelscheuche wirklich so sehr?«

»Du siehst«, sagte sie ernsthaft, »absolut umwerfend aus.«

Obwohl Ian nicht länger ein Offizier war, hatte David ihn überzeugt, zu diesem Ball, der zu seinen Ehren gegeben wurde, die Uniform zu tragen. Zudem war es die einfachste Lösung gewesen, da Ians ganzer Besitz an David gegangen war, nachdem man seinen Bruder für tot erklärt hatte. Da er also ohnehin keine passende Kleidung für eine solche Gelegenheit besaß, hatte Ian, wenn auch ohne Begeisterung, eingewilligt, die Uniform anzuziehen.

Laura war froh, daß er es getan hatte, denn in den Regimentsfarben, Scharlachrot und Schwarz mit goldenen Tressen, bot Ian einen Anblick, der die Aufmerksamkeit jeder Frau auf sich ziehen konnte. Der Derzi hatte die Uniform vermutlich enger gemacht, denn der Rock saß perfekt über den breiten Schultern und betonte die schmalen Hüften ihres Mannes. Er war immer noch zu dünn, aber auf eine wunderbar geschmeidige und raubtierhafte Art, und die schwarze Augenklappe gab ihm exakt den letzten Schliff zu einem romantischen Piraten.

»Du siehst selbst ziemlich traumhaft aus«, sagte er mit einer Miene, die warme Bewunderung ausdrückte. Dann reichte er ihr ein in Samt eingeschlagenes Schmuckkästchen. »Dies ist für dich, als verspätetes Hochzeitsgeschenk sozusagen. Vielleicht möchtest du es heute abend tragen.«

Keine Frau ist wirklich gegen die Versuchung von Geschmeide immun, und Laura öffnete neugierig das Kästchen. Ihr verschlug es den Atem. »O Himmel«, sagte sie erneut.

Auf weißem Seidenfutter lagen ein herrliches Saphir-Collier und die dazu passenden Ohrringe.

»Du sagtest, du wolltest Blau tragen, deswegen fand ich, die Steine würden gut passen. Darf ich?« Ian nahm das Halsband aus dem Kästchen und legte es ihr um. »Irgendwann schenke ich dir Topase, die zu deinen Augen passen.«

Laura drehte sich um, um in den Spiegel zu sehen, und sog scharf die Luft ein. Die Steine schimmerten in einem blauen Feuer, das einer Prinzessin gestanden hätte. Für einen Augenblick sah sie, statt sich selbst, Tatjana, die in Seide und Saphiren zu einem Ball gehen wollte. Die Erinnerung sandte einen kalten Schauder über Lauras Rücken, und sie schluckte hart. »Ich glaube, ich habe noch nie bemerkt, wie sehr ich meiner Mutter ähnlich sehe.«

Ian legte seine Hand ohne Druck auf ihre Schulter. »Wenn es so ist, dann muß sie eine wunderschöne Frau gewesen sein.«

»Das war sie, obwohl ich ihr nicht *so sehr* ähnele.« Laura drehte sich um und küßte ihren Mann. »Vielen Dank, Ian. Dies ist wirklich das herrlichste Geschenk, das ich je bekommen habe.« Sie nahm ihre schlichten goldenen Ohrclips ab und befestigte die Saphirohrringe, die herunterbaumelten und bei jeder Bewegung in kühlem Licht aufblitzten. »Jetzt kann ich mich jeder boshaften Frau in ganz Indien stellen.«

Er lächelte und bot ihr seinen Arm. Zusammen betraten sie das Wohnzimmer, wo David wartete. Er sah ausgesprochen gut in seiner Uniform aus, wenn auch vielleicht nicht ganz so beeindruckend wie Ian. Doch er brauchte nur noch ein paar Jahre und ein paar Fältchen mehr im Gesicht, und er würde dem Äußeren seines Bruders sehr nahe kommen.

David riß die Augen auf, als er seine Schwägerin

sah. »Guter Gott, Laura, du siehst absolut überwältigend aus.«

Sie errötete ein bißchen, denn ihre Fähigkeit, männliche Begierde wahrzunehmen, sagte ihr, wie ernst es David mit dem Kompliment war. Dennoch störte sie Davids Blick nicht, denn er war der Typ Mann, für den es buchstäblich undenkbar war, der Frau seines Bruders unsittliche Anträge zu machen.

Und nun kam ihr in den Sinn, daß sie an diesem Abend fröhlich und unbefangen sein durfte, ohne sich über eventuelle Folgen Sorgen machen zu müssen. Mit Ian als Gatten war sie sicher vor unerwünschter Annäherung anderer Männer. Und das zum ersten Mal in ihrem Leben.

Sie nahm mit ihrer freien Hand Davids Arm. »Gehen wir? Mit einer so attraktiven Eskorte wird das ganze weibliche Cambay mich beneiden. Und ich bin entschlossen, einen wunderbaren Abend zu verbringen.«

Als sie hinausgingen, wünschte Ian sich inständig, er könnte sich über den Ausgang des Balls ebenso sicher sein.

Der Cambay-Club war ursprünglich als Zentrum für sportliche Aktivitäten gegründet worden, aber mit der Zeit war er zum Mittelpunkt des gesellschaftlichen Lebens für die gesamte britische Gemeinde geworden. Das großzügig angelegte zweistöckige Gebäude war von Gärten umgeben, ein Flügel war zu einem Ballsaal umgestaltet worden. Walzertakte drangen durch die warme Nachtluft zu ihnen, als sie die Stufen der vorderen Veranda hinaufstiegen.

Als sie den Club betraten, sagte David: »Ian, du wirst sicher heute abend ständig von einer Menge

Leute belagert sein. Soll ich Laura in meine Obhut nehmen? Ich kann die Vorstellung übernehmen, verliebte Leutnants abwehren, für Erfrischungen sorgen und allgemein ein Auge auf sie haben.«

Ian warf seiner Frau einen Blick zu. »Wenn es dir nichts ausmacht, Laura, dann würde es die Dinge vereinfachen. Ich will dich nicht vernachlässigen, aber ich muß an einem Abend die gesellschaftlichen Verpflichtungen von zwei Jahren nachholen.«

»In Ordnung«, sagte Laura fröhlich. »David wird sich schon gut um mich kümmern.« Sie stellte sich wieder auf die Zehenspitzen und küßte Ian. Leise flüsterte sie ihm dabei zu: »Es wird bald vorbei sein, Duschenka. Versuch, es ein bißchen zu genießen. Du hast viele Freunde, die dich sehr gerne haben.«

Sie sah, daß er sich nur mühsam beherrschte, doch er brachte ein Lächeln zustande. »Du siehst zuviel, Larischka.«

Sie kicherte, als er eine der Koseformen benutzte, die Russen so lieben. Dann betraten sie den Ballsaal, und es blieb keine Zeit mehr für eine private Unterhaltung. Mit seinen funkelnden Lampen und leuchtenden Blumen sagte man diesem Saal nach, er wäre einer der herrlichsten in ganz Nordindien. Die Gesellschaft hatte sich ebenso herausgeputzt, die Damen trugen farbenprächtige Roben, die Herren nicht minder farbenfrohe Uniformen, denn in Cambay waren alle möglichen Regimenter stationiert.

Als Ehrengäste wurden Ian und Laura sofort von Menschen umringt. Eine ganze Weile bildete sich sogar eine Art Schlange, in der die Leute geduldig warteten, bis sie Ian begrüßen konnten und seiner Frau vorgestellt wurden. Gesichter und Namen verschwammen vor Laura, und nur Blanche Baskin machte eine Ausnahme. Sie trug ein so tief ausgeschnittenes Kleid, daß sie selbst in Indien eine Lungenentzündung riskierte. Nachdem sie Lauras Dank für Premula abgewehrt hatte, schwebte sie in Begleitung dreier Herren davon.

Während des Andrangs stand David die ganze Zeit neben Laura und erzählte ihr, was es Wissenswertes über die Leute gab, die sie kennenlernte. Als sie es schließlich überstanden hatte, fragte er: »Hast du Lust zu tanzen? Ein Walzer wird dir im Vergleich geruhsam vorkommen.«

Laura nahm das Angebot ihres Schwagers mit Vergnügen an. »Ich hoffe, ich bekomme die Chance, heute abend auch einmal mit Ian zu tanzen. Wußtest du, daß wir beide das noch nie zusammen getan haben?«

Sie betraten das Parkett. »Das ist der Nachteil, wenn die Zeit der Werbung die Geschwindigkeit einer Orkanbö hat. Jedenfalls bin ich sicher, daß dieses Versäumnis heute abend nachgeholt wird.«

Lauras Talent zum Tanz war so eben ausreichend, aber David erwies sich als exzellenter Tänzer. Als sie über den Tanzboden wirbelten, sah er sie ernst an. »Ich möchte dir danken, Laura.«

»Wofür?« sagte sie verwirrt.

»Daß du Ian geheiratet hast. Als er hier ankam, schien er am Rande eines Nervenzusammenbruchs zu sein. Ich machte mir ziemliche Sorgen um ihn.« Davids gedankenverlorener Blick glitt durch den Raum zu der Stelle, wo sein älterer Bruder inmitten eines Pulks von Personen stand. »Aber jetzt ist er ein anderer Mensch geworden. Ich weiß nun, daß er wieder einigermaßen in Ordnung kommen wird. Und das ist ganz bestimmt nicht zuletzt dein Verdienst.«

»Ein bißchen vielleicht«, stimmte Laura zu. »Aber Ian hat mir genauso gutgetan wie ich ihm. Als wir uns kennenlernten, war mein Stiefvater kurz zuvor gestorben, und ich hatte dringend eine Schulter nötig, an der ich mich ausweinen konnte.«

David lächelte. »Sollte nicht genau das der Sinn der Ehe sein? Daß zwei Menschen einander helfen und sich um den anderen kümmern?«

»Das weiß ich noch nicht«, gestand sie. »Ich bin erst vierzehn Tage verheiratet. Wenn ich mit genug Kompetenz darüber reden kann, lasse ich es dich wissen.«

Der Tanz war vorüber, und David lachte. »Ich sehe mindestens sechs Männer in unsere Richtung kommen, um mit dir zu tanzen. Wir haben nie genug Frauen hier, schon gar nicht so hübsche. Wenn du willst, kannst du dir also problemlos Löcher in die Schuhe tanzen.«

Sie lachte auch und blickte zu ihm auf. »Dann stelle mich bitte zuerst denen vor, die mir wahrscheinlich nicht auf die Zehen treten.«

David tat genau das, worum er gebeten worden war. Als Laura lächelnd mit einem Kavallerie-Captain auf die Tanzfläche trat, wußte sie, daß sie recht gehabt hatte: Sie erlebte einen wundervollen Abend. Sie hoffte nur, daß es Ian genauso gut ging.

Nach einem halben Dutzend Tänze entschuldigte Laura sich, um im Ruheraum der Ladies ein wenig Luft zu schnappen. Das luxuriöse Zimmer hatte einen gewaltigen Spiegel, der ihr zeigte, daß ihr Haar ein wildes und ganz eigenes Leben führte, und daß ihr Kleid noch gewagter war, als sie befürchtet hatte. Es war zu spät, um irgend etwas an dem Ausschnitt zu verändern, aber sie ordnete ihre Frisur und wusch ihr Gesicht mit kaltem Wasser. Nachdem sie sich abgetrocknet hatte, sank sie auf ein Korbsofa und fächelte sich mit einem Spitzenfächer Luft zu. Die Lounge war im Augenblick leer, und sie genoß die Ruhe.

Dann öffnete sich die Tür und ein zierliches blondes Mädchen trat ein. Die junge Frau war mit ihren hellen, goldenen Haaren und ihrem Porzellanteint eine ausgesprochen attraktive Erscheinung, die perfekt dem gängigen Schönheitsideal entsprach.

Sie blieb stehen, legte eine Hand auf die Lehne eines Stuhls, und ihre Nägel schienen sich in das Rattan krallen zu wollen. »Ich bin Mrs. Gerald Phelps«, sagte sie mit schwacher Stimme. »Ich weiß, daß wir einander noch nicht vorgestellt wurden, Lady Falkirk, aber ich muß mit Ihnen sprechen.«

Laura entdeckte, daß die junge Frau schwanger war, und auf ihre Blässe zu schließen, würde sie gleich ohnmächtig werden. Besorgt fragte sie: »Geht es Ihnen nicht gut? Soll ich jemanden rufen?«

Die blonde Frau hockte sich nervös auf die Stuhlkante und begann, in ihrem Täschchen zu wühlen. »Mir geht es gut. Ich muß mit Ihnen reden, weil... weil ich Ihnen etwas zu geben habe.«

»Oje.« Lauras Hände flatterten zu ihren Ohrringen. »Habe ich mich aufgelöst?«

»Das hat nichts mit diesem Abend zu tun. Sie müssen wissen, daß mein Name vor meiner Hochzeit Georgina Whitman war.« Sie sprach den Namen aus, als würde er als Erklärung ausreichen. Dann hatte sie gefunden, was sie suchte, und reichte es Laura.

Laura blinzelte überrascht, als sie in ihrer Hand einen schönen Diamantring sah.

Georgina sprach die nächsten Worte sehr rasch.

»Ich weiß, ich hätte Ian den Ring sofort wiedergeben sollen, aber als ich ihn sah, als er gerade wiedergekommen war, war ich viel zu erschüttert, um daran zu denken. Dann war er auch schon wieder fort, und seit er zurück in Cambay ist, hat sich noch keine Gelegenheit ergeben. Wahrscheinlich hätte ich jemanden bitten sollen, aber es wäre so... so unangenehm gewesen. Schlimmer, als Sie jetzt anzusprechen.« Ihre Finger wanden sich umeinander. »Nachdem man uns mitteilte, daß Ian tot sei, wollte ich David den Ring geben, aber er meinte, Ian hätte gewollt, daß ich ihn behalte. Also tat ich es. Nun hat die Tatsache, daß Ian lebt, alles verändert. Ich muß den Ring zurückgeben.«

Betäubt starrte Laura auf das Schmuckstück, ein großer Diamant, von winzigen Steinen umgeben. Sie hob den Blick zu Georgina. Ian hatte also dieses goldene Wesen heiraten wollen, das aus seiner Welt kam, schöner und reizender war, als Laura es je sein konnte, und sogar noch das Ehrgefühl besaß, um etwas zu tun, was ihm schwerfallen mußte.

Laura hätte es vorgezogen, Georgina zu hassen, aber sie konnte nicht. Mit knappen Worten hatte die junge Frau eine Verlobung, Ians vermeintlichen Tod, eine Ehe und den furchtbaren Schock umrissen, den sie erlitten haben mußte, als er aus dem Grab zurückgekehrt war. Es war nicht gerade überraschend, daß Georgina durcheinander war.

Und offensichtlich setzte sie voraus, daß Laura über die aufgelöste Verlobung Bescheid wußte. Laura hätte sich lieber die Zunge abgebissen, als ihre Unkenntnis zuzugeben. Bemüht, ihre Stimme neutral zu halten, sagte sie also: »Das ist sehr großzügig von Ihnen, Mrs. Phelps, aber wollen Sie den Ring nicht doch behalten? Unter diesen ungewöhnlichen Umständen, wird Ian bestimmt nicht erwarten, daß Sie ihn zurückgeben.«

»Oh, nein, das kann ich doch nicht. Mein Mann…«, Georgina schluckte hart.

»Ians Rückkehr muß Sie ziemlich aufgewühlt haben«, sagte Laura mitfühlend. Sie warf einen Blick auf Georginas Mitte. »Ich hoffe nur, Ihre Gesundheit ist dadurch nicht beeinträchtigt worden?«

Georgina legte eine Hand auf ihren Bauch. »Oh, mein Gesundheitszustand ist gut, zumindest normal für eine Frau in dieser Situation. Das einzige Problem ist… der Schock… Seit Ian wieder zurück ist, haben wir nicht… mein Mann will nicht… Ich weiß nicht, wie…« Sie brach endgültig ab, errötete und blickte zur Seite.

Ja, Ians Rückkehr hatte wahrhaftig Probleme verursacht. Wieder empfand Laura widerstrebend Mitleid mit dem Mädchen. Und sie sehnte sich danach, Ian zu ermorden. Langsam.

Ein Teil von ihr wünschte sich, den Ring aus dem nächsten Fenster zu werfen, aber dazu war er zu wertvoll, also umschloß sie den Ring unwillig mit einer Hand. »Ich bin sicher, alles wird sich mit der Zeit wieder geben, Mrs. Phelps«, sagte sie freundlich. In diesem Augenblick betraten mehrere Frauen die Lounge – zum Glück, denn Laura hätte nicht gewußt, was sie noch hätte sagen sollen. Sie stand auf und verabschiedete sich höflich von Georgina, deren Farbe nun wieder etwas gesünder aussah.

Doch Georginas Seelenfrieden ging zu Lasten Lauras. Als sie zum Ballsaal zurückging, fragte sie sich in brodelndem Zorn, welche Überraschungen ihr Mann noch für sie bereithielt.

Ein helläugiger junger Offizier sprach Ian an. »Sir, glauben Sie, wir werden bald Truppen nach Zentralasien schicken? Wir müssen Buchara und die anderen Khanate sichern, bevor es die Russen tun.«

Ian seufzte. Noch ein hitzköpfiger Vertreter der »Vorwärts«-Politik, die predigte, daß kontinuierliche Ausdehnung nötig war, um die bestehenden britischen Gebiete zu schützen. »Ich habe keine Ahnung, was die Regierung demnächst vorhat, aber da ich in Zentralasien war, kann ich bezeugen, daß die Berge und Wüsten es praktisch unmöglich machen, die Khanate zu erobern. Die Russen haben verschiedene Expeditionen unter besseren Voraussetzungen unternommen, als wir sie schaffen könnten, und jedesmal endete es für sie in einer Katastrophe.«

»Aber da nun Afghanistan unter unserer Kontrolle ist«, fuhr der junge Mann respektvoll, aber unbeirrt fort, »besitzen wir doch einen perfekten Ausgangspunkt, um weiter nach Asien vorzudringen.«

»Afghanistan ist nicht unter britischer Kontrolle«, sagte Ian trocken. »Einen fähigen, beliebten Herrscher wie Dost Mohammed durch eine schwache, verabscheute Marionette von unserer Seite zu ersetzen, war das Dümmste, was die britische Regierung je getan hat. Wenn wir nicht ein paar Regimenter in Kabul stationiert hätten, um ihn zu unterstützen, würde Schah Shuja innerhalb von zwei Wochen vom Thron gestoßen werden. Die Afghanen können unsere Garnison jeden Moment angreifen. Sie mögen die schwere Hand unserer Staatsführung gar nicht, und ich kann es ihnen nicht verübeln.«

Ein Colonel runzelte finster die Stirn. »Für einen britischen Offizier sind solche Worte verdammt nah an Verrat, Lord Falkirk.«

»Ich bin kein Offizier mehr«, gab Ian zurück. »Insofern fühle ich mich nicht verpflichtet, meine Meinung zu verschleiern. Die Briten bewegen sich in Afghanistan auf dünnem Eis und können jeden Moment einbrechen.«

Der junge Offizier meldete sich wieder zu Wort. »Aber es sind doch nur ein Haufen Wilde. Sie können nichts gegen gutausgebildete Soldaten ausrichten.«

»Vielleicht nicht in einer organisierten Schlacht«, stimmte Ian zu. »Aber ich kenne diese ›Wilden‹ ziemlich gut, und sie gehören zu den besten Kriegern der Welt. Nicht nur, daß sie furchtlos sind, sie kämpfen auch auf ihrem eigenen Grund und Boden. Ich möchte sie nicht im Rücken haben, während wir einen Vorstoß auf Buchara oder Schiwa unternehmen.«

Ein unbehagliches Schweigen legte sich über die Gruppe, bis ein Neuankömmling die Stille endlich unterbrach. »Wie ist es Ihnen gelungen, aus Buchara zu fliehen, Lord Falkirk? Ist es wahr, daß Ihre kleine Schwester Sie mit zwei Kamelen voll Gold ausgelöst hat?«

Ian hatte die Geschichte seiner Flucht schon oft erzählt, aber wenigstens hatte sie keine politischen Aspekte. Als er die Fakten zum x-ten Mal wiederholte, dachte er, wie erstaunlich es war, daß er nach zwei Stunden in einem Kreuzfeuer aus Fragen und Kommentaren immer noch freundlich und zusammenhängend reden konnte. Zum Glück waren auch alte Freunde anwesend, über die er sich wirklich freute, und so war der Abend nicht ganz so anstrengend, wie er befürchtet hatte.

Wirklich anstrengend dagegen war, Lauras Triumph gelassen zu beobachten, denn jeder Mann auf dem Ball schien verzaubert von ihrer Erscheinung. Als Ian sie beim ersten Tanz mit David beobachtet hatte, empfand er einen heftigen Ärger, und zum ersten Mal in zwei Jahrzehnten hätte Ian seinen jüngeren Bruder am liebsten erwürgt. David schien fast verliebt in Laura, und im Gegensatz zu Ian war er gesund.

Doch selbst bei dieser unvernünftigen Reaktion wußte Ian noch, daß er seinem Bruder absolut vertrauen konnte, aber das konnte er von den andern nicht behaupten. Offenbar wollte jeder Offizier in Cambay mit Laura tanzen, und sie wehrte niemanden ab. Lachend und Champagner trinkend war seine Frau eine bezaubernde Verführerin. Sie besaß die Art von sinnlicher Ausstrahlung, die die Männer anzog wie ein Topf Marmelade die Bienen.

Obwohl er sich nie für eifersüchtig gehalten hatte, wuchs seine Verärgerung mit jedem Blick, den er von seiner Frau erhaschte. Er hatte sich niemals von Georginas Flirten aus der Ruhe bringen lassen, aber damals war er auch noch gesund und seiner Fähigkeit sicher gewesen, seine zukünftige Frau befriedigen zu können. Nun machte ihn die offene Bewunderung der anderen Männer für Laura unglaublich wütend.

Während die Stunden verstrichen, glitt Ians finsterer Blick immer wieder zu seiner Frau. Er wollte sie von ihren Verehrern wegzerren und ihr eine Lektion in Sinnlichkeit verpassen, um die ihr erwachender Körper wortlos bat. Er wußte, daß er sie befriedigen konnte, denn schließlich waren Hände und Zunge und sein Wissen, was Frauen mochten, noch durchaus intakt. Doch er fürchtete sich davor, denn dieses eingeschränkte Liebesspiel konnte durchaus in einer Katastrophe enden. Wenn Laura einmal die verbotene Frucht der Leidenschaft gekostet hatte, würde sie vielleicht einen Appetit entwickeln, der sie in das Bett eines anderen führte, der ihr auch noch den Rest zeigte.

Ians Selbstkontrolle brach endlich ganz zusammen, als er entdeckte, daß seine Frau den Ballsaal verlassen hatte. Fast sicher, daß Laura mit einem ihrer Bewunderer in die laue Nachtluft verschwunden war, löste sich Ian von der Gruppe, die ihn umgab. »Entschuldigen Sie mich, aber ich würde gerne mit meiner Frau tanzen, bevor der Abend vorbei ist.«

Er bahnte sich seinen Weg zu den Türen, die zur Veranda führten. Er ging gerade an einem kleinen Pulk Kavallerie-Offiziere vorbei, als einer sagte: »In ein Kaff wie Baipur zu reiten und das aufregendste Mädchen in Indien zu finden, passiert nur Ian Cameron.«

Ian fuhr herum. »Was soll das heißen?« fragte er drohend.

Die jungen Offiziere sahen ihn verdutzt und unsicher an. Zwei waren ihm bekannt, die anderen nicht. Endlich sagte einer: »Es war als Kompliment gemeint, Sir. Reizendes Mädchen. So anmutig. Eine echte Lady.«

Ein anderer stimmte ein. »Wir beneiden Sie einfach.«

Nun, das war schon höflicher. Plötzlich erkannte Ian, daß er kurz davor stand, einen kompletten Narren aus sich zu machen, und so nickte er kurz und machte sich wieder auf die Suche nach seiner Frau. Als er die Menge absuchte, entdeckte er, daß sie am Rand der Tanzfläche stand.

Bevor sie den nächsten sie anbetenden Dummkopf mit einem Tanz beglücken konnte, drängte sich Ian zu ihr durch. Bitter bemerkte er, wie die blaue Seide sich um ihre sanften Rundungen schmiegte und jeden Atemzug zu einer Provokation machte. »Sollen wir ein wenig frische Luft schnappen, Madame?« sagte er und griff nach ihrem Arm. »Die Gärten sind sehr schön, und es gibt sogar einen kleinen See.«

Sie blickte zu ihm auf, und ihre Topasaugen waren schmal und funkelten. »Eine wunderbare Idee.«

Die Leute ignorierend, die mit ihm reden wollten, führte Ian sie hinaus und auf einen der Pfade, die durch das saftige Grün führten. Während sie sich von den fröhlichen Klängen und dem Stimmengewirr entfernten, sagte er mit leiser Stimme: »Du scheinst dich ja großartig zu amüsieren.«

»Ist das nicht der Sinn eines Balls?« Aus seiner angespannten Miene schloß Laura, daß er einen schwierigen Abend verbracht hatte. Wahrscheinlich war es nicht klug, über Georgina zu reden, aber ihr Ärger war stärker als ihr Mitgefühl. Also begann sie mit ätzender Stimme: »Ich habe mich sogar bestens amüsiert – bis vor ein paar Minuten.«

Bevor sie das Thema vertiefen konnte, unterbrach er sie barsch. »Wie schade, daß du die Gesellschaft deines Mannes ertragen mußt, wo doch so viele amüsante Männer anwesend sind, aber ich konnte deiner vulgären Zurschaustellung nicht eine Sekunde länger zusehen.«

»Wie bitte?« Sie war so verdattert, daß sie ihren Zorn vergaß. »Was zum Teufel redest du da?«

»Ich will sagen, daß ich überrascht und nicht entzückt bin, daß meine bescheidene Braut ein Talent besitzt, sich wie ein Flittchen zu benehmen«, sagte er zähneknirschend. »Du flirtest und tanzt mit jedem Mann aus dem Regiment. Oh, du tanzt ja nicht nur – du bietest dich ja förmlich auf einem Tablett an!«

Nach einem Moment der Sprachlosigkeit faßte Laura sich wieder. »Ich habe mit deinen Freunden unter den Augen von ganz Cambay getanzt«, erwiderte sie. »Wenn das die Art eines Flittchens ist, bekenne ich mich schuldig. Ich dachte immer, Männer mögen es, wenn ihre Frauen Komplimente bekommen. Hättest du es lieber gehabt, daß ich einen Sack anziehe und jeden unhöflich abweise?«

Ruppig stieß er einen Ast duftender Blüten zur Seite, der über den Weg ragte. »Lieber einen Sack als ein Kleid, das dich kaum bedeckt und jeden Moment von dir fallen kann.«

Empört rief sie: »Die Hälfte der Frauen trägt Kleider, die tiefer ausgeschnitten sind!«

»Aber keine davon hat deine Figur!« fauchte er.

Sie blickte ungläubig an sich herunter. »Der Körper ist mir von Gott gegeben, und ich sehe wirklich nichts Ungewöhnliches daran.«

»Du hast die Figur einer erotischen Frauenskulptur in einem Hindutempel, und so, wie du sie bewegst, kann kein Mann umhin, das zu bemerken.« Sie hatten den kleinen See erreicht, und Ian zerrte sie fast zu dem Pfad, der am Ufer entlangführte. »Bist du zum ersten Mal im Garten? Mir kam es vor, als ob jeder Mann auf dem Ball sein Bestes gegeben hat, um dich ins Gebüsch zu kriegen, und bestimmt waren ein oder zwei erfolgreich.«

»Was soll das heißen?« sagte sie mit tödlich ruhiger Stimme.

»Das bedeutet«, sagte er barsch, »daß ich mich frage, wie weit du mich gedemütigt hast.«

»Wie kannst du es wagen, so mit mir zu reden?« Laura versuchte, sich von ihm loszumachen, aber er hielt sie fest. »*Ich* habe mich absolut anständig benommen, aber seit wir in Cambay angekommen sind, habe ich mehr über deine bewegte Vergangenheit erfahren, als ich je wissen wollte.«

»Willst du das Thema wechseln?« knurrte er wütend. »Die klassische Art, von eigenen Schwächen abzulenken.«

Laura konnte sich endlich seinem Griff entziehen, und sie war so wütend, daß es ihr angst machte. Eine ferne Stimme der Vernunft warnte sie, sie sollte Ian stehenlassen, bevor einer von ihnen etwas Unverzeihliches sagte, doch er stand zwischen ihr und dem Club. Sie wirbelte herum und ging steif bis zum Ende des Stegs, der in den See hineinragte. Ihre Fäuste waren geballt.

Ian folgte ihr und zog sie an einem Arm herum. »Hast du nichts zu deiner Verteidigung zu sagen?«

»O doch!« Sie hob die rechte Hand, und der Diamantring blitzte im Mondlicht auf. »Erkennen Sie ihn wieder, Lord Falkirk? Ihre frühere Verlobte hat ihn mir eben gegeben.«

Als Ian entsetzt auf den Ring starrte, sagte sie mit tödlicher Präzision: »Ich habe jetzt deine frühere Geliebte, deine frühere Verlobte und ein *echtes* Flittchen kennengelernt, das sein Bedauern darüber ausdrückte, daß es dich nie ins Bett bekommen hat. Obwohl man eher darauf schließen kann, daß die Dame erfolgreich war, aber meine Gefühle nicht verletzen wollte.« Als er nicht antwortete, setzte sie beißend hinzu: »Wenn du einen Harem willst, hättest du in Buchara Moslem werden sollen.«

Ein Ausdruck unaussprechlicher Pein durchzuckte sein Gesicht, und sein Griff wurde so fest, daß er schmerzte. Für einen schrecklichen Augenblick dachte sie, er wollte sie schlagen, aber er beherrschte sich.

»Das ist alles Vergangenheit«, sagte er mit bebender Stimme. »Dein Verhalten aber bezieht sich auf die Gegenwart. Ich dachte, ich hätte eine Lady geheiratet.«

»Ich bin keine Lady – ich bin ein russisches Flittchen, schon vergessen?« Sie schlug seine Hand von ihrem Arm. »Ich habe mich auch geirrt. *Ich* dachte, mein Mann sei ein vernünftiger Mensch. Lieber Gott, es war ein Fehler, dich zu heiraten!«

Ihre Worte trafen ihn mit der Schärfe eines Dolches. Ein erstickendes Schweigen senkte sich über sie, dann sagte Ian mühsam: »Du weißt, du kannst die Ehe annullieren.«

Entsetzt stellte Laura fest, wie nah am Abgrund sie standen. Ja, sie konnte eine Annullierung bewirken, wenn sie öffentlich machte, was Ian zu verschweigen sie gebeten hatte – aber sie wußte, sie konnte ihm das niemals antun. Niemals. »So leicht wirst du mich nicht los«, fauchte sie. »Ich will keine Annullierung. Ich will dich umbringen, und das ist etwas ganz anderes.«

Und in einem plötzlichen Impuls, über den sie nicht nachdachte, hob Laura die Hände, legte sie auf Ians breite Brust und stieß ihn vom Steg in den See.

Kapitel 15

Lauras Stoß kam so überraschend, daß Ian mit einem lauten Platschen rückwärts ins Wasser fiel. Als er unter der Oberfläche verschwand, klärte das kühle Wasser seinen Kopf, wie nichts anderes es geschafft hätte. Himmel, wie hatte er seiner Frau solche Dinge an den Kopf werfen können?

Das Wasser war erstaunlich tief. Hinabgezogen durch Wasserpflanzen und dem Gewicht seiner Uniform und der Stiefel, brauchte er eine Weile, um sich wieder an die Oberfläche zu strampeln. Nach Atem ringend kam er wieder an die Luft. Laura kniete auf dem Steg, achtete nicht auf ihr Kleid und starrte ängstlich ins Wasser. »Ian, ist alles in Ordnung?«

»Ja, vielen Dank«, sagte er, während er auf sie zu ruderte. »Manchmal ist kaltes Wasser die einzige Möglichkeit, einen hitzköpfigen Schotten in die Schranken zu weisen.«

Sie sah, daß ihm nichts passiert war, und setzte sich erleichtert auf die Fersen zurück. »Das wird dich lehren, eine Russin zu beleidigen, Kumpel«, sagte sie mit düsterer Miene. »Wir vergeben und vergessen nie!«

Mit ihren schrägen Augen und der schnurrenden Stimme ähnelte Laura so sehr einer Katze, daß er fast schon einen peitschenden Schwanz zu sehen erwartete. Er begann zu lachen, und dieses Lachen kam aus tiefster Seele, aus einem verborgenen Ort, den er längst für immer verschlossen gehalten hatte. »Verdammt, du bist eine gefährliche kleine Hexe«, keuchte er schließlich. »Vielleicht war es ein Fehler, dir beizubringen, wie man mit einem Gewehr umgeht!«

»Ich kann nicht glauben, daß ich dich wirklich reingestoßen habe«, sagte sie peinlich berührt. »So etwas habe ich noch niemals getan. Aber du hast mich so wütend gemacht!«

»Ich war selbst ziemlich wütend, und wahrscheinlich hast du noch mehr Beherrschung bewahrt als ich.« Er streckte ihr eine Hand entgegen, und sie ergriff sie instinktiv, weil sie dachte, sie sollte ihm aus dem Wasser heraushelfen. Statt dessen aber zog Ian kräftig an ihrem Handgelenk, und sie stürzte kopfüber in den See.

Lauras kurzes, erschrecktes Aufkreischen wurde abgeschnitten, als sie ins Wasser eintauchte. Für einen scheußlichen Augenblick versank sie unter die Oberfläche, spürte das einengende Korsett und die klatschnassen Unterröcke, die sie hinabzogen, und begann verzweifelt um sich zu treten.

Doch bevor sie wirklich in Panik geraten konnte, packte ein starker Arm sie und zog sie nach oben, bis ihr Kopf aus dem Wasser auftauchte. Sie schlang ihre Glieder um Ian, zu dankbar für seine Hilfe, um ihn für die Hinterhältigkeit auszuschimpfen. Als sie das Wasser ausgehustet hatte, sagte sie: »Du Schuft! Ich kann nicht schwimmen.«

»Das wird dich lehren, deinen Gatten ins Wasser zu stoßen«, meinte er. »Das war ein schwerer Angriff auf meine Adelswürde.«

Nun begann Laura zu lachen, was Ian erneut ansteckte. Sie klammerten sich aneinander, bebten vor Lachen, und Laura empfand eine Wärme, die durch ihren ganzen Körper rann. Es tat so gut, ihn lachen zu hören. Sie sah ihm ins Gesicht und entdeckte, daß er gut zehn Jahre jünger aussah und so attraktiv, daß ihr Herz sich zusammenzog. So war er einmal gewesen, und mit Gottes Wille würde er auch wieder so werden.

Als sie sich beruhigt hatten, sagte Ian: »Schwimmen ist das andere, was ich dir beibringen muß, denn wir werden in einer Bucht leben.« Er hielt sich mit einer Hand am Steg fest, während der andere Arm Laura sicher über Wasser hielt. »Es tut mir leid, was ich für gemeine Sachen gesagt habe, Laura. Ich war in der Vergangenheit noch nie eifersüchtig, aber als ich dich mit so vielen anderen Männern sah, die dich begehrten und dir geben könnten, was ich nicht kann...« Seine Stimme, nun nicht mehr amüsiert, verebbte.

»Ich weiß wirklich nicht, warum Männer immer meinen, Sex wäre das Allerwichtigste«, sagte sie verärgert. »Vertrau mir, Ian – ich weiß, was ich will. Ich habe es dir bereits gesagt, und ich sage es noch mal: Ich will keine körperliche Leidenschaft.« Ihr fiel ein, was er eben über ihre Koketterie gesagt hatte, und fuhr fort: »Ich habe immer schon spüren können, wenn Männer mich begehrten – sie strahlen etwas aus, das sich wie die Hitze eines Feuers bemerkbar macht. Ich habe früh gelernt, Abstand zu wahren, so daß man mein Verhalten nicht mißdeuten kann. Wenn es heute abend anders gewirkt hat, dann deshalb, weil ich zum ersten Mal keine Sorgen haben mußte, daß es unerwünschte Folgen haben würde. Als deine Frau fühlte ich mich sicher.«

Sie spürte, wie er zusammenzuckte. »Vor allen, bis auf mich«, murmelte er. »Himmel, ich beleidige dich, und du sagst so etwas und beschämst mich zutiefst. Wenn du mich bestrafen wolltest, dann ist es dir voll und ganz gelungen.«

»Ich will dich nicht bestrafen – ich will nur, daß du mir in Zukunft vertraust.« Sie sah ihn ernst an. »Ich schwöre bei Gott, daß ich dich niemals betrügen werde, Ian. Ist es nicht genau das, was eine Ehe ausmacht? Ich werde mein Eheversprechen nicht für zweifelhafte Vergnügen brechen. Nicht heute, und überhaupt niemals.«

»Danke«, antwortete er ruhig. Er küßte sie auf die Stirn. »Es tut mir leid, daß du ausgerechnet die einzigen zwei Frauen in ganz Indien getroffen hast, die mir etwas bedeutet haben. Ich würde meine Vergangenheit nicht gerade als lustbetont bezeichnen, und was Blanche Baskin sagt, betrifft mich nicht. Aber ich denke, ich hätte dir von Georgina erzählen sollen. Aber irgendwie schien nie die richtige Zeit für den Satz zu sein: ›Ach übrigens, ich war mal mit einer anderen verlobt, aber das ist nun Vergangenheit‹...«

»Ist es das wirklich, Ian?« fragte sie sanft. »Ja, Georgina ist mit jemand anderem verheiratet, aber das heißt nicht zwangsläufig, daß du sie nicht mehr liebst. Sie ist viel hübscher als ich und ziemlich bewundernswert. Bis vor zwei Wochen hast du noch geglaubt, du würdest sie heiraten.«

»Der Mann, der Georgina Whitman liebte, ist in Buchara gestorben«, sagte er mühsam. »Und vielleicht ist seine Fähigkeit, zu lieben, direkt mit ihm untergegangen.«

Im Wissen, daß sein Verlust auch der ihre war, vergrub Laura bedrückt ihr Gesicht in seine Halsbeuge, wo sie den Puls unter seiner feuchten Haut spürte. »Hast du Georgina nicht mehr geliebt, als du nach Cambay zurückkamst?«

Der Druck seines Armes wurde stärker. »Während ich im Schwarzen Brunnen saß, klammerte ich mich in meinen Gedanken an Georgina, als wäre sie ein Talisman. Ich hoffte, daß ihr Anblick alles, was in meinem Leben zerbrochen war, wieder zusammenfügen würde. Und so kann ich nicht leugnen, daß es ein höllischer Schock für mich war, zu erfahren, daß sie einen meiner besten Freunde zum Mann genommen hat.«

Er seufzte bebend. »Aber als ich Georgina schließlich sah, gab es keine magische Heilung für mich. Selbst wenn sie noch niemandes Ehefrau gewesen wäre, hätte ich sie nicht mehr heiraten können. Sie jedoch hätte sich wahrscheinlich verpflichtet gefühlt, die Verlobung aufrechtzuerhalten. Es wäre eine unmögliche Situation gewesen – und jetzt haben sich die Dinge weit besser entwickelt. Gerry hat Georgina schon immer geliebt, und sie passen gut zueinander.«

Er küßte Laura wieder, diesmal auf die Lippen. »Und du bist tatsächlich der einzige Verlierer, weil du mich wider besseren Wissens geheiratet hast.«

»Das fällt mir aber immer nur ein, wenn ich wütend bin.« Sie lachte ihn reumütig an. »Ich kann immer noch nicht glauben, daß ich dich in den See geschubst habe. Ich fürchte, Larissa Alexandrowna hat kurzfristig mein Denken übernommen.«

»Hoffentlich tut sie das nicht allzu oft«, meinte er grinsend. »Das Wasser in Schottland ist viel kälter.«

Laura trat müßig mit ihren Füßen im Wasser herum und genoß die unvertraute Leichtigkeit und die Art, wie ihre beiden Körper sich so nah beieinander bewegten. »Ist dir eigentlich aufgefallen, daß wir uns in einem See befinden, während ein Ball dir zu Ehren ohne dich stattfindet?«

»Ich glaube, du hast tatsächlich recht«, sagte er verwundert. »Obwohl inzwischen der Ehrengast nicht mehr besonders wichtig ist. Mittlerweile haben die Leute durchaus allein ihren Spaß.«

Er verschob seinen Arm von ihrer Taille unter ihre

Arme, und Laura holte scharf Luft, als seine Hand eine Brust berührte und dumpfe Begierde in ihr weckte. Ian bemerkte nichts davon, sondern stieß sich vom Steg ab und schwamm langsam auf das Ufer zu, wobei er Lauras Kopf mühelos über Wasser hielt. Sie entspannte sich und genoß das Gefühl seiner starken Muskeln an ihrem Körper.

Ein paar Züge brachten sie ins flache Wasser, so daß sie stehen konnten. Ian hob Laura auf die Arme und trug sie ans Ufer, wo er seine triefende Frau absetzte. Sie überprüfte rasch ihren Schmuck und war froh, daß noch alles da war. Abgesehen davon bot sie allerdings einen jämmerlichen Anblick. Ihre durchnäßten Röcke schienen eine Tonne zu wiegen, und Schuhe und Fächer waren fort – wahrscheinlich lagen sie auf dem Grund des Sees.

Ian, praktisch veranlagt wie immer, hob eine Lage Röcke an und wrang sie kraftvoll aus. Dann nahm er die nächste Lage und arbeitete sich dann langsam um sie herum. Immer wenn er sie dabei berührte, hatte seine Hilfestellung einen unerwarteten Nebeneffekt. Seine Finger an ihrem Hinterteil, als er die schwere Seide packte – sein Handballen, der über ihre Schenkel strich, als er den zusammengedrückten Stoff glättete – sein Handgelenk an ihrer Kniekehle: jeder Kontakt mit ihm schürte das schwelende Feuer, das Laura schon im See gespürt hatte. Atemlos und still wie eine Statue stand sie da, während wachsende Flammen durch ihren Körper pulsierten.

Sie empfand nur Verwirrung, als Ian fertig war und begann, seinen scharlachroten Rock auszuwringen. Was zum Teufel geschah mit ihr? Erst Zorn, dann Feuer. Während sie mit steifen Fingern durch das Durcheinander in ihrem Haar fuhr, um die schlimmsten Knoten aufzulösen, gab sie Larissa im Geist einen scharfen Befehl, zu verschwinden, und Laura alleinzulassen.

Als sie ihre Selbstbeherrschung einigermaßen wiedererlangt hatte, nahm sie den Verlobungsring von ihrer Hand und reichte ihn ihrem Mann. »Hier, er gehört dir. Und *wage* es nicht, zu fragen, ob ich ihn haben will.«

Er grinste ein wenig schief. »Das wäre nicht besonders taktvoll, nicht wahr?«

Er steckte den Ring in eine Tasche. Zögernd sagte Laura: »Vielleicht solltest du Georgina sagen, was du mir heute abend erzählt hast – daß du es für besser hältst, daß ihr beide nicht geheiratet habt. Ihr geht es hundeelend. Ich glaube, deine Rückkehr von den Toten hat einen Keil zwischen sie und ihren Mann getrieben, der bestimmt nur schwer wieder zu entfernen ist. Es wird ihr sicher helfen, wenn sie sich weniger schuldig fühlt. Es sei denn, du möchtest, daß die beiden weiter leiden.«

Ians Schweigen ließ sie befürchten, daß sie zu weit gegangen war, doch endlich sagte er: »Nein, das will ich nicht. Ich war zu sehr mit mir selbst beschäftigt, daran zu denken, daß auch Georginas Ehe in Mitleidenschaft gezogen sein könnte. Ich gehe morgen zu ihr und sehe, ob ich etwas tun kann, um den Schaden etwas abzumildern.«

»Das ist sehr ehrenhaft von dir.«

Sein Mund verzog sich kurz und bitter. »Nicht ehrenhaft, nur die Illusion davon.« Dann glättete sich seine Miene, und er legte Laura den Arm um die Schulter. Während sie tropfend und durchweicht auf den Club zugingen, sagte er: »Ich möchte nicht unbedingt eine Wasserlache im Ballsaal hinterlassen. Laß uns um den Club herumschleichen und einen Diener finden, der uns eine Kutsche ruft und David Bescheid gibt, daß wir gegangen sind.«

Während sie über eine mondbeschienene Rasenfläche gingen, die von blühenden Büschen umgeben war, warf Laura einen Blick zum Ballsaal hinüber. Die hellen Klänge eines Walzers tanzten durch die Luft und verbanden sich mit dem schweren Duft der Blumen. »Ich habe noch nie mit dir getanzt«, sagte sie sehnsüchtig. »Jetzt muß ich wohl warten, bis wir in Schottland sind.«

Ian blickte auf sie hinab und lachte dann leise. »Nicht nötig.« Er trat einen Schritt zurück und verbeugte sich tief. »Lady Falkirk, würden Sie mir diesen Tanz gewähren?«

Nach einem kurzen Moment der Überraschung begann sie langsam zu lächeln und bot ihm ihre Hand. »Oh, sehr gerne, Mylord.«

Er zog sie in die Arme, und sie begannen sich langsam im Walzertakt zu drehen. Obwohl Ian seit seiner Zeit in Buchara nicht mehr getanzt haben konnte, bewegte er sich mit der Sicherheit und der Anmut eines geborenen Athleten. Laura ließ den Kopf zurücksinken und gab sich ganz der Musik hin, wie sie es bei keinem anderen an diesem Abend getan hatte. Sie genoß seinen starken Arm um ihre Taille, seine Finger zwischen den ihren, das Wissen, daß ihre Körper nur wenige Zentimeter voneinander entfernt waren. Mochte die Zukunft noch tausend Tänze bringen, sie wußte, sie würde den Zauber ihres ersten gemeinsamen Walzers nicht vergessen, den sie unter dem hellen Mond und im weichen Gras unter ihren bestrumpften Füßen tanzten.

Als die Musik verstummte, sagte Ian weich: »Ich

habe dir gesagt, wie meine Gefühle zu Georgina beschaffen sind, nicht aber, was ich für dich empfinde. Du bedeutest mir sehr viel, Laura, und du paßt viel besser zu mir als Georgina. Es ist eine Schande, daß ausgerechnet du die angeschlagene, geflickte Version von mir bekommen mußt, die weit weniger nützlich und amüsant ist als die alte.«

Sie lächelte verträumt. »Mir tut es gar nicht so leid. Wenn du nicht angeschlagen wärest, hätten wir nie geheiratet.«

Er erwiderte das Lächeln und beugte den Kopf, um sie zu küssen. Obwohl seine Worte nichts von Liebe verraten hatten, sagte ihr seine Umarmung weit mehr. Vielleicht war es die Wiederentdeckung des Lachens, die seiner Art zu küssen eine neue Dimension verlieh. Laura schloß die Augen und gab sich der herrlichen Wärme hin, die sich in ihr ausbreitete. Sie schlang die Arme fester um ihn und drückte sich an ihn.

Sie wollte nicht daran denken, daß er sie loslassen würde. Als er es tat, öffnete sie die Augen und sah, daß er sie mit einem rätselhaften Blick anstarrte. Das warme Glühen in ihr erstarb. Irgend etwas war anders zwischen ihnen geworden, und sie wußte noch nicht, was es war.

Bevor sie sich weiter in Grübeleien ergehen konnte, unterbrach Davids vertraute Stimme die intensive Stille. »Da seid ihr ja – ich fragte mich schon langsam, ob ein Leopard euch erwischt hat.« Er pfiff erstaunt, als er nah genug herangekommen war, um sie deutlich zu sehen. »Mann, ihr zwei seht ja aus wie ertränkte Katzen. Ich weiß ja, daß du wie ein Otter immer magisch vom Wasser angezogen wirst, Ian, aber während eines Balles?«

Ian lachte und ließ Laura los. »Wir hatten keine Probleme mit einem Leopard, sondern mit einem Krokodil. Nach einem wilden Unterwasserkampf haben wir es besiegt.«

Beim Klang des Lachens erhellte sich Davids Miene. Doch er sagte nichts, sondern musterte Laura nur noch intensiver. »Deine Frau sieht auch ganz und gar nicht wie die Kätzchen aus, die ich kenne.«

»Wenn du nicht aufhörst, meine Frau anzuglotzen«, sagte Ian vergnügt, »dann brech' ich dir den Arm.«

Laura sah mit schlechtem Gewissen an sich hinunter. Wenn ihr Kleid vorher gewagt gewesen war, dann sah es nun durch und durch unanständig aus.

David lachte. »Ich glaube nicht, daß du das schaffst. Ich bin ein bißchen gewachsen, seit du es das letzte Mal versucht hast. Aber wir brauchen es gar nicht erst auszuprobieren.« Er zog seine rote Jacke aus. »Leg das lieber um, Laura. Sonst holst du dir eine Erkältung.«

Während Ian ihr dabei half, fuhr David mit amüsierter Stimme fort: »Ich glaube, wir können sicher behaupten, daß jeder normale Mann Laura anstarren *muß*. In ihrem derzeitigen Nixengewand würde selbst ein Hindu-*Sadhu,* der allem Körperlichen abgeschworen hat, Notiz von ihr nehmen.«

David hatte sich beiläufig auf ›normale‹ Männer bezogen – und Laura spürte das Zögern in Ians Bewegung, als er die Jacke um ihre Schultern drapierte. Doch er sagte nur: »Bitte sag dem Colonel und seiner Frau meinen Dank und erkläre ihnen, warum ich es nicht persönlich tun kann. Es war ein denkwürdiger Abend.«

Und dies war, so entschied Laura, als sie sich auf ihren Weg um den Club herum machten, eine Untertreibung.

Viel später in der Nacht lag Laura wohlig und gemütlich an Ian gekuschelt und war fast eingeschlafen, als ihr eine beängstigende Erkenntnis durch den Kopf schoß, die sie schlagartig wieder wach werden ließ. Bis kurz zuvor war sie so von den Ereignissen des Abends in Anspruch genommen gewesen – erst gesellschaftlicher Umgang, Wut, dann Lachen und Tanzen –, daß sie die Gefahren, die ihr Benehmen heraufbeschwor, nicht richtig begriffen hatte.

Und nun wurde ihr schockierend deutlich klar, daß sie, die sie stets Ruhe und Beherrschung kultivierte, sich Zorn und Eifersucht hingegeben hatte. Obwohl sie Ian mit ihrem Stoß ins Wasser nicht gefährdet hatte, war sie nur um Haaresbreite von unkontrollierter Gewalt entfernt gewesen. Was geschah denn nur mit ihr? Sie hatte geglaubt, daß die Abstinenz von körperlicher Liebe sie vor den tödlichen Exzessen, die in ihrem Wesen verborgen waren, beschützen würde. Doch nun hatte sie bereits zweimal die Kontrolle verloren: das erste Mal, als Ian sie zu den Schießübungen genötigt hatte, das zweite Mal an diesem Abend. Offenbar war die Leidenschaft des Herzens genauso unberechenbar und gefährlich wie die des Fleisches.

Sie schlang einen Arm um ihren Mann. Sie sah nur zwei Möglichkeiten: Entweder sie lernte, sich zu beherrschen, oder sie mußte um ihrer beider willen Ian verlassen. Und das war keine echte Alternative, denn schon jetzt konnte sie sich kein Leben mehr ohne ihn vorstellen.

2. Mai. Ein wirklich bedeutender Tag. Ich habe die Sonne gesehen und wie ein Maulwurf im Tageslicht geblinzelt. Ian und ich wurden aus dem Schwarzen Brunnen geholt und dann getrennt. Mich brachte man zum Büro des Gefängnisvorstehers, wo ein Kammerherr und zwei Mullahs warteten. Sie versprachen mir königliche Gunst, eine Stellung als militärischer Berater und eine junge Frau, die ›schön wie ein Reh‹ sein würde. Alles was ich dafür tun mußte, war, ein Geständnis abzulegen, daß ich für den Zar spionierte, zum Islam zu konvertieren und Emir Nasrullah ewige Treue zu schwören. Der Übertritt zum Islam wäre eine Sache von Minuten gewesen. Ich hätte nur zu sagen brauchen: ›Ich bezeuge, daß es keinen Gott außer dem einen gibt; ich bezeuge, daß Mohammed der Gesandte Gottes ist‹, dann wäre ich frei gewesen. Ganz zu schweigen von der Vorstellung, heiß zu baden und vernünftig zu essen.

Ich will nicht so tun, als hätte ich es nicht überlegt. Bis vor kurzem hätte ich das Angebot angenommen, weil ich auf spätere Rettung gehofft hätte, und gedacht, daß die Religion, der man angehört, nicht wichtig ist. Doch es *ist* wichtig, wenn nicht für Gott, dann für mich. Ich sterbe, und ich weiß, daß alle Menschen sterben müssen, doch in meinem Fall ist es eine Sache von Wochen oder Monaten, nicht von Jahren.

Und wenn die Zeit kommt, möchte ich mir sagen können, daß ich den Glauben, in dem ich aufgewachsen bin, nicht verleugnet habe, daß ich die Kirche meiner Ahnen und Vorväter, für die sie bluten und sterben mußten, nicht verraten habe. Ich möchte in einen orthodoxen Himmel mit vergoldeten Zwiebeltürmen, mit Samowaren und Weihrauch kommen, nicht in ein moslemisches Paradies mit Huris, die ihre Jungfräulichkeit jede Nacht wiedererlangen. Was sie daran finden, habe ich ohnehin nie verstanden – Jungfrauen nehmen alles immer so ernst. Lieber habe ich eine Frau, die weiß, was sie tut. Nicht, daß ich in meinem momentanen Zustand damit etwas anfangen könnte, aber ich hätte überhaupt nichts gegen eine hübsche Frau auf meinem Schoß, der ich das Knie tätscheln könnte, während ich von besseren Zeiten träume.

Wie der Himmel wohl sein mag, wenn es ihn denn gibt? Ich stelle ihn mir gerne wie eine große Stadt vor, in der es verschiedene Viertel für die verschiedenen Glaubensrichtungen gibt, die aber alle schnell erreichbar sind. Auch wenn mich der islamische Himmel nicht reizt, wäre es doch schön, ab und zu meine moslemischen Freunde zu besuchen und ein oder zwei Pfeifchen zu rauchen. Ich nehme an, der Himmel der Römischen Kirche liegt direkt neben der des Ostens, so daß man an den wichtigen Feiertagen nette, ausgelassene Feste zusammen feiern kann. Die Lutheraner werden wohl ihr eigenes Viertel haben – ein kalter, tugendsamer Ort, denke ich, aber auf jeden Fall einen Besuch wert, wenn auch nur, um ihr Bier zu trinken.

Allerdings wäre der Himmel eine Glücksache, bei allem, was ich in meinem Leben getan habe, und das Schlimmste könnte noch nach meinem Tod geschehen. Mein kluger, bösartiger Plan kann Tausende vernichten – und zwar Unschuldige. Es bedarf nur eines Funkens, um ein Feuer zu entfachen, das über ganz Indien toben wird. Und nur, um die Herrschaft eines Reiches gegen die eines anderen auszutauschen! Ich wünschte bei Gott, ich könnte ungeschehen machen, was ich tat, aber es ist unmöglich, selbst wenn ich nicht hier lebendig begraben wäre. Ich hoffe inständig, daß die verfluchte Intrige niemals Früchte tragen wird.

Ja, ich verdiene es, in der Hölle zu schmoren. Wenigstens sehe ich dort wahrscheinlich mehr von meinen Freunden als im Himmel wieder.

Stirnrunzelnd starrte Laura ihre Kopie an. Da war wieder dieser Hinweis auf das Feuer, das Indien vernichten konnte. Sie mußte unbedingt mit Ian darüber sprechen – vielleicht hatte Pjotr ja etwas über diesen ›klugen, scheußlichen Plan‹ gesagt. Sie konnte sich nur schwer vorstellen, was er getan haben mochte, um eine solche Katastrophe auslösen zu können. Wahrscheinlich übertrieb er die Wichtigkeit seiner damaligen Arbeit nur ein wenig.

Seufzend massierte sie ihre Finger. Je mehr sie von dem Tagebuch las, desto mehr bereute sie, daß sie ihren Onkel nicht besser gekannt hatte. Hätte er wohl seine Idee vom Paradies mit ihr diskutiert, wenn sie erwachsen gewesen wäre? Oder hätte er solche Gedanken für sich behalten? Sie würde es niemals wissen.

Sie und Ian hatten beschlossen, den Tag nach dem Ball noch zu bleiben, um sich auszuruhen und sich um die restlichen Dinge zu kümmern, die noch zu erledigen waren. Nach dem Frühstück – bei dem Ian nicht nur eine bemerkenswerte Portion gegessen, sondern auch noch nach einer zweiten gefragt hatte – waren sie beide getrennte Wege gegangen. Laura hatte sich von den meisten älteren Damen verabschiedet, Blanche Baskin eingeschlossen, die ein paar neckende Bemerkungen über Mitternachtsbäder mit einem hübschen Gatten fallen ließ. Dann war sie zum Bungalow zurückgekehrt, hatte ihre Habe eingepackt und den Rest des Tages für sich und damit wieder Zeit für das Tagebuch ihres Onkels gehabt.

3. Mai. Ian ist immer noch nicht zurück. Wenn sie ihm das gleiche Angebot wie mir gemacht haben und er es angenommen hat? Ich kann es noch nicht einmal erraten, obwohl wir uns so gut kennengelernt haben. Vielleicht hat er gehandelt, wie ich es einst getan hätte, um jede Chance zu ergreifen, die sich ihm zur Freiheit bietet. Aber er ist ein sturköpfiger Geselle, der den Leuten, die ihn in Versuchung führen wollten, wahrscheinlich geraten hat, sie sollten etwas Unanständiges und anatomisch Unmögliches tun. Er kann also, Gott behüte, bereits exekutiert worden sein. Ich kann nur hoffen, daß es nicht so ist.

5. Mai. Sehr egoistisch, aber Ian fehlt mir sehr. Die Kälte scheint kälter, die Dunkelheit schwärzer, die Einsamkeit immer unerträglicher. Ich versuche, so viel wie möglich zu schlafen.

6. Mai. Ian ist zurück. Phantasierend und entsetzlich zusammengeschlagen. Sie haben ihn zu einem Stück Fleisch gemacht. Seine Wunden sehen so übel aus, daß sie sogar meinen abgehärteten Magen umdrehen können. Wenn er überlebt, bleibt er vielleicht blind, vielleicht gibt es noch andere dauerhafte Schäden. Ich habe getan, was ich konnte, aber es ist so wenig, daß ich am liebsten weinen würde. Ich bin ein alter Mann, dem kaum noch Zeit bleibt – warum konnten sie sich nicht an mir austoben?

Die Feder in blutleeren Fingern haltend, starrte Laura ins Leere. Der Schrecken des Schwarzen Brunnens kam ihr realer vor als die helle, indische Sonne. Dies war also der Moment, in dem Ian so entsetzlich zugerichtet worden war.

Sie hatte Angst, weiterzulesen, aber sie konnte nicht aufhören.

20. Mai. Ian hat es überlebt, zumindest körperlich, aber er spricht kaum und erzählt mir überhaupt nichts von dem, was sie ihm angetan haben oder warum. Der verdammte, dumme Engländer muß ihnen getrotzt und den Preis dafür bezahlt haben.

Ich fürchte nun mehr um seine Seele, als ich es zuvor um seinen Körper getan habe.

Mit bebenden Händen schloß Laura die Bibel. Sie wollte keinesfalls die Schrift ihres Onkels mit Tränen verschmieren.

Kapitel 16

Es war reiner Zufall gewesen, daß Ian bei seinem ersten Besuch Georgina bei ihren Eltern angetroffen hatte. Er war nie in dem Bungalow gewesen, in dem sie und ihr Mann nun lebten, doch nach Davids Erklärung war es ein leichtes, das Haus zu finden.

Er nannte dem indischen Butler seinen Namen und wurde auf eine grünbepflanzte Veranda an einer Seite des Hauses geführt. Georgina hatte die verdorrten Blüten von der Hängegeranie gepflückt, und als Ian die Veranda betrat, drehte sie sich mit blassem Gesicht zu ihm um. Sie trug ein rosafarbenes Kleid und war wie immer ausgesprochen schön, doch sie sah unsicher und verletzt aus, was Ian während ihrer Verlobungszeit niemals hatte bemerken können.

Ohne sich mit einer langen Begrüßung aufzuhalten, sagte Georgina steif: »Was führt Sie hierher, Lord Falkirk?«

»Ich möchte mit dir reden, bevor ich abreise.« Ian musterte sie prüfend. Er konnte sich sehr gut an das Lachen und ihre leidenschaftlichen Küsse erinnern, doch jetzt empfand er keine echte Nähe mehr zu ihr. War ihre Beziehung denn so ausschließlich auf körperliche Anziehungskraft beschränkt gewesen, daß ohne Begehren nichts mehr blieb? Zu Laura hatte er fast von Anfang an eine emotionale Verbindung gespürt, die frei war von sexuellem Verlangen.

Georginas Erinnerungen schienen beunruhigender zu sein, denn sie errötete unter seinem intensiven Blick, nahm die Gartenschere in die Hand und begann, ein paar überhängende Ranken mit unnötiger Heftigkeit abzuschneiden. »Ich habe Lady Falkirk gestern abend kennengelernt. Sie war sehr freundlich.«

»Ja, so ist sie.« Auch wenn sie mich nach ihrem Treffen mit dir in den See gestoßen hat, fügte er in Gedanken hinzu. Er beschloß, direkt anzusprechen, weswegen er gekommen war. »Ich möchte mich für mein Verhalten entschuldigen, als ich aus Buchara zurückgekehrt bin.«

Sie senkte die Schere und sah ihn reglos an. »Alle sagten, du wärest tot, Ian. Was hätte ich denn denken sollen?«

»Du hast recht«, sagte er sanft. »Und ich wußte das auch schon zu diesem Zeitpunkt, aber ich war so niedergeschmettert, daß du verheiratet warst, daß ich einfach nicht vernünftig denken konnte. Erst als ich mich beruhigt hatte, erkannte ich, daß die Falschmeldung meines Todes das Werk eines wohlwollenden Schicksals gewesen ist, denn es hat unsere Verlobung gelöst.«

Sie blickte auf ihre Hände, die die Schere hin und her drehten. »Willst du damit sagen, daß du niemals wirklich etwas für mich empfunden hast?«

Ian wollte sie von der Vergangenheit lösen, aber auch ihren Stolz schonen. »Was es zwischen uns gab, war echt, Georgina«, begann er also behutsam. »Wenn ich nicht so dumm gewesen wäre, mich freiwillig nach Buchara zu melden, hätten wir geheiratet und gut miteinander leben können. Im Gefängnis habe ich ständig an dich gedacht – du standest für alles, was das Leben lebenswert machte. Doch der Mann, den du heiraten wolltest, ist nicht derselbe, der zurückgekehrt ist. Nun sind wir so gut wie Fremde füreinander, und so, wie ich geworden bin, kann ich kein guter Ehemann für dich sein. Du verdienst etwas Besseres.«

Unsicher musterte sie sein Gesicht. »Wie hast du dich denn verändert, Ian? Du wirkst nicht so anders.«

Er zögerte einen Moment. Er wußte nicht, wie er ausdrücken sollte, was er für sich selbst bisher nicht definiert hatte. »Im Gefängnis habe ich in den Abgrund geblickt, und es hat meine Sicht der Dinge gründlich verändert. Ich weiß nicht, ob es gut oder schlecht ist, aber der Unterschied ist gravierend.«

Ihre Brauen zogen sich verwirrt zusammen. »Was meinst du mit ›Abgrund‹?«

»Das ist das, was bleibt, wenn dir alles, was du schätzt, fortgenommen wurde.« Er lächelte freudlos.

»Diese Erfahrung war... lehrreich, aber ich denke, der Preis war zu hoch.«

Georgina runzelte die Stirn – sie verstand nicht wirklich, und er hoffte, daß sie es auch niemals tun würde. Nun fragte sie: »Deine Frau... hat auch sie in den Abgrund geblickt?«

»Ja, das hat sie«, antwortete Ian, der von der Sicherheit, mit der er es sagte, selbst ein wenig erstaunt war. »Laura und ich passen zusammen, so wie du und Gerry jetzt. Er ist ein hervorragender Mann – werde glücklich mit ihm!«

Es war eine Absolution, und Tränen füllten Georginas Augen, als sie es begriff. »Danke, Ian«, gab sie ruhig zurück. »Ich hoffe, ihr beide, du und Laura, findet genauso euer Glück. Oder wenn das nach allem, was geschehen ist, nicht möglich sein kann, dann wenigstens Zufriedenheit.«

Noch etwas mußte getan werden. Ian nahm den Diamantring aus der Tasche und hielt ihn Georgina hin. »Ich habe diesen Ring für dich und niemanden sonst gekauft. Ich verstehe, daß du ihn nicht tragen willst, aber vielleicht kannst du ihn für deine älteste Tochter aufbewahren. Sag ihr, er sei von jemandem, der... der dich sehr bewundert.«

»Das werde ich tun.« Sie nahm den Ring und schenkte ihm das strahlende Lächeln, das ihn durch die lange Monate Gefangenschaft gebracht hatte. Er empfand plötzlich eine heftige Zuneigung, die zwar anders war als früher, aber nichtsdestoweniger sehr echt. Er nahm ihre Hand und küßte leicht ihre Fingerspitzen. »Auf Wiedersehen, Georgy. Bitte richte auch Gerry meine besten Wünsche aus.«

Dann wandte er sich um und ging. Georgina sank auf einen Sessel und rollte sich zusammen wie ein

Kind. Es war schwer gewesen, ihn wiederzusehen, doch nun fühlte sie eine ungeheure Erleichterung. Ian hatte recht. Er hatte sich verändert, und sie spürte es. Und er hatte auch recht, wenn er meinte, daß sie nicht mehr zueinander paßten. Nicht, daß sie nicht noch gelegentlich Stiche empfand. Es war kein Zufall gewesen, daß sie Ian Gerry vorgezogen hatte. Ian war etwas Besonderes, und ein kleiner Teil ihres Herzens würde stets dem nachtrauern, was hätte sein können. Doch nun war Gerry ihr Mann, und das Band zwischen ihnen, sowohl im täglichen Leben als auch im Ehebett, war stärker geworden, und beide freuten sich sehr auf das Kind.

Dennoch war ihre Ehe durch Ians Rückkehr strapaziert worden. Sie hatte sich schuldig, fast verdorben gefühlt, daß sie Gerrys Antrag so kurz nach der Meldung von Ians Tod angenommen hatte. Sie war sich wie eine Verräterin vorgekommen. Vermutlich waren Gerrys Gefühle ähnlich, doch sie hatten niemals darüber gesprochen. Wahrscheinlich fürchtete er nun, daß er sie ein zweites Mal an Ian verlor – emotional, wenn nicht buchstäblich.

Sie befand sich noch immer auf der Veranda, als ihr Mann zum Mittagessen kam, mit dem Ausdruck von Wachsamkeit und Sehnsucht im Gesicht, der ihn nun seit Wochen begleitete. Er blieb in der Tür stehen, als er sie entdeckte. »Stimmt etwas nicht, Georgy?« sagte er unsicher. »Du hast geweint.«

Sie rieb sich die Augen mit dem Handrücken. »Ian war hier.«

»Verdammt«, fluchte Gerry, und seine Miene wurde finster. »Was hat er diesmal gesagt? Ich werde nicht mehr zulassen, daß er dich so aufwühlt.«

Georgina schüttelte den Kopf, stand dann auf und

legte ihrem Mann die Arme um den Hals. »Er hat mich nicht aufgewühlt«, flüsterte sie. »Er kam, um mir die Erlaubnis zu geben, mit dem Mann glücklich zu werden, den ich liebe.«

Zuerst begriff Gerry nicht, was es bedeutete, aber als Georginas Lippen sich auf die seinen legten, verstand er endlich. Er riß seine Frau heftig an sich, und die Barriere von Schuldgefühlen und Zweifeln, die zwischen ihnen errichtet war, fiel zusammen wie die Mauern von Jericho.

Eine lebhafte Phantasie mochte ein Segen sein, doch beim Lesen von Pjotrs Tagebuch war es vor allem quälend. Seine knappen Worte beschworen die Schrecken des Schwarzen Brunnens besser herauf, als wortreiche Beschreibungen es geschafft hätten. Schlimmer war noch, daß die beiden Männer, die in dem Bericht so unendlich litten, ihr so nahe standen.

Sie fand, daß es für heute genug sei, und blätterte müßig durch die Seiten, um die verbleibenden Einträge, die sie noch zu übertragen hatte, zu zählen und hier und da eine Zeile zu lesen.

Sie wollte die Bibel gerade zur Seite legen, als ihr unerwartet ihr eigener Name von der letzten Seite des Buches ins Auge sprang. Es handelte sich um einen Brief an sie, und er war auf Anfang August datiert – der Monat, in dem Pjotr exekutiert worden war.

Lauras Nackenhaare stellten sich auf, während sie über die Worte stolperte, denn Pjotrs Schrift hatte sich bis dahin enorm verschlechtert. Doch als sie die Übersetzung im Kopf hatte, begann sie, die Worte ins Englische zu übertragen, damit sie Ian den Brief zeigen konnte.

2. August. Ach, Larissa Alexandrowna, meine kleine Lara, die letzte der Kuschutkins und der Karelians, wird diese Bibel jemals in Deine Hände gelangen? Ich fürchte nicht, aber es ist nichts unmöglich. Ich habe von einem Engländer gehört, der ein ähnliches Gefängnistagebuch hinterlassen hat. Zwanzig Jahre nach seinem Tod tauchte es wundersamerweise in England bei seiner Schwester auf.

Es besteht also die Chance, daß Du dieses eines Tages lesen wirst, besonders, wenn Ian überlebt, denn ich habe ihn damit beauftragt, Dir dies zu übergeben. Vielleicht lernt Ihr beide Euch sogar eines Tages in Indien oder England kennen. Mir gefällt der Gedanke, denn Du, meine einzige Nichte, bist für mich wie eine Tochter, und Ian, mein Freund und Bruder, ist für mich wie der Sohn, den ich niemals haben werde. Ich glaube, Ihr beide würdet Euch mögen.

Aber ich sollte diese leere Seite und meine nachlassende Kraft nicht mit solchen Spekulationen verschwenden. Wenn das Tagebuch Dich erreicht und die Reise sicher und möglich ist, dann möchte ich, daß Du nach Dharjistan in Nordwestindien gehst. Ich habe mit dem Maharadja Rajiv Singh Freundschaft geschlossen, zumindest so, wie ein normaler Sterblicher mit einem Fürsten Freundschaft schließen kann. Ich lernte ihn bei einem Aufenthalt in Indien kennen. Bevor ich mich auf die Reise, die mich nun mein Leben kostet, begab, ließ ich eine Schatulle persönlicher Dinge, hauptsächlich Papiere, bei ihm. Dies ist mein Erbe für Dich. Wenn Du Dich Rajiv Singh als meine einzige lebende Verwandte zu erkennen gibst, wird er Dir die Schatulle geben. Er ist nicht nur ein ehrlicher Mensch – das Kästchen enthält auch nichts, was ein Prinz vielleicht stehlen wollte.

Untersuche die Schatulle und ihren Inhalt sorgfältig. Ich denke, Du wirst feststellen, daß es die Reise wert ist.

Gott beschütze Dich, mein Kind. Vergiß nie, daß Du Russin bist, aber benutze Deinen Stolz als Quelle der Liebe, nicht des Hasses.

Ian war auf dem Weg zurück zu Davids Bungalow, als ein Ruf ihn aufhielt. »Major Cameron Sahib!«

Er zügelte sein Pferd und drehte sich um. »Zafir?« fragte er ungläubig, als er den Mann mit dem Turban erkannte, der mit dem Ungestüm eines Angehörigen der Grenzstämme auf ihn zu galoppierte.

Als der Neuankömmling sein Pferd mit viel aufwirbelndem Staub vor ihm zum Stehen brachte, lachte er laut auf. »Alter Pathanen-Bandit! Ich hätte nicht gedacht, dein Gesicht wiederzusehen. Ich habe im Regiment nach dir gefragt und gehört, du würdest erst in zwei Monaten zurückkommen.«

Zafir grinste, und seine weißen Zähne blitzten in dem dunklen Gesicht mit dem schwarzen Bart auf. »Das hatte ich auch vor, Cameron Sahib, aber ich hörte, daß du zurückgekehrt bist, und so lenkte ich mein Pferd wieder in südliche Richtung. Ich wollte mit eigenen Augen sehen, ob du wirklich überlebt hast oder nur ein *Dschinn* bist, der feststellen wollte, ob seine Soldaten auch alles richtig machen.«

Mit einiger Verspätung begrüßte Zafir ihn mit einem anständigen Salaam. Ian ergriff Zafirs Hand und schüttelte sie herzlich. Zafir war einige Jahre vor seiner Reise nach Buchara seine Ordonnanz gewesen, und Ian hatte bedauert, daß sie sich wohl nicht mehr sehen würden. »Ich bin kein Offizier mehr, also brauchst du dir keine Sorgen über meine Aufsichtspflicht zu machen. Aber ich fürchte, es wird eine kurze Begegnung, denn ich werde morgen nach Bombay abreisen. Von dort aus geht es nach Hause.«

»Ich begleite dich«, verkündete Zafir, ohne im mindesten zu zögern. »Ich möchte gerne Bombay sehen.« Er lächelte verschmitzt. »Die Frauen dort sind angeblich sehr schön.«

Ein wenig entsetzt fragte Ian: »Willst du wirklich auf diese Weise deine freie Zeit verbringen?«

Zafir hatte die überraschend grauen Augen, die in seinem Volk gelegentlich zu finden waren, und nun zeigte sich in ihren Tiefen ein leichtes Zwinkern. »So oder so. Wenn du schon einen anderen Diener angeheuert hast, dann entlasse ihn. Ich werde es besser machen.«

Ian lachte wieder. Falsche Bescheidenheit hatte noch nie zu Zafirs Wesenszügen gehört. »Ich habe keinen Diener, aber inzwischen eine Frau.«

Die buschigen Brauen des Pathanen hoben sich. »Dann brauchst du wirklich einen Diener. Ein Mann sollte seine Zeit nicht mit unwichtigen Kleinigkeiten verschwenden, wenn er eine Frau hat.«

Ian zögerte eine Weile. Mit Laura allein zu reisen, hatte eine angenehme Intimität bedeutet, aber die Reise nach Bombay war lang. Einen Diener dabei zu haben, gerade wenn er so fähig war, würde eine echte Unterstützung bedeuten. Als er einen Entschluß faßte, erkannte Ian plötzlich, daß sein Bedürfnis nach Einsamkeit zu schwinden schien. Zudem gefiel ihm der Gedanke, mit einem Mann zu reisen, dessen Gesellschaft er so genießen konnte, wie die Zafirs. »Wenn du die lange Reise wirklich machen willst, dann freue ich mich über deine Begleitung.«

Die Männer verbrachten ein paar Minuten damit, Neuigkeiten auszutauschen, und legten eine Zeit fest, wann Zafir am nächsten Morgen zu ihnen stoßen sollte. Schließlich ritt Ian leise pfeifend nach Hause. Er freute sich auf Laura und darauf, ihr von seinem Tag zu erzählen. Vorfreude auf etwas zu haben – auch das war so neu wie das Lachen.

Eine angenehme Brise wehte, und er fand Laura auf der Veranda. Er nahm zwei Stufen auf einmal, zog sie dann in seine Arme und drückte sie fest an sich. Sie war so weich und duftete angenehm nach Jasmin.

Obwohl Laura nicht ganz bei der Sache zu sein schien, lächelte sie ihn an. »Was hast du denn für gute Laune? War dein Tag erfolgreich?«

»Ich habe für Leela und ihren Sohn ein paar Vorkehrungen getroffen.« Ian hockte sich auf das Verandageländer und ließ ein Bein baumeln. »Und du hattest recht damit, daß ich mit Georgina reden sollte. Nicht nur sie fühlt sich jetzt besser, sondern ich auch.«

»Wirklich?« Sie legte den Kopf schief. »Und wie kommt's?«

Er drehte den Topi in seinen Händen, während er darüber nachdachte. »Ich denke, es war wieder ein Schritt, die Vergangenheit hinter mich zu bringen. Anzunehmen, was ich habe, statt wütend zu sein, was ich nicht bekomme. Ein simples Konzept, aber wie du mal gesagt hast, etwas, das man immer und immer wieder durchexerzieren muß.« Er lächelte sie reumütig an. »Tut mir leid, daß ich nur langsam lerne.«

Laura gab keine Antwort, sondern nickte nur, und ihre Augen leuchteten in herzlicher Zustimmung. Sie war wirklich die genügsamste Frau, wenn sie nicht gerade wütend wurde! Aber auch das gefiel ihm. »Außerdem haben wir noch einen Bonus bekommen – in Form eines Dieners für die letzte Etappe unserer Reise«, sagte er. »Zafir, meine Pathanen-Ordonnanz ist zurückgekehrt, um zu sehen, ob ich tatsächlich am Leben bin. Da es so ist, hat er beschlossen, uns nach Bombay zu begleiten. Ich freue mich sehr darauf, und er wird seine Aufgabe gut machen.«

Sie biß sich auf die Unterlippe. »Ich muß etwas mit dir besprechen, Ian. Ich habe Pjotrs Tagebuch weiter übersetzt und dies am Ende der Bibel gefunden. Es ist eine Art Brief an mich.« Sie reichte ihm die englische Übersetzung.

Als sein Blick auf das Wort Dharjistan fiel, durchzuckte ein Bild seinen Geist. »Teufel auch«, fluchte er und schloß das Auge.

Er spürte Lauras Hand auf dem Arm. »Was ist denn, Ian?«

»Ich weiß nicht genau«, antwortete er zögernd und öffnete sein Auge wieder. »Als ich das Wort ›Dharjistan‹ las, sah ich Feuer!«

»Feuer? Was hat gebrannt?«

Er holte tief Luft und dachte über die Vision nach, die nun viel klarer war als die undeutlichen Blitze, die ihn seit Buchara verfolgten. »Das hört sich wahrscheinlich seltsam an, aber was ich sehe, ist eine Karte von Indien. Flammen schießen im Nordwesten hoch, fressen sich dann über das ganze Land und vernichten alles, was in ihrem Weg liegt.«

»Ein Feuer über Indien?« wiederholte sie perplex. »Pjotr hat so etwas ein paarmal in diesem Tagebuch geschrieben.« Sie blätterte durch die Seiten und las vor, was sie gefunden hatte.

»Deswegen hatte ich also monatelang Alpträume von einem Feuer!« Ian rieb sich konzentriert die Schläfen. »Langsam erinnere ich mich wieder. Ich war durch das Fieber nur halb bei Bewußtsein, als Pjotr zur Exekution geholt werden sollte. Er versuchte mir etwas zu sagen, aber alles, was ich in meinem Delirium begriff, war die Tatsache, daß er sterben würde. Doch nun höre ich ihn ›ein Feuer über Indien‹ sagen, als würde er hier neben mir stehen.« Ian suchte noch einige Minuten in seiner Erinnerung, schüttelte dann aber deprimiert den Kopf. »Er hat noch mehr gesagt, aber ich kann mich, verdammt noch mal, nicht erinnern.«

»So wie du reagiert hast, muß er auch Dharjistan erwähnt haben«, sagte Laura nachdenklich.

Ian seufzte. »Wahrscheinlich, aber mir fällt es wirklich nicht mehr ein.«

»Vielleicht kommt es noch«, erwiderte sie ermutigend. »Kannst du mir etwas über Dharjistan sagen? Ich weiß gar nichts darüber.«

»Ich habe es ein paarmal durchquert, weil es an der Hauptroute nach Afghanistan liegt. Deswegen hat das Land eine große strategische Bedeutung.« Er überlegte einen Augenblick. »Wie du sicher weißt, handelt es sich um ein Fürstentum mit einem eigenen Herrscher, statt von den Briten verwaltet zu werden. Maharadja Rajiv Singh unterstützt den Sirkar jedoch.«

»Was ist er für ein Mensch?«

»Für indische Verhältnisse ein sehr humaner Herrscher«, sagte Ian zynisch. »Das bedeutet, er läßt nur Nase oder Ohren abschneiden, wo andere Herrscher bereits die Hinrichtung angeordnet hätten. Sehr progressiv. Da nun im Punjab Ranjit Singh gestorben ist, kann man Rajiv Singh als einflußreichsten Fürsten im nördlichen Indien bezeichnen. Er gehört zu den Radjputen, der Kriegerkaste, die für ihr Ehrgefühl und für ihr Kämpfertalent berühmt sind. Seine Frau Kamala soll außerdem die schönste Frau Indiens sein.«

Laura dachte einen Augenblick darüber nach. »Könnten sie etwas mit dem Feuer über Indien zu tun haben?«

»Ich habe nicht die geringste Ahnung.« Ian warf einen Blick auf den Zettel in seiner Hand. »Aber ich frage mich, wie ein russischer Agent sich mit Rajiv Singh hat anfreunden können.«

»Warum nicht?« sagte sie mit leicht defensivem Unterton. »Onkel Pjotr war ein charmanter, kultivierter Mensch.«

»Das ist wahr«, stimmte Ian zu, »aber wenn Pjotr in Indien war, dann hoffte er, dem Sirkar Ärger bereiten zu können. Wahrscheinlich hat er versucht, den Maharadja auf seine Seite zu ziehen. Rajiv Singh scheint zu wissen, daß es in seinen eigenen Interessen liegt, mit den Briten auszukommen, aber vielleicht ist er weniger loyal, als ich gedacht habe.« Ian las mit gerunzelter Stirn erneut das Ende des Briefes. »Vielleicht will auch jemand Rajiv Singh stürzen. Die meisten Residenzen in Indien sind voller Intrigen, und Pjotr könnte heimlich einem potentiellen Usurpator geholfen haben. Wenn ein anti-britischer Herrscher auf diesen Thron käme, könnte das für den Sirkar größte Schwierigkeiten mit sich bringen.«

»Warum sollte sich Pjotr in die indische Politik mischen?«

»Sein endgültiges Ziel war es immer, Rußland einen Fuß in die Tür bekommen zu lassen«, sagte Ian grimmig. »Die Russen hatten schon immer etwas gegen die britische Präsenz hier. Ein paarmal haben sie bereits vergebliche Expeditionen unternommen, um uns aus Indien zu vertreiben. Deswegen ist Zentralasien ja so wichtig. Wenn das Terrain nicht so unwegsam wäre, dann würden russische Truppen am anderen Ende des Khyber-Passes nur darauf warten, ihn zu überqueren.«

Sie sah ihn unbehaglich an. »Glaubst du wirklich, mein Onkel könnte in so eine Sache verwickelt gewesen sein?«

In dem Wissen, daß Laura niemals den Onkel, den sie liebte, mit seiner Arbeit in Verbindung gebracht hatte, erklärte Ian: »Es war seine Aufgabe, die russischen Interessen voranzutreiben, und er machte es verdammt gut. Ich war in erster Linie Soldat, als zweites ein ziemlich mäßiger Diplomat, aber dein Onkel war ein echter politischer Agent, der tat, was immer er konnte, um die Ziele seines Landes zu erreichen.«

»Aber schließlich hat er offenbar bereut, was er getan hat.« Laura runzelte die Stirn, entschloß sich dann aber zu Optimismus. »Na ja, es ist drei Jahre her, daß er in Indien war. Bestimmt ist sein Plan nicht aufgegangen.«

»Wahrscheinlich«, stimmte er zu. »Wenn ich denken würde, Dharjistan ginge in Flammen auf, würde ich dich nicht dorthin bringen, sei es der Letzte Wille eines Toten oder nicht.«

»Dir macht es also nichts aus, Ian?« fragte sie. »Aber es würde unsere Reise nach Schottland um einiges verzögern.«

»Bei Pjotrs Vermächtnis und den düsteren Hinweisen auf ebenso düstere Pläne können wir ja wohl gar nichts anderes tun.« Er sah wieder auf das übersetzte Tagebuch, überflog die letzten Eintragungen und lächelte bei Pjotrs Gedanken über das Paradies. Dann erreichte Ian die Stelle, in der er über seine Verletzungen und die Folter geschrieben hatte, und er versteifte sich. Gott sei Dank hatte er Pjotr darüber nichts gesagt. Was in den vier Tagen, die er außerhalb des Gefängnisses gewesen war, geschehen war, wollte er niemanden wissen lassen, ganz besonders Laura nicht. Sie sollte sich wenigstens noch ein paar Illusionen über ihn bewahren.

Er blickte auf und sah, wie Laura ihn mit beunruhigender Intensität ansah. Da er sie nicht zu Fragen verleiten wollte, reichte er ihr die Übersetzung. »Was denkst du über den verdeckten Konflikt zwischen Rußland und England? Da du die meiste Zeit deines Lebens in England verbracht hast, würde ich darauf tippen, daß deine Loyalität den Briten gehört, aber vielleicht irre ich mich gründlich.«

»Ich möchte nicht erleben, daß mein Vaterland und meine Wahlheimat in einem Krieg explodieren«, sagte sie kurz. »Meine Loyalität gehört dem Frieden, das ist alles.«

Ian kam auf die Füße. »Ich denke, ich frage mal den Koch, ob er mir etwas zu essen geben kann, damit ich bis zum Dinner durchhalte. Willst du auch etwas?«

»Heißt das, du fängst an, das Essen wieder zu genießen?« fragte Laura, und ihre vollen Lippen verzogen sich zu einem Lächeln.

»Ich glaube schon«, erwiderte Ian. »Aber denk daran: Wenn ich fett und übergewichtig werde, bist du daran schuld.«

Sie lachte, und Ian stimmte ein. Während sie gemeinsam den Bungalow betraten, stellte er fest, daß er nun Essen, Lachen, Schlafen und die Gesellschaft einer wunderbaren Frau genoß. Das war weit mehr, als er sich vor ein paar Wochen noch hatte vorstellen können.

Und was noch wichtiger war: Er hatte aufgehört, über Dinge nachzugrübeln, die für immer außerhalb seines Einflußbereichs lagen.

Kapitel 17

Als die Straße den Hügelkamm erreicht hatte, wies Ian auf eine Ansammlung von Häuschen auf dem Grund des Tales. »Das müßte Hirsar sein, wo sich der Dak-Bungalow befindet.«

»Hoffentlich«, sagte Laura. »Ich denke, ich habe genug.«

Ian warf ihr einen schnellen Blick zu. »Sind wir zu schnell geritten? Ich hatte nicht den Eindruck, daß du Schwierigkeiten hattest, Schritt zu halten.«

»Nein, das Tempo ist perfekt. Schneller wäre zu anstrengend, und langsamer zu langweilig.«

Er grinste. »Du hast nicht gelogen, als du behauptet hast, du seist eine umgängliche Frau. Mach es mir nur nicht zu einfach.« Er nahm seinen Topi ab und blickte in den wolkenlosen Himmel. »Heute hat sich das Wetter geändert, die heiße Jahreszeit ist vorbei, jetzt folgt die kühle. Kannst du den Unterschied in der Luft spüren?«

Sie schaute prüfend zum Himmel hinauf. »Ich fand es heute sehr angenehm, aber bedeutet das, daß die Hitze nun für den Rest des Jahres vorüber ist?«

Er nickte. »So nach dem fünften oder sechsten Jahr, das ich in Indien verbrachte, habe ich gelernt, die Veränderung zu spüren. An einem Tag im Oktober ist es plötzlich, als würde ein Hebel umgelegt. Die Veränderung erfolgt von einem Augenblick auf den anderen.«

»Ich hoffe, du hast recht. Dann wird der Rest unserer Reise weitaus angenehmer.« Laura überblickte die Landschaft mit neuem Interesse. »Die Monate von Oktober bis März sind immer so schön, daß man die Hitze des Sommers vergessen könnte.«

»Ja, das denke ich in der kühleren Jahreszeit auch immer«, stimmte er zu, »sehe es aber sofort wieder anders, wenn die Gluthitze wieder kommt. Einmal ein Nordmann, immer ein Nordmann.«

Laura war seiner Meinung; obwohl sie inzwischen mit der mörderischen Hitze umgehen konnte, haßte sie sie immer noch. »Wirst du Indien vermissen?«

»Zum Teil«, sagte er bedächtig. »Das Land hat etwas an sich, das jeden, der einen Tropfen keltischen Blutes in sich hat, zu locken scheint. Vielleicht sind deswegen so viele Schotten und Iren hier. Ganz sicher wird mir der Hauch von Magie fehlen, obwohl ich hervorragend ohne Krankheiten, Schmutz und Armut auskommen kann. Dennoch: Wenn das Reisen zwischen Asien und Europa einfacher geworden ist, hätte ich nichts dagegen, dieses Land wieder zu besuchen. Was hältst du davon?«

»Viel.« Sie grinste. »Nicht nur keltisches Blut wird angelockt – die Slawin in mir fühlt genauso. Ich komme gerne zurück, wenn wir uns auf die kühle Jahreszeit einigen können.«

In freundlichem Schweigen ritten sie weiter, Zafir, der das Packpferd führte, in einigem Abstand hinter ihnen. Laura hatte schon halb befürchtet, seine Begleitung würde bedeuten, daß Ian und er unablässig über Dinge und Personen sprechen würden, von denen sie keine Ahnung hatte und nicht kannte, aber das war nicht so. Die Vertrautheit zwischen Zafir und Ian schien nicht viele Worte zu benötigen.

Sie hatte noch nie einen Pathanen kennengelernt, da dieser Volksstamm in den Bergen im Nordwesten lebte, aber sie mochte Zafirs unverfälschte Direktheit auf Anhieb. Mochte Lauras Benehmen von pathanischem Standpunkt auch seltsam und peinlich sein, so gebührte ihr doch als Ians Frau der gleiche Respekt und die gleiche Loyalität, die Zafir ihrem Mann entgegenbrachte. Zudem arbeitete er sehr effektiv, was in einem spärlich besiedelten Land, wo sie oft im Freien übernachten mußten, äußerst nützlich war.

Bald darauf erreichten sie das kleine Dorf und wurden von einer Abordnung begrüßt, die aus den meisten Bewohnern bestand. Jemand mußte sie bereits dem Vorsteher gemeldet haben.

Ein älterer Mann, der sehr viel Würde ausstrahlte, trat aus der Mitte der Gruppe und begrüßte sie auf Urdu. »Namaste, Sahib. Wollt ihr die Nacht im Dak verbringen?«

Ian bejahte dies und stieg ab, um sich vorzustellen und Höflichkeiten auszutauschen. Schließlich sagte der Dorfvorsteher: »Vergib mir meine Aufdringlichkeit, Cameron Sahib, aber die Würde deiner Haltung läßt darauf schließen, daß du ein Armeeoffizier bist.«

»Du hast einen aufmerksamen Blick«, sagte Ian. »Obwohl ich nicht mehr beim Militär bin, war ich es doch sehr viele Jahre.«

Der Vorsteher nickte zufrieden. »Ein Streit ist entstanden, der am besten schnell geschlichtet wird. Kannst du es tun?«

Ian blickte ihn überrascht an. »Aber ich bin nicht in Rechtsprechung ausgebildet. Wäre ein Richter deines Distriktes nicht viel nützlicher?«

»Es dauert zu lange, bis einer von ihnen zu uns kommt, und für die Betroffenen würde es große Mühe bedeuten, dorthin zu reisen«, erklärte der Vorsteher. »Als ein Offizier des Sirkar, Sahib, wissen wir, daß du gerecht urteilen wirst. Wenn du einwilligst, könnte der Fall sofort vorgebracht werden. Alle Beteiligten sind hier im Dorf.«

»Also gut. Wenn diese Leute gewillt sind, mein Urteil zu akzeptieren, dann will ich zuhören.« Er wandte sich zu Laura und sagte auf Englisch: »Das kann gut und gerne ein paar Stunden dauern. Du möchtest sicher schon ausruhen, nicht wahr?«

»Ja, großer Weiser«, sagte sie in gespielter Demut. »Wie gut, in diesem Fall nur eine Frau zu sein.« Sie stieg ab und ging zusammen mit Zafir weiter zum Dak, der zu klein war, um eine ortsansässige Dienerschaft zu beherbergen. Während Zafir sich auf den Weg machte, um etwas zum Essen zu kaufen, beschloß Laura, mit einem Spaziergang die Muskeln zu lockern.

Sie war im Frieden mit der Welt um sich herum, als sie die Straße entlangschlenderte, die sie vom Dorf wegführte. Sie und Ian gingen gutgelaunt miteinander um, seit sie Cambay verlassen hatten, und gemeinsames Lachen war schon etwas Normales. Ian zog sich zwar immer noch bei seinen Anfällen von Schwermut von ihr zurück, doch sie konnte nichts mehr von der abgrundtiefen Verzweiflung spüren.

Das einzige Problem war ihr wachsendes körperliches Verlangen nach ihrem Mann. Sie hatte sich an das tiefe Glühen der Begierde gewöhnt, das in ihr geweckt wurde, wann immer Ian sie berührte, und in dem Maße, wie sich sein Seelenzustand besserte, wurde er auch immer herzlicher und zärtlicher. Manchmal wachte sie in der Nacht auf, weil ihr zu warm war, und mußte feststellen, daß ihre Glieder um die schlafende Gestalt ihres Mannes geschlungen waren.

Das Unbehagen war nichts, was sie nicht hinnehmen konnte – verglichen mit Indiens heißer Jahreszeit war es bloß ein geringes Ärgernis. Aber manchmal fragte sie sich doch, was geschehen sollte, wenn ihr Verlangen noch weiter wuchs. Würde sie immer mehr glühen und entflammen, bis das Feuer sie eines Tages verzehrte, bis es sie auf ein Häufchen Asche reduzierte?

Sie mußte selbst über diese Übertreibung lachen. Als sie um eine Kurve bog, entdeckte sie einen Sadhu, der mit gekreuzten Beinen am Wegesrand saß. Ein paar Dorfbewohner hatten sich um ihn herum versammelt. Sadhus waren heilige Männer, die allem weltlichen Besitz abgeschworen hatten und nur in Lumpen und mit einer Bettlerschale durchs Land zogen. Dieser Sadhu sah aus wie ein Bengale aus dem östlichen Indien, und wie die meisten heiligen Männer war er halbnackt. Ein wilder Bart und eine struppige Mähne aus schmutziggrauem Haar umgaben sein Kopf.

Laura war weit genug entfernt, so daß man sie noch nicht entdeckt hatte, und sie beschloß, sich lieber zurückzuziehen als zu stören. Doch da sah sie, wie eine Frau mit einem Baby auf dem Arm auf den Sadhu zutrat. Sie legte das Kind, das vor Fieber zu glühen schien, vor ihm auf den Boden.

Der heilige Mann legte eine Hand auf den Kopf des Kindes, die andere auf die kleine Brust. Obwohl er nicht sprach, schien die Luft um ihn herum von unsichtbaren Kräften zu flimmern. Während Laura wie gebannt zusah, wich die ungesunde Farbe aus dem Gesicht des Babys, und es begann, seine Ärmchen und Beinchen zu bewegen. Nach etwa fünf Minuten stieß es ein Jammern kindlicher Empörung aus, das ganz und gar normal und kräftig klang. Vor Erleichterung weinend, sank die Mutter auf die Knie und dankte dem Sadhu innig, dann nahm sie ihr Kind wieder in die Arme.

Etwas mitgenommen rief Laura sich in Erinnerung, daß das Fieber bei Babys sehr rasch kommen und gehen konnte. Wunder geschahen in anderen Zeiten und Orten, aber nicht vor den eigenen Augen. Auch nicht in Indien.

Da hob der Sadhu den Kopf und sah sie direkt an. »He, Larissa Alexandrowna«, sagte er in fließendem Englisch, das nur einen leichten melodischen Akzent aufwies, »du glaubst nicht, was deine Augen gesehen haben?«

Laura fiel die Kinnlade herab. Das Englisch war überraschend genug, aber es gab keine vernünftige Erklärung dafür, daß der Sadhu ihren russischen Namen kannte. Andererseits hatte er ihn soeben ausgesprochen. Schwach sagte sie: »Ich weiß nicht, was ich glauben soll.«

Er winkte sie näher heran, und sie gehorchte widerstrebend. Die Dorfbewohner traten zurück. Da sie nicht wußte, was sie sagen sollte, legte sie die Hände gegeneinander und verbeugte sich.

»Namaste, Heiliger. Du sprichst sehr gut Englisch.«

»Ich habe viele Jahre als Beamter für den Sirkar in Kalkutta gearbeitet. Als meine Frau tot war, kam meine Zeit, mich den höheren Dingen zuzuwenden.« Die schwarzen, stechenden Augen des Mannes schienen in ihr Innerstes vorzudringen, aber sie empfand das nicht als bedrohlich.

»Woher weißt du meinen Namen?«

»Das Wissen ist überall um uns herum.« Er machte eine herablassende Geste. »Deinen Namen herauszubekommen, ist nichts als ein hübscher Trick. Solche Dinge sind nützlich, die Aufmerksamkeit der nicht Erleuchteten zu wecken.«

»Warum wolltest du meine Aufmerksamkeit wekken?« fragte sie. »Ich bin nur eine Frau aus einem fremden Land und ganz gewiß nicht erleuchtet.«

Er lächelte. »Das stimmt, doch du besitzt einen offenen Geist und ein gutes Herz. Der Beweis dafür ist, daß du nicht sofort empört davongegangen bist ob meiner primitiven Aufdringlichkeit.«

Laura zuckte zusammen. Der Sadhu hatte diesen häßlichen Ausdruck bestimmt von einem Briten gehört. »Ich wurde erzogen, jeden Glauben zu respektieren, auch wenn ich ihn vielleicht nicht verstehe.«

Er nickte. »Ja, dein Vater des Herzens war ein braver Mann. Hätten doch alle Briten in Indien dieses Verständnis.« Er lächelte wieder. »Ich möchte dir gerne einen ungebetenen Rat geben. Suchende wie ich sollten dergleichen nicht tun, aber leider bin ich noch viel zu irdisch. Ich werde mich in diesem Leben gewiß nicht aus dem Kreislauf befreien.«

Laura konnte sich die Frage nicht verkneifen. »Wie lautet dein Rat?«

»Vor dir liegt tiefe Dunkelheit. Wenn sie undurchdringlich erscheint, findest du das Licht, indem du die Wahrheit akzeptierst, die die Götter Indiens dir vor Augen halten.« Um ihren Protest abzuwehren, hob er eine Hand. »Ich will deinen christlichen Glauben nicht in Frage stellen. Du mußt dich nur für die Sichtweisen öffnen, die andere als die deiner Kindheit sind.«

Laura dachte über seine Worte nach, dann schüttelte sie den Kopf. »Ich fürchte, ich verstehe nicht.«

»Du wirst verstehen, wenn es soweit ist, Larissa Alexandrowna.« Sie war entlassen, und der Sadhu wandte sich wieder den Dorfbewohnern zu.

»Ich danke dir, Vater«, sagte sie leise, als spräche sie zu einem Priester ihrer Kirche. Sie wühlte in ihrem Täschchen und hinterließ eine großzügige Gabe in seiner Bettlerschale.

Schließlich spazierte sie langsam zum Bungalow zurück. Ja, es gab Magie in Indien, und diese Tatsache war nicht gerade beruhigend.

Ians richterlicher Einsatz dauerte fast drei Stunden, und als er schließlich zum Dak kam, war er müde und hungrig. Als er eintrat, kam Laura duftend und frisch gebadet in seine Arme.

»War es ein komplizierter Fall?« fragte sie.

»Nicht wirklich«, erwiderte Ian, als er aus ihrem seidigen Haar hervortauchte. »Die meisten Streitereien drehen sich um Frauen, Besitz oder Land, und der Fall hier war keine Ausnahme. Sie waren sich noch nicht einmal besonders uneins.«

Laura lächelte. »Die meisten Dorfbewohner saßen dabei und sahen zu, als wäre es eine Theatervorführung.«

»Genau, und sie gaben auch ihre Kommentare ab. Wahrscheinlich war es das spannendste Ereignis seit Monaten.« Ian legte einen Arm um ihre Taille und zog sie auf das schäbige Korbsofa. »Ein Mann namens Manoj behauptete, daß seine Frau Rithu von einem Kerl namens Kasturi entführt worden ist. Kasturi hielt dagegen, daß Rithu aus freiem Willen bei ihm lebte. Rithu bestätigte das und weigerte sich schlichtweg, zu Manoj zurückzukehren. Sie zählte ihre Gründe dafür in peinlichen Details auf.«

Laura kicherte. »In diesem Teil des Landes scheinen die Frauen ziemlich unabhängig zu sein.«

»Rithu bestimmt«, antwortete Ian mit amüsiertem Unterton. »Manoj wußte genau, daß er sie verloren hatte, aber da er fünfundsiebzig Rupien für sie bezahlt hatte, verlangte er den Betrag als Wiedergutmachung zurück.«

»Das ist viel Geld für ein solches Dorf.«

»Sie ist ein ziemlich hübsches Mäuschen«, erklärte Ian. »Ich sagte, die Forderung sei gerechtfertigt, und schon ging das Feilschen los. Jeder der Zuschauer hatte eine Meinung. Rithu selbst war beleidigt, als Kasturi meinte, sie wäre höchstens noch fünfundzwanzig Rupien wert, da sie ja nicht mehr neu sei. Ich entschied schließlich, daß fünfzig Rupien angemessen seien. Kasturi hatte nicht soviel Geld, aber Freunde halfen ihm aus, und am Ende bekam Manoj seine Wiedergutmachung.

Soweit war alles gut und schön – bis eine verhärmte Frau aufstand und fragte, was nun aus ihr, Kasturis Frau, werden sollte. Mit Tränen in den Augen erklärte sie, daß sie krank und ohne Verwandte sei. Würde sie nun, da ihr Mann sich eine jüngere Frau genommen habe, verstoßen werden und verhungern müssen?«

Laura runzelte die Stirn. »Und so wurde die richterliche Aufgabe etwas komplizierter.«

»Eigentlich regelte sich das Problem auf einmal auf höchst unerwartete Weise von selbst.« Ian streichelte Lauras Arm und war einen Augenblick von ihrer glatten weichen Haut abgelenkt. »Keiner hatte bis zu dem Zeitpunkt erwähnt, daß Kasturi bereits eine Frau besaß, und ich zerbrach mir gerade den Kopf, was zum Teufel ich tun sollte, als Rithu aufstand, zu der Frau ging, sie umarmte und sagte, sie würden Schwestern sein. Rithu will sich um Tetri kümmern und Kasturis Geschenke gerecht mit ihr teilen. Aber das Seltsamste kam noch. Manoj stand plötzlich auf und sagte, da Kasturi nun zwei Frauen habe, um die er sich kümmern müsse, solle er die fünfzig Rupien zurückerhalten, da er sie dringender brauchen würde.«

Mit einem Frosch im Hals bemerkte Laura: »Was soll man zu solchen großen Gesten noch sagen?«

»Als Richter habe ich natürlich aus vollem Herzen zugestimmt. Als Mann dachte ich, es gibt noch Hoffnung für die menschliche Rasse.« Ian stand auf. »Ich werde mich jetzt waschen. Ich nehme an, unser Dinner wird erneut aus uraltem, zähen Federvieh bestehen, das nur eßbar durch endloses Schmoren in Curry geworden ist?«

Lächelnd stand auch sie auf. »Ja. Ich habe auch noch nicht gegessen, denn ich wollte auf dich warten. Später erzähle ich dir von dem Sadhu, den ich getroffen habe.«

»Ein Musterbeispiel einer Frau«, murmelte Ian, und ohne nachzudenken ließ er seine Hand über Lauras Hinterteil gleiten. Seine Frau warf ihm einen verdutzten Blick zu, protestierte aber nicht. Sie hatte aber auch wirklich die appetitlichsten Rundungen, die man sich wünschen konnte.

Leise vor sich hin pfeifend, ging er in den spartanischen Waschraum. Das Leben war doch ziemlich nett.

Er begann, aus seinem Schlaf aufzuwachen, als Leela sich in seinen Armen umdrehte und ihre Hand schläfrig an ihm herabwanderte. Er reagierte augenblicklich auf die Berührung, denn sie waren lange nicht mehr zusammengewesen. Doch er nahm sich Zeit, denn er wußte, daß die Reise genauso wichtig wie das Ziel war. Zärtlich strich er über ihr fließendes schwarzes Haar und atmete den Jasminduft ein. Leela war noch immer im Halbschlaf, ihr nacktes Knie lag zwischen seinen Schenkeln, ihr warmer Atem liebkoste seine Schulter. Als seine Lust wuchs, küßte er ihre Schläfe und legte seine Hand auf eine ihrer Brüste.

Die Brust unter seiner Hand war nicht die der zierlichen Leela, sondern die vollere Rundung einer größeren Frau.

Die Erkenntnis riß Ian mit der Macht einer eiskalten Dusche in den Wachzustand zurück. Einen furchtbaren Augenblick dachte er, er wäre im Gefängnis und träumte von vergangenen Zeiten. Doch das Haar, das sein Gesicht kitzelte, war echt, und als er sah, daß es nicht schwarz war, sondern einen funkelnden Bronzeton hatte, kehrte er wieder in die Gegenwart zurück. Er war in dem Dorf Hirsar, und die Frau in seinem Arm war die, die er geheiratet hatte.

Nun wirklich wach, traf ihn der nächste Schock: Seine Erregung war echt. Das Blut pulsierte auf eine Art durch seine Adern, von der er geglaubt hatte, er würde sie nie wieder empfinden. Ungläubig fuhr er mit der Hand seinen Körper herunter und fand bestätigt, daß er nicht mehr träumte. Seine Erektion war genauso echt: Er war wieder ein ganzer, gesunder Mann.

Seine erste Reaktion war überwältigende Freude. Wenn er zurückblickte, erkannte er, daß es leichte Anzeichen für eine Besserung schon seit einiger Zeit gegeben hatte. Er hatte Lauras Nähe immer genossen, aber was sich zuerst nur auf ein schönes Gefühl beschränkt hatte, war schrittweise mit sexuellen Empfindungen durchzogen gewesen. Und er erkannte, daß die Würze der Lust die ganze Welt erhellt hatte. Als er heute Rithu betrachtet hatte, war seine Einschätzung mit männlicher Bewunderung vermischt gewesen.

Ians erster Impuls war, Laura wild zu küssen, seine Freude mit der Frau zu teilen, die soviel dazu beigetragen hatte, seine Dankbarkeit mit seiner ganzen sexuellen Erfahrung und mit intensiver Leidenschaft zu beweisen. Sein Kopf beugte sich schon über sie, als er abrupt innehielt.

Laura hatte ihn ausgerechnet deswegen geheiratet, weil er zu sexueller Aktivität unfähig war. Immer wieder hatte sie betont, daß es genau das war, was sie wollte, und sie hätte seinen Antrag unter anderen Umständen niemals angenommen. Seine wiedererlangte Potenz, die für ihn eine Quelle des Glücks war, würde für sie Schrecken und Abscheu bedeuten. Sein ganzer Körper pochte vor Begierde, die sich ganz und gar auf die anmutige, warme Frau an seiner Seite konzentrierte – aber diese Begierde auszuleben, hieße, seine Frau zu verraten und den Rest der Ehre, die ihm geblieben war, in den Dreck zu ziehen.

War die Lust immer schon so beharrlich, so irrational und so schwer zu kontrollieren gewesen? In dem Wissen, daß er sich von ihr entfernen mußte, wenn er nicht etwas Unverzeihliches tun wollte, rollte Ian sich von der Liege. Er taumelte zum Fenster und starrte in die Nacht hinaus. Müde rieb er sich die Schläfen, während seine überschäumende Freude sich zur bitteren Erkenntnis wandelte, was für Folgen daraus entstehen konnten. Tief in seinem Inneren hatte er stets geglaubt, seine Impotenz wäre sowohl Bestrafung als auch Symbol für seine abstoßende Feigheit gewesen, die er in Buchara an den Tag gelegt hatte. Und er hatte grimmig akzeptiert, daß es irgendwie passend war.

Doch nun sah es so aus, als würde die Bestrafung viel subtiler und grausamer sein. Laura hatte ihm, wenn er es brauchte, unverlangt Wärme und Verständnis entgegengebracht. Sie vertraute ihm zutiefst, sonst hätte sie nicht so entspannt mit ihm umgehen können, wie sie es jetzt tat.

Er drehte sich um und musterte seine Frau. Den Vertrag zu brechen, den sie geschlossen hatten, wäre widerwärtig, aber er sah keine Möglichkeit, wie er den Rest seines Lebens in zarter Keuschheit neben ihr im Bett liegen sollte. Wenn er es versuchte, dann würde früher oder später – und er war sich nur zu deutlich bewußt, daß es eher früher sein würde – die überwältigende Lust sein Ehrgefühl besiegen und die Basis ihrer Ehe vernichten.

Einen Augenblick überlegte er, ob er sich woanders Erleichterung verschaffen sollte, verwarf den Gedanken aber wieder. Diese Lösung könnte besser sein, als das Vertrauen seiner Frau zu brechen, aber sein calvinistisches Gewissen rebellierte bei der Idee, mit einer anderen Frau zu schlafen, und nicht nur, weil er sich vergeblich einzureden versuchen würde, die andere wäre Laura.

Der Nichtvollzug der Ehe war ein Grund für eine Annullierung, und vielleicht wäre dies der beste Weg. Aber wäre eine Annullierung nicht genauso Verrat? Er hatte geschworen, seine Frau zu ehren und zu lieben, und dies zu tun, war Pflicht und Vergnügen zugleich.

Laura lag zusammengerollt auf der Seite, eine Hand steckte unter dem Kissen ihres Mannes. Im dämmrigen Lampenlicht waren nur weiche geheimnisvolle Schatten zu sehen. Sein Herz zog sich zusammen, als er sie reglos betrachtete. Er konnte sie niemals gehen lassen.

Lautlos trat er zum Bett und blieb vor ihr stehen. Wie schön sie war! Neben ihr zu schlafen, hatte ihm eine Idee davon gegeben, wie ihr Körper beschaffen war, aber lieber noch würde er das Nachthemd hinaufschieben und es sehen. Dann würde er mit seinen Lippen...

Als er erkannte, daß seine Hand sich nach ihr ausstreckte, zog er sich hastig vom Bett zurück. Unruhig lief er hin und her, bis er zu dem Schluß kam, daß er nur versuchen konnte, Laura zu helfen, langsam ihre Abneigung gegenüber den ehelichen Beziehungen zu überwinden. Wenn sie auch Angst vor Sex zu haben schien, war sie keine frigide Frau. Vielleicht konnte sie mit der Zeit lernen, Berührungen zu genießen, und wenn es geschah, dann fand sie bestimmt auch irgendwann Gefallen am Liebesspiel. Vielleicht konnten gelegentlich kleine Zärtlichkeiten sie auf den Geschmack bringen.

Mit grimmigem Humor begriff er, daß er über die Verführung seiner eigenen Frau nachdachte. Doch die Gefahr lag darin, daß er nicht mehr würde aufhören können, wenn er damit einmal anfing. Im Augenblick blieb ihm also nichts anderes übrig, als Abstand zu ihr zu halten, um sie nicht zu etwas zu drängen, was sie nicht wollte. Zwar begehrte er sie fast schon verzweifelt, aber er wollte nicht, daß sie sich einfach unterwarf. Sie sollte sich ihm freiwillig hingeben.

Er konnte ihr nichts von seiner wundersamen Heilung sagen. Er konnte nicht mehr in einem Bett mit ihr schlafen. Er würde sich eine Ausrede ausdenken müssen, warum er von nun an allein schlafen wollte.

Und diese Aussicht gefiel ihm gar nicht.

Müde setzte er sich auf das Fensterbrett und blickte über die leise rauschenden Bäume. Wie viele Nächte in düsterer Verzweiflung hatte er seit seiner Rückkehr nach Indien schon verbracht? Zu viele. Der Schwarze Brunnen war entsetzlich gewesen, aber er hatte ihr Leben auf eine freudlose Weise einfach gemacht. Nun mußte er mit der schrecklichen Ironie des Schicksals fertig werden, daß er zwar wieder in der Lage war, mit seiner Frau zu schlafen, sein Ehrgefühl es ihm aber genauso unmöglich machte, wie seine Unfähigkeit zuvor.

Eines jedoch stand fest: Er mußte eine Lösung aus diesem Dilemma finden – und zwar innerhalb der Abmachungen, die diese Ehe erst ermöglicht hatten.

Kapitel 18

Traurig dachte Laura, daß es ihr kein Glück gebracht hatte, sich darüber zu freuen, wie hervorragend alles funktionierte, denn schon am nächsten Tag, als sie Hirsar verließen, zog sich Ian in ein neues, finsteres Schweigen zurück. Obwohl er höflich wie immer war, sprach er den ganzen Tag kaum ein Wort zu seinen beiden Gefährten. Laura bedauerte seine Zurückhaltung, akzeptierte aber, daß das Leben Höhen und Tiefen hatte. Ganz sicher würde sich seine Stimmung bald wieder bessern.

Doch ihre Zuversicht schwand, als sie erkennen mußte, daß Ians Seelenzustand sich ganz und gar nicht zu bessern schien. Sie waren eingeladen worden, die Nacht bei einem vermögenden Landbesitzer zu verbringen, und das Zimmer, das ihnen zur Verfügung gestellt wurde, war das luxuriöseste, das Laura seit Cambay gesehen hatte. In ihrem Nachthemd schlüpfte sie unter die Decke und empfand eine unziemliche Begierde, während sie auf Ian wartete. Sie liebte die stille Intimität der Nacht. In den Armen eines anderen zu schlafen, erforderte Vertrauen, und die Stunden, die sie umschlungen im Bett verbrachten, woben ein festes Band zwischen ihnen.

Doch statt zu ihr zu kommen, sagte Ian: »Ich hatte wieder Schwierigkeiten mit dem Schlafen, Laura. Ich werde mir ein Bett auf dem Boden machen.« Er nahm ein Kissen und eine Decke, legte sie ein paar Schritte vom Bett entfernt auf die Dielen und ließ sich nieder.

»Ich bin in einer Minute bei dir.« Laura setzte sich auf und schob ihre Decke weg. Die Aussicht, auf dem Boden zu schlafen, schreckte sie nicht, denn sie war es von ihrer bisherigen Reise gewohnt. Wichtig war nur, ihren Mann neben sich zu haben.

Ian blickte auf, und etwas flackerte in seinem Blick, bevor seine Miene sich verschloß. »Du bleibst, wo es bequem ist. Ich denke, ich schlafe besser allein«, sagte er ausdruckslos. »Gute Nacht.« Dann zog er die Decke um sich und rollte sich auf die Seite, weg von ihr.

Zuerst starrte sie nur auf seinen Rücken und hatte den Wunsch zu weinen. Vielleicht würde er allein besser schlafen, sie jedoch gewiß nicht.

Still legte sie sich ins Bett zurück und sagte sich, daß sie Ians Zurückweisung nicht persönlich nehmen durfte. Sein Zustand hatte sich in den letzten Wochen so sehr gebessert, daß man leicht vergessen konnte, welche Torturen er noch vor nicht allzu langer Zeit hatte erleiden müssen. Der Weg zu einer endgültigen Heilung mußte ja lang und steinig sein.

Ja, wenn sie es so betrachtete, war es besser für ihn, allein zu schlafen, statt dauernd an den anderen zu stoßen. Laura schlief, im Gegensatz zu Ian, meistens sehr fest. Es mußte ihn ja stören, sich ständig von ihr umschlungen zu fühlen.

Alles war ganz logisch und in Ordnung. Warum nur hatte sie dann das starke Bedürfnis, die Kissen durch den Raum zu schleudern?

Der alte Händler Mohan lag im Sterben. Als das Ende sich näherte, wurde sein dahinsiechender Körper hinausgetragen, so daß seine Seele sich frei in die himmlischen Sphären aufschwingen konnte, wenn die Zeit kam. Er war ein reicher Mann mit einem großen Haushalt, und als der Morgen herandämmerte, jammerten viele Frauen über seinen bevorstehenden Tod.

Doch die Frau, die am meisten Grund zum Kummer hatte, blieb stumm, denn ihre Angst war größer. Meera war Mohans zweite Frau, die Mohan teuer erworben hatte, damit sie ihm seinen Lebensabend verschönern sollte. Sie stammte aus einer gemischten Kaste und wäre niemals als erste Frau akzeptiert worden, doch sie war sehr schön, und das war alles, was von einer Konkubine verlangt wurde. Für drei Jahre war sie eine verwöhnte Braut gewesen. Und nun, im zarten Alter von siebzehn, würde sie einen schrecklichen Preis für die schönen Tage bezahlen müssen.

Mohan stieß einen letzten bebenden Seufzer aus und hörte dann auf zu atmen. Das Wehklagen der Frauen wuchs zu einem nervenzerreißenden, ohrenbetäubenden Chor an, der den Tod des Herrn im ganzen Haus verkündete. Meera weinte um den Verlust Mohans und seine Freundlichkeit, doch sie weinte noch mehr um sich selbst, denn schon bald würde auch sie tot sein.

Meera war, obwohl sie kaum eine Chance hatte, immer schon ein starrsinniges Kind gewesen, das ihre Mutter zur Verzweiflung treiben konnte. Und so würde sie auch jetzt um ihr Leben kämpfen. Als das Wehklagen langsam verebbte, kam Pushpa, die Frau von Mohans ältestem Sohn, und sagte mit falschem Bedauern: »Komm, Meera. Du mußt dich zur *Sati* fertigmachen.«

Mit bebender, doch entschlossener Stimme erwiderte Meera: »Ich werde meinen Mann nicht auf den Scheiterhaufen begleiten.«

Die Leute, die nah genug bei ihr standen, zogen entsetzt die Luft ein. Scharf sagte Pushpa: »Das mußt du. Dein Tod wird der Familie Ehre bringen. Dein

Opfer wird Mohan von den Bürden, die seine Seele belasten, befreien.«

»Mein Gemahl war ein guter Mann und braucht mein Opfer nicht«, erwiderte Meera rebellisch. »In diesem Augenblick ist er sicher schon im Himmel bei Ruppa, der Mutter seiner Söhne.«

Pushpas Stimme wurde unerbittlich. »Willst du den Rest deines Lebens mit rasiertem Kopf hinter einem Vorhang leben und nur eine Handvoll Reis zu essen bekommen?«

»Ja«, schrie Meera. »Dann bleibe ich wenigstens am Leben!«

Ein mißbilligendes Gemurmel erklang von allen Seiten. Irgend jemand sagte, sie schätze das Leben zu hoch ein, während Dhamo, Pushpas Mann, knurrte, er würde keine nutzlose Frau durchfüttern. »Ein Mann ist für seine Frau wie ein Gott«, versuchte der Brahmanen-Priester sie zu überzeugen. »Es ist nur richtig für dich, deine Seele mit der deines Gemahls zu vereinigen, damit ihr bis in alle Ewigkeit zusammensein könnt.«

»Eine Witwe muß freiwillig Sati werden«, sagte Meera stur, »oder es bedeutet gar nichts. Ich werde nicht einwilligen, und Mohan würde es auch nicht wollen.« Ihre Worte kamen trotzig, doch als sie die zornigen Blicke um sich herum spürte, fürchtete sie, daß Trotz allein ihr das Leben nicht retten würde.

Den ganzen Tag lang bereiteten die Männer die Verbrennungszeremonie vor, während die Frauen des Haushalts alles taten, um Meera dazu zu bewegen, Sati zu werden. Meera kamen sie vor wie Krähen, die nur darauf warteten, sich an ihrer Leiche zu laben. Doch trotz ihrer Angst und Erschöpfung weigerte sie sich bis zum Nachmittag. Dann gab sie plötzlich nach.

Mit einer Stimme, die wie vergifteter Honig klang, hatte Pushpa gesagt: »Als Mohans Frau bist du wie eine Dame aus hoher Kaste behandelt worden, doch wenn du deine heilige Pflicht nicht erfüllst, wirst du zu einem Objekt des Hasses werden. Selbst der niedrigste Paria wird deinen Schatten meiden. Du willst wirklich all diese schrecklichen Demütigungen nur um ein paar Jahre miserablen Lebens auf dich nehmen, wo du dir als Sati den Segen sichern kannst?«

Meera wußte, daß die Perspektive, die ihr ihre angeheiratete Schwiegertochter ausmalte, sehr wahrscheinlich zutreffen würde. Wie betäubt und unendlich verwirrt preßte sie die Hand an die Stirn und versuchte, ihre Gedanken von den Schleiern zu befreien, die sie gefangenhielten. »Vielleicht«, sagte sie heiser, »vielleicht sollte ich...« Dann dachte sie an die Flammen. Panik überkam sie, aber es war schon zu spät. Ihre Geste, ihre gestammelten Worte waren als Zustimmung gedeutet worden.

Nun war es die Pflicht eines jeden guten Hindus, sicherzustellen, daß sie auch wirklich an der Seite ihres Mannes starb.

Mit habgierigen Augen brachte Pushpa die Schmuckschatulle herbei. »Sag uns, wie du deine Juwelen verteilen willst. Ich werde dafür sorgen, daß dein Wunsch erfüllt wird.«

Meera richtete ihre stumpfen Augen auf die Frau ihres Stiefsohnes und entdeckte, daß Pushpa bereits ein Paar der schönsten Ohrringe trug. Ein Funken wütenden Trotzes brach durch Meeras Resignation. Sie öffnete das Kästchen. »Ich werde alles auf dem Scheiterhaufen tragen.«

Ein entsetztes Gemurmel erhob sich von den Frauen, die sie umgaben. »Aber das geht nicht! Das ist doch Verschwendung!«

Meera schaute sich um und sah kein einziges mitfühlendes Gesicht. »Keine von euch ist meine Freundin gewesen.« Sie schloß ein wunderschönes *Meenakari*-Collier um ihren Hals, dann streifte sie die schweren, breiten Silberarmreifen über. Als sie nach der Lotosblütenkette griff, sagte sie ohne Umschweife: »Wenn ihr mein Geschmeide wollt, dann könnt ihr unter meinen verbrannten Knochen danach graben!«

Wut erfüllte den Raum. Pushpa hob eine Hand, als wollte sie ihr den Schmuck herunterreißen, aber Meera fauchte sie nur an. »Faß irgend etwas an, und ich verfluche dich noch, wenn ich sterbe!« Und niemand wagte es mehr, ihre Entscheidung anzufechten.

Willenlos wie eine Puppe ließ Meera sich in ihren besten Seidensari kleiden, in dem sie auch geheiratet hatte. Nur zu bald war es Zeit, sich der Prozession zum Flußufer anzuschließen, wo die Verbrennung stattfinden würde. Als sie für immer ihr Zuhause verließ, tauchte Meera ihre Hand in rote Farbe und hinterließ einen Abdruck neben anderen, ausgeblichenen auf dem Türsturz. Wie betäubt überlegte sie, ob diese schon lange vergessenen Frauen freiwillig gestorben oder ob sie auch gezwungen worden waren.

Die Sonne versank am Horizont, als Meera inmitten der Prozession zum Fluß hinabging. Sie war umgeben von Menschen, damit sie nicht flüchten konnte, falls sie sich doch entschloß, sich und ihrer Familie Schande zu machen. Sie hätte es versucht, wenn sie Hoffnung auf Rettung gehabt hätte, aber eine solche Hoffnung gab es nicht. Sie hatte einmal eine Frau gesehen, die aus den Flammen zu fliehen versucht hatte, nur um von ihrem eigenen Sohn zurückgestoßen zu werden. Nein, es gab kein Entkommen. Wer war sie denn, daß sie sich gegen die Ungerechtigkeit des Schicksals auflehnte?

Der Scheiterhaufen war aus Sandelholz errichtet worden, in dessen Zwischenräume man ölgetränkte Baumwolle gestopft hatte. Er würde schnell brennen, doch nicht schnell genug, um Meera ohne Qualen zu töten. Dumpf ließ sie die Zeremonien über sich ergehen und wußte, sie hätte beten sollen. Aber sie konnte nur an das Feuer denken. Wenn die Ehefrau schon an der Seite ihres Mannes sterben sollte, warum mußte es dann schmerzhaft sein?

Plötzlich stieß Dhamo sie grob vorwärts. Sie erinnerte sich, daß sie den Scheiterhaufen dreimal umrunden mußte, und tat es pflichtbewußt, obwohl ihre Füße aus Blei zu bestehen schienen. Dann kam der Augenblick, an dem sie die Leiter hinaufsteigen sollte. Sie stolperte, und eine harte Hand schob sie hinauf. Seltsamerweise schien Mohans blumenbedeckter Körper einladender als all die Gestalten der Familie unter ihr. Vielleicht war es richtig, daß sie ihm ihre Seele übergab.

So heftig zitternd, daß der Schmuck leise klirrte, legte sich Meera auf das gestapelte Holz und wartete auf das Feuer.

Laura freute sich darauf, endlich Manpur zu erreichen, denn mit einem stummen Mann zu reisen, war reichlich anstrengend. Mehr als das: In den letzten Tagen hatte sie das unangenehme Gefühl gehabt, daß etwas nicht stimmte. Ians Blick konnte nur als brütend beschrieben werden, fast zornig, und er vermied sogar den leichtesten körperlichen Kontakt. Doch sein Benehmen war weiterhin höflich, und es lag eine Art Zärtlichkeit darin, die sich für seine seltsame Stimmung entschuldigen zu wollen schien.

Da es bereits spät war, brachte Laura ihr Pferd neben Ians. »Werden wir diese Nacht wieder in einem Dak-Bungalow verbringen?«

Er schüttelte den Kopf. »Nein. Wir sind fast aus dem britisch verwalteten Gebiet heraus. Hier gibt es kaum noch Daks. Wenn nicht gerade ein Würdenträger der Stadt darauf besteht, daß sein Tag getrübt wird, wenn wir nicht bei ihm übernachten, lagern wir außerhalb.«

Gesang ertönte in der Ferne, und Ian lauschte einen Moment. »Ein Begräbnis. Nach dem Lärm, den die Leute machen, handelt es sich um einen wichtigen Mann. Da ist ein Fluß zu unserer Rechten, wahrscheinlich bringen sie die Leiche dorthin.«

»Ruhe in Frieden«, murmelte Laura.

Während sie noch überlegte, wie sie die Unterhaltung weiterführen konnte, die die längste seit Tagen war, sagte Ian: »Wo wir gerade bei Scheiterhaufen sind: Wußtest du, daß Pjotr Moskau niedergebrannt hat?«

»Was?« fragte Laura ungläubig.

»Es ist wahr. Du kennst doch bestimmt die Geschichte von der Evakuierung Moskaus, bevor Napoleon und seine Männer es besetzen konnten?«

»Natürlich. Jedes russische Schulkind weiß, daß die Bewohner und die Armee sich vor Bonaparte zurückzogen. In der gleichen Nacht, als die Franzosen die Stadt besetzten, brach ein gewaltiges Feuer aus. Aber ich habe noch nie davon gehört, daß es absichtlich gelegt worden ist.«

»Ich nehme an, daß Moskaus Regierung wenig daran gelegen ist, die Welt wissen zu lassen, daß sie die Vernichtung der größten russischen Stadt angeordnet hat«, erklärte Ian trocken. »Pjotr war einer der Handvoll junger Offiziere, die sich versteckten und auf die Fremden warteten. Er erzählte mir, die verlassene Stadt hätte eine unheimliche Atmosphäre gehabt. Nachdem die Franzosen die Stadt in Besitz genommen hatten, setzten die Männer Moskau in Brand. Sie rannten mit Fackeln durch die Straßen, und da es sich zum größten Teil um Holzhäuser handelte, ging praktisch die ganze Stadt, bis auf den Kreml, in Flammen auf.«

»Das wußte ich nicht«, sagte Laura leise. »Es muß ziemlich schrecklich sein, seine eigene Stadt zu zerstören.«

»Ja. Pjotr sagte, es war, als würde er dem Feuerbegräbnis einer ganzen Nation zusehen. Doch danach hat sich Mütterchen Rußland wie ein Phönix aus der Asche erhoben.« Ians Blick war respektvoll. »Du entstammst einem resoluten Volk, Larischka. Durch den Mut, alles zu zerstören, was dem Feind helfen konnte, hat Rußland den größten Eroberer Europas aller Zeiten niedergezwungen. Britannien hat dazu beigetragen, Napoleon den Gnadenstoß zu versetzen, aber es waren der russische Feldzug und der Winter des Landes, der Napoleon wirklich besiegt hat.«

»Ich bin ein bißchen neidisch, daß du Pjotr so viel besser gekannt hast als ich«, gab sie zu.

»Ein Gefängnis ist ein phantastischer Ort, sich tiefer auszutauschen«, erwiderte Ian. »Es ist erstaunlich, an welche Einzelheiten man sich erinnert, wenn es sonst nichts zu tun gibt.«

Dann zog er sich wieder von ihr zurück, doch die Unterhaltung hatte Lauras Laune verbessert. Ja, es würden wieder glücklichere Tage kommen – und glücklichere Nächte.

Nachdem Meera ihren Platz eingenommen hatte, stieß Dhamo die Fackel in das Holz. Ein Rauchfetzen stieg langsam in die Luft. Dann entzündete sich die Baumwolle in knisternden Funken und plötzlich aufwallender Hitze. Meeras Stiefsohn umkreiste nun den Scheiterhaufen und stieß die Fackel immer wieder hinein. Rauchwolken stiegen in die Luft, die nach brennendem Sandelholz dufteten.

Meeras dumpfe Resignation dauerte nur, bis die erste gelbe Flamme emporschoß. Der Saum ihres Saris fing an zu glimmen, und ein Schmerz durchfuhr ihren Unterschenkel und zerriß ihren tranceartigen Zustand. Sie schrie auf und riß ihr Bein aus der Hitze. Unfähig, passiv auf den Tod zu warten, ließ sie sich in panischer Angst über den Rand des Scheiterhaufens rollen, während sie erwartete, daß mitleidlose Hände sie in die Feuerhölle zurückwerfen würden.

Doch der wabernde Rauch verschaffte ihr eine unerwartete Deckung. Als ihre Füße den Boden spürten, schoß sie instinktiv auf eine Lücke in der Menschenmasse zu, die den Holzstoß umstand. Während sie durch den beißenden Qualm taumelte, stieß sie mit einem Mann zusammen, der einen Fluch murmelte. Eine Frau zischte ihr etwas zu, jemand packte ihr Handgelenk, doch sie riß sich los.

Wunder über Wunder – sie schaffte es, den Ring der Zuschauer zu durchbrechen, bevor irgend jemand bemerkte, wer sie war. Sie stürzte bereits auf eine Gruppe Bäume zu, als hinter ihr die ersten wütenden Rufe ertönten. Sie warf einen raschen Blick zurück und entdeckte, daß die Männer ihre ungläubige Erstarrung überwunden hatten und zur Verfolgung ansetzten. Aber sie hatte als Kind immer mit ihren Brüdern gespielt und konnte schnell rennen. Bald würde es dunkel werden. Wenn sie sich bis dahin verbergen konnte, würde sie vielleicht wirklich frei sein!

Selbst wenn sie betteln und verhungern mußte, dann wäre es noch ein besseres Ende, als qualvoll zu verbrennen. Getrieben von Furcht und verzweifelter Hoffnung, raffte sie ihren Sari und rannte und rannte fort vom dem brennenden Holzstoß.

Laura blickte auf den Fluß, wo eine Qualmwolke den Ort kennzeichnete, an dem die Zeremonie, deren Gesänge sie kurz zuvor gehört hatten, nun den Höhepunkt erreichen mußte. Sie hörte laute Rufe, dachte sich aber nichts dabei, bis Ian plötzlich sein Pferd zügelte und eine Hand warnend hob. »Hört ihr das?« sagte er scharf. »Da stimmt etwas nicht.«

Laura hielt ebenfalls an. Zafir, der etwas hinter ihnen geritten war, schloß zu ihnen auf, so daß die drei nun eine kompakte Gruppe bildeten. Die Rufe kamen rasch näher, und plötzlich brach jemand etwa fünfzig Fuß vor ihnen aus dem Gebüsch. Laura hatte gerade soviel Zeit, um zu erkennen, daß es eine Frau in einem roten Sari war, da stürzten schon ein halbes Dutzend brüllender Männer heran.

Die Flüchtige stolperte auf die Straße, hob den Blick und sah Ian. Ohne Hut war er leicht als Europäer zu erkennen. Sofort rannte die Frau auf ihn zu. »Bitte, Sahib!« schrie sie. »Ich will nicht brennen!«

Immer mehr Menschen ergossen sich auf die Straße, und Ian trieb sein Pferd auf die Frau zu. Als er sich zwischen sie und die Verfolger geschoben hatte, rief er laut: »Was geht hier vor?«

Laura hielt den Atem an, als sie die plötzliche Verwandlung ihres Mannes von einem müßig Reisenden in einen ausgebildeten Soldaten erkannte. Mit seiner Größe und seiner befehlsgewohnten Art schien er seine Umgebung zu überragen. Die Männer auf der Straße waren auf einmal verunsichert und blieben verwirrt stehen.

Nicht nur Ian hatte eine Wandlung durchgemacht. Zafir hatte seine Waffe gezogen, und die gewöhnlich fröhliche Miene des Pathanen war dem harten Blick eines Kriegers gewichen. Laura fand, daß auch sie etwas beitragen sollte, zog ihr eigenes Gewehr aus der Hülle und legte es über den Schoß. Obwohl sie es nicht entsicherte, wußte sie, daß die regelmäßigen Schießübungen sie soweit gebracht hatten, daß sie durchaus mit der Waffe umgehen konnte, wenn es zum Schlimmsten kommen sollte.

Die Männer hatten sich inzwischen wieder gefaßt, und der eine, der die Verfolger angeführt hatte, trat vor. »Reite weiter, Engländer«, sagte er streitlustig. »Dies geht dich nichts an.«

Ian blickte über seine Schulter auf die Frau, die zwischen Laura und Zafir stand. »Warum sind sie hinter dir her?«

Das Stück Sari, das normalerweise über den Kopf drapiert wurde, war heruntergerutscht und zeigte, daß die Frau fast noch ein Kind war. Ihre Stimme zitterte, als sie antwortete: »Die Familie meines Mannes zwingt mich, Sati zu werden, Sahib!«

Ian wandte sich wieder zu den Männern. »Ist das wahr?«

Der Anführer spuckte aus. »Meera, dieses unwürdige Luder, hat eingewilligt, dann ihre Meinung geändert. Durch ihre feige Flucht hat sie Schande über die Familie gebracht! Sie kann die Ehre nur wiederherstellen, wenn sie zurück zum Scheiterhaufen geht!«

»Bitte, Sahib! Erlaub es ihnen nicht!« flehte Meera. »Wenn du mich beschützt, werde ich deine willige Sklavin sein.«

Die Menge der Männer bewegte sich langsam voran. Ian setzte sein Pferd in Bewegung und begann, mit kurzen, winzigen Schritten tänzelnd die Straße zu überqueren, was eine unsichtbare, doch effektive Barriere zwischen dem Mädchen und ihren Verfolgern bildete. »Das ist gegen das Gesetz«, sagte er mit einer barschen Stimme, die für jeden hörbar war. »Der Sirkar hat den Brauch vor mehr als zehn Jahren verboten.«

Der Brahmane arbeitete sich bis zur ersten Reihe durch. »Sati ist ein alter Brauch, Engländer«, sagte er wütend. »Weder du noch der dreckige Sirkar hat das Recht, ihn uns zu verbieten!«

»Und es ist ein alter englischer Brauch, Männer zu hängen, die ihre Frauen verbrennen«, erwiderte Ian mit tödlicher Verbindlichkeit. »In diesem Fall sollten wir nach unseren überlieferten Sitten handeln.«

»Du bist nicht länger in Britisch-Indien, Engländer«, knurrte der Anführer. »Dies ist Rajputana – der Sirkar hat hier keine Befehlsgewalt. Die Frau hat zugestimmt, Sati zu werden, und nun muß sie brennen. Wenn du sie uns nicht herausgibst, dann nehmen wir sie uns.«

Eine Stimme aus der hinteren Reihe setzte laut hinzu: »Und es wird nicht das einzige sein, das wir nehmen, Engländer!«

Laura sog entsetzt die Luft ein. Die kraftvolle Kombination aus religiösem Eifer und Haß auf die

Briten würde die Gruppe schnell in einen rasenden, unbeherrschbaren Mob verwandeln. Entschlossen, ihre Furcht nicht zu zeigen, schluckte sie hart und wandte sich an Zafir. »Nimm das Mädchen zu dir auf den Sattel«, sagte sie leise. »Wir müssen sehen, so schnell wie möglich wegzukommen.«

Zafir senkte die Waffe und schnippte mit den Fingern, um die Aufmerksamkeit des Mädchens zu erregen. Als sie sich umdrehte, streckte er ihr die Hand entgegen. Der Anblick seines wilden, bärtigen Gesichts ließ sie zögern, bis er lächelte. »Komm, kleine Taube. Dir geschieht nichts.«

Mit frischem Mut ergriff das Mädchen die Hand des Pathanen, und er zog sie hinter sich auf sein Pferd. Mit einem metallischen Klirren ihres Schmucks ließ sie sich seitlich nieder und schlang ihre zitternden Arme um seine Taille.

Laura hatte Meera beobachtet, wurde jedoch durch einen geknurrten lauten Fluch aus der Menge wieder abgelenkt. »Englische Schweine!«

Das löste eine Reihe ähnlicher Bezeichnungen aus. Plötzlich sah Laura an der Seite des Mobs einen Mann, der einen dicken Stein aufhob und ausholte, um ihn auf Ian zu schleudern. Der Angreifer befand sich auf seiner blinden Seite, und Laura schrie entsetzt auf: »Ian! Vorsicht! Rechts von dir!«

Ian wirbelte herum und sah das Geschoß auf sich zufliegen. Mit unglaublicher Geschwindigkeit riß er seine Pistole aus dem Halfter und feuerte, scheinbar ohne zu zielen. Der Stein zersprang, und die Splitter spritzten in die Menge, aus der augenblicklich Schmerzensschreie erklangen. Die zweite Kugel schlug zwischen den Füßen des Angreifers ein und wirbelte Staub und Kies auf. Der Mann wurde blaß und sprang zurück. Von seiner kriegerischen Laune war nichts mehr zu spüren.

Das Krachen der beiden Schüsse hallte über der Ebene wider, als Ian sich mit einer Hand die Augenklappe abriß und sein blindes Auge zeigte. »Wenn ihr euer Leben schon nicht schätzen könnt, dann sorgt ihr euch vielleicht um eure Seelen!« Langsam ließ er seinen Blick über die Menge schweifen und sah nacheinander jeden Mann an. Danach fuhr er mit einer Stimme, die wie ein Peitschenhieb über die Männer zuckte, fort. »Jeder, der versucht, der Witwe Meera etwas anzutun, wird es eine Ewigkeit bereuen.«

Fast greifbares Entsetzen legte sich über die Gruppe, und alle starrten mit offenem Mund auf Ian, als wäre er der Teufel in Person. Das Schweigen war so vollkommen, daß das Klingeln eines Zaumzeugs laut wie eine Kirchenglocke klang. Laura begriff am Anfang nicht, was das alles zu bedeuten hatte. Doch dann erinnerte sie sich, was Ian ihr erzählt hatte, kurz nachdem sie sich kennengelernt hatten. Für die Abergläubischen bedeutete ein blindes Auge den bösen Blick, der verfluchen konnte. Schon wichen die Männer mit aschfahlen Gesichtern zurück.

»Es wird Zeit, daß wir weiterkommen«, sagte Ian ruhig in Englisch. »Laura, reite links um die Gruppe herum.«

Sie nickte und trieb ihr Pferd den Uferwall hinauf. Zafir, Meera und das Packpferd folgten. Ian schloß sich als letzter an und hielt den Revolver schußbereit, während sie die Gruppe umrundeten und dann in sicherer Entfernung wieder auf die Straße zurückkehrten.

Als sie weit genug fort waren, ordnete Ian an: »Wir reiten noch ein paar Meilen weiter, bis wir ein Lager aufschlagen.«

Sie trieben die Pferde an und ritten in schnellem Galopp. Zafir übernahm die Spitze, wobei das Mädchen wie eine Puppe an ihm hing. Ian lenkte sein Pferd neben Laura. »Wie geht es dir?«

Laura war nicht überrascht zu sehen, daß er seine Augenklappe wieder angelegt hatte und nun gelassen dahinritt, als würden sie eine englische Wiese überqueren. »Langsam kommt die Reaktion, und ich könnte auf der Stelle auseinanderbrechen, aber sonst geht es mir gut«, antwortete sie mit einer Stimme, die weniger fest war, als es ihr lieb war. »Glaubst du, sie werden uns verfolgen?«

»Höchst unwahrscheinlich. Ich habe immer den Verdacht gehabt, daß der Brauch der Sati bloß dazu dient, überflüssige Frauen loszuwerden«, erwiderte er zynisch. »Da die Familie diese hier nun wirklich los ist, gibt es keinen echten Grund, uns zu jagen – schon gar nicht, da sie befürchten müssen, verdammt zu werden!«

»Das war ein guter Trick«, sagte sie bewundernd. »Aber hast du denn nicht wenigstens *ein bißchen* Angst gehabt?«

Er zuckte die Schultern. »Keiner von ihnen hatte eine Waffe, insofern bestand keine Gefahr!«

Aber sie hatten Steine und hätten sie auch eingesetzt, aber Laura hatte keine Lust, ihn darauf hinzuweisen. Offenbar war das Bezwingen eines aufgebrachten Mobs eine Alltäglichkeit für ihren Mann. »Ich war überrascht, daß du den Mann, der dich Engländer genannt hat, nicht korrigiert hast«, witzelte sie.

Ian grinste. »Selbst ein sturer Schotte erkennt gelegentlich, daß man sich manchmal nicht mit Nebensächlichkeiten aufhalten sollte.«

Sein Haar schimmerte wie dunkles Feuer in der untergehenden Sonne, und er war ganz und gar unwiderstehlich. Wenn sie zu Fuß gewesen wären, hätte Laura ihn geküßt, ob er es nun gewollt hätte oder nicht.

In dem Wunsch, die Richtung ihrer Gedanken zu ändern, sagte sie: »Ich bin bereit, zuzugeben, daß Schießübungen nicht ganz und gar nutzlos sind.«

»Sieh an«, meinte er tonlos, aber mit einem schelmischen Funkeln in den Augen. »Bedeutet das, ich darf nun eine gehorsame Frau erwarten?«

»Nein«, sagte sie fröhlich. »Aber ich werde ein bißchen mehr üben.«

Sein Lachen war fast so gut wie ein Kuß. Fast.

Kapitel 19

Nach ihrer Begegnung mit der aufgebrachten Menge folgten sie der Straße in nordwestlicher Richtung und hielt erst an, nachdem die Sonne bereits eine Weile am Horizont versunken war. Als Laura sich steif vom Sattel gleiten ließ, erkannte sie, daß Ian einen Lagerplatz ausgesucht hatte, der an drei Seiten geschlossen war.

Zafir half dem indischen Mädchen beim Absteigen und machte sich dann daran, Holz zu suchen und ein Feuer zu entzünden. Da Ian sich um die Pferde kümmerte, konnte Laura sich sozusagen unter vier Augen mit dem Mädchen unterhalten. Nachdem sie sich und die Männer vorgestellt hatte, fragte Laura: »Hast du irgendwelche Brandwunden oder andere Verletzungen, Meera?«

Das Mädchen musterte die geschwärzte Seide ihres Saris und sagte dann mit bewundernswert gelassener Stimme: »Mein Bein ist ein wenig gerötet, aber sonst habe ich nichts, Memsahib.«

Laura suchte in ihrer Habe nach Salbe und reichte dem Mädchen den Topf. »Das wird das Brennen lindern«, sagte sie und begann dann, die Dinge, die sie für das Essen brauchten, auszupacken. »Es ist zwar gegen den Brauch deines Volkes, mit Ungläubigen zu essen, aber du bist herzlich eingeladen, mit uns zu teilen, was wir haben.«

Meera hob ihr kleines Kinn. »Ich bin nun eine Ausgestoßene, Memsahib. Ich esse, was immer du mir schenkst, und bin dankbar dafür.«

Als Laura das Blech über das Feuer stellte, damit es aufheizte, kam Meera zu ihr. »Laß mich das machen, Memsahib. Ich habe deinem Mann gesagt, ich will seine Sklavin sein, also will ich auch dir dienen.«

Laura setzte sich auf ihre Fersen zurück und sagte zweifelnd: »Du solltest nach einem so schlimmen Erlebnis lieber ein wenig ausruhen.«

Das Mädchen lächelte schief. »Ich bin keine zarte Lotosblüte, Memsahib. Auch wenn mein Gemahl aus einer hohen Kaste stammte und sehr vermögend war, bin ich niedriger geboren. Ich weiß wie jede andere Frau, wie man kocht und putzt.« Als Beweis kniete sie sich nieder und begann, Wasser und Mehl zu mischen, um das Brot zu machen. Ihr Schmuck funkelte unregelmäßig im Feuerschein auf, als sie geschickt den Teig knetete.

»Es ist sehr nett von dir, uns zu helfen«, bemerkte Laura, »aber du wirst nicht ewig dienen wollen. Kannst du zu deiner Familie zurückkehren?«

Meera schüttelte den Kopf. »Nein. Mein ältester

Bruder würde mich vielleicht wieder aufnehmen, aber Mohans Söhne würden ihm sehr viel Ärger bereiten.« Sie blickte Laura ernst an. »Eine englische Lady sollte nicht ohne Dienerin reisen, Memsahib. Bitte erlaube mir, dir zu dienen – ich schwöre, ich werde sehr hart arbeiten.«

Laura biß sich auf die Lippen, während sie überlegte, was sie mit dieser eifrigen jungen Frau machen sollte. »Mein Mann und ich sind nicht mehr lange in Indien. Nach einem kurzen Besuch in Dharjistan werden wir nach Bombay reisen. Wenn du willst, kannst du für mich arbeiten, bis wir Indien verlassen. Mit Beziehungen wird es sicher dann nicht mehr schwer sein, für dich eine andere Stellung zu finden.« Sie schüttelte den Kopf, als sie die schmale, teuer gekleidete Frau musterte. »Aber es wird ein gewaltiger Abstieg für dich sein.«

»Verglichen mit dem Tod, Memsahib«, erwiderte Meera, »ist es nicht so schlecht, zu dienen.«

Das konnte Laura nicht bestreiten.

Da Meera die Chapatis buk, kümmerte Laura sich um das Pilaf, und so war das Essen fertig, als die Männer ihre Aufgaben erledigt hatten. Nach der Mahlzeit überredete Laura das Mädchen, ihnen von ihrer Herkunft zu erzählen und wie sie es geschafft hatte, dem Scheiterhaufen zu entkommen. Als die junge Frau endete, fügte Laura für die Männer hinzu: »Meera wird meine Zofe sein, bis wir Bombay erreichen. Dann wird sie sich dort eine Anstellung suchen.«

Ian nickte zustimmend. »Morgen kommen wir durch eine Stadt, in der wir Kleider und ein Pony für sie besorgen können.«

Meera senkte den Kopf. »Du bist genauso großzügig wie mutig, Sahib«, sagte sie mit halberstickter Stimme.

Ian sah ein wenig verlegen aus. »Ich kann wohl kaum danebenstehen und zusehen, wie sie dich in deinen Flammentod zerren.«

Laura wußte, daß er einfach nur die Wahrheit sagte. Sie konnte sich nicht vorstellen, daß Ian ein solches Verbrechen geschehen lassen würde. Es mußte ermüdend sein, sich stets für andere verantwortlich zu fühlen – vielleicht hatte er es einfach nur satt und zog sich deswegen vor ihr zurück.

Ian warf ein paar Äste ins Feuer. »Zafir, morgen abend sind wir in der Nähe deines Onkels Habibur. Glaubst du, er wird uns für die Nacht aufnehmen?«

Zafir grinste. »Wenn dein Weg dich dicht an Habibur vorbeiführt, ohne daß du ihn besuchst, und er findet es irgendwann heraus, dann bedeutet das Todfeindschaft.«

»Ich freue mich darauf, den alten Halunken wiederzusehen.« Ian lächelte bei der Erinnerung. »Als ich ihn auf dem Weg nach Buchara besuchte, brauchte ich zwei Tage, um mich von seiner Gastfreundschaft zu erholen.«

»Dann denke einmal daran, wie anstrengend es ist, sein Neffe zu sein«, erwiderte Zafir seufzend.

Während die Männer ihre Erfahrungen mit dem facettenreichen Habibur austauschten, näherte Meera sich scheu Laura. »Memsahib, es gibt nichts, was ein niederes Wesen wie ich für deinen Gemahl tun könnte, also muß ich dir meinen Dank ausdrücken.« Entschlossen löste sie eine lange Kette von ihrem Hals, die aus filigranem Golddraht in abstrakten Blumenmustern gefertigt war. »Bitte nimm dies als einen Beweis meines Dankes.«

Laura riß die Augen auf, als sie die im Feuerschein schimmernde wunderschöne Kette betrachtete. »Das ist zu wertvoll, Meera. Du mußt den Schmuck für deine Zukunft aufbewahren. Du wirst ihn schon als Aussteuer brauchen, wenn du noch einmal heiraten wirst.«

»Ich habe genug anderen Schmuck, der mir meine Zukunft sichert.« Meeras junges Gesicht verzog sich in Bitterkeit. »Ich weiß nicht, ob ich je wieder heiraten werde, Memsahib, aber wenn, dann einen Mann aus einer niedrigeren Kaste, wo keine Satis verlangt werden.« Sie legte die glitzernde, kostbare Kette in Lauras Hand. »Und was den Wert davon betrifft... ich schätze mein Leben auch hoch ein.«

Laura begriff, daß es eine Frage der Ehre war, und so sagte sie ernst: »Ich danke dir. Ich werde diese Kette stets wie meinen Augapfel hüten.«

Erfreut wandte Meera sich ab, um sich einen Schlafplatz an der gegenüberliegenden Seite des Feuers zu machen, während Laura dasselbe auf ihrer Seite tat. Ian war so entspannt gewesen, daß in ihr die Hoffnung aufkeimte, er würde seine Decke nahe bei ihr ausbreiten. Doch zu ihrer Enttäuschung verkündete ihr Mann kurz darauf: »Ich glaube zwar nicht, daß es nötig ist, aber wir sollten heute nacht besonders wachsam sein. Ich übernehme die erste Wache, Zafir.«

Verzweifelt zog sich Laura die Decke über den Kopf. Dieser verdammte Mann war ihr wieder entwischt. Warte nur, bis wir auf dem Schiff nach England sind, schwor sie sich halb im Spaß, halb ernsthaft. Selbst die beste Kabine hatte nicht soviel Platz, daß er einen wirklich großen Abstand halten konnte. Dann wäre er ihr ausgeliefert.

Aber bis dahin würden die Nächte lang und einsam sein.

Wie Ian erwartet hatte, gestaltete sich die Wache ruhig und ungestört, bis auf die Geräusche der Nacht und seine eigenen Gefühle. Immer wieder wanderte sein Blick zu Laura. Jedesmal kostete es ihn mehr Kraft, nicht hinüberzugehen und sie in seine Arme zu reißen. Und es war nicht nur die pure Begierde. Er sehnte sich genauso nach der unkomplizierten, freundlichen Art, miteinander umzugehen, die sie in den vergangenen Wochen entwickelt hatten. Doch sein Körper, der ganz offensichtlich nicht mehr an Feinheiten gewöhnt war, übersetzte all seine körperliche und seelische Sehnsucht in verzehrende Lust.

Nachdem sie dem Mob entkommen waren, hatte er sich so gewünscht, Laura von ihrem Pferd ziehen und trösten zu können, bis keine Gefahr mehr bestand, daß sie ›auseinanderfallen‹ würde, wie sie es genannt hatte. Dummerweise hätte dies genau den gegenteiligen Effekt gehabt. Er konnte sich selbst nicht vertrauen, und die Situation wurde schlimmer statt besser.

Es war nicht schwer zu verstehen, warum die Männer auf dem Ball von Cambay so entzückt von Laura gewesen waren, denn ihre unbewußte sinnliche Ausstrahlung konnte einen Mann durchaus in den Wahnsinn treiben. Und Ian war sich sicher, daß er jeden Tag ein bißchen wahnsinniger wurde. Wenn Laura nur ein wenig keß wäre, dann würde sie Männer aus einem Umkreis von fünfhundert Meilen anziehen. Er nahm an, er sollte dankbar sein, daß sie sich ihrer Aura nicht bewußt war.

Als Ablenkung begann er, seinen Revolver zu reinigen. Er würde die gegenwärtige Situation niemals die sechs Monate ertragen, die sie brauchten, bis sie endlich in Schottland waren. Das bedeutete, daß er die Bedingungen ihrer Ehe vorher neu festlegen mußte. Aber wann? Nach einigem Grübeln entschied er sich für die Zeit in Bombay. Die Stadt war zivilisiert und besaß einen hohen Anteil an Briten, so daß Laura nicht so isoliert sein würde wie jetzt. Dort würde sie ohne Druck entscheiden können, ob sie die Ehe weiterführen wollte.

Wieder betrachtete er Laura. Ja, Bombay wäre die richtige Zeit, der richtige Ort. Während er seinen Revolver wieder zusammensetzte, begann er im Geiste auszurechnen, wie lange sie wahrscheinlich noch bis Bombay unterwegs sein würden.

Er weigerte sich, daran zu denken, was zum Teufel er tun sollte, wenn Laura entschied, die Bedingungen ihrer Ehe *nicht* ändern zu wollen.

Meera rollte sich unter ihrer geborgten Decke zusammen und konnte ihr Glück kaum fassen. Es war also wirklich nicht ihr Karma, so jung zu sterben. Vielleicht war es dieses Wissen gewesen, das sie so verzweifelt gegen den Tod hatte ankämpfen lassen. Der englische Sahib (was schottisch war, wußte Meera wirklich nicht) war in seinem Zorn wunderbar gewesen, und die Memsahib war eine freundliche Frau, die ihr eine gute Herrin sein würde. Obwohl der große bärtige Pathane sie zuerst eingeschüchtert hatte, war seine Berührung sanft gewesen. Sie hatte von ihm nichts zu befürchten.

Heute war ihr mehr Freundlichkeit begegnet als in all den Jahren im Haus ihres Mannes – bis auf die Zuneigung von Mohan selbst. Das Schicksal ist seltsam, dachte sie schläfrig. Vor nur einer Nacht war sie noch die respektable Frau eines reichen, wenn auch dahinsiechenden Kaufmanns gewesen. Nun war sie ein Dienstmädchen, das nur das besaß, was sie am Körper trug. Dennoch war sie glücklicher und hoffnungsfroher als je zuvor. Und mit dem Gedanken daran schlief sie ein.

Als Funken aus dem Feuer in die dunkle Nachtluft stoben, wachte Meera wieder auf. Entsetzt setzte sie sich ruckartig auf und blickte sich panisch um, bis sie erkannte, daß Zafir bloß ein bißchen neues Holz auf das Feuer geworfen hatte.

Der Pathane wandte sich um, als sie aufschreckte. Leise, damit niemand sonst wach wurde, sagte er: »Das Feuer macht dir angst, kleine Taube?«

Ihre zu Fäusten geballten Hände lösten sich. »Ich... ich werde mich bald wieder daran gewöhnen. Das muß ich ja – niemand kann ohne Feuer leben.« Dann fragte sie neugierig: »Warum nennst du mich kleine Taube?«

Er lächelte und zeigte seine strahlendweißen Zähne. »Du bist so zierlich und anmutig wie eine Taube, und du bist wie eine Taube geflogen. Aber vielleicht wäre kleiner Falke treffender, denn es braucht viel Mut, um vom Scheiterhaufen zu fliehen. Ich habe noch nie von einer Witwe gehört, die es gewagt hat.«

Wie die meisten Pathanen war Zafir größer und hellhäutiger als die Menschen der Ebene, und seine scharfen Züge verliehen ihm ein wildes Aussehen, auch wenn er lächelte. Meera war froh, ihn auf ihrer Seite zu wissen. »Ich war nicht mutig«, sagte sie ehrlich. »Ich hatte nur Angst!«

»Natürlich. Du bist nur eine Frau«, sagte er großmütig. »Aber deine Furcht wurde zur Quelle von

Kraft statt von Schwäche. Nun schlaf, kleine Taube. Niemand wird dir etwas antun.«

Bevor sie gehorchte, mußte sie noch eine Frage stellen. »Hat Falkirk Sahib wirklich den bösen Blick?«

»Nein.« Zafir lachte. »Das hat er nicht nötig. Er kennt keine Furcht, und er reitet und schießt so gut wie Pathanen.«

Frech genug geworden, um ihn ein wenig zu nekken, sagte sie: »Ich dachte, niemand könnte sich mit einem Pathanen messen.«

»Die besten Briten sind fast so gut wie wir. Und deswegen diene ich auch dem Sirkar. Deswegen, und weil man viel von ihnen lernen kann.« Dann wechselte er abrupt das Thema. »War dein Mann gut zu dir?«

»O ja. Er hat mir viele Juwelen geschenkt und mich immer gut behandelt. Er sagte, ich sei klug, und lehrte mich Persisch, damit ich ihm vorlesen konnte«, antwortete sie stolz.

»Eine Frau mit Bildung«, bemerkte Zafir. »Es wäre eine Verschwendung gewesen, ein solches Talent auf dem Scheiterhaufen zu verbrennen.«

»Das habe ich auch gedacht«, sagte sie ernsthaft.

Der Pathane lachte wieder in sich hinein. Dann zeigte er plötzlich zum Himmel. »Sieh nur, kleine Taube. Ein Dämon stirbt.«

Meera schaute hinauf und entdeckte das Aufblitzen einer Sternschnuppe. »Ein Dämon?«

»Bei meinem Volk sagt man, daß eine Sternschnuppe entsteht, wenn ein Engel einen Dämon im endlosen Kampf zwischen Gut und Böse besiegt hat«, erklärte Zafir. »Vielleicht steht dieser eine für deine heutige Flucht vor dem Bösen, denn dir muß ein Engel geholfen haben.«

Sie legte den Kopf schief. »Ich wußte, daß dein Volk aus Kriegern besteht, aber nicht, daß ihr auch Dichter seid.«

»Wir sind beides, denn der Krieg ist die höchste Poesie.« Dann wurde seine Stimme weich. »Schlaf endlich, kleine Taube, und träume nicht vom Feuer.«

Meera kroch unter ihre Decke zurück und seufzte zufrieden. Morgen würde sie Ganesha ein Dankgebet sprechen und ihm opfern, weil er ihr so geholfen hatte.

Das letzte, was sie im Geist sah, bevor sie wieder in Schlaf sank, waren Zafirs graue Augen, die im Feuerschein funkelten.

An das Haus des Pathanen Habibur erinnerte sich Laura später in erster Linie als an einen Ort der Lustbarkeit. Der gewaltige Gebäudetrakt bestand aus Zimmern, die um einen großen Innenhof angeordnet waren, und bot mehreren Generationen Familienangehöriger Unterkunft. Laura versuchte nicht einmal die verschiedenen Verwandtschaftsbeziehungen der Bewohner zu entwirren. Sie konnte sich ohnehin nicht mit allen Frauen unterhalten, da viele nur Pashto, die Sprache der Pathanen, verstanden und redeten. Aber alle waren sehr freundlich und hießen Laura und Meera in ihrer Mitte herzlich willkommen. Lauras helles Haar war Quelle besonderer Neugier und Faszination. Es wurde so oft gestreichelt und berührt, daß innerhalb kürzester Zeit sämtliche Nadeln herausgerutscht waren und ihr die Locken über die Schultern purzelten.

Laura machte es nichts aus. Nach den letzten Tagen, in denen Ian sich von ihr ferngehalten hatte, tat es gut, unter Menschen zu sein, die sich für sie interessierten. Dennoch hielt Meera und Laura zunächst das Bedürfnis nach einem vertrauten Gesicht eng beieinander. Die junge Hinduwitwe trug inzwischen einen einfachen Baumwollsari und hatte den Schmuck abgelegt, so daß sie jetzt ganz wie die hingebungsvolle Dienerin aussah. Anfangs war sie sogar noch schüchterner als Laura, aber bald sprach sie schon fröhlich mit den anderen Hindufrauen, die es im Haus gab.

Das Innere des ganzen Gebäudekomplexes, das Bäume, einen Brunnen, Geflügel und drei Ochsen einschloß, war *Purdah*-Gebiet, in dem die Frauen unverschleiert herumlaufen konnten, weil alle anwesenden Männer Verwandte waren. Außerhalb der zehn Fuß hohen Mauern mußten die Frauen sich verschleiern und in unförmige Gewänder hüllen, die sie wie bekleidete Kegel aussehen ließen. Dafür waren die Kleider, die sie im Haus trugen, besonders farbenprächtig.

Obwohl Ian ein Ehrengast war, war ihm der Zutritt nicht gestattet. So saßen die Männer draußen unter den Bäumen, rauchten, erzählten und labten sich an gebratener Ziege. Die Frauen feierten drinnen ihr eigenes Fest.

Da Ian ohnehin Lauras Bett nicht teilen würde, hatte sie nichts dagegen, die Nacht bei den Frauen zu verbringen. So war sie um so überraschter, als Darra, Habiburs Frau, ihr später bedeutete, ihr zu folgen. In gebrochenem Urdu sagte sie: »Männer schlafen jetzt. Du gehst zu Gemahl in Gästezimmer.«

Sie überquerten den großen Innenhof, und Laura bemerkte, daß es leicht zu regnen begonnen hatte, was ihr erklärte, warum die Männer ihre Versammlung bereits abgebrochen hatten. Sie kamen an dem Lehmofen vorbei, als Darra auch schon anhielt und auf eine hölzerne Treppe zeigte, unter der Licht hervorschien. »Gemahl.« Sie lächelte Laura breit und zweideutig an und tätschelte ihr den Arm. »Schöner, großer Ferengi«, setzte sie noch hinzu, indem sie den üblichen Ausdruck für Europäer benutzte.

Laura bedankte sich bei ihrer Gastgeberin mit einem tiefen Knicks, dann betrat sie da Gästezimmer. Die fensterlose Kammer enthielt keine Möbel außer einem Tisch mit einer flackernden Öllampe darauf und zwei der mit Schnur bespannten Liegen, die *Charpoys* genannt wurden. Ian saß auf der Kante des einen und trug das lockerfallende Gewand, in dem er schlief. Als Laura eintrat, sah er von der Karte auf, die er studierte, und lächelte sie kurz an. »Wie war es im Purdah?«

»Fröhlicher als ich erwartet hätte.« Lauras Blick wurde von dem lockigen Haar gefangen, das aus dem Ausschnitt seines Gewands lugte. Es kostete sie Mühe, die Augen abzuwenden. Als sie zu ihrem Gepäck hinüberging, hörte sie von draußen das Geräusch eines Balkens, der als Riegel vor eine Tür geschoben wurde. Sie blickte über die Schulter. »Sind wir für die Nacht eingesperrt?« fragte sie verdutzt.

»Nur in einer Richtung. Es gibt zwei Türen, und eine führt nach draußen. Durch die könnten wir hinaus, wenn wir wollten.« Ian deutete auf die gegenüberliegende Wand, wo eine zweite Tür fast ganz im Schatten verborgen lag. »Besucher kommen direkt aus dem Tamarindenhain hier herein.«

Lauras Blick fiel auf die verriegelte Tür zum Hof. »Die Pathanen nehmen die strikte Trennung mächtig ernst, nicht wahr?«

»Allerdings«, antwortete Ian. »Eine Frau, die versehentlich einem nichtverwandten Mann ihr unverschleiertes Gesicht zeigt, wird wahrscheinlich von ihrem Gatten wegen ihrer ›Untreue‹ getötet. Nachdem er den Mann, der ihn beleidigt hat, ins Jenseits befördert hat, versteht sich. Auch wenn Habibur mich als einen Adoptivsohn betrachtet, würde er mich eigenhändig erschießen, wenn ich die Ehre irgendeiner Frau hier befleckte.«

Laura verzog das Gesicht. »Das ist nicht besser als der Brauch der Sati. Dabei hatte ich gedacht, das System der Pathanen wäre vergleichsweise sinnvoll.«

»Ist es in vieler Hinsicht, aber die Ehre bedeutet ihnen alles.« Er lächelte ohne Humor. »Briten sind da kaum anders.«

»Warum lebt Habibur eigentlich hier, weit entfernt von seinem Volk?«

»Pathanen leben traditionell davon, Durchreisenden Geld abzuknöpfen, um ihnen eine sichere Reise durch die Berge zu garantieren. Habibur dagegen ist etwas geschäftstüchtiger«, erklärte Ian. »Es hat mit einem Pferdemarkt in der nächsten Stadt von hier angefangen. Inzwischen ist er der wichtigste Viehlieferant im nördlichen Indien. Nachdem er einen solchen Erfolg gehabt hatte, zog er mit seinem gesamten Hausstand hierher. Es gibt zwar auch ein paar Nicht-Pathanen hier, aber im großen und ganzen läuft alles so, wie die Traditionen seines Volkes es bestimmen.«

Ian wandte sich wieder seiner Karte zu, und Laura nutzte die Gelegenheit, sein Gesicht zu mustern. Dies war seit Tagen das erste Mal, daß sie allein waren. Trotz des leicht angespannten Ausdrucks sah Ian gut aus – geschmeidig, muskulös, gesund. Er würde niemals dick werden, aber er hatte endlich genug zugenommen, um nicht mehr so dünn zu wirken. Ihr Blick wanderte zur Liege. Sie war breit genug für zwei, wenn er sie bei sich liegen ließ, wogegen sie bestimmt nichts einzuwenden hätte.

Bevor ihre vage Hoffnung keimen konnte, unterbrach Ian ihre Gedanken. »Bevorzugst du irgendeins der Betten?«

»Beide sind in Ordnung.« Sie unterdrückte einen Seufzer. »Wie lange dauert es noch, bis wir Manpur erreichen?«

»Wenn nichts Unvorhergesehenes passiert, drei Tage.« Er faltete die Karte zusammen und steckte sie wieder in sein Gepäck, dann streckte er sich und musterte ohne Begeisterung das Gästezimmer. »Auch wenn es naß ist – am liebsten würde ich draußen schlafen.«

Selbst Lauras erzwungene Gelassenheit hatte Grenzen. Sie hatte ihre Stimme nicht so unter Kontrolle, daß er nicht hörte, wie verletzt sie war. »Ist es denn so unangenehm, in meiner Nähe zu sein?«

Er wirbelte herum und ging einen Schritt auf sie zu, stoppte aber dann. »Das ist es nicht, Laura«, sagte er. »In Buchara habe ich eine tiefe Abneigung dagegen entwickelt, in fensterlosen Räumen schlafen zu müssen. Selbst mit einer brennenden Lampe habe ich immer den Eindruck, die Wände rücken näher.«

Verlegen biß sich Laura auf die Lippe. »Ich habe wohl den falschen Schluß gezogen. Aber du bist seit kurzem so... so abweisend.«

»Tut mir leid«, erwiderte er mit Unbehagen. »Das liegt nur an meinen Stimmungen und hat nichts mit dir zu tun.«

Die Atmosphäre zwischen ihnen war belastet mit unausgesprochenen Worten, und Laura wußte, daß sie am besten das Thema wechseln sollte. Statt dessen setzte Larissa Alexandrowna ihren sturen Kopf durch und überredete Laura, zu tun, was sie seit Tagen tun wollte. Sie ging auf ihn zu, stellte sich auf Zehenspitzen, legte eine Hand in seinen Nacken, damit er nicht entkommen konnte, und küßte ihn.

Sie hatte die Absicht, ihm nur einen kleinen Gutenachtkuß zu geben, mit dem sie wortlos ausdrücken konnte, wie sehr sie seine Nähe vermißte. Aber sobald sich ihre Lippen berührten, flammte die Glut neu auf. Ians Arme umschlagen sie und zogen sie nah an seinen Körper, während sein Mund sich hart auf ihre Lippen preßte. Sie seufzte vor Zufriedenheit und bog sich ihm entgegen. Und Erschöpfung und Einsamkeit lösten sich auf wie Nebel in der Sonne.

Kapitel 20

Für einen Augenblick jagte Lauras jungfräulicher Kuß Ians Beherrschung und seine Vernunft zum Teufel. Laura war so warm, so weich, so willig... Aber sie war auch unschuldig genug, um nicht zu ahnen, welche Reaktion sie hervorrief – eine junge Frau, die ihm vertraute, die glauben mußte, daß er nicht fähig war zu tun, was sie fürchtete.

Ian löste seine Lippen von den ihren, konnte sie aber einfach noch nicht ganz loslassen. Er strich sanft über ihren Rücken und legte seine Wange an ihre Schläfe. Als er seiner Stimme wieder trauen konnte, sagte er: »So lange Reisen können einen nervlich strapazieren. Ich weiß, daß ich mich manchmal wie ein Bär mit einer wunden Pfote benehme, aber du darfst niemals denken, daß es deine Schuld ist. Ich hoffe, du kannst meine Unzulänglichkeiten soweit tolerieren.

Ich will nicht, daß du bereust, mich geheiratet zu haben.«

Sie lachte ein bißchen, wie er es beabsichtigt hatte. »Ich bereue es nicht, obwohl ich nichts dagegen hätte, wenn deine wunde Pfote heilt. Ich bin auch nicht unglücklich, wenn wir endlich Bombay erreichen. Wenn wir erst einmal auf dem Schiff sind, brauchen wir monatelang nicht mehr ein- und auszupacken.«

Er lachte ein wenig unecht und ließ sie los. »Ich freue mich auch auf Bombay.« Denn dort, so Gott wollte, würde er sie überzeugen, daß eine echte Ehe Vorteile hatte. Doch bis dahin mußte er – ja, er *mußte* – Abstand halten.

Ihm wurde bewußt, daß sie zum ersten Mal in einem Zimmer waren, wo Laura sich nicht ungesehen ausziehen konnte. In dem Wissen, daß, sich wie ein Gentleman zu benehmen, auch die einzige Chance für ihn war, nicht den Verstand zu verlieren, sagte er: »Wenn du dich jetzt umziehen und dich hinlegen willst, stelle ich den Tisch mit der Lampe in die Ecke, damit du nicht vom Licht gestört wirst.«

Also hob er den Tisch mit der Lampe darauf vorsichtig an, hob ihn über das Bett und stellte ihn an die Wand. Dann kniete er sich vor sein Gepäck und kramte Seife und Rasierzeug für den Morgen hervor, während Laura die Gelegenheit nutzte, um ihre Reitkleider abzustreifen.

Obwohl Ians Hände gut beschäftigt waren, drehten sich seine Gedanken nur um die Frage, wie seine Frau wohl ohne Kleider aussehen mochte. Dennoch war es reiner Zufall, daß er den Rasierspiegel so hochhob, daß er plötzlich einen Blick auf Laura erhaschte, die gerade ihren Hosenrock auszog. Mit einem kleinen Hüftschwung schob sie ihn herunter, trat dann aus dem Stoff heraus, faltete ihn sorgfältig und legte ihn auf ihre Satteltaschen.

Ian erstarrte, als sie ihr Leinenhemd aufknöpfte. Zum Glück stand Laura mit dem Rücken zu ihm, so daß sie nicht bemerkte, daß er sich in eine Statue verwandelt hatte. Es war zwar völlig legal, seiner Frau beim Auskleiden zuzusehen, aber er fühlte sich trotzdem schuldig. Nicht genug allerdings, um damit aufzuhören.

Unter ihrem unorthodoxen Reitkleid kamen eine leichte, knielange Unterhose und ein ärmelloses Hemdchen zum Vorschein, das bis auf ihre Hüften reichte. Nun beugte sie sich vor und rollte ihre Strümpfe ab, um seinem Blick ihre schönen Waden und Fesseln darzubieten. Sie tat es so rasch und effektiv, daß er sich wünschte, sie würde sich mehr Zeit lassen.

Sein Mund war plötzlich trocken, als sie mit einer Bewegung das Hemdchen über ihren Kopf zog. Einen Augenblick konnte er sogar die Rundungen ihrer Brüste sehen, als sie das Stück zusammenfaltete und sich dabei ein wenig zu ihm umdrehte.

Schließlich löste sie das Band, das die Unterhose hielt, und streifte sie ab, wobei sie ihre perfekt gerundeten Hüften zeigte. Ian spürte, daß er hart wurde, und wußte, er würde dafür mit einer qualvollen Nacht bezahlen.

Als sie ein Stück zur Seite trat, um ihr Nachthemd aufzunehmen, folgte er ihr mit dem Spiegel, bis sie den Stoff über ihren Kopf gleiten ließ. Ian mußte sich zwingen, nicht aufzuspringen und ihr das verdammte Ding wieder herunterzureißen. Dann knöpfte Laura das Nachthemd zu und drehte sich wieder zur Mitte des Zimmers um. Hastig stellte Ian den Spiegel auf den Tisch und beugte sich wieder vornüber, um halbblind nach seinem Kamm zu wühlen.

Unterdessen setzte Laura sich nichtsahnend auf eine Liege und begann, ihr lohfarbenes Haar zu bürsten. »Ist Meera in Zafirs Nähe sicher?« fragte sie, während sie einen Knoten löste.

In Gedanken völlig woanders, fragte Ian ein wenig dümmlich: »Was meinst du?«

»Meera ist eine Witwe und stammt weder aus seinem Volk, noch hat sie dieselbe Religion«, antwortete Laura geduldig. »Unter diesen Umständen könnte er sie als lohnendes Objekt der Verführung betrachten. Mir ist aufgefallen, wie er sie ansieht. Es ist nicht schwer zu lesen, was er denkt.«

Ian mußte grinsen. »Die Gedanken von Männern sind oft leicht zu lesen, wenn eine attraktive Frau in der Nähe ist. Betrachtest du dich als Meeras Anstandsdame?«

»Ich bin weniger an Moral interessiert als an der Tatsache, daß sie im Augenblick sehr verletzbar ist«, sagte Laura ein wenig verärgert. »Meera hat ihr ganzes vorheriges Leben aufgeben müssen, und sie steht vor einer ungewissen Zukunft. Das letzte, was sie gebrauchen kann, ist ein Mann, der sich ihre Einsamkeit und Verwirrung zunutze macht.«

Ian wurde ernst. »Wie ich es nach dem Tod deines Vaters getan habe?«

Laura hob den Kopf und musterte ihn mit kühlen Katzenaugen. »Die Umstände sind anders.« Sie griff wieder nach ihrer Bürste. »Ich bezweifle nicht, daß Zafir sich bei den Frauen seines Volkes absolut ehrenhaft verhält, aber Meera stellt etwas anderes dar. Ich will nicht, daß ihr noch einmal weh getan wird.

Und eine Schwangerschaft würde ihr Leben nur noch komplizierter machen.«

Ian dachte über ihre Besorgnis nach. »Ich kann wirklich nicht vorhersagen, was Zafir tun wird. Du hast recht, daß Meera in dieser Hinsicht ein lohnendes Verführungsobjekt ist, aber ich habe Zafir einer Frau gegenüber noch nie grausam oder gemein handeln sehen.« Dann schoß ihm ein erschreckender Gedanke durch den Kopf. »Ich hoffe doch nicht, daß du von mir erwartest, ich sollte ihn ermahnen, sich zu beherrschen!«

Sie lächelte. »Ich sehe schon ein, daß das wohl nichts wird, aber ich werde mit Meera reden. Zum Glück gibt es bei der Art, wie wir reisen, kaum Gelegenheit zur Verführung.«

»Wie wahr.« Ian tat sein Bestes, um das Bedauern aus seiner Stimme herauszuhalten.

Laura warf ihm einen funkelnden Blick zu und glitt dann unter die Decke. »Gute Nacht.«

Ian tat es ihr nach. Es war klug gewesen, die letzte Woche ein Alleinsein mit Laura zu vermeiden. Eine knappe halbe Stunde in ihrer Gegenwart reichte fast aus, um ihn zu überzeugen, die beste Gelegenheit, sie in sein Bett zu locken, wäre genau jetzt. Aber er mußte die Vernunft sprechen lassen. Es war zu früh. Wenn die Zeit gekommen war, um ihre Meinung zu ändern, dann würde er es in Bombay tun, mit Champagner und Rosen, nicht auf einer schmalen Pritsche in einer winzigen Lehmkammer.

Es war nicht leicht zu entspannen, während seine entzückende Frau nur ein paar Schritte von ihm entfernt lag. Wenn er nur einen Funken Verstand besitzen würde, dann sollte er aufstehen und trotz des Regens draußen schlafen. Aber irgendwie schien ihn sein Verstand in letzter Zeit gefährlich oft im Stich zu lassen.

Nach Ians berauschender Umarmung glaubte Laura nicht daran, einschlafen zu können, denn ihr ganzer Körper pulsierte vor Sehnsucht nach seiner Nähe. Sie überlegte ernsthaft, ob sie nicht einfach in sein Bett krabbeln sollte, aber sie verwarf den Gedanken. Dann endlich verlangte der Körper nach dem anstrengenden Tagesritt seinen Tribut, und sie sank langsam in Schlaf.

Doch Frieden brachte er ihr nicht. In ihrem Traum küßten sie und Ian sich immer noch, und ihre Kleidung löste sich wundersamerweise unter seiner Berührung auf. Zusammen fielen sie anmutig auf das Bett. Auch sein Gewand war wie von Zauberhand verschwunden, und sein harter warmer Körper preßte sich gegen sie. Etwas würde geschehen, geschah bereits, obwohl sie nicht genau verstand, was...

Ein klirrendes Krachen riß sie in den Wachzustand zurück. Die Luft war stickig, und es war stockfinster, und einen Augenblick wußte sie nicht, wo sie war. Die Erinnerung kam zurück, als sie Ians gemurmelte Flüche hörte. Der Unterton in seiner Stimme machte ihr angst, und so stieg sie aus dem Bett und tastete sich auf sein Bett zu. »Ian, was ist?«

Sie hatte jedoch die Entfernung falsch eingeschätzt, stieß gegen seine Liege und fiel auf ihn. Augenblicklich schlangen sich seine Arme fest um sie. Sein Körper war gespannt wie ein Bogen, und sie konnte seinen Herzschlag an ihrem Busen spüren. Laura bewegte sich ein bißchen, bis sie mit dem Gesicht zueinander auf der Seite lagen. Sie zog die Dekke über sie beide und hielt ihn ganz fest. »Was ist?« fragte sie noch einmal.

»Eigentlich nichts. Es ist nur... diese verdammte Dunkelheit«, sagte er mit zittriger Stimme. »Tut mir leid, daß ich dich geweckt habe. Das Krachen war die Lampe, die auf dem Boden zerschellt ist. Ich habe vergessen, den Docht zu überprüfen. Ich bin aufgewacht, als sie erlosch. Dann habe ich das verfluchte Ding vom Tisch gestoßen, als ich nach Streichhölzern gesucht habe. Meine eigene Dummheit.«

Für jemanden, der die Finsternis haßte, mußte ein fensterloser Raum ein Alptraum sein. »Kein Wunder. Man sieht ja wirklich gar nichts«, murmelte sie. »Haben wir noch eine andere Lampe?«

»In meiner Tasche ist eine. In einer Minute stehe ich auf und suche sie.« Er versuchte noch einmal, seine Selbstbeherrschung wiederzuerlangen. »Es ist lächerlich. Vom Kopf her weiß ich genau, daß ich von einem dunklen Zimmer nichts zu befürchten habe, aber meine Eingeweide wollen nicht darauf hören.«

»Dennoch bist du nicht in Panik geraten.«

»Nicht ganz.« Seine Arme ließen ein wenig lockerer, und seine Hand glitt ihren Rücken hinab, als wollte er sich versichern, daß sie wirklich existierte. »Es hilft mir, daß du da bist. Sehr viel sogar.«

»Das ist gut.« In der Hoffnung, Reden würde seine Angst mildern, fragte sie: »War es im Schwarzen Brunnen denn ganz finster? Ich habe mich immer schon gefragt, wie Onkel Pjotr das Tagebuch schreiben konnte.«

»Der Brunnen war ein tiefes Loch ohne Fenster, aber mit einem Deckel oben auf der Öffnung. Im ersten Jahr oder so war oben ein Eisengitter, das ein bißchen Tageslicht aus dem kleinen Fenster des Raumes darüber hineinließ. Es war nicht viel, aber die Augen können sich unglaublich gut auf das kleinste bißchen Licht einstellen. Für Pjotr reichte es zum Schreiben. Wichtiger aber war: Wir konnten den Tag- und Nachtrhythmus beibehalten.«

Er bebte schon nicht mehr so stark. »Was war mit dem Eisengitter?« fragte Laura. »Ist es später entfernt worden?«

»Nicht lange nach Pjotrs Hinrichtung kam ein solider Holzdeckel auf die Öffnung. Danach sah ich nur noch etwas Licht, wenn man mir das Essen herunterließ.«

»Ich kann mir nicht vorstellen, wie es ist, in völliger Dunkelheit zu leben«, sagte sie weich. »Erzähl mir davon.«

Er lachte voller Bitterkeit. »Warum solltest du ausgerechnet so etwas wissen wollen?«

Sie hauchte einen Kuß auf seine Wange. »Um dich besser verstehen zu können, *Duschenka.* Um zu wissen, welche Pfote verwundet ist.«

»Du bist ein Quälgeist, Larischka«, sagte er müde. »Wenn du es wirklich wissen willst: Es ist, als ob man in einer Art Hölle lebt, die alle Bande zur Wirklichkeit zerschneidet. Ohne Licht gibt es nichts mehr. Ich verstehe jetzt, warum Gott eine Welt erschaffen wollte, um den leeren Raum zu füllen«, fügte er dann mit einem Anflug schwarzen Humors hinzu. Nach einer langen Pause fuhr er fort: »Die Zeit war verschoben, bis sie ganz verschwand. Es war unmöglich herauszufinden, ob Minuten, Stunden oder Tage vergangen waren. Das Ergebnis war eine Form von Wahn, eine Zersetzung von Seele und Geist, die ich nicht beschreiben kann. Selbst Dreck, Kälte und Hunger schienen nicht mehr zu existieren.«

Wieder dauerte es eine Weile, bevor er weitersprach: »Manchmal hielt ich es nicht mehr aus und weinte stundenlang.«

Laura wußte instinktiv, daß er etwas Derartiges niemals bei Licht zugegeben hätte. Diese Dunkelheit schuf eine tiefe, intime Einheit, die diese Art von Ehrlichkeit möglich machte. »Wenn Pjotr noch bei dir gewesen wäre«, fragte sie, »wäre es dir dann leichtergefallen, dein inneres Gleichgewicht zu behalten?«

»Ja, ich wäre viel besser zurechtgekommen. Gott weiß, ich war schon in einem üblen Zustand, als Pjotr starb. Aber die Kombination von totaler Finsternis und Einsamkeit hat mir den Rest gegeben. Später war ich erstaunt, als ich hörte, ich sei nur sechs Monate allein gewesen. Mir kam es viel länger vor – wie Jahre.«

»Wie hast du nur in dem Zustand, in dem du warst, die anstrengende Flucht durch die Wüste geschafft? Schon für gesunde Menschen ist das eine Tortur.«

»Ich hatte keine Wahl«, antwortete er einfach. »Ich konnte mich zusammenreißen oder sterben. Was aber noch schlimmer gewesen wäre: Schwäche hätte meine Gefährten gefährdet, weil sie die Flucht verlangsamt hätte. Ross mußte mich am Anfang allerdings aufs Pferd binden. Je länger ich draußen war, desto kräftiger wurde ich. Wenigstens körperlich. Dummerweise ist es immer schwieriger, den mentalen Schaden zu heilen. Manchmal scheint es mir unmöglich.«

»Ich denke, daß deine Kraft, dein Mut und deine Offenheit nicht nur Illusion sind.«

»O doch, das sind sie«, erwiderte Ian barsch. »Ich fühle mich, als wäre ich hohl – ein Schauspieler, der vorgibt zu sein, was andere von ihm erwarten. Tapfer und stark zu sein, zum Beispiel.«

Seine Worte standen so im Gegensatz zu dem Bild, das Laura von ihm hatte, daß sie erst nicht wußte, wie sie reagieren sollte. Schließlich sagte sie zögernd: »Ich bin vielleicht nur eine schwache Frau, vielleicht kann ich es also nicht begreifen, aber was ist denn bitte der Unterschied zwischen so tun, als ob man Mut besitzt, und ihn wirklich zu haben? Gestern vor dem Mob schienst du mir mutig genug.«

»Das war auch nicht schwer. Echter Mut bedeutet, die Finsternis in der eigenen Seele zu besiegen.« Er seufzte bebend. »Und das schaffe ich nicht.«

Seine Worte waren gequält aus einsamen, öden Tiefen hervorgekommen, die, das wußte Laura, jenseits ihres Begriffsvermögens lagen. Traurig akzeptierte sie, daß sie niemals würde gänzlich verstehen können, was er durchgemacht hatte. Aber sie konnte ihm deutlich machen, daß er nicht mehr allein war – daß er niemals mehr allein sein mußte, solange er lebte. Sie wandte ihm den Kopf zu und legte ihre Lippen auf seinen Mund.

Er hielt schlagartig den Atem an, und sein Körper versteifte sich. Dann glitt seine Hand um sie herum und blieb warm auf ihrem Poansatz liegen. Als er sie fest an sich zog, öffnete sich ihr Mund unter dem Druck seiner Lippen, und er lockte mit seiner Zunge ihre Zähne auseinander. Der Kuß, der folgte, war vollkommen anders, als Laura sich hatte vorstellen können – süßes Besitzergreifen und ein flammendes Feuer –, und sie hieß ihn mit erstauntem Entzücken willkommen.

Als sie reagierte, entrang sich ein tiefer Laut seiner Kehle, und er rollte sie auf ihren Rücken, hüllte sie ein mit seiner Kraft. Wie ausgeliefert nahm sie alles, was er ihr bot, und gab das Geschenk nach besten Kräften zurück. Obwohl sie sich dumpf bewußt war, daß ihr Benehmen unklug sein konnte, kümmerte es sie nicht. Hier in der Intimität absoluter Dunkelheit lagen Freiheit und Sicherheit. Sie konnte so tun, als ob dieser Wahnsinn nicht wirklich geschah – daß sie außerhalb der Zeit existierten, wo sie Dinge tun konnten, die bei Licht undenkbar gewesen wären.

Und die Dunkelheit hatte einen angenehmen Nebeneffekt, denn alle ihre Sinne waren geschärft. Sie war sich dem rauhen Geräusch seines Atems bewußt, dem schwachen Knistern seiner Haut über dem dünnen Stoff. Er duftete nach Moschus und Mann, ein Duft, der ganz sein eigener war, verwoben mit einem Hauch von nächtlichem Regen und Holzfeuer. Berauschend. Und er schmeckte so sinnlich, so unfaßbar sinnlich. Die Dunkelheit verzauberte den Kuß in einer Dimension, die sie niemals vergessen würde.

Ohne die Ablenkung durch das Sehen, steigerte sich die Berührung zu einem betäubenden Universum aus Empfindungen und sinnlichen Reizen. Die Körperwärme war greifbar, und seine Lippen ertasteten ihr Ohr, ihre Hände griffen in sein weiches Haar. Fühlte sich dunkles Haar anders an als helles? Sie wußte es nicht und wollte auch kein anderes Haar berühren außer dem seinen. Ihre Fingerspitzen strichen über sein Kinn, seinen Kiefer, verweilten auf dem Ansatz der Koteletten und nahmen jeden Unterschied zwischen männlich und weiblich in sich auf.

Sein Leinengewand fühlte sich rauh an. Sie schob ihre Hände unter den Stoff, strich über seine breiten Schultern, ertastete die Höhlung an seinem Schlüsselbein und wanderte mit beiden Handflächen über seine muskulöse Brust. Kleine Locken, das Spiel der harten Muskeln unter der glatten Haut – alles war tausendmal lebendiger unter ihren staunenden Handflächen und Fingerspitzen, als unter einfachen Blikken. Sie ertastete eine dünne Narbe und zeichnete sie über die Rippen bis zu seinen Hüften herab nach, wo sie das Gewand wegschob, bis sie das Ende in einem harten Knoten fand.

Dann ließ sie die Hände wieder hinaufwandern und berührte seine Brustwarzen, kniff leicht und versuchsweise hinein. Er erzitterte, dann atmete er bebend aus. »Es tut mir leid«, sagte er heiser. »Das... das sollten wir nicht tun.« Das Bett wackelte, als er sich von ihr löste, und die Decke rutschte von ihnen. »Ich suche die Lampe.«

Die Luft war wie schwarzer Samt. Sie spürte, wie er seinen Arm über ihren Körper hob, sich zurückzog. Wenn er die Liege verließ, würde er nicht wiederkommen, und den Gedanken konnte sie nicht ertragen. Sie bewegte sich in unwillkürlichem Protest und schob dabei ihre Brüste in die Richtung seiner Hand.

Als seine Finger die Rundung ihres Busens berührten, erstarrte er wie gefangen, konnte nicht weiter zurück, und seine Hand zitterte leicht. Bevor er das Bett verlassen konnte, packte sie seine Hand und preßte sie auf ihre Brust. Die Wärme brannte durch den dünnen Stoff ihres Nachthemds.

Er stöhnte. »Laura...«

»Nicht«, flüsterte sie, denn sie wußte, daß Worte den Zauber brechen würden. »Sprich nicht. Und hör nicht auf.«

Und bevor Vernunft oder Zweifel sich einmischen konnten, schloß sie seinen Mund mit einem Kuß.

Kapitel 21

In Ians Innerem hatte eine Schlacht zwischen Leidenschaft und Verstand getobt, aber Lauras Befehl beendete den Konflikt. Mit Freude und Demut erkannte er, daß seine sensible Frau erraten haben mußte, daß er wieder in Ordnung war. Und sie schien nicht nur zu wollen – sie schien *begierig* darauf, daß sie beide wirklich Mann und Frau im biblischen Sinne wurden.

Nun konnte er ohne Bedenken jedes wunderbare Detail von Lauras Körper und Geist genießen. Selbst als heißblütiger Jugendlicher, der von seinem ersten sexuellen Erlebnis überrascht gewesen war, hatte ihn noch nie eine Frau auf diese Art verhext. Ihre geschmeidige Weichheit, ihr augenblickliches Reagieren, ihre hastigen, erstaunten Atemzüge – all das waren Wunder, denn er hatte sie niemals mehr erwartet. Und wie alles, das man für immer verloren glaubt, wußte er diese Gefühle besonders zu schätzen, weil er sie wiederbekommen hatte.

Aber diese Nacht durfte nicht durch seine Leidenschaft bestimmt werden, er mußte seiner Frau ihre erste, lebendige Lektion in der Liebeskunst geben. Da sein Hunger auf sie so groß war, würde er es nicht allzu lange ausdehnen können, deswegen mußte er besondere Sorgfalt darauf verwenden, daß sie ihre eigene Sinnlichkeit entdeckte.

Langsam zog er mit seinen Lippen eine Linie von ihrer Wange bis zu ihrer Kehle. Ihr Zopf löste sich, und so beschleunigte er den Vorgang und öffnete das Band, so daß ihr Haar wie eine seidige Wolke um ihren Kopf fiel. Dann vergrub er sein Gesicht in die weiche Masse und sog den schwachen, süßen Blumenduft ein.

Mit seiner Zunge neckte er ihr Ohr und wurde mit einem überraschten scharfen Luftholen belohnt. Seine Hand lag immer noch auf einer Brust, und er drückte sie sanft, während er sich knabbernd ihren Hals hinabarbeitete. Das Versteifen der Brustspitze unter seiner Haut war so erotisch, daß er die Hand durch seinen Mund ersetzte und die köstliche Härte mit seiner Zunge liebkoste.

Ihre Hände kneteten unwillkürlich seine Schultern, während sie unter ihm pulsierte. Ihr Nachthemd war so dünn, daß er die Wärme ihrer Haut spüren konnte, aber das war nicht genug. Er ertastete den ersten kleinen Knopf, öffnete ihn und streifte so schrittweise etwas Stoff von ihrer Haut.

Es dauerte scheinbar ewig, doch endlich hatte er es geschafft, schob das Nachthemd an beiden Zipfeln auseinander und befreite ihren Körper, der in lustvoller Hitze erglühte. Begeistert und bezaubert legte er beide Hände auf ihre Brüste, die sich genauso wunderbar fest und weich zugleich anfühlten, wie er es erwartet hatte. Er drückte sie sanft zusammen und küßte die kleine Spalte, die dadurch entstanden war.

Obwohl er die Sensationen genoß, die auf ihn eindrangen, wünschte er sich, die Frau auch zu sehen, die ihn wundersamerweise geheiratet hatte. Doch das mußte warten. Auch wenn er die Finsternis haßte, so war sie doch nun seine Verbündete, denn sie erlaubte Laura, ohne Einschränkung auf ihn zu reagieren, was sie bei Licht niemals hätte tun können.

Er saugte an ihren Brüsten, und sie stieß einen erstickten Laut aus, während ihre Nägel sich in seinen Rücken gruben. Plötzlich fiebernd ließ er seine Hand zu ihrer Taille gleiten, folgte den Konturen ihres Bauches, ihrer Hüften, dann dem weichen Hügel zwischen ihren Schenkeln. Sie keuchte auf und rieb sich gegen seine Hand. Er schob den Stoff des Nachthemds ganz beiseite und entblößte ihren Unterleib. Dann band er den Gürtel seines Gewands auf und zog es sich über den Kopf.

Er leckte die seidige Rundung ihres Bauches, der unter der Berührung seiner Zunge leicht zu zittern begann, während seine Hand zwischen ihre Knie glitt und die empfindliche Haut der inneren Schenkel liebkoste. Sie öffnete die Beine unwillkürlich, und eine drängende Lust stieg in ihr auf, als seine Fingerspitzen immer weiter aufwärts wanderten.

Schließlich hatte er das Dreieck aus Haaren erreicht, und er wühlte sich sanft hindurch, bis seine Finger die weichen Lippen spürten. Sie stieß einen tiefen, erstaunten Laut aus und versteifte sich einen kurzen Moment. Doch als er behutsam in die heißen, feuchten Falten drang, entspannte ihr Körper sich wieder.

O Gott, er hatte vergessen, wie schön es war, einer Frau Vergnügen zu bereiten. Vielleicht hatte er aber auch nicht gewagt, es sich in Erinnerung zu rufen. In pulsierender Lust beugte er sich über sie, um ihren Mund zu suchen. In der Dunkelheit fand er erst ihre Wange, dann ihre einladenden Lippen. Seine Finger erforschten dabei weiter, lernten, wieviel Druck, welcher Rhythmus anzuwenden war, was ihren Atem beschleunigte und den Puls antrieb.

Seine geschickte Berührung war gleichzeitig überraschend und beängstigend, denn Laura hatte das Gefühl, als würde sie sich unter ihm auflösen. Sie würde zerfallen, für immer verschwinden, wenn Ian sie nicht mit seinen Küssen, seinen Fingern in der Gegenwart verankern, seine Kraft sie nicht zurückhalten würde. Ihr Körper pulsierte, das Blut rauschte durch ihre Adern. Sie begriff nicht, was mit ihr geschah, und sie hatte mehr als nur ein bißchen Angst, aber sie würde ihn ganz bestimmt nicht anflehen, aufzuhören.

Als die unglaubliche, überwältigende Erlösung sie überschwemmte, entzog sie ihm ihre Lippen, schmeckte das Salz auf der Haut seiner Schulter und erschauderte wieder und wieder. Dann war sie plötzlich so schwach, daß sie nur ihre Lippen erschöpft an sein Schlüsselbein pressen konnte.

Lange herrschte nichts als Stille, und sie bemerkte wie in Trance, daß er so angespannt wie sie weich und scheinbar knochenlos war. Mit einer einzigen Bewegung hob er sich plötzlich zwischen ihre Beine, während seine Hände sie weiter ertasteten, neckten und ihr süße, schockartige, neue Empfindungen verschafften. Seine Finger drangen durch die heiße Feuchtigkeit an einen Ort, für den sie keine Bezeichnung hatte.

Sie verstand nicht, sie begriff es wirklich nicht, selbst als seine Finger durch heißeren, härteren Druck ersetzt wurden. Zuerst glaubte sie, er liebkoste sie nur auf andere Art. Doch dann fuhr sie schlagartig in die Wirklichkeit zurück. Erstaunt und ungläubig erkannte sie, was er tat. Nein, das konnte nicht sein. Er konnte doch nicht…

Er konnte, und er tat es. Der permanente, sich steigernde Druck löste sich abrupt in einem kurzen heißen Schmerz auf, dann war er in ihr. Sie waren so innig vereint wie die Figuren in dem Tempel, und einen Augenblick erstarrte sie schockiert. Dann küßte er sie wieder und tröstete und beruhigte sie mit seinen vertrauten, geöffneten Lippen. Langsam entspannte sie sich, akzeptierte sein Eindringen zuerst nur, fand dann aber auf einmal verblüfft Gefallen an seinen Bewegungen, als er sich tiefer in sie hineinschob.

Neugierig hob sie die Hüften an und war fasziniert, wie ihr feuchtes Fleisch sich seiner Härte anpaßte. Er sog scharf die Luft ein und erstarrte, also bewegte sie sich wieder, drückte sich fester an ihn. Er keuchte, war mit seiner Beherrschung am Rande des Zusammenbruchs, ließ sich auf sie nieder und begann, sich rhythmisch auf ihr zu bewegen. Sein Tempo war unregelmäßig, fast rauh, sein Atem schien keinen Rhythmus mehr zu kennen, und dann empfand sie ein Pochen tief in sich. Plötzlich wurde sein Körper steif, jede Bewegung erstarrte. Er stöhnte mit einem ursprünglich-animalischen Laut auf, und sie empfand tiefste Befriedigung.

Sein schweres Gewicht hob sich, und er fiel zur Seite und zog sie in seine Arme. Er küßte ihre Stirn, drückte sie zart an sich und murmelte glücklich ihren Namen, während eine Hand ihren Nacken streichelte.

Laura lag zufrieden da, ließ ihren Herzschlag auf ein normales Maß herabsinken und ergab sich schließlich dem aufkommenden Schlaf. Sie hatten ihre Ehe im biblischen Sinne vollzogen und waren nun wirklich Mann und Frau. Aber wie? Sie war sicher, daß Ian die Wahrheit gesprochen hatte, als er ihr erzählte, er wäre impotent. Und in den ersten Wochen ihrer Ehe hatte es gewiß keine Anzeichen dafür gegeben, daß er sie belogen hatte. Vielleicht hatte ihn das Schwinden seiner Depressionen geheilt.

Als sie darüber nachdachte, verspürte sie ein heftiges Mitgefühl für ihn. Da er sie unter der Prämisse geheiratet hatte, daß es niemals dazu kommen konnte, mußte die Entdeckung, daß er wieder zur körperlichen Liebe fähig war, ihn in eine höllische Zwickmühle gebracht haben. Wahrscheinlich war dies der Grund gewesen, warum er sich in der letzten Zeit so von ihr zurückgezogen hatte.

Bisher war Laura stets in der Lage gewesen, das Verlangen eines Mannes zu spüren, warum war ihr also die Veränderung bei Ian vollkommen entgangen? Sie hatte sich offenbar durch den festen Glauben, es könne nicht sein, leiten lassen. Aber wenn sie zurückblickte, mußte sie feststellen, daß ihr durchaus eine Veränderung aufgefallen war, doch sie hatte seine Gefühle als Zorn und Erschöpfung interpretiert. Es war seltsam – die Begierde anderer Männer hatte ihr stets Unbehagen verursacht, die Ians jedoch ganz und gar nicht. Lag es daran, daß sie keine Angst vor ihm hatte? Ja. Und auch, daß sie ihn so begehrte, wie sie es sich bei keinem anderen Mann zugestanden hätte.

Plötzlich lief ihr ein kalter Schauder den Rücken herab, als sie begriff, was aus dieser Nacht alles folgen konnte. Sie, die der körperlichen Lust abgeschworen hatte, war wortbrüchig geworden. Lieber Gott, die Tatsache, daß sie vollkommen vergessen hatte, was auf dem Spiel stand, war ein erneuter Beweis ihrer Schwäche. Was wie ein Wunder und eine Erkenntnis erschienen war, bedeutete tatsächlich das Vorspiel zu einem Desaster.

Trotz der Wärme von Ians Umarmung begann sie zu zittern. Sie hatte sich ihrem schlimmsten Wesenszug ergeben und damit die Büchse der Pandora geöffnet. Ihr Geist wurde von Alptraumbildern überschwemmt, aber dieses Mal war sie hellwach, ungeschützt durch die dämmrige Unwirklichkeit eines Traumes. Ihre Eltern, die übereinander herfielen, durch Leidenschaft zu wilden Tieren reduziert. Die haßerfüllten Drohungen, die gekreischten russischen Worte: *Wenn du das tust, bring ich dich um! Oder ich bring mich selbst um!* Ihre eigene hysterische gefährliche Reaktion auf den Verrat des Mannes, den sie geliebt, dem sie vertraut hatte.

Auch wenn sie es zu leugnen versuchte: Sie war ihren Eltern sehr ähnlich – *zu* ähnlich! In Cambay hatte sie den ersten, häßlichen Stich der Eifersucht verspürt, und sie wußte, sie war zu mehr fähig.

Und Ian. Zuerst hatte sie geglaubt, er sei wie Kenneth – stets ruhig und vernünftig. Doch mit einem tiefen Gefühl der Furcht erkannte sie, daß er auch viel von ihrem richtigen Vater hatte: die Leidenschaft, die Intensität, die tödliche Fähigkeit zur Gewaltausübung. Wie Laura, so hatte auch Ian auf dem Ball seiner Eifersucht Ausdruck gegeben, und sein irrationaler Zorn war noch schlimmer als ihrer gewesen. Wenn sie nun auch Liebende waren, wie lange würde es dauern, bis sie sich selbst verzehrten?

Wie lange würde es dauern, bis sie Ian in den Tod trieb?

Verzweifelt kämpfte sie gegen die aufkommenden Wahnvorstellungen an, die sie zu überwältigen drohten. Obwohl etwas in ihr sagte, daß ihre Zukunft nicht zwingend wie die Vergangenheit aussehen mußte, war ihr panischer Geist nicht mehr zur Logik fähig. Die Vernunft war durch die gequälten Stimmen der Erinnerung erstickt, die in einem schrillen, grausamen Chor eine Katastrophe verkündeten.

Zersetzende Panik übernahm ihr Denken. Sie machte sich von Ian los und stand auf. Sie hatte sich verdammt, hatte ihren Untergang heraufbeschworen. Und auch den von Ian, was noch schlimmer war. Was sollte sie tun? *O Gott, was sollte sie tun?*

Plötzlich nach Luft ringend, stolperte sie in die Richtung, in der sie die Außentür vermutete, und schrammte sich die Hände an der rauhen Wand auf, bis sie endlich die Tür gefunden hatte. Kaum konnten ihre bebenden Hände den Riegel handhaben, doch dann hatte sie es geschafft. Draußen prasselte steter Regen vom dunklen Himmel.

Doch die Luft war frisch und rein nach der finsteren, erstickenden Atmosphäre in der Kammer. Die Kammer, in der sie ihre mühsam errungene Weisheit geopfert hatte. Sie wandte ihr Gesicht hinauf zum Himmel, und die kühlen Regentropfen mischten sich mit heißen Tränen. Konnte der Regen ihren furchtbaren Charakterfehler fortwaschen? Konnte Feuer sie reinigen?

»Stirb, verdammt, stirb!« Rauhe, unkontrollierte Schluchzer begannen ihren Körper zu schütteln. Vor ihrem inneren Auge sah sie das häßliche, intensive Blutrot an den Wänden, doch diesmal war es nicht das Blut ihres Vaters, sondern Ians Blut. Und sie war schuld daran. Gott mochte ihrer Seele gnädig sein – sie war schuld!

Blind und mit tränenüberströmtem Gesicht zog sie die Tür hinter sich zu und floh in die schützende Nacht.

Ian war in einem Zustand ehrfurchtsvollen Glücks in den Schlaf gesunken. Es war kaum zu glauben, daß sich trotz seiner Taten, trotz der Ereignisse jetzt alles wie magisch zum Guten wendete. Doch seine Seligkeit dauerte nicht lange. Mit einem unguten Gefühl böser Vorahnung wachte er ganz plötzlich auf. Der Grund dafür war die Tür, die mit einem lauten Knall aufgegangen und an die Wand geflogen war und eine

Bö kalter, nasser Luft hineinließ. Zudem lag er allein im Bett, aber nichts von beiden begründete seine Angst.

Ein Instinkt, der ihm schon viele Male zuvor das Leben gerettet hat, ließ ihn nun aus dem Bett springen. »Laura?«

Keine Antwort.

Im schwachen Licht, das durch die Außentür drang, tastete er auf dem Boden umher, bis er die Zündhölzer fand, die vom Tisch gefallen waren. Er riß eins an und bekam bestätigt, was er schon wußte: Laura war nicht mehr in dem kleinen Raum.

Leise fluchend suchte er nach der Lampe in seinem Gepäck und zündete sie an. Was ihn noch mehr alarmierte, waren Lauras Kleider, die noch immer dort lagen, wo sie sie ausgezogen hatte. Das einzige, was zu fehlen schien, war das Nachthemd. Selbst ihre Stiefel standen nebeneinander an der Wand.

Er zog hastig Stiefel und Hose über und war bereits in die stürmische Nacht hinausgeeilt, während er noch mit seiner Jacke kämpfte. Ganze Bäche strömten über den matschigen Boden, und die beißende Kälte erinnerte ihn eindringlich daran, daß der Winter sich näherte.

Bis auf die letzten Monate im Gefängnis hatte Ian immer eine verläßliche innere Uhr besessen. Nun sagte sie ihm, daß nicht viel Zeit vergangen sein konnte, seit er eingeschlafen war. Laura konnte nicht weit fort sein. Er zwang gewaltsam seine Furcht nieder und suchte den Tamarindenhain so weit ab, wie er es wagte. Wenn sie nicht dort war, würde er zu den Ställen laufen.

Er fand sie am anderen Ende des Wäldchens. Ihr weißes Nachthemd war so durchweicht und schlammig, daß sie im Schatten der Bäume fast unsichtbar war. Es war ihr schwaches, verzweifeltes Wimmern, das seine Aufmerksamkeit weckte. Sie saß zusammengekrümmt an einem Stamm, und ein furchtbar zerbrechlicher Fuß lugte unter dem Saum des langen Nachthemds hervor.

Als er sie sah, blieb er stocksteif stehen. Ein zerreißender Schmerz durchdrang sein Herz. Das war viel, viel schlimmer, als er sich hätte vorstellen können. Gnädiger Himmel – was hatte er getan?

Die Antwort war einfach: Er hatte sein Wort gebrochen! Und es schien, als hätte seine gedankenlose Begierde auch seine Ehe und seine Frau vernichtet.

Aber darüber konnte er sich später Gedanken machen. Er fiel neben ihr auf die Knie. »Laura! Laura... kannst du mich hören?«

Als sie keine Antwort gab, strich er ihr das schwere, klatschnasse Haar vom Hals und suchte ihren Puls. Einen Augenblick lang fand er nichts, und sein Herz setzte aus vor Angst. Dann hatte er den schwachen Schlag erfaßt und schob grimmig seine Arme unter seine Frau. Als er sie hochhob, kam plötzlich Leben in ihre Gestalt, und sie wand sich schwach in seinen Armen. »Faß mich nicht an«, keuchte sie. *»Faß mich nicht an!«*

»Ich muß es. Es sei denn, du kannst laufen, aber es sieht nicht so aus«, sagte er so ruhig wie möglich. »Ich kann dich jedenfalls nicht hier draußen lassen.«

Sie verstummte, aber während er sie über den Schlamm trug, spürte er die Schluchzer, die ihren Körper schüttelten. Er betrat das Gästezimmer, trat die Tür hinter sich zu und legte sie auf ihre Liege. Dann durchsuchte er ihr Gepäck, bis er ein Handtuch gefunden hatte. Sie zuckte zusammen und wich zurück, als er ihr durchweichtes, blutbeflecktes Nachthemd abstreifte, kämpfte aber nicht gegen ihn an.

Ian rieb sie kräftig trocken, während das Gefühl der Schuld in ihm brannte wie ein giftiges Feuer. Anschließend legte er ihr ein trockenes Tuch über den Kopf, zog ihr wollene Socken aus seinem Gepäck an und streifte ihr dann sein Gewand über.

Nachdem er sie unter die Decke gepackt hatte, holte er eine kleine Flasche Brandy aus seiner Tasche. Wieder wich Laura zurück, als er sich auf die Bettkante setzte. Seine Lippen preßten sich zu einem schmalen, blutleeren Strich zusammen. Er sehnte sich danach, sie festzuhalten, sie mit seinem Körper vor allem Bösen zu beschützen, und es war ja eben dieser verfluchte Körper gewesen, der ihr das angetan hatte.

Er stützte sie mit einem Arm und hielt ihr die Flasche an die Lippen. »Trink einen Schluck«, befahl er. »Langsam.«

Sie gehorchte, hustete, aber es schien zu helfen, ihre Lebensgeister zu erwecken. Als sie genug hatte, drückte sie die Flasche weg, und er selbst nahm einen tiefen Schluck. Der Brandy brannte sich seinen Weg durch die Kehle, und erst jetzt erkannte er, wie durchgefroren er war. Er erlaubte sich einen weiteren Schluck. »Kannst du mir sagen, was los ist?« fragte er ruhig.

Sie hob den Kopf und warf ihm einen kurzen gequälten Blick zu. Dann senkte sie die Augen wieder auf ihre geballten Fäuste und schüttelte den Kopf.

»Wenn du es nicht tust, dann muß ich es wohl«, sagte er. Seine Stimme war voller Selbstverachtung. »Ich habe mein Wort gebrochen. In meiner egoistischen Lust habe ich mißverstanden, was du wolltest, und dich vergewaltigt. Sowohl körperlich als auch seelisch.«

Ganz sanft drückte er sie auf die Pritsche zurück, dann drehte er sich um, ballte die Hand zur Faust und rammte seine Linke mit aller Kraft gegen die Wand. Der rauhe Putz zersplitterte unter seinen Knöcheln, und der Schmerz explodierte in seiner Hand, doch erstaunlicherweise brach kein Knochen. In einem Moment halb wahnsinniger Klarsicht musterte er das Blut, das herabtropfte.

Er holte gerade erneut aus, als Laura aufschrie. »Ian! Hör auf!«

Vor wenigen Stunden waren ihre Worte »Hör nicht auf« gewesen, und sie hallten noch in seinem Kopf nach. Er hielt atemlos inne, gefangen zwischen dem kurzen Glück und dem jetzigen Schmerz.

Er hörte, wie Laura aus dem Bett kroch, dann packte sie schon seinen Arm, und er drehte sich zu ihr um. In seinem voluminösen Gewand wirkte sie wie ein verlorenes Kind, doch ihr Blick verriet Entschlossenheit. »Was geschehen ist, war nicht deine Schuld, Ian, es war meine«, sagte sie eindringlich. »Es stimmt, ich habe nicht bemerkt, daß du geheilt bist, und ich begriff nicht wirklich, was geschah. Aber du hast nichts getan, was ich nicht wollte.«

Er starrte auf sie hinab und versuchte, in den verängstigten Tiefen ihrer bernsteinfarbenen Augen zu lesen. Mit einer Stimme, die eher feststellte als fragte, bemerkte er: »Du schienst zu genießen, was wir taten.«

»Das habe ich, obwohl ich wußte, daß es falsch war.« Sie schloß die Augen, und ihre Miene drückte unendliches Elend aus. »In der absoluten Dunkelheit konnte ich mir leicht einreden, daß ich nur träume –

daß ich in Sicherheit war, weil wir dies nicht wirklich taten.«

»Aber es war wirklich«, erwiderte er. »Und wir können es nicht ungeschehen machen.« Dann stellte er die zwingende Frage: »War es denn wirklich so abscheulich, wie du es immer geglaubt hast?«

Sie schauderte und antwortete dann zögernd: »Das war nie das Problem. Du hast vermutet, daß ich vor körperlicher Liebe Angst habe, und ich habe dir nie etwas anderes gesagt.« Sie lachte bitter auf. »Was ich wirklich fürchtete, war nicht, daß ich es hassen würde…, sondern, daß es mir *zu sehr* gefiele.«

Hilflos schüttelte er den Kopf. »Ich verstehe nicht.«

Sie versuchte, noch etwas zu sagen, bekam aber keinen Ton heraus. Da zog er sie fest an seine Brust, und dieses Mal wich sie nicht zurück. Ihr Kopf fiel müde an seine Schulter, und sie duftete nach Jasmin und Schmerz.

»Für mich bedeutet Leidenschaft Wahnsinn«, sagte sie, und ihre Stimme klang wie die eines verzweifelten Kindes. »Wenn ich ihr nachgebe, bringe ich über uns beide nur Unglück.«

Er verstand noch immer nicht. »Glaubst du wirklich, daß die Freude beim Liebesspiel ernsthaftere Probleme erzeugt, als wir jetzt schon haben?«

Wieder begann sie zu schluchzen. Als sie sich die geflüsterten Worte abrang, klang es, als hätte sie diese aus den Tiefen ihrer Seele hervorreißen müssen. »Verzeih mir, Ian, aber es darf nicht noch einmal geschehen.«

Draußen prasselte der Regen immer noch auf das flache Dach. Das Brüllen eines Ochsen drang aus dem Hof zu ihnen herein. Wie konnte die Welt so normal klingen, wenn Ians Leben gerade erneut zusammengebrochen war? Traurig und voller Reue hielt er seine Frau an sich gepreßt und hatte Angst, er dürfte es niemals wieder tun. Selbst in diesem emotionalen Zusammenbruch, in diesem Desaster von Gefühlen, spürte er die Begierde noch immer. Wie sollte er sich selbst vertrauen können?

Trotz Lauras großzügigen Versuchs, ihn freizusprechen, setzte sich die Schuld wie ein unverdaubarer, giftiger Klumpen in seinem Inneren fest. Vielleicht hatte sie nicht verstanden, was vor sich gegangen war, er jedoch zweifellos. Doch in den Klauen seiner Leidenschaft hatte er nicht einmal versucht, mit ihr zu reden, um sicherzugehen, daß sie wußte, was geschah, obwohl er doch wußte, daß sie körperliche Liebe fürchtete. In seiner männlichen Arroganz hatte er geglaubt, daß sein unwiderstehlicher Charme alle Ängste in ihr in ein Nichts auflösen mußte. Nun mußte er die Konsequenzen seines Irrtums tragen. Sein Mund verzog sich vor Bitterkeit. Auch wenn er vielleicht verdiente, was er bekam – warum mußte sich diese Sühne auch auf Laura erstrecken?

Er konnte es nicht abstreiten: Er hatte sein Wort gebrochen und die Frau verraten, die er zu beschützen geschworen hatte. Und was er für den Anfang gehalten hatte, war in Wirklichkeit das Ende, denn wie im Namen Gottes sollten sie nun weitermachen?

Kapitel 22

Lady Falkirk nahm den Topi aus Meeras Hand und starrte dann blicklos darauf, als könnte sie sich nicht erinnern, was man damit tat. Schließlich setzte sie ihn auf, lächelte das Mädchen unsicher, aber freundlich an und ging zu ihrem Pferd, mit dem Zafir schon wartete. Meera runzelte die Stirn, als sie ihrer Herrin nachsah, schnalzte dann mit der Zunge und ging zu ihrem eigenen Pony.

Zafir kam, um auch ihr auf das Pferd zu helfen, aber statt aus seinen Händen eine Stufe zu formen, wie er es bei Lady Falkirk getan hatte, packte er Meera um die Taille und hob sie direkt auf den breiten Rücken des Ponys. Seine Augen funkelten, als Meera ihn finster anblickte, aber sobald sie ihren Blick von ihm abwandte, lag ein Lächeln auf ihrem Gesicht. Obwohl er ein eingebildeter Pathane war, der sich seiner Attraktivität nur allzu sehr bewußt war, mußte sie zugeben, daß sie seine spielerischen Aufmerksamkeiten genoß. Nicht, daß sie ihr Leben wegen eines solchen Mannes ruinieren würde, aber seine Neckerei war angenehm nach der unverhohlenen Feindseligkeit von Mohans Söhnen.

Meeras gute Laune schwand, als sie sich in Bewegung setzten. Lord Falkirk ritt neben seiner Frau, aber sie sprachen kein Wort, sie blickten sich nicht einmal an, und doch pulsierten die Emotionen zwischen ihnen mit solcher Heftigkeit, daß sie fast greifbar waren.

Der Sahib und die Memsahib gingen seit eineinhalb Tagen so miteinander um – seit sie Habiburs Haus verlassen hatten. Beide waren ausgesucht höflich und blickten den anderen in sehnsuchtsvoller Qual an, wann immer es ungesehen geschehen konnte. Meera seufzte und schüttelte mißbilligend den Kopf. Dies hatte nichts von der Wut oder dem Schmollen an sich, die ein normaler Streit zwischen Eheleuten mit sich bringen konnten.

Als sie am Abend das Lager aufgeschlagen hatten, äußerte sie Zafir gegenüber ihre Befürchtung. Es war noch hell, und die Memsahib hatte beschlossen, einen Spaziergang zu einem nahen Hügel zu machen, um sich die Ruinen einer ehemaligen Festung anzusehen. Ihr Mann hatte gesagt, er würde sie begleiten, da diese Gegend nicht besonders sicher und Zafir als Eskorte gerade nicht verfügbar war.

Ein paar Minuten, nachdem sie fort waren, kam Zafir zurück, der die Pferde getränkt hatte. Da er seine Aufgaben erledigt hatte, setzte er sich ans Feuer und lehnte sich gemütlich an seinen Sattel, während er Meera beim Zubereiten des Essens zusah. Meera hackte gerade eine Zwiebel für den Eintopf und deutete nun mit einer Hand in die Richtung, in der ihre Herrschaft verschwunden war. »Es läuft nicht gut zwischen den beiden.«

»Ja«, stimmte Zafir zu. »Frauen bringen Männer immer in Schwierigkeiten.«

Nachdem sie eine Handvoll Zwiebelschnitze in seine Richtung geworfen hatte, blickte sie ihn finster an. »Wenn Frauen soviel Ärger machen, warum laufen Männer ihnen dann dauernd hinterher?«

Er grinste. »Ein echter Mann sucht Ärger, und eine Frau ist dafür fast genausogut wie eine Schlacht.«

Sie schnaubte, um ihr Lächeln zu verbergen. »Dann mögen die Götter die Frauen vor den Männern bewahren. Die Memsahib hätte sich jedenfalls besser von Falkirk Sahib ferngehalten. Gestern, als sie ihr Haar gebürstet hat, hörte ich sie zu sich selbst sagen, daß sie nie hätte heiraten dürfen.«

Einen Augenblick verschwand der fröhliche Ausdruck aus Zafirs Gesicht und zeigte seine Betroffenheit, aber schnell maskierte der Pathane die Emotion, die als Schwäche ausgelegt werden konnte, wieder. »Vergiß nicht, daß der Mann, den du beleidigst, dein wertloses Leben gerettet hat, Weib.«

»Das hat er getan.« Sie begann nun, eine Karotte in Streifen zu schneiden. »Ich streite nicht ab, daß der Sahib ein tapferer Mann ist, aber er ist für das Elend der Memsahib verantwortlich.«

»Sie auch für seines. Ich diente Cameron Sahib viele Jahre, und ich habe ihn noch nie schlechtgelaunt erlebt, bis er diese katzenäugige Frau kennengelernt hat«, bemerkte Zafir. »Nimm es mir nicht übel, aber ich verstehe durchaus, warum er glaubt, sie sei den Ärger wert, aber die Engländer machen sich alles immer absichtlich schwer. Ihre Frauen haben zuviel Freiheit.«

»Frauen brauchen mehr Freiheit, nicht weniger«, gab Meera schnell zurück und ließ das Gemüse in den Topf fallen. »Und du möchtest wohl, daß wir alle wie Ziegen in einen Käfig gesperrt werden, wie es bei den Pathanen-Frauen üblich ist.«

»Unsere Frauen haben im Haus Freiheit und Einfluß, und nur dort zählt es«, erwiderte Zafir. »Und außerhalb des Hauses schützt sie der Schleier vor Fremden.«

Meera wußte, daß sie sich auf gefährliches Terrain begab, aber sie konnte einfach nicht widerstehen. »Frauen würden keinen Schutz brauchen, wenn Männer keine wilden Tiere wären.«

»Du hast recht, das sind wir.« Mit einer einzigen

geschmeidigen Bewegung richtete er sich auf, packte Meera beim Handgelenk und zog sie über seinen Schoß.

Sie keuchte auf, als er sie küßte. Er war sehr stark, aber es war nicht seine Kraft allein, die sie dort bleiben ließ. Wenn er auch ein Barbar war, so wußte er doch eine Menge über das Küssen. Zudem stand er in der vollen Blüte seiner Männlichkeit, nicht am Ende, wie es bei Mohan gewesen war.

Meera konnte nicht verhindern, daß sie seinen Kuß erwiderte, aber als er sie losließ, huschte sie um ihres Stolzes willen aus seiner Reichweite. »Narr!« Sie ordnete ihren verrutschten Schal auf ihrem Kopf. »Ich hätte mein Hackmesser an dir gebrauchen sollen.«

»Hast du aber nicht, kleine Taube.« Er grinste sie gutmütig an. »Und wirst du auch nicht.«

»Versuch das noch einmal, und ich tu ein paar Stückchen Pathan in den Topf«, gab Meera zurück. Als es in seinen Augen aufleuchtete, als ob er in Erwägung zog, die Drohung auf die Probe zu stellen, zog sie sich hastig auf die andere Seite des Feuers zurück und begann, geschäftig in einem Säckchen nach Gewürzen zu wühlen. Während sie verschiedene auswählte, schwor sie sich, daß sie es ihm schon zeigen würde. Wenn er sie noch mal küssen würde, dann würde sie ihm beweisen, daß sie keine billige Schlampe war, die sich für jeden eingebildeten Affen sofort auf den Rücken legte.

Zu ihrer Enttäuschung versuchte er es nicht noch einmal.

Sie waren etwa fünf Meilen von Manpur entfernt, als ihnen ein Trupp Kavallerie auf der Straße entgegengaloppiert kam, so daß Fußgänger und Ochsenkarren schnell zur Seite wichen. Ians Stirnrunzeln bemerkend, fragte Laura: »Bedeutet das Ärger?«

»Eigentlich nicht«, sagte er behutsam. »Ich habe noch nie gehört, daß Rajiv Singh durchreisende Europäer aufhält.«

Dennoch konnte Laura spüren, daß die Wachsamkeit ihres Mannes geschärft war, als wollte er für alles bereit sein, was kommen mochte. Sie selbst war froh über eine Ablenkung, denn die letzten drei Tage, seit sie Habibur und seine Familie verlassen hatten, waren die reine Tortur gewesen. Die Tage waren schwierig, weil das Bewußtsein von Ians Präsenz ein ständiges schmerzvolles Sehnen in ihr erzeugte, doch die Nächte waren nur noch schlimmer, da ihr Erlebnis ihre unbestimmten Träume in quälende Begierde verwandelt hatte. Sie hatte jeden Kuß, jede Liebkosung in Erinnerung, und sie sehnte sich nach mehr.

Und das war der Grund, weshalb sie dringend Distanz halten mußte. Ihr Verlangen nach Ian war so heftig, daß es sie nur in ihrer Entschlossenheit unterstützte, sich von ihm fernzuhalten. Sie wußte, wie schnell Leidenschaft außer Kontrolle geraten konnte. Eine einzige Nacht hatte genügt, um sie mit gefährlichen, unbeherrschbaren Gefühlen zu erfüllen, und mehr davon würde zwangsweise zu einer Katastrophe führen.

So sehr Laura die körperliche Zurückhaltung schmerzte, so vermutete sie, daß Ian noch mehr darunter leiden mußte. Sicher war sie sich nicht, denn er war sehr geschickt darin, seine Emotionen zu verbergen, und er hatte sich hinter einer Mauer von Gleichgültigkeit zurückgezogen. Dennoch konnte er nicht die ganze Macht seiner Begierde verbergen, die wie ein Leuchtfeuer von ihm auszustrahlen schien. Trotz ihrer Versuche, ihm die Schuld am Geschehenen auszureden, hatte sie die Befürchtung, daß er sich ganz allein dafür verantwortlich fühlte. Es war entsetzlich unfair, daß er an sie gebunden war, die nicht fähig war, ihm eine wirkliche Ehefrau zu sein. In den dunkelsten Stunden der Nacht, wenn ihre Verzweiflung am größten war, geriet Laura mehrmals in Versuchung, ihren Mann zu bitten, sich seine sexuelle Befriedigung woanders zu suchen.

Doch allein der Gedanke daran, daß Ian eine andere Frau berührte, reichte, um Laura vor Eifersucht außer sich geraten zu lassen. Wenn Ian nur einmal seine Aufmerksamkeit Meera zugewandt hätte, dann hätte Laura sich in eine rasende Furie verwandelt. Zum Glück hatte er etwas Derartiges nicht getan. Er betrachtete immer nur seine Frau; tagsüber spürte sie wieder und wieder den Druck seiner verstohlenen Blicke. Wahrscheinlich, so dachte sie unglücklich, überlegte er, was zum Teufel er getan hatte, um die Ehe mit einer verrückten Russin zu verdienen.

Niemand hatte Laura jemals gesagt, daß eine Ehe so war, als ob zwei Leute ein schmales Bett miteinander teilten – das mit Brennesseln ausgelegt war. Sie konnte so nicht bis an ihr Lebensende weitermachen. Die Situation mußte sich ändern, aber sie wußte nicht, wie. Ian zu verlassen, war undenkbar. Die Möglichkeit, er könnte *sie* verlassen, war eine noch schlimmere Vorstellung.

Ihre Gedanken wurden unterbrochen, als das Kontingent dharjistanischer Reiter sie erreichte und ihre Pferde in einer Staubwolke zügelten. Der Offizier rief: »Habe ich die Ehre, mit Lord Falkirk zu sprechen?«

»So ist es, Sir«, erwiderte Ian, ohne Überraschung

zu zeigen. Neuigkeiten sprachen sich in diesem Teil der Welt schnell herum, und Ians fremdartiges Aussehen machte ihn leicht identifizierbar.

Der Offizier grüßte höflich. »Ich bin Ahmed von der königlichen Garde. Maharadja Rajiv Singh hörte von eurem Kommen und lädt euch ein, in seinem Palast zu wohnen. Wollt ihr nach Lahore?«

»Nein, unser Ziel ist Manpur«, antwortete Ian. »Meine Frau hat eine kleine geschäftliche Angelegenheit zu erledigen, die im Zusammenhang mit dem Maharadja steht, wenn Seine königliche Hoheit uns die Güte erweist, uns zu empfangen.«

Der überraschte Blick des Offiziers glitt kurz zu Laura. »Rajiv Singh wird sich gewiß darüber freuen, euch beide zu empfangen. Erlaube uns, euch den Rest des Weges zu begleiten.«

Die Reitergruppe teilte sich: die Hälfte blieb vorn, während die anderen sich hinter Meera und Zafir zurückfallen ließen. Als sie sich in Bewegung setzten, murmelte Ian etwas, was Laura nicht verstand. »Was meinst du?«

»Ach, nichts«, gab er zurück. »Nur ein altes Sprichwort aus dem Fernen Osten: ›Hüte dich vor dem Mann, der keine Axt zu schleifen hat.‹«

»Und was soll das bedeuten?«

Er zuckte die Achseln. »Nichts weiter. Ich finde es nur ein bißchen seltsam, daß der Maharadja sich solche Mühe gibt, unbekannte Privatreisende ohne Bedeutung willkommen zu heißen.«

»Du bist ein Lord. Vielleicht glaubt er, du hast Einfluß auf den Sirkar. Oder vielleicht langweilt er sich bloß und sucht Gesellschaft.«

Ian warf ihr einen ironischen Blick zu, gab aber keine Antwort. Sie ritten die restlichen Meilen schweigend nebeneinander.

Laura riß die Augen auf, als sie durch das gewaltige Tor in den Palast Rajiv Singhs ritten. Draußen war die Gegend flach und staubig, aber innerhalb der Mauern befand sie ein saftiggrüner Lustgarten, der sich so weit erstreckte, wie ihr Auge reichte. Schillerndbunte Vögel sangen in den Bäumen, und ein Rudel zierlicher, schöner Rehe zog ein paar Meter entfernt vorbei.

Der Palast erwies sich als noch beeindruckender. Laura war bereits in Häusern wohlhabender Einheimischer gewesen, doch dieses bot fast unvorstellbaren Luxus. Es war, wie die meisten beeindruckenden Gebäude in Indien, im islamischen Stil gebaut – ein Erbe der Mogul-Herrscher – und bildete eine Symphonie aus weißen Mauern, schlanken Türmen und anmutigen Bögen.

Sie wurden einem Kämmerer übergeben, der sie bat, ihm zu folgen. Der Weg war lang und führte sie durch ein Labyrinth von Höfen, großzügigen Räumen und Fluren. Der Palast summte vor Dienern und Höflingen, von denen keiner mehr als eine leichte Neugier für die neuen Gäste zeigte.

Laura überlegte, ob sie und Ian auch hier wieder gezwungen sein würden, ein enges Quartier zu teilen, aber sie hätte sich nicht zu sorgen brauchen. Man wies ihnen eine ganze Zimmerflucht im zweiten Stock zu. Da die Räume im Eckbereich eines Flügels lagen, schufen unendlich viele Fenster eine herrlich offene, luftige Atmosphäre.

Der Kämmerer zog sich mit vielen Verbeugungen rückwärts aus dem Empfangszimmer zurück, das man mit einem britischen Salon vergleichen konnte. Er nahm Meera und Zafir mit sich, um ihnen ihre Unterkünfte zu zeigen, bevor sie wiederkommen würden, um ihrer Herrschaft beim Auspacken zu helfen.

Laura nahm ihren Topi ab und bestaunte die bestickten Vorhänge, die gepolsterten Sofas und die kostbaren persischen Wandteppiche. »Königin Victoria wäre sich nicht zu schade, ihr königliches Haupt hier zur Ruhe zu betten.«

»Das ist wirklich um einiges beeindruckender als der Palast in Kensington.« Ian wies auf einen maurischen Bogen. »Sollen wir auf Entdeckertour gehen?«

Laura folgte ihm und fand sich auf einem Balkon wieder, der auf einen stillen Hof mit einem Springbrunnen in der Mitte hinausging. Tauben gurrten sanft in einem Baum, und die Szene war so bezaubernd, daß Laura sich automatisch über das Geländer beugte und zurückgurrte. Doch als sie sich selbst hörte, richtete sie sich verlegen wieder auf.

»Hast du in Urdu gegurrt?« fragte Ian interessiert.

»Auf russisch«, sagte sie und wurde rot. »Als Kind habe ich im Park immer so gerne mit den Tauben geredet.« Wenigstens war die Miene ihres Mannes amüsiert, nicht verächtlich. Er wirkte entspannter als in den letzten Tagen.

So würdevoll, wie es einer Frau möglich war, die beim Plaudern mit einer Taube erwischt worden war, verließ Laura den Balkon und ging zu dem ersten von den zwei Bögen, die sich am anderen Ende des Empfangszimmers öffneten. Sie entdeckte ein opulentes Schlafzimmer mit einem seidenbezogenen Bett, das durchaus vier Leuten Platz bieten konnte. Laura wendete hastig den Blick ab und ging zu dem zweiten Bogen, hinter dem sie dankbar ein identisches Zimmer entdeckte. Obwohl die beiden Räume durch eine Zwischentür verbunden waren, konnten sie und Ian wenigstens getrennt schlafen.

Sie warf ihren Topi auf das Bett in diesem Schlafzimmer, als Ian rief: »Laura, hier ist etwas, was dir bestimmt gefällt.«

Laura folgte seinem Ruf und seufzte aus tiefstem Herzen, als sie das unglaubliche Badezimmer sah. Eine Wanne in einer Größe von mindestens sechs Fuß im Quadrat war ganz in den Boden aus glasierten Kacheln eingelassen, und Stapel von dicken Handtüchern und Phiolen mit parfümierten Ölen standen bereit. »O Himmel«, sagte sie staunend, als sie zur Decke blickte, wo eine durchlässige Kuppel weiches, dämmriges Licht hereinließ. »Ein türkisches Bad. Absolut sündhaft.«

»Wenn man als guter schottischer Presbyterianer spricht«, antwortete Ian. »Bedeutet das, du willst hier nicht baden, weil du Angst hast, deine unsterbliche Seele zu gefährden?«

Laura grinste. »Nie im Leben. Ich werde über meine Sünden der Faulheit und Maßlosigkeit im dampfenden, duftenden Wasser meditieren.«

In diesem Moment kam eine kleine Magd durch eine Dienstbotentür herein, die hinter einem Wandschirm in der Ecke verborgen war. Das Mädchen verbeugte sich. »Möchte die Memsahib baden?«

»Ja, gerne.« Sie drehte sich um und wollte hinausgehen, damit das Dienstmädchen das Bad fertigmachen konnte, und stieß dabei mit Ian zusammen, der dichter hinter ihr gestanden hatte, als sie sich bewußt war. Er holte scharf Luft und ging mit verschlossenem Gesicht zurück ins Wohnzimmer. Er hatte sie seit drei Tagen nicht einmal berührt, und nun wußte sie, warum: Die Nähe brachte knisternde Hitze zwischen ihnen zum Entflammen.

Sie bewegte sich wieder auf den Balkon zu, ohne Ian anzusehen. Um den peinlichen Augenblick zu mildern, fragte sie: »Was geschieht nun, da wir hier sind?«

»Wir warten darauf, bis der Maharadja uns zu sich ruft. Der Kämmerer wird unsere Bitte an ihn weiterleiten.« Ian musterte ihre luxuriöse Umgebung ohne Begeisterung. »Ich hoffe, Rajiv Singh wird uns bald empfangen.«

Auch wenn er es nicht aussprach, wußte Laura, was er dachte: Es würde anstrengend sein, so dicht beieinander zu sein, ohne Beschäftigung zu haben. Und sie konnte seinem Wunsch, der Maharadja mochte sie nicht zu lange warten lassen, nur zustimmen.

Ihre Hoffnungen wurden mit erstaunlicher Schnelligkeit erfüllt. Laura war kaum mit ihrem Bad fertig, als der Kämmerer kam und meldete, daß Seine Gnaden, Majestät Rajiv Singh, Sohn des Himmels und Herrscher der Erde, bereit war, seine Gäste zu empfangen. Darauf folgten zehn hektische Minuten, in denen Meera Laura beim Ankleiden half.

Zu Ehren des Ereignisses zog Laura ein konventionelles Tageskleid mit dazugehörigem Korsett an. Sie hoffte, Rajiv Singh würde ihre Bemühungen um seinetwillen zu schätzen wissen. Danach schlang Meera Lauras Haar hastig zu einem festen Knoten am Hinterkopf zusammen. Als Musterbeispiel britischer Fraulichkeit eilte Laura anschließend in den Salon, in dem ihr Mann geduldig dem Kämmerer Namen, Titel und Ehrbezeichnungen aufzählte, die dieser brauchte, um ihn ordnungsgemäß dem Maharadja melden zu können. Ian hatte sich ebenfalls umgezogen und wirkte nun so distinguiert, wie es einem Mann mit einer Augenklappe nur möglich war.

Als sie das Zimmer verließen, trug Ian seine übliche Unerschütterlichkeit zur Schau, aber Laura fand ihn ein wenig zu beherrscht. Sie sprach ihn leise auf Englisch an. »Freust du dich nicht, daß wir es so schnell hinter uns bringen können? Du siehst so zweifelnd aus.«

»Ich bin einfach von Natur aus mißtrauisch«, murmelte er. »Emir Nasrullah von Buchara war ausgesprochen herzlich, als er mich zum ersten Mal empfing. Ja, seine Gastfreundschaft war in der Tat höchst großzügig, bis zu dem Moment, in dem er mich in den Kerker werfen ließ.«

Besorgt warf sie ihm einen Blick zu. »Sagt deine Intuition dir, daß etwas nicht stimmt, oder ist es nur angeborene Vorsicht?«

»Letzteres«, antwortete er ohne zu zögern. »Die Situation ist jetzt gänzlich anders. Nasrullah hatte den Ruf, verrückt zu sein, und haßte alle Europäer. Rajiv Singh dagegen ist der klügste, vernünftigste Fürst in Indien.«

Dann schwiegen sie, bis sie den großen Raum, *Durbar* genannt, erreichten, in dem der Maharadja Audienzen hielt. Er war mit glitzerndem Kristall, leuchtendem Gold und schimmerndem Marmor ausgestattet. Dutzende von reichgekleideten, plaudernden Höflingen lungerten in den Ecken herum. Laura hatte den Eindruck, in diesem Raum befänden sich mehr Juwelen, als man in ganz England finden konnte.

Inmitten dieser betäubenden Pracht hätte sie fast eine Stufe übersehen, denn das diffuse Licht im Saal warf nur wenige Schatten. Sofort erkannte sie, daß es für Ian mit seinem einen Auge praktisch unmöglich sein mußte, diese Erhöhung wahrzunehmen, also packte sie fest seinen Arm, als wäre sie nervös und benötigte seine Ermutigung. Ohne darauf zu achten, daß er sich augenblicklich versteifte, flüsterte sie: »Vor uns eine Stufe, noch etwa zwei Schritte.«

Mit ihrer Warnung gelang es ihm, ein Stolpern zu vermeiden. »Danke«, murmelte er, als sie die Stufe gemeinsam und erfolgreich hinter sich gebracht hatten.

Obwohl keine weiteren Hindernisse in Sicht waren, hielt sie seinen Arm weiterhin fest, bis sie den Perserteppich erreichten, der vor dem Podest mit dem Thron lag. Die Stimme des Kämmerers ertönte: »Ian Cameron, Lord Falkirk of Falkirk, vierzehnter Baron Falkirk und siebter Baron Montieth, ehemaliges 46. Eingeborenen-Infanterieregiment, und Lady Falkirk.«

Ian verbeugte sich, und Laura knickste. Dann hob sie den Kopf und betrachtete den Maharadja. Von der Tür aus betrachtet, war er nur eine weitere funkelnde Gestalt gewesen, doch nun riß sie erstaunt die Augen auf. Sie hatte zwar gehört, daß Rajiv Singh intelligent und mächtig war, niemand hatte ihr aber gesagt, daß er auch derart attraktiv aussah, daß jede Frau entzückt sein mußte. Er war groß und durchtrainiert, und sie schätzte ihn auf Ende Dreißig. Unter seinem scharlachroten, juwelenbesetzten Turban funkelten dunkle, humorvolle Augen, die seine Gäste mit unverhohlener Neugier musterten.

Dann sprach er sie in fehlerfreiem Englisch an. »Willkommen in Dharjistan, Lord und Lady Falkirk.

Wie ich gehört habe, wünschen Sie mit mir zu sprechen?«

Er entstammte der Kriegerkaste der Rajputen und strahlte die Autorität eines geborenen Führers aus. Außerdem besaß er die Direktheit, die beim Militär üblich war, und Ian reagierte mit der gleichen Offenheit. »Ja, Eure Hoheit. Meine Frau ist eine Nichte von Colonel Pjotr Andrejewitsch Kuschutkin, der behauptet hat, er wäre mit Euch bekannt.«

Das Gesicht des Rajputen erhellte sich, als er zu Laura hinübersah. »Ah, dann sind Sie diejenige, die er ›seine kleine Lara‹ genannt hat?«

»Ja, Eure Hoheit, obwohl ich jetzt den Namen Laura benutze.«

»Wie geht es meinem alten Freund Pjotr Andrejewitsch?«

»Ich bedaure, Euch sagen zu müssen, daß er tot ist.«

Rajiv Singh seufzte. »Eine Schande, aber keine Überraschung. Was er tat, war gefährlich.« Dann betrachtete er sie interessiert. »Pjotr Andrejewitsch sagte, seine junge Nichte könnte sehr gut Schach spielen. Genauso gut wie er, Lady Falkirk?«

»Er hat es mir beigebracht«, erwiderte sie bescheiden.

Die Augen des Maharadjas leuchteten auf. »Das ist eine vielversprechende Empfehlung!« Dann wurde seine Miene nachdenklich. »Ich hatte es fast vergessen, aber Ihr Onkel hat ein kleines Kästchen mit persönlichen Papieren hiergelassen. Sind Sie aus diesem Grund gekommen?«

»Ja, Eure Hoheit«, antwortete Laura. »Vor seinem Tod schrieb er mir einen Brief, in dem er davon sprach und sagte, er habe es bei Euch hinterlegt.«

»Es wird in Ihr Zimmer gebracht, sobald wir es finden.« Rajiv Singh lächelte gewinnend. »Es ist irgendwo in der Schatzkammer. Ziemlich sicher zwar, aber es ist recht unordentlich dort, deswegen wird eine Weile gesucht werden müssen.«

Sein Blick wanderte zu Ian zurück. »Sie sind ein Soldat, Lord Falkirk?«

»Ich habe meinen Dienst quittiert, als ich meinen Titel erbte«, erklärte Ian. »Doch davor war ich in der Armee.«

»Sehr gut. Dann haben Sie sicher Interesse an einer Truppenparade, die in ein paar Tagen stattfinden wird.« Der Rajpute lächelte. »Ich bin recht stolz auf meine Armee. Ich habe die besten Offiziere Europas angeworben, um sie auszubilden, und sie ist mit hervorragenden Waffen ausgerüstet. Da der Punjab in Aufruhr ist und die Grenzstämme stets eine Bedrohung darstellen, muß ich immer bereit sein. Wenn Sie Vorschläge für die Verbesserung der Ausrüstung oder der Disziplin haben, würde ich mich freuen, sie auszuführen.«

»Eure Hoheit schmeichelt mir«, sagte Ian. »Ich habe zwar keine Erfahrung, die über die anderer Offiziere hinausgeht, aber es wäre mir eine Ehre, die Parade sehen zu dürfen.«

Mit einer Miene, die an einen begeisterten Jungen erinnerte, lehnte sich der Maharadja in seinem vergoldeten Thron nach vorn. »Haben Sie Erfahrung mit Artillerie?« Als Ian nickte, fuhr Rajiv Singh fort: »Man hat mir gesagt, eine russische Kanone könnte pro Minute zwölfmal feuern, aber ich habe meine Zweifel, das zu glauben. Ist so etwas möglich?«

»Wer immer das behauptet hat übertrieben«, antwortete Ian. »Die besten Mannschaften, die ich gesehen habe, schaffen sieben Abschüsse. Um die Treffsicherheit zu gewährleisten, sind vier die Minute sinnvoller. Warum Munition verschwenden?«

»Ganz sicher ist die Anzahl der Treffer wichtiger, als reine Schnelligkeit«, bemerkte der Rajpute nachdenklich. »Was glauben Sie...?«

Lauras Aufmerksamkeit driftete ab, als die Unterhaltung technisch wurde. Dann trat eine kostbar gekleidete Hofdame auf sie zu und winkte ihr, auf das Podest an die Seite des Throns zu kommen. »Bitte kommen, Lady Falkirk«, sagte sie mühsam und zögernd.

Es kam ihr ziemlich dreist vor, sich dem Maharadja so weit zu nähern, daher warf sie Ian einen fragenden Blick zu. Er hatte den kurzen Austausch bemerkt und nickte ihr nun zu. Also folgte sie der Frau die Stufen hinauf und über das Podest, bis sie nur wenige Schritte vom Maharadja entfernt war. Der war jedoch so vertieft in seine Unterhaltung mit Ian, daß er keine Notiz von ihr nahm, und die schwerbewaffneten Wachen beachteten sie überhaupt nicht.

Es schien, als würde die Hofdame direkt gegen die Wand laufen, aber dann erkannte Laura, daß das, was wie eine Mauer ausgesehen hatte, in Wirklichkeit eine reichbestickte Stoffbahn war, die eine große Türöffnung verdeckte. Es war ein *Purdah*-Vorhang, der die hochgeborenen Hindufrauen vor den Blicken des gemeinen Volkes schützen sollte.

Ohne zu zögern teilte die Hofdame den Vorhang und trat hindurch, drehte sich dann um und winkte Laura erneut. Voller Neugier gehorchte Laura und fand sich in einer anderen Welt wieder.

Kapitel 23

Der kleine Raum hinter dem Vorhang war so reich geschmückt, daß er Aladins Höhle hätte karg aussehen lassen. Die Luft war gesättigt von schwerem Parfüm, das sowohl von Unschuld als auch uralter Weisheit sprach. Doch es war die Frau, die ruhig auf einem dickgepolsterten Diwan saß, die Laura unwillkürlich den Atem anhalten ließ. Sie mußte die Maharani sein, und sie war mit ihrer dunklen, weichen Haut und ihren riesigen Mandelaugen, die alles zu sehen und zu verstehen schienen, der Inbegriff orientalischer Schönheit. Die winzigen, sternförmigen Juwelen, die ihr weißes Seidenbolero und ihren Sari zusammenhielten, gaben ihr das Aussehen der indischen Version einer Feenkönigin.

Laura ließ sich in den tiefstmöglichen Hofknicks fallen. Als sie sich wieder aufrichtete, suchte sie verzweifelt nach der korrekten Anrede. Würden Ian und sie in den nächstbesten Kerker geworfen werden, wenn sie einen Fehler machte? Asiatische Herrscher konnten recht unberechenbar sein. Dann entschied sie, daß sie mit der normalen Höflichkeitsfloskel wenigstens als Anfang gut bedient war, legte die Hände zusammen, senkte den Kopf und sagte: »Namaste.«

Mit einem erfreuten Lächeln erwiderte die Frau in Weiß ihren Gruß und sagte dann in bemühtem Englisch: »Ich bin Maharani Kamala. Ich wollte Sie in Manpur willkommen heißen, Lady Falkirk.«

»Vielen Dank, Euer Hoheit.« Laura überlegte, ob sie mehr sagen sollte oder ob es das königliche Vorrecht war, die Unterhaltung weiterzuführen.

Kamala legte den Kopf schief, und der Wasserfall rabenschwarzen Haars schimmerte unter dem Hauch ihres Schleiers. »Sie sind sehr anmutig, Lady Falkirk, aber nicht im üblichen Sinn der Engländer. Mehr, mehr...« Sie machte eine Geste, die ihre goldenen Armreifen zum Klingen brachten, als suchte sie nach einem Wort.

Ins Persische wechselnd, sagte Laura: »Eigentlich bin ich auch keine Britin, sondern Russin, Euer Hoheit. Ich habe tatarische Vorfahren.«

Das Gesicht der Maharani erhellte sich. »Oh, Sie sprechen meine Sprache ganz hervorragend, Lady Falkirk«, antwortete sie ebenfalls in Persisch. »Mein Mann wünscht, daß ich Englisch lerne, und ich studiere es schon eine ganze Weile, aber ich habe noch viel zu lernen.« Sie deutete graziös auf einen gepolsterten Schemel. »Bitte nehmen Sie Platz. Ein anderes Mal können wir in Englisch reden, daß ich Übung bekomme, aber nun bin ich froh, frei und ungehemmt sprechen zu können. Ich habe mich immer danach gesehnt, mit einer Dame Ihrer Nationalität Bekanntschaft zu schließen, aber nur wenige finden ihren Weg nach Dharjistan und noch weniger können so gut Persisch wie Sie.«

»Es wird mir ein Vergnügen sein, Eure Fragen zu beantworten, Euer Hoheit.« Laura ging über den dikken Teppich auf sie zu und setzte sich. »Aber bitte verzeiht mir, wenn ich Fehler bezüglich der Etikette begehe. Ich bin nicht vertraut mit den Gepflogenheiten bei Hof.«

Die Maharani lachte fröhlich. »Ich werde das in Betracht ziehen – aber Sie sollten sich keine Sorgen machen. Ich bin nicht leicht zu beleidigen.« Aus der Nähe sah sie noch entzückender aus, wie eine Madonna Michelangelos. »Was führt Sie nach Dharjistan?«

Laura rief sich in Erinnerung, daß die Unterhaltung im Durbar-Saal auf Englisch geführt worden war, und so wiederholte sie: »Mein Onkel, ein russischer Colonel namens Pjotr Andrejewitsch Kuschutkin, ließ seine persönlichen Papiere hier bei Eurem Gemahl. Da er verstorben ist, bin ich nun an seiner Stelle gekommen.«

Die Miene der Maharani verdüsterte sich. »Wie schrecklich. Der Colonel war so ein angenehmer Mann. Ich habe seinen Besuch bei uns sehr genossen.«

»Ihr habt ihn kennengelernt?« fragte Laura überrascht.

»Auch wenn ich zu öffentlichen Gelegenheiten die Regeln einhalte, bewege ich mich im Palast und vor Freunden gewöhnlich unverschleiert – so wie jetzt.« Kamela lächelte schelmisch. »Von allen Kasten Indiens sind wir Rajputen die unabhängigsten. Manche meinen die schamlosesten. Wußten Sie, daß Rajputen-Prinzessinnen sich oft ihren Mann selbst auswählen?«

»Nein, das wußte ich nicht«, antwortete Laura fasziniert. »Habt Ihr denn Rajiv Singh erwählt?«

Kamala lachte bei der Erinnerung in sich hinein. »Ich hatte keine richtige Wahl. Mein Vater, der Raja von Stanpore, lud ein Dutzend Fürsten von entsprechendem Rang ein, aber Rajiv Singh überstrahlte die anderen Bewerber wie die Sonne die Sterne. Vielleicht wissen Sie, daß ›Singh‹ Löwe bedeutet. Normalerweise ist das nicht mehr als ein Name, und nicht einmal ein seltener. Aber als ich meinen Rajiv sah, wußte ich, daß er wirklich ein Löwe war. Und daß es uns bestimmt war, zusammenzusein.«

Der Ausdruck der Liebe auf dem Gesicht dieser Frau versetzte Laura einen scharfen, unerwünschten

Stich des Neides, aber sie sagte nur: »Wie alt wart Ihr da, Euer Hoheit?«

»Fünfzehn. Ziemlich alt, um zu heiraten, aber mein Vater ließ mich nur widerstrebend gehen.« Wieder legte die Maharani den Kopf schief. »Es scheint mir sehr steif, ständig mit ›Euer Hoheit‹ angeredet zu werden. Sag doch Kamala zu mir, wenn wir allein sind.«

»Ich fühle mich geehrt. Bitte nennen Sie mich Laura.«

Plötzlich wurden die Augen der schönen Frau von Trauer verdunkelt. »Ich bin nicht mit Kindern gesegnet. Hast du welche, Laura?«

Laura spürte, wie sie rot wurde. »Mein Mann und ich sind erst ein paar Wochen verheiratet, Kamala. Selbst für mein Volk war ich nicht gerade eine junge Braut.«

Nach kurzer Überlegung meinte Kamala: »Es war es wert, auf deinen Lord zu warten«, sagte sie ermutigend. »Es ist schade um sein Auge, aber er ist immer noch ein attraktiver Mann. Er hat eine große Ausstrahlung! Wie ein Falke, der Fürst der Lüfte. Hast du dir schon ein Horoskop erstellen lassen?«

Nachdem Laura dies verneint hatte, fuhr die Maharani fort: »Wenn du mir Ort und Zeit deiner Geburt und der deines Mannes sagst, dann lasse ich einen Priester die Horoskope errechnen – Karma, die Bereiche der Übereinstimmung, die der Streitpunkte.« Sie lachte wieder. »Aber inzwischen hast du sie ja wohl selbst herausgefunden! Trotzdem – es ist interessant zu hören, was Horoskope sagen.« Mit einem raschen Themawechsel fragte sie: »Um so gut Persisch zu sprechen, muß man in Indien leben. Wo bist du zu Hause?«

Da selbst solche einfachen Fragen komplizierte Antworten erforderten, bestand keine Gefahr, daß den beiden Frauen der Gesprächsstoff ausgehen würde. Kamala war eine anregende Gesellschaft, und als sie ihren Gast entließ, hatten die beiden bereits begonnen, Freundschaft zu schließen. Doch als Laura durch das Labyrinth des Palastes zurückgeleitet wurde, dachte sie vor allem mit Neugier an das Horoskop. Würde es ihr wirklich etwas Nützliches über ihre Ehe verraten? Sie hoffte es.

Nachdem der Maharadja ihn entlassen hatte, kehrte Ian zu ihrer Wohnung zurück und trat auf den Balkon, um frische Luft zu schnappen. Die Sonne ging unter, und es war sehr entspannend, die wachsenden Schatten in dem friedlichen Innenhof zu beobachten, während er über die Ereignisse des Tages nachdachte.

Es war fast dunkel, als Laura zurückkehrte. Sie kam auf den Balkon zu ihm heraus und lehnte sich mit gekreuzten Armen in einem sicheren Abstand von ihm über das Geländer. »Seid Rajiv Singh und du zu einer Übereinstimmung bezüglich der Artillerie gekommen?«

»Abgesehen von der Tatsache, daß es besser ist, ein Ziel zu treffen, als nur Lärm zu machen, nicht wirklich«, antwortete Ian. »Aber immerhin ist das ein substantielles Wissen. Ich freue mich darauf, der Parade in einer Woche beizuwohnen.«

»Der Maharadja ist ein eindrucksvoller Mann«, bemerkte sie. »Er hat eine magische Anziehungskraft. Es ist leicht, sich vorzustellen, was ihn zu einem so guten Herrscher macht.«

»Da stimme ich zu.« Obwohl der Hof wie ausgestorben dalag, senkte Ian seine Stimme. »Hoffen wir, daß er den Briten eine so solide Stütze ist, wie allgemein angenommen wird.«

Mit ebenso leiser Stimme fragte Laura: »Meinst du, er könnte gegen den Sirkar intrigieren?«

»Ich hoffe nicht. Als Gegner wäre er ziemlich ebenbürtig.« Ian runzelte bei dem Gedanken die Stirn. »Wir beide müssen gut auf das hören, was um uns herum erzählt wird. Ich werde wohl auch Zafir bitten, mit ein paar Dharjistani-Soldaten Bekanntschaft zu schließen. Sie könnten uns nützliche Informationen liefern – ich wundere mich immer wieder, wie viele einfache Soldaten darüber Bescheid wissen, was bei ihren Vorgesetzten abläuft.«

Laura nickte, drehte sich dann um und lehnte sich mit dem Rücken ans Geländer. Als sie sich bewegte, entströmte den Falten ihres Kleides ein schwacher Duft, der Ian an Marzipan und Veilchen erinnerte. Dann bemerkte er, wie sein Körper sich verspannte, und wandte seinen Blick wieder auf den Springbrunnen unter ihnen. Ja, er machte wirklich gute Fortschritte, was seine Selbstbeherrschung betraf.

Wenn Laura ihm auch verziehen zu haben schien, was bei Habibur geschehen war, so konnte Ian sich doch selbst nicht vergeben. Dennoch konnte er unmöglich glauben, daß der Schaden irreparabel war, denn keine Frau, die sich dem Liebesspiel mit solch süßer Hitze hingab, konnte dem für ewig abschwören. So groß Lauras Verzweiflung nachher auch gewesen war, so sicher war er, daß Zeit und Geduld ihr Problem, ihr Entsetzen überwinden konnten. Der Schlüssel zu einer glücklichen Zukunft war Geduld, die er haben mußte.

Er seufzte. Dummerweise war Geduld noch nie seine Stärke gewesen. »Wie ist die Maharani? Ich nehme an, sie war es, die dich hinter den Vorhang gebeten hat.«

»Kamala ist wirklich die schönste Frau Indiens und wahrscheinlich auch die bezauberndste. Obwohl sie etwa in meinem Alter sein muß, erinnert sie mich an meine Mutter.« Sie dachte kurz nach. »Es muß die Kombination von kluger, weiblicher Wärme sein. Meine Mutter besaß diese auch.«

Nun lehnte sich auch Ian gegen das Geländer. »Kamala und Rajiv Singh gelten als eines der großen Liebespaare Indiens. Manche sagen, sie sind Reinkarnationen von Schah Jahan und Mumtaz Mahal.« Als Lauras Gesicht ausdruckslos blieb, fuhr er fort: »Schah Jahan war der Herrscher, der das Taj Mahal für seine geliebte Frau Mumtaz Mahal gebaut hat.«

Laura lächelte. »Und Kamala und ihr Mann sind ihre Wiedergeburten? Ein schöner, romantischer Gedanke. Vielleicht haben sie dieses Mal ja das Glück, mehr Jahre zusammenleben zu dürfen.«

Ian hörte aus ihrer Stimme ein wenig Sehnsucht heraus, und er verstand es, denn er empfand ähnlich. Thema einer romantischen Legende zu sein, mußte um einiges erfreulicher sein, als in einer Ehe zu leben, die durch zuviel Leidenschaft und zu viele unlösbare Probleme verflucht war.

Er hörte leise Schritte im Empfangszimmer und blickte durch den Türbogen, um dort zwei Diener mit Tabletts zu entdecken. Hindus aus hoher Kaste teilten den Tisch nur mit Ebenbürtigen, so daß Laura und Ian vermutlich alle Mahlzeiten in ihren Räumen einnehmen würden.

Nachdem sie sich die Hände gewaschen hatten, setzten sie sich an den niedrigen, runden Tisch. Laura sah erstaunt das Lammcurry. »Ich dachte, Hindus der oberen Kaste sind Vegetarier?«

»Viele ja, aber Rajputen zum Beispiel essen auch Fleisch. Zudem ist dies ein riesiger komplexer Haushalt mit Menschen aus allen möglichen Religionen und Kasten, und die müssen ja alle satt werden.« Ian nickte in Richtung des Dieners. »Dieser Geselle hier ist Moslem, also kann er nicht durch die Berührung mit Nahrungsmitteln beschmutzt werden, es sei denn, man würde uns Schweinefleisch servieren. Das wird aber genauso wenig der Fall sein, wie eine Mahlzeit aus Rindfleisch, die jeden guten Hindu beleidigen würde. Es gehört zu Rajiv Singhs Talent, daß er Männer mit den unterschiedlichsten Herkünften und Hintergründen führen kann. Seine Armee hat Regimenter aus Hindus, Moslems, sogar Sikhs. Sie wohnen zwar in eigenen Quartieren, kämpfen aber alle gemeinsam für den Maharadja.«

Laura schluckte einen Bissen Reispilaf. »Sieht es in der britisch-indischen Armee nicht gleich aus?«

»Exakt, was ein Grund dafür ist, daß sie die mächtigste Armee ist, die Indien je gesehen hat.« Ian wischte mit einem Stück Brot die Sauce auf. »Wie du weißt, sind die Mehrheit der Armeesoldaten Einheimische. Durch den Drill, die Waffen und die militärischen Anführer sind sie besser als die meisten indischen Krieger. Rajiv Singh tut gut daran, das Beste der modernen, europäischen Kriegskunst mit der nationalen Kampftechnik zu mischen.«

Sie waren gerade mit dem Essen fertig, als der Kämmerer mit zwei Palastwachen eintrat. Der Kämmerer stellte ein Kästchen vor Laura ab und verbeugte sich. »Mit Empfehlung von Rajiv Singh. Dies ist der Besitz Ihres Onkels und gehört nun Ihnen.« Dann zogen er und die Wachen sich zurück.

Erfreut untersuchte Laura Pjotrs Hinterlassenschaft. Es war eine recht große, lederbezogene Truhe, die ein wenig schäbig aussah, aber ein intaktes Schloß besaß. Laura runzelte die Stirn. »Ian, hast du vielleicht einen Schlüssel, der dazu passen könnte? Ich möchte, wenn möglich, das Schloß nicht aufbrechen.«

Er stellte die Truhe auf den Tisch und musterte das Schloß eine Weile, dann ging er in sein Zimmer und suchte in seinem Gepäck nach einem Stück Draht. Er bohrte eine Weile vorsichtig in dem Schloß herum, bis es plötzlich klickend aufsprang.

»Du hast wirklich ein paar erstaunliche Talente«, sagte Laura beeindruckt.

»Ein Offizier und Gentleman sollte auf alles vorbereitet sein«, erwiderte Ian fröhlich.

Laura zog eine Braue hoch. »Das hast du aber doch sicher nicht auf der Kadettenschule in Addiscombe gelernt.«

Er grinste. »In einem langweiligen Winter an der Front hatten wir nichts Besonderes zu tun, also brachte mir ein Sergeant mit einer turbulenten Vergangenheit bei, wie man Schlösser aufbricht. Eigentlich war es ein Zeitvertreib, aber manchmal hat es sich schon als recht nützlich erwiesen.«

Anerkennend lächelnd hob Laura den Deckel der Schatulle. Die Kiste war bis zum Rand mit Papieren und Tagebüchern angefüllt. »Onkel Pjotr hat ja schon gesagt, daß hier nichts drin wäre, was einen Fürsten in Versuchung führen könnte«, bemerkte sie mit einem Hauch Enttäuschung. »Aber ich habe wohl doch auf etwas Aufregenderes als nur Papier gehofft.«

»Nimm doch einfach alles mal heraus«, schlug Ian vor. »Vielleicht verbirgt sich etwas Interessanteres darunter.«

Laura begann also, die Papiere herauszunehmen und stapelte sie sorgfältig auf dem Tisch. Als sie sich fast zum Boden durchgearbeitet hatte, sagte sie: »Du hast recht. Hier sind ein paar eingewickelte Dinge.«

Sie holte den ersten Gegenstand heraus. Als sie ihn von seiner Baumwollumhüllung befreit hatte, hielt sie eine goldene Uhr in ihrer Hand. »Daran kann ich mich erinnern!« rief sie erfreut aus. Sie öffnete den Deckel, und die ersten Töne einer Melodie erklangen. »Die Uhr gehörte ursprünglich meinem Großvater Kuschutkin. Die Familiengeschichte behauptet, sie ist von einem Uhrmacher hergestellt worden, der auch für die französischen Könige arbeitete.«

»Pjotr hat sie sicher hiergelassen, damit man ihn nicht für einen Europäer hielt, wenn er durch Zentralasien reiste.«

Laura musterte das Innere des Deckels, in dem kyrillische Buchstaben eingraviert waren. »Mein Onkel hat die Uhr immer vor meinen Augen hin- und herpendeln lassen, damit sich das Licht darin fing, wenn die Melodie spielte. Ich war noch sehr klein und wahrscheinlich ziemlich lästig, und er glaubte, er könnte mich damit ruhigstellen.« Sie schloß die Uhr und wog sie in ihrer Hand. Dann reichte sie sie Ian. »Hier – ich denke, er würde sie dir schenken wollen.«

Verdutzt blickte Ian die Uhr an. »Du gibst sie mir?«

»In seinem Gefängnistagebuch hat Pjotr einmal gesagt, du wärst ihm der Sohn, den er niemals hatte, also muß die Uhr in deinen Besitz übergehen.« Sie lächelte schelmisch. »Und wenn ich sie meinem Mann schenke, kann ich sie immer betrachten, wenn ich will.«

»Vielen Dank.« Ian strich über das leicht fleckige Gold. »Ich muß dir wohl nicht erst sagen, was sie mir bedeutet.«

»Nein, das brauchst du nicht.« Laura schenkte ihm ein liebes, zufriedenes Lächeln. Dies war einer der Momente perfekten Einverständnisses, der Ian einmal mehr nach mehr Nähe hungern ließ.

Seine Sehnsucht spürend, ließ Laura ihren Blick sinken und begann, die anderen Objekte, die sich noch in der Truhe befanden, auszuwickeln. Sie fand eine antike emaillierte Schnupftabaksdose, eine chinesische Jadefigur, die eine graziöse Frau darstellte, ein flaches silbernes Etui, das immer noch ein paar ausgetrocknete Zigarren enthielt, einen spitzen Dolch, dessen Griff mit Silberdraht eingelegt war. Das Seltsamste allerdings war eine verformte Bleikugel aus einem Gewehr.

Laura blickte ein wenig wehmütig auf die Sammlung. »Ich kenne nichts von diesen Dingen. Ich werde wohl nie erfahren, wo sie herstammen und was sie Onkel Pjotr bedeutet haben.«

Ian betastete die Gewehrkugel. »Diese hier könnte durchaus an irgendeinem Punkt von Pjotrs Karriere aus ihm herausgeholt worden sein. Männer tendieren dazu, seltsame sentimentale Gefühle für Kugeln zu entwickeln, die sie fast getötet hatten. Ich habe auch ein paar von solchen Sachen im Gepäck, das von Cambay nach Schottland verschifft wird.«

Sie zog ein Gesicht. »Also ist dies hier eine der berühmten Kugeln, die mit dem Namen eines Mannes beschriftet sind?«

»Die Kugeln, über die ich mir Sorgen gemacht habe, sind eher die, auf denen ›für wen auch immer sie bestimmt sein mag‹ steht«, erwiderte er trocken. »Davon gibt es weit mehr, und sie bringen dich genauso effektiv um.«

Wie Pjotr schon gesagt hatte, war nichts besonders Wertvolles in der Truhe. Die Papiere jedoch mochten sehr interessant sein. Ian betrachtete den Stapel. »Ich wünschte, ich könnte Russisch. Bestimmt gibt es irgendwo dazwischen Informationen über Pjotrs ›Feuer über Indien‹. Wie lange wirst du wohl brauchen, um das Zeug durchzusehen?«

»Eine ganze Weile, denke ich.« Laura nahm ein Tagebuch und blickte hinein. »Wenigstens hatte er hierbei all das Papier, die Tinte und das Licht, das er brauchte, so daß der Text leichter zu lesen ist als der in der Bibel.« Den Band wieder schließend, sagte sie: »Mir ist gerade in den Sinn gekommen, daß er zur gleichen Zeit wie ich in Indien gewesen sein muß. Er hat mich aber nicht besucht.«

»Es ist ein weiter Weg von Dharjistan nach Baipur«, antwortete Ian. »Selbst wenn er die Zeit gehabt hätte, wäre es vielleicht zu gefährlich für ihn gewesen.«

»Mir fällt es immer schwer, daran zu denken, daß er ja ein Feind Englands war. Papa und ich hätten uns beide unheimlich gefreut, ihn zu sehen.« Sie seufzte. »Na ja, es hat keinen Sinn, über so etwas zu grübeln.«

Sie schob ein paar herausrutschende Papiere in den Stapel zurück, als ihr ein Päckchen Briefe, das mit einem Band zusammengebunden war, auffiel. »Liebesbriefe? Was meinst du?« Sie nahm das Paket und sagte plötzlich überrascht: »Himmel, das sind Briefe von mir! Unglaublich, daß Onkel Pjotr sie all die Jahre aufbewahrt hat!« Sie ging den Stoß rasch durch. »Und ein paar von meiner Mutter. Guter Gott, die zu lesen wird mir eine Tränenflut bescheren.«

Ian fiel wieder ein, daß Pjotr Laura ermahnt hatte, die Truhe sehr sorgfältig zu untersuchen. »Mir scheint, es gibt ein paar Zentimeter Größenunterschied zwischen dem Inneren und dem Äußeren der Truhe«, sagte er also. »Vielleicht hat die Kiste einen doppelten Boden. Macht es dir etwas aus, wenn ich mal nachsehe?«

Ohne aufzusehen sagte Laura abwesend: »Bitte laß dich nicht aufhalten.«

Das Innere war recht unsauber mit einem gemusterten indischen Stoff ausgeschlagen, der viel neuer als die Truhe selbst war. Ian klappte den Dolch auf und schnitt vorsichtig am Rand entlang, dann versuchte er, den Stoff zu lösen. Nach einigen Minuten vorsichtigen Bohrens gelang es ihm, das Bodenbrett zu lockern, das ihm plötzlich förmlich entgegensprang. Darunter befand sich ein mit Baumwolle ausgestopfter Hohlraum.

Ian war enttäuscht. Dennoch konnten sich, wenn schon keine geheimen Pläne, immer noch andere Dinge darunter verbergen. Er durchsuchte das flauschige Material mit den Fingerspitzen und holte zwei kleine Gegenstände, die in blaue Seide eingeschlagen waren, heraus. Er öffnete das erste Päckchen und stieß einen verblüfften Pfiff aus.

Auf seiner Handfläche lag ein Rubin, der so groß wie eine Walnuß und so rot wie Blut war. Ungeduldig wickelte er den zweiten Gegenstand aus. Diesmal fand er einen Diamanten, der genauso groß war und aus seinem Inneren heraus eisig funkelte. »Laura, meine Liebe«, sagte er, als er seinen Atem wiedergefunden hatte, »Pjotr *hat* dir etwas Interessanteres als Papiere hinterlassen.«

Sie blickte immer noch abwesend auf, stieß dann aber einen halb entsetzten Schrei aus. »Lieber Gott, ist es das, was ich denke?«

»Wenn du an Edelsteine denkst, lautet die Antwort ja«, antwortete Ian. »Sollen wir nachsehen, was sonst noch darin zu finden ist?«

Nach zehn Minuten Wühlerei in der Baumwolle lag ein kaiserliches Vermögen in Edelsteinen glitzernd und funkelnd vor ihnen. Alle Steine waren riesig und nicht gefaßt, und wenigstens für Ians ungeschultes Auge wirkten sie makellos. »Wie kann Pjotr nur daran gekommen sein?« fragte Laura mit heiserer Stimme.

»Im Laufe seiner Geschäfte in Zentralasien kann er durchaus viele Möglichkeiten gehabt haben, viel Geld zu verdienen«, überlegte Ian. »In Afghanistan habe ich einmal einen beachtlichen Rubin für eine Pistole bekommen. Der Afghane und ich waren beide recht glücklich mit dem Handel. Ich verkaufte den Stein und investierte das Geld, bis es im Laufe der Jahre zu einem hübschen Sümmchen herangewachsen war. Multipliziere das ein paarmal, und es ist nicht unwahrscheinlich, daß Pjotr ein gesundes Vermögen herangezüchtet hat, das er schließlich in Edelsteine umsetzte, die den beständigsten Wert besitzen. Da Indien die weltgrößte Schatzkammer für Edelsteine ist, hätte er sie hier für die Hälfte dessen kaufen können, was er in Europa dafür bekäme.«

»Mir gefällt diese Erklärung«, fand Laura. »Viel besser, als zu glauben, daß mein Onkel einen Tempel ausgeplündert hat.«

Ian lächelte ein wenig und berührte einen gewaltigen Saphir mit der Fingerspitze. »Er hat schließlich gesagt, daß die Mühen der Reise nach Dharjistan es wert sind, nicht wahr?«

Laura nahm eine Handvoll Juwelen auf und beobachtete, wie sich das Lampenlicht darin brach. »Es ist jedenfalls eine unerwartete Mitgift.«

»Abgesehen davon hätte es dich zu einer Frau gemacht, die finanziell unabhängig leben konnte, statt Gouvernante zu werden.« Ian empfand einen heftigen Stich, als er die Steine musterte. Es war ihm ein Trost gewesen, daß die Ehe Lauras wirtschaftliche Situation verbessert hatte. Doch nun war seine finanzielle Unterstützung etwas, das sie nicht mehr brauchte. Ihr Vermögen durfte sogar größer sein als seines.

Laura sah ihn an, und in ihren orientalischen Augen leuchtete bernsteinfarbenes Licht. »Wenn du nicht gewesen wärest, *Duschenka*, dann hätte ich hiervon nie erfahren. Die Schatulle wäre bis in alle Ewigkeit in Rajiv Singhs Schatzkammer geblieben.«

Sie hatte so ein untrügliches Gespür dafür, zu wissen, was er empfand, daß er sich fast entlarvt fühlte. Eines Tages würde sie sogar in seine verborgensten Gefühle eindringen. Doch nun lächelte er sie nur unsicher an. »Wie schaffst du es bloß, mich so zu durchschauen, Larischka?«

»Das ist das russische Talent«, sagte sie aufgeräumt. »Es weckt stets Entsetzen in den Herzen der Verstandesmenschen.«

»Du weckst bestimmt Entsetzen in meinem Herzen«, sagte er nur halb im Scherz. Dann nahm er den größten Topas der Edelsteinsammlung in die Hand und hielt ihn ihr an den Hals. »Was immer du mit den anderen Steinen machen willst, dieser hier muß zu einem Anhänger für dich gemacht werden. Ich bezahle für die Fassung und lasse passende Ohrringe anfertigen.«

»Das gefällt mir«, murmelte Laura und hielt seinen Blick fest. Augen von Gold, Ambra und Sherry, tief genug, um einen Mann zu betäuben. Lippen, so voll und weich und einladend – und die geküßt werden wollten.

Ian konnte seinen Blick nicht abwenden. Es war verfrüht gewesen, sich zu seiner Selbstbeherrschung zu gratulieren. Seine Frau konnte in einem vollgestopften Ballsaal die Aufmerksamkeit aller Männer auf sich ziehen, aus dieser Nähe war ihre Sinnlichkeit verheerend.

Obwohl ihr Verstand es nicht zu merken schien, schrie ihr ganzer Körper nach Liebe. Wenn er sie küßte, würde sie erschaudern, gefangen zwischen Verlangen und Abscheu, doch sie würde sich ihm nicht entziehen. Statt dessen würden ihre Arme sich langsam um ihn schlingen, dann würde ihre Leidenschaft unbeherrscht aufflammen, heiß, hitzig und gewaltig wie detonierendes Schießpulver.

Es war ganz einfach, bis beide ihre Lust befriedigt hatten. Danach würde sie sich selbst und ihn hassen.

Für Ian wäre es leichter. Er würde nur sich selbst verabscheuen.

Warum mußte es so quälend schwierig sein, das Richtige zu tun? Es kostete ihn jeden Fetzen Disziplin, von ihr zurückzuweichen und ruhig zu sagen: »Es ist wohl am besten, wenn wir die Steine fürs erste wieder verstauen, wo wir sie gefunden haben.« Er zwang sich, seinen Blick von seiner Frau zu lösen, und begann, die Juwelen wieder in der Baumwolle zu vergraben. Wie dumm, daß sein Begehren nicht ebenso einfach wegzupacken war.

Kapitel 24

Die weite Ebene außerhalb Manpurs war bedeckt von wirbelnden Staubwolken, verursacht durch Pferdehufe und Soldatenfüße. Diejenigen aber, die der Parade vom Elefantenrücken aus zusahen, spürten sehr wenig davon. Ians Sicht hätte nicht besser sein können, denn er saß im *Howdah* des Maharadjas von Dharjistan.

Seit sie in Manpur angekommen waren, hatte Ian viel Zeit mit Rajiv Singh verbracht und mit ihm Diskussionen über Kriegskunst geführt. In der Folge war eine ernsthafte, wenn auch stets durch ein wenig Wachsamkeit geprägte Freundschaft zwischen den beiden Männern entstanden. Der gegenseitige Respekt und die Zuneigung wurde durch die Gewißheit gedämpft, daß sie beide nicht immer die gleichen Wertmaßstäbe und Loyalitäten besaßen. Daher war ihre Unterhaltung stets mit verbalen Sperren durchzogen, die nur halb im Spaß gemeint waren.

Auf der Ebene bedeutete gerade das letzte der Infanterieregimente seine Übungen und zog ab, um von einem Bataillon Ulanen abgelöst zu werden. Im vollen Galopp heranreitend, bogen die Soldaten schließlich nach rechts ab, ohne daß ihre perfekte Ordnung darunter gelitten hätte, und zogen eine gewaltige Staubwolke hinter sich her. Die Königlich Britische Kavallerie hätte es nicht besser machen können.

»Wundervoll ausgebildet, Euer Hoheit«, bemerkte Ian.

»Ich dachte mir schon, daß Sie beeindruckt sein würden.« Der Maharadja sah ihn nachdenklich an. »Halten Sie sie den britischen Ulanen für ebenbürtig?«

»Ich denke, sie sind es«, erwiderte Ian. »Obwohl ich bezweifle, daß es jemals zu einem Vergleich kommen wird.«

»Das denke ich auch«, sagte der Maharadja verbindlich. Dann wies er mit dem Kopf auf die Ebene, wo Kamele gerade die leichten Artilleriegeschütze in Position schleppten, und fuhr fort: »Drill ist wichtig, denn eine Armee, die nicht diszipliniert ist, bedeutet nur ein ungeordnetes Rudel, das durch besser ausgebildete Truppen leicht zersprengt werden kann. Ihre britische Armee hat immer wieder bewiesen, wie wertvoll Soldaten sind, die selbst beim heftigsten Angriff ihre Reihen nicht durchbrechen lassen. Und dennoch ist die wahre Prüfung eines Kriegers die des Mutes, nicht des Drills.«

»Vielleicht, aber Mut ist nicht einfach etwas, das man hat oder nicht hat«, warf Ian ein. »Meine Erfahrung hat mir gezeigt, daß ein Soldat praktisch immer erfüllt, was man ihm befiehlt, wenn er gut ausgebildet, gut geführt ist und umgeben von Kameraden, vor denen er nicht versagen will.«

»Dem kann ich zustimmen.« Rajiv Singh runzelte die Stirn. »Meiner Armee würde es nicht an Waffen, Mut oder Ausbildung mangeln, doch sie würde trotz allem auf eine harte Probe gestellt werden, sollten sich meine Nachbarn entschließen, in Dharjistan einzumarschieren. Die Punjabi-Armee ist genauso gut ausgerüstet und ausgebildet. Bedauerlicherweise ist sie auch noch größer als meine.«

Nun wurden die leichten Artilleriegeschütze in der Ebene abgefeuert: sechzig Rohre spuckten fast gleichzeitig ihre Kugeln aus, so daß das Ergebnis eine einzige ohrenbetäubende Detonation war. Von den vier Salven, die in einer Minute abgefeuert wurden, kam nur die letzte leicht verzögert. Die Kanoniere hatten ihre Lektion gelernt.

Vorübergehend taub durch den gewaltigen Kanonendonner, wartete Ian, bis er wieder etwas hören konnte, ehe er Rajiv antwortete. »Das Abkommen, das Ihr mit Britannien unterzeichnet habt, sichert Euch Unterstützung zu, sobald Dharjistan angegriffen wird.«

»Bei den vielen britischen Soldaten, die in Afghanistan stehen, ist eure Armee im Augenblick geschwächt. Glauben Sie, es sind genug da, um die Punjabis zu stoppen, wenn es erforderlich wird?«

»Ja«, sagte Ian ohne Zögern. »Selbst wenn Regimenter von so weit her wie Kalkutta oder Madras abgezogen werden müßten, wird Britannien seine Verpflichtung erfüllen.«

»Zweifellos haben Sie recht.« Der Ausdruck des Rajputen war sardonisch. »Aber selbst wenn, fehlt mir irgendwie ein wenig die Begeisterung bei dem Gedanken, britische Soldaten in Dharjistan einmarschieren zu sehen. Es ist ja schön und gut, wenn der Tiger kommt, um einen zu beschützen, aber es könnte schwierig sein, den Tiger zu überreden, danach auch wieder zu gehen.«

»Ich wünschte, ich könnte sagen, Eure Befürchtungen seien grundlos, aber Ihr wißt es besser«, sagte Ian ein wenig zerknirscht. »Es gibt genug Männer im Sirkar, die sich freuen würden, Dharjistan zu annektieren. Wie auch immer... mehr noch glauben, daß ein starker, unabhängiger Staat unter Eurer Herrschaft Britisch-Indiens bester Schutz gegen Afghanistan ist.«

Der Maharadja zog die Brauen hoch. »Das ist eine bemerkenswert offene Einschätzung von einem Briten. Fühlen Sie sich denn nicht verpflichtet, Ihre Regierung zu verteidigen?«

»Die englische Regierung hat vieles getan, das sich nicht verteidigen läßt«, sagte Ian gepreßt. »Mein eigenes Volk, die Schotten, haben sehr unter britischer Gewalt leiden müssen.«

»Das klingt nach einem Mann, dessen Gram mehr persönlich denn politisch ist«, sagte Rajiv Singh mit interessiertem Blick. »War Ihr Erbe der einzige Grund, warum Sie den Dienst quittiert haben?«

Wie Laura konnte der Maharadja offenbar Gedanken lesen.

»Nein, das war nicht der einzige Grund«, gab Ian widerwillig zu. »Ich wurde gefangengenommen, während ich auf einer offiziellen Mission in Buchara war, und saß eineinhalb Jahre fest. Der Emir sagte mir, er würde mich freilassen, wenn er von der englischen Königin einen Brief erhielte, in dem sie meinen Status bestätigte.«

Der Rajpute konnte sich denken, was kommen mußte. »Und aus Stolz oder Gleichgültigkeit geschah nichts.«

»Gar nichts«, bestätigte Ian, der seine Bitterkeit nicht gänzlich unterdrücken konnte. »Es war leichter, meinen Tod hinzunehmen und sich dringenderen Angelegenheiten zuzuwenden. Ich wäre dort gestorben, wenn meine Familie sich nicht um mich bemüht hätte. Und bevor ich noch von meinem Erbe hörte, beschloß ich bereits, die Armee zu verlassen.«

»Also hat Ihre Regierung Sie im Stich gelassen«, bemerkte der Maharadja nachdenklich. Plötzlich wurde sein Blick scharf. »Kein Wunder, daß Sie nicht mehr dienen wollen. Würden Sie denn mir dienen, Falkirk?«

»Sir?« Ian war so verblüfft, daß er in die militärische Knappheit zurückfiel.

»Wie Sie schon sagten, brauchen Soldaten eine gute Führung. Möchten Sie meine Armee befehligen? Sie haben ein gutes Gespür für Strategie und Taktik und das Talent, Männer zu führen.« Er lächelte gewinnend. »Ich halte es für eine Schande, derartige Qualitäten zu verschwenden, um ein Bauer in Ihrem eigenen Land zu werden.«

Es war ein atemberaubendes Angebot. Ian glaubte nicht, daß es so zufällig kam, wie es ausgesprochen worden war. Nun erstaunte es ihn nicht mehr, daß Rajiv Singh sich die letzten Tage soviel Zeit genommen hatte, mit ihm zu sprechen. Ian dachte über die Möglichkeiten nach, die sich ihm bieten würden: Er würde Vermögen und Macht besitzen und die Chance bekommen, sein hart erarbeitetes militärisches Wissen voll zu nutzen.

Aber wozu? In Friedenszeiten bestand die Herausforderung eines Soldaten darin, messerscharfe Entschlossenheit im Angesicht endlosen, langweiligen Drills aufrechtzuerhalten. In Kriegszeiten mußte er mit einem Maximum an Tod und Vernichtung umgehen. Nichts von beiden reizte Ian für seine Zukunft.

Alles, was er wollte, war eine Ehe voller Liebe

und die Chance, in dem Land seiner Vorfahren Wurzeln zu schlagen. Und wenn sein Leben zu friedlich wurde, dann würde er seinen Sitz im House of Lords dazu benutzen, die britische Regierung zu maßregeln, wenn sie unerträglich wurde. Eine Armee zu befehligen, stand nicht mehr auf seiner Wunschliste. »Euer Angebot ist eine große Ehre für mich, Euer Hoheit«, sagte er formell. »Aber ich muß ablehnen.«

»Das Angebot bleibt bestehen, Falkirk«, erwiderte der Maharadja unerschüttert. »Wie auch immer, ich würde mich freuen, wenn Sie mich auf eine kurze Reise zu meinen Grenzbefestigungen begleiten. Während dieser Reise haben Sie Zeit, über die Vorteile nachzudenken, die sich aus der Position als mein Oberbefehlshaber ergeben würden.«

»Ich komme gerne mit Euch, aber erwartet nicht, daß ich meine Meinung ändere.«

Der Rajpute fixierte Ian mit einem dunklen, hypnotischen Blick. »Sie hätten Macht, Falkirk – die Möglichkeit, Männer zu formen und zu führen, einen Platz in der Geschichte einzunehmen. Können Sie ernsthaft behaupten, diese Aussicht sei gänzlich abstoßend?«

Ian lächelte. »Die wahre Macht liegt bei Euch – ich wäre nur ein Diener. Mein Land in Schottland mag, verglichen mit Dharjistan, winzig sein, doch es ist *meines,* und dort bin ich alleiniger Herrscher.«

Rajiv Singh lachte auf. »Dagegen kann man nur schwer etwas sagen. Dennoch hat es Vorteile, mir zu dienen. Anders als der Sirkar habe ich noch nie jemanden im Stich gelassen, der mir gut und treu ergeben war.« Er deutete auf einen Elefanten in der Nähe, dessen Howdah mit einem Vorhang verhängt war, um Kamala und Laura vor Blicken zu schützen. »Sprechen Sie mit Ihrer Frau darüber. Sie scheint hier sehr glücklich zu sein, und die Maharani ist ganz vernarrt in sie. Wenn Sie mein Angebot annehmen, wird auch sie davon profitieren. Alle Frauen lieben Juwelen – ich kann sie damit überschütten lassen, wenn Sie es wollen.«

»Ich werde die Sache mit ihr besprechen«, versprach Ian. »Aber sie ist keine Frau, die sich von Diamanten überreden läßt.«

Auf der Ebene waren die leichten Geschütze durch schwere Kanonen ersetzt worden, die von Elefanten gezogen wurden. Als sie in einer Reihe standen, wurden sie nacheinander in Ein-Sekunden-Intervallen abgefeuert. Ian begann automatisch zu zählen und kam auf etwa hundert Schuß – genug, um eine Hauptstadt in einem Tag in Schutt und Asche zu legen.

Als sich sein Gehör wieder einstellte, wiederholte er, was er ein paar Tage zuvor zu Laura gesagt hatte. »Eure Armee scheint europäische Kriegskunst mit bester Rajputen-Tradition zu verbinden, Euer Hoheit. Das Ergebnis ist hervorragend.«

»Sehr gut bemerkt, Falkirk.« Rajiv Singhs Blick wurde wieder nachdenklich. »Indien ist die große Mutter. Ihre Kraft liegt in der Fähigkeit zu akzeptieren, was kommt, und es zu einem Teil ihrer selbst zu machen. Jeder Eindringling, jede Religion, die je dieses Land erreicht haben, sind von Mutter Indien aufgenommen worden und geblieben.«

Ian nickte. »Das Ergebnis ist die wahrscheinlich komplexeste Gesellschaft der Welt.«

»Was dies möglich macht, ist das Kastensystem, das so viele Europäer verachten. Hier gibt es einen

Platz für jeden, selbst für die, die keine Hindus sind, zum Beispiel Parsis und Moslems.« Er blickte Ian herausfordernd an. »Trotz der englischen Herrschaft gibt es zu wenige von euch, um viel Einfluß auf dieses so große und dynamische Land zu haben. Ihr werdet eine kurze Periode der Macht innehaben und dann, ohne Spuren zu hinterlassen, verschwinden.«

»Es wird Spuren geben.« Ian wies auf die Armee vor ihnen. »Disziplin, Gerechtigkeit.«

Der Maharadja schnaubte. »Disziplin hat ihren Nutzen, aber die britische Gerechtigkeit ist ein enger und engstirniger Begriff, der höchstens bei Akkerbauern angewandt werden kann.«

»Was auch so sein soll«, sagte Ian knapp, »denn die haben sie am ehesten nötig. Euer Land ist nie sehr freundlich mit den Schwachen umgegangen. Sie sind Opfer von Landbesitzern, Banditen, Priestern und Fürsten. In Britisch-Indien ist das Leben weniger gefährlich, die Steuern sind gerechter, und jeder Bauer kann vor Gericht erscheinen, um Gerechtigkeit zu fordern.«

Rajiv Singhs Augen verengten sich. »Ich leugne nicht, daß solche Dinge ihren Wert haben oder daß die meisten eurer Verwalter gute, anständige Männer sind. Aber Steuern, Diebe, Streitereien darüber, wessen Ochse wessen Garten zertrampelt hat – das alles sind Banalitäten. Was zählt, ist der Reichtum der indischen Kultur, die Vielfalt der Gesellschaft. Mit welchen Mitteln es der Sirkar auch versucht, er wird dies niemals auslöschen können.«

Ian hatte den Rajputen noch nie so eindringlich reden hören. In dem Wunsch, die Situation zu entschärfen, sagte er: »Das wollen wir ja auch nicht.

Wie die Römer herrschen wir, ohne zu versuchen, Land und Leute zu ändern.« Er dachte an den Brauch der Sati und Kindesopfer und berichtigte sich: »Meistens, wenn auch nicht immer.«

Rajiv Singh schnaubte wieder. »Sie sind tolerant, Falkirk. Durch Männer wie Sie wog das englische Joch viele Jahre leicht. Doch immer öfter versuchen Ihre Landsleute, uns zu ›verbessern‹, unsere heidnische Lebensweise zu verändern. Sie verachten unsere Götter und Bräuche, die uns zu dem machen, was wir sind. Je mehr von diesen Briten hierher kommen, desto heftiger wird sich Indien gegen das Zaumzeug sträuben.«

»Das denke ich auch«, erwiderte Ian. »Die besten meiner Landsleute wissen, daß unsere Zeit hier begrenzt ist. Ich hoffe nur, daß die Briten in Frieden abziehen können, wenn die Zeit kommt. Indien und England haben viel voneinander gelernt. Es wäre schade, wenn das Vermächtnis durch Gewalt beeinträchtigt würde.«

Auf der Ebene ritten die Bataillone auf spektakuläre Weise durch die ›gegnerischen‹ Reihen, aber Rajiv Singhs durchdringender Blick blieb auf Ian haften. »Sie gehören zu den besten Ihres Volkes, Falkirk. Deswegen möchte ich Sie an meiner Seite haben.« Dann wandte er seinen Blick wieder dem Schauspiel zu, das sich ihm bot.

Ian tat dasselbe, doch seine Gedanken waren weder bei der Beschaffenheit der Dharjistani-Armee noch bei Rajiv Singhs Angebot. Es wurde immer deutlicher, daß der Maharadja kein Herrscher war, der den Sirkar allzu sehr schätzte.

Der Tag der Militärparade bedeutete für viele Diener des Palastes Freizeit, und so war die Stimmung festlich. Meera hatte den Aufmarsch der Truppen aufregend und großartig gefunden und war noch zu aufgeregt, um direkt in die Frauengemächer zurückzukehren. Ihre Miene hellte sich auf, als sie Zafir in der sich zerstreuenden Menge entdeckte. Meera hatte ihn nicht mehr gesehen, seit sie in Manpur angekommen waren, und sie vermißte es, ihn anfauchen zu können.

Der große Pathane sah aus wie immer: arrogant, frech und barbarisch. Und – wenn er lächelte – sündhaft attraktiv. »Ich grüße dich, kleine Taube. Da wir beide ein wenig Freiheit haben – hast du Lust, mit mir im Park spazierenzugehen?«

Sie kämpfte einen Augenblick mit sich. Aber schließlich gehörten Zafir und sie ja zum Falkirk-Haushalt, was fast einer Familie gleichkam. Zudem wollte sie sein Angebot gerne annehmen. In einem Tonfall sorgfältig kultivierter Gleichgültigkeit antwortete sie also: »Na gut, ich habe ohnehin nichts Besseres vor. Aber ich muß zurück sein, wenn es dunkel wird.«

Das Palastgelände war gewaltig und umfaßte sieben Gärten, die die verschiedenen Bereiche des Paradieses darstellten, einen Küchengarten und einen etwas weniger traditionell gestalteten Park. Die Gärten waren für die königliche Familie und deren Hof reserviert, aber der Park durfte auch von Dienern betreten werden. Und viele taten nun genau das, doch je weiter sie vom Palast fortschlenderten, desto weniger Leute begegneten ihnen.

Meera vermutete, daß ihr Begleiter die Gegend schon vorher erforscht hatte, um einen Platz relativer Einsamkeit zu finden. Dennoch: Selbst wenn der Pathane versuchte, sie zu verführen, war sie überzeugt, daß sie in seiner Gesellschaft so sicher sein würde, wie sie es wollte.

Während sie sich ihren Weg durch üppige, blühende Büsche suchten, tauschten sie Neuigkeiten darüber aus, was sie seit ihrer Ankunft alles gemacht hatten. Meera stellte fest, daß sie eine Gabe zu verbaler Karikatur besaß, die ihren Begleiter permanent zum Lachen brachte. Zafir schien ihre scharfe Zunge zu schätzen, was eine Erleichterung nach den Jahren in Mohans Haus war. Ihr Mann hatte es lieber gesehen, wenn sie demütig war.

Als die Sonne den Horizont berührte, sagte Meera unwillig: »Es wird bald dunkel sein. Ich muß zurück. Hat Falkirk Sahib dir gesagt, wann wir Manpur wieder verlassen?«

»Morgen wird er sich mit dem Maharadja auf eine Reise begeben, und ich gehe mit«, antwortete Zafir. »Der Major meinte, wir wären fünf oder sechs Tage unterwegs. Kurze Zeit danach machen wir uns dann auf den Weg nach Bombay.«

»Also bist du morgen wieder weg«, sagte sie, ohne den Hauch der Enttäuschung unterdrücken zu können.

Er grinste. »Hast du mich vermißt, kleine Taube?«

»Einen so großen, unhöflichen Affen? Kaum!« fauchte sie.

Meera hätte wissen müssen, wie gefährlich es war, ihn zu necken, denn er nahm sie augenblicklich in die Arme. Während sie noch quiekte, setzte er sie auf einen Ast, so daß ihr Gesicht mit seinem auf einer Höhe war. Sie packte den Ast, um ihr Gleichgewicht zu halten, wodurch sie keine Hand mehr frei hatte, um Zafir abzuwehren. Er beugte sich vor, um sie zu küssen. »Ich zeige dir, was du vermißt hast«, murmelte er.

Als er mit seiner Erinnerungsauffrischung fertig war, hatte sie längst kein Bedürfnis mehr, ihn wegzudrücken. Er machte noch einen Schritt auf sie zu, bis er zwischen ihren Knien direkt vor dem Ast stand, auf dem sie saß, und Meera fand diese Position höchst erregend, auch wenn die Kleidung sie noch trennte. Mit einem zufriedenen Seufzer ließ sie zu, daß seine Hände über ihre Brüste strichen, aber als sie tiefer wanderten, warf sie den Kopf zurück und holte scharf Atem. »Nicht. Das darfst du nicht tun.«

Seine Hand hielt inne, zog sich aber nicht zurück. »Bitte«, sagte sie ein wenig verzweifelt, denn sie wußte, daß ihr Wille nicht besonders stark war.

Zu ihrer Erleichterung bewegte er sich ein wenig zurück, wenn seine Hände auch auf ihrer Taille liegenblieben. »Ich hatte gehofft, daß du eine lustige Witwe bist, die sich nicht um Konventionen schert«, sagte er traurig. »Statt dessen verteidigst du den langweiligen Entschluß, deine Tugend zu bewahren.«

»Das ganz bestimmt!« blaffte sie indigniert. »Warum sollte ich mich wegen eines groben, dummen Bergbarbaren ruinieren?«

Er lachte in sich hinein. »Dann habe ich wohl keine Wahl. Ich muß dich heiraten.«

Meera war so verdutzt, daß sie vom Ast gefallen wäre, wenn Zafir sie nicht gehalten hätte. »Meinst du das ernst?«

»Ja, kleine Taube, das meine ich.« Er küßte sie leicht. »Dies ist eines der wenigen Male in meinem Leben, wo ich etwas ernst meine. Wirst du meine

Frau werden und mir starke Kriegersöhne gebären?«

Zuerst wollte sie ohne zu zögern »Ja!« rufen, aber ihr gesundes Mißtrauen siegte. »Was interessiert dich mehr«, fragte sie vorsichtig. »Ich oder meine Juwelen?«

»Ich bin froh, daß du nicht mittellos bist, aber ich komme aus einer guten Familie und habe mich als Soldat bewährt. Meine Frau wird niemals gezwungen sein, aus Not ihren Schmuck zu verkaufen.« Dann wurde seine Miene zärtlich. »Aber wenn ich dich nicht lieben würde, brächten mich alle Juwelen Indiens nicht in Versuchung, dich zu heiraten.«

So, wie er sie nun ansah, hätte sie in alles eingewilligt. Sie atmete bebend und rief sich eines der Haupthindernisse für die Ehe in Erinnerung. »Muß ich ein Moslem werden?«

»Ja«, gab er zu. »Mir selbst ist es gleich, wenn du bei deiner eigenen Religion bleibst, aber meine Kinder sollen als Gläubige aufwachsen. Ich will dich nicht überzeugen, daß der Islam besser ist als dein Glaube, aber denk daran: Moslems verbrennen keine Witwen.«

»Aber Moslems nehmen sich mehr als eine Frau.« Meeras Augen verengten sich bei dem Gedanken zu Schlitzen. »Hast du noch andere Frauen?«

»Ah, meine kleine Taube ist eifersüchtig!« sagte er erfreut. »Nein, Süße, es gibt keine anderen. Auch wenn der Koran vier Frauen erlaubt, haben die Pathanen praktisch nie mehr als eine. Höchstens wenn ein reicher Mann von seiner ersten Frau keine Söhne bekommen hat.«

Das erinnerte Meera an ein anderes, sehr wichtiges Problem. »Ich könnte unfruchtbar sein, ich war drei Jahre verheiratet, ohne zu empfangen.«

»Mohan war ein alter Mann«, erwiderte Zafir schlicht. »Ich bin es nicht.«

Sie mußte über sein Selbstvertrauen lächeln. »Ich glaube auch nicht, daß ich unfruchtbar bin, aber wenn – wirst du mich dann verstoßen?«

»Nein. Du wärest immer noch meine Hauptfrau und der Kopf des Haushalts«, versicherte er ihr. »Wenn ich sterbe, wirst du in meiner Familie immer ein Heim und eine Position haben.«

»Werden sie mich nicht als Fremde verachten?«

»Nein, denn ich habe dich ja gewählt. Besonders meine Mutter wird froh sein, daß ich mir endlich eine Frau genommen habe.« Seine grauen Augen funkelten frech. »Und wenn du befürchtest, unfruchtbar zu sein, helfe ich dir gerne, es herauszufinden.« Wieder fuhren seine Hände über ihre Hüften.

Meera schlug spielerisch nach ihm. »Benimm dich, Barbar. Ich werde erst bei dir liegen, wenn wir verheiratet sind.«

»Ich wünsche es mir.« Sein Ausdruck wurde nüchterner. »Aber für dich würde das auch bedeuten, das Leben aufzugeben, das du kennst, daß du ein paar Freiheiten verlierst, die du als Hindu hattest. Dafür bekommst du andere, zusammen mit Schutz und Sicherheit. Obwohl Pathanen-Frauen in der Öffentlichkeit verschleiert sein müssen, wirst du innerhalb des Hauses Einfluß haben, man wird dir Respekt erweisen. Wenn du mich nimmst, werde ich es dir so leicht wie möglich machen, damit du dich zu uns zugehörig fühlst.« Er hob ihre Hand und küßte die Finger. »Und ich liebe dich wirklich, kleine Taube, nicht nur, weil du wunderschön bist, sondern auch, weil du das Herz einer Löwin besitzt.«

Meera dachte an Habiburs Haushalt. Es war anders gewesen, als sie es gewohnt war, aber sie hatte nichts gesehen, was sie abgestoßen hätte. Und vieles, was ihr gefallen hatte.

Als sie noch zögerte, grinste Zafir und wurde wieder ganz der Schelm. »Du solltest mich wirklich besser nehmen. Wie viele Männer wollen schon eine Frau heiraten, die die Zunge einer Schlange hat?«

»Du wärest überrascht«, antwortete sie sanft.

Seine Hand packte ihr Handgelenk. »Wirst du von einem anderen Mann umworben? Muß ich dich entführen?«

Sie war ganz und gar nicht entrüstet von diesem besitzergreifenden Benehmen, aber sie wußte, daß sie ihn dafür besser nicht necken sollte. Wenn sie es tat, konnte sie durchaus wie ein Sack Korn quer über seinen Sattel geworfen und von ihm zum Khyber-Paß geschleppt werden. »Es gab mehrere Männer, die Interesse an mir gezeigt haben, aber ich habe mich nicht um sie gekümmert. Keiner könnte sich mit dir vergleichen.« Als Zafir wieder zu lächeln begann, setzte sie hinzu: »Ich möchte dich durchaus heiraten, aber du hast gesagt, es würde einige Veränderungen bedeuten. Ich möchte erst darüber nachdenken.«

Seine Augen leuchteten, und er zog sie in die Arme. »Ich möchte dir noch etwas geben, worüber du nachdenken kannst.« Und das tat er.

Kapitel 25

Kamala war der langen Militärparade schließlich müde geworden, und so befahl sie dem *Mahout,* sie vor dem Ende noch zurückzubringen. Laura war nicht traurig darüber, denn der gewaltige Lärm hatte ihr Kopfschmerzen verursacht.

Laura ging in ihre Zimmer und nahm ein langes Bad. Sie konnte von diesem Luxus niemals genug bekommen und hatte bisher immer noch nicht alle Duftöle durchprobiert. Nach dem Bad zog sie ein lockeres Gewand an und bürstete ihr Haar. Sie freute sich schon darauf, den Abend ruhig mit Ian zu verbringen. Sie beide waren von Rajiv Singh und Kamala so in Anspruch genommen worden, daß sie sich seit Tagen kaum gesehen hatten.

In dieser späten Jahreszeit kam die Nacht früh, und es war bereits dunkel, als Ian zurückkehrte. Laura blickte von dem Tagebuch, das sie überflogen hatte, auf. »Du siehst noch staubiger aus, als ich vorhin.«

»Nach der Hauptparade sind wir auf Pferde umgestiegen und durch die Dharjistani-Regimenter geritten«, erklärte Ian. »Ich erzähle dir später davon.« Dann ging er baden, und Laura bestellte das Essen.

Als sie sich setzten, bemerkte Laura, daß er auf eine bestimmte Art wachsam war, so, als läge irgend etwas in der Luft. Dennoch sprachen sie während des Essens wenig. Als Laura schließlich den Tee einschenkte, sagte er: »Rajiv Singh hat mir eine Stellung angeboten.«

»Welcher Art?« Mit der Teetasse in der Hand kuschelte sie sich mit untergezogenen Beinen auf den Diwan.

Ian lehnte sich auf dem Sofa zurück. Ein gestiefelter Fuß ruhte auf dem anderen Knie, aber als Laura ihn genauer betrachtete, sah sie, daß er weniger entspannt war, als seine Haltung vermuten ließ. »Er möchte, daß ich Oberbefehlshaber seiner Armee werde.«

»Lieber Himmel! Das ist aber ein Angebot!« Doch dann fielen ihr die möglichen Konsequenzen ein. »Hast du ihm bereits eine Antwort gegeben?«

»Ich sagte, ich hätte genug vom Soldatenleben, aber Rajiv Singh will noch nicht aufgeben. Er wies darauf hin, wie sehr du diesen Besuch hier genießt, so habe ich ihm versprochen, die Sache mit dir zu bereden.« Er nahm einen Schluck Tee. »Würde es dir gefallen, als eine der wichtigsten Frauen des Landes in Dharjistan zu bleiben?«

Laura zögerte und fragte sich, ob Ian das Angebot annehmen wollte. Sie zweifelte nicht daran, daß er seine Sache mehr als gut machen würde. Hatte er abgelehnt, weil er glaubte, sie würde sich weigern? Nach einigen vergeblichen Versuchen, in seinem Gesicht zu lesen, zuckte sie im Geist die Achseln: Sie konnte sich schließlich nur ihrer eigenen Gefühle sicher sein.

»Kamala ist eine wunderbare Frau, und unser Besuch bisher war wie ein Märchen aus Tausendundeiner Nacht, aber ich würde nicht unbedingt am Hof leben wollen«, antwortete sie. »Ich spüre die Eifersucht der anderen Frauen, weil ich in der Gunst der Maharani stehe. Es ist nicht besonders schlimm, weil ich ja nur ein Gast bin, aber wenn wir bleiben sollten, wird es sicher stärker. Ich wäre wie isoliert.« Ihre Stimme sank zu einem Flüstern. »Und was ist mit der Möglichkeit, daß Rajiv Singh gegen den Sirkar Pläne schmiedet?«

Er wollte antworten, doch sein Blick glitt plötzlich durch den ganzen Raum, als suchte er ihn nach lauschenden Ohren ab. »Es war ein langer Tag. Gehen wir ins Bett.«

Als sie ihm einen verdutzten Blick zuwarf, schüttelte er ganz leicht den Kopf, um ihr zu bedeuten, daß seine Worte nicht waren, was sie schienen. Sie trank ihren Tee aus, ließ die Tasse auf dem Tisch stehen, stand dann auf und ging voraus zu ihrem Schlafzimmer.

Ian suchte den Raum gründlich ab und winkte sie dann zu der Wand zwischen ihren beiden Schlafzimmern. Hier war es am wenigsten wahrscheinlich, daß sie belauscht wurden.

Ian kam auf Armeslänge an sie heran, damit sie leise sprechen konnten. Nach so langen Wochen der Distanz empfand sie seine Nähe als verwirrend. Sie zwang sich zur Ruhe und fragte: »Da du Rajiv Singh nun ein bißchen kennst, weißt du, wem seine Loyalität gehört?«

Ian runzelte die Stirn. »Bei der Parade hat er ein paar Dinge gesagt, die ich ziemlich alarmierend fand. Ich denke, daß er seine exzellente Armee durchaus gegen die Briten führen könnte, wenn seine Chancen auf Sieg stünden. Allerdings gibt es keinen echten Hinweis darauf, daß er so etwas je im Sinn gehabt hätte.«

»Heute hat Kamala etwas erwähnt, was durchaus mit Pjotrs Plan zusammenhängen könnte«, sagte Laura. »Vor zwei Jahren machte ein General, ein Vetter von Rajiv Singh, den Versuch, den Thron zu übernehmen. Die Verschwörung wurde aufgedeckt, bevor etwas passierte, die Beteiligten wurden exekutiert. Janak, der General, war als anti-britisch bekannt.«

Ian begriff sofort: »Das heißt, dein Onkel wollte vielleicht diesem Janak auf den Thron helfen. Der Maharadja hat ihm aber einen Strich durch die Rechnung gemacht.«

Lauras Brauen zogen sich zusammen. »Ein weiterer Beweis, daß Rajiv Singh auf der Seite der Briten ist, ist doch sein Angebot an dich. Er wird wohl kaum erwarten, daß du gegen deine Landsleute kämpfst.«

»Möglich.« Ian wiederholte ihr, was der Maharadja gesagt hatte. »Ich wollte ihn nicht in die Irre führen, aber ich glaube, er hat meinem Zorn gegen die Regierung zuviel Bedeutung beigemessen. Vielleicht hat er gedacht, es wäre mir ein Vergnügen, gegen die Engländer zu kämpfen.«

Laura mußte ein wenig lächeln. »Ich bin sicher, es gibt Mitglieder der Regierung Ihrer Majestät, die du gerne ein Jahr ins Gefängnis in Buchara stecken möchtest, aber ich kann mir nicht vorstellen, daß du eine Waffe gegen deine früheren Kameraden richten würdest.«

»Das steht außer Frage«, stimmte er zu. »Rajiv Singh hat mich mißverstanden und mir mehr über seine Einstellung zum Sirkar verraten, als er sonst getan hätte.«

Sie seufzte. »Also sind wir wieder da, wo wir angefangen haben. Vielleicht ist er anti-britisch und hat mit Pjotr finstere Pläne ausgeheckt. Vielleicht aber auch nicht.«

»Darum geht es.« Ians Mund verzog sich. »Ich mag Rajiv Singh. Ich will ihn nicht zum Feind, und das mag mein Urteilsvermögen trüben.« Er hörte auf zu reden, sein Blick ging in die Ferne.

Sie wartete geduldig, völlig zufrieden, seine schönen Züge und die dunklen Haare zu betrachten, die sich verführerisch in seinem offenen Hemd kräuselten. Sie dachte daran, wie sie sich anfühlten, und spürte schon, wie sich die vertraute Wärme in ihrem Inneren aufzubauen begann. Um sich schnell abzulenken, sagte sie: »Wenn Rajiv Singh tatsächlich gegen die Briten vorgehen will, was könnte er tun?«

Ian dachte über die Frage nach und stützte abwesend einen Arm an die Wand. Er war ihr so nah, daß sie seine Körperwärme spüren konnte, und statt zum Krieg, wanderten ihre Gedanken unvermeidlich zur Liebe. Sie hätte sich von ihm zurückziehen sollen, aber sie konnte es nicht.

»So wie die Dinge jetzt stehen, glaube ich kaum, daß Rajiv Singh Britisch-Indien angreifen wird«, antwortete Ian langsam. »Er ist zu klug, seine Truppen ohne eine vernünftige Chance in die Schlacht zu schicken. Doch das kann sich ändern, wenn irgendwo anders Kämpfe losbrechen. Wenn Afghanistan sich zum Beispiel gegen die britischen Garnisonen erhebt, könnte Rajiv Singh die momentane Schwäche ausnutzen, um Nordindien zu stürmen. Wenn er die Punjabis überreden kann, mit ihm gemeinsam zu ziehen, könnten sie ernsthaften Schaden anrichten.«

Laura rief sich in Erinnerung, daß es um wichtigere Dinge ging und riß ihren Blick von seiner gebräunten Haut los. »Und meinst du, so etwas wird geschehen?«

»Wahrscheinlich nicht.« Ian zuckte die Schultern. »Ich mache mir zuviel Sorgen. Rajiv Singh zu stürzen, muß das gewesen sein, was dein Onkel versucht hatte. Wenn es funktioniert hätte, wären die Folgen ziemlich verheerend gewesen, aber der Plan ist gescheitert.« Dann fügte er hinzu: »Dennoch werde ich mit den Behörden in Bombay sprechen, sie sollen diese Gegend im Auge behalten. Und lies mehr von

Pjotrs Tagebüchern. Es wäre nicht schlecht, mehr Informationen von dem zu bekommen, was er vorhatte.«

»Ja, das werde ich tun.« Laura konnte sich nicht länger zurückhalten und berührte die weiche Haut an seiner Kehle. Sein Herzschlag beschleunigte sich unter ihren Fingerspitzen.

Er fing ihren Blick ein, und sie starrten einander an. Wie in Trance legte er die Hände auf ihre Schultern und zog sie an sich, dann legte er seine Lippen auf ihren Mund. Die unterdrückte Begierde, die seit Tagen in ihnen beiden brodelte, entzündete sich nun wie trockenes Reisig.

Er konnte sein Verlangen nicht verbergen, und sie reagierte, als wollte sie mit ihm verschmelzen. Als seine Arme um ihre Taille glitten, schauderte sie zusammen und drückte sich an seine harten Muskeln.

Mit einem tiefen Stöhnen hob er sie von den Füßen und trug sie zu dem nahen Bett. Er legte sie auf die Matratze, ließ sich neben ihr nieder und küßte sie wieder. Seine Zunge drang in einem Rhythmus in ihren Mund ein, den sie nun als Versprechen tieferer Inbesitznahme erkannte.

Als seine Hände zielsicher die sensibelsten, empfänglichsten Zonen ihres Körpers berührten, ergab sie sich begierig den Empfindungen, die sie durchströmten. Sie wollte fortgespült werden, wollte die warnende Stimme in ihrem Hinterkopf ersticken...

Er wälzte sich halb auf sie und drückte sie auf das Bett nieder. An ihren Lenden spürte sie die heiße, harte Schwellung zwischen seinen Beinen. Neckend zog er ihr Gewand halb hinauf und strich herausfordernd ihre nackten Beine entlang, dann schob er eine Hand zwischen ihre Schenkel.

Als er ihr feuchtes, glühendes Geschlecht berührte, keuchte sie auf und versteifte sich, erschüttert durch die Reaktion, die seine Liebkosung hervorrief. Sie würde nur wenig Zeit brauchen, dieses beängstigende Crescendo der Lust zu erreichen, das sie bereits erfahren hatte und nach dem sie sich jetzt so dringend sehnte.

Und es war diese Dringlichkeit, die sie wieder in die Realität zurückwarf. Lieber Gott, sie war einmal mehr kurz davor, sich dem Wahnsinn zu ergeben. Mit erschreckender Gewißheit erkannte sie, daß dieser Wahnsinn jedesmal stärker werden würde, bis sie nicht mehr in der Lage wäre, ihn zu kontrollieren. Und sie war bereits sehr nah an diesem Punkt angelangt.

Leidenschaft. Blut. Desaster. Das entsetzte Kind in ihr gewann die Überhand, versuchte vergeblich, sich von ihm zu befreien. Dann schrie sie mit halberstickter Stimme: »Nein! Ich darf nicht! Nein!«

Ian erstarrte, sein Mund noch auf ihrem, seine Finger noch in ihr. In ihrem Innersten flehte sie, er würde nicht auf ihren Protest hören, würde beenden, was sie begonnen hatten. Sie hätte danach immer noch Zeit, sich mit den Folgen zu quälen.

Aber er war zu stark für sie. Er rollte sich zur Seite, stöhnte. Stolpernd kam er auf die Füße, lehnte sich gegen die Wand und vergrub das Gesicht in seiner erhobenen Armbeuge. Er bebte, doch während Laura ihn noch beobachtete, bekam er sich wieder unter Kontrolle. Langsam wurde sein Körper ruhig und starr wie Marmor. Ohne den Kopf zu heben, sagte er mit tödlicher Ruhe: »Du erklärst mir besser, was dein Problem ist, Laura, denn ich kann dies nicht mehr lange ertragen.«

Sie rollte sich zu einer Kugel zusammen und versuchte, ihren in Aufruhr geratenen Körper zu beruhigen. »Ich glaube, das kann ich nicht«, flüsterte sie.

Er ließ den Arm fallen und schoß wild zu ihr herum. »Dann versuch es, verdammt noch mal! Wenn das noch mal passiert, dann werde ich dich entweder vergewaltigen oder verlassen!« Seine Augen verengten sich. »Oder willst du vielleicht gezwungen werden? Wenn ja, dann mußt du dir einen anderen suchen, denn solche Spiele mag ich nicht. Ich habe in meinem Leben schon genug getan, wofür ich mich schämen müßte!«

Sein Zorn war wie eine eisige Dusche. Sie bekämpfte die erstickende, unsinnige kindliche Panik und setzte sich bebend auf. Sie mußte irgendwie die Kraft finden, ihm alles zu sagen.

Sie wischte sich mit dem Handrücken über die Augen und begann dann zögernd und stockend zu sprechen. »Bei Habibur habe ich dir gesagt, daß es nicht die Leidenschaft ist, die ich fürchte, sondern die Tatsache, daß es mir zu gut gefallen könnte. Das war die Wahrheit, Ian. Für die meisten Menschen ist Verlangen wahrscheinlich nur ein Teil des Lebens, manchmal schön, manchmal ärgerlich, aber im Grunde zu handhaben. Für meine Eltern aber war Leidenschaft Wahnsinn.« Sie holte bebend Atem. »Es hat sie vernichtet, und ich bin sicher, daß es uns beide zerstören wird, wenn ich ein solches Gefühl in mein Leben hineinlasse. Das war der Grund, warum für mich eine Ehe ohne körperliche Beziehung die einzig mögliche war.«

Ians Zorn verebbte, während er ihr ruhig und kühl zuhörte. »Solche Gedanken kommen nicht von irgendwoher. Wie kommst du auf die Idee, daß Leidenschaft so gefährlich ist?«

Sie mußte zu ihrem frühesten Alptraum zurückkehren. »Es fing an, als ich vier oder fünf war. Meine Eltern waren zu einem Ball gegangen. Es war spät, als sie zurückkamen, aber ich wurde wach. Ich stand auf und ging in den Flur, wo ich durch das Geländer schaute und dachte, wenn sie gut gelaunt wären, könnte ich zu ihnen gehen.«

Sie schluckte hart. »Als die Tür sich schloß, sagte mein Vater etwas, das ich nicht hören konnte. Meine Mutter schlug ihn. Sie begannen, wie die Tiere zu kämpfen, zerrten mit Zähnen und Nägeln aneinander und stießen schreckliche, unmenschliche Laute aus. Ich hatte furchtbare Angst.« Ihr Mund verzog sich. »Heute weiß ich natürlich, daß sie sich wahrscheinlich prächtig amüsierten, auch wenn es so aussah, als wollten sie sich umbringen. Als Kind begriff ich es aber nicht.«

»Das solltest du jetzt auch wissen«, sagte Ian trokken. »Vor einer Minute haben wir uns genauso benommen.«

Sie wurde rot und senkte den Blick. »Ich weiß. Deswegen habe ich auch solche Angst bekommen.« Sie holte erneut tief Atem, um sich zu beruhigen. »In dieser Nacht kniete ich vor dem Geländer, klammerte mich an die Holzstangen und war davon überzeugt, daß die beiden Menschen, die ich am meisten liebte, sich direkt vor meinen Augen umbrachten. Als er sie auf den Boden zerrte und sie... zu kopulieren begannen, sprang ich auf, rannte in mein Zimmer zurück und versteckte mich heulend unter meiner Decke. Am nächsten Morgen konnte ich nicht fassen, wie normal alles war. Meine Mutter trug ein etwas höher geschlossenes Kleid und eine höchst zufriedene Miene zur Schau, und mein Vater war völlig ausgeglichen und fröhlich.«

»Es überrascht mich nicht, daß du verängstigt und verwirrt warst«, sagte Ian ernst, »aber dieses eine Erlebnis kann kaum der einzige Grund für dein panisches Verhalten sein.«

Ihre Hände ballten sich zu Fäusten und stemmten sich in die Matratze neben ihrem Körper. »Da waren noch andere Dinge. Das Schlimmste kam ein paar Jahre später, als... mein Vater starb.« Sie konnte nicht weitersprechen.

Als ihr Schweigen andauerte, fragte Ian: »Du hast mir erzählt, daß dein Vater Selbstmord begangen hat. War es so?«

»Ja, das war die Wahrheit, aber nicht die ganze.« Einen Moment verbarg sie das Gesicht in den Händen, als sie versuchte, die Kraft aufzubringen, auszusprechen, was sie nie zuvor gesagt hatte. »Am Tag, an dem er starb, hatten sie einen häßlichen Streit. Sie waren im Wohnzimmer und ich in der Bibliothek, die von dem Raum abging. Die Tür stand offen, so daß ich jedes Wort verstehen konnte, aber sie hatten keine Ahnung, daß ich da war.«

»Du scheinst mit deiner Lauscherei kein Glück gehabt zu haben.«

Laura schnitt eine Grimasse. »Es war eher so, daß meine Eltern zu sehr mit ihren Emotionen beschäftigt waren. Wenn man in diesem Haus lebte, war es unmöglich, nicht zu wissen, was zwischen den beiden vorging. Wenn ich oben in meinem Zimmer gewesen wäre, hätte ich vermutlich dennoch jedes Wort gehört. Die Diener hatten an diesem Tag Ausgang, sie hatten also keinen Grund, sich zu beherrschen.

Meine Mutter hatte gerade herausbekommen, daß Papa ihr untreu gewesen war. Keine große Affäre, nur ein kurzer Rausch mit einer verheirateten Frau aus ihren Kreisen. Ich glaube, die Frau wollte ihm Unannehmlichkeiten machen, denn sie kam sofort zu meiner Mutter und berichtete unter Tränen ihr sündhaftes Verhalten.

Mama war krank vor Eifersucht und konfrontierte meinen Vater mit dem, was sie erfahren hatte. Sie drohte, ihn mit einem Messer zu verstümmeln, so daß er sie nie wieder betrügen könnte. Anstatt die Sache zu leugnen oder sie zuzugeben und um Verzeihung zu bitten, versuchte mein Vater dummerweise, die Angelegenheit herunterzuspielen. Er meinte, es wäre absolut bedeutungslos gewesen, und Tatjana sollte sich nicht so künstlich aufregen. Schließlich wäre sie die Frau, die er liebte, und sie sollte sich nicht wie eine Furie benehmen.

Ich konnte nicht sehen, was sich abspielte, aber von den Geräuschen her, warf sie den Schürhaken nach ihm«, fuhr Laura fort. »Dann antwortete sie, daß sie, wenn Sex so bedeutungslos wäre, zu Graf Vyotow gehen und die Beine für ihn breitmachen würde, da er sie schon seit Jahren zu verführen versuchte. Mein Vater explodierte und brüllte, daß ein Mann das Recht hatte, mit anderen zu schlafen, eine anständige Frau aber nicht. Meine Mutter lachte nur und fragte ihn, warum sie anständig sein sollte, wenn ihr Mann es nicht war?«

Lauras Stimme brach, als sie die Szene so lebhaft wie an jenem Tag vor sich sah. »Papa nannte sie Hure und schlug sie; ich hörte sie schreien und auf irgendein Möbel krachen, dann fiel sie zu Boden. Ihre Stimme wurde zu einem Zischen, dem scheußlichsten Geräusch, das ich je gehört habe. Sie sagte, sie würde noch in dieser Nacht das Haus verlassen und zu Graf Vyotow gehen. Papa drohte ihr, sie umzubringen, wenn sie das täte, und sie erwiderte, dann sollte er schon mal das Gewehr holen, denn nur der Tod würde sie noch daran hindern.«

Einmal mehr bekam Laura kein Wort mehr heraus. Voller Mitgefühl sagte Ian: »Haben sie miteinander gerangelt, wobei sie ihn versehentlich erschossen hat?«

»Nein. Es wäre furchtbar gewesen, aber auf eine scheußliche Art hätte es einen Sinn ergeben«, flüsterte Laura. »Statt dessen sagte Papa, er könnte die Frau, die er liebte, nicht töten, aber sich selbst, wenn sie ihn betrog. Kalt wie Eis erwiderte meine Mutter, daß es schade wäre, wie gering er die Liebe eingeschätzt hatte, denn sein Fehltritt hätte die ihre zu ihm zerstört, und das hätte er sich nur selbst zuzuschreiben. Dann stürmte sie aus dem Haus.

Ich wollte zu meinem Vater gehen, aber er war so außer sich, daß ich es nicht wagte. Also huschte ich durch eine andere Tür aus der Bibliothek und versteckte mich zitternd in meinem Zimmer.« Sich zwingend, fortzufahren, sagte sie: »Der Rest geschah so, wie ich es dir erzählt habe. Ich hatte mich fast schon selbst überzeugt, daß dies nur wieder ein Streit wie die anderen war, und daß am nächsten Tag wieder alles in Ordnung sein würde. Dann... dann hörte ich den Schuß und ging hinunter. Als ich die Leiche meines Vaters sah, war mein erster Gedanke, er hätte dies nicht getan, wenn ich direkt zu ihm gegangen wäre.«

»So etwas darfst du nicht denken!« sagte Ian bestimmt. »Kein Kind kann eine solche Verantwortung für seine Eltern tragen.«

»Was hätte ich sonst denken sollen?« schrie sie unter Tränen auf. Sie schlang ihre Arme um ihre Mitte und versuchte, sich ein wenig zu beruhigen. »Aber ich verschwendete damals zuerst wenig Gedanken an Schuld. Als Vater über den Tisch gestürzt war, hatte er seinen Abschiedsbrief heruntergewischt, und dieser lag nun vor meinen Füßen. Ich nahm ihn auf und las ihn, und es war praktisch das Schlimmste von allem. Darin stand, er könne Tatjanas Untreue nicht ertragen, und er hätte sich umgebracht, um zu beweisen, wie sehr er sie liebte.« In Lauras Stimme tauchte ein hysterischer Unterton auf. »Kannst du begreifen, was er da schrieb? Er hat unser aller Leben zerstört und behauptete, es geschähe aus *Liebe*!«

»Dein Vater litt unter einem Anfall von Wahnsinn«, sagte Ian mit ruhiger Stimme. »Er war schwermütig, prädestiniert zur Mutlosigkeit, und was an diesem Tag passierte, gab den Ausschlag, sich in den Selbstmord zu retten.«

»Oh, ich zweifle nicht daran, daß er an diesem Tag wahnsinnig war«, erwiderte Laura bitter. »Meine Mutter aber war gesund, es sei denn, sie war von Leidenschaft überwältigt, denn dann war sie genauso wild und unbeherrscht wie mein Vater. Obwohl sie ihn nicht erschossen hat, hätte es mich nicht erstaunt, wenn es so gewesen wäre. Sie wäre dazu fähig gewesen.«

»Aber sie hat es nicht getan, und du bist ihr ähnlicher als ihm.«

Seinen Einwurf ignorierend, fuhr Laura fort: »Als ich den Brief gelesen hatte, wußte ich instinktiv, daß ihn niemand sehen durfte, und so versteckte ich ihn in meinem Zimmer. Die offizielle Version lautete, daß mein Vater sich beim Reinigen seiner Waffe versehentlich selbst getötet hatte, so daß er in geweihter Erde begraben werden konnte.

Einige Tage nach dem Begräbnis gab ich Mutter den Brief. Sie wußte es wahrscheinlich schon, aber der Beweis, auch noch mit getrockneten Blutflecken darauf, war zuviel. Sie brach zusammen und weinte und schrie, daß es alles nur ihre Schuld gewesen war. Sie war an dem Tag natürlich nicht zu Graf Vyotow gegangen, sondern zu einer Freundin. Nachdem sie sich dort beruhigt hatte, war sie bereit, zurückzukehren und meinem Vater zu verzeihen, wenn er nur genug Reue zeigte. Aber er war tot. Sie sagte mir, die Leidenschaft sei an allem schuld, sie sei eine Viper, die alles vergiftete, was gut und wahrhaftig sei. Und daß sie sich niemals wieder davon beherrschen lassen würde, denn solche Emotionen seien mit Wahnsinn gleichzusetzen.«

»Du bist aber nicht deine Eltern«, sagte Ian mit Nachdruck. »Deine Mutter hat wieder geheiratet, und beim zweiten Mal endete es nicht in einer Katastrophe.«

»Tatjana hat aus den Ereignissen gelernt. Zudem war mein Stiefvater zu ausgeglichen, zu vernünftig, um eine neue Tragödie zu erlauben. Nur bedeutet das nicht, daß ich davor sicher bin.« Sie schauderte. »In meinen Adern strömt das Blut beider Elternteile, und ich trage die Saat der Gewalt in mir.«

»Das wäre eine schwere Last, wenn es stimmte.« Er schüttelte den Kopf. »Wieso bist du nur so sicher, daß Liebe und Leidenschaft dich in eine Wahnsinnige verwandeln? Du hast Temperament, aber ich habe noch nie einen Hinweis darauf bemerkt, daß du für dich oder andere eine Gefahr sein könntest. Mich von dem Steg zu stoßen, kann wohl kaum als Mordversuch gelten.«

Sie schenkte ihm ein verzerrtes Lächeln. »Der Beweis liegt in dem letzten meiner Alpträume. Ich habe noch nie jemandem davon erzählt, aber als ich sechzehn war, verliebte ich mich in einen Studenten vom Haileybury College. Edward meinte, da mein Stiefvater sein Lehrer sei, müßten wir unsere Gefühle geheimhalten, bis er den Lehrgang beendet hätte. Ich war dumm genug zu glauben, daß diese Situation herrlich romantisch war. Edward war der jüngere Sohn eines Viscounts. Später erfuhr ich, daß seine Familie ihn auf das College geschickt hatte, weil sie hofften, Indien würde ihn von seinen Ausschweifungen heilen. Oder wenn nicht, dann würde er wenigstens nicht in England Skandale verursachen.«

»Er hat versucht, dich zu verführen?« fragte Ian.

»Ja, und er war beinahe erfolgreich.« Sie hielt inne und spürte die Hitze in ihr Gesicht steigen, als sie sich erinnerte, was für leichte Beute sie für seine schönen, süßen Lügen gewesen war. Sie war unter seiner Berührung wie Wachs geschmolzen, war ganz verzaubert von der Entdeckung ihrer Gefühle gewesen.

Ihre nächsten Worte sprudelten wie ein Wasserfall. »Ich glaubte fest an die wahre Liebe, und mit der Naivität einer Sechzehnjährigen war ich sicher, daß ich wußte, was ich tat. Natürlich hielt ich mich für klüger als meine Eltern.« Sie schauderte zusammen. »Irgendwann willigte ich ein, Edward an einem Nachmittag im Wald zu treffen, denn ich vertraute ihm. Als er mich küßte, schmolzen all mein Urteilsvermögen, all meine Vernunft dahin. Ich ließ ihm fast... seinen Willen.

Zum Glück machte ich irgendeine alberne Bemerkung, daß wir wirklich warten sollten, bis wir verheiratet wären. Er war so verdattert, daß er herausplatzte, ausländische Püppchen wie ich wären zum Spielen da, nicht zum Heiraten.«

Sie spürte noch einmal die Demütigung des Augenblicks und senkte den Blick. »Ich erkannte sofort, was für eine Idiotin ich gewesen war. Ich weiß nicht, was er in meinem Gesicht gesehen hatte, aber er wich zurück, als hätte ich mich in eine Kobra verwandelt. Dann rannte er davon. Ich sah ihn nie wieder. Ein paar Tage später hörte ich, daß man ihn aus dem College geworfen hatte. Nicht lange danach wurde er bei einer Prügelei in London getötet.«

»Was das Schwein durchaus verdiente«, kommentierte Ian grimmig. »Eine schreckliche Erfahrung für ein junges Mädchen, das sein Vertrauen und seine Liebe gegeben hat. Aber die Tatsache, daß du in deiner Jugend einen Fehler gemacht hast, bedeutet nicht zwingend, daß die Leidenschaft dich vernichten wird.«

»Nein. Es war meine Reaktion, die das beweist.« Sie rang die Hände und bohrte die Nägel in ihre Haut. »Zuerst war ich wie betäubt. In erster Linie wollte ich vor meinen Eltern verbergen, was geschehen war, denn ich hatte die furchtbare Vision, wie mein Vater Edward zu einem Duell forderte. Vielleicht würden sie auch darauf bestehen, daß er mich heiratete.

Am nächsten Tag saß ich in meinem Zimmer und stickte, tat so, als wäre alles normal. Aber ich konnte nicht anders, als daran zu denken, was er mit mir gemacht hatte... und wie ich es *genossen* hatte! Dann kam eine Art scharlachroter Nebel, eine Art Wahnsinn über mich. Als ich wieder denken konnte, fand ich mich mit meiner Schere auf dem Boden kniend wieder. In meiner Wut hatte ich die Polsterung eines Sessels zerfetzt.«

Sie schloß einen Moment die Augen. »Ich wollte Edward umbringen. Wenn er in der Nähe gewesen wäre, hätte ich es getan. Und da begriff ich, daß ich wirklich das Kind meiner Eltern war. Ich schwor mir, nie wieder in eine solche Lage zu geraten. Dann kamst du, und es sah so aus, als könnte ich doch eine Ehe eingehen, in der ich sicher war.« Sie hob den Blick und sah ihn an. »Doch es ist anders gekommen. Einmal dachte ich kurz daran, dich zu bitten, dir deine Befriedigung woanders zu suchen. Aber allein der Gedanke daran machte mich wild vor Wut. Wenn ich mich dieser russischen Seite in mir ergebe, dann weiß Gott allein, wozu ich fähig sein kann.«

Ian lehnte sich an die Wand und wirkte so erschöpft, wie sie sich fühlte. Mit behutsam gewählten Worten sagte er: »Jeder Mensch besitzt die Fähigkeit, im richtigen – oder falschen – Moment gewalttätig zu werden. Das heißt aber nicht, daß du nicht zu einem normalen Eheleben fähig bist. Auch wenn du das Kind deiner Eltern bist, bist du immer noch du selbst. Mit sechzehn brennt die Leidenschaft in fast jedem wie ein Flächenbrand – das gehört zur Jugend. In diesem Alter habe ich Dinge getan, an die ich mich am liebsten nicht erinnere – ich würde sie sicher nie wieder tun. Du wirst dich nicht den Rest deines Lebens so verhalten wie damals.«

»Vielleicht wäre es mit einem anderen Mann, für den ich weniger empfinde, möglich«, sagte sie erschöpft. »Aber nicht mit dir, Ian, denn meine Gefühle sind zu stark. Du bist auch nicht ganz davor gefeit. Weißt du noch, wie zornig du geworden bist, als du dachtest, ich würde auf dem Ball mit allen flirten? Die Nacht endete mit Gelächter, aber es hätte auch eine Tragödie werden können.«

»Ich gebe zu, daß ich mehr als einmal daran gedacht habe, dir den Hals umzudrehen. Eine Frau wie du kann einen heiligen Stein aus dem Gleichgewicht bringen«, erwiderte er mit einem Hauch bitteren Humors. »Aber das hat nichts mit echter Gewalt zu tun. Auch wenn ich mich in Cambay wie ein Idiot benommen habe, habe ich dich nicht angegriffen. Und das könnte ich auch nie, egal was du getan haben magst.«

»Vielleicht du nicht. Aber dummerweise bin ich mir nicht so sicher, was *ich* tun könnte. Ich habe Angst davor, daß wir beide einen Wahn erschaffen könnten, der uns vernichtet wie meine Eltern.« Ihre Stimme brach. »Das... das darf ich nicht zulassen. Niemals.«

Mit grauem Gesicht rieb Ian sich die Schläfen. »Ich habe niemals das Hirn meines Vaters an der Tapete gesehen, so daß ich mich nicht in der Position befinde, deine Befürchtungen nachzuempfinden. Also mag es so sein. Wenigstens verstehe ich jetzt deine Gründe.«

»Es tut mir leid, Ian«, sagte sie, am Boden zerstört. »Du verdienst es nicht, durch meine Schwäche zu leiden.«

»Wir sind, was wir sind, Laura. Entschuldige dich nicht. Ich war derjenige, der die Regeln unserer Ehe verändert hat, als ich wieder zu einem ganzen Mann wurde.« Er lächelte freudlos. »Ironie des Schicksals. Ich war überglücklich, als ich feststellte, daß ich nicht auf Dauer impotent bin. Ich dachte, wir könnten deine Probleme schon beseitigen. Aber ich habe mich wohl geirrt. Und ob ich nun etwas verdient habe oder nicht...« Sein Gesicht wurde verschlossen. »Wenn meine calvinistischen Vorfahren recht haben, dann ist dies die gerechte Strafe für meine Sünden. Eunuch zu bleiben, wäre zu einfach gewesen.«

Laura biß sich auf die Lippe. »Vielleicht kann ich mich mit der Zeit an den Gedanken gewöhnen, daß du eine Geliebte hast.« Der Gedanke allein verursachte ihr Stiche der Eifersucht und der Wut, aber sie fuhr ungerührt fort. »Andere Frauen leben auch mit einem solchen Arrangement, also sollte ich es auch schaffen. Insbesondere wenn ich keine Einzelheiten weiß.«

»Irgendwie kann ich Ehebruch nicht als Lösung akzeptieren. Es gibt schlimmere Dinge als Enthaltsamkeit, Larischka. Falkirk ist groß, und wir sollten in der Lage sein, uns ganz gut aus dem Weg zu gehen. Aber du wirst deinen Teil dazu beitragen müssen. Ich kann gerade eben meine Lust kontrollieren, aber es ist verdammt noch mal zuviel verlangt, daß ich es auch für dich tue. Ich unterstelle dir bestimmt nicht, mich absichtlich zu betören, aber deine Wankelmütigkeit macht es mir sehr schwer.« Sein Gesicht wurde hart. »Nicht schwer – unmöglich!«

»Ich glaube, ein Teil von mir möchte überwältigt werden, so daß ich keine Verantwortung dafür tragen muß, was geschieht. Nun, da ich es erkannt habe, werde ich in Zukunft besser darauf aufpassen.« Sie zögerte, dann preßte sie hervor: »Ich liebe dich, Ian. Daher fällt es mir schwer, mich zu beherrschen.«

Sie hoffte, daß ihn ihr Geständnis milde stimmen würde, daß er vielleicht sagen würde, auch er liebe sie. Statt dessen schien er sich nur noch mehr zurückzuziehen. »Wenn du mich liebst, dann lerne, dich zurückzunehmen. Ansonsten werden wir nicht zusammen leben können.« Er stieß sich von der Wand ab. »Rajiv Singh hat mich gebeten, mit ihm seine Festungen zu besuchen. Wir reisen morgen. Wenn ich zurückkomme, sollten wir beide eine Verständigung gefunden haben.«

Während Laura ihren Mann musterte, erkannte sie, daß eine neue Dunkelheit in ihm gewachsen war – nicht die Hoffnungslosigkeit, die er ausgestrahlt hatte, als sie sich zuerst begegnet waren, sondern eine grimmige Entschlossenheit, die sie beide trennte wie eine steinerne Mauer. Wenn es dies war, was sie zum gemeinsamen Überleben brauchten, mochte die Lösung genauso qualvoll sein wie das Problem selbst. Sie konnte nur hoffen, daß sie beide mit der Zeit ihren freundschaftlichen Umgang wieder aufnehmen würden. »Ich werde daran arbeiten, während du fort bist.«

»Gute Idee.« Er wandte sich um und wollte in sein Zimmer gehen, dann blieb er jedoch auf der Schwelle stehen. »Ich weiß, daß es nicht sehr wahrscheinlich ist, aber besteht die Möglichkeit, daß du in der Nacht bei Habibur empfangen hast?«

Sie wünschte sich aus ganzem Herzen, ja sagen zu können, aber dem war nicht so. »Nein«, sagte sie traurig.

»Schade. Ein Kind... würde vieles wiedergutmachen.« Er trat in sein Zimmer, und der Vorhang fiel an seinen Platz zurück.

Zitternd löschte Laura die Lampe und kroch unter ihre Decke. Es war gut, daß sie alles geklärt hatten, aber sie fühlte sich dennoch hundeelend, und ihr Körper schmerzte vor unerfüllter Begierde.

Sie mußte lernen, damit zu leben, denn Ian hatte recht. Sie konnten nur zusammenleben, wenn sie sich voneinander fernhielten.

Unmöglich, aber sie mußte es tun. Und wenn nicht, dann hätte sie eine noch unmöglichere Aufgabe zu bewältigen: Sie mußte sich aus dem Käfig ihrer Ängste befreien.

Kapitel 26

Laura betrat den privaten Empfangsraum der Maharani und machte einen Knicks. »Guten Tag, Kamala«, sagte sie, als sie sich wieder aufrichtete. »Du hast mir ausrichten lassen, du hättest eine Überraschung für mich?«

Die Maharani lächelte schelmisch. »O ja, das habe ich, Laura. Der Priester hat das Horoskop für dich und deinen Mann fertiggestellt.« Sie wies auf einen kleinen, verhutzelten Brahmanen, der ein schlichtes weißes Gewand trug und einen Ausdruck unerschütterlicher Ruhe zur Schau stellte. Als er sich verbeugte, setzte Kamala hinzu: »Nun wird Srinivasa es dir deuten.«

Laura hatte schon fast vergessen, daß sie Kamala ihre Geburtsdaten gegeben hatte, aber nun wurde sie wieder neugierig. Der Himmel wußte, wie sehr sie Hilfe gebrauchen konnte.

Nachdem sie die beiden einander vorgestellt hatte, sagte Kamala: »Möchtest du lieber, daß ich mich zurückziehe, während Srinivasa spricht?«

»Nein, bitte bleib«, antwortete Laura und ließ sich dem Brahmanen gegenüber auf einem Kissen nieder.

»Ich weiß nicht einmal, was ich für Fragen stellen soll.«

Er wies auf zwei Bogen Papier, die zwischen ihnen auf einem niedrigen Ebenholztisch lagen, und die beide mit für Laura unverständlichen Diagrammen und Symbolen beschriftet waren. »Ein Horoskop ist eine Karte des Himmels zu dem Zeitpunkt und an dem Ort, wo du geboren worden bist, Lady Falkirk«, erklärte er. »Jeder Augenblick in der Zeit ist einzigartig. Die Person, die geboren wird, ist geprägt von den besonderen Eigenschaften dieses Momentes, zumindest für die Dauer des gegenwärtigen Lebens.«

Laura war etwas amüsiert über den festen Glauben an die Wiedergeburt, nickte jedoch gehorsam. »Du kannst wirklich aus diesen Zeichen das Leben eines Menschen erkennen?«

»O ja, und nicht nur sein Leben.« Er sah auf, und seine Augen sahen sie prüfend an. »Soll ich dir den Tag und die Stunde deines Todes sagen?«

Sie glaubte zuerst, der Brahmane mache sich über sie lustig. Aber dann erkannte sie, daß er es ernst meinte. »Lieber Gott, nein!« rief sie aus. »Das möchte ich wirklich nicht wissen!« Sie dachte an ihren Stiefvater, dem man seinen Tod vorausgesagt hatte. Hätte er stärker gegen die Krankheit angekämpft, wenn er nicht daran geglaubt hätte? Sie unterdrückte ein Schaudern – solche Dinge gingen zu tief, um sie zu ergründen. »Für einen Europäer ist ein solches Wissen unerträglich.«

Er nickte verstehend. »Es muß schwierig sein, zu glauben, man habe nur ein einziges Leben, um all die Lektionen der Existenz erlernen zu können. Aber wenn auch die Christen nicht an Reinkarnation glauben, so sind doch alle Menschen den Gesetzen des Universums unterworfen.«

»Srinivasa«, warnte Kamala von dem Sofa aus, auf dem sie sich niedergelassen hatte.

Der Brahmane neigte den Kopf. »Verzeih, Lady Falkirk. Die Maharani sagte, ich solle nicht von spirituellen Dingen sprechen, doch ich vergaß. Für mich sind Geist, Körper und Seele so miteinander verschlungen, daß ich sie nur schwer voneinander trennen kann.« Er deutete auf einen der Zettel. »Ich denke, du wirst nicht traurig sein, zu erfahren, daß du noch viele, reiche Jahre vor dir hast, bevor du diese Hülle verläßt.«

»Das hört man gerne«, stimmte Laura zu, »aber was sagt das Horoskop über meine Ehe?«

»Die Aspekte zwischen dir und deinem Gemahl sind sehr mächtig, Memsahib«, antwortete er. »Ihr seid füreinander geboren.«

Sie dachte zurück an die Umstände ihres ersten Treffens mit Ian. »Das kann ich kaum glauben. Es war reiner Zufall, daß unsere Pfade sich kreuzten.«

»Kein Zufall«, sagte der Brahmane bestimmt. »Von dem Augenblick eurer Geburt an seid ihr beide in einem Strom der Ereignisse gefangen gewesen, der eure Wege zusammengeführt hat, auch wenn ihr in verschiedenen Ländern zur Welt gekommen seid.« Er warf wieder einen Blick auf die Symbole. »Die wichtigste Verbindung war ein alter Mann, der euch beide zusammengeführt hat – ein Mann, den ihr beide liebtet. Du hast deinen Mann kennengelernt, nachdem du einen großen Verlust erleiden mußtest.«

Lauras Augen weiteten sich. »Das kannst du aus einem Horoskop ersehen?«

»Das und noch viel mehr«, antwortete er. »Dies ist

nicht das erste Leben, das du mit deinem Mann verbringst, und es wird nicht das letzte sein. Auch wenn die Belohnung groß sein wird, muß zuerst ein schwieriges Karma überwunden werden. Ihr seid jeder des anderen Schuldner aus der Vergangenheit, und jeder von euch hat die Macht, den anderen zu verletzen oder zu heilen. Es wird nicht leicht sein, diese beiden Aspekte voneinander zu trennen.«

Nachdem sie eine Weile darüber nachgedacht hatte, sagte sie entschuldigend: »Tut mir leid, aber ich finde deine Erklärung ziemlich abstrakt. Könntest du deutlicher werden?«

»Ich will es versuchen.« Srinivasa studierte die Diagramme nachdenklich. »Mars und Saturn, Mut und Pflichtbewußtsein, sind in deinem Gatten sehr stark vertreten. Er ist ein Krieger mit den Stärken und Schwächen eines Kriegers. Letzteres bedeutet, daß er nicht akzeptieren kann, daß seine Kraft auch Grenzen hat. Er quält sich selbst, weil er sein Versagen wahrnimmt und es nicht als notwendigen Schritt auf seinem Weg erkennt. Jupiter, Planet der Treue, Freude und des Wachstums, ist ebenfalls stark vertreten, wurde aber in den letzten vielleicht zwei Jahren schwer beeinträchtigt. Zunächst war der Körper eingesperrt, jetzt ist es der Geist.«

Das Horoskop hatte dem Priester eine Kenntnis von Ian vermittelt, die in vieler Hinsicht besser als die Lauras war. Ein wenig ängstlich vor dem, was sie über sich selbst erfahren mochte, fragte sie zögernd: »Und was sind meine Stärken und Schwächen, Srinivasa?«

Er lächelte. »Die weibliche Kraft der Venus und des Mondes, Wärme, Akzeptanz und Instinkt. Auch du hast die Kraft von Saturn und Mars, zu befehlen, doch ich sehe ein Ungleichgewicht deiner weiblichen und männlichen Aspekte, zudem die Furcht vor deinem eigenen Vermögen. Eine Furcht vor der Leidenschaft.« Er tippte mit dem Fingernagel auf das Blatt. »Die Ereignisse zwingen dich nun, dich diesem Ungleichgewicht zu stellen. Sehr bald wirst du lernen, diese Energien zu beherrschen, auch wenn du erst dann deine innere Balance finden wirst, wenn dein Sohn geboren wird.«

Laura hielt ungläubig den Atem an. »Ian und ich werden einen Sohn haben?«

»Ja, und...« Seine Worte brachen ab, als Kamala ein warnendes Räuspern von sich gab. Reumütig sagte der Priester: »Wieder habe ich vergessen, daß du deine Zukunft nicht in Einzelheiten wissen willst. Doch sicher wirst du nicht überrascht sein, wenn ich dir sage, daß du bald über das Meer zu einem Zuhause reisen wirst, das alt, doch neu für dich sein wird.«

Laura nickte, ein wenig betäubt. Bis zu diesem Tag war sie der Meinung gewesen, daß die Astrologie ein Aberglauben war, der in Europa – zum Glück – ausgestorben war, doch das Talent des Brahmanen ließ sie zu einer Gläubigen werden. Er sagte Dinge, die kein Fremder wissen konnte, Dinge, die sie nicht einmal Kamala gegenüber angedeutet hatte.

Srinivasa blickte wieder auf die Diagramme, und seine Brauen zogen sich zusammen. »Hier ist ein Fixstern mit einem schlechten Omen, was ich nicht ganz erklären kann«, murmelte er und strich sich über das Kinn. »Der Planet des Krieges wird bald für kritische Augenblicke in euren Horoskopen sorgen.« Mit gerunzelter Stirn warf er Kamala einen Blick zu, dann sagte er langsam, als würde er nur laut denken: »Sie bergen eine große Gefahr, doch du wirst unbeschadet daraus hervorgehen. Dein Mann...« Er schürzte die

Lippen. »Sehr bald wird dein Mann unter der Erde sein.«

Laura brauchte einen Moment, um die Bedeutung seiner Aussage zu erfassen. Dann begriff sie, daß er voraussagte, Ian würde bald sterben. Als das Entsetzen sie packte, rief sie: »Nein!«

Srinivasa sah mit leichter Überraschung in seiner Miene auf, als Laura aufsprang und dabei mit ihren Knien so fest gegen den niedrigen Tisch stieß, daß die Blätter raschelnd über die glatte Oberfläche rutschten. »Das ist doch nur Aberglaube, und ich will nichts mehr davon hören«, sagte sie voller Entsetzen. »Das kann nicht wahr sein, ich glaube es einfach nicht!«

Dann wandte sie sich um und stürmte durch die Bögen, die in den Innenhof führten. Ian unter der Erde, tot und kalt, seine Kraft und sein Lachen für immer versiegt. Nein, das konnte sie nicht glauben, denn es wäre ihr unerträglich.

Dennoch konnte sie seine Vorhersage nicht einfach abtun, denn der Priester hatte in anderen Dingen recht gehabt. *Sehr bald wird dein Mann unter der Erde sein.* Wie bald war sehr bald? Wenn der Brahmane die Wahrheit gesprochen hatte, dann würde zumindest noch genug Zeit sein, ein Kind von ihm zu empfangen. Aber wie sollte das geschehen? Sie war noch nicht schwanger, und sie und Ian hatten sich körperlich noch weiter entfernt als je zuvor.

Sie hielt unter dem Maulbeerbaum an, der dem Hof Schatten spendete, und preßte eine Hand auf ihr Herz, wo sich ein Knoten der Panik ausbreitete. Sie war zu verwirrt und zu unglücklich, um ihre Gedanken klar ordnen zu können. Der Brahmane hatte von Ians Tod genauso ungerührt gesprochen wie von der Reise über die See, aber schließlich war für ihn der

Tod ja auch nicht viel bedeutender, als sich umzuziehen. Vielleicht hatte er in seinem spirituellen Denken sogar recht, aber Laura war noch nicht so abgeklärt, daß sie seine Sicht nachvollziehen konnte. Sie wollte Ian lebendig und glücklich, vorzugsweise mit ihr zusammen, aber wenn das nicht ging, dann irgendwo auf Gottes grüner Erde, auf der er die gleiche Luft atmete wie sie. Nach allem, was er durchgemacht hatte, verdiente er ein wenig Glück.

Kamalas sanfte Stimme erklang hinter ihr. »Laura, ist alles in Ordnung? Ich hatte gedacht, du würdest das Horoskop amüsant, vielleicht sogar hilfreich finden. Es tut mir leid, daß du nun so traurig bist.«

Laura schloß die Augen und versuchte, ihre Beherrschung wiederzuerlangen, bevor sie sich zu ihrer Freundin umwandte. »Verzeih mir, Kamala. Ich hoffe, ich habe Srinivasa nicht beleidigt«, antwortete sie mit fast tonloser Stimme. »Vielleicht sollte er nur für Inder Horoskope erstellen. Als Europäer gefällt mir die Einstellung nicht, daß das Leben vorherbestimmt und nicht zu beeinflussen ist.«

Unverhohlen musterte Kamala ihr Gesicht. »Geh ein Stück mit mir, Laura. Du bist aufgewühlt, aber nicht nur durch das, was der Priester gesagt hat.«

Laura nahm ihren Vorschlag dankbar an, und die beiden Frauen durchquerten den Palast, bis sie den Park erreichten. Das Grün schien sich endlos in der Ferne zu erstrecken, und es war eine Gegend des Friedens und sich stets verändernder Schönheit. Elegante Pavillons verbargen sich im saftiggrünen Gebüsch, kleine Bäche und Wasserfälle plätscherten dahin, und die leuchtenden Farben der Blumen wetteiferten mit den bunten Vögeln, die durch die Bäume schossen und in der Luft sangen.

Das Gehen half Laura, etwas von ihrer Ruhe wiederzuerringen. Als sie eine Brücke über einen kleinen Wasserfall überquerten, sagte sie: »Es tut mir leid, daß ich so albern reagiert habe. Die Aussagen des Brahmanen über Charakter und Probleme waren sehr zutreffend, aber ich kann nicht glauben, daß die Zukunft vorhersagbar ist.«

»Es ist wahr, daß Ost und West die Welt anders betrachten, und so haben Horoskope für euch vielleicht nicht dieselbe Bedeutung«, sagte die Maharani nachdenklich. »Vielleicht ist das, was für einen Inder unausweichlich ist, für euch nur eine Möglichkeit.« Sie blickte Laura mit ihren Mandelaugen an. »Ich glaube, du solltest die Vorhersage von einem Sohn und einem langen glücklichen Leben annehmen, und den Rest vergessen.«

»Ich weiß nicht, ob das lange Leben zutreffen wird, aber ich kann mir kaum vorstellen, daß wir einen Sohn haben werden«, sagte Laura kläglich. »Wir haben... Probleme, die das unwahrscheinlich machen. Und das ist alles nur meine Schuld.«

»Möchtest du mir davon erzählen?« fragte Kamala. »Vertraulich von Frau zu Frau?«

Laura zögerte und fragte sich, ob es ein unverzeihlicher Verstoß gegen Ians Privatsphäre war, wenn sie ihre Ehe mit einer Außenstehenden besprach. Aber sie mußte sich dringend aussprechen, und das bei jemandem, der mehr Erfahrung hatte als sie. »Wenn du die Geduld aufbringen willst, dann würde ich gerne hören, was du darüber denkst. Wenn es je eine Frau gegeben hat, die mit sich und ihrer Weiblichkeit in Einklang lebt, dann du.« Laura versuchte ein Lächeln. »Aber ich warne dich, ich glaube, ich bin sehr albern.«

»Nichts, was zwischen Freunden passiert, kann albern sein«, erwiderte die Maharani fast feierlich. »Komm, da vorne ist einer meiner Lieblingsplätze. Dort wird uns niemand stören.«

Eine kurze Zeit später kamen sie auf eine kleine Lichtung, wo Blütenstaub in der Sonne tanzte und der Duft der Blumen schwer in der Luft hing. Lauras Blick fiel sofort auf zwei Schaukeln, die nebeneinander an dem starken Ast eines Baumes hingen. Dicke Seile aus gedrehter Seide und gepolsterte Sitze, die königliche Hinterteile schützen sollten, wiesen darauf hin, daß die Schaukeln nicht für Kinder, sondern für noble Erwachsene gemacht waren.

Kamala setzte sich auf die rechte Schaukel, und ihre kleinen, mit Sandalen bekleideten Füße strichen durchs Gras. »Nun sag mir, warum du glaubst, albern zu sein.«

Laura ließ sich auf der anderen Schaukel nieder und stieß sich mit den Füßen ab. »Srinivasa hat etwas gesagt, das absolut stimmt, und zwar, daß ich mich vor der Leidenschaft fürchte.« Während sie sich vor und zurück schwingen ließen, wiederholte Laura für Kamala, was sie schon Ian erzählt hatte. Dieses Mal kamen ihr die Worte etwas leichter über die Lippen.

Nachdem sie Kamala von ihrer Herkunft berichtet hatte, beschrieb sie das merkwürdige Übereinstimmen der Bedürfnisse, die Ian und sie zu einer Ehe gebracht hatten. Kamala blickte sie verdutzt an, als Laura ihr von Ians Impotenz berichtete – da es nun nicht mehr stimmte, fühlte sie sich nicht mehr zum Schweigen verpflichtet –, gab aber bis auf einen mitfühlenden Laut keinen Kommentar ab. Als sie geendet hatte, fragte Laura: »Was meinst du, Kamala... ist die Situation hoffnungslos?«

»Nichts ist hoffnungslos, Laura, und deine Ehe bestimmt nicht.« Die Maharani legte den Kopf schief, während sie überlegte. »Ich glaube, daß du in deinem Kopf zwei verschiedene Ängste durcheinandergebracht hast – kein Wunder bei dem Vorbild deiner Eltern. Alle Unschuldigen sind ein wenig eingeschüchtert von der Leidenschaft – nicht nur Frauen, Männer auch. Es ist beängstigend, zu erkennen, daß der Wille und die Urteilskraft eines Menschen durch die Umarmung des Geliebten ertränkt werden können. Und das ist um so wahrscheinlicher, wenn jemand zu sehr starken Emotionen fähig ist. Und doch denke ich, daß deine Ängste nicht größer wären als bei anderen jungen Frauen, wenn du andere Eltern gehabt hättest.«

Laura seufzte. Sie hatte gehofft, daß Kamala ihr vielleicht irgendeine magische Antwort hätte geben können. »Aber ich hatte nun einmal leidenschaftliche, zerstörerische Eltern. Ich teile ihr Blut, ihre Schwächen und ihre Aussicht auf Vernichtung – die Unfähigkeit, Leidenschaft zu kontrollieren. Der Beweis liegt in der Art, wie ich auf Edward reagiert habe.«

Die Maharani rümpfte die Nase. »Ich glaube, du legst auf diese Erfahrung zuviel Wert. Du wirst niemals wieder so verletzlich, so wütend werden. Das Problem war nicht Leidenschaft, sondern Verrat.« Sie lächelte ein bißchen. »Erinnerst du dich? Du hast nur dem Sessel etwas angetan, nicht ihm.«

»Ich würde gerne glauben, daß ich niemals wieder so reagieren werde, aber das Beispiel meiner Eltern jagt mir dennoch Angst ein.«

»In ihrem Fall war ihr Problem nicht wirklich Leidenschaft, sondern Eifersucht und Unreife, was ganz und gar nicht dasselbe ist«, bemerkte Kamala ruhig. »Dein Vater benahm sich wie ein kleines Kind, deine Mutter nicht viel anders – und wie Kinder haben sie das Objekt ihres Streites einfach kaputtgemacht. In diesem Fall ihre Ehe.«

»Kann man denn Leidenschaft ohne Eifersucht ausleben?« fragte Laura mit ernsthafter Verwunderung.

»Aber natürlich. Und genau da entspringt deine Verwirrung. Wenn deine Eltern sich genug geliebt und vertraut hätten, dann wäre alles in Ordnung gewesen.« Kamala dachte einen Augenblick nach. »Sie mußten einen Hang zu kindischen Spielen und Zänkereien gehabt haben, und manchmal kann so etwas wirklich lustig sein. Aber als sich ernsthafte Probleme anbahnten, wußten sie nicht, wie man besonnen handelt. Dein Vater mit seiner Melancholie war nicht in der Lage, seine starken Gefühle im Gleichgewicht zu halten, und deine Mutter ließ sich in dem gleichen zerstörerischen Tanz einfangen. Doch die zweite Ehe deiner Mutter war glücklich, nicht wahr?«

»Ja, aber ich dachte immer, es läge daran, daß sie weniger leidenschaftlich war.«

»Vielleicht, vielleicht auch nicht, obwohl ich vermute, daß es mehr darin gab, als du erkannt hast.« Die Maharani hielt ihre Schaukel an. »Tatjana war klüger geworden. Wahrscheinlich hat ihr zweiter Mann Eifersucht auch nicht als Spiel betrachtet. Es klingt, als wäre er ein Mann gewesen, der wußte, wie man mit Leidenschaft umgeht. Und so waren die beiden in der Lage, sich zu lieben, ohne sich zu vernichten.«

»Meine Mutter hat eine Katastrophe gebraucht, um ihre Lektion zu lernen. Meinst du, ich kann es besser machen?« fragte Laura leise.

»Wie ich schon sagte, heißt der Schlüssel dazu Vertrauen.« Kamala streckte die Beine aus und lehnte sich weit zurück, so daß die Schaukel träge hin und her schwang. »Wußtest du, daß Rajiv Singh mehrere Konkubinen hat?«

Laura war schockiert. »Nein! Aber ich dachte, ihr zwei liebt euch so sehr?«

»Es wird von einem Mann in seiner Position erwartet«, erwiderte die Maharani. »Er verbringt mit jeder eine Nacht im Monat. In den anderen Nächten schickt er nach mir. Ich könnte eifersüchtig werden, aber wozu wäre das gut? Ich bin die Liebe seines Herzens, seines Körpers, seiner Seele. Und das ist, was einzig zählt.«

Laura brauchte einige Zeit, um das zu verdauen. »Diese Einstellung beweist große Reife«, sagte sie schließlich. »Ich bin nicht sicher, ob ich diese Einstellung je erreichen werde.«

»Das mußt du ja nicht – dein Mann ist kein indischer Fürst«, erwiderte Kamala mit einem belustigten Funkeln in den Augen. »Ist Falkirk Sahib ein unehrenhafter Mann, der dein Vertrauen mißbraucht, oder einer, der das Ehegelübde brechen wird?«

Ohne eine Sekunde zu zögern, antwortete Laura: »Niemals.«

»Wo ist dann noch ein Grund für Eifersucht?«

Laura runzelte die Stirn, und ihre Hände klammerten sich fester um die Seidenstricke. »Wie du es sagst, hört es sich so einfach an.«

»Vielleicht«, sagte die Maharani scharfsinnig, »hast du es bisher zu kompliziert gemacht.«

Erschüttert erkannte Laura, daß Kamala den Nagel auf den Kopf getroffen hatte. »Du hast gesagt, ich habe zwei unterschiedliche Dinge durcheinandergeworfen«, sagte sie zögernd. »Das heißt, die Komplikationen entstehen daraus, daß ich meine normalen Ängste mit dem Unglück vermischt habe, das meine Eltern über sich selbst gebracht haben?«

»Genau das«, erwiderte die Maharani zufrieden. »In diesem Bereich besitzt der Westen die geringere Weisheit. Ihr betrachtet Mann und Frau als zwei Gegenspieler und haltet die Leidenschaft für ein wildes Tier, das man einsperren muß. Doch zwei Gegenpole sind Teil eines Ganzen, die Leidenschaft gehört zur Natur sowohl eines Mannes als auch einer Frau. Hast du schon bemerkt, daß Hindu-Gottheiten immer Paare sind – männlich und weiblich? Verehrst du einen Gott, verehrst du auch eine Göttin. Vishnu und Lakshmi. Shiva und Parvati. Krishna und Radha. Das Ganze liegt im Gleichgewicht der beiden. Dies ist der Grund, warum Bilder heilig sind, auf denen Männer und Frauen bei der Liebe eins werden.«

»Srinivasa sagte, meine weiblichen und männlichen Energien sind nicht ausbalanciert«, sagte Laura und versuchte, die Teile zu einem zusammenhängenden Ganzen zusammenzufügen.

»Bei den Eltern, die du hattest, ist es natürlich nicht leicht, dein inneres Gleichgewicht zu finden. Immer wenn etwas wie Leidenschaft aussieht, wirst du wieder zu dem verschreckten Kind.« Kamala musterte sie ernsthaft. »Du versuchst so sehr, dich selbst zu beherrschen, daß als Ergebnis davon genau das Gegenteil herauskommt. Durch den Versuch, deine starken Gefühle zu unterdrücken, gibst du ihrer Macht zusätzliche Energie und machst sie gefährlich instabil. Ich glaube, daß das Verlangen in deinem Leben auf natürliche Art und Weise seinen Platz finden wird, wenn du es dir nur offen zugestehst.«

Laura bremste die Schaukel langsam ab. »Was ist ein normales Maß für Leidenschaft?«

Kamala lächelte. »Frag irgendein Paar, das schon eine lange Zeit verheiratet ist, ob die Lust nach zehn Jahren immer noch so überwältigend ist, wie nach sechs Monaten. In vielerlei Hinsicht ist eine reife, eheliche Intimität besser, sie ist tiefer und reicher, als jugendliche Hitze, doch in jedem Fall wird es zu einem Teil des normalen Lebens ohne einen Hauch von Wahnsinn. Wahnsinn taucht nur unter ungewöhnlichen Umständen auf – zum Beispiel durch Trennung. Wenn Rajiv Singh und ich einige Zeit getrennt waren, dann stürzten wir uns anschließend aufeinander, als wären wir frisch verheiratet. Die meiste Zeit aber ist das Verlangen nur ein Teil unseres Lebens.« Nach einem Augenblick setzte sie hinzu: »Aber glaub mir, immer ein besonders erfreulicher Teil.«

Laura lächelte, aber ihre Gedanken waren bei den Ideen, die Kamala ihr eingegeben hatte. »Also wäre die Leidenschaft nur so schrecklich, wenn man sie nicht auslebt. Mit anderen Worten, solange ich mich von meinem Mann fernhalte, mache ich alles für uns beide nur schlimmer?«

»Das glaube ich, ja«, antwortete die Maharani. »Wenn deine Absichten auch ehrenwert sind: Du wirst dich eher in eine Katastrophe stürzen, wenn du den Weg verfolgst, den du eingeschlagen hast, anstatt zu tun, was dein Herz und dein Körper sich so dringlich wünschen.« Sie sah einen Augenblick bekümmert aus. »Vielleicht sollte ich als Außenstehende, die dich erst seit kurzer Zeit kennt und deinen Gatten gar nicht, keinen Rat erteilen. Aber ich glaube sehr fest an das, was ich gesagt habe. Das Karma bindet euch jetzt schon, so daß du dir zu der Qual dieser Verbindung ebenso die Freude nehmen solltest.«

Für Laura waren Kamalas Einblicke wie Sonnenschein, der die Schatten aus einem Raum vertrieb, der zu lange verschlossen gewesen war. Die Zeit war gekommen, sich selbst genauso gut begreifen zu lernen, wie sie andere verstehen konnte.

Zum ersten Mal in ihrem Leben konnte sie an ihre Eltern denken und dabei die Leidenschaft von der Tragödie trennen. Denn wie Kamala es ausgedrückt hatte, war es nicht die Leidenschaft, die ihren Vater umgebracht hatte, sondern Untreue, Eifersucht, Verzweiflung. Und keine Sinnlichkeit hatte Lauras Zorn auf Edward geschürt, sondern sein Verrat ihr gegenüber.

Nun konnte sie auch den Grund für die Eifersucht betrachten, die sie und Ian in Cambay an den Tag gelegt hatten. Die seine war in seiner damaligen Impotenz begründet, die ihre in der Tatsache, daß sie weder seine erste Liebe noch seine jetzige Geliebte gewesen war. Es hätte niemals Streit gegeben, wenn sie im wahrsten Sinne Mann und Frau und des anderen sicher gewesen wären.

Ian ohne Angst zu lieben – konnte die Antwort so einfach sein? Sie dachte an den heiligen Mann in Hirsar zurück, der zu ihr gesprochen hatte. Er hatte gesagt, daß ein Licht aufleuchten würde, wenn die Dunkelheit undurchdringlich zu sein schiene. Daß die Götter Indiens ihr eine Wahrheit enthüllen würden. Und dies war geschehen.

Mit neuer Hoffnung erhob sie sich. »Vielleicht hast du recht, Kamala. Gott weiß, daß das, was wir jetzt praktizieren, nicht funktioniert. Schlimmer noch, es macht Ian und mich unglücklich. Es wird Zeit, etwas zu ändern.«

»Gut.« Schelmisch lächelnd stieg die Maharani mit einer fließenden Bewegung von der Schaukel. »Du hast gesagt, daß die Situation zwischen euch sehr angespannt ist, denn Falkirk ist ein ehrenhafter Mann, der versucht, das Richtige zu tun. Aber ich bin sicher, daß du Frau genug bist, das Gleichgewicht in eurer Ehe wieder herzustellen.«

Der Gedanke, ihm eine echte Ehefrau zu sein, war entsetzlich, aber es schien auch so grundlegend richtig, wie Laura noch nie etwas empfunden hatte.

Ihre Entschlossenheit wurde einen Augenblick erschüttert, als sie an Srinivasas Bemerkung über Ians Tod dachte. Wieder verspürte sie das kindliche Grauen, das ihr Leben regiert hatte. Grimmig entschied sie, daß sie alles vergessen mußte, was der Priester gesagt hatte. Sonst würde sie verrückt werden.

Es war genug von Problemen gesprochen worden, doch Laura fiel nun etwas ein, das sie schon immer hatte fragen wollen. Während sie langsam zum Palast zurückschlenderten, sagte sie: »Ich weiß nie, was ich vom Hinduismus denken soll, Kamala. Er enthält viel Weisheit und Schönheit, aber auch Dinge, die ich nur als barbarisch einstufen kann.«

»Das liegt daran, daß der Hinduismus im westlichen Sinne keine Religion, sondern eine Art zu leben ist«, antwortete die Maharani. »Es genügt nicht, einfach nur daran zu glauben, um Hindu zu werden – die einzige Möglichkeit, Hindu zu sein, ist, als solcher geboren zu werden. Du kannst keine von uns werden, selbst wenn du den Rest deines Lebens zu Füßen eines Gurus sitzt. Anders als Moslems oder Christen versuchen wir auch nicht, andere zu bekehren, denn in jedem Glauben gibt es Erlösung.«

Kamala pflückte eine goldfarbene Blume und sog den Duft ein. »Doch unsere Lebensart hat Platz für jedermann. Für das einfache Volk gibt es einfache Rituale, für die Gebildeten gibt es erhabene Begriffe von großer Feinheit.« Sie lächelte. »Mein eigener Glaube liegt irgendwo dazwischen. Ich werde diesmal noch nicht aus dem Kreislauf der Wiedergeburt befreit werden, aber ich möchte es eigentlich auch gar nicht. Ich wäre glücklich, tausend weitere Leben mit Rajiv Singh zu erfahren.«

»Und was ist mit solchen Dingen wie der Sati?« fragte Laura. »Viele Frauen werden gegen ihren Willen verbrannt.«

»Das dürfte natürlich nicht sein«, antwortete Kamala bestimmt. »Jeder, der eine Frau gegen ihren Willen dazu zwingt, ist ein Mörder, der in seinem nächsten Leben dafür bezahlen wird. Aber für eine Frau, die es will, ist Sati ein Ritus von großer Heiligkeit. Wenn Rajiv Singh vor mir stirbt, werde ich ihn sicher auf den Scheiterhaufen begleiten.«

»Du?« Laura war so überrascht, daß sie stehenblieb. Es war unmöglich, einen solch schrecklichen Tod mit der wunderschönen, fröhlichen Frau neben ihr in Verbindung zu bringen.

Die Maharani lächelte sanft, als würde sie zu einem Kind sprechen. »Wenn Rajiv stirbt, stirbt meine Seele mit ihm. Warum soll ich meinen Körper erhalten, wenn wir im Tod und im nächsten Leben zusammensein können? Wenn die Zeit kommt, gehe ich ohne zu zögern mit ihm.«

»Dann hoffe ich nur, daß es nicht so schnell passiert«, sagte Laura inbrünstig.

»Srinivasa meint, wir haben noch viele Jahre zusammen.« Nach einer kurzen Pause setzte sie hinzu:

»Es gibt eine alte Sage von einer Rajputen-Prinzessin, deren Mann an ihrem Hochzeitstag in die Schlacht gerufen wurde. Er starb, und am nächsten Tag begleitete sie ihn als Braut, Jungfrau, Witwe und mit ihren Hochzeitsblumen auf der Brust auf den Scheiterhaufen.«

Laura schauderte zusammen. »Ich bin zu sehr durch den Westen geprägt, um einen Sinn darin sehen zu können. Ich möchte lieber für meinen Mann leben oder sogar sterben, um sein Leben zu schützen, als ihm in den Tod zu folgen.«

»Dann lebe wirklich und ohne Angst, Laura«, sagte die Maharani weich. »Für ihn und für dich selbst.«

Sie traten aus dem Wald auf eine ausgedehnte grüne Rasenfläche, die einen offenen Pavillon umgab. Laura bewunderte gerade die Struktur, als sie im Augenwinkel eine Bewegung wahrnahm. Sie wandte den Kopf in der Erwartung, ein Reh oder einen Affen zu sehen, doch dann hielt sie entsetzt den Atem an. Irgendwie war ein schwarzer Panther in den Garten gelangt. So geschwind wie ein dunkler Blitz sprang er über das weiche Gras auf die beiden Frauen zu, und seine geschmeidigen Muskeln bewegten sich in fließender Kraft. Laura zwang sich, ihre Panik zu unterdrücken, und flüsterte: »Kamala, wir sind in Gefahr.«

Laura blickte sich rasch um, ob in der Nähe Hilfe zu sehen war, oder ob sie den Pavillon noch rechtzeitig erreichen würden, aber die Strecke war zu groß. Zudem würde der Panther sie wie Lämmer reißen können, sobald sie ihm den Rücken zudrehten.

»Hab keine Angst, Laura«, sagte die Maharani

schnell. Im gleichen Moment lief der Panther um Laura herum, sammelte sich dann und setzte zum Sprung auf die Maharani an.

Bevor Laura noch aufschreien konnte, sah sie, daß das Raubtier nicht zubiß, sondern Kamala nur anstupste. Der Panther stieß ihr seinen runden Kopf allerdings so fest in die Rippen, daß es sie fast umgeworfen hätte. Lächelnd griff sie mit beiden Händen nach seinem Kopf und kraulte ihn hinter den weichen schwarzen Ohren.

Laura starrte die beiden ungläubig an. »Er gehört dir?«

»Tut mir leid, daß du dich erschreckt hast, Laura«, sagte Kamala zerknirscht. »Ich habe nicht daran gedacht, daß du Tika noch nie gesehen hast. Schwarze Panther sind sehr selten, und ein Raja hat sie mir geschenkt, als sie noch ganz klein war. Ich hielt sie zuerst im Palast, aber nun, da sie ausgewachsen ist, hat sie im Park einen schönen Platz gefunden. Aber immer, wenn sie meine Witterung aufnimmt, springt sie über den Zaun und kommt augenblicklich zu mir. Komm, streichel sie einmal unterm Kinn. Das hat sie gern.«

Mit immer noch heftig klopfendem Herzen gehorchte Laura und wurde mit einem lauten, sehr, sehr beunruhigenden, aber vergnügten Rumpeln belohnt. Es war kein echtes Schnurren, fand sie, vielleicht waren Panther nicht mit den nötigen Organen ausgestattet. Statt dessen würde das Geräusch jedem Angst und Schrecken einjagen, der es nachts draußen hörte.

Laura hatte gehört, daß schwarze Panther eine Abart der Leoparden waren, und nun sah sie, daß sich die Leopardenflecken tatsächlich noch etwas dunkler auf dem glänzenden Fell abhoben. Während Laura der Raubkatze den Hals rieb, schloß das Tier ekstatisch die Augen und lehnte sich so heftig in ihre Hand, daß sie sich anders hinstellen mußte. Tika war wirklich wie eine Schmusekatze, nur viel größer. Sehr viel größer.

Kamala blickte auf und sah sie an. »Leidenschaft hat viel von einer Raubkatze«, sagte sie ernsthaft. »Behandele sie wie ein wildes Tier, und sie hat die Macht, dich zu vernichten. Schließe Freundschaft mit ihr, und sie wird zu einer Quelle großer Freude.«

Laura betrachtete den Panther und lächelte. »Vielleicht hat Srinivasa recht, wenn er sagt, es gäbe keine Zufälle. Tika ist jedenfalls zur richtigen Zeit aufgetaucht, um deinen Rat zu veranschaulichen.«

Der Panther war mehr – er war wie ein Omen. Als die beiden Frauen schließlich mit dem Panther zwischen sich auf den Palast zugingen, begriff Laura mit einer erregenden Mischung aus Furcht, Entschlossenheit und Hoffnung, daß sie Kamalas Rat folgen und versuchen würde, die Leidenschaft als Freund zu akzeptieren. Und dann würden Ian und sie, so Gott wollte, endlich gemeinsam Frieden finden können.

Kapitel 27

Die Maharani machte Parfüm. In ihrem privaten Wohnzimmer hing ein schweres, betäubendes Duftgemisch aus Blumen und Gewürzen, Sandelholz und Kräutern. Nicht recht zufrieden mit ihrem Werk, ließ

Kamala einen einzigen Tropfen Öl in ihre letzte Kreation fallen, schnupperte daran und seufzte dann innig: »Endlich.« Sie hielt Laura die Keramikschale hin und fragte: »Was denkst du?«

Laura atmete tief ein. »Hmmm, ein wundervoller Duft«, sagte sie.

Kamala nickte zufrieden. »Ein wirklich gutes Parfüm muß die Persönlichkeit dessen, der es trägt, unterstreichen, und dieses hier ist perfekt für dich. Es läßt an unschuldige Morgendämmerung und lustvolle Nächte denken und erfüllt die Sinne eines Mannes mit Begierde und Zärtlichkeit zugleich.«

»Das hoffe ich«, sagte Laura. »Es ist sehr lieb von dir, daß du dir meinetwegen soviel Mühe machst.«

»Es macht mir Spaß, Parfüm zu mischen. Ich habe schon oft gedacht, daß ich mich in der Kaste der Duftmischer gut gemacht hätte, wenn ich nicht als Rajputen-Prinzessin geboren worden wäre.« Kamala winkte einer Dienerin, die im Hintergrund des Zimmers wartete, und wies sie an, das Parfüm in Fläschchen zu füllen. »Ich schreibe dir die Zusammensetzung auf, damit du es in England mischen kannst. Jede Frau sollte einen speziellen Duft für sich und ihre Kleider haben. Das wird den Ehemann an sie denken lassen, selbst wenn sie nicht da ist.«

»Ich werde an dich und Dharjistan denken, wann immer ich es benutze.« Dann, zum vierten oder fünften Mal an diesem Tag, fragte Laura: »Glaubst du, die Männer werden heute zurückkommen?«

»Ich hoffe es, obwohl es auch erst morgen sein könnte.« Die Maharani seufzte. »Ich begreife deine Ungeduld. Auch ich freue mich darauf, meinen Mann wiederzusehen. Selbst fünf Tage der Trennung sind zu lang, aber ich mag Wiedervereinigungen. Oh, bevor ich es vergesse – schau mal in dieses Buch. Ich glaube, es wird dir gefallen.«

Während die Maharani die Zusammensetzung des Parfüms aufschrieb, öffnete Laura das Buch, machte aber zunächst keinen Versuch, das Persisch zu lesen. Drei lange Tagen waren vergangen, seit sie mit Kamala gesprochen hatte. Es wäre in vielerlei Hinsicht leichter gewesen, wenn sie ihren Entschluß sofort hätte in die Tat umsetzen können, denn das Warten war schwer.

Kamala hatte sich entschlossen, Laura abzulenken, indem sie ihr ein paar Aspekte der Erziehung einer Hindu-Dame demonstrierte. Ost und West waren sich zumindest darin einig, daß eine hochgeborene Frau singen, nähen, tanzen und ein Musikinstrument spielen können sollte. Laura war auf diesen Gebieten ausreichend talentiert. Ihr Wissen über Magie, Zauberei und Hahnenkämpfe war jedoch schändlich vernachlässigt worden. Für indische Maßstäbe war ihr Talent, die weibliche Figur zu schmücken, ziemlich verkümmert, und sie hatte noch niemals ein Blumenbett gemacht.

Die Lektionen waren interessant und manchmal ausgesprochen lustig. Laura hatte es Spaß gemacht zu lernen, wie man Parfüm macht und Sherbet herstellt, und mit duftendem Öl massiert zu werden, war eine sehr angenehme Erfahrung. Dies war eine Sache, die sie gerne Ian zeigen wollte, denn es war eine perfekte Ausrede, um ihre Hände überall über seinen geschmeidigen, muskulösen Körper gleiten zu lassen. Es würde auch ihm gefallen.

Das Problem lag eher darin, aus der angespannten momentanen Situation in einen Zustand glücklicher Intimität zu gelangen. Laura hatte sich noch nicht entschieden, wie sie ihn am besten verführen wollte, wo sie ihm doch kurz zuvor beigebracht hatte, daß sie sich beide besser voneinander fernhielten. Es war die eine Sache, endlich willens zu sein, eine ganz andere aber, den ersten Schritt zu tun. Doch schließlich war sie diejenige gewesen, die ihre Ehe in diesen Schlamassel gebracht hatte, also würde sie auch dafür sorgen, daß sie wieder herauskamen.

Sie hoffte nur, daß Ian an diesem Abend zurückkehren würde, denn das Warten verwandelte sie langsam in ein Nervenbündel.

Um sich abzulenken, blickte sie auf das Buch, das Kamala ihr gegeben hatte. Innerhalb eines Sekundenbruchteils riß sie die Augen weit auf. Es gab tatsächlich Leute, die *so etwas* niederschrieben? »Kamala, steht hier, was ich denke, oder ist mein Persisch plötzlich schlecht geworden?«

Die Maharani sah sie lächelnd an. »Ich dachte mir doch, daß du das *Kamasutra* interessant finden würdest. Das Streben nach Vergnügen, *Kama,* ist eines der vier Lebensziele, und so hat der weise Vatsyayana eine Abhandlung über das Thema geschrieben. Da Sex eines der größten Vergnügen ist, widmet sich ein großer Teil des Buches dieser Sache.«

»Der Weise schien eine Vorliebe für Einteilungen und Klassifizierungen zu haben«, sagte Laura schwach.

»Ja, es ist etwas mühsam, über die acht Arten der Liebesbisse und die acht Stufen des oralen Verkehrs zu lesen«, stimmte Kamala zu. »Außerdem finde ich seine Beschreibungen der Stellungen nach der Einteilung Hirsch, Affe und Pferd ziemlich übertrieben. Für mich sehen die Stellungen alle ziemlich gleich aus.«

»So weit bin ich noch nicht gekommen. Aber sag mir, ist so etwas denn überhaupt möglich?« Zu peinlich berührt, um die Seite laut vorzulesen, zeigte sie sie ihrer Freundin.

»Ah, sehr schwierig. Eigentlich eher geeignet für einen ausgebildeten Akrobaten«, bemerkte die Maharani mit einem Zwinkern. »Wenn du es ausprobieren möchtest, empfiehlt der weise Suvarnanabha, es erst in einem heißen Bad zu üben, damit sich niemand verletzt.«

Laura keuchte auf. »Sind die indischen Badewannen deswegen so groß?«

Kamala lachte. »Unter anderem.« Dann wurde ihre Miene wieder ernster. »Du darfst nicht alles, was das Kamasutra sagt, ernst nehmen, Laura, aber ich dachte, es könnte deinen Horizont erweitern. Obwohl das Buch interessant ist und viele andere Aspekte neben der körperlichen Liebe abdeckt, ist es nicht halb so romantisch wie der Vers eines schönen Liebesgedichtes. Doch es ist immer nützlich, ein paar der Techniken zu kennen.«

»Oh, bestimmt«, sagte Laura, die immer noch ein wenig betäubt war. »Ich hatte keine Ahnung, daß es so viele Möglichkeiten gibt.«

»Wenn du Inderin wärest, hätte deine Ausbildung viel früher eingesetzt. Junge Mädchen lernen im Tempel bereits, mit einem *Lingam,* einem Steinphallus, umzugehen, damit sie sich daran gewöhnen.« Die Maharani lachte in sich hinein. »Obwohl wir jetzt erst so spät mit deiner Erziehung begonnen haben, wird Falkirk Sahib bestimmt zufrieden sein mit dem, was du bisher gelernt hast.«

Das hoffte Laura auch. Dann fiel ihr Meera ein, die das alles kennen mußte. Sie las einen Absatz noch einmal. Wie Kamala gesagt hatte, war nichts Romantisches an der direkten Beschreibung der Stellungen, aber der Gedanke, diese mit Ian auszuprobieren, erregte sie trotz ihrer Verlegenheit.

Die Maharani stand auf. »Ich muß jetzt meine Audienz abhalten, aber vorher gebe ich dir etwas, das deine Mühen unterstützt.«

»Du hast mir schon soviel gegeben«, protestierte Laura.

Kamalas schöne Augenbrauen zogen sich hoch. »Es fällt mir leicht, zu schenken, und es macht mir viel Spaß. Willst du mir dieses Vergnügen nehmen?«

Laura lachte. »So gesehen kann ich das wohl kaum.«

Die Maharani winkte der Dienerin. Darauf vorbereitet, kam das Mädchen heran und reichte Laura ein zusammengelegtes Stück exquisiter lavendelfarbener Seide.

»Es ist ein Sari«, erklärte Kamala. »Das Material ist so fein, daß du es durch einen Ring ziehen könntest.« Sie streifte einen ihrer Ringe vom Finger und demonstrierte es Laura, indem sie die gesamte Länge des Stoffes hindurchzog. Der Hauch von Sari hatte nicht darunter gelitten.

»Vielen Dank, Kamala. Das ist wunderschön.« Laura streichelte das edle Material. »Die Farbe paßt perfekt zu mir.«

»Ich weiß«, sagte die Maharani. »Der Sari ist ein sehr anmutiges Kleidungsstück, und ein so dünner wird einen Mann zum Wahnsinn treiben.« Ihre dunklen Augen funkelten. »Ich spreche aus Erfahrung.«

Laura lachte, obwohl sie wußte, sie würde den Sari erst später für Ian tragen. Es war im Augenblick alles noch zu ungewohnt für sie, denn sie war ja beinahe noch eine Jungfrau. Aber sie war fest entschlossen, dies zu ändern.

Etwas später am Abend hatte Laura die Hoffnung aufgegeben, daß Ian noch heimkommen würde, als er ganz plötzlich und unerwartet den Raum betrat. Selbst müde und staubig sah er attraktiv genug zum Anbeißen aus. Der Gedanke ließ sie an das Kamasutra denken, und so sagte sie hastig: »Du bist wieder da! Ich dachte schon, du kommst erst morgen.«

»Rajiv Singh wollte unbedingt noch heute abend zu Hause ankommen, daher sind wir an einem Stück durchgeritten.«

Laura dachte daran, ihm einen Begrüßungskuß zu geben, aber in Ians Miene lag irgend etwas, das sie davon abhielt. Sie würde bis später warten, wenn er etwas entspannter war. »Soll ich dir ein Bad bereiten lassen?«

»Phantastische Idee. Und etwas zu essen wäre gut.« Er fuhr sich müde durchs Haar. »Nach den Tagen, die wir im Freien gelagert haben, freue ich mich auf den Luxus eines Palastes.«

»Hat der Maharadja dich überreden können, seine Armee zu übernehmen?«

»Er hat es versucht, aber schließlich die Niederlage eingesehen.« Ian lächelte. »Wir haben ein paarmal Schach gespielt. Ich konnte ihn etwa bei der Hälfte der Spiele schlagen, was offenbar nicht oft vorkommt. Das ließ ihn nur noch mehr bereuen, daß ich sein Angebot nicht annehmen will, aber er hat es wie ein Gentleman akzeptiert.« Er warf einen Blick auf das Tagebuch, in dem Laura las. »Hast du etwas Interessantes gefunden?«

Froh, daß sie Pjotrs Papiere statt des Kamasutra

studiert hatte, antwortete Laura: »Vieles. Ich habe mir überlegt, ob ich Pjotrs Aufzeichnungen in London veröffentlichen lassen soll – er schreibt witzig und treffend und hat ein unbegreifliches Leben geführt. Aber bisher stand nichts von dem drin, was wir gesucht haben.«

»Vielleicht gibt es auch nichts zu finden«, überlegte Ian. »Aber die Idee, einen Teil seiner Bücher zu veröffentlichen, gefällt mir. *Die Memoiren eines russischen Agenten* hört sich gut an. Mein Schwager Ross ist ein Schriftsteller – vielleicht ist sein Verleger interessiert.«

Laura nickte abwesend, dann erfaßte sie den Zusammenhang. »Lieber Himmel, ist *der* Ross, dein Schwager, der Reiseautor Lord Ross Carlisle?«

»Ja, aber er ist, seit sein letztes Buch erschienen ist, Marquess of Kilburn geworden.«

»Sein Werk ist ausgezeichnet«, antwortete Laura. »Ich habe alle seine Bücher gelesen. Es ist weniger, was er schreibt, sondern vielmehr *wie*.«

Ian grinste und fühlte sich schon entspannter. »Sag ihm das, und du machst dir einen Freund fürs Leben.«

Laura zog ein Gesicht. »Ich weiß nicht. Ich finde, er hört sich jetzt genauso beängstigend an wie deine Schwester Juliet.«

Ian lächelte und ging ins Badezimmer. Laura rief einen Diener und befahl, das Bad zu richten und etwas zu essen zu bringen. Während ihr Mann sich frischmachte, zog sie ihr hübschestes Nachthemd an und bürstete ihr Haar aus. Sie wollte auf unaufdringliche Art begehrenswert wirken. Offenbar war sie erfolgreich damit, denn als Ian aus dem Bad kam, zerfiel seine gleichgültige Maske sofort, als er sie erblickte. Während er aß, mied er jeden Blick auf sie und sprach kaum.

Obwohl sie sich freute, daß ihre Erscheinung auf ihn wirkte, war sie trotzdem deprimiert, da sie nicht wußte, was sie als nächstes tun sollte. Sie konnte sich nicht durchringen, einfach zu sagen: »Ach, übrigens, Ian, ich habe meine Meinung geändert, was Sex mit dir betrifft. Sollen wir ins Schlafzimmer gehen?« Schade, daß die Ratschläge des Kamasutra nicht diese besondere Situation abdeckten.

Sobald er den letzten Bissen gegessen hatte, stand Ian auf. »Wenn du mich bitte entschuldigst... Wir sind heute morgen vor Tagesanbruch losgeritten, um Manpur noch zu erreichen.«

Eine Stimme in Laura riet ihr, zu warten, bis Ian sich ausgeruht hatte, aber sie konnte nicht noch einen weiteren Tag ertragen. Vielleicht würde die Nähe den Erfolg bringen wie schon zuvor.

Sie stand ebenfalls auf, ging um den Tisch und blieb neben ihm stehen. Behutsam legte sie ihm die Hand auf den Arm. »Du hast mir gefehlt.« Erleichtert spürte sie sein Verlangen aufflammen. Es würde also doch nicht so schwer werden.

Sie öffnete den Mund, um ihm ihr neues Verständnis der Lage zu erklären, aber Ian gab ihr keine Chance. Mit wütendem Gesicht riß er den Arm weg, als hätte er sich verbrannt. »Du solltest dich wirklich mehr bemühen«, fauchte er. »Du weißt, was ich gesagt habe – ich kann uns nicht beide kontrollieren.«

Dann machte er auf dem Absatz kehrt und verschwand in seinem Schlafzimmer. Bevor Laura etwas einfiel, was sie sagen könnte, war es zu spät. Sie stand allein da, und sie fühlte sich elend. Sie hätte wissen müssen, daß es nicht so einfach sein würde. Einmal mehr hatte sie Ians Willenskraft unterschätzt, und ihr Scheitern würde den nächsten Versuch schwieriger machen. Aber einen nächsten Versuch mußte es geben – sie hatte keine Wahl.

Sie holte tief Atem, stieß die Luft wieder aus und betrat ihr eigenes Zimmer. Vielleicht war sie in der Vergangenheit dumm und durcheinander gewesen, aber sie hatte etwas Wichtiges auf ihrer Seite: die russische Sturheit. Da es dezent nicht funktioniert hatte, würde sie das nächste Mal frontal angreifen.

Am nächsten Morgen verließ Ian die Wohnung, bevor Laura aufgestanden war. Kein Zweifel, daß er etwas suchte, das ihn beschäftigt und aus ihrem gefährlichen Klammergriff hielt. Nun gut, das gab ihr Zeit, den nächsten Schritt ihres Feldzugs zu planen. Ein paar Minuten später tauchte Meera mit einer Tasse Tee auf. Laura nippte daran und sagte dann: »Meera, mein Mann ist gestern nacht sehr spät gekommen, und ich möchte ihn heute gebührend willkommen heißen – mit etwas, das er nie vergißt. Hast du irgendeine Idee? Wenn wir etwas Besonderes brauchen, wird die Maharani uns helfen.«

Mit einem wissenden Lächeln bot ihr die junge Witwe verschiedene Möglichkeiten an, die teilweise so phantasievoll waren, daß Laura lachen mußte. »Es spricht wirklich viel für die Erziehung einer indischen Dame. Wie nett wäre es, wenn die gediegene englische Schule, die ich besucht habe, Kurse mit dem Titel ›Wie ich meinem Gemahl Freude bereite‹ anbieten würde.«

»Das wäre eine gute Sache«, sagte Meera ernsthaft. »Eine Frau, die ihren Mann im Bett befriedigen kann, führt ein besseres Leben.«

»Und der Mann auch, da bin ich sicher.« Laura dachte an die Bilder im Tempel und schüttelte den Kopf. »Wenn Miss Givens, die Direktorin, ihren Schützlingen derartige Lektionen erteilen würde, säße sie am nächsten Tag im Gefängnis.« Laura trank den Tee aus und schwang dann die Beine aus dem Bett. »Ich denke, ich ziehe mein blaues Musselinkleid an.«

»Sehr gut, Memsahib.« Doch statt das Kleid zu holen, sagte Meera schüchtern: »Zafir hat mich gefragt, ob ich ihn heiraten will.«

»Tatsächlich?« fragte Laura überrascht. »Ich wußte, daß du ihm gefällst, aber ich hätte nicht vermutet, daß er an Heirat denkt. Wirst du ja sagen?«

»Ich glaube schon«, antwortete Meera mit einer Mischung aus Stolz und Zweifel. »Es sei denn, du wüßtest etwas, das dagegen spricht.«

Laura hörte den fragenden Unterton. »Mein Mann hat nie etwas anderes als Positives über Zafir gesagt«, versicherte sie ihr daher. »Er ist ein Mann von Mut und Ehre. Und dazu sehr umgänglich, was bei einem Ehemann ein wertvoller Zug ist.«

»Vergiß nicht sein gutes Aussehen«, fügte Meera spitzbübisch hinzu. »Oder hast du es noch nicht bemerkt?«

Laura lächelte. »O doch. Man muß sich einfach nach ihm umdrehen.« Dann wurde sie ernster. »Aber eure Herkunft ist sehr unterschiedlich. Kann das Probleme geben?«

»Das ist auch der Zweifel, den ich habe. Es wird sicher Schwierigkeiten geben«, gab Meera zu. »Aber mein Platz ist nicht bei meinem Volk. Zafir will mich und ich ihn. Glaubst du, das ist genug?«

Laura lächelte traurig. »Ich bin kein Experte, Meera... leider das Gegenteil. Aber einander zu begehren ist ein guter Anfang.«

Ian blieb den ganzen Tag fort und schickte Laura eine Nachricht, daß sie mit dem Abendessen nicht auf ihn warten sollte. Während er unterwegs gewesen war, hatte er geglaubt, mit der Situation fertig werden zu können, doch kaum zurückgekehrt, reichte eine einzige Berührung, um seine Begierde wieder entflammen zu lassen.

Es war spät, als er endlich in ihre Räume zurückkam. Als er die Tür öffnete, schlug ihm sofort eine Welle Rosenduft entgegen. Das Wohnzimmer roch, als hätte jemand ein Fläschchen teuren Parfüms fallengelassen.

Laura war bereits in ihrem Schlafzimmer, doch ein schmaler Lichtstreifen verriet ihm, daß sie noch wach war. Leise ging er in sein Zimmer in der Hoffnung, sie würde ihn nicht hören. Doch als er seine Augenklappe abnahm, rief seine Frau: »Ian, bist du das?«

Erwischt. »Ja. Tut mir leid, daß ich dich gestört habe.«

Mit einem seltsamen Unterton in der Stimme antwortete sie: »Du hast mich nicht gestört. Könntest du bitte herkommen? Ich habe etwas, das dich bestimmt interessiert.«

In der Annahme, Laura hätte bei der Durchsicht von Pjotrs Tagebüchern etwas Wichtiges entdeckt, trat Ian durch den Vorhang, der ihre beiden Zimmer trennte. »Was denn?«

Er wollte mehr sagen, aber der Anblick, der sich ihm bot, verschlug ihm die Sprache. Seine Frau stand mitten im Zimmer, ihr phantastischer Körper war in einen Hauch von Sari gehüllt, während ihr lohfarbenes Haar verschwenderisch über Schulter und Rükken floß. Sie wirkte so provozierend wie eine Hindu-Göttin, die zum Leben erwacht war.

Und überall waren Rosenblätter. Nein, nicht überall, das Bett war frei. Auf dem Boden bildeten die duftenden rosafarbenen Blätter einen dicken Teppich, der über Lauras nackte Zehen zu schwappen schien. Ihr Anblick und der Duft trafen ihn mit der Kraft eines Fausthiebs, und er fühlte sich verwirrt, betäubt und wie in einem Traum gefangen.

Ian wußte, daß er aus dem Zimmer stürzen mußte, bevor es zu spät sein würde, aber er war schon zu gelähmt, um sich noch zu bewegen. Wußte sie denn nicht, was sie da mit ihm tat? Doch, verflucht, sie mußte es wissen. »Verdammt noch mal, Laura«, fluchte er. »Willst du mich absichtlich in den Wahnsinn treiben?«

»Nein!« Ihre schrägen Augen waren weit und ängstlich. »Was ich zu tun versuche, ist... ich habe... ich habe ein neues Verständnis gefunden.«

Langsam trat sie auf ihn zu. Er konnte den Blick nicht von dem leichten Schwingen ihrer Brüste wenden, die unter der durchsichtigen Seide deutlich zu erkennen waren.

Eine Armeslänge von ihm entfernt blieb sie stehen. »Während du weg warst, habe ich mich mit Kamala lange über das Wesen der Leidenschaft unterhalten. Sie machte mir klar, daß ich einen Fehler beging: Wenn ich versuchte, meine Gefühle zu unterdrücken, würde ich sie nur gefährlicher machen.« Sie schluckte. »Für mich ist nun die Zeit gekommen, mich diesen starken Gefühlen zu stellen und zu akzeptieren, daß Leidenschaft ein Teil meines Wesens ist.«

Er fragte sich, ob sein Verstand durch den schweren Rosenduft beeinträchtigt war. »Sprich bitte deutlich aus, was du meinst. Wenn ich bisher versucht habe, deine Wünsche zu interpretieren, war das Ergebnis meistens furchtbar.«

Ihre Wangen färbten sich rosa. »Ich weiß, daß meine Verwirrung und mein Wankelmut schwer für dich waren«, sagte sie stockend. »Du warst dennoch erstaunlich verständnisvoll. Aber nun bin ich nicht mehr unentschlossen. Ich hoffe, du möchtest immer noch... eine wirkliche Ehe daraus machen.«

Möchten? Wenn sie gewollt hätte, daß er sich das Herz herausschnitte, hätte er sie nach einem Messer gefragt. Aber dies kam zu plötzlich. Auch wenn er in ihrem Gesicht erkennen konnte, daß sich tatsächlich etwas Wesentliches geändert hatte, hatte er schmerzlich lernen müssen, daß das, was auf den ersten Blick gut schien, es wahrscheinlich nicht war. Seine wiedererlangte Potenz hatte sich als schwarzer Segen herausgestellt, und nun schrien ihm seine Instinkte zu, daß Lauras neue Einstellung durchaus eine ebensolch qualvolle und unvorhergesehene Resonanz hervorrufen konnte.

Er wußte, er sollte sich zurückziehen und nachdenken, die finsteren Winkel seiner Gedanken durchforschen, die ihn warnten, es könnte nichts Gutes daraus entstehen. Er verdiente ein ungetrübtes Glück nicht, und jede Wonne, die er mit seiner Frau erlangen konnte, würde mit einem Stück seiner Seele bezahlt werden müssen.

Aber er konnte sich nicht abwenden, nicht einmal, um sein Leben zu retten, und das war der brutale Beweis für seine Schwäche. »O Gott, Laura, du mußt doch wissen, daß ich dir nicht widerstehen kann«, sagte er schwer atmend.

»Darauf habe ich gehofft«, antwortete sie mit einem Lächeln.

Wie immer war er fasziniert von der Kombination ihrer hellen Haut, den Haaren und dem orientalischen Schnitt ihrer Augen, die so einzigartig und unbestimmbar waren, wie die Frau selbst. Er griff nach ihrem glänzenden Haar, das die Farbe polierten Eichenholzes hatte, und streichelte damit ihre Wange, wobei er fast erwartete, dieses märchenhafte Bild würde verschwinden, da er alles nur träumte. Doch es war nicht so. Statt dessen drehte sie den Kopf und küßte seine Finger.

Heftige, animalische Leidenschaft durchströmte ihn. Er wollte sie auf die Rosenblätter zerren und sich mit ihr ohne nachzudenken paaren, sich verlieren. Aber das würde zu schnell vorbei sein, und er wagte nicht, die Gelegenheit ungenutzt zu lassen. Sein Kopf war im Augenblick zu benebelt von Lust, um Platz für Selbstvorwürfe zu haben, aber danach würde die Reue kommen und jede zukünftige Vereinigung beflecken.

Er hob ihren Kopf zu einem Kuß. Ihre Arme schlangen sich um seinen Hals, ihre Brüste preßten sich gegen ihn, und er schmeckte das Verlangen in ihr. Er verlangsamte sein Tempo absichtlich, damit sie diesmal wirklich genießen konnten, was das erste Mal viel zu schnell vorbeigegangen war.

Er hob den Blick und betrachtete ihr Gesicht. In den Tiefen ihrer Augen las er Freude, die durch unbestimmte Furcht abgemildert war. Es konnte ihr nicht leichtfallen, alle Ängste beiseite zu schieben, die sie so lange beherrscht hatten. Zärtlich sagte er: »Du bist so wunderschön, Larischka. Du verhext mich, treibst mich zum Wahnsinn, Ich kann es nicht ertragen, wenn du noch einmal deine Ansicht änderst.«

»Das wird nicht passieren«, sagte sie mit ehrlichem Blick. »Nicht dieses Mal, nicht ein anderes Mal.«

Der einzige Schmuck, den sie trug, war die Kette, die Meera ihr geschenkt hatte. Die Goldkette betonte ihre makellose Haut, die sich so zart anfühlte wie die Blumenblätter um sie herum. Köstlich. Unwiderstehlich. Er preßte seine Lippen auf ihre Kehle und zog dann seine Zunge über ihren Hals, bis er das kühle Metall der Kette erreichte.

Laura sog die Luft scharf ein, und ihr Kopf fiel zurück, ihr Körper bog sich über seinen stützenden Arm. Sie war so vertrauensvoll, daß die Zärtlichkeit ihn reglos machte und sich zur leisen Furcht wandelte. Wie konnte sie dieses Vertrauen in ihn haben, wenn er es doch nicht verdiente?

Er zwang sich, den Gedanken, der sein Vergnügen vergiften würde, zu unterdrücken. »Diesmal möchte ich alles von dir sehen«, sagte er leise.

Der Sari war ohne Oberteil nur provisorisch drapiert, so daß eine Schulter nackt war, die andere bedeckt. Die Seide war so dünn, daß die dunklen Höfe ihrer Brüste und der kleine Schatten des Nabels sogar durch ein Dutzend Schichten zu sehen waren.

Er löste den Sari, wo er über ihren Brüsten gefaltet war, und wickelte den Stoff ab, als würde er ein Seil von einer Spule ziehen. Laura machte einen Tanz daraus, drehte sich langsam mit einem Lächeln auf den Lippen vor ihm und fing seinen Blick jedesmal auf, wenn sie ihm gegenüberstand. Bei jeder Drehung enthüllte er mehr von den weichen, sanften Kurven ihres Körpers.

Das letzte Stück des Materials glitt mit einer Bewegung von ihr ab, und der Sari flatterte auf die rosafarbenen Blätter hinab. Laura stand nackt vor ihm. Mit trockenem Mund sagte er: »Du bist sogar noch schöner, als ich es mir erträumt habe. Du bist wie eine zum Leben erwachte Phantasie.«

»Meine Figur war mir immer peinlich«, antwortete sie ein wenig schüchtern über ihre Nacktheit. »Zuviel von allem, um damenhaft auszusehen.«

Er lachte. »Alles ist absolut richtig. Nirgendwo eine gerade Linie.«

Er hatte sehen wollen, doch nun wollte er anfassen. Er legte seine Hände auf ihre Schultern und strich sanft mit den Daumen über das Schlüsselbein. »Eine Haut wie edles, poliertes Holz, glatt und lebendig.« Nun ließ er seine Hände an den Seiten heruntergleiten, wie um sich ihre Formen einzuprägen. »Eine Taille so schmal, daß ich sie mit meinen Händen umfassen kann.« Er zeigte es ihr und genoß den Anblick, wie ihr Körper unterhalb seiner Finger in die einladenden Hüften überging. »Traumhaft geformte Beine.«

Vor Freude lächelnd griff sie nach seinem Hemd. »Und nun will ich dich sehen.« Während sie die Knöpfe öffnete, strichen ihre Fingerspitzen hauchzart über seine Brust und schickten heiße Ströme der Begierde durch seine Adern. Er hielt den Atem an und machte sich bewußt, wie schwer es werden würde, ein langes Liebesspiel zu genießen, wenn seine Hexe von Frau mit einer Berührung jede Beherrschung zunichte machen konnte.

Sie streifte seine Jacke ab, zog das Hemd aus der Hose und über seinen Kopf. Als dann sein Oberkörper nackt war, seufzte sie zufrieden und beugte sich vor, um ihr Gesicht an seiner Schulter zu bergen, mit weichen Lippen über seine Haut zu streicheln, und ihr seidiges Haar kitzelte seine Brust und seine Rippen. »Du bist selbst ziemlich traumhaft.« Dann begann sie, mit den Zähnen zu zupfen, ihn neckend zu beißen, und das gab seiner schwankenden Beherrschung den Rest.

Mit plötzlicher Ungeduld bückte er sich und zog seine Stiefel aus. Er wollte seine restlichen Kleider loswerden, als Laura ihn lachend zu Boden zog. Er ließ es willig geschehen, nahm sie in die Arme und rollte sie herum. Der Duft von tausend Rosen explodierte unter ihnen, und die Blätter fühlten sich an wie ein Polster aus zerknitterter Seide.

Aber durch den süßen, klaren Duft der Rosen drang deutlich Lauras Parfüm, ein verführerisches, weibliches Aroma, das irgendwie Lauras Wesen unterstrich. Er bedeckte ihre Brüste mit seinen Händen, dann barg er sein Gesicht dazwischen und rieb es hin und her, wie verzaubert von der unglaublichen Weichheit. Ein schwaches Kratzen erinnerte ihn daran, daß er sich am Morgen nicht rasiert hatte, und als er den Kopf hob, sah er, daß seine Stoppeln leicht rötliche Stellen hinterlassen hatten. »Verzeih«, sagte er heiser und setzte Lippen und Zunge ein, um die wunden Stellen zu liebkosen.

Er konnte nicht genug von ihren Brüsten bekommen. Seine Lippen schlossen sich über die samtigen Spitzen. Laura erschauderte und bog ihm seine Hüften entgegen, ihre Nägel gruben sich in seine Schultern, und schließlich glitten ihre Hände unter den Bund seiner Hose, um seine Hinterbacken zu umfassen.

Er verfluchte sich innerlich, daß er sich nicht die Zeit genommen hatte, sich ganz auszuziehen. Also rollte er sich auf die Seite und knöpfte die Hose auf, ein Prozeß, der durch Lauras ungeschickte, aber begierige Finger erschwert wurde. Als sie es schaffte, ihre Hand in seine Unterhose zu schieben und seine Erektion zu berühren, keuchte er auf, und es wurde ihm schwindlig. Nichts hatte ihn auf ein solches Lustempfinden vorbereitet, denn er hatte noch nie eine Frau wie sie gekannt.

Dann hatte er sich mit einer Bewegung seiner Hose entledigt, und Blütenblätter flatterten auf, als er sie zur Seite schleuderte. Er drückte Laura auf den Rükken, packte ihre Hände und hielt sie über ihrem Kopf fest, so daß ihr Brustkorb sich hob. Ihre goldenen Augen waren verschleiert, und sie wand sich unter ihm in stummer Bitte. »Langsam, Süße«, murmelte er heiser.

Rastlos zog sie ein Bein an. Er beugte sich hinunter und küßte die zarte Haut ihres inneren Schenkels. Sie stöhnte, und das Geräusch trieb ihn nur mehr an. Er legte eine Hand auf ihren Bauch und knetete die sanfte Rundung, dann wanderte er tiefer, bis er weiches, lockiges Haar spürte. Sie stieß einen tiefen, gurgelnden Laut aus und drückte ihre Scham gegen seinen Handballen, und ihre Lust war das stärkste Aphrodisiakum, das er jemals erlebt hatte. Und ein anderer Duft gesellte sich zu dem Aroma der Rosen und des Parfüms – der salzige Duft weiblicher Begierde.

Er ließ einen Finger durch die dunklen Locken gleiten und begann sie zu liebkosen. Die nassen, blütenartigen Mysterien ihres Körpers waren lieblicher als die Blumen um sie herum. Sie gab einen erstickten Laut von sich, als er über den kleinen, empfindlichen Knopf strich. »Jetzt, bitte«, keuchte sie. »Bitte.«

Er wußte, sie war bereit, und sie wollte ihn. So

kniete er sich zwischen ihre Schenkel und stützte sich über ihr ab. Ihre Arme schlangen sich um seinen Brustkorb, und sie öffnete sich begierig und umhüllte ihn heiß und feucht mit ihrer Lust, als er in sie eindrang. Er bewegte sich langsam, aber mit unausweichlicher Kraft, und als er sich ganz in sie versenkt hatte, hielt er einen Moment inne, um nicht sofort die Kontrolle zu verlieren.

Sie stöhnte verzweifelt auf, als er sich wieder herauszog, schrie, als er erneut zustieß. Ihr ganzer Körper begann sich rastlos zu bewegen, und sie schloß sich in festen, harten Zuckungen um ihn, als sie kam und seine letzte Beherrschung mit sich nahm. Er stieß wieder und wieder in sie hinein, bis er den Höhepunkt erreichte, an dem sich der Wahnsinn in Frieden auflöste.

Pulsierend und glücklich ließ er sich weich auf sie fallen und überlegte einen Moment, ob er sich je wieder würde bewegen können. »Ich bin unglaublich froh, daß du diesmal deine Meinung nicht geändert hast«, flüsterte er.

»Ich auch, *Duschenka.*«

Nach diesem Sturm der Leidenschaft war der einzige hörbare Laut der ihres Atems, der sich langsam wieder normalisierte. Ian dachte gerade, daß er sich besser von ihr hob, bevor er sie zerquetschte, als ihre Finger mit seinem Haar zu spielen begannen. »Ich liebe dich, Ian«, murmelte sie. »Ich danke Gott, daß du in mein Leben gekommen bist.«

Ihre Worte schnitten durch seine oberflächliche Zufriedenheit und enthüllten das Dunkel darunter. Er hätte niemals geantwortet, wenn er nicht physisch und emotional so erschöpft gewesen wäre. Doch er hatte seine Schutzmauer nicht errichtet, und bevor er sich daran hindern konnte, sagte er: »Ich wünschte bei Gott, du würdest so etwas nicht sagen.«

Kapitel 28

Laura konnte nicht glauben, daß sie richtig gehört hatte. Sie drehte den Kopf und starrte ihn an, sein Gesicht war nur ein paar Zentimeter entfernt. Da war eine Hoffnungslosigkeit in seiner Miene, die ihr im Herzen wehtat. »Ian?«

Innerhalb eines Sekundenbruchteils hatte er wieder die verhüllende Maske angelegt, die nichts von seinem Inneren verriet. »Ich habe bloß mit mir selbst geredet, Larischka.« Er lächelte und küßte sie, und sein Blick war so zärtlich, daß sie fast glaubte, sie habe sich verhört. Fast.

Leichthin sagte er: »Es ist zu kühl, um auf dem Boden zu schlafen, selbst wenn die Matratze aus Blütenblättern besteht.« Er hob den Kopf und blickte abschätzend aufs Bett. »Ich weiß nicht, ob ich noch genug Kraft habe, uns beide dorthin zu schleppen.«

Laura hätte sich durchaus bewegen können, aber sie brauchte sich keine Mühe zu machen. Ian kniete sich vor sie, nahm sie auf die Arme und trug sie zum Bett. Sie versuchte, seine beunruhigende Bemerkung zu vergessen und strich über eine ausgefranste Narbe auf seinem Bizeps. »Hat eine deiner Souvenir-Kugeln das hier verursacht?«

»Ja. Es geschah, als ich noch ein Frischling beim Militär war, der nicht wußte, wann man sich rechtzeitig duckt.« Er legte sie aufs Bett und begann, mit berauschender Zärtlichkeit die Blütenblätter von ihr zu zupfen. »Ich weiß noch, daß ich irgendwann einmal gelesen habe, Kleopatra habe Mark Anton in einem Zimmer empfangen, das knietief mit Rosenblättern angefüllt war. Das Buch verrät allerdings nicht, ob sie nachher die Blätter auch an so interessanten Stellen hatte.«

Mit einem zufriedenen Seufzen sagte Laura: »Daß du sie suchen mußt, macht es bestimmt nicht unangenehm. Da du oben gewesen bist, hast du nicht viel abbekommen, aber deine Knie sind ganz rosa.«

»Das war es auf jeden Fall wert.« Er zog die Decke zurück, schob sie darunter und kuschelte sich dann neben sie. »Ich fürchte mich ja fast davor, zu fragen, aber was genau war es, was deine Meinung geändert hat?«

Laura hatte sich zwar an den Rosenduft gewöhnt, aber er kitzelte ihre Nasenflügel immer noch mit delikater Süße. Sie hatte den Eindruck, als würde sie auf einem magischen See aus Blumen schaukeln. Sie drehte sich auf die Seite, legte ihm einen Arm um die Taille und erzählte ihm von ihrer Unterhaltung mit Kamala.

Als sie fertig war, meinte Ian nachdenklich: »Die Maharani hat recht – unterdrückte Gefühle können so mächtig werden, daß nichts anderes mehr zählt. Ich hätte selbst darauf kommen müssen, aber ich bin dir zu nah, um objektiv urteilen zu können. Wir haben Kamala einiges zu verdanken. Jetzt wird das Leben für uns beide nicht nur einfacher, sondern auch viel schöner werden.« Und dann schlummerte er ein, wobei sein Atem langsam und regelmäßig wurde.

Doch trotz der langersehnten Befriedigung wollte der Schlaf für Laura nicht kommen. Ihre Ängste waren auf ein solch geringes Maß zusammengeschrumpft, daß es kaum vorstellbar war, wie lebhaft und bedrängend sie noch ein paar Tage zuvor gewesen waren. Sie wußte, daß sie die Tendenz zur Eifersucht hatte, konnte aber nicht glauben, daß Ian ihr jemals einen Grund für zerstörerische Aktionen geben würde.

Sie hätte absolut glücklich sein können, wäre da nicht kurz zuvor Ians Zurückweisung ihrer Liebeserklärung gewesen. Obwohl er versucht hatte, diese kurze Bemerkung zu vertuschen, wußte sie tief in ihrem Herzen, daß der Satz von immenser Bedeutung gewesen war.

Einen Augenblick war sie den Tränen nahe, doch dann verhärtete ihre Miene sich. Dies war nur ein weiteres Problem, ein weiterer Schleier der Vergangenheit, der fortgezogen werden mußte, bevor sie ganz und gar glücklich sein konnten. Natürlich gab es noch finstere Schatten in seinem Inneren. Nicht mehr die Verzweiflung, die sie zuerst an ihm bemerkt hatte, auch kein Zorn. Dies war mehr wie die gezwungene Zurückhaltung der letzten Wochen, nachdem sie ihm die Gründe für ihre Angst genannt hatte.

Nun war ihre Angst gegangen, seine dunkle Stimmung jedoch seltsamerweise nicht. Es war, als hätte er einen Dämon zur Hilfe heraufbeschworen, den er nun nicht fortschicken konnte. Der Gedanke flößte ihr sofort ein schlechtes Gewissen ein, doch nach kurzem Nachdenken schob sie es beiseite. Sicher hatte ihr Verhalten zum Problem beigetragen, die Wurzeln lagen jedoch viel tiefer.

Wenn sie zurückdachte, erinnerte sie sich an gelegentliche Bemerkungen über Scham und Unwürdigkeit. Vielleicht hatte er immer schon so über sich gedacht, aber sie bezweifelte das. Genug Leute, die Ian vor seiner Gefangenschaft gekannt hatten, beschrieben ihn als einen Mann, der im Überfluß mit Selbstbewußtsein ausgestattet gewesen war. Was hatte Srinivasa noch über ihn gesagt? Er hätte die Schwäche eines Kriegers – die Unfähigkeit zu akzeptieren, daß seine Stärke Grenzen hatte. Daß er sich quälte, weil er sich seines Scheiterns bewußt war.

Ja, das paßte. Es mußte das Gefängnis gewesen sein, das ihn verändert hatte. Sie hätte gern gewußt, ob der Grund in einem besonderen Ereignis lag, oder ob es nur die Häufung monatelanger Demütigungen, Folter und Hilflosigkeit war. Für jemanden wie Ian mußte die Tatsache, hilflos zu sein, die schlimmste Folter überhaupt bedeuten.

Aber selbst wenn ihre Vermutung zutraf, hatte sie keine Ahnung, was sie dagegen tun konnte. Er hatte einen Teil von sich zugemauert, und sie war sich sicher, daß er sie nicht so würde lieben können wie sie ihn, ehe diese Mauer zusammengebrochen war.

Der Gedanke tat schrecklich weh. Sie liebte ihn so sehr, wollte sein Herz genauso wie seinen Körper besitzen, und das Gefühl, scheitern zu müssen, erfüllte sie einen kurzen Augenblick mit der zerstörerischen, leidenschaftlichen Wut, die die Ehe ihrer Eltern vernichtet hatte.

Doch schnell verebbte der Zorn, und Laura war wie betäubt von der Kraft ihrer Emotionen. Es war ein Beweis dafür, daß ihre Ängste doch nicht so ganz unbegründet gewesen waren, denn sie war in der Tat das Kind ihrer Eltern. Aber sie wußte nun, sie konnte das Schlimmste vermeiden. Durch Kenneth, Ian und Kamala hatte sie gelernt, wie sie die schroffen Felsen einer drohenden Katastrophe umschiffen konnte.

Das milderte den Schmerz über seine Zurückweisung jedoch nicht. Vielleicht mußte sie es ertragen, daß sie einander niemals so nah sein würden, wie sie es sich wünschte. Würde sie möglicherweise eines Tages aus Enttäuschung und Sehnsucht nach etwas, das sie nie würde haben können, Ian verlassen?

Fast mußte sie über diesen Gedanken laut lachen. Mochte eine britische Lady ihren Geliebten verlassen, weil er ihre Liebe nicht erwiderte – aber sie, Laura, war Russin und besaß all die Sturheit ihres Volkes. Der endlose Himmel und das rauhe Klima hatten ihre Vorfahren geformt, hatten ihnen eine unerschütterliche Geduld verliehen und die Beharrlichkeit, niemals etwas aufzugeben, was ihnen gehörte.

Diese wilde Entschlossenheit war in Pjotr gewesen, der Moskau niedergebrannt hatte, um es nicht in die Hände des Feindes fallen zu lassen. Es hatte in Tatjana gesteckt, die nach einer emotionalen Katastrophe ein neues Leben für sich und ihre Tochter aufgebaut hatte. Und es war sogar in tragischer Form in ihrem Vater gewesen, der sich sein eigenes Leben genommen hatte, um die Stärke seiner Liebe und seiner Reue zu beweisen.

Und Laura besaß sie auch, diese Entschlossenheit. Ian war *ihr* Ehemann, und sie würde ihn niemals verlassen. Zur Hölle mit dem Stolz. Anstatt fortzugehen, würde sie lieber den Rest ihres Lebens damit verbringen, die tiefe Liebe zu gewinnen, nach der sie sich sehnte. Vielleicht würde sie scheitern, aber dann, bei Gott, würde sie es tun wie eine Russin: ohne sich zu ergeben!

Am nächsten Morgen wachte Laura auf, als Ian seinen Arm unter ihrem Kopf bewegte. Als sie die Augen aufschlug, entdeckte sie, daß er sie ernst anblickte. Wenn sie einen Anflug der Finsternis in seinen Augen gesehen hatte, so verschleierte er ihn augenblicklich. »Tut mir leid, daß ich dich geweckt habe«, sagte er. »Meine Schulter ist eingeschlafen.«

Sie begann, die tauben Muskeln zu massieren, und genoß das Gefühl der Haut unter ihren Fingern. »Du gibst aber trotzdem ein schönes Kissen ab.«

»Und du machst das gut.« Er lächelte träge. »Du bringst gerade mein Blut überall in Wallung.«

Seine Miene machte deutlich, was er meinte, und einen Augenblick lang war Laura versucht, die nächste Lektion ihres akzeptierten Kamas anzunehmen. Aber ihre Überlegungen vor dem Einschlafen ein paar Stunden zuvor waren noch so lebendig, daß sie schon herausplatzte, bevor sie noch darüber nachdenken konnte, ob sie die Frage überhaupt stellen sollte. »Ian, was ist mit dir in Buchara geschehen, das dich derart verfolgt?«

Seine Augenfarbe wandelte sich vom üblichen warmen Blaugrau zu der kalten stählernen Farbe der See im Winter. Leidenschaftslos antwortete er: »Du hast Pjotrs Tagebuch und meine Erzählungen. Das sollte dir eine Vorstellung davon geben, wie der Schwarze Brunnen war.«

»Ja, aber Einzelheiten kenne ich nicht.« Sie dachte an Srinivasas Worte und setzte hinzu: »Ich habe immer den Eindruck, daß damals etwas geschehen ist, was du dir selbst nicht vergeben kannst.« Dann fiel ihr der Teil von Pjotrs Tagebuch ein, der die meisten Fragen aufwarf. Zögernd fuhr sie fort: »Vielleicht ist es in der Zeit geschehen, wo man dich aus dem Kerker fortgeholt und so übel zugerichtet hat?«

Ihre Worte trafen und lösten eine Reaktion aus, die er nicht ganz verbergen konnte, obwohl er es versuchte. Einen Augenblick befürchtete sie, er würde aufstehen und gehen. Doch dann festigte sich seine Miene und wurde zu einer Maske ironischer Gleichgültigkeit. »Was ist bloß mit der Frau geschehen, um deren Hand ich angehalten habe? Diese bescheidene, wohlerzogene Frau, deren größtes Ziel es war, eine nonnenhafte Lady zu werden?«

»Sie hat einen Mann geheiratet, der sie ermutigt hat, ihrer russischen Natur freien Lauf zu lassen«, sagte Laura gelassen.

»Die Quittung habe ich bekommen«, erwiderte er trocken.

»Mag sein, aber ich finde, ich bin viel besser darin, meine Emotionen herauszulassen, als ich es in der Ausübung stoischer Ruhe war.« Sie stopfte die Kissen in ihren Rücken und lehnte sich dagegen. »Ich frage nicht aus simpler Neugier, *Duschenka.* Stück für Stück habe ich dir meine dunklen Geheimnisse enthüllt, und das Resultat war immer gut. Aber auch wenn ich dich inzwischen viel besser kenne, habe ich immer noch das Gefühl, daß mir ein wichtiger Schlüssel zu dem fehlt, was dich so gemacht hat. Wenn du es ertragen kannst, darüber zu sprechen, wird sich vielleicht die Finsternis ein wenig auflösen.«

Er schob die Kissen ebenfalls hinter seinen Rücken und lehnte sich neben sie an. Dann nahm er die Augenklappe, die er am Abend zuvor auf den Nachttisch hatte fallenlassen. Es war sicher kein Zufall, dachte Laura, daß er sie nun wieder anlegte: Er war wie ein Ritter, der nach seiner Rüstung griff.

»Was geschehen ist, war in gewisser Hinsicht so banal, daß es fast nicht erwähnenswert scheint«, begann er langsam. »Und darüber zu sprechen, wird mir kaum helfen. Manche Dinge, die zerbrochen sind, können nicht mehr geflickt werden, Larischka.«

»Möglich, aber wie kannst du da so sicher sein, daß es sich bei der Sache um so etwas handelt?«

Er verschränkte die Hände hinter seinem Kopf und starrte an die gegenüberliegende Wand. Laura drängte sich der Gedanke auf, daß sie das Thema nicht hätte anschneiden sollen – zumindest nicht jetzt, wo sie gerade eine neue Art des Verständnisses gefunden hatten.

Sie hatte schon die Hoffnung auf eine Antwort aufgegeben, als er sagte: »Buchara wird als heilige Stadt angesehen, und es gibt dort erschreckend viel religiösen Fanatismus. Mehrmals sagte man mir, daß ich freigelassen werden und eine Stellung beim Emir bekommen würde, wenn ich mich nur bekehren ließe.« Sein sardonischer Blick glitt zu Laura hinüber. »Das Angebot schloß gewöhnlich ein oder zwei mollige, rosige Frauen ein. Weiß nicht, wie ich widerstehen konnte. Wahrscheinlich pure, schottische Kaltblütigkeit.

Die ersten Male wurde das Thema schnell fallengelassen, als ich ablehnte. Doch dieses eine besondere Mal wollte man keine ablehnende Antwort hinnehmen. Als ich mich wieder einmal weigerte, zu konvertieren, begannen drei Wachen unter der Anleitung eines kleinen quirligen Typs namens Rahmin auf mich einzuschlagen. Ich blieb bei meinem Nein, und sie schlugen weiter auf mich ein.«

Er nahm seine Hände hinter dem Kopf weg und legte sie auf die Decke. »Ich fühlte mich sehr geschmeichelt, daß sie gleich drei Wachen für mich als erforderlich hielten. Mit auf den Rücken gefesselten Händen war ich wirklich kein ernstzunehmender Gegner. Mein rechtes Auge wurde zerstört, mein linkes derart beschädigt, daß ich kaum noch etwas sehen konnte, ein paar Rippen gingen zu Bruch. Sie hatten besonderen Spaß daran, mir in die Genitalien zu treten. Daher war es nicht schwer, anzunehmen, daß ich auf Dauer impotent sein würde.«

Ians leidenschaftslose Worte waren quälend. Laura spürte die Tränen in ihren Augen brennen, aber als er sie ansah und fragte, ob sie wirklich mehr hören wollte, nickte sie nur.

»Ich wußte, daß ich sterben würde. Ich glaubte es nicht, ich *wußte* es. Meistens waren die Schmerzen so groß, daß ich hoffte, sie würden sich beeilen, damit es vorbei war. Ich wußte, daß das Ende nahe war, als sie mich nach draußen zerrten – gehen konnte ich nicht mehr. Auf einem Platz zwischen dem königlichen Palast und dem Gefängnis gab Rahmin mir eine Schaufel und sagte, ich solle mir mein eigenes Grab schaufeln. Dieser sadistische kleine Bastard amüsierte sich prächtig. Dann mußten die Wachen aber graben, denn zu diesem Zeitpunkt war ich dazu nicht mehr in der Lage. Als ein ausreichend großes Loch entstanden war, fragten sie mich noch einmal, ob ich es mir nicht überlegen und zu den Gläubigen übertreten wollte.«

Ians Stimme war immer noch unnatürlich ruhig, aber seine Fingernägel gruben sich in die Decke. »Wie du dir sicher denken kannst, hatte ich inzwischen meine Begeisterung, ein Bucharer zu werden, gänzlich verloren, und so sagte ich einmal mehr nein und fügte noch ein paar kindische Beleidigungen an, die unter anderem die Wahrscheinlichkeit einschloß, daß ihre Mütter sich mit Wildschweinen gepaart hatten. Rahmin stieß mich ins Grab, und ich dachte: ›Endlich ist es vorbei. Ich habe mir meine Würde nicht nehmen lassen, und bald weiß ich, wessen Ansichten über Himmel und Hölle die richtigen sind.‹ Ich war bereit zu sterben. Verdammt froh sogar.«

Er brach ab, und seine Brust hob und senkte sich

heftig. Laura biß sich so heftig auf die Lippe, daß sie den metallischen Geschmack des Blutes wahrnehmen konnte. Sie legte ihre Hand auf die seine, und er faßte sie und drückte so fest zu, daß es weh tat. »Eine der Wachen hatte ein *Jezzail,* einen von diesen asiatischen Vorderladern mit langem Lauf. Er entsicherte die Waffe und hielt sie ein paar Zentimeter von mir entfernt auf meinen Kopf gerichtet. Ich freute mich – es würde schneller und etwas sauberer gehen, als von einem Schwert zerhackt zu werden, was wahrscheinlich die Alternative gewesen wäre.

Aber Rahmin hatte eine bessere Idee. Er befahl dem Mann, nicht zu schießen. Statt dessen...« Ian hielt wieder inne, und die Ader an seinem Hals pulsierte heftig. »Statt dessen benutzte die Wache den Kolben, um mich niederzuprügeln. Dann fingen sie an... mich lebendig zu begraben. Der Boden war lokker und sandig und ließ sich leicht lösen. In diesem Augenblick bin ich zusammengebrochen.«

Er schluckte ein paarmal. »Ich hatte viele Male zuvor Angst gehabt – aber dieses Geschehen lag jenseits der Angst. Es war eine so tiefe Panik, daß sie alles andere verdrängte. Es gab keinen Platz mehr für Stolz oder Wut, nur pures Entsetzen. Nicht weil ich sterben würde, sondern weil ich wußte, wie es vor sich gehen würde. Der Gedanke daran, lebendig begraben zu sein... unter der Erde zu ersticken... das Gewicht des Sandes, die Finsternis zu spüren, trotzdem noch zu leben...«

Er brach ab und schwieg eine lange Zeit. Als er endlich weiterredete, war seine Stimme erneut ohne Emotion. »Ich war völlig vernichtet, am Ende. Ian Cameron starb in diesem Moment. Schade ist nur, daß sein Körper nicht ebenfalls gestorben ist.«

Seine unmenschliche Reglosigkeit jagte Laura einen Schauder über den Rücken. »Du bist nicht gestorben«, sagte sie weich.

»Nein, bin ich nicht«, stimmte er zu. »Und dadurch habe ich gelernt, daß manche Dinge zu teuer erkauft sind. Ich schrie, ich weinte, ich bettelte, kroch. Ich sagte, ich würde alles tun, was sie wollten. Wenn sie Pjotr herausgebracht und mir befohlen hätten, ihn zu erschießen, hätte ich es getan. Statt dessen sagten sie nur, ich solle konvertieren. Das ist sehr leicht. Man muß nur die *Schahada*, das moslemische Glaubensbekenntnis, aufsagen. ›Ich bezeuge, daß es keinen Gott außer dem einen gibt, ich bezeuge, daß Mohammed der Gesandte Gottes ist.‹ Ich tat es.«

Er drückte ihre Hand so fest, daß ihre Finger taub wurden, doch sie wollte sie nicht wegziehen. »Wenn du doch konvertiert bist, warum haben sie dich dann wieder in den Schwarzen Brunnen gebracht?«

Er zuckte die Schultern. »Ich hatte nicht einmal den Mut, zu meiner Feigheit zu stehen. Sobald ich meinen Spruch aufgesagt hatte, brachten sie mich in den Palast und holten einen Arzt. Ich wurde gewaschen, gefüttert und besser behandelt als in dem ganzen Jahr zuvor, obwohl ich solche Schmerzen hatte, daß ich kaum etwas bemerkte. Ich schwelgte drei ganze Tage lang in Selbsthaß, der genauso schlimm war wie die Aussicht, lebendig begraben zu werden – und ich wußte, nur der Tod konnte meine Schwäche wieder tilgen.

Dann kam Rahmin und sagte, der Emir freue sich darauf, mir seine Artillerie anzuvertrauen. Ich wußte, daß ich das niemals tun konnte, und so sagte ich, eher würde die Hölle kalt werden, als daß ich für den Emir arbeiten würde – daß ich meine Konversion zurücknähme und sie mich nun töten müßten. Rahmin wurde so wütend, daß ich schon glaubte, er würde mich augenblicklich niederstechen, denn Moslems hassen Häretiker oder wankelmütige Konvertierte noch mehr als Ungläubige. Aber er schaffte es, sich zu beherrschen. Ich nahm an, daß er seinen ursprünglichen Plan wieder aufnehmen wollte, da er ja nun gesehen hatte, wie ich im Anblick des offenen Grabes reagiert hatte.

Ich war überrascht, als man mich wieder in den Schwarzen Brunnen warf. Wahrscheinlich brauchte der Emir Zeit, sich eine hübsche Todesart auszudenken. Letztlich entschieden sie sich für eine öffentliche Hinrichtung.« Eine lange Pause entstand, bevor Ian das letzte, bebende Bekenntnis hervorbrachte. »Und so hatte Pjotr Andrejewitsch das Privileg, ein paar Monate später für meine Sünden zu sterben.«

Obwohl sie bezweifelte, daß irgendein Wort von ihr sein Schuldgefühl würde mildern können, sagte Laura: »Pjotr lag bereits im Sterben, und die Möglichkeit, daß du vielleicht entkommen könntest, verlieh seinem Tod einen Sinn.«

»Vielleicht, aber sein Mut vermindert nicht meine Feigheit oder meine Schuld«, sagte Ian mit einer Stimme, die wie tot klang. »Auch wenn ich nie ein großer Denker gewesen bin, war ich sicher, daß ich wie ein Mann sterben würde, wenn meine Zeit käme. Nicht unbedingt ohne Angst, aber doch mit Würde. Aber ich konnte es nicht... das einzige, was ich für nötig hielt, um der Mann zu sein, für den ich mich gehalten hatte – und ich brachte genau das nicht fertig.«

In gewisser Hinsicht konnte ihn Laura verstehen, auf der anderen Seite weckte seine Selbstqual in ihr den Wunsch, ihn heftig zu schütteln. »Und nun kannst du dir nicht verzeihen, daß du dich für einen kurzen Moment von Entsetzen und Panik hast überwältigen lassen, obwohl du ein paar Tage später gewillt warst, demselben Tod ins Auge zu blicken, der dich zuvor so erschreckt hat? Ich kann irgendwie nicht glauben, daß Gott dich dafür verstoßen wird.«

Er ließ ihre Hand los und rollte sich aus dem Bett, dann ging er durch den Raum. Im frühen Morgenlicht wurden die verstreuten Rosenblätter an den Rändern braun.

Er blieb am Fenster stehen, rieb sich die Schläfen und starrte blind hinaus. »Ich habe dir ja gesagt, daß es sich banal anhört. Zugegeben, es ist schwer, sich vorzustellen, daß ein Gott, der ein ganzes Universum geschaffen hat, sich um meine Fehltritte kümmert. Aber auch wenn es Ihn nicht interessiert – mich schon.«

Er trommelte mit den Fingern auf das Fensterbrett. »Ich habe nie großen Wert auf Religion gelegt – sie war einfach da, eine Pflicht, die man erfüllt, wenn nötig, und so oft wie möglich umgeht. Aber ich habe den Glauben meiner Vorfahren verleugnet und mich selbst verraten, und dadurch habe ich einen essentiellen Teil meines Wesens vernichtet. Und nun wollen die zerbrochenen Teile sich nicht wieder zusammenfügen.« Seine Stimme brach, und er holte tief und zittrig Luft. »Pjotr ist an meiner Statt gestorben. Meine Schwester und mein Schwager haben ihr Leben riskiert, um meines zu retten. So viel Mühe für einen Mann, der tot hätte sein sollen. Der gestorben ist, aber die Einzelheiten nicht so richtig hinbekommen hat.«

Was hatte Srinivasa gesagt? *Er quält sich selbst, weil er sein Versagen wahrnimmt und es nicht als not-*

wendigen Schritt auf seinem Weg erkennt. Unfähig, seinen Kummer noch länger zu ertragen, schlüpfte Laura aus dem Bett und ging zu ihm. »Es ist wahr, daß du nach allem, was du durchgemacht hast, nicht mehr der Mann sein kannst, der du einmal warst. Aber du hast die Fähigkeit, besser und stärker zu werden.«

»Hast du jemals einen Krug gesehen, der nach dem Zersplittern besser war?« Er hob eine Handvoll Rosenblätter auf und ließ sie durch seine Finger zu Boden schweben. »Es ist egal, wie gut du ihn kleben kannst, es wird nie wieder dasselbe sein.«

»Ein Mensch ist nicht mit einem Krug vergleichbar«, sagte sie scharf.

»Nein«, stimmte er zu. »Ein zerbrochener Krug hat das Glück, weggeworfen zu werden. Ein zerbrochener Mann muß wohl weiterexistieren.«

Mit plötzlicher Angst fragte Laura: »Und das wirst du, nicht wahr? Weiterleben?«

Er wandte sich ihr mit harter Miene zu. »Keine Sorge, Larischka. Da ich mich bisher nicht selbst ins Jenseits befördert habe, werde ich es auch in Zukunft nicht tun. Ich habe es David versprochen, und ich verspreche es dir auch. Die Pflicht hat mich am Leben gehalten – die Pflicht jenen gegenüber, die ihr Leben für mich riskiert haben, meiner Familie gegenüber, die wegen mir genug zu leiden hatte. Und bitte vergiß nicht: Du hast das hören wollen. Ich will mich nicht beschweren, denn ich kann mich glücklich schätzen. Ich habe viel mehr, als ich zwei Monate zuvor noch für möglich gehalten hätte.«

Er nahm ihre Hand, führte sie an die Lippen und küßte ihre Finger. Dann lächelte er voller Selbstironie. »Seit ich aus Buchara geflohen bin, ist mein Leben durch Obsessionen beherrscht. Zuerst dachte ich nur daran, nach Indien, zu Georgina, zurückzukehren, so daß alles wieder in Ordnung käme. Das klappte nicht, also biß ich mich an den Gedanken an Falkirk fest. Dann traf ich dich.« Er griff fester zu. »Die letzte und beste Obsession. Du bist nicht nur ein Grund, weiterzuleben, Laura. Du hast es möglich gemacht, den Prozeß schöner zu gestalten, als ich mir je erträumt hatte.«

Sie wußte zuerst nicht, was sie sagen sollte, doch dann fiel ihr etwas ein. »Es kümmert mich nicht, ob du glaubst, du seist zerbrochen und schlecht zusammengeflickt. Ich liebe dich so, wie du bist, nicht wie du gewesen sein könntest oder warst.«

Er zog sie in seine Arme und legte seine Wange an ihre Schläfe. »In Cambay habe ich Georgina gesagt, wir paßten nicht mehr zusammen, weil ich in den Abgrund geblickt habe, was mich für immer verändert hat«, sagte er ruhig. »Sie fragte, ob du ebenfalls hineingesehen hast. Ich bejahte das. Es stimmt, nicht wahr?«

Sie nickte und preßte ihr Gesicht an seine Schulter.

Er streichelte ihr zärtlich über das Haar. »Auch ich bin froh, daß unsere Wege sich gekreuzt haben. Bitte verzeih mir, Laura, daß ich dir nicht alles geben kann, was du dir wünschst.«

Nun begannen die Tränen, die schon die ganze Zeit drohten, zu fließen. Inbrünstig wiederholte sie: »Ich liebe dich, wie du bist, Ian.« Dann hob sie ihm das Gesicht entgegen und küßte ihn heftig.

Ihre nackten Körper drückten sich so eng aneinander, daß sie die ersten Regungen spüren konnte. Seine Hände glitten zu ihren Hinterbacken und preßten sie noch fester an sich. Der Funke der Lust wandelte sich in Sekundenschnelle zu einem Feuerwerk.

Die Nacht zuvor hatte Laura alles getan, um eine romantische Stimmung zu erzeugen. Doch nun, im Licht des frühen Morgens, brauchten sie nichts davon. Sie liebten sich in der Helligkeit, nur mit sich und ihrer Lust beschäftigt.

Ian hob sie aufs Bett und zeigte ihr, was er mit Händen, Zunge und Atem tun konnte, um ihr Vergnügen zu bereiten. Als er sie zwischen den Beinen küßte, erstarrte sie zuerst. Das Kamasutra hatte dies in trockenen, gefühllosen Worten beschrieben, die nichts davon verraten hatten, welche Emotionen geweckt wurden. Es war so wunderbar, so erregend, daß er wieder körperlich ein ganzer Mann war und ihr gehörte.

Sie zog seinen feuchten Körper zu sich, und sehr schnell erreichten sie das Stadium, in dem sie sich dem Höhepunkt näherten. Sie spürte, wie sich die Empfindungen wie Flammen durch ihre Adern brannten, und er kam gleichzeitig mit ihrer Erlösung. Es war, als würden die Wellen der Lust zwischen ihnen hin und her schwappen, so daß sie kaum noch ausmachen konnte, was sein und was ihr Körper war, als er sich in sie ergoß.

Dann lagen sie erschöpft und entspannt in den Armen des anderen. Und dieses Mal zog sich Ian nicht zurück, als Laura ihm sagte, wie sehr sie ihn liebte.

Vielleicht würde er niemals seinen Frieden ganz zurückbekommen. Doch nun, da beide alles wußten, was sie über den anderen wissen mußten, hatte die Nähe eine neue Dimension erreicht.

Wenn es nicht Liebe war, dann kam es ihr dennoch sehr nah.

Kapitel 29

Sie frühstückten erst spät am Morgen. Ian genoß es, Laura zu beobachten. Sie trug die zufriedene Miene einer schnurrenden Katze zur Schau. Er beneidete sie um die Fähigkeit, die Vergangenheit hinter sich zu lassen. Sie hatte sich entschieden, körperliche Leidenschaft in ihr Leben aufzunehmen, und nun schien sie völlig im Einklang mit ihrer Entscheidung. Nicht, daß er sich beschweren wollte – schließlich war er ja Hauptnutznießer dieser Gesinnungsänderung. Mit ihrem Haar, das offen über die Schultern fiel, und ihrer natürlichen Sinnlichkeit, die sie nun nicht länger zurückhielt, bot sie einen Anblick, der jedes Männerherz erfreute.

Er war zufrieden, sie einfach nur anzusehen, denn ihre Unterhaltung und das nachfolgende Liebesspiel in der Früh hatten ihn geistig und körperlich erschöpft.

Dennoch empfand er, obwohl sich seine Einstellung zu seinem eigenen Verhalten nicht wundersamerweise verändert hatte, eine unerwartete Erleichterung, daß er es seiner Frau erzählt hatte. Unbewußt hatte er wohl eine stärkere Reaktion ihrerseits erwartet: Abscheu oder Schock, oder vielleicht Wut, daß ihr Onkel wegen seiner Unwürdigkeit hatte sterben müssen. Doch wieder einmal blickte sie nicht zurück. Pjotr war tot und wäre in jedem Fall gestorben, und Laura gehörte deutlich nicht zu den Menschen, die sich in ›Was wäre wenn‹-Überlegungen verstricken ließen.

Ja, er konnte sich glücklich schätzen. Seine bittere Reue über seinen Selbstverrat war nicht verschwunden, aber er hatte bisher damit gelebt, und er würde weiter damit leben können. In der Zwischenzeit wollte er sich gerne der Aufgabe widmen, Laura glücklich zu machen, was für ihn fast eine Belohnung war.

Da keiner von beiden für den Tag besondere Pläne hatte, schlug Ian vor, in die Stadt Manpur zu reiten. Doch dann kam ein Bote, der Falkirk Sahib dringend zum Maharadja rief. Ian runzelte die Stirn. »Ob etwas passiert ist?« Er stand auf. »Nun, es gibt nur eine Möglichkeit, das herauszufinden.«

Er küßte Laura schnell und folgte dann dem Boten hinaus und in einen unbekannten Teil des Gartens. Das Gebell von Hyänen verriet, daß die königliche Menagerie nicht weit entfernt war.

Königlich und selbstbewußt stand Rajiv Singh auf einem niedrigen Felsen, von dem aus man auf ein Schlammloch blickte, das vom Fluß gebildet wurde. Drinnen suhlten sich glücklich zwei indische Nashörner. Als Ian herankam, wandte sich der Maharadja ihm zu und sagte ohne Umschweife: »Ich habe soeben eine Eilbotschaft bekommen, die Sie interessieren wird, auch wenn die Neuigkeiten Ihnen nicht willkommen sein werden. Lesen Sie selbst.«

Die Informationen der langatmigen Botschaft waren niederschmetternd. Ian las sie einmal, noch einmal, und spürte sein Blut in den Adern gefrieren. Ohne echte Hoffnung fragte er: »Ist Eure Quelle zuverlässig? Ich kann mir kaum vorstellen, daß die ganze britische Armee in Afghanistan – fast fünftausend gutausgebildete Männer – bis auf einen Soldaten vernichtet worden ist.«

»Mein Informant ist sehr verläßlich.« Ein Hauch Verachtung lag in Rajiv Singhs Stimme. »Die Fakten sprechen für sich. Euer britischer Befehlshaber, General Elphinstone, hat sich als ausgesprochen inkompetent erwiesen und Fehler begangen, die einem Schuljungen die Schamesröte ins Gesicht treiben würden. Als eure Armee sich aus Kabul in Richtung Jallalabad zurückzog, war ihr Schicksal besiegelt. Sie wissen, wie das Land aussieht.«

Ian starrte blind auf die Nachricht und versuchte, sein Gesicht unter Kontrolle zu halten. Obwohl die Botschaft in flachen, emotionslosen Worten abgefaßt war, konnte sein Geist leicht die Einzelheiten des Gemetzels hinzufügen. Die Soldaten auf dem Rückzug, ein paar Briten, hauptsächlich aber Einheimische, waren von Tausenden von Menschen begleitet worden, die sich gewöhnlich einem Lager anschlossen. Viele würden Frauen und Kinder gewesen sein, und sie hatten sich bestimmt mit entsetzlicher Langsamkeit bewegt. Auf dem Hochplateau Afghanistans herrschte tiefster Winter, und heftige Winde und Schnee hatten die kämpfenden Mengen zusätzlich geschwächt.

Die Afghanen gehörten zu den besten Reitern und Schützen der Welt. Wahrscheinlich hatten sie den Zug permanent und immer wieder angegriffen, Soldaten, die durch die Reihen stoben, mordeten und wieder fortgaloppierten, bevor die Briten etwas unternehmen konnten. Ian war durch solche Berge geritten und wußte, wie tückisch sie waren. Als die demoralisierte Truppe die Bergpässe erreicht hatte, war sie so gut wie verloren. Die Afghanen hatten nur zu warten brauchen.

Laut Nachricht war ein einziger Offizier, ein Sanitäter namens Brydon, bis zum britischen Fort in Jallalabad durchgekommen, um von dem Massaker zu berichten. Ian blickte auf das Datum und stellte fest, daß der einzige Überlebende erst vor zwei Tagen in seine Rettung getaumelt war. Die Quelle des Maharadjas war in der Tat exzellent – wahrscheinlich war Ian der erste Brite in Indien, der das Privileg hatte, die Hiobsbotschaft zu vernehmen.

»Tut mir leid, Falkirk«, sagte Rajiv Singh. »Hatten Sie Freunde in der Garnison von Kabul?« Auch wenn das Mitgefühl echt war, spürte Ian seine unterdrückte Erregung.

Bemüht, den Schmerz aus seiner Stimme zu halten, sagte Ian gepreßt: »Ja, ich hatte Freunde dort. Ich wünsche zu Gott, daß einer von ihnen genug Menschenverstand gehabt hätte, Elphinstone zu erschießen. Das hätte niemals geschehen dürfen! Niemals!«

»Obwohl nur ein Mann Jallalabad erreicht hat, werden wahrscheinlich noch mehr Überlebende auftauchen«, gab der Rajpute zurück. »Einige der Inder sind bestimmt zu den Bergbewohnern geflüchtet, um sich dort zu verstecken, und die Afghanen werden Gefangene gemacht haben.«

»Ich hoffe es. Aber ein paar weitere Überlebende ändern nichts an der Tatsache, daß dies die größte Katastrophe ist, die je eine britische Armee heimgesucht hat. Es hätte nicht geschehen müssen!« Ians Lippen verzogen sich bitter. »Vielleicht ist das meinen Landsleuten eine Lehre, was ihre Arroganz angeht. Es war eine unglaubliche Dummheit, einen fähigen Führer wie Dost Mohammad vom Thron zu stürzen, nur weil er Russen an seinem Hof empfangen hat. Wie ich lese, war es sein Sohn Akbar, der die Männer angeführt hat, die die Briten vertrieben. Darin liegt eine Art Gerechtigkeit.«

»Sie sind bewundernswert objektiv, was die Fehler Ihrer Nation angeht.« Der Rajpute blickte auf die Nashörner hinab. Eines hievte sich aus dem Schlammloch und begann sich so heftig an einem Baum zu reiben, daß die dicken Äste zitterten. »Die Briten sind wie dieses Nashorn nach Afghanistan einmarschiert: schwerfällig und dumm. Sie waren in der Lage, das Land kurzfristig zu erschüttern, aber sie haben vergessen, daß jeder zornige Tiger sogar ein Rhinozeros reißen kann.«

Ian gab dem Maharadja die Botschaft zurück. »Ihr bereut dies nicht, richtig?«

»Es ist eine Schande, wenn tapfere Männer wegen eines unfähigen Anführers sterben müssen, aber abgesehen davon tut es mir nicht leid.« Der Rajpute setzte sich in Bewegung und bedeutete Ian, ihm den Pfad entlang zu folgen. »Ich war Verbündeter der Briten, weil es günstiger ist und weil es Einzelpersonen wie Sie und Ihre reizende Frau gibt, die ich mag und respektiere. Aber ich liebe die Eroberer meines Landes nicht, und ich werde nicht weinen, wenn sie die Früchte ihrer Arroganz ernten.«

Offenbar war die Zeit der Aufrichtigkeit gekommen. Einige Minuten gingen sie schweigend nebeneinander her. Dann unterbrach der Maharadja abrupt die Stille. »Man munkelt, daß der Sirkar in Zukunft alle unabhängigen Staaten annektieren wird, deren Herrscher stirbt, ohne einen Erben seines Blutes hinterlassen zu haben.« Rajiv Singh warf seinem Begleiter einen harten Blick zu. »Ich habe keinen solchen Erben. Und wenn ich nach dem Brauch meines Volkes einen adoptiere, wird mir der Sirkar dann Dharjistan abnehmen, wenn ich sterbe? Und wenn dies geschieht, ist das eure britische Gerechtigkeit?«

Die Intensität von Rajiv Singhs Worten traf Ian. »Ich wußte nicht, daß so ein Verfahren in Erwägung gezogen wird.« Er verzog sein Gesicht. »Wenn es aber in Kraft tritt, dann würde ich das nicht mehr Gerechtigkeit nennen.«

»Ich auch nicht.«

Der Pfad machte eine Biegung und führte auf ein gewaltiges Gehege zu, in dem sich einige weiße Tiger befanden. Das Gebiet schloß Bäume, Gras und ein Wasserloch ein. Ein Graben umgab das Gehege, und ein hoher Zaun am Außenrand verhinderte, daß die Tiere entkommen konnten. Ian hatte schon von weißen Tigern gehört, aber noch nie einen gesehen. Sie sahen wunderschön aus, aber ein wenig irreal, als wären sie fleischgewordene Geister ihrer goldenen Vettern. Im Versuch, die Spannung zu mildern, bemerkte Ian: »Herrliche Kreaturen. Sie scheinen sich gut in ihr Los zu finden.«

»Sie würden lieber frei sein«, erwiderte Rajiv Singh. »So wie Indien. Und eines Tages *wird* Indien frei sein und nicht mehr unter dem Joch europäischer Eroberer mit besseren Waffen leiden.«

»Das wird zweifellos geschehen, aber nicht mehr in Eurer Lebensspanne.«

»Seien Sie nicht so sicher, Falkirk. Wer hätte geglaubt, daß die Briten aus Afghanistan vertrieben werden würden, wie es jetzt geschehen ist?«

In Ians Kopf schrillten Warnsignale. Der Maharadja sprach nicht theoretisch, sondern wie jemand, der bereits etwas im Hinterkopf hatte. »Die Situation war eine andere«, sagte Ian in absichtlich neutralem Tonfall. »Für die meisten Inder ist ein ausländischer Herrscher so gut wie der andere. Die Briten sind nicht fremder als die Mogule, als sie damals kamen. Die Männer dienen dem Sirkar mit Stolz. Zur Armee der Company melden sich mehr Freiwillige, als sie aufnehmen kann. Doch die Afghanen haben die britische Präsenz von Anfang an gehaßt. Es ist nicht erstaunlich, daß sie rebelliert haben.«

Rajiv Singh wirbelte herum und antwortete mit einer langsamen, gefährlichen Stimme. »Wenn der Sirkar nicht mehr in meiner Lebensspanne verschwindet, dann kehre ich wieder und wieder, bis es soweit ist, Falkirk. Ich schwöre, daß ich einer der Männer sein werde, die unserem Land zur Freiheit verhelfen.« Dann wurde sein Tonfall wieder leichter. »So funktioniert die Wiedergeburt: Wir müssen uns immer wieder bemühen, bis wir es richtig machen.«

»Ich hoffe, daß die Hindus recht haben«, sagte Ian mit trockenem Humor. »Es gibt eine ganze Reihe von Dingen, die ich in diesem Leben wohl nicht schaffe.«

Die Atmosphäre zwischen ihnen entspannte sich, und als einer der Tiger aufstand, blickten beide zu dem Raubtier hinüber. Es streckte sich genüßlich und gähnte, wobei es seinen enormen Rachen und die erstaunlich langen Zähne enthüllte. Dann trollte es sich träge durch das Gras zum Wasserloch und ließ sich so harmlos wie eine Hauskatze hineingleiten.

»Dieser Tiger hat mindestens dreizehn Dorfbewohner getötet, bevor er gefangen und hierher gebracht wurde«, sagte der Rajpute nachdenklich. »So, wie sich die Situation entwickelt hat, ist es ohne Zweifel ein Glück, daß Sie mein Angebot abgelehnt haben und Indien verlassen werden. Wie der Tiger könnten Sie sich als gefährlicher erweisen, als Sie aussehen.«

Die Andeutung war leicht beunruhigend, und Ian wünschte, er wüßte, was im Kopf des Maharadjas vorging. Gewiß war es nichts, was das Wohl des Sirkars förderte. Um die Unterhaltung auf dem entspannten Niveau zu halten, sagte Ian nur: »Wie der

Tiger möchte ich auch lieber mit meiner Gefährtin in der Sonne dösen als zu kämpfen.«

Rajiv Singh schien zu finden, daß sie genug von Politik gesprochen hatten, und setzte den Spaziergang fort. »Im nächsten Gehege sind sehr seltene chinesische Bären, die Pandas heißen. Sie fressen nichts außer Bambussprossen. Ich hatte gehofft, daß sie sich vermehren würden, aber sie scheinen nicht zu wollen.«

Ian machte eine witzige Bemerkung, und sie gingen weiter. Doch seine Gedanken kehrten immer wieder zu der Frage zurück, was der kluge Maharadja wohl planen mochte.

Nachdem Ian fortgegangen war, schrieb Laura eine Nachricht an Kamala, in der sie ihr mitteilte, daß die Bemühungen, mit ihrem Mann eine intimere Beziehung aufzubauen, ein voller Erfolg geworden waren. Dann warf sie noch einen sehnsuchtsvollen Blick auf die Ausgabe des Kamasutra, die ihr die Maharani überlassen hatte, und wandte sich wieder Pjotrs Tagebüchern zu. Die Papiere durchzugehen, hatte sich als spannend und faszinierend erwiesen, und sie freute sich darauf, sie richtig übersetzen zu können. Dennoch hatte sie nichts gefunden, was sich auf seine Arbeit in Indien bezog. Aber Laura wollte nicht einfach aufgeben und suchte weiter.

Es war praktisch Zufall, daß Laura das Papier überhaupt entdeckte. Pjotrs indisches Tagebuch war das erste gewesen, das sie durchgesehen hatte, aber es enthielt nur unschuldige Reiseberichte, keine Informationen über geheime Missionen. In der Hoffnung, vielleicht doch mehr zu finden, entschied sie, es noch einmal, und diesmal sorgfältiger, durchzugehen.

Nachdem sie etwa ein Viertel bewältigt hatte, fand sie ein Stück Papier, das zusammengefaltet als Lesezeichen benutzt worden war. Mehr aus dem Bedürfnis nach Gründlichkeit als in der Hoffnung, etwas zu finden, strich sie die Seite glatt.

Eureka. Wenn sie nicht schon daran gewöhnt gewesen wäre, Pjotrs krakelige Gefängnishandschrift mit all den Abkürzungen zu lesen, dann hätte sie das Notierte vermutlich gar nicht entziffern können. Offenbar hatte er diese Zeilen einfach für sich hingekritzelt, als er seinen Plan ausarbeitete. Vielleicht hatte er vorgehabt, den Zettel zu vernichten, ihn dann aber gedankenverloren zwischen die anderen Papiere gestopft. Wie auch immer... Während sie las, wurden ihre Lippen zu einem farblosen Strich: Sie hielt in ihren Händen den Plan ihres Onkels, um die Briten aus Indien zu vertreiben.

Nachdem sie die königliche Menagerie besichtigt hatten, sagte Rajiv Singh: »Möglicherweise werde ich keine Zeit mehr haben, Sie zu sehen, bevor Sie uns verlassen, Falkirk, also will ich Ihnen jetzt Lebewohl sagen. Ich wünsche Ihnen und Ihrer Frau eine sichere Heimfahrt.« Und als besondere Höflichkeit bot er ihm die Hand, wie es sonst nur Europäer taten.

Ian schüttelte sie fest und erbot ihm dann das ›Namaste‹, das sowohl Gruß als auch Lebewohl war. »Die werden wir sicher haben. Ich danke Euch sehr für Eure Gastfreundschaft.«

Dann trennten sie sich. Der Maharadja kehrte in seinen Audienzsaal zurück, Ian in ihre Räume. Immer wieder wanderten seine Gedanken zu dem Massaker in Afghanistan. Er konnte nicht anders, als an seine Bekannten und Freunde zu denken, die sehr wahrscheinlich tot waren. An einem Punkt auf der Strecke von Kabul nach Jallalabad führte der Pfad durch eine Schlucht, die weniger als zwanzig Fuß breit war. Wenn Schützen auf den Bergkämmen gelauert hatten, war sie ein Schlachthaus geworden. Wie viele waren gestorben? Wie viele Frauen und Kinder als Sklaven genommen worden? Sein Inneres zog sich vor Trauer und dem Empfinden einer irrationalen Schuld zusammen, weil er in gemütlicher Sicherheit gesessen war, während Freunde von ihm nur ein paar hundert Meilen entfernt umgekommen waren.

Ian wollte nichts weiter, als zu Laura und ihrem warmen Trost zurückkehren. Doch sobald er ihr Wohnzimmer betrat und sie ansah, wußte er, daß etwas geschehen war.

»Ich hab es gefunden, Ian«, sagte sie leise, fast flüsternd auf englisch. »Und es ist schlimmer – viel schlimmer, als wir befürchtet haben.«

Er hielt den Atem an. »Hast du eine Übersetzung gemacht?«

Sie schüttelte den Kopf. »Ich hielt es für besser, nicht in einer Sprache zu schreiben, die hier jemand vielleicht verstehen könnte.«

»Vernünftig.« Er hob die Stimme und sagte: »Sollen wir wieder ins Bett gehen? In den zwei Stunden, in denen ich nicht bei dir war, hast du mir furchtbar gefehlt!«

Sie lächelte, aber ihre Augen blieben ernst. Sie gingen zusammen in ihr Schlafzimmer, das bereits in Ordnung gebracht worden war. Kein einziges Rosenblatt lag mehr herum, doch der Duft hing noch in der Luft.

Ian setzte sich auf das Sofa und zog seine Frau neben sich. »Zufällig hast du mir wirklich gefehlt.« Er küßte sie, und fast war alles andere vergessen. Doch dann machte er sich höchst widerwillig von ihr los und legte ihr einen Arm um die Schultern. »Was hast du gefunden?«

Sie faltete ein Blatt auf, das mit chaotischen kyrillischen Buchstaben übersät war. »Die Essenz ist, daß Pjotr eine Koalition von Armeen organisiert hat, die den Sirkar angreifen, wenn die Zeit reif ist, was er als Verbindung zweier Dinge definiert. Erstens muß es stattfinden, wenn Ranjit Singh gestorben ist, denn er hat den Punjab zusammengehalten und war unser bester Verbündeter im Norden. Zweitens müßte der Sirkar durch etwas geschwächt werden, wie Kämpfe im Osten oder Süden Indiens oder einen europäischen Krieg, wodurch Truppen von hier abgezogen werden müßten.«

Ian sog scharf die Luft ein. »Die erste Voraussetzung trat ein, als Ranjit Singh vor zwei Jahren starb, die zweite ist vor zwei Tagen erfüllt worden.« Als Laura ihn fragend anblickte, sagte er: »Ich erklär's dir, wenn du fertig bist. Fahr fort.«

»Pjotr hat Monate damit verbracht, mit den Anführern im Punjab und Afghanistan zu reden«, sagte sie. »Er fand eine Menge von ihnen, die erfreut schienen, an einem heiligen Krieg, einem *Jihad,* teilnehmen zu können, um die Briten zu vertreiben. Er hat auch mit einigen Fürsten in Zentralindien gesprochen, die sich ebenfalls erheben würden, wenn sie eine Chance sähen, daß der Sirkar überwältigt werden könnte.«

Ian runzelte die Stirn. »Wenn all diese Gruppen zusammen kämpfen, würden sie eine ernsthafte Gefahr darstellen.«

»Genau, wie Pjotr es sich vorgestellt hatte«, stimmte sie zu. »Und der Schlüssel zu diesem Plan ist Rajiv Singh – eine natürliche Führungspersönlichkeit, ein erfahrener General, der sein eigenes Gebiet beträchtlich vergrößert hat, und ein Fürst, der die britischen Herrscher haßt. Er ist der Mann, der die rebellischen Truppen zusammenschweißen kann.«

»Und indem er das täte, würde er ein Feuer entzünden, das sich über ganz Indien ausbreiten würde.« Ian starrte blicklos an die Wand, als die Teile sich zu einem Ganzen zusammenfügten. »Das war es, was Pjotr mir vor seiner Hinrichtung sagen wollte. Im richtigen Augenblick kann ein Funke eine ganze Serie von Bränden auslösen. Der Sirkar kann ein oder zwei Aufstände niederschlagen, aber keine Aufstände auf allen Seiten.«

»Es wird noch schlimmer«, sagte Laura gepreßt. »Er hatte ein paar teuflische Ideen, die Leute gegen die Briten aufzuhetzen, einschließlich Mittel, die eingeborenen Soldaten zur Meuterei zu bewegen.«

Ian war schockiert. »Wie zum Teufel wollte er das denn machen?«

»Kriegführung durch Gerüchte würdest du es vielleicht nennen.« Laura konsultierte den Zettel. »Ich verstehe das nicht ganz, aber er schreibt, die Armee würde angeblich bald eine neue Waffe geliefert bekommen. Eine, die eine Papierpatrone braucht, in der sich sowohl Pulver als auch Kugeln befinden?«

»Ja. Die Patrone wird aufgebissen, um an das Pulver zu kommen«, erklärte Ian. »Das kippt man dann in den Lauf, und die Kugel wird oben draufgerammt.«

Ihre Augen weiteten sich. »Jetzt verstehe ich! Pjotr meint, die Hülse sei mit Fett eingeschmiert, und er verbreite das Gerücht, daß es sowohl Rinder- als auch Schweinefett enthielt.«

»Verflucht!« Etwas ruhiger setzte Ian hinzu: »Wenn ein Soldat also auf eine Hülse beißt, wäre er befleckt – durch Rinderfett, wenn er Hindu ist, als Moslem durch Schweinefett.«

»Richtig.« Sie zog die Brauen zusammen. »Und er hat sowohl den Hindu- als auch den moslemischen Geistlichen den Gedanken eingepflanzt, daß die Briten damit versuchen wollten, das Kastensystem absichtlich zu durchbrechen, damit die Soldaten leichter zum Christentum bekehrt werden könnten.«

Ian konnte es kaum glauben. »Vor etwa zwanzig Jahren hätte ein solches Gerücht nicht viel ausgemacht, doch inzwischen ist die Anzahl der Missionare und eifernden christlichen Verwalter gewaltig gestiegen. Viele würden nur allzu gerne die Anweisung religiöser Toleranz mißachten und dieses Land in eine christliche Nation verwandeln.«

»Was nie geschehen kann«, setzte Laura schlicht hinzu. »Hinduismus ist zu sehr mit Indien und seiner Kultur verwoben.«

»Du und ich wissen das, aber es gibt genug Fanatiker, die Pjotrs Gerüchte rebellisch machen könnten. Kommt noch etwas?«

Sie blickte wieder auf die Notizen. »Anscheinend hat Pjotr gehört, daß die britische Regierung ein Gesetz erwägt, daß ein Fürstenstaat nicht an einen adoptierten Sohn, sondern ausschließlich an einen leiblichen Erben übergehen kann. Wenn keiner da ist, will der Sirkar den Staat annektieren. Pjotr hat diese Möglichkeit jedem einheimischen Fürsten gegenüber erwähnt, den er getroffen hat.«

»Daher hatte Rajiv Sing also die Information. Gerade heute hat er mir davon erzählt. Natürlich schürt die Furcht, daß Dharjistan annektiert werden könnte, seinen Haß auf die Briten. Pjotr hat ganze Arbeit geleistet.« Ian schüttelte den Kopf. »Ich wünschte, dein Onkel wäre nicht so verdammt schlau gewesen. Steht noch etwas drin?«

»Ich fürchte, ja«, antwortete Laura. »In Afghanistan erfuhr er von einem schmalen Pfad durch die Berge in der Nähe des Khyber-Passes. Mehr ein Ziegensteig eigentlich, so daß er hauptsächlich von Pathanen benutzt wird. Weil er jedoch nicht oft begangen wird, ist der Übergang nicht so bewacht. Pjotr spekulierte, daß die Afghanen zur richtigen Zeit durch diesen Paß strömen und in Indien sein könnten, bevor jemand weiß, daß sie kommen.«

»So eine verdammte Sauerei!« fluchte Ian. »Die neuen Waffen sind zwar noch nicht da, aber alle anderen Bedingungen sind erfüllt. Wenn Rajiv Singh sich gegen den Sirkar erheben will, dann ist jetzt der richtige Moment.« Kurz berichtete er ihr die Neuigkeiten, die er erfahren hatte. »Und irgend etwas in seiner Laune heute morgen erweckte in mir den Eindruck, daß er losziehen will.«

Laura wurde bleich, als sie das hörte. »Du glaubst, die Afghanen könnten im Zuge des Sieges nach Indien strömen und Pjotrs Jihad beginnen?«

»Ja, ich glaube, das ist wahrscheinlich – eine bessere Chance bekommen sie nie!« Ian grübelte über dem Plan und suchte nach einem schwachen Glied, wo man den Verlauf der Dinge unterbrechen konnte, bevor die Katastrophe eintrat. »Gibt es einen Hinweis, wo dieser mysteriöse Paß sein soll?«

»Es gibt eine grobe Richtungsangabe, der vielleicht jemand folgen kann, der sich in den Bergen auskennt. Und es gibt einen Namen – Shpola. Sagt dir das irgend etwas?«

»Ich kenne ein Dorf mit diesem Namen zwischen dem Khyber-Paß und Jallalabad, vermutlich befindet sich dort also eines der Enden des Pfades«, sagte er nachdenklich. »Ich frage Zafir mal danach.«

Sie erschauderte. »Und die Zeit ist reif. Die Afghanen siegreich und wütend. Ärger und Aufstand im Punjab, so daß die Herrscher froh sein könnten, die Aufmerksamkeit der Armee nach außen zu lenken.«

»Und Rajiv Singh ist bereit, willig und fähig, als Anführer zu dienen«, beendete Ian die Prognose. »Das Niedermetzeln der britischen Armee hat bewiesen, daß der Sirkar nicht unbesiegbar ist. Das ist ein weiterer wichtiger Faktor. Hier glaubt man an *Iqbal.* Wenn es scheitert, kommen die Schakale herbei.«

»Was meinst du damit? Was ist Iqbal?«

»Vorbestimmtes Geschick. Schicksal, Glück«, erklärte er. »Wenn es so aussieht, als würde der britische Stern untergehen, wird jeder, der einen Groll gegen die Briten hegt – jeder Landbesitzer, der keine mörderischen Steuern mehr verlangen durfte, jeder, der einmal unter der Gier des Sirkar gelitten oder geglaubt hat, seine Religion würde unterdrückt –, sich mit anderen zu einem Rudel zusammentun, das jeden Europäer in ganz Indien niedermetzeln könnte.«

Lauras Gesicht war inzwischen weiß. »Glaubst du, daß es dazu kommt?«

»Leider ja. Es gibt hier nur ein paar tausend Europäer, verglichen mit Millionen von Indern. Wir können nur überleben, weil unsere Regeln von den meisten Leuten akzeptiert werden. Aber das kann sich ändern, besonders, wenn ein so kluger Mann wie Rajiv Sing den Plan ausführt, den Pjotr erdacht hat.« Ian fuhr sich mit der Hand durchs Haar. »War dein Onkel nur daran interessiert, die Briten loszuwerden? Ich dachte, sein höchstes Ziel sei die russische Herrschaft gewesen.«

»Das denke ich auch«, antwortete sie. »Er deutet irgendein Doppelspiel an: Rajiv Singh zu einer Rebellion zu überreden und darauf hoffen, daß die vorübergehende Koalition nach dem Sieg wieder auseinanderfällt. Dann könnten die Russen einmarschieren.«

»Was bei der gespannten Atmosphäre zwischen Hindus, Moslems und Sikhs nicht unwahrscheinlich wäre«, setzte Ian hinzu. »Wenn sie keinen Feind mehr haben, könnten die Führer sich durchaus gegenseitig an die Kehle gehen, wenn die Briten erst einmal fort sind. Ich glaube zwar, dein Onkel hat Rajiv Singhs Talent, die Gruppen zusammenzuhalten, unterschätzt, aber ich möchte es lieber nicht auf die Probe stellen.«

Laura faltete die Notizen ihres Onkels wieder zusammen und glättete die Knicke mit ihrem Daumennagel. »Jetzt verstehe ich, warum Pjotr im Gefängnis schließlich bereute, sich für so schlau gehalten zu haben. Zehntausende von Menschen werden sterben, wenn die Afghanen einfallen, und die anderen Fürstentümer mitkämpfen. Wie konnte ein so freundlicher Mensch wie Onkel Pjotr sich so etwas überhaupt ausdenken?«

»Die simple Antwort ist, daß es seine Aufgabe war, den russischen Einflußbereich zu schützen und zu erweitern.« Ian seufzte. »Aber noch zutreffender ist es, daß es gefährlich leicht für jemanden ist, sich in der Erregung des Pläneschmiedens zu verlieren. Du weißt ja, daß die Engländer diese heimliche Kriegführung das ›Große Spiel‹ nennen. Pjotr sagte mir, die Russen nennen es ›Turnier der Schatten‹. In beiden Fällen bedeutet die Metapher eine sportliche Herausforderung. Sei der Schnellste, Schlaueste, Gefährlichste, und du siegst!«

»Und nur Gott weiß, wie viele unschuldige Menschen deswegen sterben müssen«, sagte sie bitter und dachte an die indischen Dorfbewohner, die sie kennengelernt hatte, und die nichts wollten, als in Frieden zu leben. »Was tun wir jetzt, Ian?«

»Das ist einfach«, gab er zurück. »Wir gehorchen Pjotrs Letztem Willen und stellen sicher, daß dieses Feuer niemals entfacht wird.«

Kapitel 30

Als Meera am Morgen zu ihrer Herrin kam, brauchte sie nicht erst zu fragen, ob sie mit ihrem Bestreben, ihren Mann zu verführen, Erfolg gehabt hatte. Ein Blick in das leuchtende Gesicht der Memsahib war Antwort genug. Sie sorgte dafür, daß die Rosenblätter entfernt werden würden, brachte der Maharani eine Nachricht der Memsahib und hatte danach frei. Also beschloß sie, ein wenig spazierenzugehen, und es war reiner Zufall, daß sie es in der Nähe der Unterkünfte für männliche Diener tat.

Sie war ein wenig verärgert, daß Zafir, der Schuft, sie nach seiner Rückkehr nach Manpur nicht sofort aufgesucht hatte. Wenn man bedachte, wie viele Gedanken sie sich darüber gemacht hatte, ob sie ihn heiraten sollte oder nicht, war es alles andere als angenehm, daran zu denken, daß der Pathane gar nicht so schrecklich daran interessiert zu sein schien.

Sie hatte sich eine Reihe scharfer Bemerkungen zurechtgelegt, falls sie ihn zufällig treffen sollte. Doch als das dann tatsächlich geschah, ließ sein wunderbares Lächeln alles andere vergessen. »Kleine Taube, was für ein Anblick für müde Augen.«

Sich langsam wieder erholend, erwiderte sie: »Deine Augen sehen überhaupt nicht müde aus. Du wirkst wie ein Fuchs, der sich einen Fasan zum Essen ausgesucht hat.«

»Genau! Nur ist der Fasan in diesem Fall eine Taube!« Er sah sie hoffnungsvoll an. »Darf ich dich zum Dinner vernaschen?«

Die Röte stieg in Meeras Gesicht. Himmel, das kam langsam ein wenig zu oft vor. »Nichts dergleichen. Ich will ein bißchen spazierengehen, da die Memsahib mich in den nächsten Stunden nicht braucht.«

»Dann komme ich mit und beschütze dich vor Füchsen.«

Worauf Meera natürlich gehofft hatte. Erst als sie ein gutes Stück vom Palast entfernt waren, sagte Zafir: »Hast du darüber nachgedacht, was ich dir vorgeschlagen habe, Meera?«

Sie blickte überrascht auf. »Ich glaube, das war das

erste Mal, daß du mich bei meinem Namen genannt hast.«

»Lieber als Meera oder kleine Taube«, antwortete er ernsthaft, »würde ich dich meine Frau nennen.«

Verzaubert durch die Intensität des Gefühls, das sie in seinen klaren, grauen Augen entdeckte, sagte sie: »Dann werde ich dich Gemahl nennen.«

Zafir stieß einen Freudenschrei aus. Er packte sie um die Taille, riß sie von den Füßen und wirbelte sie ein paarmal herum. Als eine lachende Meera wieder zu Boden gelassen wurde, war sie überzeugt, daß ihre Antwort ihm doch etwas bedeutete.

»Schade, daß ich meine Flinte nicht hier habe. Ein echter Pathane feiert mit Schüssen in die Luft, aber das kann ich nachholen. Vielleicht wenn wir heiraten.«

Meera, die ohne großen Erfolg versuchte, ernst zu blicken, ordnete ihren Schal. »Ich finde, wir sollten warten, bis Falkirk Sahib und meine Herrin Bombay erreicht haben.«

Er zog sie an sich und küßte sie. »So lange? Muß das sein?«

»Ja«, sagte sie ziemlich atemlos, als sie sich von seinem Kuß erholt hatte. »Der Sahib und die Memsahib haben soviel für mich getan. Sie jetzt zu verlassen, wäre sehr undankbar.«

Er küßte sie wieder, und diesmal legte sich dabei eine Hand auf ihre Brust. »Mit der Hochzeit können wir ja warten, aber müssen wir denn *warten*?«

Sie begriff und boxte seine Hand sanft weg. »O ja, du schlechte Kreatur. Erst wenn wir verheiratet sind.«

Ohne sich über ihre Ablehnung zu ärgern, lachte er und pflückte eine rote Blume von einer Rabatte am

Pfad. »Eine weise Frau – genau das, was sich ein Mann wünscht!« Dann steckte er ihr die Blume ins Haar.

»Du bist immer so fröhlich«, sagte sie neugierig. »Gibt es eigentlich etwas, was ich sagen oder tun könnte, das dich beleidigt?«

Er grinste. »Ich wäre beleidigt gewesen, wenn du meinen Antrag abgelehnt hättest. Komm, laß uns in den königlichen Bereich des Gartens gehen.«

Meera hatte nicht darauf geachtet, wo sie waren, aber nun entdeckte sie, wie nah sie dem verbotenen Gebiet waren. »Das ist doch nur für die königliche Familie und die höchsten Höflinge. Bekommen wir keinen Ärger, wenn man uns findet?«

»Wir sind Gäste in Dharjistan – wir können so tun, als hätten wir keine Ahnung. Schlimmstenfalls schimpft man mit uns und schickt uns weg«, sagte Zafir unbekümmert. »Der Maharadja würde die Diener seiner Gäste nicht wegen solch eines Unsinns hinrichten lassen.«

Obwohl Meera nicht ganz überzeugt war, konnte sie der Aussicht nicht widerstehen, den privaten Teil des Gartens zu sehen. Sie blickte sich mit Unbehagen um, sah aber niemand anderen. Bald waren sie tief in königlichen Gefilden.

»Ah, das muß der berühmte Banyan-Baum sein«, sagte Zafir und deutete nach vorn.

Banyans waren die faszinierendsten Bäume Indiens, denn die Luftwurzeln, die von den Ästen herunterhingen, bildeten neue Stämme, wenn sie den Boden berührten. Aus diesen sprossen dann wieder neue Äste und neue Luftwurzeln. Das Ergebnis sah aus wie ein kompliziertes hölzernes Spinnennetz. Der Bereich unter einem Banyan wurde oft als Basar genutzt, und ein großer konnte gut hundert Leuten Schutz bieten.

»Was ist an diesem denn berühmt?« fragte Meera, nachdem sie ihn eine Weile betrachtet hatte. »Für mich sieht er aus wie jeder andere.«

»Es heißt, der Maharadja habe einen Thron in den Baum gebaut und empfängt manchmal Besucher hier«, erklärte der Pathane. Er ging langsam um den gewaltigen Baum herum, und Meera folgte ihm nervös.

Auf der anderen Seite fanden sie tatsächlich einen Thron, der aus einer Wurzel geschnitten und wie ein Königsstuhl geschmückt war. Zafir setzte sich prompt hinein. »Nicht schlecht«, sagte er. »Komm, gib mir einen Kuß, dann können wir unseren Enkeln sagen, daß du in einen Mann verliebt warst, der auf dem Thron von Dharjistan saß.«

Teils belustigt, teils entsetzt zischte Meera: »Idiot! Wenn uns jemand hier sieht, entscheidet der Maharadja sich vielleicht dafür, dir die Nase oder ein Ohr abzuschneiden.«

Grinsend zog der Pathane sie auf seinen Schoß. Trotz des angenehmen Gefühls, das sein Körper bei ihr auslöste, dachte Meera nur verzweifelt, daß Männer wirklich in den unmöglichsten Dingen ihren Kitzel suchten.

Er flüsterte in ihr Ohr: »Noch besser: Sollen wir sehen, ob wir unser erstes Kind auf einem Thron machen können?«

»Nein, du Barbar«, rief sie aus und rutschte hastig von seinem Schoß. »Ich will jetzt sofort zurück.«

Mit einem Kichern stand er auf. Dann verflog seine fröhliche Laune in einem Sekundenbruchteil. Er legte lauschend den Kopf schief. »Zu spät«, sagte er leise. »Da kommt jemand.«

Dann hörte auch Meera die Stimmen sich nähernder Männer. Zafir packte sie um ihre Taille und hob sie schwungvoll in die Äste über ihren Köpfen. Einen Augenblick später schwang er sich neben sie hinauf, dann schob er sie weiter aufwärts, bis zu einer Stelle, wo die Äste eine Art Podest bildeten. Vögel flogen ärgerlich kreischend auf, als die beiden Menschen sich niederließen und Zafir sie in seine Arme nahm.

Die Äste und die dichten grünen Blätter verbargen die beiden vollkommen, aber während Meera sich still wie ein Mäuschen in die Arme ihres Geliebten schmiegte, erdachte sie finstere, häßliche Strafen dafür, daß er sie in diese Lage gebracht hatte. Denn der Mann unter ihnen war der Maharadja selbst. Sie erkannte Rajiv Singhs Stimme, die in dem formellen Persisch des Hofes sprach. Die Sprache hatte Mohan ihr beigebracht, damit sie ihm vorlesen konnte.

Unbekümmert zog Zafir Meera den Schal vom Kopf und begann, an ihrem Ohr zu knabbern. Sie hielt den Atem an, um nicht aufzukeuchen. Als sich das Verlangen in ihren Adern ausbreitete, wußte sie, daß sie ihn eines Tages erwürgen würde. Aber nicht sofort.

Höchst keß schob sie eine Hand durch die lockeren Falten seines Gewandes und streichelte seine nackte Brust, wonach sie sich schon lange sehnte. Die festen Muskeln zuckten unter ihren Fingern. Sie wollte nun einfach wissen, wie er reagieren würde, wenn sie ihn unter solchen Bedingungen quälte, und ließ die Hand tiefer gleiten.

Plötzlich hielt sie inne, als sie bewußt hörte, was die beiden Männer unten sprachen. Zafir verstand das Persisch nicht und wollte das Spiel weitertreiben. Doch als seine Hand sich zu ihrem Busen bewegte, hielt sie fest und schüttelte den Kopf. Mit todernsten Augen sah sie ihn an.

Durch die heftige Kopfbewegung löste sich die Blume aus ihrem Haar. Zafir griff blitzschnell danach, konnte sie aber nicht mehr erwischen. Die Blume fiel durch die Äste und verursachte ein weiches, leises Rascheln, als sie tiefer und tiefer segelte. Meera betete, daß die Blüte sich in den Ästen verfing, aber das Glück hatten sie nicht. Als sie unten ankam, hörten die Männer einen Augenblick auf zu sprechen. Dann bellte der Maharadja einen scharfen Befehl.

Einen furchtbaren Moment herrschte Schweigen. Meera hatte solche Angst, daß sie zu atmen aufhörte. Mochte ja auch das Eindringen in den privaten Garten ein banales Verbrechen sein, den Maharadja zu belauschen jedoch nicht mehr. Dann kreischte ein Affe direkt über ihren Köpfen, ein zweiter kreischte Antwort. Ein heftiges Geraschel und Gerangel folgte, wobei Zweige und Blätter herabrieselten. Die Männer unten nahmen beruhigt ihr Gespräch wieder auf.

Meera lauschte angestrengt, als der Maharadja seine Anweisungen wiederholte, damit kein Fehler gemacht wurde. »Vergiß nicht, den afghanischen Anführern zu sagen, daß sie alle auf einmal eindringen *müssen,* denn die Punjabi-Generäle werden sich nicht ohne ihre Unterstützung bewegen, und ich habe nicht genug Leute, um es allein mit den Briten aufzunehmen«, sagte er mit harter Stimme. »Ich habe andere Boten zu Nabil Khan und Tejut Singh gesandt, damit sie sich bereithalten und losmarschieren, sobald die Afghanen die Ebenen erreichen. Wir können nur gemeinsam handeln oder gar nicht. Und wir müssen es rasch tun, bevor die Briten Verstärkung aus dem Osten bekommen. Eine solche Gelegenheit bekommen wir nie wieder.«

»Ich werde betonen, daß sie alle auf einmal kommen müssen, Euer Exzellenz«, wiederholte der andere Mann, »und durch den Shpola-Paß.«

Ein leises Knirschen von Füßen auf Kies verriet, daß der Bote sich entfernte. Einige Minuten verstrichen. Dann sagte der Maharadja mit tiefer, eiskalter Stimme: »Die Ferengis bekommen mein Dharjistan nicht in ihre gierigen Hände. *Sie werden es nie bekommen.*«

Ein langes Schweigen herrschte, bevor die sich entfernenden Schritte des Maharadjas zu hören waren. Meera und Zafir warteten geduldig. Ihre Fröhlichkeit war längst erloschen. Schließlich kletterte der Pathane herunter und half Meera zu Boden. »Was haben sie gesagt, kleine Taube?«

Die Worte sprudelten nur so hervor, als sie die Unterhaltung so genau wie möglich wiedergab. Zafirs Miene wurde hart. Als sie fertig war, sagte er scharf: »Komm, das müssen wir sofort Falkirk Sahib sagen.«

Seine Antwort erfüllte Meera mit Erleichterung. Falkirk Sahib würde wissen, was zu tun war. Er hatte sie gerettet – bestimmt konnte er auch Indien retten.

»Wie hält man einen Krieg auf?« fragte Laura, während ihre Finger nervös auf ihr Knie trommelten.

Ian nahm ihre Hand, und seine Ruhe floß auf sie über. »Das beste Mittel wäre, eine große Truppe Soldaten zur Grenze zu führen, damit die Rebellenarmeen sich dort nicht sammeln können. Ihre Schwäche liegt darin, daß sie zu Anfang unkoordiniert und unter verschiedenen Anführern stehen. Rajiv Singh kann das wahrscheinlich in den Griff bekommen, aber er braucht eine Weile dazu. Wir müssen uns beeilen, denn wenn er im Norden ein oder zwei Siege erringt, wird es überall in Indien Aufstände geben.«

Sie schauderte. »Dann wird es schwer werden, etwas aufzuhalten.«

»Was bedeutet, daß wir die Rebellion direkt im Keim ersticken müssen. Wenn oben im Norden genug Briten präsent sind, haben wir eine gute Chance, daß die anderen den Versuch aufgeben, den Sirkar herauszufordern.«

»Also müssen wir den Sirkar dazu bringen, sich so schnell wie möglich in Bewegung zu setzen, bevor die Nachricht der Geschehnisse in Afghanistan sich verbreitet hat.«

»Exakt.« Ian runzelte nachdenklich die Stirn. »Die nächste größte Garnison ist in Cambay. Und das ist ein Glück, denn es ist der einzige Ort in Indien, wo ich genug Einfluß haben könnte, eine schnelle Reaktion zu bewirken. Noch glücklicher sogar ist der Umstand, daß der Befehlshaber von Cambay, General Rawdon, ein Offizier ist, der auch auf eigene Faust handelt, ohne erst auf Befehle von oben zu warten. Zudem kann er seine Soldaten schneller voranbringen als jeder andere, den ich kenne.«

»›Roaring‹ Rawdon? Selbst ich habe schon von

ihm gehört.« Laura seufzte erleichtert. »Dann brauchen wir also nur nach Cambay zu reiten, unsere Geschichte zu erzählen und der Armee den Rest überlassen.«

»Genau. Wir werden morgen wie geplant hier abreisen. Wenn wir erst einmal weit genug von Manpur entfernt sind, reiten wir wie die Teufel, und innerhalb einer Woche werden Company-Regimenter auf dem Weg zum Khyber-Paß sein. Und natürlich an dem Shpola-Paß von Pjotr Andrejewitsch.« Ian lächelte ein wenig. »Wir können dankbar sein, daß die Kräfte, die sich da sammeln, noch nicht die neue Waffe haben, von der Pjotr gesprochen hat. Manchmal ist die offizielle Schlampigkeit ein wahrer Segen. So muß der Sirkar in diesem Fall wenigstens nicht fürchten, daß die Sepoys rebellieren, weil sie ihren Glauben kompromittiert sehen. Wir müssen nur dafür sorgen, daß Afghanen, Punjabis und Dharjistanis nicht zusammentreffen können.«

»Bei dir hört sich das so einfach an.« Laura biß sich auf die Lippen. »Ian, was wird mit Rajiv Singh und Kamala geschehen?«

Er schüttelte mit ernster Miene den Kopf. »Ich weiß nicht. Wenn man der Schlange die Giftzähne ziehen kann, bevor es Blutvergießen gibt, könnte Rajiv Singh vielleicht seinen Thron halten, obwohl ich sicher bin, daß der Sirkar die Stärke seiner Armee heftig reduziert und notfalls mit Zwang verhindert, daß er sie wieder überschreitet.«

»Er ist ein Krieger, ein Rajputen-Fürst«, sagte sie traurig. »Glaubst du etwa, daß er ruhig zusieht, wie ihm die Giftzähne gezogen werden?«

Ian seufzte.

»Ich weiß es nicht. Ich hoffe es, nicht nur um seinetwillen, sondern auch wegen Kamala und Dharjistan.«

Laura wollte etwas antworten, als sie Schritte im Wohnzimmer hörten. Einen Augenblick befürchteten sie, sie wären belauscht worden, doch dann hörte sie Zafirs Stimme. »Major Sahib, bist du da?«

In seiner Stimme lag ein Ton, den Laura bisher nicht gekannt hatte. Ian mußte aber Bescheid wissen, denn er riß die Schlafzimmertür auf. »Hier. Was ist passiert?«

Zafir trat ein, Meera an seiner Seite. »Wir müssen mit dir sprechen, *Huzar.*« Er hatte das indische Äquivalent zu ›Sir‹ benutzt, das uncharakteristisch und irgendwie unpassend schien. »Es ist sehr wichtig.«

»Dann sprich.«

»Wir... wir waren zufällig eben im königlichen Banyan.«

Ian zog die Brauen hoch. »Was zum Teufel habt ihr da gemacht? Ach, schon gut, ich kann's mir denken. Ich nehme an, ihr habt etwas belauscht?«

Zafir nickte. »Eine Unterhaltung zwischen dem Maharadja und einem Afghanen. Sie sprachen Persisch, aber Meera versteht es. Und sie sagt, sie haben von einer Invasion Indiens gesprochen.«

»Verflucht!« Ian warf Laura einen kurzen Blick zu, und beide dachten das gleiche: Die Katastrophe war näher, als sie gedacht hatten. »Meera, gib ganz genau wieder, was du gehört hast.«

Laura hörte zu, während ihr Magen sich verkrampfte. Der Bericht des Mädchens machte aus Pjotrs hingekritzelten Notizen harte, grausame Wirklichkeit. Innerhalb weniger Tage würden die Afghanen eindringen und sich mit Zehntausenden gutbewaffneter Dharjistanis und Punjabis zusammentun. Sie würden das Feuer entfachen, das Indien verheeren würde. Wie viele Europäer würden einen solchen Holocaust überleben? Wie viele friedliche Einheimische würden sterben müssen, wenn die Hunde des Krieges erst einmal losgelassen waren?

Ian wurde, anders als Laura, ruhiger, je schlimmer die Lage sich entwickelte. Er hatte niemals so gefährlich auf sie gewirkt. Nachdem sie Zafir und Meera berichtet hatten, was sie bereits wußten, fragte er: »Weißt du, wo der Shpola-Paß ist?«

Zafir schüttelte den Kopf. »Ich habe den Namen schon gehört, aber ich weiß nicht genau, wo er sich befindet. Irgendwo im Afridi-Gebiet. Eben deswegen war ich nie dort.«

Ian dachte einen Augenblick konzentriert nach. »Also gut. Morgen verlassen wir Manpur. Wenn wir die Stadt hinter uns haben, wirst du mit den Frauen nach Süden reiten. Zu ihrer Sicherheit und um der Geschwindigkeit willen, bring Laura und Meera bei Habibur unter. Dann reite nach Cambay, such meinen Bruder und berichte ihm, was ich heute abend aufschreiben werde. Ich reite zur Grenze und versuche, diesen Paß zu finden. Wenn die Soldaten ankommen, kann ich sie direkt dort hinführen. Ein so kleiner Paß kann durch eine einzige Einheit geschlossen werden.«

»Sehr gut, Huzar«, sagte Zafir. Seine lustige Frechheit war gänzlich verschwunden. Er war zu einem todbringenden Krieger mit kalten Augen geworden.

Ian fuhr fort: »Wenn du gleich gehst, besorge mir auf dem Basar Stammestrachten, das, was man braucht, um die Haut zu färben, einheimisches

Zaumzeug für mein Pferd. Geh durch verschiedene Läden, so daß niemand Verdacht schöpfen kann. Du kennst das ja.«

Bevor der Pathane den Befehl bestätigen konnte, kam von Laura ein heftiges »Nein!«

Beide Männer wandten sich ihr zu. Zafir wirkte überrascht, Ian, der sie besser kannte, leicht verärgert.

Laura fixierte ihren Mann mit stählernen Augen. »Wenn du zur Grenze reitest, Ian, dann gehe ich mit.«

Einen Moment herrschte vollkommenes Schweigen. Dann sagte Ian mit ruhiger, aber entschiedener Stimme: »Das kommt nicht in Frage.«

Sie war genauso entschlossen wie er, allerdings weit weniger ruhig. »Du wirst nicht ohne mich gehen.«

Sie wollte noch etwas sagen, als Ian fauchte: »Genug jetzt!«

Als sein Blick zu dem Pathanen glitt, erkannte Laura, daß sie ihn nicht vor seinem Untergebenen herausfordern sollte. Und da sie seine Meinung eher unter vier Augen ändern konnte, hielt sie den Mund und wandte sich Zafir zu. »Ich hole Geld für den Basar, damit du gehen kannst.«

Laura benutzte die nächsten Augenblicke, um sich ihre Argumente zurechtzulegen. Sie hatte Angst, und obwohl sie sich zwang, nicht an Srinivasas alberne Prophezeiung zu denken, schrie ihr ihr innerstes Wesen zu, daß ihr Mann sicherer war, wenn sie mit ihm ging.

Und vielleicht hatten Kamele Flügel und konnten wie Adler fliegen. Es war doch verrückt zu glauben, daß sie das Schicksal von Ian beeinflussen konnte, es war verrückt, nur daran zu *denken*, ihn zur Grenze zu begleiten. Also gut, mochte sie eben verrückt sein. Sie würde mit ihm gehen, so oder so.

Zafir ging, und Ian wandte sich ihr zu. »Ich freue mich über deine Loyalität, Laura, aber in dieser Mission ist kein Platz für eine Frau.«

»Wie gefährlich wird es werden?«

»Nicht besonders«, antwortete er. »Ich habe die normale militärische Pflicht immer als etwas eintönig empfunden und mich daher zu politischen Missionen gemeldet. Ich bin ein paarmal über die Grenze gekommen und gehe ganz gut als Einheimischer durch.«

»Bei deiner Haut- und Haarfarbe?« sagte sie zweifelnd.

Sein Mund zuckte. »Du wärst überrascht, wie überzeugend ich wirken kann, wenn meine Haut gefärbt und mein Haar unter einem Turban versteckt ist. Mein Bart wächst fast in demselben Rot wie das Henna, das manche Moslems für ihre Bärte nehmen. Außerdem kenne ich die Sprachen und Bräuche. Ich werde jedenfalls nicht in Gefahr sein, Laura. Das ist nur ein kurzes Unternehmen, um diesen Paß zu finden. Wenn dann die britischen Truppen eintreffen, können sie den Pfad und den Khyber-Paß blockieren und Verstärkung zu Fort Jallalabad schicken.«

»Wenn es so sicher ist, wieso kann ich dann nicht mit?«

»Du verlangsamst mein Tempo. Außerdem werde ich mir mehr Sorgen machen, und das wird meine Konzentration stören«, antwortete er mit wachsender Ungeduld. »Es gibt keinen Grund, warum du mitkommen solltest, aber ein Dutzend dagegen. Warum zum Teufel bist du nur so stur?«

Laura konnte sich nicht vorstellen, daß es ihn beeindrucken würde, wenn sie ihm sagte, sie könne verhindern, daß er getötet wurde. Also ignorierte sie diese Frage einfach. »Ich werde dein Tempo nicht vermindern. Ich bin mit dir durch halb Indien geritten, und ich kann so gut reiten wie ein Mann. Dank deiner Umsicht kann ich sogar schießen, nicht brillant zwar, aber immerhin doch gut genug, um dich im Notfall unterstützen zu können. Ich spreche Persisch und ebenfalls ein paar Urdu-Dialekte. Mit gefärbter Haut und den richtigen Kleidern sollte ich mindestens genauso gut wie du als Einheimischer durchgehen – und meine Augen sind braun und orientalisch und nicht himmelblau.«

Sein Blick glitt über ihre Gestalt. »Selbst die Kleidung der Einheimischen wird dich nicht wie ein Junge aussehen lassen«, sagte er trocken. »Und deine Augen sind nicht braun, sondern haben unverkennbar die Farbe von Bernstein.«

»Dann trage ich eben eine *Burqa* wie die Pathanen-Frauen, wenn sie ihr Haus verlassen«, gab sie zurück. »Darunter kann man einen ganzen Wasserbüffel verstecken.«

Er schüttelte ungerührt den Kopf. »Nein, Laura. Wir brauchen nicht darüber zu diskutieren. Ich werde dich nicht mitnehmen.«

Laura versuchte es mit einer anderen Strategie. »Wäre es denn nicht besser, Zafir an deiner Stelle zu schicken? Das ist Pathanen-Land, also sollte er den Paß viel leichter finden können als du. Du kannst den zuständigen Leuten in Cambay auch viel besser erklären, welche Gefahr bevorsteht. Wenn Zafir nur eine Nachricht von dir bringt, nimmt man ihn wahrscheinlich nicht ernst.«

»Mit Davids Rückendeckung werden sie ihm schon glauben«, erwiderte Ian. »Ich kann Zafir nicht schicken, denn der Shpola-Paß wird von den Affidi kontrolliert, die in Blutfehde mit Zafirs Stamm, den Mohmands, stehen. Wenn ich Zafir bäte, hinzureiten, würde ich ihn in den Tod schicken. Außerdem habe ich das bessere Auge für taktische Möglichkeiten.«

Laura war entsetzt. »Aber das bedeutet doch auch Tod für dich!«

»Nein, weil ich mich als Punjabi verkleiden werde. Da die Afridi mit denen nicht verfeindet sind, werden sie nicht gleich auf mich schießen.«

»Und weshalb kann Zafir das nicht auch tun?«

»Er würde es als Feigheit betrachten, sich verkleidet ins Afridi-Gebiet einzuschleichen«, erklärte Ian. »Lieber läßt er sich erschießen.«

Männer! Sie hatten nicht genug Verstand, um ohne die Hilfe einer Frau sicher die Straße zu überqueren. Laura bemühte sich, ihren aufkommenden Ärger zu unterdrücken. »Ian, du kennst das Gebiet und die Stämme, du bist der beste Schütze, den ich kenne, und dies ist nur eine kurze Erkundungsmission. Ganz bestimmt bin ich genauso sicher bei dir wie bei Zafir auf dem Weg nach Süden. Die Straße führt schließlich durch ziemlich wildes Gebiet, und mit nur einem Mann, um zwei Frauen zu beschützen, bin ich bei dir besser aufgehoben.«

Seine Miene zeigte leichtes Vergnügen. »Schmeichelei nützt nichts, Laura. Die Antwort bleibt nein.«

Sie funkelte ihn wütend, aber nicht entmutigt an.

Sie war ganz und gar sicher, daß es von höchster Wichtigkeit war, daß sie ihn begleitete. Dann erkannte sie, daß sie eine Trumpfkarte in der Hand hielt. »Die Richtungsangaben zum Shpola-Paß sind in Russisch geschrieben, und ich werde sie dir nicht übersetzen.« Sie hielt das Blatt mit den Notizen hoch und versuchte, nicht triumphierend auszusehen. »Wenn du den Paß finden willst, mußt du mich mitnehmen.«

Ian explodierte. »Ich finde ihn schon ohne dich! Hölle und Teufel, das ist kein Spiel, du blödes Weib.«

»Verdammt richtig, ist es nicht!« brüllte sie genauso wütend zurück. »Es geht um Leben und Tod, und ich komme mit!«

Als er auf sie zukam, befürchtete Laura schon, er wollte sie schlagen. Aber Ian war nicht Lauras Vater. Er zog sie in die Arme, küßte sie, und ihre heftige, augenblickliche Reaktion machte ihr schockierend deutlich, wie niedrig die Grenze zwischen Zorn und Leidenschaft war.

Als seine Hand geschickt über ihren Körper glitt, erkannte sie, was er vorhatte. Mit einem empörten Keuchen drehte sie ihren Kopf weg. »Glaubst du wirklich, du kannst mich zu Gehorsam verführen?« fauchte sie. »Das ist ein Schwert mit zwei Klingen, du schuftiger Schotte!«

Sie fingerte an seinen Hosenknöpfen. Er war bereits halb erregt, doch als sie ihre Hand in die Hose schob, wurde er steinhart, und sein ganzer Körper versteifte sich.

Er brach in Gelächter aus. Nein, Ian war nicht wie ihr Vater. »Du kleine Hexe. Ich wußte ja, daß du gefährlich bist, aber wie sehr, habe ich bisher noch nicht erkannt.«

Dann wurde er wieder ernst, hob ihr Kinn und sah ihr in die Augen. »Laura, warum bist du so wild entschlossen, mit mir zu gehen? Du bist doch sonst keine unvernünftige Frau.«

»Ich habe Angst, dich aus den Augen zu lassen«, antwortete sie. »Ich weiß, daß ich mich albern benehme, aber ich habe das Gefühl, daß nichts Schlimmes geschehen wird, solange ich bei dir bin.«

Er musterte sie intensiv. »Ich weiß, was du meinst. Ein Teil von mir – der dumme Teil – will dich auch unbedingt an meiner Seite haben.«

Sie spürte den Sieg schon. »Wenn dieser Ausflug wirklich nicht gefährlich ist, was ist denn dann schlimm daran, wenn ich mitkomme?«

»Bei jeder Reise in wilde Gebiete ist das Element des Unvorhersehbaren dabei. Neunundneunzig von hundert Malen kann man in den Norden reiten, den Paß finden und unbehelligt wieder zurückkehren.« Er schnitt eine Grimasse. »Es ist das hundertste Mal, was mir Sorgen macht.«

»Neunundneunzig von hundert ist nicht übel. Und das Hundertste kann mir auch bei Zafir passieren.«

Schließlich seufzte er. »Also gut. Eigentlich dürfte nichts passieren. Komm mit, wenn es dir so wichtig ist.« Er wurde ernst. »Unter einer Bedingung! Versprich, daß du meinen Befehlen wie ein Untergebener gehorchst. Wenn etwas schiefgeht, kann uns eine Diskussion das Leben kosten. Habe ich mich klar ausgedrückt?«

»Ja, Sir«, sagte sie mit unglaublicher Erleichterung. »Du bist der Anführer dieser Mission.« Nun, da die Furcht weggewischt war, begannen sich andere Gefühle zu manifestieren. Sie begann, ihn zu streicheln. »Da wir das jetzt geklärt haben: Können wir nicht beenden, was wir angefangen haben, nur diesmal ohne Hintergedanken?«

Er lachte wieder, nahm ihre Hand und führte sie zum Bett. »Da wir in den nächsten Wochen eine Menge reiten werden...« – er legte sich auf den Rücken und zog sie auf sich – »kannst du schon mal ein bißchen üben.«

Was folgte, stellte sich als ebenso vergnüglich wie lehrreich heraus. Laura stellte fest, daß es wirklich nicht wichtig war, ob sie das Kamasutra zu Ende las oder nicht. Sie lernte alles, was sie wissen mußte, von ihrem Mann.

Später am Nachmittag ging Laura zu Kamala, um Lebewohl zu sagen. Sie befürchtete, daß das Wissen über Rajiv Singhs Pläne es ihr schwermachen würde, sich natürlich zu verhalten, aber die Maharani zerstreute ihre Bedenken. Nachdem sie ihre Dienerin entlassen hatte, zog sie Laura auf das Kissen neben sich. »Selbst wenn du mir keine Nachricht geschickt hättest«, sagte sie lächelnd, »wüßte ich, daß dir der Wunsch deines Herzens erfüllt worden ist.«

Laura errötete und nickte. »Deine und Meeras Vorschläge waren großartig. Ganz besonders beeindruckend waren die Rosenblätter.«

Die Maharani machte eine abwehrende Geste. »Wozu ist ein Garten gut, wenn er nicht einer Freundin Freude machen kann?«

Zwischen Lachen und Weinen brachte Laura hervor: »Du wirst mir fehlen, Kamala.«

»Du mir auch.« Schüchtern setzte die Maharani hinzu: »Wirst du mir schreiben?«

»Aber natürlich«, erwiderte Laura herzlich. »Es wird meinem Persisch guttun. Und vielleicht kommen Ian und ich eines Tages auf einen Besuch zurück. Jedes Jahr wird das Reisen leichter.« Dann schwieg sie. In einem Jahr konnten die Briten durchaus nicht mehr in Indien sein. Oder Rajiv Singh und Kamala würden tot sein – vielleicht auch im Exil.

Kamala verstand nicht, warum ihre Freundin so traurig aussah, und sagte: »Auch ich weine in meinem Herzen. Eine Königin hat viele Untertanen, aber wenig Freunde.« Sie nagte an ihrer Lippe, bis sie plötzlich hastig die Worte hervorsprudelte: »Ich sollte nicht davon reden, bevor ich absolut sicher bin, aber ich muß mich einfach jemandem anvertrauen.«

Guter Gott, wußte Kamala von den Plänen ihres Mannes? Hin- und hergerissen zwischen Freundschaft und Patriotismus antwortete Laura behutsam: »Wenn es ein Staatsgeheimnis ist, sollte ich es besser nicht erfahren.«

Kamala lächelte sie strahlend an. »Es ist kein Staatsgeheimnis. Es ist mein Herzenswunsch.« Ihre Stimme sank zu einem Flüstern. »Laura, ich glaube, ich trage ein Kind unter dem Herzen. Srinivasa hat irgendwann mal gesagt, es könnte passieren, aber ich fürchte mich, zu hoffen.«

Laura brauchte einen Augenblick, um ihre Gedanken umzuorientieren. Dann sagte sie erfreut: »O Kamala! Nach so vielen Jahren? Das wäre ja herrlich!«

»Ich wage es noch nicht, jemandem davon zu erzählen, denn es würde Rajiv Singh das Herz brechen, wenn ich mich irre.« Die Maharani lächelte entwaffnend. »Ich bin eine alte Frau, aber nicht zu alt, um ihm noch einen Sohn zu schenken.«

»Alt? Du?« Laura lachte. »Du bist die Verkörperung weiblicher Schönheit. Vielleicht kannst du ja sogar noch viele Kinder bekommen. Hat Srinivasa dazu etwas gesagt?«

Kamalas Gesicht wurde ernst. »Er sagte – und das ist sehr ungewöhnlich –, daß diese Sache unter einem Schleier verborgen ist und mehr als eine Möglichkeit zuläßt. Ich habe ihn übrigens noch nach dir und deinem Mann gefragt, weil du so besorgt warst.« Sie nahm die Hand ihres Gastes. »Eurer beider Zukunft ist ebenfalls dicht verhüllt«, sagte sie ernst. »Paß auf dich auf, Laura.«

»Und du auf dich, Kamala«, antwortete Laura mit einem Kloß in der Kehle. Sie stand auf und umarmte die Maharani fest.

»Ich werde für uns beide beten, meine Freundin«, sagte die Maharani.

Als Laura ging, standen ihr Tränen in den Augen. Sie hoffte inbrünstig, daß die Entwicklung der Lage es ihnen beiden nicht unmöglich machte, ihren Herzenswunsch erfüllt zu sehen.

Kapitel 31

Meera schnalzte mißbilligend mit der Zunge. »Es schickt sich nicht für eine Memsahib, sich wie ein indischer Bursche zu kleiden.«

»Dann hoffen wir, daß niemand Verdacht schöpft, eine Memsahib könnte auf so eine abwegige Idee kommen«, sagte Laura.

Sie hatte bereits weite Hosen und leichte Stiefel an und zog nun zwei riesige Hemden übereinander an, die sie mit einer Schärpe um die Taille befestigte. Obwohl sie ihre Brüste mit einem engsitzenden Unterhemd flacher gemacht hatte, wußte sie nun, was Ian mit seiner Bemerkung gemeint hatte, ihr Körper ließe sich nicht leicht in den eines Jungen verkleiden. Zum Glück war es Spätherbst; wenn sie ein paar lockere Umhänge übergezogen hatte, konnte man ihr Geschlecht bestimmt nicht mehr erkennen.

In der kühlen Luft fröstelnd, legte sich Laura auch den letzten Umhang über. Sie hatten den königlichen Palast noch vor Anbruch der Dämmerung verlassen und waren südwärts in Richtung Bombay geritten. Fünf Meilen von der Stadt entfernt, hatten sie ihre Pferde ins dichte Unterholz gelenkt, wo sie und Ian ihr Aussehen veränderten. Meera hatte Laura geholfen, die Haut dunkel zu färben und ihr das Haar in festen Zöpfen als Krone um den Kopf gelegt.

Den Turban zu wickeln, erwies sich als tückisch; man brauchte Übung dazu, die sie nicht besaß. Zum Glück hatte sie in ihrem Gepäck auch noch eine Burqa, die sie überstreifen konnte, wenn sie durch Städte kamen. Klüger wäre es gewesen, sie die ganze Zeit zu tragen, aber eine Burqa war ein schreckliches, alles verhüllendes Kleidungsstück, in dem man nur durch einen kleinen, mit einem Netz bedeckten Ausschnitt sehen konnte, und sie wollte sie lieber vermeiden, wann immer es möglich war.

Laura schob ein Messer in einer Scheide in ihre Schärpe, dann hängte sie sich das Gewehr über die Schulter. »Wie sehe ich aus, Meera?«

Meera schnalzte wieder mit der Zunge und schüttelte bedächtig den Kopf, so daß Laura schon dachte, es könnte nicht funktionieren. Doch dann sagte das Mädchen: »Ich würde dich nicht mehr für einen Ferengi oder eine Frau halten. Hier, sieh selbst im Spiegel.«

Laura hielt den Atem an, als sie ihr Abbild in dem Handspiegel sah. Mit ihren schrägen Augen und der dunklen Haut sah sie wirklich asiatisch aus. Das gefärbte Gesicht machte sogar die Augen dunkler, und sie fragte sich, von welchem mongolischen Vorfahren sie wohl ihre Augen geerbt hatte. Vielleicht von einem Tatarenkrieger, der eine slawische Frau vergewaltigt hatte? Europa und Asien trafen sich in Rußland – und in Laura. Für die nächsten zwei Wochen mußte sie sich das zunutze machen und als Asiatin denken.

»Sehen wir mal, was die Männer erreicht haben«, sagte Laura. Sie kämpften sich durch das Unterholz zu der Lichtung, wo die Pferde standen, und Laura versuchte, wie ein Mann zu gehen. Auf der Lichtung waren Zafir und ein anderer Inder dabei, das englische Zaumzeug der Pferde durch indisches zu ersetzen.

Laura blinzelte. Obwohl sie wußte, daß der andere Mann Ian war, hätte sie ihn niemals erkannt, wenn sie ihm auf der Straße begegnet wäre. Er hatte nicht nur Hautfarbe und Kleider verändert, sondern auch sein ganzes Benehmen. Er hatte nicht mehr die Haltung eines Offiziers, bewegte sich nicht einmal mehr wie ein Europäer, obwohl sie den Unterschied nicht hätte definieren können. Er hatte sogar seine schwarze Augenklappe ausgetauscht und trug nun eine gröbere aus braunem Leder, die fast die Farbe seiner Haut hatte. Selbst die Farbe seines Auges schien anders, weniger blau, eher nach dem Grau, das man manchmal bei hellhäutigen Asiaten fand.

Ian wandte sich um und musterte Laura kritisch. »Nicht schlecht«, sagte er schließlich, »solange du niemandem zu nahe kommst. Du siehst nach einem Gharhwali aus.«

»Wer sind die Gharhwalis?«

»Ein Stamm am Fuß der nepalesischen Berge. Sie haben ziemlich viel mongolisches Blut, sind allerdings ein bißchen kleiner und leichter gebaut als Ghurkas.« Er lachte in sich hinein. »Wenn jemand deine Erscheinung in Frage stellen sollte, werde ich behaupten, die Gharhwalis wären auch bekannt für ihre hübschen mädchenhaften Gesichter. Ich kann mir kaum denken, daß jemand es besser weiß, da man Leute dieses Stammes hier selten antrifft.«

Laura überprüfte das Gepäck. Wenn sie bisher auch daran gewöhnt gewesen war, mit leichtem Gepäck zu reiten, hatten sie nun ihre Ausrüstung auf das Lebenswichtige reduziert. Das meiste nahm Zafir mit und würde es bei Habibur lassen, während sie nur die nötigsten Lebensmittel und Munition dabeihatten. Nichts konnte sie in dieser Hinsicht als Europäer identifizieren.

Dann war es Zeit, Abschied zu nehmen. Die Männer schüttelten sich die Hände und tauschten noch ein paar Worte aus. Laura umarmte Meera fest und wünschte ihr alles Gute, dann schwangen sie sich auf ihre Pferde. Als sie durch die Bäume brachen, fühlte sie sich verletzlich, ihrer Identität beraubt. Ian schien einmal mehr ihre Gedanken lesen zu können. »Es ist noch nicht zu spät, dich anders zu entscheiden, Laura. Wenn du dich zu unwohl fühlst, dann vergiß deinen Stolz und sag es.«

Sie schenkte ihm ein ganz unbekümmertes Lächeln. »Den Ausflug will ich nicht im Traum verpassen, *Duschenka.* Nach ein paar Nächten im Himalaja, wird mir dein zugiges Schloß so luxuriös wie Rajiv Singhs Palast vorkommen.«

»Mehr Mumm als Verstand«, murmelte er resigniert, aber der Respekt, den sie in seinen Augen sah, wärmte ihr Herz. Sie war glücklich, daß sie darauf bestanden hatte, mit ihm zu gehen. Was auch immer passierte, sie würden es wenigstens gemeinsam erleben.

Als Meera nach dem Frühstück die Sachen zusammenräumte, warf sie einen angewiderten Blick auf ihr Pony. Obwohl sie sich inzwischen an die langen Ritte gewöhnt hatte, war ihr Tempo die letzten Tage mörderisch gewesen. In dieser Hinsicht war sie froh, wenn sie endlich Habiburs Anwesen erreichten, aber nur in dieser.

Sie warf Zafir einen Blick zu, der das Packtier belud. Diese hastige Reise schuf eine seltsame Intimität zwischen ihnen, denn sie benahmen sich fast so wie ein Ehepaar, das seine Aufgaben kannte und wo sich einer auf den anderen verlassen konnte. Doch es gab keine andere Art der Nähe, denn Zafir war zurückhaltend und nicht mehr der lustige, unbekümmerte Mann, in den sie sich verliebt hatte.

Sie kam auf die Füße und suchte den Boden ab, ob sie nicht vielleicht etwas vergessen hatte. Es war ein hübscher kleiner Lagerplatz, beschützt durch hohe Bäume und ein gutes Stück von der Straße entfernt. Es war die letzte Möglichkeit, allein zu sein. Sie ging zu Zafir hinüber und sagte: »Wir werden heute bei Habibur eintreffen?«

Er nickte. »Kurz nach Mittag wahrscheinlich.«

»Wirst du über Nacht bleiben?«

Er schüttelte den Kopf. »Nein, kleine Taube. Ich würde es gern, aber ich kann mir die Zeit nicht nehmen. Die Lage ist ernst, und ein halber Tag könnte wichtig sein.«

Sie verzog das Gesicht. »Ich weiß, wie ernst die Lage sein muß, denn du hast nicht mehr versucht, mich zu verführen, seit wir Manpur verlassen haben.«

Endlich hatte sie seine Aufmerksamkeit geweckt. Er blickte sie an. »Es wäre nicht sehr ehrenhaft, es zu versuchen, während du unter meinem Schutz stehst. Außerdem hast du ja deutlich gemacht, daß du bis zum Ehebett warten willst.«

Sie hob den Kopf und sah ihn ernst an. »Da war ich aber auch noch sicher, daß wir ein Ehebett haben würden. Aber nun nicht mehr. Du bist Soldat. Du könntest getötet werden.«

»Das ist möglich«, gab er zu. »Die Gefahr gehört zu meiner Aufgabe, kleine Taube. Wenn es zum Krieg kommt, muß ich sofort zu meinem Regiment zurück. Aber wenn mir irgend etwas zustößt, wirst du bei meinem Onkel einen Platz haben, solange du willst. Wenn du zu deinem eigenen Volk zurückgehen willst, werden mein Onkel und meine Tante dir helfen.«

»Es ist nicht mein Volk, bei dem ich sein will«, sagte sie heftig. »Bei dir will ich sein!«

Sie ging näher zu ihm und legte ihm ihre Hand auf den Arm. »Vielleicht hast du keinen halben Tag Zeit, aber doch bestimmt eine Stunde?«

Er starrte sie an und begriff, daß seine reizende kleine Taube etwas vorhatte. Und mit ihrem nächsten Satz machte sie ihm klar, was. »Gib mir etwas, an das ich mich erinnern kann, Geliebter«, flüsterte sie und schlang ihm die Arme sanft um den Hals.

Er brauchte keine zweite Einladung. All die Nekkerei, das Flirten, die Leichtigkeit verschwanden aus ihrer Beziehung und ließ nur noch das dringende Verlangen von Mann und Frau, sich zu vereinen. Und als er sie küßte, wußte er, daß dies der wahre Grund war, in den Krieg zu ziehen. Nicht für Ruhm oder Reichtum, so verlockend die Dinge auch sein mochten, aber aus Zärtlichkeit und Liebe, aus dem Bedürfnis, Heim und Frau zu beschützen, und, wenn es sein mußte, auch mit dem eigenen Leben.

Als er sie ins Gras legte, erkannte er, daß dies genauso wichtig war wie die Nachricht, die er zu überbringen hatte. Falkirk Sahib würde einem Mann keine Stunde verwehren, wenn es vielleicht die einzige Stunde war, die er haben würde.

Steif verlagerte Laura ihr Gewicht im Sattel und mußte innerlich zugeben, daß Ian recht gehabt hatte, als er sagte, sie würden sehr viel reiten. Dies war ganz bestimmt nicht so nett und angenehm wie ihr ›Übungsritt‹ am letzten Nachmittag im Palast. Obwohl noch keine Woche verstrichen war, schien ihr Dharjistan schon wie eine andere Welt.

Zudem hatte Ian Laura beim Wort genommen, die gesagt hatte, sie könnte so gut wie jeder Mann reiten, und ihr Tempo war mörderisch. Sie überquerten die flachen, staubigen Ebenen des Punjab ohne Zwischenfälle. Wenn sie gelegentlich durch eine größere Stadt kamen, streifte Laura die Burqa über und erregte dadurch überhaupt keine Aufmerksamkeit.

Manchmal suchte Ian das Gespräch mit Dorfbewohnern oder anderen Reisenden und entlockte ihnen geschickt Informationen, ohne besonders neugierig zu wirken. Die Nachricht von der britischen

Niederlage in Afghanistan hatte sich schon verbreitet und war häufig Thema von Diskussionen. Der Punjab hatte nie unter direkter britischer Herrschaft gestanden, so daß die Einwohner sich nicht besonders betroffen fühlten, aber die meisten zogen eine gewisse hämische Befriedigung aus der Niederlage der Ferengis.

Sie waren ebenfalls neugierig darauf, wie der Sirkar wohl reagieren würde. Laura, die zuhörte, ohne zu reden, konnte selbst feststellen, wie kritisch die Lage war. Wenn die britische Seite nun Schwäche zeigte, konnte das eine ganze Lawine des Widerstandes auslösen.

Nach drei Tagen scharfen Reitens hatten sie die felsigen Berge erreicht. Es war das ödeste Land, das Laura je gesehen hatte, so karg, daß man sich nur schwer vorstellen konnte, wie jemand hier überleben wollte. Die Berggipfel waren schneebedeckt, alles andere schien aus Felsen und Geröll zu bestehen. Nur die anspruchslosesten Pflänzchen klammerten sich hier und da an ihre kümmerliche Existenz. Kein Wunder, daß die Pathanen Banditen waren. Seit Jahrhunderten bestand ihr Lebensunterhalt aus dem, was sie den Reisenden als Wegzoll abnahmen.

Den wenigen Angaben Pjotrs folgend, waren Ian und Laura von der Hauptstraße, die durch den Khyber-Paß führte, südlich abgebogen. Nun gab es keine Hinweise mehr, und sie waren auf sich allein gestellt. Auch wenn sie sich höchstens ein paar Meilen vom östlichen Ende des Shpola-Passes befinden mußten, würde es Monate oder Jahre dauern, bis sie ihn fanden, wenn ihnen niemand half. Sie brauchten also einen Ortskundigen, der sie dorthin führte.

Die Schwierigkeit dabei war nur, diesen Führer zu

finden, bevor der Paß von einer Lawine Afghanen überschwemmt wurde.

Zafir traute kaum seinen Augen, als er im dämmrigen Abendlicht neben der Straße ein Lager der Kavallerie entdeckte. Er blinzelkte im trockenen Punjabi-Wind, um die Banner zu erkennen. Gelobt war Allah: Es war das 39. Ulanen-Regiment, dessen Hauptquartier sich in Cambay befand. Es war schade, daß Zafir keine Freunde in diesem Regiment hatte, dennoch konnte es nicht schwer sein, seine Identität zu beweisen. Auf ein Kavallerie-Regiment zu treffen, das bereits auf dem Weg nach Nordwesten war, bedeutete, mehrere Tage wertvoller Zeit zu sparen.

Zafir ritt also zum Lager, und als die Wachen ihn anhielten, gab er sich als Sepoy des 46. Eingeborenen-Infanterieregiments zu erkennen und verlangte, zum Kommandeur geführt zu werden. Die Wache grollte: »Glaubst du, wir lassen zu, daß jeder hergelaufene Rüpel den Colonel belästigt? Verschwinde schon.«

Das hatte Zafir nicht erwartet, und einen zornigen Augenblick war er versucht, sich mit seiner Waffe den Weg zu erzwingen. Doch die Disziplin siegte, und er schaffte es, sein Temperament zu zügeln. »Du Mißgeburt von Schwein und Skorpion, ich stehe unter dem Befehl von Major Ian Cameron und halte die Zukunft Indiens in meinen Händen! Hol sofort einen Offizier!«

Die Wachen besprachen sich, und Zafir hörte mehrmals den Namen ›Cameron‹ fallen. Ein Mann ging, und der andere sagte: »Wir werden sehen, ob du die Wahrheit sagst. Du bleibst genau hier, und laß bloß die Hände von dem Jezail.«

Zehn unendliche Minuten schritt Zafir ruhelos auf und ab. Dann erklang eine befehlsgewohnte Stimme: »Du hast eine Botschaft von Major Cameron?«

Unendlich erleichtert erkannte Zafir die Stimme. Er wandte sich um und sah David Cameron auf sich zukommen.

Der Captain erkannte ihn im gleichen Moment. »Zafir – du bist es wirklich! Ist meinem Bruder irgend etwas passiert?«

»Er war bei bester Gesundheit, als wir uns trennten, Huzar, und wenn Allah gnädig ist, wird er es immer noch sein.« Zafir zog die Papiere unter seinem Hemd hervor. »Hier ist die Botschaft des Majors. Ich sollte sie erst Ihnen, dann General Rawdon bringen.«

Der Captain faltete das Blatt auf und überflog die Worte im Licht der Wachlaterne, und seine Miene verhärtete sich. Als er fertig war, sagte er: »Komm, Zafir. Wir haben Glück. General Rawdon ist mit dem 39. unterwegs.«

»Jawohl, Huzar.« Als sie außer Hörweite waren, fragte Zafir: »Warum sind Sie beim 39. statt beim 46.?«

»Weil ich in Afghanistan war und Pashto sprechen kann. Kein anderer Offizier des 39. hat die Erfahrung, also wurde ich für eine Zeit diesem Regiment unterstellt«, erklärte der Captain. »Vor ein paar Tagen haben wir in Cambay von dem Massaker erfahren, und davon, daß Fort Jallalabad belagert wird. Statt auf Befehle aus Bombay zu warten, entschloß sich General Rawdon, sofort für Verstärkung zu sorgen. Außerdem sind noch verschiedene Infanterieregimenter, das 46. eingeschlossen, unterwegs, aber natürlich ein paar Tage hinter uns.«

»Möge Allah Rawdon Sahib beschützen«, sagte Zafir feierlich.

»Ich war nicht glücklich darüber, von meinen Männern getrennt zu werden, aber offenbar scheint sich das nun doch als die beste Lösung herauszustellen.« Der Captain sah auf die Nachricht in seinen Händen und schüttelte den Kopf. »Typisch für Ian. Er geht auf Hochzeitsreise und findet dabei ein Hornissennest.«

General Rawdon machte seinem Ruf als entschlossener Mann alle Ehre, indem er nach Lesen der Botschaft sofort die nötigen Befehle gab. Am nächsten Morgen sollte als erste eine Abordnung der Kavallerie in Höchstgeschwindigkeit zur Grenze reiten, um den Shpola-Paß zu lokalisieren und zu schließen. Auf David Camerons Bitte hin wurde ihm das Kommando übertragen.

Hinter der Biegung des Pfades kamen sie in ein weiteres kleines Pathanendorf, das aus kaum mehr als einem halben Dutzend Hütten bestand. Laura überlegte, ob sie die Burqa überziehen sollte, doch es war zu spät, denn ein Mann hatte sie bereits entdeckt. Sie ließ sich im Sattel zusammensinken und versuchte, müde und unauffällig auszusehen. Müde war nicht schwer. Sie hatten die letzten Tage ohne Erfolg nach einem Führer gesucht, und obwohl jeder, den Ian nach dem Paß gefragt hatte, etwas davon gehört hatte, konnte oder wollte ihnen niemand genaue Auskunft geben.

Der Pathane, der sie gesehen hatte, saß auf dem Boden, müßig an eine Lehmwand gelehnt, und schärfte ein bösartig aussehendes Messer. Als die Fremden ihre Pferde zügelten, stand er auf und schlenderte auf die Straße. Seine Miene war nicht unfreundlich, aber seine Flinte lag über seinem Arm. Inzwischen hielt Laura es für wahrscheinlicher, einen nackten Pathanen zu sehen, als einen ohne Jezail.

Ian nickte höflich und grüßte den Mann. »Mögest du niemals ermüden.« Sein Bart wuchs schnell, und nach einer Woche ohne Rasur wirkte er wie ein echter Bergbewohner, und nur ein paar Kleinigkeiten an seiner Kleidung kennzeichneten ihn als Punjabi. Da er lieber wie ein friedlicher Mensch wirken wollte, als einer, der Ärger sucht, hatte er sein Gewehr am Sattel befestigt.

»Möge dich niemals Armut heimsuchen«, erwiderte der Dorfbewohner.

Statt ihn direkt zu befragen, begann Ian erst einmal eine ausgedehnte Unterhaltung. Zum Glück sprach der Mann eine Form des Urdu. Wenn Ian auch fließend Pashto konnte, sprach er doch, wann immer es möglich war, Urdu, damit auch Laura dem Gespräch folgen konnte. Nachdem er die beiden Lieblingsthemen – Politik und Wetter – angeschnitten und zugestimmt hatte, daß beides nicht mehr wie früher war, sagte Ian, was er wollte. »Sage mir, Bruder, kennst du einen kleinen Paß durch die Berge hier in der Nähe? Ich habe gehört, er hieße Shpola-Paß, aber er kann andere Namen haben.«

Die Augen des Pathanen verengten sich. »Es ist kaum ein Paß... eher ein Übergang für Murmeltiere, weswegen er fast nicht benutzt wird. Wenn ihr durch die Berge wollt, nehmt den Khyber. Nur um ein paar Münzen zu sparen, ist es das Risiko über den Shpola nicht wert.«

»Wir müssen dort hin.« Ian berührte seine Augenklappe und begann die Geschichte zu erzählen, die sie sich ausgedacht hatten. »Ein *Hakim*, ein Doktor, hat mir gesagt, er könnte mir eine Salbe machen, mit der ich mein Augenlicht wiederbekomme, aber er braucht Kräuter dazu, die nur auf dem Shpola-Paß wachsen. Ein Winterkraut, winzig und bitter.«

»Und du hast ihm geglaubt?« Der Mann schnaubte verächtlich. »Auf dem Shpola-Paß wächst fast gar nichts, und von Zauberkräutern habe ich noch nie gehört.«

Ian machte ein beschämtes Gesicht. »Wahrscheinlich hast du recht, aber... na ja, da ist diese Frau, die ich heiraten will. Sie mag mich auch, bis auf die Sache mit dem Auge. Will nur einen Mann mit zwei Augen nehmen. Kein anderer Hakim hat mir Hoffnung gemacht. Die Reise war lang und wohl eine Zeitverschwendung... aber die Frau ist sehr schön.«

Der Pathane stieß ein heiseres Lachen aus. »Wenn du vor Liebe verrückt genug bist, dann könnte ich den Weg hinauf vielleicht finden.«

Ian hatte den Wink verstanden, wühlte eine Münze aus seiner Tasche und warf sie dem Mann zu. »Möge Allah dich segnen, Bruder.«

Zum ersten Mal warf der Pathane Laura einen Blick zu. »Ein hübscher Junge. Woher stammt er?«

»Ein Gharhwali von den Bergen im Osten. Nicht sehr helle, aber ein verläßlicher Diener. Er behauptet, er erkennt das Kraut, wenn er es sieht.«

Nachdem seine Neugier befriedigt war, sagte der Pathane: »Folgt mir.« Er wandte sich um, schlenderte durchs Dorf und führte sie schließlich einen so steilen Pfad hinauf, daß Ian und Laura absteigen und die Pferde führen mußten. Ian behielt seine Rolle als Herr bei und würdigte Laura keines Blickes.

Ihr Führer bewegte sich mit erstaunlicher Geschwindigkeit und Trittsicherheit. Nach zwei Stunden war Laura erschöpft. Die schneebedeckten Gipfel wurden noch von der Sonne beschienen, aber tiefer unten wurden die Schatten immer länger und undurchdringlicher, als der Pathane schließlich am Anfang eines schmalen Pfades anhielt. »Folgt diesem Weg um den Berg herum, und er führt euch zu dem Paß. Wenn ihr dort seid, könnt ihr euch nicht verirren, denn man kann nicht kehrtmachen. Wenn es nicht gerade kürzlich einen Felsrutsch gegeben hat, kommt ihr mit den Pferden durch, aber es wird langsam gehen. Sobald ihr auf der anderen Seite wieder unten ankommt, seid ihr etwa eine Stunde östlich vom Dorf Shpola entfernt.«

»Ich will nicht so weit gehen. Wenn Allah gnädig ist, finde ich, was ich suche und kehre bald nach Hause zurück.« Er warf dem Mann eine weitere Münze zu. »Wünsch mir Glück, Bruder.«

»Das wirst du brauchen.« Der Mann lachte schallend. »Wenn nicht, dann denke daran, daß es andere schöne Frauen auf der Welt gibt!« Er drehte sich um und hüpfte wie eine Bergziege den Berg hinunter.

Laura schloß hinter Ian auf und murmelte: »Nicht sehr helle, aber ein verläßlicher Diener, hm?«

Er grinste. »Ich nehm's ja zurück.«

Nach ein paar Minuten kamen sie an eine relativ ebene und geschützte Fläche. Ian zügelte sein Pferd. »Wasser, Brennstoff und Grünzeug. Etwas Besseres finden wir vermutlich nicht, also können wir auch hier rasten. Es wird spät, und der Pfad vor uns wird höchstens gefährlicher.«

Laura stieg ab und hatte das Gefühl, jeder Knochen würde quietschen. Sie blickte sich um. Obwohl es wohl der beste Lagerplatz war, den sie finden konnten, war er dennoch unglaublich öde und voller grauer, wie weggeworfen aussehender Felsen. »Das sieht aus als hätte Gott den Platz als Müllhalde benutzt, nachdem er die Welt erschaffen hat.«

»Ein hartes Land, das harte Männer hervorbringt.«

Ian stieg ebenfalls ab und band sein Pferd zwischen zwei dicken Felsen fest, die ein wenig Schutz vor dem beißenden Wind boten. »Ich hoffe nur, unser Führer hat uns an die richtige Stelle gelotst. Ich habe das kitzlige Gefühl, daß die Zeit knapp wird.«

Als sie ihr Pferd neben dem seinen festband, sagte sie: »Werden wir ganz durch den Paß gehen?«

»Nein. Der Khyber ist ungefähr dreiunddreißig Meilen lang, und ich habe den Verdacht, dieser hier könnte sogar noch länger sein. Wenn wir ihn ganz abgehen und dann zurückkehren, brauchen wir wahrscheinlich zwei oder drei Tage, und das können wir uns nicht leisten. Wir werden uns nur so weit herantasten, bis wir sicher sind, daß es das ist, was wir suchen. Dann werden wir uns ein wenig genauer damit beschäftigen.« Er löste die Satteltaschen und hob sie von seinem Pferd. »Wenn wir Glück haben, wird der Paß durch den Schnee unpassierbar. Wahrscheinlicher aber ist, daß er dafür nicht hoch genug ist und sogar während der schlimmsten Winterstürme offen bleibt. Beim Khyber-Paß zum Beispiel ist es so.«

»Und was dann?« fragte Laura, als sie ihr eigenes Pferd ablud.

»Dann reiten wir zurück zum Punjab und hoffen, daß wir bald auf Soldaten der Company treffen, die auf dem Weg sind, Fort Jallalabad zu unterstützen.« Er löste den Gurt und befreite das müde Tier vom Sattel. »Ich werde mich ihnen zu erkennen geben, eine Truppe hier heraufführen, um zu verhindern, daß die Afghanen den Pfad hier benutzen, um in Indien einzudringen, und dann machen wir beide uns auf den Weg nach Bombay. Wie ich schon sagte, eine einfache, nicht sehr gefährliche Mission. Eine, wie ich sie am liebsten habe.«

Laura schüttelte sich und hoffte, daß das Frösteln, das sie überfiel, seinen Ursprung in der Kälte hatte und keine Vorahnung bedeutete, daß es so leicht vielleicht nicht werden würde. Dann machte sie ein Feuer mit dem Holz, das Ian gesammelt hatte, und bereitete ein einfaches Abendessen zu.

Die Nacht brach schnell herein, und die Temperatur fiel rapide. Als sie sich den letzten Tee teilten, begann sie, richtig zu zittern. »Hiernach wird uns Falkirk bestimmt tropisch vorkommen.«

»Komm her. Ich wärme dich auf«, sagte Ian.

Sie sah ihn zweifelnd an. »Jetzt? Hier?«

Er lachte. »Was hast du nur für schmutzige Gedanken. Ich meine es buchstäblich, nicht als freundliche Umschreibung.«

Ian saß auf einem niedrigen Fels, und Laura setzte sich nun auf den Boden zwischen seine Beine und kuschelte ihren Rücken an ihn. »Hmm, schon viel bequemer.« Mit einem zufriedenen Seufzer entspannte sie sich an seinem warmen Körper. »In Manpur hast du erwähnt, daß du als politischer Offizier gearbeitet hast. Was genau bedeutet das eigentlich?«

Er trank den Tee aus und stellte die Blechtasse ab, dann schlang er die Arme um ihre Taille. »Politische Offiziere arbeiten direkt mit den Einheimischen zusammen, einerseits, um die Beziehungen zu festigen, andererseits, um Informationen zu bekommen, was die Menschen tun und denken. Oft werden diese Offiziere aus der Armee geholt. Die Besten können als Eingeborene durchgehen.«

Laura nickte verstehend. »Mit deiner Kindheit in Persien und deinem Sprachentalent scheinst du für diese Art Arbeit geboren zu sein.«

»Was die Fähigkeiten angeht, ja, vom Temperament her nicht«, sagte Ian ruhig. »Ein großer Teil der Arbeit dreht sich wirklich ums Spionieren. Obwohl ich das ziemlich gut hinbekam, machte es mir keinen Spaß, mich ein ganzes Leben lang zu verbergen und zu verstellen. Immer wenn mich der Leiter des politischen Dienstes fragte, ob ich nicht auf Dauer einsteigen wollte, lehnte ich ab. Auf der anderen Seite fand ich das Leben eines Armeeoffiziers – ein paar Stunden Drill, viele Stunden Sport und Jagd und Klatsch – ein wenig ermüdend. Das ist der Grund, warum sich so viele Offiziere dem unmäßigen Konsum von Alkohol und Drogen hingeben. Das ist nicht sehr sinnvoll, denn Indien neigt dazu, die Unmäßigen ziemlich schnell umzubringen. Also meldete ich mich jedesmal, wenn ich meine Rastlosigkeit spürte, zum politischen Dienst, weswegen ich schließlich im Schwarzen Brunnen landete.« Seine Stimme wurde wieder etwas leichter. »Das nächste Mal, wenn ich unruhig werde, gehe ich lieber schwimmen.«

Fasziniert von diesem neuen Aspekt seines Wesens, sagte Laura: »Ich kann mich nicht entscheiden, ob du ein Mann von natürlicher Direktheit mit einem Hang zur Verschlagenheit bist, oder eher ein verschlagener Kerl mit einer Ader zwanghafter Aufrichtigkeit.«

Er lachte in sich hinein. »Irgend etwas dazwischen.«

Eine lange Weile saßen sie schweigend beieinander

und sahen in das kleine Feuer. Als es zur Glut abbrannte, legte Laura ihren Kopf an seine Schulter. »Zum ersten Mal heute ist mir nicht mehr kalt.«

»Heute nacht wird es frieren«, sagte er. »Wir haben zwar genug Holz, um das Feuer in Gang zu halten, aber wir sollten um der Sicherheit willen trotzdem zusammen schlafen.«

Als sie sich ein bißchen versteifte, setzte er hinzu: »Nur schlafen.« Er drückte sie fester an sich, aber die Umarmung war mehr beschützend als leidenschaftlich. »Du fühlst es auch, nicht wahr? Daß unter diesen Bedingungen, mit der Drohung des Krieges über Indien, zuviel Freude fehl am Platz wäre.«

»Ja, genau das«, erwiderte sie, erstaunt, wie gut er ihre Gefühle getroffen hatte. »Wenn ich persönlich mit dem Tod bedroht wäre, würde ich wahrscheinlich in der verbleibenden Zeit so oft wie möglich mit dir schlafen. Aber dies hier ist etwas anderes.«

»›Ein jegliches hat seine Zeit, und alles Vorhaben unter dem Himmel hat seine Stunde‹«, zitierte er weich. »›Töten hat seine Zeit, heilen hat seine Zeit.‹ Ich habe die exakte Reihenfolge vergessen, aber ›herzen hat seine Zeit‹ und ›aufhören zu herzen‹ kommt irgendwie drin vor.«

Laura kramte in ihrer Bibelstundenerinnerung aus der Kindheit und beendete die berühmte Passage: »›Lieben hat seine Zeit, hassen hat seine Zeit; Streit hat seine Zeit, Frieden hat seine Zeit.‹« Nach einer Weile setzte sie hinzu: »Der tanzende Shiva meint das gleiche, nicht wahr? Das Leben ist ein unendlicher Kreis.« Ian stimmte zu, und sie fuhr fort: »Ich bin froh, wenn die ›Zeit des Friedens‹ wieder eintritt, ganz abgesehen von der ›Zeit der Liebe‹, aber ich freue mich auch darüber, dich endlich einmal in Aktion zu sehen. Nicht viele Ehefrauen bekommen eine solche Gelegenheit.«

»Die meisten würden sie nicht wollen«, antwortete er trocken. »Wirklich, das ist vielleicht eine Hochzeitsreise, die ich da für dich arrangiert habe. Seit wir uns kennengelernt haben, wird dein Lebensstandard reduziert, und nun mußt du schon wie ein Bergbandit leben. Hättest du nicht vielleicht lieber Paris gehabt?«

Sie lachte. »Wo immer du bist, will ich auch sein, *Duschenka.*«

Er legte sein Kinn auf ihren Scheitel. »Obwohl ich ja vorgezogen hätte, daß du sicher in Bombay wärst, muß ich zugeben, daß ich diesen Ausflug auch ziemlich genieße. Ich war erst ungefähr fünf Jahre alt, als meine Schwester Juliet mir beibrachte, niemals die Kraft und die Entschlossenheit einer Frau zu unterschätzen. Dennoch bin ich immer wieder überrascht von deinem Mut und deinem genügsamen Wesen. Pjotr Andrejewitsch wäre stolz auf dich.« Er küßte ihre Schläfe. »Und ich bin es auch.«

Laura hatte den Eindruck, als würden seine Worte die Dunkelheit mehr erhellen als das Feuer. Mochte es auch keine Zeit zu lieben sein, so war die Liebe doch präsent, denn jeden Tag empfand sie mehr für Ian, auch wenn er es nicht so erwidern konnte, wie sie es sich gewünscht hätte. Vielleicht hatte Srinivasa recht: Es gab keine Zufälle, und sie und Ian waren geboren worden, um zusammenzusein. Es war, als wäre er die andere Hälfte ihrer Seele, und in plötzlichem Optimismus sah sie ihr Leben in den nächsten Jahrzehnten noch immer mit dem seinen verbunden.

Und das Schaudern, das sie überkam, *mußte* von der Kälte herrühren.

Kapitel 32

Der Krieger wußte nicht, wie lange er schon durch die Berge gestolpert war, denn die meiste Zeit war er nicht ganz bei Bewußtsein gewesen. In gewisser Hinsicht war das Delirium gut, denn er spürte dann wenigstens die Schmerzen nicht. Doch nun kehrte er langsam wieder in die Realität zurück, und er stellte fest, daß er den größten Teil des Shpola-Passes bereits geschafft hatte. Allah mußte seine Hand über ihn gehalten haben, wenn er auf diesem trügerischen Pfad entlanggelaufen war, ohne in den Abgrund zu stürzen. Wäre es Blasphemie, darauf zu hoffen, daß Allah ihm auch etwas zu essen schickte? Er konnte sich nicht erinnern, wann er das letzte Mal etwas zu sich genommen hatte, aber es war einige Tage her. Bald würde er keine Kraft mehr haben, um weiterzulaufen.

Doch er mußte weiter, denn zuviel hing von ihm ab. Schwankend blieb er stehen und lehnte sich gegen den schroffen Felsen. Der Paß war ein geisterhafter Ort, und der Wind jammerte unheimlich – es klang wie die Stimmen verdammter Menschen. Nicht weit vom östlichen Ende des Passes lag sein Zuhause, das Wärme und Nahrung bedeutete, und Menschen, die seine Wunden verbinden konnten. Doch die verbleibende Strecke hätte auch unendlich sein können, denn seine Chancen, sie zurückzulegen, waren nicht die besten.

Dann hörte er das Klappern von Hufen durch die Schlucht hallen. Zuerst durchströmte ihn reine Panik und machte seinen Kopf endgültig klar. Sie hatten ihn eingeholt, und er konnte sie nicht mehr abwehren. Aber nein, das Geräusch kam von vorne, nicht von hinten. Er lauschte angestrengt. Die steinernen Mauern verzerrten die Geräusche und machten es schwer, die Anzahl der Pferde zu schätzen, aber dann entschied er, daß es nur ein einzelner Reiter sein konnte. Allah hatte ihn also doch noch nicht aufgegeben, denn bald würde er Nahrung und Wasser und ein Transportmittel haben.

Daß der herannahende Reiter ein Freund sein könnte, kam ihm gar nicht in den Sinn, nachdem sich in den letzten Tagen jede menschliche Hand gegen ihn erhoben hatte. Er ging vorsichtig ein Stück zurück, bis er an eine etwas breitere Stelle kam, an der eine schroffe Felsnase etwa auf Mannshöhe aus dem Berg ragte. Langsam und unter stechenden Schmerzen in seiner Schulter kroch er auf den Felsen hinauf und duckte sich, so daß er nicht mehr zu sehen war.

Er zog sein Messer und wartete.

Der Führer hatte nicht übertrieben, als er den Paß einen Murmeltierpfad genannt hatte. Er war nicht mehr als ein steiler, gewundener Strich, der sich durch felsige Berge zog. Manchmal war er gerade so breit, daß zwei Menschen nebeneinander reiten konnten, meistens jedoch schmaler. Das Stück, auf dem sie sich gerade vorantasteten, führte an einer Felswand entlang und fiel gefährlich steil auf der anderen Seite in die Tiefe. Weit unter ihnen sprudelte ein schäumender, reißender Bach. Und so, wie der Wind durch die Felsen jagte, konnte man nur dankbar sein, daß man nicht in einen Sturm geriet, denn es war ganz bestimmt nicht abwegig, dann von der Klippe geweht zu werden. Laura konzentrierte sich die meiste Zeit auf den Weg direkt vor ihr, obwohl ihr trittsicheres Pferd gute Arbeit leistete.

Aber es waren nicht nur die offensichtlichen Gefahren, die den Paß so beunruhigend machten. Er kam ihr vor wie ein verfluchter Ort. Laura hielt ihre Flinte schußbereit in der Hand, obwohl sie bezweifelte, gegen Geister eine Chance zu haben.

Sie schaute auf, um einen Blick auf Ian zu werfen. Wenn ihr Mann sich unbehaglich fühlte, dann zeigte er es nicht. Er ritt etwa sechzig Fuß vor ihr her und wirkte so gelassen, als stellte er in einem Park in London seinen neuen Wallach zur Schau. Sie hoffte, daß er bald genug gesehen hatte, um wieder umkehren zu wollen. Sie hatte absolut kein Bedürfnis danach, die Nacht hier oben zu verbringen.

Laura wollte ihren Blick gerade wieder abwenden, als sich auf dem Felsen, an dem Ian gerade vorbeiritt, ein dunkler Schatten erhob. Entsetzt erkannte sie einen Mann, in dessen Hand eine Klinge aufblitzte – und zwar auf Ians blinder Seite. »Ian – über dir!« schrie sie.

Zwei Monate zuvor wäre Schreien das einzige gewesen, was sie hätte tun können, doch nun beschränkte sich ihre Erziehung nicht länger auf die einer behüteten jungen Engländerin. Als der Angreifer sich auf Ian stürzte, legte sie das Gewehr an und schoß.

Der Mann schrie auf und versuchte, mitten im Sprung die Richtung zu ändern. Sein Messer wirbelte durch die Luft und in die Schlucht hinunter. Alarmiert von Lauras Ruf griff Ian nach seinem Revolver, doch im gleichen Moment wieherte sein Pferd vor Angst und stieg. Die folgenden Sekunden kämpfte Ian damit, sein Pferd wieder unter Kontrolle zu zwingen, und nur hervorragende Reitkunst verhinderte, daß Tier und Mensch in den Abgrund stürzten.

Als Laura feuerte, scheute ihr Pferd, geriet aber

Gott sei Dank nicht in Panik. Da sie zu Fuß beweglicher war, sprang sie vom Pferderücken und rannte über den steinigen Pfad auf Ian zu. Die Attacke war zu schnell gekommen, als daß sie hätte Angst empfinden können.

Ian war bereits abgestiegen und sprach beruhigend auf sein Pferd ein, als sie endlich bei ihm war. Der Angreifer, ein Pathane, lag auf dem Rücken auf dem Pfad. Vor einem Augenblick war er noch die Verkörperung des Bösen gewesen, aber jetzt war er nur noch ein lebloser, armseliger Körper. Laura mußte sich an die Felswand stützen, denn plötzlich gaben ihre Knie nach, und sie konnte kaum noch stehen. »Hab ich... hab ich ihn umgebracht?«

»Nicht, wenn er nicht durch den Sturz gestorben ist.« Ian suchte den Pfad und die Umgebung ab. »Der Kerl scheint allein gewesen zu sein. Wenn nicht, wären die anderen schon über uns hergefallen.«

Seine Worte erinnerten Laura daran, daß ihre Flinte leer war, und sie lud sie mit klammen Fingern nach. Als sie fertig war, legte ihr Ian den Arm um die Schulter und zog sie an sich. »Hervorragender Schuß. Du hast ihm das Messer aus der Hand geschossen.«

Sie wischte sich mit einem Turbanzipfel den Schweiß aus der Stirn. »Purer Zufall. Ich habe eigentlich auf seinen Körper gezielt, weil es die größte Fläche bot. Mein Bestreben war, hoch genug zu schießen, damit ich nicht zufällig dich traf.«

»Das hättest du nicht sagen sollen. Ich wollte mich gerade schon selbst loben, weil ich ein so guter Schießlehrer bin.« Er lachte leise. »Ich habe es dir beigebracht, damit du dein Leben schützen kannst, statt dessen hast du aber wohl das meine gerettet.«

Seine Heiterkeit und seine Berührung beruhigten

Laura wieder. Sie begann sich zu entspannen, während sie sich fragte, ob es das gewesen war, was sie förmlich gezwungen hatte, ihn zu begleiten. Mochte es auch Glück gewesen sein, sie hatte tatsächlich verhindert, daß man ihrem Ehemann die Kehle durchschnitt. Gott sei Dank gab es die russische Dickköpfigkeit.

Der Augenblick des Friedens war vorüber, als der Mann auf dem Boden die Augen öffnete. Ian ließ Laura sofort los und zog den Revolver, aber der Pathane hatte keine Energie mehr, um zu kämpfen. Um seinen linken Arm und seine rechte Wade trug er ungeschickt gewickelte, grobe Verbände, und sein Blick war hoffnungslos, wie der eines Mannes, der alles auf eine letzte Karte gesetzt und verloren hatte. Nichtsdestoweniger richtete Ian den Lauf auf ihn. »Bist du allein?« fragte er auf Pashto.

Der Mann starrte ihn an, sagte aber nichts.

Ian richtete nun den Lauf auf ihn. In leichtem Plauderton fragte er: »Was meinst du, wie schnell stirbt man mit einer Kugel im Bauch?«

Mit heiserer, aber trotziger Stimme preßte der Pathane hervor: »Mach schon, schieß, du Hund. Von mir erfährst du nichts.«

Ian entsicherte den Revolver. Er würde den Mann zum Reden bringen, wenn nicht durch Überzeugung, dann durch andere Mittel. Doch da meldete sich Laura zu Wort. »Ian, trägt er nicht die Hosen eines Company-Soldaten?«

Ian musterte den Pathanen und entdeckte unter seinem zerfetzten Mantel und dem blutgetränkten Hemd tatsächlich die Hosen eines Sepoys. Scharf fragte er: »Dienst du dem Sirkar?«

»Ja«, gab der Mann düster zurück. »Ich bin ein *Havildar*, und ich bin stolz darauf.«

Ein Havildar entsprach etwa dem englischen Rang eines Sergeants. Mit leichter Erregung sagte Ian auf englisch: »Laura, bring dem Burschen Wasser und etwas zu essen.« Dann ging er zu Urdu über. »Gehörst du zu denen, die sich aus Kabul zurückgezogen haben?«

Der Mann erschauderte kurz, faßte sich aber wieder. Er spuckte aus. »Du kriegst keine Informationen von mir, du dreckiges Schwein«, wiederholte er. »Sag deinem Herrn, daß Gulab Khan als Mann gestorben ist – treu bis in den Tod.«

Ian riß sich den Turban vom Kopf, so daß sein rotbraunes Haar sichtbar wurde. »Dein Herr und meiner sind dieselben, Havildar Gulab Khan. Ich bin ein Offizier des 46. Eingeborenen-Infanterieregiments.«

Gulab Khan starrte ihn einen Moment an, und sein Blick wanderte von Ians Haar zu den blaugrauen Augen und zurück. Dann hob er wortlos die bebende Hand zum militärischen Gruß.

Laura brachte den Wasserschlauch und ließ ein bißchen Wasser in den Mund des Pathanen tröpfeln, dann gab sie ihm die beiden Chapatis, die übrig waren. Der Mann schlang sie hinunter, und Laura fragte ruhig auf englisch: »Meinst du, er würde etwas Brandy nehmen? Es könnte ihn wieder ein bißchen aufrichten.«

Ian überlegte einen Moment. Für Moslems war Alkohol verboten, und die meisten rührten ihn nicht an, aber es gab Ausnahmen. Dieser Mann konnte bestimmt etwas gebrauchen; nun, da er Verbündete gefunden hatte, war er kurz vor dem Zusammenbruch. »Einen Versuch ist es wert. Bring ihn her.«

Sie kippte etwas Brandy in einen Becher. Ian nahm ihn und hielt ihn Gulab Khan vor die Augen. »Ich muß mit dir über das reden, was auf der anderen Seite der Berge geschieht, Havildar. Dich um dies zu bitten, ist eine schreckliche Sünde, und ich werde akzeptieren, wenn du ablehnst. Aber willst du um des Sirkar willen ein einziges Mal in Erwägung ziehen, Alkohol zu dir zu nehmen, um deine Energien wiederzuerlangen?«

Gulab Khan zögerte, hin- und hergerissen zwischen Moral und Notwendigkeit. Doch dann griff er nach dem Becher und trank den Brandy in zwei Schlucken, was einen sichtbaren Effekt hatte. »Was willst du wissen, Huzar?«

»Erzähl mir kurz, was mit der Armee geschehen ist.«

Während Laura seine Wunden reinigte und neu verband, fügte Gulab Khan der Geschichte, die Ian schon in Manpur erfahren hatte, die Einzelheiten hinzu. Der Havildar wußte nicht genau, wann er verwundet worden war – vielleicht war es vor zehn Tagen gewesen. Es war ihm gelungen, die größte Strecke des Rückzugs eine kleine Gruppe Männer zusammenzuhalten, doch ein paar Meilen vor Jallalabad waren sie umzingelt und von Angreifern in fünffacher Überzahl niedergemetzelt worden.

Gulab Khan war verwundet worden, und die Leiche eines anderen fiel auf ihn. Die Afghanen hatten soviel Kriegsbeute bei sich, daß sie nur die wertvollen Waffen nahmen und darauf verzichteten, die Toten zu durchsuchen. So entging ihnen, daß es einen Überlebenden gegeben hatte.

Schließlich fanden sie, sie könnten eine Pause machen, und zündeten ein Feuer neben den Sepoy-Leichen an. Während sie ihre Mahlzeit bereiteten und aßen, redeten sie fröhlich über den Sieg und über das, was sie als nächstes vorhatten. Einer der Männer war ein Stammesoberhaupt und erzählte den Reitern, sie würden bald über den Shpola-Paß nach Indien eindringen. Dort würden sie sich mit anderen Armeen zusammentun und die Briten so leicht ins Meer treiben, wie sie sie aus Kabul verjagt hatten.

Als er das hörte, wurde Gulab Khan klar, daß er sich den Tod noch nicht gönnen konnte, auch wenn er halb verhungert und erfroren und verwundet war. Als die Afghanen fort waren, stand er auf, nahm sich Mantel und Hemd von einem toten Kameraden, damit er die auffällige rote Kleidung, die er trug, verdecken konnte. Dann begann er vorwärtszuhinken, um General Sale Sahib in Jallalabad zu berichten, was er wußte.

Nach dem schrecklichen Marsch bis Jallalabad kam der vernichtende Schlag. Als er auf Sichtweite an das Fort herangekommen war, mußte er feststellen, daß er nicht hineinkam, denn die Ebene um die Festung war voller galoppierender, schießender und schreiender Afghanen. Zu versuchen, hindurchzukommen, wäre Selbstmord gewesen.

An diesem Punkt hätte Gulab Khan fast aufgegeben. Aber er war nicht nur Soldat des Sirkar, sondern auch ein Afridi, und er würde sich nicht hinlegen und sterben, wenn er so wichtige Informationen besaß. Natürlich würde er nicht über den Khyber kommen, und so hatte er sich auf den Weg zum Shpola gemacht, den er aus seiner Kindheit kannte.

Der Mann hatte seine Erzählung beendet und sackte gegen den Felsen zurück. »Du hast mit bewundernswerter Tapferkeit gehandelt, Gulab Khan«, sagte Ian ruhig. »Der Sirkar kann stolz darauf sein, Männer wie dich zu haben.«

Die Augenlider des Havildars flatterten noch einmal auf. »Das Wichtigste habe ich mir bis zum Schluß aufgespart, Huzar«, sagte Gulab Khan mühsam. »Die Afghanen sind weniger als einen halben Tag hinter mir.«

Ian fluchte. »Haben sie den Paß schon erreicht?«

»Ich habe sie mit meinen eigenen Augen gesehen«, sagte Gulab Khan. »Als ich auf dem Kamm ankam und zurückblickte, sah ich eine endlose Reihe Krieger, einige beritten, einige zu Fuß. Und Waffen, Huzar. Sie schleppen unglaubliche Waffen.«

Ian warf Laura einen Blick zu und empfand eine kurze, heftige Furcht. Er hätte niemals zulassen dürfen, daß sie ihn begleitete. Die Invasion hatte begonnen, und die Eindringlinge waren nur ein paar Meilen entfernt. Doch er mußte sich zusammenreißen. »Havildar, gibt es hier irgendwo eine Stelle, an der ein einzelner Mann eine Armee aufhalten kann?«

Gulab Khan dachte nach, dann erschien ein wölfisches Grinsen auf seinem Gesicht. »Ja, Huzar. Ein kleines Stück weiter voraus.«

Ian half dem Mann auf die Füße und hob ihn dann auf sein eigenes Pferd. »Zeig es mir.«

Ian führte das Pferd den Pfad entlang und hielt mit einer Hand Gulab Khan fest, während Laura mit ihrem Pferd folgte. Eine halbe Meile weiter kamen sie an eine Stelle, die exakt für einen Hinterhalt geschaffen worden schien. Der Pfad hatte eine ganze Weile schon bergauf geführt, und nun hatten sie den höchsten Punkt erreicht. Ein kurzes Stück weiter, bevor er sich wieder senkte, machte der Weg eine Schleife, die wie ein doppeltes Hufeisen aussah. Dort war der Pfad so schmal, daß wirklich nur ein einziger Mensch auf ihm laufen konnte. Ein Heckenschütze auf dieser Seite konnte leicht jeden treffen, der von dort kam. Zudem würde er den Vorteil der erhöhten Position haben. Dies war eine Stelle, an der Ian wirklich eine Armee aufhalten konnte. »Gut gemacht, Havildar. Das ist perfekt.«

»Nein, Huzar«, sagte der Pathane. Mit einer umfassenden Geste deutete er auf die Berge über ihnen. »*Das* ist perfekt.«

Ian folgte seinem Blick und sah ein dunkles Loch, das die Öffnung einer kleinen Höhle sein mußte. Wer immer sich dort versteckte, würde eine klare Sicht auf den Feind haben, aber praktisch nicht zu treffen sein.

»Ausgezeichnet, Gulab Khan«, sagte Ian. »Mit genug Proviant und Munition kann ein Mann in der Höhle ewig durchhalten.«

»Also klettern wir da hinauf und warten auf die Afghanen?« fragte Laura, während sie die Höhle musterte.

»Nicht ›wir‹.« Ian wappnete sich bereits gegen den Widerspruch, der nun kommen würde. »Ich werde mich dort oben verkriechen, während du Gulab Khan und die Pferde zurück ins Dorf bringst. Dort wirst du seinem dankbaren Volk eine Eskorte abringen, die dich in den Punjab bringt, wo du ein britisches Regiment suchst, das du wiederum hierher zurückführst.«

Ihr Kopf wirbelte herum, und sie funkelte ihn mit wilden goldenen Augen an. »Nein! Ich lasse dich nicht hier allein.«

»O doch«, gab er mit einer Stimme zurück, die wie eine Peitsche einschnitt. »Wir hatten ausgemacht, daß du gehorchen mußt, wenn du mitkommen willst. Nun ist die Zeit gekommen, und ich lasse keinen Widerspruch zu. Meine Pflicht liegt hier, deine darin, Verstärkung zu holen.«

Schmollend antwortete sie: »Also soll ich dich hier allein lassen, einer ganzen Arme gegenüber?«

»Spar dir dein Mitgefühl für die Afghanen. Ihnen wird es schlechter gehen als mir.« Seine Stimme wurde weicher. »Glaub mir, Larischka, meine Überlebenschancen sind ausgezeichnet. Diese Höhle da ist buchstäblich uneinnehmbar. Es ist durchaus möglich, daß die Afghanen sich zurückziehen und stattdessen versuchen werden, den Khyber-Paß zu stürmen. Selbst an der schmalsten Stelle ist er Hunderte von Yards breiter als der Paß hier.«

»Und was, wenn sie versuchen, sich durchzubeißen?«

»Dann sterbe ich vielleicht hier«, sagte er kühl. »Aber selbst wenn das geschieht, kann ich sie vielleicht lange genug aufhalten, um die Rebellion im Keim zu ersticken. Du weißt doch, der Punjab erhebt sich erst, wenn die Afghanen da sind, und Rajiv Singh wird allein auch nichts unternehmen. Ist das nicht wichtiger als mein Leben? Oder, Gott vergib mir, unser beider Leben?«

Tränen brannten in ihren Augen, als sie ihn anstarrte. Niemals zuvor hatte sie diese eiserne Kraft und Entschlossenheit an ihm gesehen, die ihn auch den Schwarzen Brunnen hatte überleben lassen. Und niemals zuvor hatte sie ihn mehr geliebt. Mit einem Kloß in der Kehle sagte sie: »Ich nehme an, das ist es wert. Also gut. Ich gehe ohne weitere Diskussion. Was denkst du, wie nah könnten die britischen Truppen sein?«

»Wenn alles reibungslos funktioniert hat – wenn Rawdon augenblicklich losmarschiert ist, als er Zafirs Nachricht erhalten hat –, dann müßte die Vorhut innerhalb weniger Tage hier sein.«

Laura verzichtete auf den Hinweis, daß es Wochen dauern konnte, wenn es nicht reibungslos funktioniert hatte, denn Ian wußte das selbst. Sie blickte den steilen Anstieg hinauf und dachte, daß sie wohl würde hinaufklettern können. »Ich helfe dir, die Sachen raufzutragen.«

»Gut. Dann geht es schneller. Wenn du danach sofort losreitest, kannst du vor der Dunkelheit noch aus dem Paß heraus sein.«

Laura ging zu ihrem Pferd und lud das meiste vom Proviant und einen vollen Wasserschlauch ab. Gulab Khan, der halb ohnmächtig auf Ians Pferd zusammengesunken war, wurde wieder ein bißchen munterer. »Dein Diener ist ziemlich geschwätzig, Huzar«, murmelte er.

»Sie ist mehr als mein Diener«, erwiderte Ian trocken. »Sie ist meine Frau.«

Der Pathane hob den Kopf. »Eine Frau?« fragte er ungläubig.

Ian nickte. »Ich verlasse mich darauf, daß du sie beschützt, Havildar.«

»Mit meinem Leben, Huzar«, erwiderte Gulab Khan feierlich.

Laura blickte zweifelnd auf die beiden Männer. Sie war sich nicht sicher, ob Ian ihr einen Extraschutz verschaffen wollte oder ob er versuchte, den Verwundeten mit der ihm übertragenen Verantwortung ein wenig zu beleben. Aber es war doch wahrscheinlich, daß sie diejenige war, die sich und Gulab Khan notfalls verteidigen mußte.

Ohne weitere Worte schlang sie den Proviantsack über die Schulter und begann zu klettern.

Ian war direkt hinter ihr. Als er sich neben sie hinaufzog, stellte er Gewehr und Munition ab und blickte dann in Richtung Afghanistan. »Unsichtbarer kann man praktisch nicht sein.«

Laura folgte seinem Blick. »Wenn du einen Steinwall baust, hast du zusätzlichen Schutz.«

»Gute Idee. Das tue ich, während ich auf die Company warte.« Ian drehte sich um und betrat die Höhle. Seine Stimme hallte, als er sagte: »Sie ist größer, als ich dachte.«

Laura folgte ihm. Sie fand einen Raum, der hoch genug war, daß man aufrecht stehen konnte, sich nach hinten aber wieder verjüngte und in der Dunkelheit verschwand. Ian wies auf ein Rinnsal Wasser, das die Wand heruntertröpfelte. »Mit Wasser kann ich ewig hier ausharren. Mir scheint, es gibt hier noch einen anderen Ausgang. Spürst du den Luftzug?«

Laura hörte seine Worte kaum. Der Hauptgrund, warum sie mit ihm hier hatte heraufklettern wollen, war der Wunsch nach einem privaten Abschied gewesen. Sie konnte nur daran denken, daß sie sich nun trennen mußten... vielleicht für immer. Mit erstickter Stimme sagte sie: »Paß auf dich auf, *Duschenka.*«

Er zog sie in seine Arme und küßte sie innig. »Das tue ich. Und du, du auch auf dich. Glaub mir, ich hasse es noch mehr, dich fortschicken zu müssen, als du es verabscheust, gehen zu müssen.«

Sie hielt ihn ganz fest und nahm diesen Augenblick in sich auf. Das Gefühl seines Körpers, der Klang seiner Stimme, die Empfindung, nur mit ihm ein Ganzes zu bilden – all das war so real, daß sie nicht glauben konnte, sie würde es vielleicht nie wieder erfahren. »Ich liebe dich, Ian«, flüsterte sie.

Seine Arme drückten ihre Rippen, bis ihr Brustkorb schmerzte. »Ich hatte eine Menge Glück in meinem Leben, Larissa Alexandrowna, doch das größte Glück war, dich zu treffen. Möge Gott mit dir sein, mein schönes Mädchen.«

Er küßte sie ein letztes Mal, und es tat weh. Dann kletterten sie den Felsen wieder hinunter, Ian voran, damit er sie auffangen konnte, falls sie ausrutschte. Doch sie tat es nicht – sie konnte es sich nicht leisten, wenn Ians Leben davon abhing, daß sie schnell genug Hilfe herbeibringen konnte.

Laura stieg auf ihr Pferd und trieb es an, Gulab Khan folgte ihr auf dem von Ian. Sie blickte nur ein einziges Mal zurück: Ian sah ihnen hinterher, reglos wie die Felsen um ihn herum. Er hatte den Turban nicht wieder aufgesetzt, und sein Haar leuchtete rotbraun in der kalten Wintersonne. Sie wollte umkehren und in seine Arme stürzen, doch statt dessen hob sie die Hand und warf ihm einen Kuß zu. Sie würde diesen Anblick niemals vergessen. Ian lächelte und drehte sich dann um.

Langsam ritten sie den Pfad entlang. Laura war zutiefst dankbar, daß Gulab Khan von ihrer Identität wußte. Sonst hätte er ihre Tränen bestimmt mit Verachtung zur Kenntnis genommen.

Kapitel 33

Ian hörte die Afghanen lange bevor er sie sah, denn es war einer solchen Masse unmöglich, sich lautlos durch die Berge zu bewegen. Zuerst war es nur ein unbestimmtes Geräusch, wie das Summen ferner Bienen. Schließlich jedoch ließen sich verschiedene Einzelheiten unterscheiden. Stimmen, manchmal ein gebrüllter Fluch. Fußtritte und Hufschlag, ab und zu das dumpfe Geräusch, wenn ein Ausrüstungsgegenstand auf den Boden fiel. Jeder Soldat würde die Geräusche einer marschierenden Armee zuordnen, obwohl sie seltsam dünn erklangen, weil sie meilenweit auseinandergezogen waren und vom windigen Pfad geweht wurden.

Es war später Morgen, und Ian wartete geduldig. Er hatte am Tag zuvor bereits alle Vorbereitungen getroffen. Nachdem er einen behelfsmäßigen Schutzwall an der Kante der Höhle errichtet hatte, war er den Pfad hinuntergegangen und hatte an verschiedenen Stellen Steine zu Barrikaden gehäuft. Die Afghanen würden diese umgehen müssen, und das unter seinem Gewehr. Obwohl all das vielleicht nicht nötig war, wollte er lieber zuviel tun, als zuwenig.

Die Nacht war ruhig gewesen. Mit trockenem Holz, das nicht qualmen würde, hatte er ein kleines Feuer entzündet und alles verbleibende Mehl zu Chapatis verbacken, damit er genug Vorrat besaß. Dann lehnte er sich mit dem Rücken an die Felswand und sah dem Feuer zu, das zur Glut niederbrannte. Es war ein simples Vergnügen von der Art, wie er es im Gefängnis zu schätzen gelernt hatte.

Seine Stimmung war eine Mischung von Resignation und fatalistischer Ruhe. Auch wenn er Laura beruhigt hatte, hielt er es für unwahrscheinlich, mit dem Leben davonzukommen. In einer Schlacht gab es tausend Dinge, die schiefgehen konnten. Ihm konnte schließlich auch die Munition ausgehen.

Doch irgendwie schien es ihm passend, auf diese Art zu sterben, denn sich für eine solche Sache zu opfern, konnte endlich seine verlorene Ehre wiederherstellen. Zwar wußte niemand außer Laura, welche Schande er in Buchara über sich gebracht hatte, aber das Bewußtsein seines Scheiterns machte es ihm unmöglich, Laura zu sagen, was sie für ihn bedeutete. Laura verdiente einen Mann von Mut und unbefleckter Ehre, nicht einen allzu menschlichen Schwächling, der den unheroischen Wunsch besaß, zu überleben.

Auch wenn er es gehaßt hatte, Laura fortschicken zu müssen, war er ziemlich sicher, daß keine Gefahr für ihr Leben bestand. Gulab Khan zu treffen, war unglaubliches Glück gewesen. Nicht nur, daß er ihnen lebenswichtige Informationen hatte liefern können – für ihn und seinen Stamm war es nun eine Ehrenpflicht, Laura zu beschützen, nach allem, was sie und er selbst für den Havildar getan hatten. Es war weitaus besser, einen Afridi zum Freund als zum Feind zu haben, so daß sie zumindest sicher war.

Die Geräusche wurden nun lauter. Obwohl man es in der Schlucht schwer beurteilen konnte, schätzte er, daß der erste Afghane bald um die Biegung kommen würde. Er war bereit: das Gewehr geladen, Munition neben ihm und ein nasser Lumpen unter dem Lauf, um ein Überhitzen zu vermeiden. Zum Glück hatte er einen Hinterlader, der sich viel schneller handhaben ließ als der primitive Vorderlader, den die meisten Afghanen besaßen.

Es war zwar nicht das erste Mal, daß er in den Bergen kämpfte, aber bisher hatte er immer Freunde an seiner Seite gehabt. Diesmal würde er allein kämpfen und vielleicht allein sterben.

Also gut.

Dann kam der erste um die Biegung. Ian hob ohne Hast seine Waffe und drückte ab. Die Kugel nahm ihren Lauf tödlich und sicher, und der trockene Knall zerriß die Luft. Der Afghane schrie auf und taumelte zur Seite, dann stürzte er in die Schlucht. Seine Stimme hallte von den Steinwänden wider, bis sie nach einem dumpfen Aufprall verstummte.

Ian lud rasch nach, als auch schon der nächste kam. Geduckt und mit dem Jezail im Anschlag suchte er die Berge über ihm ab. Ian feuerte wieder. Noch ein Schuß, noch ein Treffer. Dieser fiel auf den Pfad, nicht in die Schlucht.

Er erschoß ein halbes Dutzend Männer, bevor sie nicht weiter nachdrängten. Sechs Kugeln, sechs Treffer. Hervorragende Zielgenauigkeit, aber Ian konnte sich nicht daran freuen. Menschen zu töten war höchstens eine Notwendigkeit, keine Quelle des Stolzes.

Eine lange Zeit geschah nichts. Den Blick auf den Pfad fixiert, trank Ian etwas Wasser. Schließlich erklang eine Stimme in Pashto. »Wer ist da? Wir sind keine Feinde. Wenn du Wegzoll willst, dann bezahlen wir ihn. Dann kannst du dich zu uns gesellen, denn wir können einen Krieger wie dich gebrauchen.«

»Aber wir *sind* Feinde«, rief Ian zurück. »Ich diene dem Sirkar, und ich sage euch, daß ihr nicht vorbeikönnt!«

Schweigen. Dann, wie er es erwartet hatte, schoß eine kleine Gruppe Männer hinter der Biegung hervor und suchte eine Deckung, um von dort aus das Feuer zu erwidern. Aber es gab keine Deckung. Methodisch schoß er einen nach dem anderen ab. Drei schafften es noch, wild herumzuballern, bevor sie stürzten, aber sie hatten keine Zeit mehr, seine Position auszumachen, und die Kugeln schlugen nicht einmal in seiner Nähe ein.

Es war kein Krieg, es war eher, als würde man zahme Vögel abknallen. Aber es war effektiv. Sehr effektiv.

Wieder entstand eine Pause. Dann brüllte eine Stimme: »Im Namen Allahs, wirst du uns erlauben, die Verwundeten zu holen?«

»In seinem Namen, ja. Ihr könnt sie holen!« erwiderte er.

Der erste Mann kam um die Biegung, die Hände hoch in der Luft. Als klar wurde, daß der Schütze sein Wort hielt, huschten mehrere herbei. Hastig hoben sie ihre Gefallenen auf und verschwanden wieder.

Ein Stimmengewirr folgte. Die Afghanen berieten sich, was sie tun sollten. Es war schade um die armen Bastarde. Sie hatten keine Chance gehabt. Dennoch hörte er keine Geräusche eines Rückzugs.

So wartete er ruhig auf den nächsten Angriff.

Es war nicht überraschend, daß Laura sich verirrt hatte. Wenn sie nicht so erschöpft und so sattelmüde gewesen wäre, hätte sie es für eine Alptraumlandschaft gehalten: karg, kalt und endlos. Doch leider war dies die Wirklichkeit, so wie Gulab Khan, der über dem Widerrist von Ians Pferd zusammengesunken war. Am Abend zuvor hatte er noch genug Kraft gehabt, selbst abzusteigen, und mit Begeisterung hatte er gegessen. Als der Morgen dämmerte, fieberte er und war kaum mehr in der Lage, allein auf das Pferd zu steigen.

Und so hielt er sich zwar gerade noch auf dem Sattel, konnte ihr aber nicht den Weg weisen. Sie hatte versucht, ihrer Spur zurück zum Dorf Nushki zu folgen, wo sie den Führer gefunden hatten, doch aus der anderen Richtung sah alles anders aus. Nun hatten sie sich also gründlich verirrt. Im Augenblick ritten sie auf etwas, das wie ein Ziegenpfad aussah, und sie hoffte, er könnte sie zu einer Ansiedlung bringen.

Ganz plötzlich veränderte sich die Lage. Drei Pathanen tauchten hinter den Felsen auf und hielten die Jezails auf sie gerichtet. Einer brüllte sie auf Pashto an. Sehr behutsam zügelte Laura ihr Pferd und hob die Hände. »Spricht einer von euch Urdu oder Persisch?«

Keine Antwort. Als sie sich ihr näherten, versuchte sie es mit verschiedenen Dialekten, ohne etwas zu erreichen. Aber es gab zumindest ein Wort, das sie sicher erkennen würden. *»Anglezi«,* sagte Laura.

Das drang durch, obwohl die Männer bei ihrem Anblick verwirrt waren. Sie sah nicht gerade englisch aus. Langsam hob sie die Hände zu ihrem Turban und wiederholte: *»Anglezi.«* Dann riß sie sich den Turban vom Kopf, und ihr Haar fiel frei über ihre Schultern.

Die Pathanen starrten sie an. Wie auch immer sie über die Briten denken mochten, sie konnte sich nicht vorstellen, daß sie eine Frau sofort über den Haufen schießen würden. Dann deutete sie auf Gulab Khan, der über dem Sattelknauf hing und nicht bemerkte, was um ihn herum geschah. »Afridi.«

Einer der Männer kam näher heran. Nachdem er dem Havildar ins Gesicht gesehen hatte, rief er: »Gulab Khan!«

Plötzlich begannen alle zugleich zu reden, und die drei Männer senkten ihre Waffen. Laura dankte Gott, daß sie offenbar nahe genug am Heimatdorf des Havildars waren und man ihn wiedererkannt hatte. Die drei Pathanen besprachen sich kurz, dann sagte der eine: »Kuram.« Die anderen beiden nickten, also setzte der eine sich in Bewegung, während die anderen die Zügel der Pferde ergriffen und begannen, sie durch die Berge zu führen.

Nach einer Stunde kamen sie an ein Anwesen, das dem Habiburs sehr ähnlich war. Eine Reihe Frauen kam sofort herbei und kümmerte sich um Laura, sie berührten ihr Haar und streichelten ihre Haut. Leider sprach keine von ihnen Urdu, und Laura konnte nur wenige Worte Pashto verstehen, obwohl die beiden Dialekte sehr eng verwandt waren. Sie wurde immer ungeduldiger. Wie sollte sie sich nur verständlich machen?

Um Gulab Khan kümmerte man sich ebenfalls sofort, und man schleppte ihn schnell ins Haus, um ihn zu versorgen. Auch wenn dies nicht sein Zuhause war, handelte es sich bestimmt um nahe Verwandte, denn hier in den Bergen gab es nur Pathanen. Sie war sicher, daß sie ihn gut pflegen und behandeln würden.

Obwohl es schön war, verwöhnt zu werden, fühlte sich Laura nach dem Essen und einem kurzen Schlaf immer unruhiger. Als sie versuchte, ihnen zu sagen, daß sie gehen wollte, machten ihre Gastgeberinnen ihr klar, daß ihr dies nicht freistand. Immer wieder sagten die Frauen »Kuram«, und sie hoffte, daß es der Name eines Mannes war, der Urdu sprechen konnte, und den man herbeiholen wollte.

Sie hatte fast richtig vermutet. Schließlich bedeutete ihr eine der älteren Frauen mit Gesten, ihr zu folgen. Sie betraten einen Hof und verließen dann das Anwesen, wobei die Frau ihr Gesicht verhüllte, als sie hinausgingen. »Kuram«, sagte sie und wies auf einen großen, jungen Pathanen mit intelligentem Gesicht.

Hoffnungsfroh sagte Laura: »Sprichst du Urdu?«

Er lächelte. »Ja«, sagte er in reinem Englisch. »Aber möchten Sie nicht lieber in Ihrer eigenen Sprache sprechen?«

»Dem Himmel sei Dank«, sagte sie inbrünstig. »Sind Sie ein Soldat des Sirkar?«

»Das war ich, bis ich eine jugendliche Dummheit beging«, sagte er ein wenig traurig. »Dann nahm ich eine Stellung bei einem Bergfürsten an und ging mit ihm nach England. Zwei Jahre blieb ich dort.« Er wies auf eine kleine Holzbank an einer Lehmmauer. »Sagen Sie mir, was eine Engländerin hier macht. Für meine Leute sind Sie ein Wunder.«

In der Hoffnung, Kurams Zeit in England bedeutete auch, daß er auf britischer Seite stand, nannte Laura ihren Namen und erklärte ihm die Lage. Schließlich fügte sie hinzu: »Wollen Sie mir helfen? Ich brauche eine Eskorte und einen Führer.«

Er dachte nach. »Meine Leute werden nicht besonders froh darüber sein, daß britische Truppen durch unser Land marschieren. Allerdings wird es ihnen noch weniger gefallen, wenn die Afghanen das Gebiet für ihre Invasion benutzen. Die Afghanen sind unsere Vettern, wissen Sie? Deswegen ist es viel leichter, sie zu hassen.« Er erhob sich von der Bank. »Ich werde eine Nachricht zu meinem Stamm schicken und vorschlagen, daß sie die Briten unbehelligt durchziehen lassen. Die meisten werden sie ebenfalls als das kleinere Übel betrachten, da sie eher wieder verschwinden werden.«

Nach diesen Worten geschah alles sehr rasch. Innerhalb einer halben Stunde waren Laura und Kuram auf dem Weg zur Straße, die zum Khyber-Paß führte. Nun mußte sie nur noch eine Armee finden.

Ian hatte seine Armee gefunden und wünschte sich nichts mehr, als daß sie verschwände. Die letzten Stunden hatte er oft an ein Hindu-Gebet gedacht: *O Herr, vom Gift der Kobra, von den Zähnen des Tigers und von der Rache der Afghanen befreie uns!*

Es war nicht schwer zu erraten, woher die Afghanen ihren Ruf hatten. Warum konnten diese verdammten Idioten nicht einfach einsehen, daß sie den Shpola-Paß nicht benutzen konnten, und verschwinden? Aber sie taten nichts dergleichen. Sie machten Ausfälle, kletterten bergauf, bergab und auf der anderen Seite der Schlucht herum, taten alles Erdenkliche, um sich ihm zu nähern.

Sie hatten seine luftige Position inzwischen ausgemacht. Ab und zu kam einer hervorgerannt, feuerte auf ihn und versuchte, sich zu ducken, bevor er zurückschießen konnte. Manchmal hatten sie Erfolg, meistens aber Ian. Ein cleverer Kerl versuchte es mit einer List: Er wickelte einen Turban um einen Stock und hielt ihn hoch, um Ian dazu zu verleiten, Munition zu verschwenden. Ian fiel einmal darauf herein. Danach wartete er, bis sich der restliche Körper zeigte.

Aber so sparsam er auch mit seiner Munition war – als es dämmerte, wurde sie langsam knapp. Als die Nacht hereinbrach, wurde es stiller im Feindeslager, aber immer noch war von Rückzug nichts zu hören. Er nahm an, daß sie sich deswegen nicht entschließen konnten, weil sie schon so weit gekommen waren. Jetzt umzukehren und es beim Khyber-Paß zu versuchen, würde sie Tage kosten und wahrscheinlich noch mehr Ausfälle.

Vermutlich würden sie im Schutz der Dunkelheit versuchen, zu ihm heraufzuklettern, doch die Nacht war klar, und der Mond schien hell, so daß der Pfad gut zu erkennen war. Nachdem er ein paar Männer erledigt hatte, die es versuchten, gaben sie auf.

Die schwierigste Zeit kam nach dem Monduntergang, als der Pfad nur noch vom Sternenlicht erhellt wurde. Ian stand auf seiner Felsnase und lauschte. Er wartete, bis sie gegen die erste Steinbarriere liefen. Ein Fluch wurde ausgestoßen, hastig unterdrückt, dann hörte er das Knirschen von Steinen, die geschoben wurden. Im Gefängnis hatten sich sein Gehör und seine Augen unheimlich geschärft, und er konnte ziemlich gut erkennen, welche Schatten zu einem Menschen gehörten. Er feuerte, jemand schrie auf. Nur durch Ertasten lud er nach, schoß wieder, dann noch einmal. Er wußte nicht, ob er noch einmal traf, aber der erste Tote hatte gereicht. Er hörte hastige, sich entfernende Schritte, dann verfluchte ihn jemand. Dennoch zogen sie sich noch immer nicht zurück.

In dieser Nacht passierte nichts mehr, trotzdem blieb er in Bereitschaft. Als es dämmerte, begann die Müdigkeit an seinen Kräften zu zehren. Die Frage, was ihm eher ausgehen würde – die Munition oder die Energie – blieb offen.

Er wartete, lauschte und aß Chapatis und eine Handvoll Rosinen. Immer noch hörte er menschliche Geräusche auf der anderen Seite der Schlucht, doch niemand ließ sich blicken. Sie planten etwas, dessen war er sich absolut sicher. Die Frage war nur, was?

Kuram erwies sich als exzellenter Führer. Laura schickte ein stilles Dankgebet zum Himmel. Mehr und mehr kam es ihr vor, als würde Gott sie und Ian beschützen – sie beide hatten zuviel Glück gehabt, als daß es noch Zufall sein konnte. Vielleicht war dies auch Iqbal, von dem Ian gesprochen hatte – vorbestimmtes Glück. Aber Laura war es im Endeffekt egal, woher Hilfe kam – Hauptsache, der Krieg konnte aufgehalten und ihr Mann, dafür betete sie, gerettet werden.

Bald nachdem sie am nächsten Morgen aufgebrochen waren, entdeckten sie in der Ferne eine Staubwolke. Kuram zügelte sein Pferd und versuchte angestrengt, etwas zu erkennen.

»Ist dies die Straße zum Khyber?« fragte Laura.

»Noch nicht. Das dort ist eine Gruppe Company-Ulanen. Ihre Verstärkung ist da, Lady Falkirk.«

Das war schneller, als sie sich erträumt hatte. Die Soldaten mußten bereits auf dem Weg nach Norden gewesen sein, als Zafir sie getroffen hatte. Iqbal, in der Tat. Ungeduldig trieb sie ihr Pferd der Truppe entgegen, und Kuram folgte.

Sie galoppierten auf die herannahenden Ulanen zu, als der vorderste Mann winkte und rief. Laura war sehr froh, Zafir zu sehen, doch was sie wirklich überzeugte, daß ihr Iqbal funktionierte, war der Captain, der nun auf sie zukam.

»Laura, dem Himmel sei Dank, daß du gesund und munter bist«, sagte David, als er sie erreicht hatte. »Was ist mit Ian?«

Vor den Augen Dutzender neugieriger Soldaten lehnte Laura sich aus dem Sattel und umarmte ihren Schwager fest. »Es ging ihm gut, als ich ihn zum letzten Mal sah, aber wir müssen uns höllisch beeilen, wenn es so bleiben soll.«

Er erwiderte ihre Umarmung, grinste jedoch breit. »Benimm dich lieber, sonst leide ich den Rest des Lebens darunter. Ich muß doch die Würde des Sirkar wahren.«

»Ich habe es aufgegeben, eine englische Lady zu sein, aber um deinetwillen versuche ich, mich zu beherrschen.« Sie lächelte ihn unsicher an. »Meine Güte, ich bin so froh, dich zu sehen.«

Sie stellte Kuram vor und erklärte, wie sehr er ihr geholfen hatte. Da Zafir ein Mohmand und Kuram ein Afridi war, funkelten sich die beiden zuerst an. Da mischte sich Laura ein. »Für die Dauer dieses Unternehmens könnte ich euch beiden die zeitweilige englische Staatsbürgerschaft anbieten, so daß ihr euch nicht an die Kehle springen müßt.«

Beide Männer lachten. »Schon gut, Lady«, sagte Kuram. »Solange dieser ringelschwänzige Sohn eines unreinen Tieres weiß, daß er in Zukunft besser nicht auf Afridi-Land herumstreunen sollte.«

Gleichermaßen fröhlich antwortete Zafir etwas auf Pashto, das wahrscheinlich der Beleidigung Kurams in nichts nachstand.

Doch beide Pathanen waren viel im Land herumgekommen, und ihre Feindschaft schien eher pro forma denn ehrlich. Nachdem der Waffenstillstand also beschlossene Sache war, berichtete Laura, was Ian und sie in der Zwischenzeit getan hatten.

»Gut gemacht, Laura«, sagte David, als sie geendet hatte. »Glaubst du, die Pathanen, die dir geholfen haben, nehmen dich auf, während wir den Paß hinaufreiten?«

Ihre Augen verengten sich. »Ich gehe mit.«

David musterte ihr Gesicht eine Weile. »Hmm. Also gut.«

Sie lächelte. »Du lernst aber viel schneller als Ian.«

Er verdrehte die Augen. »Gott möge meinem armen Bruder helfen.« Dann wandte er sich um und hob den Arm, um seinen Männern zu signalisieren, daß sie weitermarschierten. Laura lenkte ihr Pferd zwischen Zafir und David, während Kuram sich an die Spitze setzte, um sie zum Paß zu führen.

In ein paar Stunden, nur ein paar Stunden, würden sie und Ian wieder zusammensein. Und dann würde sie sich nie wieder von ihm trennen lassen, das schwor sie sich. Nicht einmal, um das britische Empire zu retten.

Ian lernte auf die harte Tour, was die Afghanen geplant hatten. Nach einigen Stunden Stille tauchte etwas an der Biegung auf. Als er sah, daß es eine kleine Kanone war, fluchte er. Er zielte auf den Mann dahinter.

Die Kanone feuerte im gleichen Augenblick wie er. Sein Schuß war besser und traf den Schützen, doch die Kanone war ungleich viel lauter. Sie entlud sich mit einem ohrenbetäubenden Donnern, und eine Kugel krachte in die Felswand, nur fünfzig Fuß von ihm entfernt. Der Boden unter ihm bebte.

Verdammt, verdammt! Das Ding war ziemlich klein, aber es mußte schwer genug gewesen sein, die Kanone durch den Paß zu schleppen. Aber sie reichte aus, um ihn zu töten, wenn sie besser zielten. Zudem konnten die Männer, die sie bedienten, sich besser schützen, so daß er sie vielleicht nicht jedesmal treffen konnte.

Ein grimmiges Duell setzte ein. Die Kanone wurde abgefeuert, dann wurde sie fortgezogen, um nachzuladen. Ian beugte sich vor und lauerte auf eine gute Schußmöglichkeit, bis die Lunte entzündet wurde, dann zog er sich in die Höhle zurück und rammte gleichzeitig eine neue Patrone in den Lauf, damit er für die nächste Runde bereit war.

Nach einer halben Stunde war er taub. Seine Zielsicherheit ließ aus purer Erschöpfung nach. Der Lauf seines Gewehres war schon zu heiß, um ihn anzufassen, und es bestand eine reelle Chance, daß die Waffe explodieren würde. Um alles noch schlimmer zu machen, schien ihm die Nachmittagssonne grell ins Gesicht, und sein Auge brannte vor Müdigkeit und Qualm. Aber wenn er zu schießen aufhörte, würden die Afghanen um die Biegung geströmt kommen. Wenn es genug auf den Pfad schafften, dann würde er sie nicht mehr schnell genug erschießen können, um sie am Klettern zu hindern.

Ein ohrenbetäubendes Krachen. Eine Kugel flog in seinen provisorischen Schutzwall. Instinktiv duckte er sich, als Steinsplitter um ihn herumsirrten. Die Kugel selbst drang nicht in die Höhle – sie mußte abgeprallt sein. Mit klingelnden Ohren kroch er zur Kante und lugte hinüber.

In der Schlucht hing beißender, dichter Qualm, aber er konnte dennoch erkennen, daß der Kanonier in Position nachlud, so daß die Kanone nicht erst wieder neu ausgerichtet werden mußte. Ein Mann mit einer Jezail deckte ihn und feuerte, sobald Ian hinuntersah. Die Kugel kam so nah, daß Ian sie pfeifen hörte. Er verschwendete keine Zeit mit Zusammenzucken, sondern drückte ab und traf den *Jezailchi* in die Schulter. Dann lud er rasch nach und schoß wieder. Der Kanonier duckte sich, konnte jedoch noch die Kanone bedienen.

Die Kugel krachte direkt über Ians Kopf in die Felswand, und Steinsplitter regneten auf ihn herab. Ja, sie hatten definitiv seine Position ausgemacht. Als er automatisch nachlud, dachte er mit einer gewissen Gelöstheit, daß das Ende nahe war, denn ihm ging nicht nur die Munition aus, er konnte auch körperlich nicht mehr lange durchhalten. Er hob sein Gewehr, schoß erneut und traf diesmal den Kanonier. Der Mann schrie und fiel zurück, wurde aber augenblicklich mit der Kanone aus dem Blickfeld gezerrt. Kurz danach tauchte die Kanone wieder auf. Jesus, sie waren wirklich nicht kleinzukriegen.

Ian schoß, war sich aber nicht sicher, ob er getroffen hatte. Er zog sich in die Höhle zurück und lud sein Gewehr nach.

WUMM! Diesmal schlug die Kugel nicht so nah bei ihm ein, denn das Verschieben der Kanone hatte die Zielgenauigkeit verändert. Ian blieb in der Höhle. Er hatte nur noch ein paar Dutzend Patronen. Wenn diese aufgebraucht waren, konnte er nur noch seinen Revolver benutzen, der auf die Entfernung nicht so treffsicher war. Es war besser, eine Weile aufzuhören. Vielleicht glaubten seine Angreifer dann auch, sie hätten ihn erledigt, und wurden unvorsichtiger.

In diesem Teil der Welt war es fast eine Faustregel, die letzte Kugel für sich selbst aufzuheben. Das war ein guter Rat; wenn die Afghanen ihn lebend erwischten, würden sie ihm keine Gnade erweisen – nicht, nachdem er so viele von ihnen getötet hatte. Sie waren ein einfallsreiches Volk, und der Tod würde langsam und qualvoll sein. Doch der Revolver war geeignet, ihm das zu ersparen. Aber zuvor mußten sie um die Höhle kämpfen. Immer noch hatte er den Vorteil auf seiner Seite. Er sollte in der Lage sein, noch ein Dutzend von ihnen in den Tod zu schicken. Und er konnte die Invasion noch eine Weile hinauszögern.

Das Geschütz ging wieder los und traf besser. Sie zielten wieder richtig. Es war Zeit, den nächsten Kanonier zu erlegen.

Doch bevor er es tun konnte, explodierte die Welt in Chaos und Schwärze.

Sie hörte das Geräusch des Kanonenfeuers lange, bevor sie den Paß betraten. Laura zuckte bei jedem Donnern zusammen, obwohl der Lärm bedeutete, daß Ian lebte und sich tapfer hielt. Weil der Pfad so schmal und so unsicher war, hatte David seinen Männern befohlen, die Pferde zu führen. Nun schlängelten sie sich in langer Reihe langsam, aber stetig aufwärts.

Obwohl ihre Lungen brannten und sie kurz vor dem Zusammenbruch stand, weigerte sie sich, ihre Position am Kopf der Truppe aufzugeben. David und Zafir führten, Laura und Kuram folgten ihnen.

Sie nahm an, daß der Afridi mitgekommen war, weil er einem guten Kampf nicht widerstehen konnte.

Endlich erreichten sie den Punkt, von dem aus sie die Felswand sehen konnten, in der Ian sich verschanzt hatte. Ihr Herz machte einen Sprung, als sie die Rauchwolken sah und das Krachen seines Gewehrs hörte. Er war noch am Leben!

David drehte sich zu ihr um. »Bleib hier, Laura. Sie haben mindestens eine Kanone da oben, und ich will nicht, daß du in ihre Reichweite kommst.«

Als die Kanone erneut krachte, nickte Laura, denn sie wußte, daß sie nun vernünftig sein mußte. Zudem hatte sie kein Interesse daran, sich mit den Afghanen zu bekriegen. Sie wollte nur Ian lebend wiederbekommen. Und sie hoffte inständig, daß er es nicht als seine Pflicht ansehen würde, bei den Soldaten seines Bruders zu bleiben.

Die Kanone krachte wieder, dann folgte ein unbeschreibliches Donnern, ein so tiefes Grummeln, daß es mehr eine Vibration der Erde als ein echtes Geräusch war. Instinktiv schaute Laura zu Ians Festung hinauf: Direkt vor ihren Augen stürzte der gesamte Felsen mitsamt Ians Höhle wie in Zeitlupe zusammen.

Kapitel 34

Laura hatte nicht bemerkt, daß sie schrie, bis David sie am Arm packte und heftig an sich zog. Dann drückte er ihr Gesicht an seine Schulter, damit sie die Katastrophe nicht sehen konnte. Staub und Donner erfüllten die Luft, und die Erde zitterte unter ihren Füßen.

Langsam löste sich das Chaos in einem Poltern gelegentlich herunterfallender Steine und Felsbrocken auf. Laura klammerte sich an David und weigerte sich, zu glauben, daß Ian tot war. Doch konnte niemand das überlebt haben, was sie gerade gesehen hatte. Die Kanonenkugel mußte eine schwache Stelle in der Felswand getroffen haben, so daß der gesamte Berg abgerutscht war. Wenn Ian nicht sofort tot gewesen war, mußte er in die Schlucht gestürzt sein. *Ian war tot.*

Ihr Blick verschwamm, und sie war versucht, sich in die Dunkelheit fallen zu lassen. Aber der Schmerz wäre noch da, wenn sie wieder zu Bewußtsein kam, und eine ohnmächtige Frau würde die Soldaten behindern. Als sie sicher war, daß ihre Knie ihr wieder Halt gaben, machte sie sich von David los. Sein Gesicht verriet dieselbe Qual, die auf ihrem zu lesen sein mußte.

Aber er war Soldat und würde weder schreien noch ohnmächtig zusammenbrechen. »Kannst du einen Moment allein hierbleiben?« fragte er. »Ich will nachsehen, was mit den Afghanen passiert ist.«

Als sie nickte, wandte er sich an Kuram. »Bleiben Sie bei ihr.« Dann führte er Zafir und seine Männer an, während Laura und der Afridi sich an die Felswand preßten, damit die Soldaten vorbeikamen.

Laura wußte nicht, wie lange David fortgewesen war, denn die Zeit hatte keine Bedeutung mehr. Nichts hatte noch Bedeutung. »Die Felswand hat ein großes Stück des Pfads mitgerissen«, sagte ihr Schwager ruhig. »In der nächsten Zeit wird niemand mehr hier hindurchkommen können – vielleicht niemals wieder.«

Schaudernd vergrub sie ihr Gesicht in den Händen. Also hatte Ian es geschafft; er hatte das Feuer erstickt, das Pjotr Andrejewitsch gelegt hatte. Es würde keine afghanische Invasion durch den Shpola-Paß geben. Die Punjabis konnten sich wieder damit beschäftigen, sich selbst niederzumetzeln, statt die Soldaten des Sirkar. Rajiv Singh würde lernen müssen, mit seinem Haß auf die Briten zu leben, denn in Zukunft würde man ihn so genau beobachten, daß er keine Gelegenheit bekommen würde, Unheil anzurichten.

Ja, Ian hatte es geschafft und mit seinem Leben bezahlt. Ohne Zweifel würde er finden, daß es den Preis wert war, um einen Krieg zu verhindern.

Laura war sich nicht so sicher.

Er war lebendig begraben. Sandige Erde füllte seinen Mund, drückte auf seinen Körper, preßte seine Lungen zusammen, und er konnte nichts mehr empfinden als nackte Panik. Ian wollte schreien, sich ergeben, wollte herausbrüllen, daß er alles tun würde, was sie wollten, wenn sie ihn nur leichter sterben ließen.

Aber seine Henker schwiegen; sie würden ihm nichts ersparen. Hoffnungslos wühlte er in der Erde herum, nicht weil er glaubte, er könnte sich retten, sondern weil es ihm unmöglich war, ruhig liegenzubleiben, während sie sein Grab zuschaufelten.

Plötzlich fühlte er keinen Widerstand mehr, sein rechter Arm war frei, dann sein linker. Er kämpfte und strampelte, und dann streichelte frische Luft sein Gesicht. Er hustete, spuckte, und dann konnte er wieder atmen, wenn die Luft auch dumpf und voller Staub war. Doch es war dunkel, so dunkel... es war die schwere, erstickende Finsternis eines Grabes.

Zuerst glaubte er, sie hätten es geschafft, ihn ganz zu blenden. Doch als er sein Gesicht berührte, spürte er Bartstoppeln, die erst ein paar Tage alt waren, nicht die langen Haare, die ihm in der langen Gefangenschaft gewachsen waren.

Wie in einem Kaleidoskop fielen die Teile wieder an ihren Platz, und er erinnerte sich nun, daß er nicht mehr in Buchara war. Juliet und Ross, dann seine Rückkehr nach Indien. Laura, Heirat, Dharjistan. Ein Plan, den Sirkar zu stürzen. Der Shpola-Paß, sein Versuch, die Invasion aufzuhalten. Hatte es eine Explosion gegeben? Nein, Artilleriefeuer. Und dann?

Er schob sich in eine sitzende Position und scharrte die Erde und die Steine weg, die seinen Unterkörper bedeckten. Dann stand er auf und untersuchte seine Umgebung. Nach ein paar Minuten identifizierte er eine schroffe Felsnase, die er zuvor im hinteren Teil der Höhle gesehen hatte. Genau – er hatte sich in die Höhle zurückgezogen, um vor der Kugel sicher zu sein. Das Artilleriefeuer mußte das Zusammenbrechen der Felswand verursacht haben. Sein Rückzug hatte ihn davor bewahrt, zerschmettert zu werden.

Aber wozu? Lieber Gott, wozu? Mit hämmerndem Herzen betastete er das Ergebnis des Erdrutsches und stellte fest, daß der Tunnel versiegelt war. Die Felsbrocken, die ihn schlossen, waren zu mächtig, um sie wegzuschieben. Er saß in der Falle und würde allein in der Finsternis sterben. Wie lange würde es dauern, bis der Hunger oder der Durst ihn umbrachten? Wie viele Stunden, Tage ohne Licht?

Die Panik, die ein wenig verschwunden war, kehrte in einem gewaltigen Schub zurück. Nun mußte er seine Sünde mit den tiefsten, schändlichsten seiner Ängste büßen. Mit der Furcht vor der Dunkelheit, dem Eingesperrtsein, dem Alleinsein. Die Angst brannte in seinen Eingeweiden, stieg hinauf, immer höher, höher, bis sie in einem unmenschlichen Schrei ihren Ausdruck fand.

Der Laut hallte von den Wänden wider, verebbte. Er fiel auf die Knie, konnte nicht mehr atmen. Das Gewicht der Felsen erdrückte ihn, preßte ihm das Leben Stück für Stück aus dem Körper.

Noch ein Schrei entrang sich seinem Innersten. Er stieß sich die Faust in den Mund, um das Entsetzen zu ersticken.

Das Entkommen war so einfach, so nah, es steckte in seinem Gürtel. Ohne nachzudenken, packte er den kalten Stahl seines Revolvers. Niemand würde je erfahren, daß er den feigen Ausweg gewählt hatte.

Er entsicherte die Waffe, hob sie an seinen Kopf und...

Davids sanfte, drängende Stimme erklang wieder. »Laura, kannst du gehen? Wir müssen hier weg.«

Sie lehnte noch immer an der Felswand, straffte sich nun aber. »Ich kann gehen«, sagte sie wie betäubt.

Die Wintersonne schien hell. Es war ein schöner, wenn auch kalter Tag, doch als sie begann, über den steinigen Pfad zu stolpern, konnte sie nur an Ian denken, der still und steif unter der Erde lag.

Dein Mann wird unter der Erde sein.

Schockiert blieb Laura so plötzlich stehen, daß David, der hinter ihr ging, in sie hineinlief. Sie bemerkte es gar nicht. *Srinivasa hat niemals gesagt, daß Ian sterben würde.* Hindus verbrannten ihre Toten – für einen Brahmanen würde das Bild, daß jemand unter der Erde liegt, niemals automatisch den Tod bedeuten, wie es für Christen und Moslems der Fall wäre. Warum hatte sie nicht schon vorher daran gedacht?

Zornig erkannte sie, daß sie sich schlicht geweigert hatte, darüber überhaupt nachzudenken. Statt dessen hatte sie mit dem gleichen kindlichen Entsetzen reagiert, das sie so lange beherrscht hatte, wenn sie an Leidenschaft oder die Tragödie ihrer Eltern dachte. Wie ein Strauß, der den Kopf in den Sand steckt, hatte sie sich zu verbergen versucht, wenn sie etwas nicht ertragen konnte.

»Laura, ist alles in Ordnung?« fragte Savid scharf.

Sie wirbelte herum und starrte auf die Berge. Sie hatte zu schnell angenommen, daß Ian tot war. Die Zeit für kindliches Entsetzen war vorbei. Wenn Ian eine Chance haben sollte, mußte sie mit englischer Logik und russischer Zähigkeit um ihn kämpfen.

Ihr Schwager nahm sie am Arm. »Wir bauen dir eine Trage.«

Sie zog ihren Arm weg. »David, er muß nicht zwingend tot sein«, sagte sie mit bebender Stimme. »Die Höhle, in der er ausharrte, war tief. Er könnte sich zurückgezogen haben, so daß die Felsen ihn nicht getroffen haben.«

»Ich hoffe zu Gott, daß es nicht so ist«, sagte David gequält. »Wir könnten ihn niemals rechtzeitig herausholen, selbst wenn wir wüßten, wo in dieser verdammten Wand wir suchen müßten.«

In dem folgenden schmerzlichen Schweigen erkannte sie, daß seine Gedanken dieselben waren wie die ihren: Eingeschlossen unter der Erde zu sterben, ähnelte zu sehr Ians furchtbarer Gefangenschaft in Buchara. Allerdings wußte David im Gegensatz zu Laura nicht, daß Ian beinahe lebendig begraben worden war.

Sie schluckte hart und verweigerte sich dem Gedanken, daß ihr Mann vielleicht schon tot war. Viel besser war es, sich zu erinnern, was Srinivasa gesagt hatte: Sie konnte ein langes, glückliches Leben führen, was in ihrem Fall nur zutraf, wenn Ian am Leben blieb. Er mußte es – sie würde so lange daran glauben, bis kein bißchen Hoffnung mehr übrigblieb. »Es ging ein Luftzug in der Höhle. Das könnte bedeuten, daß es einen zweiten Zugang gibt.«

»Ja, könnte es«, gab David zu. »Aber es kann sich durchaus nur um einen schmalen Riß handeln, was Ian nicht helfen würde, selbst wenn er den Erdrutsch überlebt hat.«

Sie runzelte die Stirn und dachte konzentriert nach. »Wir müssen danach suchen, damit wir in die Höhle hineinkommen.«

Er schüttelte den Kopf. »Laura, du verstehst nicht, worum es da geht. Höhlensysteme können enorm komplex sein, manchmal über mehrere Ebenen gehen. Selbst wenn wir eine weitere Höhle in derselben Richtung finden, bedeutet das nicht, daß sie mit der anderen verbunden ist.«

Ihre Augen verengten sich. »Du scheinst dich auszukennen.«

»Ian und ich haben ein paarmal während der Schulferien Höhlen in den Midlands erforscht«, sagte er. »Deswegen kenne ich die Schwierigkeiten dabei.«

»Deine Erfahrung wird nützlich sein – zumindest dann, wenn du gewillt bist, zu helfen.« Ihre Lippen preßten sich zusammen. »Und wenn nicht, dann gehe ich allein.«

»Es geht hier nicht ums Wollen«, sagte er mit aufkommender Verzweiflung. »Ich tue alles, wenn es eine Chance gibt, daß wir Ian lebend finden. Aber die ist gering, und wird mit jeder Minute kleiner. Ich kann hier keine Zeit verschwenden – meine Männer werden in Jallalabad gebraucht.«

»Dann beeilen wir uns lieber, nicht wahr?« sagte sie mit eiskalter Ruhe.

David gab auf. »Ich rufe ein paar von den Männern, die nach einer Höhle suchen sollen. Wenn wir eine finden, komme ich mit dir hinein, denn allein lasse ich dich bestimmt nicht gehen.« Er fixierte sie mit einem eisernen Blick, der Laura an Ian erinnerte. »Aber wenn es klar wird, daß keine Hoffnung besteht, dann schleppe ich dich in Sicherheit, selbst wenn ich dich fesseln und knebeln muß.«

Sie schnitt eine Grimasse. »Wenn wir keine Hoffnung mehr haben, wird das nicht nötig sein. Aber solange eine Chance besteht, daß Ian lebt, bleibe ich.« Sie drehte sich um und rief: »Kuram?«

Der Afridi kam auf Lauras Ruf. »Kuram, mein Mann war in einer Höhle, die tief in den Berg hineinreichte. Wissen Sie, ob es vielleicht einen anderen Eingang gibt?«

Er runzelte die Stirn. »Es heißt, es gibt hier mehrere Höhlen. Vielleicht bilden sie zusammen nur eine. Aber ich kenne niemanden, der hineingegangen ist, um es herauszufinden. Höhlen sind verfluchte Orte.«

»Können Sie mir helfen, eine zu finden, die nah genug liegt, um ein Teil des gleichen Systems zu sein?«

Er zuckte die Schultern. *»Inshallah.«* So Gott will.

Das reichte Laura. Sie mußte auf ihr Iqbal vertrauen, denn sie hatte nichts zu verlieren, aber alles zu gewinnen.

Sein Verstand setzte in dem Augenblick wieder ein, als er abdrückte. Angewidert riß er die Waffe fort, während sein Finger noch den Hahn zog. Das Krachen war ohrenbetäubend, doch er bemerkte es kaum.

Jesus Christus, was hatte er da tun wollen?

Er hatte nicht mehr denken können, das war das Problem. Zum zweiten Mal in seinem Leben hatte er sich blinder, hysterischer Panik ergeben, und seine vorübergehende Schwäche hatte ihn fast das Leben gekostet.

Mit zitternden Händen senkte er die Waffe und schob sie wieder in seinen Gürtel. Er war noch nicht tot, er war nicht einmal verwundet. Es war an der Zeit, sich seinen Ängsten zu stellen, und dies mit demselben Mut, den Laura an den Tag gelegt hatte, als sie die ihren besiegt hatte.

Der Gedanke an Laura richtete ihn auf. Er mußte alles tun, um zu überleben, wenn schon nicht für sich, dann für sie, denn sie hatte schon zuviel verloren.

Sein Verstand funktionierte endlich wieder, und er machte sich seine Situation bewußt. Die Stille war absolut. Entweder war das Bombardement vorbei, oder der Stein war so dick, daß kein Laut hindurchdrang. Die Luft war feucht und frisch, nicht abgestanden, und er spürte noch immer den leichten Zug. Auch wenn der eine Zugang verschlossen war, konnte die Höhle andere Öffnungen haben. Er hatte nichts zu verlieren, wenn er danach suchte. Die Finsternis – er würde nicht über die Finsternis nachdenken.

Er tastete die lockere Erde ab, fand aber nichts, was er gebrauchen konnte. Sein Gewehr war weg, aber was schlimmer war: er konnte weder Nahrung noch Wasser finden. Zum Glück tröpfelte immer noch ein Rinnsal von der Wand, und so leckte er daran, um seinen Durst zu stillen.

Dann also los. Die Höhle war groß genug, um aufrecht zu stehen, und so begann er, sich in den Berg hineinzutasten, wobei er seine Arme vor dem Kopf hin und her bewegte und mit dem Fuß vorsichtig jeden Schritt testete, bevor er sein Gewicht darauf verlagerte. Die Höhle verengte sich rasch, und er stieß sich den Kopf, als die Decke sich unerwartet senkte. Fluchend krümmte er sich zusammen, weil er Sterne sah, dann sagte er sich mit Galgenhumor, daß Sterne immerhin besser als totale Dunkelheit waren.

Er ließ sich auf Hände und Knie fallen. Der Boden wurde immer feuchter, und der Gang verengte sich immer weiter, bis er auf dem Bauch weiterkriechen mußte.

Er hielt inne, als eine weitere Welle der Panik über ihn hereinbrach. Was, wenn der Tunnel eine

Sackgasse war und er nicht mehr fähig sein würde, sich vor oder zurück zu bewegen? Doch dann erinnerte er sich selbst an den schwachen Luftzug, biß die Zähne zusammen und zwang sich vorwärts. Zentimeter für Zentimeter robbte er in die steinerne Röhre hinein.

Folgte dem Luftzug.

Obwohl fast zwanzig Leute den Berg nach Höhlen durchkämmten, waren es die Fledermäuse, die ihnen den Weg wiesen. David sah ein paar auffliegen, hastete sofort dorthin und rief anschließend die anderen herbei.

Als Laura ihn erreichte, war David bereits so weit in die Höhle eingedrungen, um feststellen zu können, daß sie in den Berg hineinführte. Wenn der Zugang auch weit tiefer lag als der von Ians Höhle, bestand immerhin eine Chance, daß die beiden verbunden waren. Sie musterte die kleine Öffnung zufrieden. Iqbal.

Eine kurze, heftige Diskussion folgte. David bezweifelte, daß es klug war, bei Abenddämmerung hineinzugehen, zudem alle durch einen langen, anstrengenden Tag erschöpft waren. Müdigkeit förderte Unfälle. Laura konterte, daß es zumindest nichts ausmachte, ob es Tag oder Nacht war, denn drinnen würde es ohnehin stockfinster sein.

David, hin- und hergerissen zwischen der Sorge um seinen Bruder und gesundem Menschenverstand, gab ihr in diesem Punkt recht und setzte sich augenblicklich in Bewegung. Zu Lauras Überraschung sagte Zafir: »Ich komme mit.«

Sie war so gerührt, da er so offensichtlich den Gedanken, eine Höhle zu betreten, verabscheute.

Höhlen förderten den Aberglauben, sie waren die Brutstätten böser Mächte. Da die einheimischen Ulanen Ian nicht kannten, glaubte sie nicht, daß sich sonst noch jemand freiwillig melden würde.

Kuram hockte am Boden und hörte ihnen zu. »Alles was eine Schlange von Mohmand kann, kann ein Afridi schon längst«, sagte er. »Ich komme auch mit.«

»Wirklich?« fragte David. »Es kann gefährlich werden.« Doch beide bestätigten ihren Entschluß. »Also gut. Jeder von uns nimmt zwei Reservekerzen und eine, die brennt. Dann Zündhölzer, die wasserdicht verpackt sind, zudem Proviant, Wasser und Seile.«

Laura schickte für seine Erfahrung ein stilles Dankgebet zum Himmel. Sie wäre nicht so umsichtig gewesen. Nach einigen Minuten waren die Vorbereitungen getroffen, David kroch zuerst in die Höhle, Laura folgte.

Die Höhle war groß genug, um aufrecht zu stehen. »Erwarte kein Wunder, Laura«, sagte David. »Die Chance, daß wir Erfolg haben, ist gering.«

Der Tunnel schien endlos. An manchen Stellen war er so eng und niedrig, daß Ian sich kaum durchquetschen konnte. Wasser tropfte herab, und als er sich leicht abwärts neigte, spürte er einen kleinen Bach unter seinem Bauch. Endlich hob sich die Decke ein wenig, und er konnte wieder auf allen vieren kriechen.

Die verbesserten Bedingungen machten ihn unvorsichtiger. Plötzlich hing seine Hand im Nichts, und er wäre kopfüber in die Leere gestürzt, wenn seine Linke nicht in einen Spalt gegriffen hätte.

Er zog sich zurück, vergrub den Kopf in seinen Armen und wartete, bis sein Herzschlag sich beruhigt hatte. Dann tastete er mit den Handflächen auf dem Boden herum. Die Öffnung ging von Wand zu Wand. Er warf ein paar Steinchen ins Leere, und ein paar Sekunden verstrichen, bis er den leisen Aufschlag hörte. Der Abgrund war tief genug, um ihn zu töten.

Konnte er hinunterklettern? Er beugte sich ein wenig vor und tastete die Wand darunter ab, aber sie war glatt und eben. Dann warf er einen Kiesel nach vorn. Er hörte das Klackern an der gegenüberliegenden Wand. Wie weit war es?

Er warf weitere Steine mit unterschiedlicher Kraft, um grob die Entfernung abzuschätzen. Es konnten acht bis zehn Fuß sein, und der Tunnel schien auf der anderen Seite weiterzuführen. Er konnte springen – aber in vollkommener Dunkelheit, ohne zu sehen, wo er landete?

Nun, er hatte keine große Auswahl. Wenn er einen schnellen Tod wollte, würde der Sturz ins Leere ihm den sicher verschaffen. Besser als lebendig begraben zu sein.

Er hatte genug Platz, um aufzustehen und ein paar Schritte zurückzugehen. Nachdem er ein paarmal tief Luft geholt hatte, wischte er sich die Handflächen an seinem Mantel ab. Dann nahm er Anlauf und sprang ins Leere.

Lauras Höhle verjüngte sich am anderen Ende rasch zu einem Tunnel, in dem man gerade noch kriechen konnte. Während die vier die Öffnung musterten, sagte sie: »Ich bin die schmalste, also gehe ich vor.«

Obwohl der Gedanke David gar nicht gefiel,

konnte er nicht bestreiten, daß es das beste war. »Also gut, aber binde dir ein Seil um die Taille. Wenn etwas passiert, zieh daran oder ruf, und wir holen dich raus.«

Sie lag auf dem Bauch und robbte, in einer Hand die Kerze, vorwärts. Die Schatten flackerten wild, aber sie hatte wenigstens Licht. Was mußte Ian empfinden, der die Dunkelheit so haßte?

Nicht daran denken.

Nach einigen Minuten, in denen sie sich Ellenbogen und Knie blutig schrammte, kam sie in eine weitere Höhle. Obwohl sie sich vorsichtig aufrichtete, stieß sie sich den Kopf und ließ die Kerze fallen, die sofort erlosch. Gott sei Dank hatte David dafür gesorgt, daß sie Streichhölzer und andere Kerzen hatte. Sie zündete eine zweite an und blickte sich um. Die Höhle war ein glitzernder, funkelnder Märchenort voller Säulen, glasierter Steinzapfen und kristallener Wände. Der Raum war gewaltig, die Decke höher als die eines Ballsaals. Sie ging zurück zum Tunnel und rief hindurch: »Ich habe eine große Höhle gefunden, und der Tunnel wird nicht enger als am Anfang. Ihr müßtet es schaffen.«

Ein paar Minuten später tauchte Zafir, gefolgt von David und Kuram, auf. Wie gut, daß keiner der drei dick war.

Nachdem sie den Raum untersucht hatten, standen sie vor der Wahl zweier anderer Öffnungen. »Laura und ich nehmen die rechte«, sagte David, »ihr beide die linke. Wenn der Tunnel sich gabelt, trennt ihr euch. Nehmt die vielversprechendste Richtung, aber kratzt Pfeile in die Wände, damit ihr zurückfindet. Seid vorsichtig und laßt euch nicht von Müdigkeit übermannen.«

Die Pathanen nickten, und sie trennten sich. Laura betrat den neuen Tunnel, der hoch genug zum Aufrechtgehen war, dafür aber sehr schmal. Wasser rann am Boden entlang, und es ging bergauf. Plötzlich erkannte Laura, wie aussichtslos dieses Unterfangen war. Das Höhlensystem konnte sich endlos verzweigen, ohne jemals mit Ians Höhle verbunden zu sein, selbst wenn er noch am Leben war. David hatte recht, als er sie gewarnt hatte, sie solle keine Wunder erwarten.

Doch dann verhärtete ihre Miene sich. *Denk daran, daß du Russin bist.*

Nicht aufgeben.

Ians Sprung ins Leere dauerte so lange, daß er schon sicher war, sich verschätzt zu haben, um nun abwärts in den Schacht zu stürzen. Doch dann landete er heftig auf einer glitschigen, unregelmäßigen Oberfläche. Er verlor das Gleichgewicht, stürzte und rutschte über den Boden, bis er an einer Wand liegenblieb.

Er tastete sich ab, aber nichts war gebrochen. Er schwankte, als er auf die Füße kam und erkannte, daß die Prellungen, die Müdigkeit, Kälte und Hunger ernsthaft an seinen Kräften zehrten. Aber er mußte weiter, solange er sich noch bewegen konnte. Wenn er sich zum Ausruhen hinlegte, würde er vielleicht nicht mehr aufstehen.

Den nächsten Abgrund entdeckte er durch Tasten, statt fast hineinzurutschen. Wieder warf er Steinchen, mußte jedoch feststellen, daß sich gegenüber offenbar nur eine Wand befand. Zwar schien dieser Schacht nicht ganz so tief zu sein, und der Tunnel konnte etwas weiter unten weiterführen.

Aber mit einem gebrochenen Bein war er in jedem Fall verloren. Was tun?

Dann fiel ihm sein Turban ein, der aus Metern solider Baumwolle gewebt war. Er zerriß ihn einmal der Länge nach, band die Enden zusammen und schlang das daraus entstandene Seil doppelt um eine Steinsäule, die aus dem Boden ragte. Dann ließ er sich in den Schacht hinunter. Da! Seine Zehen berührten festen Boden. Er ließ ein Ende seines Strikkes los und zog am anderen, dann wickelte er sich den Stoff um die Hüften, falls er ihn noch brauchen würde.

Und so ging es weiter: weite Höhlen und schmale Gänge, die er sich nur durch Gehör und Tastsinn erschloß. Einmal mußte er sich durch eine Art Kamin hinablassen, indem er den Rücken gegen den Stein preßte und sich mit Händen und Füßen an der gegenüberliegenden Seite abstützte. Er hoffte inständig, daß der Schacht nicht weiter wurde, so daß er sich halten konnte. Manchmal fragte er sich, ob er sich immer nur noch tiefer begrub, aber die Luft war immer noch bewegt, also mußte es irgendwo eine Öffnung geben.

Das Wasser am Boden stieg höher, bis er durch einen Bach und schließlich einen kleinen Fluß watete. Dann stürzte das Wasser vor ihm mit einem Rauschen in einen weiteren Abgrund. Von dem Getöse gewarnt, blieb Ian stehen und überlegte. Das Wasser umspülte nun seine Hüften. Wenn er sich diesen unterirdischen Wasserfall hinabtragen lassen würde, konnte er in einem See landen, wahrscheinlicher war allerdings, daß er ertrank oder an einem Felsen zerschmettert wurde. Die Chancen standen nicht besonders gut, aber wieder einmal sah er keine Alternative.

Und er hatte ja selbst entschieden, daß jeder Tod besser war, als lebendig begraben zu sein, und immerhin blieben ihm noch einige Chancen. Zwar würde sein Revolver zu naß werden, um sich die letzte Flucht offenzuhalten, aber er würde ja ohnehin ziemlich sicher ertrinken, also zählte das auch nicht mehr.

Er atmete ein paarmal tief ein, um so viel Luft wie möglich in die Lungen zu bekommen. Dabei dachte er an alles, was er zurücklassen würde. Vorher, als er sich fast umgebracht hatte, war in seinem Kopf nur Platz für die Qual der Existenz gewesen. Doch das Leben war mit Laura wieder lebenswert geworden, und nun zu sterben, war, als würde man die Lektüre eines guten Buches an der besten Stelle abbrechen.

Nun, wo seine Existenz auf das Wesentliche reduziert war, konnte er plötzlich nicht mehr verstehen, warum er Laura nicht hatte sagen können, wie sehr er sie liebte. Wie dumm war er gewesen, sich von seinem Gefühl der Unwürdigkeit zum Schweigen bringen zu lassen, denn Laura hatte es verdient zu erfahren, was sie ihm bedeutete. Wenn er dies hier überleben würde, wollte er es wiedergutmachen.

Während seiner langen, mühsamen Wanderung durch die Höhle waren seine Ängste versiegt und hatten einem seltsamen Frieden Platz gemacht. Die Finsternis war nicht länger bedrohlich. Und seltsamerweise hatte er das Gefühl, daß er nicht mehr allein war. Die Gesichter seiner Familie zogen vor seinem inneren Auge vorbei, begannen und endeten mit Laura. Sie erschien ihm so lebendig, daß er das Gefühl hatte, er könnte sie berühren, wenn er den Arm ausstreckte. Larissa Alexandrowna, seine ungezähmte, treue, liebende Tatarin. Werde glücklich, Larischka, und denk manchmal an mich!

Dann ließ er sich auf den Rücken fallen und vom Strom in den Abgrund tragen.

Die nächste Höhle war wunderschön, doch zu Lauras bitterer Enttäuschung das Ende des Weges. Die Hälfte der Fläche nahm ein Teich ein, der von einem Wasserfall gespeist wurde. Sie suchte alles gründlich ab, aber sie konnte keine weitere Öffnung finden.

Auch David suchte, auf Knien über den Boden rutschend, aber beide trafen sich schließlich am Rand des Sees, ohne etwas entdeckt zu haben. »Wir müssen umkehren, Laura«, sagte er. »Hier ist Schluß. Vielleicht hatten Zafir und Kuram mehr Glück.«

Sie seufzte. »Ich habe immer noch das Gefühl, daß Ian irgendwo hier ist. Wenn ich nur wüßte, wo wir suchen müßten... Wenn ich mich nur mehr bemüht hätte.«

»Keiner kann sich mehr bemühen als du, Laura – du bist die sturste und entschlossenste Frau, die mir je begegnet ist.« David berührte leicht ihre Schulter. »Aber nun müssen wir zurück.«

Sie nickte. Als sie zum Tunnel gingen, blieb sie noch einmal stehen und warf einen Blick auf den Wasserfall, der geräuschvoll aus einem Loch in der Wand herabstürzte. Dort konnten sie nicht durch, denn das Wasser füllte die Öffnung gänzlich aus. Sie wollte sich gerade wieder umwenden, als irgend etwas durch den Vorhang aus Wasser kam. Irgend etwas Großes, vielleicht ein Baumstamm oder ein totes Tier. Mit einem Platschen schlug es auf die Wasseroberfläche auf.

Laura starrte darauf und war sicher, daß sie halluzinierte, daß sie Ian in dem aufgewühlten Wasser sah, weil sie es sich so sehr wünschte. Dann begann sie zu rufen.

Verglichen mit der vorherigen Wanderung, war der Weg durch den unterirdischen Fluß fast einfach. Das Wasser schwemmte ihn durch die Felsenröhre, und die Kälte betäubte seine Abschürfungen und Prellungen. Wenn er nur atmen könnte... Seine Lungen begannen zu schmerzen, und er stieß langsam die Luft aus, um das Ersticken noch ein wenig herauszuzögern.

Plötzlich spuckte ihn der Fluß aus, seine Lungen sogen hastig das Gemisch aus Wasser und Luft ein, das ihn zum Husten brachte. Dann tauchte er in ein tiefes Becken. Nach dem Rauschen des Wasserfalls war es still und ruhig. Und es war wie ein Schock, als er den Lichtschimmer über sich sah.

Sein erster Gedanke war nicht, daß er es geschafft haben konnte, sondern daß er Gott sei Dank nicht blind war. Leicht begann er seine Arme und Beine zu bewegen, um auf das Licht zuzuschwimmen, und er konnte nur hoffen, daß er es erreichte, bevor er ertrank.

Er brach durch die Oberfläche, und das Brüllen des fallenden Wassers und das pochende Blut in seinen Ohren löschten jeden anderen Laut aus. Erst als ein starker Arm ihn packte und durchs Wasser zog, merkte er, daß er nicht länger allein war. Er wurde über den Rand des Beckens gehievt und landete auf hartem Stein in einem Raum, der schwach von Kerzenlicht erhellt war.

Er mußte den Verstand verloren haben, denn

über ihm tauchte Lauras Gesicht auf. Das war unmöglich, und dennoch streckte er den Arm aus und berührte ihre Wange. Warm spürte er die weiche Haut unter seinen eiskalten Fingern.

Sie beugte sich vor und küßte ihn, und seine Verwirrung schwand augenblicklich. »Verfluchte Hölle«, krächzte er. »Ich bin am Leben?«

»Das kann man wohl sagen.«

Davids Stimme! Ian drehte mühsam den Kopf und sah, daß sein Bruder neben ihm kniete. Nachdem er erneut würgend gehustet hatte, fragte er: »Was zum Teufel machst du hier?«

»Ich wollte herausfinden, ob ich Falkirk geerbt habe. Diesmal war ich mir eigentlich schon ganz sicher gewesen.« David grinste ihn an. »Du hast mehr Leben als eine Katze, Ian, aber du mußt wirklich mal damit aufhören, dich umbringen zu lassen. Es ist zu anstrengend auf die Dauer.«

»Du hast meine volle Zustimmung.« Ian schüttelte den Kopf, um das Wasser aus den Ohren zu bekommen, und stützte sich auf. David half ihm auf die Füße und schlang ihm dann heftig die Arme um den Körper. Laura kam dazu, und die drei klammerten sich aneinander wie die Luftwurzeln eines Banyan.

Die Verbindung von körperlicher und emotionaler Wärme brachte Ians Kräfte schneller zurück, als er es für möglich gehalten hatte. Langsam kam ihm zum Bewußtsein, daß er wirklich am Leben war und es vermutlich auch bleiben würde. Mit der Erkenntnis kam die Neugier. »Herrscht draußen ein Krieg?«

»Nein. Du hast die Afghanen daran gehindert, durchzukommen. Der Pfad wurde weggerissen, als die Felswand einstürzte«, erwiderte Laura. »In Afghanistan gibt es immer noch Unruhen, aber sie werden dort bleiben.«

»Also haben wir es geschafft«, sagte er weich. »Wir haben das Feuer gelöscht, bevor es sich über Indien ausbreiten konnte.«

»Nicht wir, Geliebter – du!« sagte sie. »Du bist derjenige, der herausbekommen hat, wie der Plan aussah, du hast eine Armee aufgehalten. Pjotr muß dort oben in seinem Zwiebelturmhimmel sehr glücklich sein.«

»Ich bin auch froh.« Mit heftigem Widerwillen machte Ian sich von seiner Frau und seinem Bruder los. »Es war nicht mein bester Tag, und ich bin nicht in der Stimmung für Krieg.«

Während Laura etwas zu essen und Brandy holte, legte David seinem Bruder eine dicke Decke um die Schultern. »Wärm dich lieber auf. Wir haben noch ein gutes Stück Marsch vor uns.«

»Je eher wir hier raus sind, desto besser.« Ian nahm einen Schluck Brandy und freute sich über das Brennen in seiner Kehle. Als er ein Stück Chapati von Laura nahm, fügte er hinzu: »Wenn einer von euch jemals von mir hören sollte, daß ich eine Höhle besichtigen will, schlagt mir bitte so lange mit einem Stein auf den Schädel, bis ich meine Absicht ändere.«

Dann schlang er seinen Arm um seine Frau, und unter Gelächter kehrte Ian in die Welt der Lebenden zurück.

Als Ian erwachte, tat ihm jeder Knochen im Leib weh. Dennoch fühlte er sich wundervoll, was unzweifelhaft mit der Tatsache zu tun hatte, daß eine vertraute weibliche Gestalt halb auf ihm lag. Sein

Auge öffnend, stellte er fest, daß sie auf einem Charpoy in einem verdunkelten Raum lagen, auf dessen Nachttisch eine Öllampe brannte.

Es war das Gästezimmer eines Pathanen-Hauses, das dem Habiburs sehr ähnelte. Doch sie waren hier bei den Afridis, die Laura und Gulab Khan vor einigen Tagen aufgenommen hatten. Dumpf erinnerte sich Ian an den langen, erschöpfenden Weg zum Ausgang der Höhle. Er hätte es sicher nicht allein geschafft.

In der Dämmerung waren sie ins Freie gelangt. Zafir und Kuram, ein hilfreicher Afridi, hatten draußen gewartet. Auch sie waren in der Höhle an einem Punkt angelangt, an dem sie nicht weiterkonnten. Er hatte soviel verdammtes Glück gehabt. Oder vielleicht war es kein Glück; vielleicht gab es wirklich so etwas wie Iqbal.

Kuram hatte darauf bestanden, daß sie hierherkamen. Ian wußte, daß sie auf lebenslange Gastfreundschaft rechnen konnten, da sie Gulab Khan durch den Paß gebracht hatten. Die Tatsache, daß Gulab Khan versucht hatte, ihn umzubringen, wurde taktvoll übergangen; solche kleinen Irrtümer kamen eben vor.

Als sie im Dorf angekommen waren, hatte sich David verabschiedet, denn er mußte seine Männer nach Jallalabad führen. Zafir, der offiziell immer noch Urlaub hatte, beschloß, bei Ian und Laura zu bleiben, um sie nach Indien zurück zu eskortieren. Oder wenigstens bis zu Habibur, wo er seine Meera so schnell wie möglich heiraten wollte.

Ian fand den Plan vernünftig. Er blickte auf das weiche Haar, das über seinen Arm floß, und auf die schlafende Gestalt seiner Frau und dachte, was für eine herrliche Erfindung die Ehe doch war. Mit einer Frau wie dieser jedenfalls. Er streichelte ihr Haar und konnte noch immer kaum fassen, daß sie zusammen und in Sicherheit waren.

So leicht seine Berührung auch war, Laura wachte auf. Ihre langen Wimpern flatterten und enthüllten die bernsteinfarbenen Tiefen ihrer erstaunlichen Augen. »Wie fühlst du dich, *Duschenka*?«

»So, als hätte ich mit einem Elefantenbullen gekämpft. Abgesehen davon fühle ich mich wunderbar – besser als wunderbar sogar!«

Laura atmete tief ein und riß die Augen auf. »Sie ist weg? Die Finsternis in dir ist weg? Was ist passiert?«

»Ich hätte mir denken können, daß du alles bemerkst.« Ian war nicht überrascht, daß seine Frau besser als er selbst verstanden hatte, was in ihm vorgegangen war. Sie hatte recht: Die Ader von Reue und Scham, die durch die Tiefen seiner Seele geströmt war, war versiegt. Versuchsweise durchforschte er seinen Geist. Und obwohl er vieles fand, was er bereute, gab es nichts mehr, mit dem er nicht hätte leben können.

»Dic Finsternis war Angst«, antwortete er. Seine Brauen zogen sich zusammen, als er ihr die mysteriöse Wandlung zu erklären versuchte, die er in der Höhle durchgemacht hatte. »In Buchara war ich lebendig begraben und starb. Dieses Mal hätte ich mich zwar um Haaresbreite selbst vernichtet, schaffte es dann aber, all die Dinge, die ich am meisten fürchtete, zu überleben, die Furcht selbst eingeschlossen. Zum ersten Mal, seit ich in Buchara gefangengenommen wurde, fühle ich mich wieder frei.«

»Obwohl du verheiratet bist?«

Er lachte. »Das ist die größte Freiheit von allen,

Larischka, denn du hast mich von meiner übelsten Seite gesehen und bist trotzdem noch hier.« Er hielt inne, um ihr einen langen Kuß zu geben. »Die Teile, die ich für zerbrochen und nicht mehr reparaturfähig gehalten habe, scheinen sich irgendwie wieder zusammengefügt zu haben. Fast so gut wie neu, wenn du nichts gegen einen Krug mit Naht- und Klebestellen hast.«

»Das heißt nur, daß du an den geflickten Stellen stärker bist als zuvor.« Sie atmete tief ein, als er eine besonders empfindliche Stelle hinter ihrem Ohr fand.

»Das muß wohl so sein, denn vorher war ich nicht stark genug, um dir zu sagen, wie sehr ich dich liebe.« Er öffnete ihr Nachthemd, entblößte ihre Brüste und küßte die eine Spitze. »Und ich liebe dich sehr, Larissa Alexandrowna, meine ungezähmte, bezaubernde, zähe russische Lady. Ich kann das Glück gar nicht fassen, das uns unter so vielen unmöglichen Umständen zusammengebracht hat.«

Sie hielt den Atem an, als die Freude sie durchdrang. »Ich liebe dich auch, *Duschenka,* mit meinem ganzen Herzen, meiner ganzen Seele. Aber ich glaube nicht, daß Glück uns zusammengebracht hat. Kamalas Astrologe meint, es gibt keine Zufälle. Alles ist gekommen, wie es vorherbestimmt war.«

»Vielleicht hast du recht – die letzten Monate waren zu unwahrscheinlich, um das Ergebnis blinden Zufalls zu sein.« Er zog sein Hemd aus und warf es auf den Boden. »Nun, da wir beide uns all unserer Geheimnisse und Ängste entledigt haben, so daß wir endlich nur noch unser nacktes Selbst sind, bleibt uns nichts mehr, außer glücklich zu sein. Und wo wir schon von nacktem Selbst sprechen...«

Als Laura lachte, zog er ihr zügig das Nachthemd

über den Kopf. Und mit heiserer Stimme flüsterte er: »Ein jegliches hat seine Zeit...« Als er sich in ihren Körper versenkte, berührten seine Lippen warm und unendlich süß die ihren. »Und nun ist die Zeit für Liebe gekommen.«

Epilog

Schottland, August 1842

Immer noch in ihrem Nachthemd, blickte Laura abwesend aus dem Fenster ihres Schlafzimmers und ging im Geiste alles durch, was getan werden mußte, bevor ihre Gäste am Nachmittag eintrafen, obwohl sie ganz genau wußte, daß sie alles Menschenmögliche getan hatte, um das alte Schloß behaglich zu machen. Es machte ihr viel Spaß, und der Verkauf eines von Pjotrs Steinen hatte die Mittel dafür verschafft. Dennoch waren sie erst drei Monate hier, und es gab noch unglaublich viel zu tun.

Sie hoffte, daß ihre erste Einladung in Schottland gut verlaufen würde. Sie würde nicht nur zum ersten Mal Ians außergewöhnliche Schwester treffen, sondern auch noch ein weiteres Paar. Die Frau, Lady Sara Connery, war die Tochter eines Dukes, und ihr Mann Mikahl eine Art Himalaja-Fürst. Einmal mehr dachte Laura, daß es klüger gewesen wäre, ihren Eintritt in die Gesellschaft dezenter zu gestalten.

Plötzlich drehte sich ihr Magen um. Sie hatte gerade noch Zeit, das Waschbecken zu erreichen, als sie auch schon Tee, Brötchen und Marmelade erbrach, die ihr im Bett serviert worden waren.

Ian suchte sich natürlich ausgerechnet diesen unattraktiven Moment aus, um aus seinem Ankleidezimmer zurückzukommen. »Was ist los, Laura?« fragte er besorgt.

»Ich habe an unsere Gäste gedacht«, erwiderte sie schwach.

Ian schenkte ein Glas Wasser ein und brachte es

ihr, dann legte er den Arm um sie, während sie trank. »Ich wußte ja, daß du ein bißchen nervös bist«, sagte er, »aber nicht so. Wirklich, Laura, sie sind alle sehr nett. Du mußt dich nicht so sorgen.« Er küßte ihre Stirn. »Und wenn sich irgend jemand über deinen Haushalt beschwert, kann er gehen. Aber sie werden es ja nicht tun. Du hast wahre Wunder vollbracht.«

Laura lächelte und fühlte sich schon viel besser. »Ich danke für deine loyale Unterstützung. Du bist wirklich ein angenehmer Gatte.« Sie legte den Kopf zurück, um ihm ins Gesicht zu sehen. »Wie auch immer – auch wenn ich wirklich nervös bin, ist das nicht der Grund, warum mir schlecht war. Du kannst jetzt aufhören, dir Sorgen zu machen, ob die Schläger in Buchara dir einen dauerhaften Schaden zugefügt haben.«

Als Ian sie mit gerunzelter Stirn anstarrte, fuhr sie fort: »Ich bin ziemlich sicher, Lord Falkirk, daß Sie Ihrer Pflicht, den Familiennamen weiterzugeben, Genüge getan haben.«

Mit einem Jubelschrei riß er sie von den Füßen. Doch dann hielt er inne und setzte sie sofort vorsichtig wieder ab. »Guter Gott, du sagst mir so etwas Wundervolles, und ich versuche prompt, dich wieder zum Erbrechen zu bringen. Wie fühlst du dich?«

»Keine Sorge, ich erhole mich immer schnell.« Sie grinste. »Und was ich fühle, ist eine satte Selbstzufriedenheit.«

»Das kannst du auch.« Er streichelte ihr Haar so sanft, als wäre es edles Porzellan. »Woher wußtest du, daß ich auch noch Angst hatte, ich könnte vielleicht kein Kind mehr zeugen?«

»Ich bin Russki, ich weiß alles, was man wissen

muß.« Sie setzte ihre schönste, mysteriöse, orientalische Miene auf. »Der Priester, der in Manpur unsere Horoskope erstellte, hat uns einen Sohn versprochen. Er hat nichts über Töchter gesagt, aber die meisten Hindus halten sie ja ohnehin nicht für erwähnenswert, also könnten wir durchaus ein oder zwei haben.«

»Ich habe nichts dagegen. Ich hoffe, daß wenigstens eine genauso aussieht wie du. Und wenn es ein Sohn ist«, er dachte einen Moment nach, »sollen wir ihn dann Kenneth Peter, nach deinem Stiefvater und deinem Onkel, nennen?«

»Eine phantastische Idee.« Laura stellte das Glas ab, schlang ihre Arme um ihn und rieb ihre Hüften provozierend an ihm.

Er grinste und hob die Arme. »Wieviel besser geht es dir genau?«

»Viel, viel besser«, sagte sie bescheiden, als er sie zu ihrem massiven Himmelbett trug. »Aber ich dachte, du wolltest heute morgen den Gutsverwalter aufsuchen. Und du bist schon fertig angezogen.«

»Der Gutsverwalter kann warten, und das mit den Kleidern kann man schnell ändern«, antwortete er, als er sie aufs Bett legte. Und innerhalb eines Augenblickes hatte er genau dies getan.

Laura hörte nie auf, von den subtilen Nuancen des Liebesspiels fasziniert zu sein. An diesem Morgen, an dem sie das neue Leben feierten, das sie erschaffen hatten, war Zärtlichkeit das Hauptmotiv. Nach der Erfüllung lagen sie einander in den Armen und genossen die Minuten, die verstrichen.

Laura konnte von dem Mann, den sie geheiratet hatte, nicht genug bekommen. Seit die Finsternis aus ihm verschwunden war, hatte sich seine natürliche Lebhaftigkeit als perfektes Gegenstück zu ihrer russischen Intensität erwiesen. Sie liebte seine übersprudelnde Laune, und gleichzeitig gab ihm die Tatsache, daß er in den Abgrund geblickt hatte, eine wundervolle Tiefe und Sensibilität.

Wenn die Hindus mit ihrem Glauben an die Wiedergeburt recht hatten, dann mußte sie in ihrem vorherigen Leben etwas sehr, sehr Gutes getan haben, um ihn zu verdienen. Sie kicherte, so daß ihr Mann ihr einen fragenden Blick zuwarf. Laut Ian tat sie immer noch sehr, sehr gute Dinge.

Laura steckte verträumt eine Nelke in ihr Blumenarrangement und dachte dabei, daß es doch nichts Besseres als die Liebe gab, um die Nerven zu beruhigen. Das hatte ihr zwar den Zeitplan zunichte gemacht, aber wenn sie mit den Blumen fertig war, würde sie noch genug Zeit haben, um zu baden, sich anzukleiden und sich in eine beispielhafte Gastgeberin zu verwandeln.

Sie stand in einem kleinen Arbeitsraum voller frischgeschnittener Blumen, die ihr der Gärtner gebracht hatte. Rosen... sie würde niemals mehr eine Rose betrachten können, ohne an Kamala, Dharjistan und einen Teppich aus Blütenblättern zu denken.

Zuerst hatte sie befürchtet, daß Ians Tat, die Rebellion zu verhindern, ihre Freundschaft mit der Maharani beendet hatte, aber eine Woche zuvor war ein Brief aus Dharjistan gekommen. Kamala hatte einen Sohn geboren. Zwischen den Zeilen lesend, vermutete Laura, daß Rajiv Singhs Abneigung gegen den Sirkar durch die Geburt eines Erben erheblich zurückgegangen war, denn das Kind hatte

Dharjistan zumindest für die nächste Generation vor den gierigen Händen gerettet. Laura freute sich für beide.

Ohnehin schienen Babys plötzlich an der Tagesordnung zu sein. Einen Monat zuvor hatte sie einen Brief von Meera erhalten, in dem sie ihr mitteilte, daß Zafirs Vertrauen in seine Männlichkeit nicht unberechtigt gewesen war. Im Herbst erwarteten sie einen kleinen Pathanen, und Meera hatte genauso zufrieden geklungen, wie Laura sich fühlte.

Sie war gerade bei ihrem vierten Arrangement, als ein unerwarteter Eindringling ihre Bemühungen zunichte machte. Eine gewaltige, häßliche gelbe Katze sprang auf den Tisch und stieß ihre Vasen um. »Du elendes Mistvieh!« kreischte Laura, deren Fröhlichkeit sofort verschwand. »Wir Russen wissen schon, wie wir mit unverschämten Heiden wie dir umgehen müssen.«

Unbeeindruckt von der Drohung, ließ sich der einäugige Kater mitten auf dem Tisch nieder und begann, sein Gesicht zu putzen. »Du nutzt es aus, daß ich eine Schwäche für dich habe, nur weil du mich entfernt an Ian erinnerst«, murmelte Laura, als sie sich auf die Knie niederließ und die Blumen wieder aufsammelte. »Dabei sieht Ian viel besser aus als du.«

Sie kroch gerade unter den Tisch, um die letzte Blume aufzuheben, als die Tür des Arbeitszimmers geöffnet wurde. Einen Diener erwartend, blickte sie von unten hoch und starrte direkt in die Augen einer sehr großen, sehr selbstbewußt auftretenden rothaarigen Frau.

Die Belustigung im Blick hastig unterdrückend, sagte der Neuankömmling: »Sie müssen Laura sein.«

Laura zuckte innerlich zusammen, als sich ihre Blicke trafen. »Und Sie sind Juliet.« Soweit zu der Absicht, ihre neuen Verwandten mit Eleganz und Raffinesse zu beeindrucken. Nein, sie mußte natürlich das älteste Kleid tragen und nach einer Schlacht mit dem Schloßtiger auf dem Boden herumkriechen. Sie dachte ernsthaft darüber nach, ob sie nicht besser wieder unter den Tisch zurückkriechen und dort die nächsten zwei Wochen bleiben sollte.

Ihre Schwägerin lächelte. »Richtig getippt, obwohl ich Ian so ähnlich sehe, daß Sie für das Raten nicht viel Lob erwarten können.« Mit einem anmutigen Schwung ihres Rockes kniete sie sich nieder, so daß ihre Augen auf gleicher Höhe waren. »Ich bin heilfroh, daß Sie nicht zu der Sorte Frauen gehören, die alles perfekt haben wollen«, sagte sie herzlich. »Als ich Ian das letzte Mal sah, wollte er eine Frau namens Georgina heiraten, deren Beschreibung sich so anhörte, als wäre sie ein Musterbeispiel für Anstand und Schicklichkeit. Ich wußte, sie würde mich verabscheuen.«

Laura setzte sich auf ihre Fersen zurück und begann zu lachen. »Eigentlich ist Georgina gar nicht so übel, obwohl es Ian mit mir *viel* besser getroffen hat. Aber wieso lassen Sie sich von einer einfachen Frau einschüchtern? Nach dem, was ich von Ihren Abenteuern gehört habe, kann ich mir kaum vorstellen, daß Sie sich um die Meinung anderer Frauen kümmern.«

Als beide wieder auf die Füße kamen, sagte Juliet trocken: »Nur meine Brüder und mein Mann wissen meine ungewöhnlichen Talente zu schätzen. Die meisten Leute halten mich bloß für hoffnungslos undamenhaft.«

Dieser Kommentar ließ Laura tief blicken. Ja, sie würde sich mit ihrer Schwägerin anfreunden können. »Ihre Brüder und Ihr Mann«, bemerkte Laura. »Reicht das nicht?«

Juliet lächelte. »O doch, das reicht.«

Bekümmert musterte Laura ihre zerstörten Blumenarrangements. »Ian ist mit dem Gutsverwalter unterwegs. Wir dachten, Sie kämen erst nach Mittag.«

»Wir sind der Kutsche vorausgeritten«, erklärte Juliet. »Meine Schuld... Ich war heute so ungeduldig, Falkirk und Ian wiederzusehen.«

»Lüg nicht, meine Liebe«, sagte eine tiefe Stimme von der Tür her. »Das war keine Ausnahme – du bist *immer* ungeduldig.«

Laura blickte in das amüsierte Gesicht des bestaussehenden Mannes, den sie je getroffen hatte. Schwach brachte sie hervor: »Lord Kilburn, wie ich annehme?«

»Ross für Mitglieder der Familie.« Er verbeugte sich. »Tut uns leid, daß wir Ihre Vorbereitungen gestört haben. Meine Mutter hat immer gesagt, ein Gast, der zu früh kommt, gehört zu den schlimmsten Katastrophen des Lebens.«

Juliet sah geknickt aus. »Verzeihen Sie mir, Laura. Da ich als Kind auf Falkirk gelebt habe, betrachte ich es immer als mein Zuhause, wo man auf Formalitäten nichts zu geben braucht. Deswegen habe ich mich entschlossen, nach Ihnen und Ian zu suchen, statt zu warten.« Sie blickte Ross entschuldigend an, der seine Frau mit wunderbarer Intimität anlächelte.

Laura sah die beiden fasziniert an. Sahen sie und Ian sich auch so an, als wären sie beide allein im

Garten Eden? Wahrscheinlich schon. Sie unterdrückte ein Grinsen und sagte: »Das *ist* Ihr Zuhause, Juliet. Bitte betrachten Sie es auch weiterhin als solches.«

In diesem Augenblick tauchte Ian im Türrahmen auf. Sein Haar war windzerzaust, und sein Gesicht strotzte vor Gesundheit. »Ich habe die Kutsche in der Ferne gesehen und bin zurückgeeilt. Ich hätte mir denken können, daß du früher kommst, Juliet.«

»Ian!« Juliet wirbelte herum und warf sich in die Arme ihres lachenden Bruders. Sie drückten und küßten sich und begannen, gleichzeitig aufeinander einzureden, wobei ihre Gesichter vor Glück strahlten.

»Sie sind sich sehr ähnlich, nicht wahr?« sagte Laura weich. »Sie haben eine bemerkenswerte Fähigkeit, sich zu freuen.«

Ross nickte, und in seinen Augen lag eine tiefe Zufriedenheit. »Nach Buchara hatte ich befürchtet, Ian nie wieder so zu sehen. Aber nun wirkt er ganz wie der alte.«

Sie lächelte. »Nein. Besser.«

Einer der modernen Anbauten Falkirk Castle's war ein Patio an der windgeschützten Rückseite des Schlosses, von dem aus man das ganze Gelände bis hinaus aufs Meer überblicken konnte. Während Laura sich müßig in der Sonne räkelte, sagte sie zu ihren Gefährten: »Als Ian mir seine Vorzüge und Nachteile als potentieller Ehemann aufzählte, erwähnte er auch die Zugigkeit und die Unbequemlichkeiten von Falkirk. Er hat mir nie gesagt, wie wunderschön es hier ist.«

Juliet zog die Augenbrauen hoch. »Hat Ian Ihnen

wirklich so einen kaltherzigen Antrag gemacht? Ich hätte doch gedacht, daß er mehr Sensibilität besitzt.«

Lady Sara Connery, Ross' Cousine, lächelte. »Aber es hat ja funktioniert. Laura hat seine positiven Seiten für wichtiger gehalten.«

Augenzwinkernd antwortete Laura: »Eigentlich hat mir eine vernünftige Analyse seines Antrags gesagt, ich sollte ihn zurückweisen.«

Die zwei Frauen richteten neugierige Blicke auf ihre Gastgeberin. »Aber...?« begann Juliet.

»Ich habe die Vernunft über Bord geworfen und mich entschlossen, mir Ian mit beiden Händen zu sichern«, sagte Laura. »Ich fand ihn ziemlich toll.«

Alle drei Frauen lachten. Während Laura die Teetassen nachfüllte, lächelte sie zufrieden. Der Besuch verlief so erfolgreich, wie sie es sich nie erträumt hatte. Nicht, daß es ihr Verdienst gewesen wäre. Was zählte, waren die Gäste selbst, die so voller Liebe und Glück waren, daß sie genug für eine orientalisch aussehende Russin übrig hatten.

Da sie wußte, daß die anderen entweder verwandt oder lange befreundet waren, hatte Laura befürchtet, sie würde sich wie eine Art Außenseiterin fühlen, aber davon konnte keine Rede sein. Obwohl die sanftmütige Lady Sara die Tochter eines Dukes war, hatte sie gar nichts Snobistisches an sich. Und Mikahl, ihr Mann, war ausgesprochen charmant und kam ihr ein wenig vor wie Kamalas zahmer schwarzer Panther.

Ein weiteres seltsames Zusammentreffen, das Laura überzeugte, es gäbe keine Zufälle, war die Tatsache, daß sich Mikahl als der »Berg-Fürst« herausstellte, der den hilfreichen Afridi Kuram nach

England mitgenommen hatte. Kuram war inzwischen wieder in der Armee, denn David und Ian hatten die Befehlshaber überzeugt, die ›jugendlichen Irrtümer‹ zu vergessen, die damals die Entlassung aus der Armee verursacht hatten.

Juliets kleiner Sohn, der in einer Wiege lag, wachte auf und stieß unzufriedene Laute aus. »Hört sich an, als wollte der Earl of Ambridge gestreichelt werden«, sagte Sara.

Juliet nahm ihren flachshaarigen Sohn auf die Arme, küßte ihn auf die Nase und wiegte ihn sanft hin und her. »Ich habe das unangenehme Gefühl, als hätte er zwar das Aussehen von Ross geerbt, aber das Temperament von mir.«

»Ein schwerer Makel«, erwiderte Sara mit tanzenden Augen und gab ihrer kleinen Tochter Maria einen Keks. Das achtzehn Monate alte Mädchen hatte das dunkle Haar und die erstaunlichen grünen Augen vom Vater geerbt, besaß aber Saras schönstes Lächeln. »Wo wir gerade von Earls sprechen: Mein Vater bemüht sich, Mikahl den Grafentitel zu verschaffen. Es gefällt ihm nicht, daß seine einzige Enkelin eine Bürgerliche ist. Die einzige Möglichkeit, das zu ändern, ist, die Königin dazu zu bringen, Mikahl zum Earl zu machen.« Sie lächelte. »Da er ja ein ausländischer Adeliger ist, sollte er eines britischen Titels wert sein.«

»Wie denkt denn Mikahl darüber?« fragte Laura.

»Er lacht nur. Er findet die Idee ausgesprochen lustig.«

Juliet lehnte sich mit ihrem nun zufriedenen Sohn in den Armen zurück. »Ian gehört bereits zum House of Lords, und Ross wird es, wenn sein Vater stirbt. Kannst du dir das Chaos vorstellen, das sich ergeben wird, wenn Mikahl sich zu ihnen gesellt?«

Sara lachte perlend. »Ein herrlicher Gedanke. Ich sage Papa, er soll sich weiter bemühen. Da die Königin Mikahl bewundert, sollte sie eigentlich zustimmen.«

Maria quiekte vergnügt und trollte sich in Richtung der Treppe, die zum Patio heraufführte. Die drei Frauen sahen dem Kind hinterher und entdeckten, daß sie auf ihren Vater zutappte. Die Männer hatten einen Spaziergang auf den Klippen gemacht und kamen nun über den Rasen, wobei sie plauderten und lachten, wie ihre Frauen es taten.

Als Maria ihren Vater erreichte, warf er sie in die Luft, küßte ihre rosige Wange und nahm sie dann auf den Arm.

»Ein wunderschöner Anblick«, sagte Juliet verträumt.

Laura betrachtete die drei herankommenden Männer. Ian machte eine Bemerkung, woraufhin die beiden anderen lachten und Ross seinem Schwager kurz die Hand auf die Schulter legte. Laura atmete voller Glück aus. »Ich verstehe, was Sie meinen – es ist schwer, noch einmal drei so unglaubliche Männer zu finden.«

»Und sie passen so gut zueinander«, murmelte Sara. »Alle sind etwa gleich groß, aber einer ist dunkel, einer blond und der dritte rotbraun, um sie noch interessanter zu machen.«

»Rein abstrakt gesprochen, denke ich, Ross sieht am besten aus«, bemerkte Laura und versuchte, objektiv zu sein, was nicht einfach war, da ihr eigener Mann für sie bestimmt der attraktivste Mann der Welt war.

Saras Blick wanderte zu Ian. »Vielleicht, aber Soldaten haben etwas an sich, das ein Frauenherz schwach werden läßt.«

»Was ich gerne wissen würde«, begann Juliet nachdenklich, »ist, wie ein Mann wie Mikahl, der genauso aussieht wie Byrons schmissiger, gefährlicher Korsar, gleichzeitig so vollkommen natürlich mit einem kichernden Kind umgehen kann.«

Sie lachten wieder. Eine Minute später waren die Männer bei ihnen, und alle drei zog es automatisch zu ihrer Frau.

Laura nahm Ians Hand. Sanft sagte sie: »Habe ich jemals erwähnt, daß der Brahmane sagte, wir seien füreinander geboren?«

Ian schenkte ihr ein warmes, zärtliches Lächeln. »Das hätte ich dir auch sagen können.«

Band 12267

Martyn Burke

Schwarze Glut

Leo und Tina sind so verschieden, daß allein in der Scheidung eine Lösung ihrer Probleme zu liegen scheint. Leo genießt das New Yorker Nachtleben der fünfziger Jahre, während Tina dem schwarzen Sänger Ivory Joe zum Durchbruch zu helfen versucht. Sein Geld muß Joe als Boxer verdienen, doch Nacht für Nacht singt er in rauchigen Hinterzimmern. Mit einer Stimme wie schwarze Glut läßt er neue erotisierende Songs ertönen, die einmal Rock'n'Roll heißen werden. Der große Erfolg bleibt jedoch zunächst einmal aus. Tina aber, die im schäbigsten Brooklyn aufgewachsen ist, hat gelernt, auch die größten Hindernisse zu überwinden, wenn es einem Menschen zu helfen oder eine Ehe zu retten gilt...

BASTEI LÜBBE